中国佛教文学史

萧丽华　廖肇亨　主编

生活·讀書·新知　三联书店

本书由上海大觉文化传播有限公司独家授权出版中文简体字版。

图书在版编目（CIP）数据

中国佛教文学史 / 萧丽华，廖肇亨主编. — 北京：生活·读书·新知三联书店, 2025. 6. — ISBN 978-7-108-07900-8

Ⅰ. I207.99
中国国家版本馆CIP数据核字第2024K2T826号

责任编辑　麻俊生
装帧设计　刘　俊
出版发行　生活·讀書·新知 三联书店
　　　　　（北京市东城区美术馆东街22号）
邮　　编　100010
印　　刷　江苏苏中印刷有限公司
排　　版　南京私书坊文化传播有限公司
版　　次　2025年6月第1版
　　　　　2025年6月第1次印刷
开　　本　720毫米×1015毫米　1/16　印张 46.5
字　　数　690千字
定　　价　168.00元

作者群简介（以文章先后排序）

萧丽华

台湾大学中文所博士。曾任台湾大学中文系教授、台湾大学佛学研究中心主任、现代佛教学会第四届理事长、台湾中国唐代学会第九届理事长、佛光大学中国文学与应用学系教授兼主任。现任佛光大学中国文学与应用学系教授兼人文学院院长。主要研究领域为中国诗学、佛教文学、东亚汉学等。

廖肇亨

东京大学文学博士。曾任日本东京大学客座教授。主要研究领域为中国古典文学理论、近世东亚佛教文化史、东亚文化交流史等。现任“中研院”中国文哲研究所研究员。著有《中边·诗禅·梦戏：明末清初佛教文化论述的呈现与开展》《忠义菩提：晚明清初空门遗民及其节义论述探析》，编有《圣传与诗禅：中国文学与宗教研究论集》等，译有日本荒木见悟《佛教与儒教》等。

胡素华

景康管理顾问有限公司总经理，国际佛光会檀讲师。佛光大学中国文学与应用学系硕士，佛光大学中国文学与应用学系博士，佛光大学第一届杰出校友，佛光大学中国文学与应用学系兼任讲师。文学研究领域为早期中国佛教文学、星云大师人间佛教文学。

吴静宜

成功大学中文所博士。现任台湾大学中文系兼任助理教授。学术专长为：唐宋文学、佛教文学、语文教学等。发表《惠洪“文字禅”之诗学内涵》《天台宗与茶禅的关系》《从寺院僧规及和尚家风探讨禅与茶的关系》《清代台人品茗风尚之源流探究兼论台湾古典咏茶诗之内涵》《黄庭坚诗歌中的茶禅生活美学》等论文数篇。

梁丽玲

中正大学中国文学所博士。曾任“中研院”历史语言研究所短期访问学人，关西大学东西学术研究所短期访问学人，现任铭传大学应用中文系教授。研究领域为佛教文学、敦煌学、民间文学与文化等。著有《〈杂宝藏经〉及其故事研究》《〈贤愚经〉研究》《汉译佛典动物故事之研究》并发表论文数十篇。

纪志昌

台湾大学中文所博士。现任台湾中山大学中文系教授,《文与哲》主编，曾任该校特聘年轻学者。研究领域为魏晋玄学、六朝学术与文化、三教交涉等。著有《两晋佛教居士研究》《南朝清谈：论辩文化与三教交涉在南朝的发展》并发表论文二十余篇。

许圣和

政治大学中国文学所博士。现任教于佛光大学中国文学与应用学系。专攻魏晋南北朝文学研究，学术专长为:《文选》学、三国学、中国文学史。发表《“博物思维”与六朝文学》《论王维边塞诗中的虚写与实写》《张飞“国士”形象新论》《“国事孙晧”与“故事孙晧”——从〈三国志〉到〈高僧传〉间的观察》等论文数篇。

黄东阳

东吴大学中国文学所博士。研究以六朝、唐五代之古典小说、僧人传记与宗教灵验记等叙事文学作为主要范畴，考述文本中所映现的文化现象、信仰内涵，且用以观察各文体间在发展时，彼此影响、交融的方式和迹轨；又旁及古典文论之探索，尤擅长文献的钩沉及民俗的探论。现任中兴大学中文系专任教授兼系主任，出版专著三本，发表论文三十余篇。

杨明璋

政治大学中国文学所博士。曾任“中研院”历史语言研究所约聘助理、明志科技大学通识中心助理教授。现任政治大学中文系教授。学术专长为：敦煌吐鲁番学、俗文学、唐代文学、佛教文学。

林仁昱

中正大学中国文学所博士。现任中兴大学中文系教授。以敦煌文献与文学、佛教文学与文化、歌谣俗曲与民间风俗传说为主要研究领域。著有《敦煌佛教歌曲之研究》《廿世纪初中国俗曲唱述人物》《敦煌佛教赞歌写本之“原生态”与应用研究》并发表《〈观音十二圆觉〉的菩萨化身与度化对象探究》《星云大师“人间音缘”歌辞的文学表现及其效应》等论文数十篇。

涂艳秋

政治大学中国文学所博士。曾任政治大学中文系教授、系主任。退休后，仍任政治大学中文系兼任教授。学术专长为中国南北朝佛学思想。著有《僧肇思想探究》《鸠摩罗什般若思想在中国》并发表论文四十余篇。

刘苑如

政治大学中国文学所博士。现任“中研院”中国文哲研究所研究员。学术专长为：中国叙事学、佛教文学、魏晋南北朝文化、数字人文研究等。著有《朝向生活世界的文学诠释——六朝宗教叙述的身体实践与空间书写》并发表《神遇——论〈律相感通录〉中前世今生的跨界书写》《隐藏的僧传：

〈续高僧传〉中道宣的五十自述》《追忆与交通——六朝三种观世音应验记叙事研究》《游方与佛教传播：历代僧传移动与空间的数字人文研究》（合作）等论文十余篇。

曾尧民

台湾大学历史学系博士。法鼓文理学院佛教学系副教授。研究领域为中古佛教史、明清佛教史、僧官制度等。发表《北朝僧官制度的递嬗——以沙门大统为中心》《中古时期的禅经观——以大、小乘的分判为主》等论文数篇。

黄敬家

台湾师范大学“国文”所博士。现任台湾师范大学“国文”学系教授。主要从事宋代僧传及禅宗文学与文化研究。著有《唐代诗禅互涉现象——文学发展史的侧面考察》《赞宁〈宋高僧传〉叙事研究》《诗禅·狂禅·女禅：中国禅宗文学与文化探论》《寒山诗在宋元禅林的传播研究》并发表论文二十余篇。

林韵柔

台湾大学历史学系博士。曾任逢甲大学中国文学系副教授、日本明治大学文学部招聘研究员、日本龙谷大学佛教文化研究所客员研究员，现任中正大学历史学系副教授。研究领域为中国中古佛教史、东亚文化交流史等。著有《唐代佛教群体的记忆与信仰实践》并发表《近代东亚的“新兴佛教”与社会主义——以妹尾义郎与林秋梧为中心》《古代东亚海域的行旅风险与航海信仰——以〈入唐求法巡礼行记〉为中心》《中国中古时期东亚神佛交涉样态厘探——兼论中日天台宗神佛习合观的关系》等论文二十余篇。

林智莉

政治大学中国文学所博士。曾任亚东科技大学通识教育中心副教授，现任台湾大学戏剧学系副教授。研究领域为中国传统戏曲、宗教文学、戏曲文化学。著有《明代宗教戏曲研究》《仪式·信仰·文化——明清宗教戏曲景观》并发表《二十一世纪初台湾佛教歌仔戏演出现象与发展演变探析：以现代剧场歌仔戏为观察对象》《遗民的求仙路：从〈化人游〉与〈赤松游〉看丁耀亢的游仙与证道》《热闹场中度化有缘：从明末清初佛教中人戏曲创作观点看戏佛融通的可能性及其创作规范》《明末清初净土思想对戏曲的影响——以〈归元镜〉为探讨》《论明代宫廷大傩仪式钟馗戏——兼论钟馗形象的转变》等论文多篇。

刘家幸

成功大学中国文学系博士。成功大学全校不分系副教授。曾任日本东京大学东洋文化研究所访问研究员、京都大学人文科学研究所外国人共同研究者、花园大学国际禅学研究所客座研究员。主要研究领域为日本汉文学、黄檗文化。发表《晚明清初渡日华僧高泉性潡〈释门孝传〉初探》《虚灵不昧托青莲：黄檗四祖念佛独湛感应书写义蕴探析》《峭壁空中涌圣泉：江户禅林有马汤山地景文学探析》等论文数篇，编有《日本·大典显常〈小云栖稿〉校注》。

李淑如

成功大学中国文学系博士。曾任台湾首府大学通识中心兼任助理教授、台南应用科技大学通识中心兼任助理教授，现任成功大学中国文学系约聘副教授。学术专长为古典小说、民间文学、民间信仰。著有《河阳宝卷研究》《闽南文化研究视野下的水神与财神信仰》并发表《张家港地区荐亡法会仪式与宣卷调查报告》《从江南到台南——台南总赶宫总管传说之演变与信仰网络的形成》等论文二十余篇。

简凯廷

台湾清华大学中国文学系博士。曾任佛光大学佛教研究中心博士后、日本花园大学国际禅学研究所客座研究员、成功大学中国文学系约聘助理教授，现任台湾大学中国文学系助理教授。研究领域为明清佛教文献与思想。

发表《晚明义学僧一雨通润及其稀见著作考述》《晚明唯识学作品在江户时代的流传与接受初探》《被忘却的传统：明末清初〈成唯识论〉相关珍稀注释书考论》等论文数篇。

徐维里

美国加州大学洛杉矶分校亚洲语言与文化系博士。现任“中研院”历史语言研究所博士后研究员。博士论文以研究灵隐寺志群为题，关注汉传佛教方志中的政教关系与方志的史学史意义。研究兴趣为近世以降的三教关系、佛教史学史、清规、杭州佛教以及佛教居士史。发表《近世禅宗清规中的金钱观》等论文。

总　序

百年文坛盛事

佛光山文化院院长　依空法师

就读大学时，阅读过多位名家撰写的《中国文学史》《中国文学发达史》《中国文学发展史》，乃至《中国文学思想史》等有关文学史的专著。初学佛时，也曾经研览过各类中国佛教史的论著，有早期黄忏华的《中国佛教史》、汤用彤的《汉魏两晋南北朝佛教史》，还有我的硕论指导教授、闻名国际的日本“中国佛教”研究专家镰田茂雄的晚年力作《中国佛教史》六册，可惜他只写到隋唐，来不及论述宋元以后的佛教，就因癌症病逝，是中国佛教研究学术界的巨大损失！幸有佛光文化公司出版的《中国佛教通史》十五册，完整呈现佛教在中国的全面发展。虽然如此，却始终没有一本文学与佛学关涉的“文学史”专著问世，可喜的是由佛光大学萧丽华教授、“中研院”廖肇亨教授等专家联手著作的《中国佛教文学史》，终于在2023年问世，委由佛光文化出版，这是企盼已久，佛教史上百年一遇的盛事，了却星云大师多年的心愿。

星云大师从青少年时代，在南京栖霞禅寺律学院、焦山佛学院读书时，就非常喜好文艺，在物质条件甚差的状况下，仍然用力于文学创作，笔耕不辍成为他终身的习惯。九十岁高龄甚至完成三百六十五册的《星云大师全集》，著作等身已经无法言喻他的创作勤奋与成就。阅读大师的全集，发现他的文学创作体裁非常丰富多元，举凡诗歌、散文、小说、传记、书牍、楹联、日记、议论都斐然成章，大师可称为佛教界的资深“文青”。

大师除了自己勤于写作之外，也鼓励弟子们写文章，创造因缘让弟子去撰写著作，例如给佛光文化社长满观法师假期，完成《我从世间来》的长篇小说；让人间福报社社长妙熙法师到印度参礼佛陀圣迹，效法玄奘大师的《大唐西域记》，写下《行脚印度》的游记文学，文笔皆清新可喜。他经常对我说：“你是学文学的，应该要用一支妙笔把文学的感人美妙、哲学的理性睿智、佛学的精深思想，三者结合写出文章传世。”可惜我一向疏懒的性格，辜负了他的期许，在他的鞭策下，勉强涂鸦写了既不学术、也不通俗的《不只中国文学家》的戏作。

大师说他人生有三件幸运的事，其中之一就是喜好文学，并且能和艺文界的人士互动往来，例如柏杨、司马中原、余光中、痖弦、黄春明、莫言、林清玄等名家。他说自己一生的自学过程中，深受文学的陶冶，并以文学写就自己的人生。所以他对文化人士非常敬重，极力推动各类的文学会议、艺文雅集。佛光山开山二十周年庆，举办第一届“佛光文学奖”，礼请余光中和痖弦两位先生为新诗评选人；2008 年以“一笔字”义卖所得，成立“公益信托星云大师教育基金”，其中特别设立“全球华文文学星云奖”项目，迄今已经十一届，给优秀的作家有挥洒的空间。他听说武汉大学的吴光正教授要撰写包含佛教、道教、伊斯兰教等宗教的《中国宗教文学史》巨著时，马上要佛光山朝山会馆准备房间，提供一切资源，让吴教授安心写作长达一年。当南开大学的佛教文学研究大家孙昌武教授来山访问时，他满心喜悦地接待，热切地和孙教授讨论“佛教文学”的可能发展性。

为了让社会人士能够轻松地阅读佛教的三藏经典，大师命人将《大藏经》重新加以分段标点、校勘注释，编纂《佛光大藏经》十六藏。其中开历史之先河，别设《艺文藏》一类，将中国文学和佛学相关的作品编纂成藏。换言之，《艺文藏》就是“佛教文学”的汇编数据，并责成我去主编。我们将魏晋南北朝诗文、全唐诗、全唐文，乃至宋、元、辽、金、明、清各代诗文中，关系佛教思想的篇章都给予集录，仅仅全唐诗就搜辑有充满佛学意趣的诗篇三三六五首，多达三十六余万字。2015 年我因为罹患癌症，加以视网膜剥离的眼疾，不得不辞去编藏的工作，将九百多万字的《艺文藏》初稿交给后续的工作人员。《艺文藏》若能完成，势必创新佛教大藏经的体制，为未来佛教文学的研究提供宝贵的典籍素材。

《中国佛教文学史》分为上下卷，上下卷的两位主编都是我非常敬佩的“佛教文学”研究专家。我阅读过萧丽华教授几本唐代诗学和佛学的大作，心仪已久；廖肇亨教授对中国古典文学及近世东亚佛教文化，有精湛的研究成果。他们带领十八位钻研佛学与文学领域的学者，费时多年合力完成这部巨著。

生活·读书·新知三联书店资深编辑麻俊生先生，对两岸文化交流着力颇多。欣闻这部《中国佛教文学史》在他努力下得以在大陆出版，乐之为序。

主编序一

中国佛教文学教育的百年大业

佛光大学中国文学与应用学系教授兼人文学院院长　萧丽华

2007年在台湾南华大学主办的“佛学与人文学方法学术研讨会”上，我提交《中国佛教文学史建构方法刍议》一文，期待能借着研讨会呼朋引伴，一起来完成《中国佛教文学史》的建构。虽然因缘始终不成熟，那一年我却有幸瞻仰依空法师慈颜，种下善因好缘，原来我的梦想辗转流徙，注定要在佛光实现。

2014年我下定破釜沉舟的决心，离开任教二十多年的台湾大学中文系，我的心在淌血，这是我学术养成的母亲，我必得离开母亲含泪踏上英雄的征途，奔赴新任教的佛光大学去筑梦，佛大成了我新的梦土。2014年我很快地整理旧作，更名为《再议〈中国佛教文学史〉的建构》，发表于《台大佛学研究》第二十八期，我知道我离梦想更近了。

2017年杨朝祥校长命我主持佛大人文学院，同年10月我们成立“佛教文学研究中心”，集合台湾北、中、南各大学佛教文学研究学者约二十人，名为“佛教文学工作坊”，每两个月聚会一次，共同研讨各领域的佛教文学议题；2018年10月20日，《中国佛教文学史》工作坊同人在日本富士山下的本栖寺召开“中国佛教文学与文化国际学术研讨会”，得到日本佛光山总住持满润法师与本栖寺住持如恺法师的全力护持，顺利地在“云间东岭千寻出，树里南湖一片明”的招提妙境中精进切磋；2019年1月18—20日，我们在佛光山举行“《中国佛教文学史》撰写计划开题研讨会”，蒙郑阿财教授、王三庆教授与香港教育大学商海锋教授赶来支持、提供宝贵建议，我们在佛陀纪念馆八塔前迎风畅怀、集思广益；2019年7月10日，我们到澳大利亚南天大学举办首届“人间佛教暨中国佛教文学国际学术研讨会”，提出十二篇重磅的中英文双语论文，为南半球增添精彩的人文风景。感谢佛光山人间佛教研究院院长妙凡法师和佛光大学学务长永东法师，给我们如此美好的开题会议与澳大利亚佛光山南天寺的学术参访研讨。一部由台湾学界共同完成的《中国佛教文学史》已指日可待了！

编撰一部适合普罗大众阅读、具大专教育程度的《中国佛教文学史》，不仅可以彰显星云大师毕生致力提倡的“人间佛教”、以文字弘法的精神，也可以弥补中国文学传统对于佛教文学的忽视，圆了许多做佛教文学研究者的心愿。然而，一部浩瀚如洋的中国文学史，尚有许多与佛教文学相关的主题待开发，何况是更多尚未开发的佛教文学文类、素材与议题。原先预定以三年的时间，在“文人创作”“僧人创作”与“佛经文学”三大范畴互相交涉与讨论，各文类、各范畴能互相跨界支持，后来发现三年是不够的。

一部《中国佛教文学史》需要各领域人才，也需要参酌各色文学史建构方法，才能拟定统一而优良的体例，这是方法论的问题。本书参照了吴汝钧《佛学研究方法论》的探索、龙谷大学佛教学研究室《佛教学关系杂志论文分类目录》《中国文学史》对文学史建构历程的反思、孙康宜和宇文所安（Stephen Owen）等人合编《剑桥中国文学史》（*The Cambridge History of Chinese Literature*）提出的“史中有史”论、章培恒和骆玉明主编《中国文学史》与《中国文学史新著》所采用韦勒克·沃伦的“打破文学史以政治变化进行分期的模式”等等各色文学史建构的“方法论”。

至于佛教文学史要从哪一个朝代开端？有学者认为秦代《金狄铭》的“金狄”与《增壹阿含经》所记载的“如来”像相似，刘师培认为汉代贾谊的《鹏鸟赋》多佛家言，严可均在《全上古三代秦汉三国六朝文》的全上古三代文中，已独立出“释氏”一类，这是起源论的问题。目前推测东汉时期相继来华的高僧有安世高和支娄迦谶，这是译经的开始。如果广义的佛教文学，含着汉译经典的文学性在内的话，我们把佛经翻译视为佛教文学的开端，是合理的。问题是，佛教经典何时翻译入中国？真的只在东汉才开始吗？有否可能未译经之前，思想的口头传播已先进入？所以，早于佛经翻译时期的中土诗文，仍有可能交融着佛教思想与思维方式，仍是值得一探究竟的。公元前3世纪，统一印度的阿育王已积极派遣大批僧侣到国外弘扬佛法，佛教史和佛教艺术史早已从出土文物肯定佛教文化的传入可上跻战国时期。可是，以文字载体为主的佛教文学如何找出起始源头？本书最后决定采用“远传”法，从出土文物、思想概念史与早期文字典籍中梳理出中国佛教文学的起源，用以形成《中国佛教文学史》的卷首开章。

“方法论”与“起源论”之外，另一个重要的大问题是“范畴论”。进入真正撰写的过程才发现佛教文学的范畴无边无际，我们从原先“文人创作”“僧人创作”与“佛经文学”三大范畴的视角再扩充到俗曲民歌与敦煌文献；团队人力也陷入紧张，僧传研究的人才不足、敦煌与俗曲研究的学者也较欠缺、文学类型中以散文研究与文学理论研究的人力最为不足。我们在撰述过程中不断向外征求助力，团队成员也不断扩充，最后达到上卷十二位、下卷九位的规模。感谢团队成军时一开始就给予精神认同、实体参赞与后来陆续仗义支持的师长们，这些师长的大名镌刻在书前的作者群中，我不在此一一称名致谢。总之，没有你们的发心与贡献，无法成就如此艰巨的大事。特别感谢下卷主编廖肇亨教授，在明清佛教文学人才短缺的世代，您不仅孜孜矻矻耕耘不辍，培养许多新生代人才，也是《中国佛教文学史》建构过程中最大的支柱。

目前坊间各种版本的《中国文学史》，多数都未能系统地介绍佛教于中国文学中的角色与影响，然佛经自汉代传入中国起，即开始影响着中国文学书写的方式，尤其佛经的转译创造了许多崭新的词语，佛经中的寓言或譬喻，则成为中国各体文学创作重要的材料，六朝时代开始僧人与文人之间的交往，激发出大量的文学创作，敦煌变文中许多佛经故事的改编，以及唐宋时期的诗词戏曲中处处可见对佛理创化的文学表现。以我毕生研究佛教文学的视野，我相信本书能系统呈现中国佛教文学的精华与发展理路。

用一部完整的中国佛教文学史，才能对得起佛陀垂化众生的大爱，对得起我们自己一期一会的人生，接续起佛教文学教育的百年大业。汇整稿件期间，正值台湾新冠疫情艰困阶段，佛光大学校园封锁，我在宿舍几近无米无炊，这让我想起孔子厄于陈、蔡，孔子幸得颜回、子贡诸生解围，我也有幸蒙佛大中文系师生相助，三个月之间我的粮食与交通都补助不断，谢谢相助的同人与研究生，你们是助我最后一里路的仁者。最后要感谢胡素华居士，本书的建构过程历时四年，从工作团队成军、每两个月的例会、交通食宿补贴，到出版本书所需经费，都是拜胡素华居士的护持。最强大的精神支持是佛光山文化院院长依空法师的默默廑注与佛光文化社长满观法师的殷殷督促。我们蒙受佛光集体创作精神的感召，有钱出钱，有力出力，心灯交辉，才能共成佛教文学百年大业。期望本书的出版，能辅助佛陀垂教，贡献我们有限的人生，上报四重恩，下济三途苦！

主编序二

穿过荆棘林

“中研院”中国文哲研究所研究员　廖肇亨

历时良久的战役终于告一段落，一点也没有横槊赋诗的豪情慷慨，相反地，内心盈漾的始终是不安，以及充满未知的恐惧。

宋元明清以降的文学与佛教，几乎是学界人迹罕至的荒野，日后看起来，或许更像是邻近闹区郊山完整生态调查报告之前的物种观察笔记。在此之前的研究调查多数欠缺翔实的第一手观察，除了寥寥可数的数位知名诗僧（例如苍雪读彻或担当普荷）之外，多半仍处于想当然的叙述，或者先入为主观念型模的套用（例如怀念故国的遗民）。

俨然一片杂木林，林中路交错纵横，没有任何路标指示，暗中摸索的恐惧远大于发现新物种的期待。虽然邻近的文学、儒学、历史等国度早已春色满园，游人如织，尽管宋明诗学的核心命题就是“以禅喻诗”，善于书画的僧人不计其数，帝王也曾经与高僧讨论《西厢记》，神异僧的身影在各种小说中来回穿梭，但宋代以来的佛教与文化书写之间的学术研究，仍然凤毛麟角（绝不夸张）。宋代以后的佛教文学史的作者群用最高度的热忱，挑战这个最艰巨的任务。

日本史学家内藤湖南有所谓“唐宋变革”之说，虽然学界至今对此并无定论。但宋代以后与在此之前的社会、文化、宗教都大异其趣则自不待言，传统的理论架构或观念方法未必能完全适用也是意料中事。如果从这个角度看，大概不难理解为何“近世佛教堕落论”会如此大行其道，以致形成牢不可破的价值前提，造就今日问津者寡的景观。反观欧美学界，有从寺庙谈北京，谈论元明知识阶层与佛教，却仍被推崇为先知卓见，宛若千年之暗为一灯之明所破，殊不知有一群人不计毁誉，不辞艰辛，正在不见天日的密林中为调查新物种，开辟新路径，奋力让第一道光照入此间。

禅门有言：“穿过荆棘林，方为弄蛇手。”传统上，多将“荆棘林”理解为文字，置诸此地完全可以相通。又言：“惯弄灵蛇之势，赫赫万层；活捉生马之威，昂昂千里。”不过初稿完成之后，完全没有开路先锋或活捉生马的顾盼自雄，更多的却是老农“晨兴理荒秽”的感慨，这里呈现在众人面前的毕竟仍然带有强烈的实验性质。宋代犹有可说，元代以后所列举的诸多文学作品，不仅一般人罕有耳闻，学界多半也十分陌生，感谢《中国佛教文学史》下卷的作者群，在阅读浩如烟海的文献资料后，披荆斩棘，大致摸索出一条可行的道路。同时为了这本书，作者群曾经举办多次研讨会，大家一起商讨彼此之间未尽合宜之处，共同修改，俨然就是战场上奋力求生的战友，比战役的成败更令人关心的是曾经休戚的革命情谊。成功与失败，非我辈所能置喙，只希望对日后踏上这条道路的有心人有一点帮助。

感谢上卷主编萧丽华教授、佛光文化社长满观法师协调出版相关事务。对于曾经一起并肩作战的作者群：黄敬家教授、林韵柔教授、林智莉教授、刘家幸教授、李淑如教授、简凯廷教授、林仁昱教授、徐维里博士，内心的感谢无以言表。还有为联系研讨会与编辑作业，辛苦付出的工作人员冠仪、李洁、祖恩及远赴异乡的志鸿、佩君。人生虽然并不完美，但毕竟曾经我们一起走过这段时光。

穿过荆棘林是个重大的挑战，但毕竟跨出了第一步。

撰写原则、撰写方式与体例

一、撰写原则

（1）本《中国佛教文学史》效星云大师“人间佛教”文字弘法的精神，以佛教意识为主体，文学艺术为辅助。

（2）本书的文学史观综采鲁迅“以时代为经”“以文章的形式为纬”的观念[①]，布拉格学派文学史理论家穆卡洛夫斯基的文学演化中的“进化价值”（developmental value）学说[②]，王钟陵“历史真实的两重存在性原理”[③]

① 鲁迅在谈及文学史的写作时，主张“以时代为经”“以文章的形式为纬”，是受到文学史家泰纳（H. Taine）、圣伯夫（A.Sainte-Beure）和勃兰兑斯（G.Brandes）的文学进化史观的影响。见陈平原：《作为文学史家的鲁迅》，陈国球、王宏志、陈清侨编著：《书写文学的过去——文学史的思考》（台北：麦田出版社，1997 年），页 111—113。

② 穆氏指出：“对文学史家来说，作品的价值决定于该作品的演化动力：要是作品能重新整顿组合前人作品的结构，它便有正面的价值，要是作品只接受了以前作品的结构而不加改变，那便只有负面的价值。”引自 F. W. Galan, *Historic Structures*: *The Prague School Project*, 1928-1946（Austin : Univ. of Texas Press, 1985）,p.46。

③ 王钟陵所谓历史的两重性，乃指历史存在于过去的时空之中，这是历史的第一重存在，是它的客观的、原初的存在。这种过去时空中的存在已经消失在历史那日益增厚的层累之中。然而，书籍、文物、我们的生活和思维方式以及民族的文化 - 心理结构中，仍然留存着过去的足迹。真实的历史依赖于人们对这些存留的理解来复现，所以历史便获得了第二重存在，即它存在于人们的理解之中。其哲学根据见《爱因斯坦文集》第一卷（北京：商务印书馆，1976 年），页 221。

王钟陵所谓整体性原则又可以区分为以下几个层次：1. 就个别诗人、作家而言，要求对其全部的作品作客观而全面的把握；2. 从横向上说，对任何一个时代，我们不仅应该重点注意那些优秀作家，而且也应该注意其他一些较为次要的作家，从而达到对一个时代文学史全貌的把握；3. 就文学同政治、哲学、社会风习等各个方面的关系来说，整体性原则要求着一种更大的综合。见王钟陵：《文学史新方法论》（台北：文史哲出版社，2003 年），页 14。

与“文学的原生态”[①] 史观，加上宇文所安的“史中有史”[②] 说和孙康宜的“文学文化史”[③] 观，构成一种变动的历史观，文学史不再以经典化（cannon formation）作品为局限，也打破历史时代的限制，而更注重一种倾向（tendency）或者一种潮流（trend）。

（3）撰写重心在历史演进、文化融合所突显的文学现象，以作者与文本为主体，时代文风为辅助。

二、撰写方式与体例

（1）重视辑佚、辨伪、文献学与目录学所新发现的材料。

（2）“藏经文学”要多利用《中华大藏经》《高丽大藏经》《碛砂大藏经》《卍正藏经》《卍续藏经》《嘉兴大藏经》等，其中保留大量的文学性作品。

（3）一般文学史材料要借重诗文总集，文如《文选》《古文苑》《文苑英华》《汉魏六朝百三家集》《唐文粹》《元文类》等，诗歌总集如《玉台新咏》《乐府诗集》《全汉三国晋南北朝诗》《御定全唐诗》等，戏曲选集如《乐府新编阳春白雪》《朝野新声太平乐府》《覆元椠古今杂剧三十种》《永乐大典本戏文残本三种》等，小说选本如《太平广记》《唐人小说》《全像古今小说》等。

（4）撰写之前先以各篇形成小组，讨论篇章重点。

（5）撰写时注意史观的推进、该文学论题在中国文学史上的意义，兼顾文化新变与作品类型的融合、文本主题的突显、作者地位的呈现。这些重点要先从相关领域佛教文学研究成果萃取。

（6）文本举证的原文，要能呈现重要段落，不做全篇举证。

---

① 王钟陵指出原生态式的把握方式，是文学史家尽力贴近于历史之原初的存在的一种思维方式。原生态式的把握方式有三个重要的哲学基础：一是主客体的浑融与相互生成；二是时空别系；三是非线性的发展观。见王钟陵：《文学史新方法论》（台北：文史哲出版社，2003 年），页 77—79、151。

② 宇文所安：《史中有史：从编辑〈剑桥中国文学史〉谈起》，《读书》2008 年第 5、6 期。

③ 孙康宜：《新的文学史可能吗？》，《清华大学学报（哲社版）》2005 年第 4 期。

（7）以中国文学诗、词、曲、骈散文、敦煌变文等文类为主，佛典文学的“十二分教”[①]为辅。

（8）文字要注意可读性，以利读者能流畅阅读。

（9）撰写体例：

——各篇之前不立综述。

——撰文精要，尽量不用注，必要时仍可用注。

——以论述方式行文，不要成为百科全书式的数据堆积。

——每章之中要设节，节之下设目，以呈现重点。

——每章文字以一万字为原则（8000—15000字）。

（10）上卷萧丽华主编，下卷廖肇亨主编；各章撰稿人列名篇章后。

① 古正美《大乘佛教的造经方法与早期佛教文学及艺术的发展关系》一文指出：佛教非常重视语言文字的用法，部派佛教时期早已发展出一套造经的文体，1世纪大乘佛教崛起，大乘经典已经使用“十二分教”分类。针对《大般涅槃经》所说的修多罗（sūtra）、祇夜（geya）、和伽罗那（vyākaraṇa）、伽陀（gāthā）、优陀那（udāna）、尼陀那（nidāna）、阿波陀那（avadāna）、伊帝曰多伽（iti-vṛttaka）、阇陀伽（jātaka）、毗佛略（vaipulya）、阿浮陀达磨（adbhuta-dharma）、优波提舍（upadeśa）等“十二分教”，该文均有详细的解说（香港岭南学院《论文丛刊》第9号，1999年3月。页1134）。学术界有关汉译佛典“十二分教”的研究成果颇多，特别是偈颂（祇夜和伽陀）与譬喻（阿波陀那）。当然，“十二分教”不全然是文体类型，其中包含修辞法，对文学的分析、文本的阅读、文体的分辨，都有很重要的对照价值。

目　录

上　卷

下　卷

上卷

第一章　上卷绪论

中国文学的发展历史源远流长，夏、商历史混沌时期就留有一鳞半爪的文字记载，远在《尚书》《诗经》之前，有龟甲文书与半歌文学。佛教传入中国，公认在战国中叶以后，至今大约两千多年。尽管佛教在中国思想与文学领域做出巨大的贡献，对中国文学的思想内涵、文士的心态、民间的信仰与各色文学体制的变化，都曾有大幅度的影响。然而，传统《中国文学史》却始终未能注意到这个影响与变化。究竟佛经翻译与佛教思想如何汇入中国文学领域中？中国佛教与中国文学的相互交流，在文学领域有哪些显著的成果？在21世纪重构中国文学史的呼声中仍然未被注意到。

梁启超《佛学研究十八篇·翻译文学与佛典》说：

> 凡一民族之文化，其容纳性愈富者，其增展力愈强，此定理也。我民族对于外来文化之容纳性，唯佛学输入时代最能发挥，故不唯思想界生莫大之变化，即文学界亦然。

佛教对中国文学的影响深巨，在中国文学历史的土壤上生根、开花、结果，我们有责任整理出这些丰硕的成果，让华人世界有认识“佛教文学”的依据。

孙昌武《中华佛教史·佛教文学卷》说：“从佛教自身发展历史看，无论是在发源地古印度，还是后来在中国弘传，从经典的结集到教法的传播，从对教主、教义的赞颂到信仰心的抒发，如此等等都要广泛地采用文学手段。这样，历代创作出大量所谓‘佛教文学’作品。佛教从而成为文学的一种载体。外来的佛教是其发源地印度与所流传各地区、各民族文学的载体；在中国这样有高度文化和优秀文学传统的土壤上发展的佛教，历代也创造出大量的、有价值的文学作品。属于这一范畴的，从具有不同文学价值的翻译佛典，到中土僧俗的护法、颂佛作品，构成中国文学遗产的重要组成部分,而其成就和价值远远超越于宗教意义之外。”“有关佛教的‘人物’、题材、语言、事典等等被人们相当普遍地当作创作‘材料’；创作的作品涵盖诗歌、散文、小说、戏曲、各种民间文学创作等众多文学样式，并创造出一批全新的文体。佛教的影响不但促成了历代文学作品思想内容的丰富和变化，对于其艺术表现的发展和创新也起到十分巨大而深远的作用。”

星云大师《人间佛教回归佛陀本怀》说：“佛教有很好的资源，如文学、艺术、音乐，都可以成为度众的因缘。”“佛教在中国产生了哪些影响？……在文字上，因为译经，丰富中国人平常遣词用语、文学创作的词汇。而历代以来的文人雅士，如陶渊明、谢灵运、王维等人，莫不与人间佛教有深厚因缘。”所以，大师在书中设立专章《人间佛教与文人的往来》，提到陶渊明、谢灵运、王维、韩愈、柳宗元、白居易、欧阳修、王安石、苏轼、黄庭坚等历代有名的文人；也提到最为大家熟知的干宝《搜神记》、吴承恩《西游记》、曹雪芹《红楼梦》、刘鹗《老残游记》等佛教思想浓厚、家喻户晓的旷古之作。大师还提出“佛教教条，建立文章体例”“禅师启迪，忏悔毁佛之罪”“写作赋诗，表达学佛心境”“坚定信仰，即珍贵传家宝”“文以载道，教化世道人心”等五个佛教影响文学的面向，值得我们重新梳理中国文学历代的诗文总集，看看这些文学遗产中哪些文学体制、体例、体裁因佛教而产生？哪些文学内容、形式因佛教而改变？

如果深入观察，中国历代文学从藏经文学到僧人与居士文学，其数量与文学类型非常可观，不仅造成许多特殊文类的产生，如“世说体”“永明体”“宫体”等，更深化山水诗、诗歌声律、史传文、志怪、佛教原典文学等等，也提供大量的语汇意象、故事题材与小说原型，其他还有通俗的劝世诗偈、俚曲小调、变文、宝卷均十分发达。

观察佛教讲经中的文学传统、佛教本生经与民间故事、佛经汉译的探索与文学性的追求、志怪影响与佛教传记、僧俗往来、山水到声律之佛教影迹、《文心雕龙》“论”之儒释交融、唐代文士佛教诗歌、唐民间佛教诗歌传统、敦煌变文、《大唐西域记》及《大唐三藏取经诗话》等等，佛教文学研究成果太丰硕了，建构《中国佛教文学史》也就需要集思广益，确定范畴，投入各领域人力，还须参酌各色文学史建构方法，拟定统一而优良的体例，本章是先明大义。

一、何谓“佛教文学”？

文学史家所取的文学定义，常常可以影响他的取材范围。大约周秦时代所谓文学，是泛指学术。《论语·先进篇》记载孔门分四科，“文学”和“德行”“政事”“言语”并列。从汉、魏、南北朝到隋唐，“文学”是个官名，或掌校订典籍，侍奉文章，或掌以五经、教生徒，也是极广义的用法。直到《世说新语·文学》篇所述，限于诗人文士。文学的范围，缩小多了。梁《昭明文选》所收，限于“事出于沉思，义归乎翰藻”。狭义纯文学的看法，在南朝已经近乎成立。

然而在中国文学史的系统中，尽管汉魏以下，文学自觉，狭义的纯文学观已萌生，它却无法涵盖全面的文献典籍，也无法与文化史分开。更何况，汉魏以下当世活动的文人已经出现诗僧、文僧典型，意味着文学工作者已经有僧有俗，因此文学范畴应该涵盖僧俗作品；而汉魏以来佛经翻译是中国文化史上的大事，因此佛经中的文学性，如同先前诸子散文、哲理寓言或两汉史传文学一样，具有影响文学或自成文学作品的特色。

因此，“佛教文学”的定义牵涉的复杂度更深更广。

“佛教文学”的定义论者不一，最早期有深浦正文《新稿佛教文学物语》、小野玄妙《佛教文学概论》等，将佛教经典中具有文学意味的视为佛教文学，然而加地哲定《中国佛教文学》则认为，经典的佛教文学以宣明教义为主，不是真正的佛教文学，虽然可视为佛教文学的一部分，但真正的佛教文学核心部分，应是对佛教体验理解后，有意识地从事文学创作，以文学为主体所反映出来的宗教境界。

有感于“不了解佛教，不探讨佛教与中国文学的关系，就不能认识和评价中国文学的历史”，孙昌武在《佛教与中国文学》中区分了“汉译佛典文学”与“佛教文学”两种文学范畴，就是承应这种看法。他说：

> 学术界有“佛典文学”的概念，在中国也叫佛典翻译文学；还有更广义的佛教文学，一般指那些佛教徒所创作的、宣扬佛教思想的文学作品。

不同于孙先生的二分方式，早期自胡适、梁启超、日人深浦正文，到近期的丁敏、萧丽华、王晴慧、吴海勇、汪娟等人，都是主张“汉译佛典文学”也是“佛教文学”，我们可以通称为广义的佛教文学。高慎涛、杨遇青《中国佛教文学》则认为所谓佛教文学“分为两大部分：一是佛经文学；二是以文学手法创作和佛教思想有关的作品，包括佛教僧侣的审美活动和世俗文学家崇佛的文学创作”。

孙昌武《佛教与中国文学》一书非常肯定汉译佛典具有相当高的文学性价值，但另一方面也大力肯定佛教传入中国后，对中国思想领域的开拓、论述方法的创新、文学艺术的构思及文字表现技巧等的影响。虽然他并未进一步对“佛教文学”提出明确义界，但他认为三国以后，佛教才开始被统治阶层接受，因此他探讨的文类和内容仅以六朝以后的文学表现作为讨论范围。后来孙昌武在《中华佛教史·佛教文学卷》更具体提出“佛教文学”有“外来翻译的和本土创造的”。他说：“东汉以来，伴随着佛典传译的，是空前规模的外国文化和文学的输入。传译为汉语的部派佛教的佛传、本生、譬喻故事等可视为翻译文学作品，大乘经典如《法华经》《维摩经》《华严经》等，其文学成就更被人们普遍赞赏，给历代文人提供了众多的创作材料以及思想和艺术借鉴。中国文学的发展从中得益良多，历代中土信徒也创造出大量‘辅教’作品，有文人创作的赞佛、护法诗文，还有民间宣扬佛教的故事传说和变文、宝卷等等，种类繁多，数量巨大。这些都构成中国文学遗产的重要内容。”

丁敏《当代中国佛教文学研究初步评介——以台湾地区为主》一文主张“中国佛教文学”的范围除了汉译佛典中带有经典文学的部分外，另一大范畴是带有佛教色彩的各种文类，“当然最好的佛教文学作品，应是具备如余国藩所指出的具有文学的‘创造性’和‘宗教的启发性’的作品”。侯传文《佛经的文学性解读》一书的末章曾直接对“佛教文学”的定义和类别提出主张，说：

所谓“佛教文学”，是指那些在佛教思想指导下，为宣传教义或表现宗教感情而创作或改编的文学作品，是随着佛教的兴起和传播而在东方产生的一种文学现象。

侯氏并指出，“佛教文学”在不同国家地区有不同的表现形式和民族特色，因而有印度佛教文学，也有中国佛教文学、日本佛教文学、缅甸佛教文学等区分。

算起来，加地哲定《中国佛教文学》算是较早定义出“广义的佛教文学”的学者，他说：

所谓佛教文学，是以佛教精神为内容，有意识地创作的文学作品，可以说佛教和文学本质地存在着不二的立场。

加地哲定不仅指出佛教文学产生的契机、佛教文学的定义，在其全书中也胪列佛教文学的各色文体。由日籍学者所提出的视野，具有重要的参照价值。面对汉代或者更早的战国已融入中国的思想内涵，在中国流通二十几个世纪以上的佛教文学，我们今日实有必要参照《中国文学史》的建构历程，把一切文字留存的文本，视为中国文化遗产来加以掘发，这是本书成书的原因。

经以上各家之论，我们可以说“佛教文学”是作为佛教思想载体的文学，可以是佛经文字中的文学或佛教思想内涵之融入、语汇、故事之承转运用等，简单地说，可以是汉译佛典、解说佛经、阐发教义为宗旨的，也可以只是援引佛教思想、运用佛教语汇与典故等等的各色文字，是受到佛教影响下一切有意识无意识的文字。

二、“中国佛教文学”范畴论

萧丽华《再议〈中国佛教文学史〉的建构》一文曾提出“中国佛教文学”范畴论。她主张所谓“中国佛教文学”，应该涵盖三大范畴：文人创作、佛经文学、僧人创作。其中僧人创作，讽咏悟境的证道诗文，有部分已入禅藏、经藏中，可视为佛经文学；而僧人或兼为文士；文人中或因笔受关系或因著作涉及佛教者，也有不少作品收入佛经中。因此，这三大范畴实互有交涉如右图。

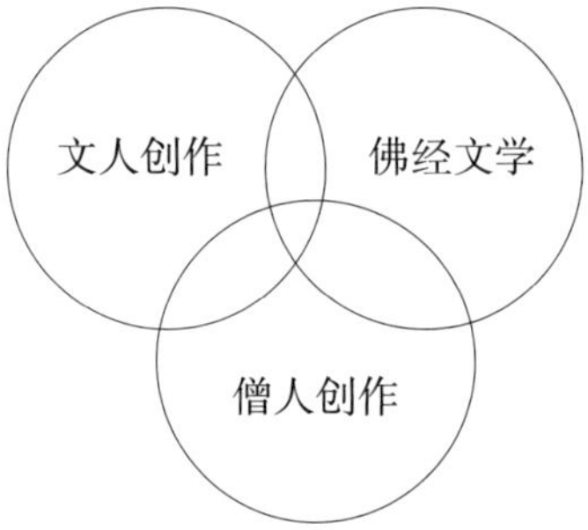

以文人创作的文学来说，包括民间文人与庙堂文人之作。因着佛教思想之超越，翻译文学之优美，素来吸引不少文人，从两晋、南北朝、唐宋以降，一直有不少文人从事佛教活动，佛教思想成为文士文学作品中的一大内涵。而文士中不乏诗僧文僧，如东晋南北朝时期的支遁、慧远、汤惠休，唐代的皎然、寒山、齐己、贯休，宋代的九僧、宗杲、惠洪，元代的三隐（觉隐、天隐、笑隐），明代的药地禅师等等。

这是从僧、俗创作的角度来看，也就是文人创作与僧人创作。他们的作品，目前六朝诗歌、文章全部保留在逯钦立《先秦汉魏晋南北朝诗》《汉魏六朝百三家集》中；唐宋诗文则见诸《全唐诗》《全唐文》《全宋诗》《全宋文》中；明清以下则未见完整的总集，须一家一家爬梳。其他词曲、散文、小说、戏曲等文学，也须全面性检视文集或仰赖相关总集来搜罗补充。

从佛经翻译的角度来看，佛经翻译的中坚时代是东汉至盛唐六百年间，佛教大藏经中，五六千卷的经典，皆是此时的产品，宋元以后，虽间有所译，但已微不足道。中国南北朝至隋唐之间，大师辈出，翻译的人物，不下数百，其中最杰出，而对中国文学贡献最大的，当推鸠摩罗什与玄奘。鸠摩罗什的翻译，形成译经史上所谓“旧译”，范围较广于玄奘，译文精美，文、质兼重，文字又带有极丰富的西域天然语趣，不但为中国思想界开辟出一片新天地，而且对中国文学之影响尤巨；而玄奘的翻译，号称“新译”，除了补充、重译一部分原有经典外，更扩大了翻译经典的规模，所译卷帙繁复，趋向“印印皆同，声声不别”，除追求佛法真意，更讲究文字之精确，文笔之生动有趣，格式之新颖，词语之创新，结构之精美，也使中国文学为之产生变化。

因此，汉译经典中处处有文学，是列举不尽的。据学者的统计，佛经中有不少中国少见的长诗，也有的是长短篇叙事体文学、短篇寓言故事和诗偈形式等等样式。长短篇叙事体部分，有的在展现佛陀本行，如《修行本起经》《普曜经》《佛本行集经》《太子瑞应本起经》等；有的在揭示佛本生故事或缘起故事，如《太子须大拏经》《佛说大意经》《长寿王经》《佛说九色鹿经》《佛本行集经》《大庄严论经》《六度集经》《撰集百缘经》等，都颇能制造曲折的情节和形塑新奇的风格，比起中国中古时期所见叙事性作品的精彩度有过之而无不及。短篇寓言故事部分，都用在劝谕或讽刺，如《杂譬喻经》《众经撰杂譬喻》《百喻经》《杂宝藏经》《天尊说阿育王譬喻经》等，充分显示引譬连类的本事。此外，“偈颂”部分又称“偈陀”和“祇夜”，简称“偈”“颂”，是四言、五言或七言形式的诗歌，重叠为四句、五句、六句或七句，属于经文重颂者称“祇夜”，整体指对禅门的诗偈、颂古、铭赞、歌咏等的总称。凡此，诗、文、小说乃至《弘明集》《广弘明集》中的“与人书”（这个分类指佛典中非印度原典翻译的部分，也就是中土高僧、笔受文士的文字被纳入佛典中的部分）之类，作品更繁复多元、无法胜数了。

有关“佛教文学”之范畴，未来应以时代推进为纵轴，依照传统文学类型——诗、散文、小说、戏剧为分类，横向扩大原始材料之搜集，从文人别集、各类文学总集与僧集、藏经中全面汇整，才能呈现佛教文学史的总貌。

（萧丽华）

第二章　远传时期的佛教文学

佛教文学的产生必然与佛教传入中国相关。有关佛教传入中国的正确时间，现阶段还众说纷纭，综合任继愈的《中国佛教史》及汤用彤的《汤用彤全集》的说法，加入近年出土文物的考证，至少有七种说法：先秦战国中期说、先秦战国末期说、秦朝说、汉武帝时期说、西汉末期说、西汉末东汉初说、东汉初说。其中以“东汉初说”即后汉明帝感梦求法说，列入最早的史册，最受肯定。

“后汉明帝感梦求法说”见于《后汉书·西域传》记载：“世传明帝梦见金人，长大，顶有光明，以问群臣。或曰：‘西方有神，名曰佛，其形长丈六尺而黄金色。’帝于是遣使天竺，问佛道法，遂于中国图画形像焉。”另根据南朝梁慧皎《高僧传》所记载，东汉明帝夜梦金人，太史傅毅认为可能是西方之佛，明帝遂遣使往西域求法。途中遇到印度僧人迦叶摩腾和竺法兰。明帝永平十年（67 年），梵僧迦叶摩腾和竺法兰以白马驮经像至洛阳，明帝建白马寺，梵僧于此译出《四十二章经》。此即史册记载，中国有佛僧、佛寺、佛教之始。

根据《汉法本内传》的记载，迦叶摩腾、竺法兰抵洛阳后，五岳十八山道士，于明帝永平十四年（71 年）正月一日上奏，请与佛僧论理角法。明帝派遣尚书令宋庠，传论道、释两派，斗法于白马寺。而南岳褚善信、华岳刘正念、恒岳桓文度、岱岳焦得心、嵩岳吕惠通以下六百九十道士，筑三坛于白马寺之南门外，西坛安置符箓书，中坛安置黄老等书，东坛列祭器食物，祈祷诸神。佛僧则于道路西侧，安置佛舍利经像。不久道众宣言纵火焚坛，不燃圣典。岂知火势一发不可收拾，道教圣典焚烧毁尽，佛教则舍利放五色光，飞舞空中。迦叶摩腾也飞升天际，现诸神通，观者叹服。自吕惠通以下诸人，暨内宫妇女二百三十人，一时皆愿出家。这段说法极尽夸大佛教神通，其实不可确信。从信史的角度，应是后人杜撰。但是迦叶摩腾与竺法兰于明帝永平年间入华，已是可信的记载。

问题是还有的文献说，迦叶摩腾与竺法兰之前的文献已知佛教，根据《列子》记载："孔子曰：丘闻西方有圣者焉；不治而不乱，不言而自信，不化而自行，荡荡乎人无能名焉。"难道孔子已经知道佛陀的存在？朱士行《经录》也记载："秦王政四年（秦王政后灭六国，即皇帝位，是谓始皇帝，王之四年，乃即皇帝位前二十二年），西域沙门室利房（一作释利房）等七八人，始赍佛经来华，王怪其状，捕之系狱，旋放逐国外。"也就是说，秦始皇登基前二十二年，已有佛经传入？此外，《广弘明集》引《老子西升经》说："《符子》云：老氏之师，名释迦文。"《佛祖统纪》《周书异记》《天人感通传》都说周代已知有佛教。这种种说法，在今天相信信史的时代，学者多半不予相信。蒋维乔《中国佛教史》则认为，从刘向校书时有《旧经录》一卷、迦叶摩腾有《佛经目录》一卷、朱士行有《经录》一卷，可以证明在朱士行之前已有《经录》的事实，只是今天未传而已。

孙昌武认为，按照宗教传播的规律，应当是先有零散的传布，经过一段时间才逐步形成规模，所以我们很难确定佛教输入中土的具体时间与路径。东汉明帝感梦之前有鱼豢《魏略·西戎传》标示中国丝绸之路的通使年份在西汉哀帝元寿元年（前2年），丝绸之路成立之前更有朱士行之前已有《经录》的事实。《魏书·释老志》记载："及（汉武帝）开西域，遣张骞使大夏还，传其旁有身毒国，一名天竺，始闻有浮屠之教。"孙昌武认为："从情理说，传播佛教信息的应当不只是张骞使团的人。因为当时还有更多东来西往的商人、使臣、流民，以及外来的归化人、逃亡者等等，他们之中必然含有佛教信徒。某一宗教传入一个陌生国度和民族间，应当是个长期、缓慢的渗透过程。"从汉明帝感梦求法说上溯西汉末期说，再上溯汉武帝时期说、秦朝说、先秦战国末期说、先秦战国中期说。如此不断上溯到混沌未明的初始。

艺术界从造像与出土文物中，企图把佛教的传入上溯到战国时期，也颇有合理处。事实上，一个宗教的输入，并非一个时间点发生的，而是史学界所谓以“远传”的方式，断断续续地经历一段相当长的时间，由不同面向陆陆续续传入。所谓“远传”（long-distance transmission）指的是远程传播，相对于接触传播（contact expansion），意指由单点对单点或多点的远距离传播，而非经由线或面接触的。本文更指向文献记载前已有一段遥远的时间，陆陆续续传入。东汉以前一定有大段时间的传入过程，只是文献不可考，如果能推考出这一大段时间的起点，让这段模糊的“远传”期有些影像浮现，对思考中国佛教文学的起源应该大有帮助。

目前推测东汉质帝到桓帝、灵帝时期（146—189年）相继来华的高僧有安世高和支娄迦谶，这是译经的开始。如果广义的佛教文学，含着汉译经典的文学性在内的话，此时应该算是中国佛教文学的开端了。各大文学史都认为，广义的“文学”涵盖一切文字记载。“文学”一词最早见于《论语·先进》，是孔门四科之一，叶庆炳《中国文学史》说：“孔门文学一科，乃主修诗礼等经书典则。西汉学者仍以经典为文学。”刘若愚《中国文学理论》认为，公元前5世纪到1世纪前，“文”用以指各种记号或花纹，直到5世纪，“文学”才正式和“经学”“玄学”“史学”分开。因此，我们把佛经翻译视为佛教文学的开端，是合理的。

问题是，佛教经典何时翻译入中国？真的只在东汉才开始吗？有否可能未译经之前，思想的口头传播已先进入？所以，早于佛经翻译时期的中土诗文，仍有可能交融着佛教思想与思维方式，仍是值得一探究竟的。《魏书·释老志》谓：“释迦生时，当周庄王九年。《春秋》鲁庄公七年夏四月，恒星不见，夜明，是也。”可见周朝到东汉这段时期，是佛教传入中国的蒙昧期，此中的文学也就是远传时期的佛教文学。

如果以文物来看，考古文物已可判定在战国中期已有佛教传入中土。根据平川彰《印度佛教史》结合考古遗址和文献资料所作的考察显示，阿育王的时代（前268—前232年），佛法的传播向西已由北印度一路扩展到现今的叙利亚、希腊等地，进而由北转入向东的阿富汗、中国西域地区；

赖永海《中国佛教通史》（第一卷）则判断：“根据佛教自身的史籍记载，公元前3世纪印度阿育王时期，佛教便入了当时的于阗和龟兹。”

阿育王在位近四十年，时当我国的战国末年，时代久远，虽有佛教史料为证，主张阿育王时期，佛教已传入中土西域地区，但是到底应视为信史或神话则常有争议。所幸近十多年我国陆续有新的考古遗址被发现，最令人兴奋的是湖北江陵天星观二号墓出土的两件实物：一是半人半鸟双手合十的妙音鸟造像，一是髹漆的木雕莲花座。所以，连史学家许倬云也表示：

> 考古学上，四川乐山崖墓的佛教刻像及江苏徐州孔望山的岩壁刻像，都属于西汉中期，是以佛教进入中国，当在东汉以前。最近湖北天星观二号墓出土战国时代文物，据说有类似佛教妙音鸟及莲花座的艺术造型，其究竟情形，还有讨论的余地。此说如果属实，则佛教进入中国，当更早到战国之时。

所以，我们有理由据此上溯西汉时期，乃至战国时期的佛教传播情况，佛教于西汉时期应处于持续发展阶段，符合前文所引许倬云的考察——西汉中叶以前佛教已传入中国。以上既有考古出土遗物作为科学的史料证据，又有秦代铭刻之文和史料文献所载之事迹相与佐证，对于佛教从战国到西汉陆续传入中土的事实，可不复争。换句话说，在东汉明帝引入佛教的成说之前，先秦到两汉之间，实际已陆陆续续进行西域与华夏间的思想与文化交融了，只是当时无具体文献，应是或以口头传播，或以文物互通的方式，进行着华夷融合的互渗，这完全符合“远传”的道理。

根据季羡林《中国佛教史·佛教史论集》的观点，世界文化分为中国文化、印度文化、伊斯兰文化与希腊罗马文化等四大文化体系，或两大文化体系群。文化交流应该分为三个层次：一个文化体系内部的交流、四大文化体系间的交流、两大文化体系群之间的交流。文化交流或文化传播，总要通过一定的道路，西域地处东西两大文化体系群的中间，是东西文化交流的必经之路。世界历史上有名的丝绸之路，就是横亘西域的东西文化交流的大动脉。真正的丝绸之路的开辟虽然在汉代，但是东西文化交流却绝非到了汉代才开始，换句话说，东西文化早已在先秦有所交流，丝绸之路是东西文化交流经过周秦入汉之后日益频繁的产物。

季羡林《中国佛教史·佛教史论集》又说："最早担任文化交流任务的人，一般只有商人、外交官，到宗教创立以后，又加上了宗教信徒，老百姓是很难长途跋涉的。商人、外交官、宗教信徒，各有各的目的，他们绝不会想到什么文化交流，然而事实上却进行了文化交流。这种情况在蒙昧的远古，商人出现之后就已经有了。在天文方面的交流就早得很，中国春秋战国时期已经明显地受到外国影响。"我们可以说，即使今天找不到春秋战国时期任何文献的记载，历史的发展本就如此，一切天文、历算、音乐、艺术乃至各色物产（东方的丝绸、茶叶与西域的葡萄、胡麻、苜蓿等等），早在丝绸之路前已经随着络绎往来的人们而交流频繁。佛教的传入也是如此。

严可均在《全上古三代秦汉三国六朝文》收录的全上古三代文中，已独立出"释氏"一类，辑有迦叶佛《遗释迦牟尼佛书付伽梨衣》、胜军王《致世尊父净饭王书》、净饭王《手书召世尊》、舍卫国贾人《与世尊书》、释迦牟尼佛《报波罗奈国金色女书》、四姓《敕冶师书》、勒那跋弥王《下梨师跋陀国王敕令》、梨师跋陀国王《上勒那跋弥王送太子表》、叶波国湿波王《与太子须大拏书》、王舍国瓶沙王《与德差伊罗国弗迦沙王书》《报弗迦沙王书》、德差伊罗国弗迦沙王《与瓶沙王书》、加赦国波罗奈城诸族豪贵《与梵摩达哆王书》、僧大《与兄佛大书》、某许国王《报某国王书》、阿育王妾《诈为王与太子法慧书》、梵志女《更四姓与邸阁书》等，凡十七篇。

严氏认为："佛教始于周，释藏所载佛说诸经中有敕令书表皆周代外国文也。翻译不无润色，姑编入三代文。"严氏还一一注明这些文书乃从《六度集经》《法苑珠林》《佛说众许摩诃帝经》《贤愚因缘经》等经典辑出。可见严可均认为虽然这些佛经翻译进入中土的时间在周代以后，但这些文书的人物与梵文原文，其时代都是在周文以前，应归入三代。如果以"远传"方式来看待，前述蠡测佛教的远传时代在先秦的战国时期，当然这些文本应该归入"远传"时代的范围内，前述出土文物已确认在战国中期，则佛教在三代融入中国思想与语文的可能度是极高的。

再以《庄子·外物篇》一首逸诗来看：

青青之麦，生于陵陂。生不布施，死何含珠为？

此诗根据逯钦立《先秦汉魏晋南北朝诗》的收录置于“先秦”范畴。这里的“布施”似乎已融入佛教意涵，与《荀子·哀公篇》所记载的孔子所说“所谓贤人者，行中规绳而不伤于本，言足法于天下而不伤于身，富有天下而无怨财，布施天下而不病贫”，和《国语·周语上·虢文公谏宣王不籍千亩》所提“布施优裕也”，二者中“布施”一词的意涵都是指人民进献祭礼以享神的意思不同。再看《韩非子·显学篇》“今上征敛于富人以布施于贫家”则有财施之意。也就是说，先秦使用“布施”词汇的语意，逐渐与佛家六波罗蜜中的“檀波罗蜜”（dāna pāramitā）修行观念相契。

再者，严可均《全上古三代秦汉三国六朝文·全秦文》收录了一篇《金狄铭》：

皇帝二十六年，初兼天下，以为郡县。正法律，同度量。大人来见临洮，身长五丈，足迹六尺。

按照中土的词意，“金狄”指金色的夷狄，推测为西北异族。这与《增壹阿含经》所记载的“如来”像是相似的：

优填王即以牛头栴檀作如来形像高五尺。是时，波斯匿王闻优填王作如来形像高五尺而供养。是时，波斯匿王复召国中巧匠，而告之曰：“我今欲造如来形像，汝等当时办之。”时，波斯匿王而生此念：“当用何宝，作如来形像耶？”斯须复作是念：“如来形体，黄如天金，今当以金作如来形像。”是时，波斯匿王纯以紫磨金作如来像高五尺。尔时，阎浮里内始有此二如来形像。

优填王和波斯匿王所造如来像是最早的佛像，“像高五尺”“黄如天金”

的如来形像，与《金狄铭》中的“大人”如出一辙，会不会这就是中土文献中的“佛”？这又与《后汉书·西域列传》载百余年后的东汉明帝夜梦的“金人”，应有所关联。

又，汉武帝曾令群臣作《象载瑜》一首，诗云：

象载瑜，白集西，食甘露，饮荣泉。赤雁集，六纷员，殊翁杂，五采文。神所见，施祉福，登蓬莱，结无极。

此首诗需注意的是前四句，白象车队集于西方，“食甘露，饮荣泉”，象在这里乃天界的神兽，他们可以食饮甘露天泉，自由自在随神悠游于天界四方。以白象为守护神兽，乃印度佛教特有的主张，《长阿含经》卷一云：“善调七牙住，高广白如雪，能善飞虚空，名第二象宝。”《杂阿含经》卷二十七亦云：“尔时，圣王观察此象调相已备，即乘宝象，于晨旦时周行四海，至日中时还归王宫，是名转轮圣王出兴于世，如此象宝现于世间。”白象乃佛教观念中转轮圣王出世才有的祥瑞，汉武帝令群臣作这首《象载瑜》，诗中凌空飞翔的白象取材，应有很大的成分源自于佛教思想，殆无疑义。

综合以上的例证看来，汉译佛典文学中，经典的翻译虽然晚于东汉，但其事迹内涵与梵文佛典早于东汉，以梵文经典时代对应于周文时代，是否算是周代时期的佛教文学？再者，“布施”“金人”“白象”等语汇与意象的使用出现在先秦、西汉时期，是否也是佛教思想观念融入的结果？此外，还可以从《庄子》的“不系之舟”与“无常”观、西汉两首郊祀歌、汉武帝承露台与佛教观念中“甘露”之象征寓意、转轮圣王的七宝、昭帝时期的鼎铭“调滋味”、贾谊《鹏鸟赋》中的书写、枚乘《七发》之命名等各项主题，来探讨佛教思想或故事在先秦到汉代文学中可能发展出的若干表现。从“远传”的角度来看，这些都该纳入佛教文学的起源中一起考虑。

（萧丽华）

第三章　古译时期的佛经文学

佛经文学是佛教文学的起源，佛经文学则始于佛教经典的翻译。佛典翻译事业从东汉（148 年）开始到清末（1824 年），赓续将近一千七百年，其中从东汉桓灵时代到中唐的七百年间是佛典翻译的全盛时期，在佛教的译经史上，依据这一时期译经的风格、方法、品类、文学风尚，可分为三个阶段。根据孙昌武《中国佛教文化史》的说法，从东汉安世高到鸠摩罗什抵长安译经为止是第一个阶段，称之为“古译时期”；从鸠摩罗什起到玄奘之前是第二个阶段，称之为“旧译时期”，玄奘译经以后的年代为第三个阶段，称之为“新译时期”。孙昌武的“三分法”又根据日本京都学派内藤湖南研究中国史的“三分法”而来。

古译时期横跨东汉、三国、西晋等朝代，综合南梁慧皎《高僧传》、南梁僧祐《出三藏记集》、隋费长房《历代三宝纪》、唐代智升《开元释教录》等记载，此一时期的译经师近三十人，总共译出佛典将近三百部。古译时期的“四大译师”指的是安世高、支娄迦谶、支谦和竺法护。初期的译师都是中亚人士，不懂汉语，都是经师“口授”，通过中土文士“笔受”而成。因此，古译时期的译经有三个主要的特点：其一，早期外来僧大多没有经本，《高僧传》记载译经师口诵梵文，由梵僧抄写，译经师以汉语宣译，再由懂汉文的梵僧或中土文士笔受记录，因此早期翻译的经典大都以译经师的专长为主，大小乘经典皆有，且多为小品或单卷；其二，早期译经师大都是西域或天竺的僧人，对汉文化的熏陶程度各有不同，加上无前例可循，所使用的译语和译文往往不一致，也在翻译的风格上产生了代表音译与意译的“质”派与“文”派理论；其三，佛教初传，必然要先让中土人士了解教主、教义和佛教名相，因此译出的经典大多属于佛教基本教义、止观禅数、佛传和佛陀本生故事。

一、佛经文学的滥觞

佛教最早是由西域传入，《出三藏记集》《高僧传》《汉法本内传》都记载东汉明帝时梵僧迦叶摩腾和竺法兰，在洛阳白马寺译出《四十二章经》等六部经籍，其后传世者仅存《四十二章经》，余皆失佚。但根据后人的考据，《四十二章经》有可能是冒名伪作或摘取诸经而成的编纂本、经抄。例如，隋费长房《历代三宝纪》认为，《四十二章经》“本是外国经抄，元出大部，摄要引俗，似此《孝经》一十八章”。梁启超说：“《四十二章经》纯属魏晋以后的文体……大抵是晋人的托伪无疑。”胡适说：“《四十二章经》是一部编纂的书，不是翻译的书，故最古的经录不收此书，它的时代也不容易决定。”佛教东传中土，最早的译经地点是洛阳，洛阳译经可说是佛经文学的滥觞。《高僧传》记载早期洛阳译经知名者有安世高、支娄迦谶、安玄、支曜、支亮、康孟详、康巨、严佛调等，以安世高和支娄迦谶所译经典影响较大。

（一）安世高宣译阿毗昙与小乘禅法典籍

最早在洛阳开展译经的是中国佛教史上第一位译经师——西域僧人安世高。安世高，安息国人，生卒年不详，东汉质帝年间（146年前后）入洛阳，于桓帝建和元年（147年）开始致力译经二十余年，据道安《综理众经目录》（别称《安录》）记载，共译出经典三十五部，合计四十一卷，以阿含、阿毗昙及禅法等上座部经典为主，对后世影响较大的是《安般守意经》《阴持入经》和《明度五十校计经》等，以《安般守意经》最为著名，介绍禅法的数息观，后来天台宗所提倡的止观有部分源于此。《明度五十校计经》叙述十方佛现在说法，以及诸菩萨度人欲使人悉得佛道，属于般若经典。

安世高译经无梵本，《出三藏记集》记载安世高以“口解”宣译，由汉人严佛调记录。严佛调临淮人，“绮年颖悟，敏而好学”，得充贤次。安世高这个译经小团体，也就成为研习、传播佛教的组织型态，不同于朝廷或藩王畜养的方式，是活跃在民间的、兼具多功能的组织形式，为后来大小不一的译经团体包括大型译场所效法，同时具有翻译、传授和研究佛法的功能。

早期译经师为了使外来的佛教经典容易被中土人士接受，往往会采用当时盛行的道教说法宣译经典。《大安般守意经》常可见老子与道家的思想，如：“安为数，般为相随，守意为止也。”其中“守意”一词可说是源自老子“守一”之说的道家思想。这也说明了佛经的翻译，在起源时便采用了与中国文化结合的方式。现存收录于《大正藏》的《大安般守意经》非原译本，而是译文夹杂注释。1999年日本大阪天野山金刚寺发现《安般守意经》，经过学者专家考证，金刚寺版的《安般守意经》似乎较接近原译本。《安般守意经》于魏晋时期有许多的注本，但皆已亡佚，仅存康僧会、谢敷、道安为该经作注时所撰写的序文。

安世高所译《佛说八大人觉经》融合大、小乘教义，原典是佛陀应天眼第一的阿那律尊者提问“在家学道者与出家弘法利生者如何求得觉悟”而讲说，属于十二分教的“缘起”类，全文仅三百七十字，用字精实，词义丰富，例如：

> 觉悟世间无常，国土危脆；四大苦空，五阴无我。生灭变异，虚伪无主；心是恶源，形为罪薮；如是观察，渐离生死。

经文的翻译音节和谐优美，语句短而有力，具有东汉末年辞赋的特色，但简明流畅，不同于汉赋的辞藻堆叠，此种特殊的译经体，成为中国文学在开拓新体例方面的借镜。此外，梁启超曾提出佛典翻译对文学之影响，其中包括：国语实质之扩大、语法及文体之变化、文学的情趣之发展等。《佛说八大人觉经》在“国语实质之扩大”方面有所贡献，例如：国土危脆、四大苦空、生灭变异、生死疲劳、身心自在、心无厌足、安贫守道、广学多闻、贫苦多怨、不念旧恶、不憎恶人、常住快乐等，在后世的文学作品中广泛地被引用。

（二）支娄迦谶主译大乘禅法与般若经典

支娄迦谶又名支谶，月氏人，生卒年不详，比安世高稍晚到达洛阳，在汉灵帝光和、中平年间（178—189年）从事译经，《出三藏记集》记载共译出经典十四部，合计二十七卷，以《道行般若波罗蜜经》（或称《般若道行经》）、《般舟首楞严经》、《般舟三昧经》著称。根据安世高《道行经后记》说，光和二年（179年）洛阳孟元士从天竺沙门竺朔佛口授经典，担任翻译的是支谶，可见这位孟元士显然是一位通透佛典的居士，也做过支谶的随侍信徒，协助翻译工作。

支谶的译著亦可见道家思想，大乘般若经典成为中国佛教的基本思想理论，支谶于初期译出大量与本土道家思想融合的般若经典是重要的关键。支谶所翻译的禅法《般舟三昧经》为大乘禅观，此经卷上《问事品第一》佛告飏陀和菩萨："一法行，常当习持、常当守，不复随余法，诸功德中最第一。何等为第一法行？是三昧名现在佛悉在前立三昧。"其修持方法是在特定期间内，常行无休息，除用食之外，均须经行，不得休息，步步声声，念念唯在阿弥陀佛，庐山慧远是最早聚众结社修持此禅定法者。《般舟三昧经》译于东汉灵帝光和二年（179年），是现存汉译佛经有关弥陀经典中最早的文献，可谓净土经典之先驱。

支娄迦谶另一重要译著是《杂譬喻经》，佛陀说法善用譬喻，佛陀在《法华经》曾开示："我以无数方便，种种因缘，譬喻言辞，演说诸法。"譬喻为佛教经典的一大特色，也是将佛教经典分为十二类的十二分教之一。《杂譬喻经》一卷，十二喻，其内容是举譬喻因缘以说明善恶业报之理，可说是最早的汉译譬喻经。原典特色是以民间故事来宣说佛法义理，或说实践佛法的善行而获得善果的故事；或说贪图财富因而起嗔恚心，行为愚痴死后堕入畜生道的故事。

譬喻经的故事虽然不离宗教主题，但故事背景与情节往往贴近人们的生活，这样的说法容易被人理解，也容易感动人心，既富创意又富艺术，是具有特色的故事文学。由于譬喻故事大多来自民间，译文明显地更加口语化，保持了民间文学的质朴鲜明和灵活风趣，佛经譬喻文学的宽阔题材和浅白的句式，对中国小说的发展有一定程度的启发。

（三）佛传故事与戒律典籍

古译时期译经的主要种类，从早期洛阳译经开始，除了禅法和般若经典，也包括了叙述佛陀故事的佛传经典和传授戒法的律藏典籍。

古译时期主要佛传经典——

1.《修行本起经》与《中本起经》

《修行本起经》由康孟详（生卒年不详）与竺大力（生卒年不详）共译，《中本起经》由康孟详与昙果（生卒年不详）共译，于汉末译出，是最早的汉译佛传经典，由佛陀自述生平经历，属于十二分教的“自说”类。《修行本起经》始于佛陀于过去世为儒童时，受锭光佛（又称燃灯佛、普光佛或定光如来）授记，命终后上生兜率天，化乘白象投入母胎，降诞为太子，长大后试艺娶妻，出游四城门遇见病、老、死、沙门而感悟人生无常，萌生修行之心，遂舍弃世间富贵出家求道，经苦行磨炼与降魔考验，终至夜睹明星而开悟成佛，随即度二贾客——提谓与波利，为他们传授三皈五戒。《中本起经》则从成佛度提谓与波利二贾客成为清净的佛教信徒开始，叙述佛陀成佛后初转法轮度五比丘，游化四方度迦叶、瓶沙王、舍利弗、目犍连，回乡为父王及族人说法，给孤独长者须达为佛陀兴建祇园精舍，优填王皈依佛陀，佛姨母大爱道瞿昙弥出家成为教团首位比丘尼，度波斯匿王、大迦叶、奈女，为尼犍外道说法，最后止于佛陀为众弟子述说前世食马麦之因由。《中本起经》衔接《修行本起经》之情节，仿佛是续集，两者合并即为一部较为完整的佛传。此两部佛传经典在文体上皆以韵、散并存方式呈现，具有散文诗歌化、诗歌散文化的特色，例如《游观品》中描述出游东城门，遇见老人之情形：

> 难提和罗，化作老人，踞于道傍，头白齿落，皮缓面皱，肉消脊偻，支节萎曲，眼泪鼻涕，涎出相属，上气肩息，身色黧黑，头手肬掉，躯体战慑，恶露自出，坐卧其上。太子问言：“此为何人？”天神寤仆，

仆言："老人。""何等为老？"曰："夫老者，年耆根熟，形变色衰，气微力竭，食不消化，骨节欲离，坐起须人，目冥耳聋，便旋即忘，言辄悲哀，余命无几，故谓之老。"

经文中除了韵、散并存，常见以四言排比与词汇堆叠方式，营造文章气势，并强化所描述景物之意象，如上文所引，连续以"头白齿落""皮缓面皱""肉消脊偻""支节萎曲""眼泪鼻涕""身色黧黑""头手肬掉""躯体战慑""恶露自出"以及"形变色衰""气微力竭""食不消化""骨节欲离""坐起须人""目冥耳聋""便旋即忘""言辄悲哀""余命无几"形容老人，令人对生命之幻化无常，由衷恐怖畏惧而生起厌离之心。

2.《瑞应本起经》

《瑞应本起经》（或称《太子瑞应本起经》）是三国时期支谦所译，记述释迦牟尼佛一生主要的事迹，情节完整，流传较广，可谓是古译时期佛传翻译的代表作，支谦译文多文采，如：

夫极天地之始终，谓之一劫，而我更天地成坏者，不可称载也。所以感伤世间贪意长流，没于爱欲之海，吾独欲反其源故，自勉而特出。是以世世勤苦，不以为劳；虚心乐静，无为无欲；损己布施，至诚守戒，谦卑忍辱，勇猛精进，一心思微学圣智慧。

简洁的词句中显露出坚定的学道愿力，译文中可见道家和儒家之思想。《瑞应本起经》为"缘起"类经典，借由叙述佛陀成道的过程，宣扬了佛教的基本教义，也为世间人指引一条成佛之道。

3.《普曜经》

《普曜经》为西晋竺法护（231—308年）所译，为十二分教的"自说"类，从佛陀自述于兜率天化为白象入摩耶夫人胎中开始，共八卷三十品，情节精彩丰富，犹如长篇小说，文学性质浓厚，随着佛传故事的流传，也影响了中国小说的开展。

佛传故事是初期佛经翻译文学的特色之一，佛传经典记载的是佛陀一生的故事，汉译佛传经典有十三部，古译时期和旧译时期所译便占了十一部，其中有六部于古译时期译出，分别是《修行本起经》《中本起经》《太子瑞应本起经》《异出菩萨本起经》《普曜经》《僧伽罗刹所集经》，初期译经者注重教主释迦牟尼佛事迹是主要因素，另一因素则是佛传故事富于神奇创意，情节紧凑精彩，广受欢迎，因此译本虽大同小异，却成为初期广为流行的汉译经典，增加了文学叙事的题材。佛传经典的翻译，除了增广叙事文学的视野，也让文学思想注入了哲学的思维。

古译时期主要戒律典籍——

1.《梵网经》

据《古今译经图纪》的记载，《梵网经》是康孟详于汉献帝兴平元年（194 年）至建安四年（199 年），在洛阳译出六部经中的一部，有二卷，现今流传的是鸠摩罗什重译本。《梵网经》主要在说明菩萨修道的阶位及应受持的戒律，着重于对父母、师长、三宝的孝顺，以慈悲和孝顺为持戒的根本，经文中多处可见慈悲和孝顺并陈，如："菩萨应起常住慈悲心、孝顺心，方便救护一切众生。""应生佛性孝顺、慈悲心，常助一切人生福生乐。"

2.《僧祇戒心》《四分羯磨》与《昙无德羯磨》

《高僧传》记载，昙柯迦罗于曹魏嘉平（249—254 年）年间到达洛阳，译出《僧祇戒心》与《四分羯磨》，并请梵僧传授戒律，为中国佛教传戒之始。佛教戒律在三国时正式传入，遂有颍川朱士行依传译之戒法剃度出家，成为史上第一位汉僧。《历代三宝纪》《开元释教录》《大唐内典录》都称《僧祇戒心》为《僧祇戒本》，"戒心"是"戒法之核心"的意思，指的是大众部戒律《摩诃僧祇律》的核心部分。《僧祇戒心》译出后，北方僧人开始依照戒律授戒度僧，并且持以作为日常的诵习，《僧祇戒心》对中土佛教史影响甚大。其后又有善于律学的安息国僧人昙帝（又称昙无谛），于白马寺译出《昙无德羯磨》。《昙无德羯磨》原典是出自昙无德部的广律（亦即《四分律》），佛门课诵与礼忏等法事从此也逐渐步上轨道。

3. 支谦译在家居士五戒经典

《僧祇戒心》《四分羯磨》与《昙无德羯磨》是针对出家僧众传授的戒法，支谦则翻译许多为在家居士宣扬的五戒经典，如《释摩男本四子经》《赖吒和罗经》；八关斋戒经典，如《斋经》。支谦译出的在家居士戒律典籍，使得中土的完整戒律系统有了基础。

（四）洛阳译经多质

安世高和支娄迦谶是洛阳译经的两个代表性译经师，关于他们翻译的风格，文献多有记载。如《高僧传》对安世高译经的评价是："义理明析，文字允正，辩而不华，质而不野。"道安在《出三藏记集》收录的《人本欲生经序》中形容安世高："言古文悉，义妙理婉。睹其幽堂之美，阙庭之富或寡矣。"谢敷在《出三藏记集》收录的《安般守意经序》中说安世高所译的《安般守意经》："其文虽约，义关众经，自浅至精，众行具举。"至于支娄迦谶的译经，《高僧传》和《出三藏记集》评"皆审得本旨，了不加饰"；支愍度在《合首楞严经记》中说支娄迦谶译经"贵尚实中，不存文饰"。由此可见，安世高和支娄迦谶皆倾向以弃文存质的方式翻译经典，王铁钧在《中国佛典翻译史稿》一书里称："安世高、支娄迦谶译经实开中国译史'直译派'之先河，称其为中国'直译派'宗师亦可。"

二、译经事业南向发展

曹魏承继汉室后，洛阳仍为译经重镇。三国时代除了西域沙门持续进入洛阳译经弘法之外，也新增了从南方海路到广东的通道。此外，东汉末年天下战乱，中原人士大量南迁避乱，其中亦多僧侣，于是译经僧由南北而至，交会于吴国首都建业，译经事业随之有了南向的拓展，江南佛教逐渐兴起。重要的译经家有支谦和康僧会。

（一）支谦开江南译经序幕

支谦（约194—约253年），又名支越，大月氏优婆塞（受三皈五戒，奉事三宝的在家男子），为古译时期三国时代著名的居士译经家。根据《出三藏记集》的记载，支谦的祖父支法度在汉灵帝时，率数百族人归化汉朝，受封为率善中郎将。支谦生于汉地，年幼即聪敏非凡，十岁读汉书，十三岁开始学胡语，能通晓十六国语言。出身佛教家庭，师事于支娄迦谶的弟子支亮，并称“三支”。支谦博览群经，又广泛学习各种知识，是一个知识渊博的学者，汉桓灵帝时已译出经典。汉献帝末年，汉室大乱，支谦随着族人迁居江左，避难于吴国，吴主孙权闻其聪慧博学且通晓经典，拜为博士，以辅导太子。在东吴期间，支谦认为汉译佛经多有外国文句，没有充分地解释，因擅长多国语言，于是他收集各种版本的佛经，翻译为汉文。从吴黄武元年至建兴年间（222—253 年）共译出《维摩诘经》《大般泥洹经》《瑞应本起经》《法句经》《阿弥陀经》等二十七部经典，又根据《无量寿经》和《中本起经》创作《赞菩萨连句梵呗》三契（曲调联奏）。

支谦译经的数量，文献多有不同的记载，如道安称三十部，《出三藏记集》收录三十六部，《高僧传》记载四十九部，《开元释教录》统计八十八部，目前《大藏经》收载者有五十二部，支谦堪称三国时代译经最多者。支谦译经有许多开创性的特色，除了继承支娄迦谶的大乘理念，更强调在家居士的修行，并翻译了许多针对在家居士宣扬五戒的经典，如《佛说法律三昧经》《佛说三品弟子经》《释摩男本四子经》等。

支谦所译重要经典——

1.《维摩诘经》

《维摩诘经》是大乘佛教的重要经典，以在家居士为说法主角是此经特别之处，属十二分教的“缘起”类。《维摩诘经》之主旨在宣扬般若空观，但却是通过在家居士维摩诘示疾说法，呈现对菩萨入世精神的肯定。大乘佛教的入世精神与中国传统儒家积极入世的观念相似，因此《维摩诘经》广受喜爱。文殊师利菩萨与维摩诘居士的问答，除了富含哲理外，文字更是精要优美，例如《观人物品第七》中的一段话：

> 于是文殊师利问维摩诘言：“菩萨何以观察人物？”答曰：“譬如幻者见幻事相，菩萨观人物为若此。譬如达士见水中月，菩萨观人物为若此。譬如明镜见其面像，菩萨观人物为若此。取要言之，如热时之焰，如呼声之响，如空中之雾，如地水火风空，如诸情同等，如无像之像，如真人断三垢，如沟港见自身，如如来诸所有，如所见诸色像，

如得尽定无身不身，如空中之鸟无迹，如虫蚤之根自然，如梦所见已寤，如未生尘，如真人现；菩萨观人物为若此也。”

文殊师利菩萨问维摩诘，菩萨如何观于众生，维摩诘答以菩萨之观于众生，如幻化师观于幻化人，如智者观看水中之月、镜中之像，如沙漠中的阳焰蜃影，如声音之回响，如空中之云雾，如地水火风之空等。以人们能体会的譬喻，来说明菩萨观众生空相的般若智慧，引人入胜。《维摩诘经》故事情节紧凑，人物对话和动作栩栩如生，历代经常被改编为戏剧，是佛经叙事文学的典范。

《维摩诘经》共有七译，其中四种译本佚失，仅存支谦本、玄奘本和后世盛行的鸠摩罗什译本。支谦译本是现存最早的译本，与鸠摩罗什和玄奘所译，除了玄奘译本的经题为“说无垢称经”外，明显不同处有三。其一，某些译词不同，如支谦使用“意净”“人民”“人物”，鸠摩罗什和玄奘译为“心净”“众生”“有情”；其二，有关舍利弗念法座的叙事，支谦本记载于第五品，鸠摩罗什和玄奘则归于第六品；其三，支谦本第九品《不二入品》至文殊师利便结束，鸠摩罗什和玄奘译本则记载了维摩诘默然和文殊赞叹一事。

《维摩诘经》是支谦译经中影响最大、流传最广的作品，根据《历代三宝纪》和宋代智圆《维摩经略疏垂裕记》记载，《维摩诘经》最早是由严佛调于东汉灵帝中平五年（188 年）首译，支谦的译本是第二译，在三国时译出，此后两晋期间出现多个译本，虽然这些译本大多已佚失，但可证明《维摩诘经》在当时所受到的广泛关注。

2.《大明度经》

《大明度经》又名《大明度无极经》，“大明”是“摩诃般若”之意，“度无极”意谓是“波罗蜜”，是《小品般若经》的第二个译本，是支娄迦谶《道行般若波罗蜜经》的异译本，在词句的使用上更流畅易懂。王铁钧《中国佛典翻译史稿》形容：“支娄迦谶《道行般若》堪称纯粹直译，大量音译词见于其中，甚显晦涩。经支谦重译，《大明度无极经》可谓行云流水，且文字简约。”例如：

如是学为学般若波罗蜜，如是学为学怛萨阿竭陀，为学力，为学无所畏，为学诸佛法。（支娄迦谶《道行般若·学品》）

如此为学一切智明度无极。如来地十种力、四无所畏，为悉学诸佛法。（支谦《大明度经·学品》）

支谦译本《大明度经》改掉令人费解的音译词，也改了佛教的名相，如“须菩提”改为“善业”；“舍利弗”改为“秋露子”，但这些名相在鸠摩罗什的译本《小品般若波罗蜜经》中又都改回原来的用法。《大明度经》也提到了般若学说的中道思想，在鸠摩罗什的《小品般若波罗蜜经》译出前，支谦《大明度经》广泛流传，是当时士大夫阶层用以了解般若和中观的重要文本，其中对“本无”思想的阐述，对魏晋时期的般若学说有重要的启发，也影响了当时的玄学思想。

3.《法句经》

《法句经》收载了释迦牟尼佛针对二百九十九个事件所开示的四百二十三首偈，由印度法救从佛经中整理编辑而成，又名《法句集经》《法句录》《昙钵经》《昙钵偈》，中土至少有六个译本，根据《出三藏记集》所载，支谦所译实际上是对他自己与维祇难、竺律炎在吴国武昌共同翻译的译本所作的修订，后人称为吴译《法句经》，共三十九品，七百五十二偈。由于是解说佛法的精要，是众经的要义，因此被当作修行佛法的准则而广为流传。《法句经》皆是偈颂，属于十二分教的“讽颂”类，以诗歌体式呈现，如《尘垢品》第一段：

生无善行，死堕恶道，住疾无间，到无资用。当求智慧，以然意定，去垢勿污，可离苦形。慧人以渐，安徐稍进，洗除心垢，如工炼金。恶生于心，还自坏形，如铁生垢，反食其身。

《法句经》每一品内文偈颂之前，皆有简述该品要义之四句偈。《尘垢品》之四句偈为：“尘垢品者，分别清浊，学当洁白，无行污辱。”说明《尘垢品》是在阐述勤修智慧以远离恶行污垢。《法句经》是选自经典的四句或六句偈语，以四言或五言为主，通常同一品夹杂四言与五言，四言乃《诗经》体式，五言为汉代新兴的诗歌体，《法句经》的杂言诗歌体译作，呈现了从两汉至三国的诗歌体发展趋势。《法句经》为格律自由的哲理诗，对佛教文学中僧人诗偈，尤其是禅宗诗偈，通俗诗如王梵志诗、寒山诗及文人诗歌创作的哲理化、散文化等皆有所影响。

4.《撰集百缘经》

《撰集百缘经》结集了佛教修道、成道的因缘故事，共十卷，一百个故事。叙述佛陀四处弘化时遇到的各种特殊事件，而于故事终了，随从佛陀弘化的弟子，必启请佛陀解说该事件的缘由，佛陀则说明了因缘果报的因果关系。例如卷十第九十五《唱言生死极苦缘》：

> 佛在舍卫国祇树给孤独园。时彼城中，有一长者，财宝无量，不可称计……其妇怀妊，足满十月，产一男儿，自忆宿命，产已唱言："生死极苦。"因为立字，名生死苦。年渐长大……父母爱念，不能违逆，将诣佛所，求索出家。佛即告言："善来比丘！"须发自落，法服着身，便成沙门。精勤修习，得阿罗汉果……
>
> 时诸比丘，见是事已，白佛言："世尊！今此生死比丘，宿殖何福，生便能语，自忆宿命，又值如来，出家得道？"尔时世尊，告诸比丘："汝等善听！吾当为汝分别解说。"

此文叙述生死比丘前世为沙弥时，因恶口辱骂其师"今者何故不舍中死"，以致五百世堕地狱中，受诸苦痛，借由故事阐扬因缘果报的佛理。故事本身已具有文学性质，加上支谦深受中国传统文化教养，译风尚文，使得汉译《撰集百缘经》成为一部具有浓厚文学性的经典。

5.《阿弥陀经》

《阿弥陀经》全名为《佛说阿弥陀三耶三佛萨楼佛檀过度人道经》。《阿弥陀经》是佛陀自然宣说的"自说"类经典，对弥陀净土的描绘巨细靡遗，绘形、绘色，也绘声，完整且生动地详述了阿弥陀佛国土的殊胜美妙，令人由衷生起向往之心，例如：

佛言:“阿弥陀佛,当讲堂精舍中,内外七宝浴池绕边上诸七宝树,及诸菩萨、阿罗汉,七宝舍宅中,内外七宝浴池,绕池边诸七宝树,数千百重行,皆各如是。各自作五音声,音声甚好无比也。”

经中对构成阿弥陀佛国土的七宝地、七宝池、七宝树、楼台亭阁、百千种悦耳的音乐,以及阿弥陀佛的无量光明和思衣得衣、思食得食的极乐世界都有非常详尽的描述,逼真的想象世界,显露了高超的艺术技巧;生动的人物与环境书写更是前所未有,是一部精彩的文学作品,对中国文学艺术的表现技巧有所贡献。

支谦译经的开创性——

支谦是三国时代最为杰出的译经家,也是中国佛教史上首位积极参与译经且贡献良多的佛教居士,支谦的杰出贡献是基于他独特的开创性,可归纳为五点。

1. 开创江南佛教之发展

《出三藏记集》记载,汉末,天下大乱,支谦与乡人南迁,共奔于吴,“时孙权已制江左,而佛教未行”,说明了支谦迁居吴地之时,佛教在江左尚未盛行。支谦先到武昌,《出三藏记集・安玄传》记载,天竺沙门维祇难于吴黄武三年(224年)带《法句经》梵文本到武昌,由竺律炎口译,支谦笔录写为汉文,这应是支谦在吴地最早的译经弘法活动。虽然《高僧传》记载安世高于汉灵帝末年,因洛阳动乱而南迁,先抵广州,再至会稽,但无片字提到安世高在江南有译经或讲经等传法活动,其他文献亦无相关记载。因此,可推断佛教是在三国时期传至江南,而由支谦大量译经得以开创发展。

2. 开创文丽简约之译经风格

支谦译经崇尚“辞旨文雅”,僧祐在《出三藏记集》里说支谦认为支娄迦谶的旧译“辞质多胡音”,过于直译而使译文显得拙朴缺乏文丽,于是重译支娄迦谶的《道行般若波罗蜜经》与《首楞严经》。支愍度于《出三藏记集・合首楞严经记》说支谦“才学深彻,内外备通,以季世尚文,时好简略,故其出经,颇从文丽”。形容支谦重译的《首楞严经》“此一本于诸本中辞最省便,又少胡音,遍行于世”。另一方面,道安、僧叡等对支谦译经,为了求文丽而失去信实，颇有微词。虽然支谦译风引发“质”“文”之争议，但无可否认的，支谦可说是译经史上“文派”“意译派”的开创者。

3. 开创会译、加注之译经方式

支谦在翻译《微密持经》时，将大乘佛教陀罗尼门实践的典籍《无量门微密持经》和两种现今已佚失的旧译本《阿难陀目佉尼呵离陀邻尼经》及《无端底总持经》对勘，以本、末方式区别为母、子，分章断句，上下并列,首创“会译”体裁。汤用彤《汉魏两晋南北朝佛教史》说明:“会译者，盖始于集引众经，比较其文，以明其义也。”也就是编译或注译之意。此外，支谦的某些译本也会在译文中加上批注，如《大明度经・行品》:“若非意者，为有为无？（师云：当学知是非意，以知非意无复想舍，即为意净。光明者，无复尘冥矣也）彼可得耶？（彼，彼意也。可得意处不乎）”此种加注体亦为支谦所创。

4. 开创士大夫阶层之大乘般若学说视野

支谦因吴主孙权的赏识，受聘为太子太傅，得以进入官僚体系，成为士大夫阶层的一员，遂有利于争取朝廷对佛教的支持，也借此将所译的大乘佛教经典在士大夫阶层宣说，积极鼓励士大夫阶层修行。支谦为了吸引士大夫崇佛修行，更在经典的翻译中加入儒家的思想，例如所译《佛说戒消灾经》中将“五戒”的不杀生、不偷盗、不邪淫、不妄语、不饮酒，翻译为慈仁不杀、清信不盗、守贞不淫、口无妄言、孝顺不醉，其中孝顺一词的使用，应是支谦为迎合士大夫传统儒家思想而添加。支谦在士大夫阶层的努力，开创了士大夫阶层的大乘般若学说视野，也为东晋时期诗文僧的形成奠定基础。

5. 开创赞呗

支谦熟谙梵呗曲调，曾依《无量寿经》与《中本起经》制作《赞菩萨连句梵呗》三契。《高僧传》记载:“始有魏陈思王曹植……于是删治《瑞应本起》,以为学者之宗。传声则三千有余,在契则四十有二。”其中《瑞应本起》即支谦所译。由于《赞菩萨连句梵呗》三契在梁之前已失佚,《出三藏记集》也仅录其目,故后世称曹植始作中土梵呗,实际上中土梵呗首创者应是支谦,支谦实开西域梵声传授之先河。根据《高僧传》所述:“若用梵音以咏汉语，则声繁而偈迫；若用汉曲以咏梵文，则韵短而辞长。”因此在支谦制赞呗之前，佛经唱诵的部分无法唱，只能转读，支谦开创梵呗使佛经在中土也可以唱诵，对佛教俗曲风气的产生，有所贡献。

（二）康僧会奠定江南译经基础

三国时期江南另一代表性译经师康僧会，康居国人。于东吴赤乌十年（247 年）经海道抵建业，驻锡建初寺，译出《阿难念弥陀经》《镜面王经》《察微王经》《梵皇经》《小品般若经》《六度集经》《杂譬喻经》等，并为《安般守意经》《法镜经》《道树经》作注和撰写经序。

康僧会父亲早年即迁居交趾，康僧会从小即受汉文化熏陶，汉文造诣深，故译经与支谦一样注重文字流畅与文句华美，《高僧传》评其译经“辞趣雅便，义旨微密”，可见在汉文化审美传统的关涉之下，江南译经之风已逐渐由弃文存质、贵本不饰的直译，转向文辞典雅、注重汉文化的意译了。这样的转变受到大多数人的赞同，从其后旧译时期主要译经师鸠摩罗什的译作，可得到证明。康僧会译经弘法善用中土典故与格言，常借用儒家经典以解释佛教教义，如《高僧传·康僧会传》记载康僧会与吴主孙皓的对话中，提到“儒典之格言，即佛教之明训”，任继愈在所著《中国佛教史》中认为这是儒佛思想融合的重要尝试。

康僧会《佛说大安般守意经序》记述说：

> 余生末踪，始能负薪，考妣徂落，三师凋丧，仰瞻云日，悲无质受，睠言顾之，潸然出涕。宿祚未没，会见南阳韩林、颍川皮业、会稽陈慧，此三贤者，信道笃密，执德弘正，烝烝进进，志道不倦。

从这段文字可以看出一位译经师的心路历程，同时也可见当时出家人与三位居士组成的经典译经、注经，志道不倦的团体。这样以康僧会为中心，在吴国都城所形成的文人佛教团体，代表佛教译经过程，是僧俗合力的成果。

康僧会所译主要经典——

1.《六度集经》

《六度集经》为“本生”类，内容宣说佛陀过去世种种修行的事迹，是汉译佛典中收录本生故事最多的经典，全书八卷共九十一则故事。将本生故事分别归类为布施、持戒、忍辱、精进、禅定、般若六度，借由通俗的事例举譬说喻以宣扬教义，其文学体式的特色为语体风格和近散非韵的四言叙事体，而文言中夹杂白话和通俗中不失文雅，是可贵的文学性表现。例如《忍辱度无极章第三》：

> 昔者菩萨，睹世秽浊，君臣无道，背真向邪，难以导化，故隐明藏影，处于冢间，习其忍行。冢间有牛犊子，常取其屎尿以为饮食，连其躯命暴露精思，颜貌丑黑人皆恶焉……见者靡不唾骂，土石扑之。菩萨无丝发之恚……誓曰：“吾为如来、无所着、正真觉道者，必度兹焉。”菩萨法忍度无极行忍辱如是。

此段经文述说的是佛陀过去世修持忍辱的事迹，故事简短，情节单纯，却极有力地传达了菩萨的无生法忍境界。《六度集经》中许多佛本生故事，如：舍身饲虎、割肉喂鹰、九色鹿等皆脍炙人口，广为流传，是影响深远的佛教文学。

2.《杂譬喻经》

康僧会《杂譬喻经》又名《旧杂譬喻经》，二卷，共六十一喻，种类多，寓意丰富，例如《第四十七喻》：

> 昔有国王弃国行作沙门，于山中精思，草茅为屋，蓬蒿为席，自谓得志，大笑言快哉！边道人问之：“卿快乐，今独坐山中学道，将有何乐耶？”沙门言：“我作王时所忧念多，或恐邻王夺我国，恐人劫取我财物，或恐我为人所贪利，常畏臣下利我财宝反逆无时。今我作沙门，人无贪利我者，快不可言，以是故言快耳。”

舍王位而出家，在佛经故事中占极大多数，相同的题材而能有不同情节的呈现，显现了佛经文学的创意。以上所引譬喻故事，文字简洁优美，直接传达了佛家以无为有的法乐。譬喻经自成十二分教的一支，可见譬喻对佛教的重要性。譬喻经故事情节奇特，艺术形象生动，对六朝小说，在思想内容和故事题材方面有许多的启发。

三、西行求法

（一）朱士行得梵本《般若经》

曹魏时期的朱士行是史上第一位如法受戒的汉僧，也是最早西行求法的中土僧人。《高僧传》记载朱士行在洛阳讲授支娄迦谶所译《道行般若波罗蜜经》，深感文辞过于拙朴，文义不贯通，于是立下誓愿，不畏艰难远走西域，寻求大本《般若经》。魏明帝甘露五年（260 年），朱士行从雍州（今西安西北）出发，历一万多公里终抵西域佛教重镇于阗国（今新疆和田），经过一番仔细搜寻，终于见到梵本《道行经》，随即展开抄经，共抄得九十章六十多万字，于太康三年（282 年）遣弟子弗如檀送回洛阳。后由竺叔兰与无罗叉于晋惠帝元康元年（291 年）共同译出，以经中首品《放光品》为名，称《放光般若经》，又称《大品般若经》，共二十卷。后人将支娄迦谶所译《道行般若波罗蜜经》称为《小品般若经》。《放光般若经》虽非朱士行所译，然其梵本系由朱士行所得，对丰富汉译般若经典，厥功至伟。

《放光般若经》阐述般若空慧，是初期大乘的重要经典，《出三藏记集》说此经一出“诸贤者等，大小皆劝助供养”。《放光般若经》系佛陀向菩萨、诸天、龙神、沙门、一切大众宣说之经典，属十二分教之“自说”类。《般若经》富含哲理，尤以《放光般若经》更为甚深微妙，佛陀通过与舍利弗、须菩提等的问答，抽丝剥茧地阐述般若义理。须菩提为解空第一的十大弟子之一，在与佛陀对答之中，尤其能让佛陀的说法更加鞭辟入里。中国第一代高僧之一的支遁对《大品般若经》和《小品般若经》作了极其详尽的对勘考证，所撰写之《大小品对比要钞序》是一篇重要的佛学论文，带动了佛教论体的兴起，也丰富了中国文学的范畴。

（二）“大译王”竺法护

西晋竺法护（231—308 年），又称竺昙摩罗刹、支法护，是古译时期末期的重要译经僧，竺法护随师往西域，游历各国，遍学三十六种语言，携大量梵经回中国，从敦煌到长安，沿途传译，总共翻译了《贤劫经》《正法华经》《光赞般若经》等一百六十五部，堪称“大译王”，是鸠摩罗什之前译经最多者。适值印度大乘佛教兴盛时期，竺法护所译佛经几乎涵盖了大乘佛教的各类经典，包括：般若经类，如《光赞般若经》《渐备一切智德经》；涅槃经类，如《大般泥洹经》；大集经类，如《宝女经》；宝积经类，如《文殊师利佛土严净经》；法华经类，如《正法华经》；禅法类，如《首楞严三昧经》；本生经类，如《生经》；佛传类，如《普曜经》；大乘律书等；所译经典范围空前宽广。《出三藏记集》形容竺法护“孜孜所务，唯以弘通为业，终身译写，劳不告倦。经法所以广流中华者，护之力也”。竺法护僧俗二众弟子众多，在家弟子聂承远、聂道真、张仕明、张仲政为主要之笔受，他的译经团体规模宏大，有沙门、居士，有中国人也有西域各族人，聂道真为竺法护所译之经典编撰的目录，是最早的经录之一。

竺法护译经弘讲颇倡导佛、玄合流，支愍度《合维摩诘经序》说他“研几极玄”。东晋孙绰《道贤论》以七位名僧比拟玄学名士“竹林七贤”，其中将竺法护比为山涛：“护（竺法护）公德居物宗，巨源（山涛）位登论道，二公风德高远，足为流辈矣。”由此可见竺法护相当受当时玄学名士的推崇，也为东晋名士与名僧交游开启先河。

竺法护译经崇尚忠实原本，遵循早期洛阳译经弃文存质的传统，道安在《合放光光赞略解序》中说竺法护《光赞般若经》译本“言准天竺，事不加饰，悉则悉矣，而辞质胜文也”。其实，竺法护译经以聂承远、聂道真父子为笔受，为译文整理并润饰，已经兼尚文质，流畅度与准确度都大胜于前，《高僧传》评为“比辞雅便，无累于古”。

竺法护主要译经——

1.《正法华经》

竺法护译经现今收录于藏经者共九十三部，其中最流行且影响最深远的是《正法华经》十卷，是初期大乘的重要经典，《出三藏记集》称之为“诸佛之秘藏，众经之实体”，共有七译，目前仅存四种译本，竺法护译《正法华经》是最早的译本。该经是释迦牟尼佛为菩萨而说，旨在阐扬一佛乘之妙法，其内涵是佛的境界，属十二分教之“契经”。

《法华经》被誉为“经中之王”，主要是因为经中蕴含微妙、圆融的宗教义理和精湛的哲学论证。《法华经》是极富文学性的经典，譬喻艺术更是臻于上乘，尤其脍炙人口的“法华七喻”已是举世公认的文学珍品，也影响了中国文学的发展，目前流行的版本是鸠摩罗什的译本。《法华经》的文学特征与影响，留待鸠摩罗什译本时再做细论。《正法华经》于太康七年（286年）译出，仍可见诗经体的四言体式，例如第十卷《总持品第二十四》药王菩萨的咒语：

> 奇异所思，意念无意，永久所行，奉修寂然。淡泊志默，解脱济渡，平等无邪，安和普平。灭尽无尽，莫胜玄默，淡然总持。观察光耀，有所依倚，恃怙于内，究竟清净。无有坑坎，亦无高下，无有回旋，所周旋处……

此为药王菩萨为拥护受持读诵书写《正法华经》者所说的总持句，呈现汉末短言短句的辞赋风格。

2.《盂兰盆经》

《盂兰盆经》是佛陀应目犍连尊者请求解救在饿鬼道受倒悬之苦的母亲而说，为十二分教中的“缘起”类。该经广受欢迎，对中国社会产生深远的影响，现今农历七月佛门订为孝道月，寺院道场举行盂兰盆法会报母恩，也救度一切饿鬼道受苦众生，便是源自竺法护译的《盂兰盆经》。而经中所述目犍连救母的故事，更是千古流传，是极具故事性的叙事文学。目犍连尊者是释迦牟尼佛十大弟子之一，以神通见长，运用神通观见母亲在饿鬼道，没有食物，瘦得皮包骨，于是用自己的钵盛了食物端给母亲，叵料食物未入口，便化成火炭。目犍连尊者见状惊讶大叫，悲号啼泣，急奔回去禀告佛陀，于是佛陀宣说了解救饿鬼道众生的方法，于七月十五日以百味饮食安盂兰盆中，布施十方僧众，能“使现在父母寿命百年、无病，无一切苦恼之患，乃至七世父母离饿鬼苦，得生天人中，福乐无极”。通篇经文不长，但包含了警世的业缘果报和劝世的行善布施，情节历历如绘，是深入人心的经典文学佳作。

3.《修行地道经》

《修行地道经》说明禅观的次第方法，如《经序》所言：

> 愍念后贤庶几道者，倘有力劣不能自前，故总众经之大较，建易进之径路，分别五阴成败所趣，变起几微生死之苦，劝迷励惑，故作斯经。虽文约而义丰，采喻远近，防制奸心，但以三昧禅数为务，解空归无，众想为宗，真可谓离患之至寂，无为之道哉！

《修行地道经》收载于《大正藏》共七卷三十品，以譬喻说明禅数，属十二分教之“譬喻”类。该经所举之譬喻故事精彩，富于创意，令人印象深刻，其中卷三第九品《劝意品》更是精彩绝伦，描述有一国王为了试探被挑选上的一名辅臣是否足够明智贤达，故意加以重罪，再令其双手擎盛满油之钵，从北门走到南门，途中二十里路若溢出一滴，立即砍头处死。未料此人专注一心擎钵，穿过车水马龙，历经各种挑战，终能安然抵达。此即流传后世，著名的《擎钵大臣传》，全篇故事情节紧凑，充满各色象征与考验，擎钵大臣因专心安般守意而成就，为佛经文学早期的寓言故事体。

四、道安经序与译论

古译时期最后一位对佛经文学有重大贡献的重要人物是道安，道安虽非译经师，但主持了苻秦时代的译业，建议苻坚迎请鸠摩罗什至长安译经，组织僧团，建立僧团教育，注解经典，撰写经序，积极参与译文的勘定并区别体例。道安所主持的译经，共译出佛典《中阿含经》《增壹阿含经》等约十部一百八十七卷，以小乘佛教典籍为主，是继东汉安世高后，第二次大规模汉译一切有部之经典者。道安于博览群经时，发现旧时传译经典者，大多不记载译者姓名，以致后人难知译者之年代，于是搜集汉译经典之名目，考证出译者之姓名和年代，并注明新旧，辨其真伪，编撰成《综理众经目录》，史称《安录》，是中国佛教史上第一部系统性的经录，开启了中国佛教目录学的扉页。道安所作经录今虽已亡佚，然南朝梁僧祐撰《出三藏记集》系依据《综理众经目录》而编成。

道安善于撰写文章，其所注解《般若》《道行》《密迹》《安般》诸经，共二十二卷，皆句斟字酌，精解入微，并逐一撰写序文，以揭示其所含之义理。所作序言，思路清晰，文理通达，经义完备，《高僧传》形容道安所作经序“序致渊富，妙尽深旨。条贯既叙，文理会通。经义克明，自安始也”。

依据《道安大师传》所述，昙摩难提为兜佉勒（今阿富汗一带）人，熟谙《阿含经》，于前秦建元二十年（384 年）抵达长安。武威太守赵文业（赵政）邀约道安召集学僧，请昙摩难提口诵《阿含经》，昙嵩担任笔受，道安与法和加以考校审定，依次译出《中阿含经》和《增壹阿含经》，道安乃为之撰写经序。在经序里，除了介绍作者、译者、经文大意之外，也对版本、异译详加考定并加以品评，方便诵读时可以全面理解经义，无形中也为译经记录了可贵的历史。

早期译经在直译和意译之间难以调和，道安强调忠实原文义理，但主张可适当地改变语句表达的形式，因此订定“五失本，三不易”的原则，意即五种情况可以不依照原文本而加以变通，以适应汉语表达习惯，三种情况必须依照原意不可改易。此一折衷方法正是累积了近三百年古译时期的翻译经验，也为继之而起的译经大师鸠摩罗什，奠定旧译时代更辉煌的成就。

（胡素华）

第四章　旧译时期的佛经文学

相较于古译时期的草创和新译时期的鼎盛，佛典翻译的旧译时期是东土佛经翻译的重要发展和关键阶段。此一时期在历史的纵轴上，始于公元401年鸠摩罗什入长安迄644年玄奘自印度归来为止，其中尊崇佛教的朝代涵盖了东晋、二秦（前秦苻氏与后秦姚氏）、南北朝、隋，主要译经师根据《高僧传》《出三藏记集》与《历代三宝纪》之记载，有鸠摩罗什、弗若多罗、佛陀耶舍、卑摩罗叉、佛驮跋陀罗、昙无谶、求那跋陀罗、法显、真谛、释智严、释宝云、达摩笈多等，所译出之经典根据梁启超的统计，共一一五一部，三四五六卷，为佛典汉译三个时期之冠。

旧译时期译经事业能有辉煌的成就，可归因于天时、地利、人和的诸多条件共同促成。印度孔雀王朝阿育王（前303—前232年）于公元前268年即位后，积极派遣印度高僧往南北各地弘扬佛教，远至斯里兰卡、中亚等地。汉武帝元狩二年（前121年）于河西置郡打通西域之路时，西域已有大量梵僧、佛教徒，其后更有出使大汉的使节团；迨至六朝时期，中土与西域交通更加发达，于是梵本经典与熟谙梵文者络绎于途，使得经典的翻译更为明确，也更为流畅，此可谓天时因素之一。从东汉末年安世高译经（148年）至鸠摩罗什抵长安（401年），佛典汉译已有两百五十多年的历史，这段古译时期所累积的经验，奠定了后续译业的基础，此可谓天时因素之二。

旧译时期以长安为主要译经重镇，根据《高僧传》《出三藏记集》的记载，道安于东晋太元三年（378 年）由秦主苻坚迎请入长安，至东晋太元十年（385 年）圆寂，在苻坚的支持下创建大规模的国家译场，组织数百之众的译经僧团，不但为佛典汉译建立意义重大的里程碑，也为继之而起的旧译时期提供大展译业宏图的地利因素。前秦君主苻坚崇佛极诚，在道安的力荐下，积极延揽享誉西域且声名远播中土的鸠摩罗什，虽因战亡未能如愿，但后秦国君姚兴崇佛更甚于苻坚，乃迫降后凉迎鸠摩罗什至长安，待之以国师的礼遇，并请入逍遥园主持译经。根据《出三藏记集》所收录鸠摩罗什弟子僧叡《大智论释序》之记载，姚兴集合了长安义学沙门及公卿文士五百多人，协助译经并接受鸠摩罗什的教导；《晋书》则记载“沙门自远而至者五千余人”，如此君臣、文士、缁门大规模钦附于佛道，为旧译时期提供了可贵的人和因素。天时、地利、人和加上主译者鸠摩罗什自身丰厚的内外学与汉梵文化涵养，造就了旧译时期的璀璨译业。

一、佛经翻译的划时代里程碑

佛经的翻译是为了阐扬教理，通过教理传输佛教思想和理论，《论语·卫灵公篇》孔子曾说：“人能弘道，非道弘人。”换言之，“人才”是成功传播新思想、新理论的关键；其次，所要传播的新思想、新理论必须使用斯土斯民的语言模式，才让人容易理解而进一步相应相契；其三，要能得到社会主流的支持，方能如顺水之舟，穿流顺畅。旧译时期之所以能够缔造佛经翻译的划时代里程碑，正因为具足了这些因素。

（一）译经僧团出类拔萃，人才辈出

旧译时期无论私人或国家译场，皆拥有人数众多的译经僧和协助翻译的义解僧，其中以僧团方式从事集体创作者，南以慧远主持的庐山东林寺为代表，北以鸠摩罗什主持的长安逍遥园为最大规模。慧远与鸠摩罗什两大僧团的共同处是名僧云集，并且译经、讲经之外，兼具培植僧才摇篮之功能。

根据汤用彤《汉魏两晋南北朝佛教史》之分析，跟随鸠摩罗什助译并

学习的著名僧侣有来自关中的法和、僧叡、昙影、僧䂮、慧精、法钦、慧斌；来自北方的道融、慧严、昙鉴、昙无成、昙顺、僧业、慧询；来自庐山的道生、慧叡、慧观、慧安、道温、昙翼、道敬；来自江左的僧弼、昙干；不知来处者则有慧恭、道恢、道憬、僧迁、道流、僧嵩、僧楷、僧卫、道凭、僧因、昙晷等。

根据《出三藏记集》《广弘明集》与宋陈舜俞《庐山记》之记载，慧远庐山译经僧团的名僧除了上述前往长安协助鸠摩罗什的道生等人外，尚有慧永、慧持、昙顺、昙恒、道昺、道诜、法净、法领等。旧译时期之译经僧团可谓人才济济，王铁钧《中国佛典翻译史稿》形容这些名僧“多有‘兼学内外’者，‘内’即佛学，‘外’乃佛教之外各家学说，实指《老》《庄》《易》《论语》与六经。虽是同宗一师，然各擅其长，并不限专弘一经一论，或只持一家之言”。

译经僧团除了襄助翻译之外，也借由听经闻法增长佛学修养。尤其鸠摩罗什译经态度恭敬虔诚，诠释经典清晰明确，此可证诸于《出三藏记集》所收录僧肇《维摩诘所说经序》：

> 大秦天王……以弘始八年岁次鹑火，命大将军常山公、右将军安城侯，与义学沙门千二百人，于常安大寺请罗什法师重译正本。什以高世之量，冥心真境，既尽环中，又善方言。时手执胡文，口自宣译，道俗虔虔，一言三复，陶冶精求，务存圣意。其文约而诣，其旨婉而彰，微远之言于兹显然。

在鸠摩罗什慎重肃穆的精神号召下，弟子们也回馈以戒慎恐惧的学习态度，如僧叡在《毗摩罗诘堤经义疏序》所述：

> 于今始闻宏宗高唱，敢豫悕味之流，无不竭其聪而住其心。然领受之用易存，忆识之功难掌，自非般若朗其闻慧，总持铭其思府，焉能使机过而不遗，神会而不昧者哉？故因纸墨以记其文外之言，借众听以集其成事之说。

译经僧团在长时间严谨钻研经义与佛学之后，学问能量突飞猛进，产生了著名的“十哲”：僧肇、僧䂮、僧叡、道融、道生、昙影、慧严、慧观、道恒、道标，皆以学问及佛学修养为人所称道。其中僧肇、僧䂮、僧叡、道融、道生、昙影、慧严、慧观又称为“八俊”；而以僧肇、僧叡、道融、道生最为杰出，称为“四杰”“四圣”或“关中四子”。

鸠摩罗什以般若思想见称，其学生中以僧肇、僧叡、道融、道生最能得其精华并加以光大之，对佛教得以融入中土文化与思想，而于后世在中土佛教、哲学、文学等方面枝繁叶茂、开花结果有极大的贡献。其中僧肇跟随罗什最久，也最能掌握罗什般若思想的精神，罗什誉为“解空第一”，每于罗什有新作时，或记录译经心得或做经序，为旧译时期留下珍贵的史料与著作。著名的《肇论》为僧肇所撰《般若无知论》《物不迁论》《不真空论》《涅槃无名论》的合辑，虽是僧肇自身证悟佛法的心得，无形中却是以中国人的思想方式，完整阐释般若思想体系，任继愈称之为“中国佛教哲学发展史上的一部划时代创作”。《肇论》深受后世“三论宗”的推崇，亦受到自隋、唐以降历代佛学家的重视，注疏不断。明代智旭于《阅藏知津》中称《肇论》为中土佛典论述第一，认为僧肇所言最契佛教的原义。汤用彤《汉魏两晋南北朝佛教史》则称《肇论》“以优美有力文笔直达其意，成为中国哲理上有数之文字”，对僧肇下笔兼具文辞与论旨，极为赞扬。

僧叡于鸠摩罗什入长安之前师事道安，因仰慕罗什，故道安圆寂十五年后罗什被迎到关中时，随即赴长安再拜罗什为师。僧叡本着从道安习得之般若学说厚实基础，以罗什译出之《禅法要解》为圭臬，潜心精进修学，得甚深禅定功夫，遂以禅慧双修见称。僧叡才思敏捷，善解义趣，甚得罗什赏识，《高僧传》记载罗什将所译出《成实论》交与僧叡为僧众讲说，僧叡洞见论旨而能“启发幽微”“契然悬会”，罗什赞叹道：“吾传译经论，得与子相值，真无所恨矣。”僧叡文采焕然，除参与译经外，也为诸多译典撰序，并屡次在经序中提到“名实不符”的译经通病，例如《大品经序》：

> 而经来兹土，乃以秦言译之，典谟乖于殊制，名实丧于不谨。致使求之弥至，而失之弥远。顿辔重关，而穷路转广。不遇渊匠，殆将坠矣。

僧叡于《大品经序》以“名实丧于不谨”首次提出长久以来译名与实际不符的问题，“名实丧于不谨”将使佛典译本失去原意，若无佛学与译学造诣深厚之巨匠拯救，佛法恐难传扬。又如《毗摩罗诘堤经义疏序》：

> 至如以不来相为辱来，不见相为相见，未缘法为始神，缘合法为止心，诸如此比，无品不有，无章不尔。然后知边情諭诐，难可以参契真言，厕怀玄悟矣。自慧风东扇，法言流咏已来，虽曰讲肆，格义迂而乖本，六家偏而不即性空之宗。

僧叡指出《毗摩罗诘堤经》诸多的错误译名，这些错误既伤害文本又违佛典的义趣，不但无法让人理解佛法的玄妙，更会误导人进入迷途。唐朝玄奘提出经典名词“五不翻”原则，或可视为与僧叡“名实丧于不谨”之说的呼应。

道生的“阐提成佛”论（阐提，指杀父弑母，万恶不赦，善根断灭之人）和“顿悟成佛”说最为脍炙人口，《高僧传》记载，道生又称为竺道生，曾师从慧远，于庐山修学七年，后至长安师事鸠摩罗什，精研般若学说而有体悟，提出“善不受报”“顿悟成佛”的见解。又洞入幽微地剖析当时盛行于南方由法显从印度携回的六卷《泥洹经》后，推翻法显所述“一阐提不能成佛”而倡言“阐提人皆得成佛”，遂被大众认为邪说而驱赶之。根据元代释觉岸《释氏稽古略》记载，道生离开建业后，进入虎丘山，于坚石群中为门徒讲授《涅槃经》，至阐提也有佛性，即曰：“如我所说，契佛心否？”群石皆首肯，后世遂有“生公说法，顽石点头”之典故广为流传。东晋元熙二年（420年）北凉昙无谶所译出之四十卷大本《涅槃经》称“一阐提可成佛”，证实了道生独到的见解。

道融内外学涵养深厚，博学善辩，奇特聪明。《高僧传》记载，道融初次与罗什见面即受到罗什的赏识，并向秦主姚兴举荐，姚兴随即敕入逍遥园助译经典。僧祐《出三藏记集》盛赞道融之译笔，认为道融与僧肇同为罗什译经最得力的助手，僧祐赞美之文如下：

> 逮乎罗什法师，俊神金照，秦僧融、肇，慧机水镜，故能表发挥翰，克明经奥，大乘微言，于斯炳焕。

现存文献虽甚少有关道融之记载，但由《高僧传》《出三藏记集》所述，与今存之道融著述《大品经义疏》《维摩经义疏》《法华经义疏》《金光明经义疏》《十地经义疏》，足可证明其对佛法弘传的建树与功劳。

佛典旧译时期除了正确且完整地译出佛教重要的经典之外，在译经和讲经过程，无形中也培养了大批优秀的学问僧，他们对佛法的正确理解和精进于佛理而产生的新思维，不但为佛教在中国的本土化，也为中国佛教文学的开展和中国文学的新变，创下崭新的里程碑。

（二）佛典翻译文丽义正，创新体裁，丰富譬喻文学

“文句简约流畅，义理丰富易懂”是旧译时期译经的特色，尤以鸠摩罗什所主持的译作，更具“文约义丰”的风貌，也因此而广受喜爱，流传久远。佛典翻译质量的大幅提升，有两个主要因素，其一是鸠摩罗什本身具备有利条件，罗什羁留在凉州逾十五年，得以充分的时间学习汉语，广读汉书，熟悉汉文化，因此在东入长安之前，无论是梵、汉语文，内、外学涵养或对中土民情习俗与文化背景的了解，都已掌握十分；其二是在秦主姚兴的支持下，拥有一批来自全国各地内、外学兼备，才华出众的僧侣协助翻译。罗什本人则因深谙梵文经典与印度文体，在译经时显然对文本原意与文体的诠释具有权威性。《出三藏记集 · 鸠摩罗什传》记载罗什与弟子僧叡谈西土文体时，强调“天竺国俗，甚重文藻，其宫商体韵，以入弦为善”，印度文学注重文丽与音律，而吟唱更适合宗教的传播。在罗什对译经要保留印度文学传统的主张和众学问僧的协助下，长安译经便呈现了文丽义正，又富于音律感的风格。

鸠摩罗什将古译时期的经典加以重译，经典的旨意不变，但不同的译笔却产生了截然不同的文学效果，以《法华经》为例：

> 于是溥首告慈氏、诸大士众会者族姓子女：“吾心唯忖，今者如

来，当敷大法演无极典，散大法雨、击大法鼓、吹大法螺，讲无量法。又自追忆，乃从过去诸佛世尊见斯像瑞，彼如来等所放光明亦复若兹，犹斯识察知讲大法。诸如来、至真、等正觉，欲令众生听无极典，故现斯应。”（竺法护《正法华经》）

尔时文殊师利语弥勒菩萨摩诃萨及诸大士、善男子等：“如我唯忖，今佛世尊欲说大法，雨大法雨，吹大法螺，击大法鼓，演大法义。诸善男子！我于过去诸佛，曾见此瑞，放斯光已，即说大法。是故当知，今佛现光，亦复如是，欲令众生，咸得闻知一切世间难信之法，故现斯瑞。”（鸠摩罗什《妙法莲华经》）

又以《维摩经》为例：

一切为断恶道众难而有佛土；菩萨自觉不讥彼受故，于佛国得道，断诸邪受而有佛土；菩萨净修十善之行故，于佛国得道，而不离偶大财梵行，诚谛之语，免于恶道，言以柔软，不别眷属，恒与善俱，无有嫉慢，除忿怒意，以正见诲人，生于佛土。（支谦《佛说维摩诘经》）

菩萨成佛时，国土无有三恶八难；自守戒行、不讥彼阙是菩萨净土，菩萨成佛时，国土无有犯禁之名；十善是菩萨净土，菩萨成佛时，命不中夭、大富梵行、所言诚谛、常以软语、眷属不离、善和诤讼、言必饶益、不嫉不恚，正见众生来生其国。（鸠摩罗什《维摩诘所说经》）

竺法护《正法华经》是《法华经》七译中最早的译本，支谦《佛说维摩诘经》是《维摩经》七译中最早的译本；竺法护是古译时期的质派，支谦是古译时期的文派，相较于鸠摩罗什的译本，明显地看出古译时期质派和文派的共同点是词句较为晦涩，不容易理解。其次，古译时期的译本不具音乐性，不适合持诵，对以课诵经典为日常修持者多有不便，对注重音律的鸠摩罗什而言，自然是无法接受而决定全面重新翻译了。

僧叡《大品经序》记载鸠摩罗什翻译佛经的方法：“胡音失者，正之以天竺；秦名谬者，定之以字义；不可变者，即而书之。”可见罗什翻译经典，逐字推敲，极为谨慎，务期兼顾文辞、原旨与音律，甚受参与助译之弟子们的推崇，即如僧肇《维摩诘经序》赞其“陶冶精求，务存圣意。其文约而诣，其旨婉而彰。微远之言，于兹显然”。慧观《法华宗要序》赞誉罗什译经“曲从方言而趣不乖本”。鸠摩罗什所译经典文意并茂，且因注重音律调和之美，常于汉语言的表达方式，屡有创新，以避免“译胡为秦”后，失去“天然西域之语趣”。此一翻译文体的创新，实乃融合印度与中国传统文体而成，不但塑造了汉译佛典的文学特色，更为本土文学注入新活水，开启新视野。

《高僧传》《出三藏记集》记载鸠摩罗什译出经典三十余部，共三百余卷，几乎完整涵盖了大部分的经典，尤其是般若经系、四部阿含经、四大律典、佛教思想论书等。由于译笔通俗又富于文藻，文字生动有音韵，大都流传至今，不但深化了佛教与中国文化的融合，也对中国文学产生甚深的影响。其中最具有文学特性，并且对中国文学贡献较多的可说是《妙法莲华经》《维摩诘所说经》《金刚般若波罗蜜经》《大庄严经论》《阿弥陀经》。

《妙法莲华经》以精彩的故事和生动的文字取胜，引人入胜的譬喻故事和通俗的叙事艺术构成了《法华经》独特的文学特性，是长篇经典中阅读人数最多的一部。著名的“法华七喻”（见本章第四单元）更彰显了鸠摩罗什译经的特色，文字形象如戏剧般生动；文句流利而不失韵味，在简约的句式中展现华丽动人的文采。《法华经》的另一个文学特色是韵散结合，长行与偈颂交错，例如《观世音菩萨普门品第二十五》在经文之后的重颂：

> 世尊妙相具，我今重问彼，佛子何因缘，名为观世音？
> 具足妙相尊，偈答无尽意：汝听观音行，善应诸方所。
> 弘誓深如海，历劫不思议。侍多千亿佛，发大清净愿。
> 我为汝略说，闻名及见身。心念不空过，能灭诸有苦。

重颂语言易于背诵和演唱，是印度演唱文学的传统，胡适曾说：“弹词里的说白与唱文夹杂并用，便是从这种印度文学形式得来的。”《观世音菩萨普门品》广受大众喜爱，千年以来不曾衰减，是民间观音信仰的主要缘起。

《维摩诘所说经》是大乘佛教的一部重要经典，曾有七译，现存仅支谦、鸠摩罗什、玄奘三种译本，以鸠摩罗什译本最受大众喜爱，历代以来广泛流传于中国和东亚地区。富于情节的故事，通过鸠摩罗什精湛的翻译技巧，更具有戏剧张力。尤其以对话方式演绎大乘教义，乃是以戏剧艺术形式传达独特的哲理思想，也是受到社会各阶层人士喜爱的原因，对佛教、文士思想、文学、艺术等领域产生深远的影响。历代名僧喜好注疏《维摩诘经》，王新水《维摩诘经思想新论》将清代以前的《维摩诘经》注疏,分为五大类：关河旧注、地论师、三论宗、天台宗、唯识宗与其他，约三十种，其注疏者多为佛教宗派的重要人物，例如僧肇、慧远、智𫖮、吉藏、湛然、窥基等；其中的一段经文："菩萨欲得净土，当净其心。随其心净，则佛土净。"更是生动透彻地阐述了大乘佛教"唯心净土"的思想,对中国佛教的天台、华严、禅宗影响至巨。《维摩诘经》所传达的"菩萨行于非道，是为通达佛道"的大乘入世出世思想，和对主角维摩诘所刻画的辩才无碍、智慧通达的性格，受到文人学士的赞赏，影响了他们的思想，知名者如王维、苏轼、白居易等，也从而形成了中国的居士文化。《维摩诘经》在文学方面的贡献，主要是由原作改编的文学作品，著名者为变文《维摩诘经讲经文》《维摩诘经文殊师利问疾品演义》等,陈寅恪于《敦煌本维摩诘经文殊师利问疾品演义跋》说："今取此篇与《维摩诘经》原文互勘之，益可推见演义小说文体原始之形式，及其嬗变之流别，故为中国文学史绝佳资料。"《维摩诘经》的叙事风格,呈现了印度古代文学传统的特色,其中最突出的就是它的戏剧文学艺术，故事情节丰富，其中"病维摩"和"天女散花"更是家喻户晓的典故，文殊师利问疾用词优美且富于慈爱关怀："……是疾宁可忍不？疗治有损，不至增乎！世尊殷勤致问无量，居士是疾，何所因起？其生久如？当云何灭？"《维摩诘经》是一部富含多元体裁的文学作品，胡适《白话文学史》曾说：

> 《维摩诘经》本是一部小说，富于文学趣味。……这一部半小说、半戏剧的作品，译出之后，在文学界与美术界的影响最大。中国的文人诗人往往引用此书中的典故，寺庙的壁画往往用此书的故事作题目。后来此书竟被人演为唱文，成为最大的故事诗。

《维摩诘经》梵本失佚多时，一直到1999年，日本大正大学高桥尚夫于西藏布达拉宫进行文献考查时，才意外发现《维摩诘经》的梵文写本，其后判定该写本是12世纪（1140年）的手抄本。黄宝生依据日本校订本，选录鸠摩罗什、玄奘二种译本，于2011年出版《梵汉对勘维摩诘所说经》。

《金刚般若波罗蜜经》简称《金刚经》，由释迦牟尼佛十大弟子中，解空第一的须菩提尊者与佛陀对答而阐述般若空观，属于十二分教的“论议”类。全文仅五千多字，却富含发聋振聩、醍醐灌顶的警世之句。六祖惠能因听闻《金刚经》的一句“应无所住而生其心”茅塞顿开，五祖弘忍再以《金刚经》为其印心，于是当下开悟，亲见“何其自性，本自清净”“何其自性，能生万法”的自家面目。《金刚经》成为中国禅宗的主要经典，为中国禅学开启了历久不衰的黄金时代。《金刚经》的句式优美而富于哲理，呈现了梵汉相融的创新文体，尤其经文里处处运用“某某者，即非某某，是名某某”，亦即所谓“二道相因”的句式，发人深省。例如：“诸微尘，如来说非微尘，是名微尘。如来说世界，非世界，是名世界。”而经文最后的四句偈：“一切有为法，如梦幻泡影，如露亦如电，应作如是观。”简洁有力地总结了大乘教理的般若空观，成了千古传诵的偈语。《金刚经》的空慧思想启发了唐宋诗词创作的禅味意境，例如寒山子：“我见利智人，观者便知意。不假寻文字，直入如来地。心不逐诸缘，意根不妄起。心意不生时，内外无余事。”所阐释的是禅宗“不立文字”与“直指人心”的禅理，其内涵即《金刚经》阐发的“无所住心”。

《大庄严经论》和《阿弥陀经》提供了丰富的文学想象，对中国白话小说文学的发展有所贡献。《大庄严经论》属于“本生经”类，说的是释迦牟尼佛过去世的故事，大多以舍己救人、舍身求法为主题，叙述佛陀示现为鹿、鸽、兔等动物，或示现为国王、商人、婆罗门等，行慈悲救助众生，累积修道的善行。《阿弥陀经》描述西方极乐净土的殊胜庄严，鸠摩罗什以其优美的文字，将极乐净土书写得生动立体，例如：“彼佛国土，常作天乐，黄金为地，昼夜六时天雨曼陀罗华。”鸠摩罗什译经开启了中国文学创作的幻想力，胡适指出，中古时代中国的神仙文学如《列仙传》《神仙传》等既简单又拘谨，到后来的《西游记》《封神榜》才有丰富的想象。鸠摩罗什以其瑰丽的文采和通俗流畅的创新体裁，将佛典汉译推向成熟的阶段，为佛经翻译的风格开展新的里程碑。

（三）译场规模化，僧团组织化

译场对外来佛经的翻译质量和数量，有直接的影响。古译时期的佛经翻译虽一样是由译经师在笔受的协助下共同完成，但仅具译场的雏形。大规模的译场组织制度是由道安在前秦苻坚的支持下所创立，道安主持的长安五重寺是最早由国家主办的译场。其后，鸠摩罗什得到后秦姚兴更大的支持，于逍遥园、西明阁、澄玄堂、大寺（草堂寺）建立大规模的译场，名僧毕集，译业鼎盛。《高僧传》记载鸠摩罗什称彼时长安译场有八百之众，弟子三千。僧肇《梵网经序》也如是说：

> 故弘始三年，淳风东扇，于是，诏天竺法师鸠摩罗什，在长安草堂寺，及义学沙门三千余僧，手执梵文，口翻解释，五十余部。唯《梵网经》，一百二十卷，六十一品。

长安僧团迅速扩大，《晋书》记载“沙门自远而至者五千余人”。根据南宋释志磐《佛祖统纪》记载，为了妥善管理如此庞大的译经僧团，秦主姚兴创立僧官制度，设置“僧正”“悦众”“僧录”三个僧官，并任命以严守戒律著称的僧厅担任僧正，负责管理僧团。长安译经不但为译场的规模化和僧团的组织化树立典范，在僧官制度的管理下，经典翻译更趋专业，也促进了佛教的学术发展。

旧译时期译场林立，由国家主办的译场，除了以鸠摩罗什为核心的后秦长安逍遥园之外，尚有：

（1）北凉姑臧闲豫宫。昙无谶于此译出四十卷的《大涅槃经》，后来鸠摩罗什弟子慧严、慧观与谢灵运等，将之与六卷《泥洹经》加以改订成为三十六卷《大涅槃经》，史称南本《涅槃经》，昙无谶译本则称为北本《涅槃经》。

（2）东晋建康道场寺。佛驮跋陀罗于此翻译《华严经》与《新无量寿经》，《华严经》后来成为中国大乘佛教的重要经典，华严宗即依据《华严经》而建立。法显西行求法回来后，与佛驮跋陀罗于此共同译经，译出《摩诃僧祇律》《大般泥洹经》《僧祇比丘戒本》《僧祇尼戒本》等。

（3）南朝刘宋建康祇洹寺。求那跋摩（367—431年）于元嘉八年（431年）到建康，在祇洹寺译出《菩萨善戒经》，为大乘戒法和瑜伽行系学说传于南方的开始。

（4）南朝萧梁崇佛尤甚，于建康设有多处国家译场，如寿光殿、华林园、正观寺、占云馆、扶南馆等，僧伽婆罗与真谛为主要译经师。《续高僧传》与《大唐内典录》记载，真谛于南朝译经二十三年，所译典籍有《金光明经》等六十四部，合二百七十八卷，被誉为中土四大译师之一，其译作以论书为主，尤其有系统地翻译无著、世亲之大乘瑜伽论书，对中国佛学有极为重要的贡献，其中以《俱舍论》和《大乘起信论》最为重要。《俱舍论》为世亲所著，主要论述有部的小乘思想转折为大乘瑜伽唯识思想的过程；《大乘起信论》作者是印度诗人马鸣菩萨，论旨在于阐明如来藏缘起的义理及菩萨、凡夫发心修行的相状，从理论、实践两方面归结大乘佛教的中心思想，为大乘佛教根本思想的重要论书。

（5）北朝之国家译场有北魏洛阳永宁寺、汝南王宅，北齐邺之天平寺。隋文帝杨坚奉佛极诚，于长安大兴善寺设译场，至隋炀帝则于洛阳上林园开设译经馆。隋代译经师以梵僧为主，重要的笔受及参与译经者为彦琮与费长房，彦琮著有《辩正论》，为中国翻译史上首部译论专书；费长房则撰有《历代三宝纪》，为佛典目录，亦称“房录”。

旧译时期除了国家译场，亦有个人主办之译场，其中以慧远庐山东林寺之般若台最著称。僧伽提婆受慧远之邀，于东晋太元十六年（391年），在庐山般若台译出《阿毗昙心论》和《三法度论》，两者皆为佛教有部之重要论典，慧远亲自作序。慧远师承道安，师徒虽未译经，但皆对译业及佛教在中土的发展，有着关键性的重大贡献。

二、般若思想的开展与演进

佛教传入中土大约是2—3世纪，此时佛教经典即有《般若经》《维摩诘经》《法华经》《华严经》《无量寿经》等大乘经系，而这一系列的大乘经典中以《般若经》最早被翻译，也就是支娄迦谶于汉灵帝光和、中平年间（178—189 年）口诵译出的《道行般若波罗蜜经》，世称《小品般若经》；三国时，支谦重译之，名为《大明度无极经》，是《道行般若波罗蜜经》的异译本。曹魏朱士行于于阗国抄得梵本《道行般若波罗蜜经》，晋惠帝元康元年（291 年）由竺叔兰与无罗叉共同译出，以经中首品《放光》为名，称为《放光般若经》，又称为《大品般若经》；晋太康七年（286 年）竺法护译《光赞般若经》，为《放光般若经》的异译本。因此，古译时期《般若经》四种译本，流传了一百多年，尤以《放光般若经》被认为最佳，两晋之时，译、讲、写不断。

《般若经》广受欢迎是因为时值魏晋时期经学式微而玄学兴起，尤其两晋盛行清谈，以老庄玄学的本无为宗，正好与佛教般若思想的空性相呼应，汤用彤《汉魏两晋南北朝佛教史》曰："夫《般若》理趣，同符《老》《庄》。而名僧风格，酷肖清流，宜佛教玄风，大振于华夏也。"当时的名僧支道林、慧远等出身名士，对老庄思想多有研究，而能巧妙地融通玄佛，备受清谈之士的推崇。

早于鸠摩罗什入长安之前，般若思想已在中土开展，各家学说纷然成立，例如支道林创"即色宗"，道安建立"本无宗"等，但受限于古译时期梵汉语言的隔阂，以及"格义法"的翻译模式，梵本佛典的原意难免被错误传译，《高僧传》记载道安发现了此一问题而慨叹"先旧格义，于理多违"，《出三藏记集》也记载道安所述"旧译时谬，致使深义隐没未通"，换言之，古译时期的般若学说是借用玄学加以阐释的，造成了译经与原典的差异。这问题在鸠摩罗什重译《大品般若经》后，获得了解决。后秦弘始六年（404 年）鸠摩罗什译出《摩诃般若波罗蜜经》，词句优美，文义正确，般若性空的真义才得以完整地阐明。

鸠摩罗什所阐扬的般若思想是中观思想，源自龙树所撰的《中论》，以缘起性空解释大乘思想。鸠摩罗什般若思想的精髓在于佛与菩萨示现人间的慈悲与智慧，人间是菩萨修行成佛的道场，也是佛入涅槃后，以化身度脱众生的地方。《鸠摩罗什法师大义》详细记录了慧远与鸠摩罗什对般若思想的讨论，从鸠摩罗什回答慧远的提问中，说明了鸠摩罗什的般若思想。鸠摩罗什强调，菩萨在人间的修行，必须利用般若的空性智慧，以无住的心，才能证入无生法忍。在《次问遍学并答》鸠摩罗什即如是说：

诸贤圣如是，知世间可厌离，无所贪着，即见无生无灭，无作无相常法。此法无为不生不灭故，不可在心。不可在心故，不名为修，以无漏故，不名为断，但以为证耳。

《注维摩诘经》记录了鸠摩罗什通过严谨且逐字分明的译经方法和问答、举例、比喻等深入浅出的讲经方式，解释深奥的佛理和新的思想，鸠摩罗什所带来"毕竟空"的般若新观念，开始冲击僧侣们长久以来形成的"形尽神存"认知，逐渐形成佛教哲学的新思维。"佛以一音演说法，众生随类各得解"，鸠摩罗什的弟子们在各自的用功下，对般若学有了不同的体悟，其中以僧肇、僧叡、道生最能代表旧译时期般若思想的演进。从僧肇所撰《注维摩诘经》和书写他个人修学体悟的《肇论》，可发现僧肇完全掌握了鸠摩罗什般若思想的精神，对达到般若性空境界的方法上，僧肇则有不同于鸠摩罗什的体悟，鸠摩罗什以荡相遣执，让心无所住而达到毕竟空，如其在《注维摩诘经》所述：

妄见取相，而法竟无相，理乖于见故言离也。章始终以二义明毕竟空，一言离相，二言离见。因惑者谓言有相故，以离相明无相也。邪者虽起妄见，而法法中无见，故以离见明无彼妄见所见相也。

僧肇则从缘起性空，诸法无自性的实相，达到"生佛一如"的境界，僧肇在《注维摩诘经》言：

法从因缘生，缘则无自性，无自性则无主，无主则无我人寿命，唯空无相无作无起，此深经之所顺也。

僧叡曾经是道安的弟子，从道安修习禅学，他认同禅修时通过制心一处，念念分明的方法，可以达到让自己看清尘劳业垢的“澄鉴朗照”的境界，如其在所著《关中出禅经序》中的描述：“夫驰心纵想，则情愈滞而惑愈深。系意念明，则澄鉴朗照而造极弥密。”但也明了“澄鉴朗照”并非涅槃寂静。在接触到鸠摩罗什的般若思想后，他发现运用般若之智，可以荡除对“澄鉴朗照”之境的执着，而达到“毕竟空”。其后，法显从天竺携回的《泥洹经》为僧叡带来新的冲击，他重新审视经典，于是得到新的体悟。僧叡对般若思想的体悟，可从其著作《喻疑》加以理解，他认为《泥洹经》所述“泥洹不灭，佛有真我，一切众生皆有佛性，皆有佛性学得成佛”是实相，《般若经》所说的毕竟空是无生法忍的境界，《泥洹经》是佛的境界。僧肇完全继承罗什的般若思想体系，并加以发扬光大；僧叡则对罗什般若思想的毕竟空，赋予一个主体，即佛性。道生的佛学思想，含融般若学的“空”与涅槃佛性说的“有”，而阐发出“顿悟成佛”“法身无色”“佛无净土”“善不受报”的理论特色，为中土佛教开创新的思想。顿悟成佛之说是道生最主要的创见，以佛性为其基础。此一时期的般若思想从鸠摩罗什经僧肇、僧叡到道生，逐渐有了不同的风貌，呈现了中土佛教思想从般若体系到涅槃体系的演进过程。对数百年后中国佛教宗派的百花齐放和中国人文精神的典范形塑而言，这一段佛学思想演进史是弥足珍贵的关键。

三、翻译理论的流变

初期的佛经翻译，在诠释上采用了与中国文化结合的格义论，在译笔上采用了质直的风格，也就是融合道家老庄思想和直译的方法，因而往往出现“辞质，多胡音”“先旧格义，于理多违”的问题。三国支谦“出经颇从文丽”，开启“文”派译经风格。但尚质者对支谦为了求文丽而失去信实，颇有微词，例如道安在《摩诃钵罗若波罗蜜经抄序》评“巧则巧矣，惧窍成而混沌终矣……推经言旨，唯惧失实也”，道安倾向自然而非人工雕琢的翻译之美，重文轻质，恐失去经典的原旨；僧叡于《思益经序》论支谦“而恭明前译，颇丽其辞，仍迷其旨。是使宏标乖于谬文，至味淡于华艳。虽复研寻弥稔，而幽旨莫启”。僧叡认为支谦译经辞藻华艳，但失去本旨。

初期译经未曾有人提出专论，仅存于经序中，其中以道安在《摩诃钵罗若波罗蜜经抄序》提出的“五失本，三不易”最为著称，其原文如下：

> 译胡为秦，有五失本也。一者胡语尽倒，而使从秦，一失本也。二者胡经尚质，秦人好文，传可众心非文不合，斯二失本也。三者胡经委悉至于叹咏，叮咛反覆，或三或四，不嫌其烦，而今裁斥，三失本也。四者胡有义说正似乱辞，寻说向语文无以异，或千五百刈而不存，四失本也。五者事已全成，将更傍及，反腾前辞已乃后说，而悉除此，五失本也。然般若经，三达之心覆面所演，圣必因时，时俗有易，而删雅古以适今时，一不易也。愚智天隔圣人叵阶，乃欲以千岁之上微言，传使合百王之下末俗，二不易也。阿难出经去佛未久，尊大迦叶令五百六通迭察迭书，今离千年而以近意量截，彼阿罗汉乃兢兢若此，此生死人而平平若此，岂将不知法者勇乎，斯三不易也。

根据道安的说法，翻译梵经，有五种失去原本之义和三种不容易翻译的情况，其意如下。

五失本：

（1）相较于汉语，梵文使用倒装句法，译文改梵为汉，失去了原文的词序。

（2）梵文佛经文句质直，而中土惯用富于文采的语句，译文改梵为汉，失去了原文的风格。

（3）重沓反复、不厌其烦的赞颂文，译本将之删除，与原文不一致。

（4）经典里的义辞，类似于汉诗赋中反复咏叹的乱辞，与正文所述无异，这些义辞有时长达千言百语，译文全都删掉不留，与原文不同。

（5）佛经中有些地方，所叙述的事件已经说完并且改说其他事件了，却又回过来再重复前面已经说过的，这种“反腾”的部分，译本也将之删除，因此与原文不同。

三不易：

（1）佛陀以三达之心演说法义，必然是依据当时的情景，而今事过境迁，习俗变易，译文要更改不合时宜的古训，使适合现在的景况，这是第一个不容易之处。

（2）佛陀的无上智慧非凡人所能及，要世间之人将千年以上的佛陀所说微言大义，以合于现世的方式传译，是第二个不容易之处。

（3）阿难口诵佛经结集时，距离佛陀在世之年代不远，大迦叶尊者尚且要让具备六大神通的五百罗汉不断反复勘校，如今要以相距千年之后的现代思想来诠释佛法，尤有甚者，当时罗汉们都还要如此孜孜矻矻战战兢兢，而现今翻译之人佛学涵养难比当时，这不正是所谓的无知之勇吗？这是第三个不容易之处。

道安观察佛经翻译而得出的“五失本，三不易”，可说是近三百年古译时期佛经翻译经验的总结。

旧译时期以鸠摩罗什为主的译经，属于文丽其辞的意译派，但不同于支谦，支谦的意译是改胡音为汉意，而汉意则多套用儒、玄、道等中国传统观念。如前所述，鸠摩罗什讲求文美义丰，去繁就简，译文流畅且符合梵文原典的音律传统和语言风格。慧远则认为文派或质派，都有失偏颇，而于《三法度序》提出“厥中”之说：

> 自昔汉兴，逮及有晋，道俗名贤，并参怀圣典。其中弘通佛教者，传译甚众。或文过其意，或理胜其辞。以此考彼，殆兼先典。后来贤哲，若能参通晋胡，善译方言，幸复详其大归，以裁厥中焉。

慧远主张译文要行中庸之道，且经典翻译者，要能通晓梵汉，能够正确译出原旨。慧远的“厥中”理论，对当时及后来的译经产生重要的影响。僧叡以“名实丧于不谨”，首次提出长久以来译名与实际不符的问题，“名实丧于不谨”始于格义法，以玄学套用于梵文的佛学名词所致。竺道生对经典的翻译，提出“得意忘言”义解法，《高僧传》记载竺道生之言：

> 夫象以尽意，得意则象忘。言以诠理，入理则言息。自经典东流，译人重阻，多守滞文，鲜见圆义。若忘筌取鱼，始可与言道矣。

竺道生认为以“得意忘言”的方法解释经义，才得以理解佛法的深意，若受限于文字表面的字意，就无法契入言外之理。彦琮著述《辩正论》是中国翻译史上首部译论专书，针对经典翻译立八备十条，根据《翻译名义集》卷一与《义楚六帖》卷九，八备者，即：

（1）诚心受法，志在益人。

（2）将践觉场，先牢戒定，不染讥恶。

（3）文诠三藏，义贯五乘。

（4）傍涉文史，工缀典词，不过鲁拙。

（5）襟抱平恕，器量虚融，不好专执。

（6）耽于道术，淡于名利，不欲高炫。

（7）要识梵言，不坠彼学。

（8）传阅苍雅，粗谙篆隶，不昧此文。

十条，即：

（1）句韵。

（2）问答。

（3）名义。

（4）经论。

（5）歌颂。

（6）咒功。

（7）品题。

（8）专业。

（9）字部。

（10）字声。

八备是彦琮认为佛典翻译师应具备的八项条件，十条则谈及佛典翻译的方法技巧。汤用彤《隋唐佛教史稿》评彦琮之八备，云：“凡此诸项，即执以绳现代之翻译，亦为不刊之言。”

鸠摩罗什对中土佛典译论的贡献是终结了格义法，取而代之的是文字优美、词句流畅、旨意正确的译文，为中土佛经翻译的理论和方法建立了一座瑰伟的里程碑。

四、影响深远的佛经故事

旧译时期的汉译佛典在脱离格义之后，譬喻故事呈现了富于幻想的活泼面貌，仅就其中广为流传且对中土文学与文化有深远影响者，略述其脍炙人口的故事如后。

（一）《妙法莲华经》

《妙法莲华经》，是释迦牟尼佛晚年在王舍城东北耆阇崛山（又名灵鹫山、灵山）所说，是大乘佛教重要经典之一，全经所说为甚深微妙之教法，所以称为妙法。莲花是用来比喻稀有无上的妙法，因为莲花出污泥而不染，妙法清净，如同入污泥而不染的莲花。又莲花是花与实同时俱有，因此以花果同时的莲花来譬喻妙法的因果不二。另外，莲花有十个蕊，是象征十法界，比喻我们的一颗心，同时包含了十法界众生善恶圣凡的念头。

佛教强调每一个人都具有佛性，都能成佛。在《方便品》里就提到种种成就佛道的情境，如“诸佛灭度已，若人善软心，如是诸众生，皆已成佛道”；“若人散乱心，入于塔庙中，一称南无佛，皆已成佛道”。《提婆达多品》中，恶人提婆达多，被授记将来能成就佛道；八岁的龙女即身成佛的事迹，都是在强调人人都有佛性的道理。

“法华七喻”是本经著名的譬喻故事，内容多彩多姿且情节具有张力。通过火宅喻、穷子喻、药草喻、化城喻、衣珠喻、髻珠喻、医子喻，让人们了解心佛众生实为一体，是全经之精髓所在。火宅喻，譬如家宅遭遇大火，幼儿仍在宅中游玩，不知脱离危险，长者乃施设方便，告以门外有幼儿所期望之羊车、鹿车、牛车等三车，借以诱出门外，遂共乘大白牛车脱离火宅。于此譬喻中，火宅比喻三界，为五浊、八苦等苦恼所聚，无法安住；幼儿比喻众生，谓众生贪着三界，耽于享乐，不知处境危险；长者比喻佛，羊车比喻声闻乘，鹿车比喻缘觉乘，牛车比喻菩萨乘，大白牛车比喻一佛乘。又如药草喻，譬如诸药草种类不同，名色各异，虽同受一雨所泽，然因根、茎、枝、叶之别，大、小诸树各称性而长，致各有差别。谓众生根性各异，亦复如是，佛陀随众生品类，依众生各自之智性而教化之，治愈其病惑，令证入菩提。穷子喻，谓二乘之人无大乘功德法财（即六度万行），犹如贫穷之子，缺乏衣食之资以活身命。佛陀施设种种方便，令除烦恼粪，增上其心，然后教以大智，即以佛道化度声闻。化城喻，谓佛陀知道众生心性怯弱，若闻一佛乘，则不欲见佛，佛陀以方便力，说有二种涅槃，如同化城，令众止息。而佛陀的正意，是在对治阿罗汉，令其勿执着于化城的小涅槃，当进趋于无上佛乘的宝所。衣珠喻，又作系珠喻，象征众生皆有佛性，犹如衣内系宝珠而不自知。喻二乘人过去世曾在大通智胜佛座下结大乘之缘，然而因为被无明所覆盖而隐蔽不显，今依如来方便开示，于是能入于一乘。髻珠喻，又作顶珠喻，喻佛陀以禅定、智慧之力量，为三界法王，而诸魔王不肯顺伏，如来座下的贤圣也奋勇与魔王交战。佛陀依其战功赐以禅定、解脱诸法财，又赐以涅槃城，然恐大众惊疑，而不为他们说此《法华》，待众生根熟，佛陀才宣说《法华》，如同转轮圣王解髻中明珠与功臣。医子喻，又作医师喻，譬喻三乘信受权教，不得正道，佛陀于是施设各种方便，令服食大乘法药，速除苦恼，不再有众多苦患。

除此“法华七喻”外,《法华经》还有其他的譬喻,如《授记品》的“大王膳譬喻”,《从地踊出品》的“父少子老譬喻”等。《法华经》之譬喻，呈现如来为宣示一佛乘，开示悟入佛之知见，为烦恼众生，用各种方便法门令入涅槃。

（二）《维摩诘所说经》

《维摩诘所说经》是佛教最富有哲学思想和文学意味的一部经典，尤其特别的是一部记录居士行谊的经典。维摩诘居士是一位具有宗教情操和般若空慧的长者，在《方便品》介绍了他的事迹。根据星云大师《在人间欢喜修行——维摩诘经》，对经中主人翁“维摩诘”和“不二法门”典故，所作精彩的描述:“他是二千五百年前中印度毗耶离城的大长者，为佛陀的在家弟子，也是一位事业有成的商人。他和一般人没有两样，还没有断除贪嗔痴，但是内心常住在佛法真理之中，尤其精通大乘佛教义理，出家弟子尚有不能及者。维摩居士的住所，只有一丈见方大小，所以叫做‘丈室’。在佛教里，方丈和尚住的地方称作‘丈室’，即是源于维摩居士的处所。”

维摩居士生病了，生了一个不可思议的病，他的病是从大悲心生起的，是为了度众，才生病；是为了让大家明白生老病死的实相而示病，所以，维摩居士很多佛法的开示，可以说都是因他的病而有。

星云大师还以文学笔法形容维摩居士和前来探病的诸大菩萨、诸大弟子的座谈与讨论“不二法门”。诸大菩萨运用个人的修行境界阐释“不二”的意义，针对“有是有，无是无，怎么是不二呢？”“你是你，我是我，怎么是不二呢？”“暗是暗，明是明，怎么是不二呢？”“善是善，恶是恶，怎么是不二呢？”各自表述意见。大家表示看法之后，文殊菩萨请维摩居士也表示意见。只见维摩居士眼睛一闭，不开口。这时候，大智慧的文殊菩萨不禁赞叹起来：“啊！原来不二法门是无言无说、无示无识，离语言、离文字、离心攀缘相。”这便是“维摩一默一声雷”的典故。

维摩居士的言行里，有着不可思议的真理和智慧。《不思议品》：“舍利弗乍入净名丈室，见此室中无有床座，便生起‘当于何座’的着相念头，而遭净名诃责，谓‘仁者为法来耶？求床座耶？’并示理遣情，为说求法者应有的态度。”维摩居士并不是责备人，而是给一个慈悲的教育。看起来是无情的慈悲，实际上是远远胜过于有情的慈悲，可以说是“慈悲要有智慧”的体现。维摩居士在玩笑游戏之中，也能赋予教育化导。

《维摩诘所说经》启示我们的是如何加强心理的建设，也启示我们从人格上去升华，从内心里去净化。

（三）《华严经》

全名《大方广佛华严经》，全经六十卷，又称《六十华严》，佛驮跋陀罗（359—429 年）译。大，是包含的意思；方，是轨范的意思；广，是周遍的意思。也就是总说一心法界的体用，广大而无边，称为大方广。佛，是证入大方广无尽法界者；华，是成就万德圆备果体的因行譬喻；因此开演因位的万行，以严饰佛果的深义，则称为佛华严。是如来成道之初，于菩提树下为文殊、普贤等上位菩萨所宣说的自内证法门，内容记述佛陀的因行果德，开显出重重无尽、事事无碍的妙旨。

《入法界品》是《华严经》的精髓所在，记述善财童子受文殊师利菩萨教诲，遍游南方诸国，参访五十三位善知识，值遇普贤菩萨而成就佛道。其求法过程，表示华严入法界的各阶段。善财初参德云比丘，受念佛三昧门，继而参访语言学家弥伽、聚沙为戏的数学家自在主童子、严刑酷罚的无厌足王、修大慈幢行的大光王、鬻香长者、航海家婆施罗、法官无上胜、观自在菩萨、弥勒菩萨，及诸比丘尼、优婆夷、仙人、婆罗门、外道、王女、佛母、地神、树神等，听受种种法门，终至普贤菩萨道场，证入无生法界。禅宗寺院常于观世音菩萨左侧设置善财童子像，即取材自善财参谒观音，受其教化一事。

（四）《涅槃经》

又称《大涅槃经》，北凉昙无谶（385—433年）译，旨在说明法身常住、众生悉有佛性、阐提成佛等教义。本经精彩譬喻，不胜枚举，是文学创作的最佳体材，深具文学价值，是大乘经典中，最富有文学色彩的经典之一。经中处处可见佛陀以巧妙的譬喻说理，例如：

（1）卷三十二《师子吼菩萨品》的“众盲摸象”喻，自古以来即闻名于世。“譬如有王告一大臣：‘汝牵一象以示盲者。’尔时大臣受王敕已，多集众盲，以象示之，时彼众盲各以手触，大臣即还而白王言：‘臣已示竟。’尔时大王即唤众盲，各各问言：‘汝见象耶？’众盲各言：‘我已得见。’王言：‘象为何类？’其触牙者即言象形如芦菔根，其触耳者言象如箕，其触头者言象如石，其触鼻者言象如杵，其触脚者言象如木臼，其触脊者言象如床，其触腹者言象如瓮，其触尾者言象如绳。善男子！如彼众盲不说象体，亦非不说。若是众相，悉非象者，离是之外，更无别象。善男子！王喻如来正遍知也，臣喻方等《大涅槃经》，象喻佛性，盲喻一切无明众生。”

（2）卷十四《圣行品》以醍醐譬喻佛性。“譬如从牛出乳，从乳出酪，从酪出生稣，从生稣出熟稣，从熟稣出醍醐。醍醐最上，若有服者，众病皆除，所有诸药悉入其中。……佛亦如是，从佛出生十二部经，从十二部经出修多罗，从修多罗出方等经，从方等经出般若波罗蜜，从般若波罗蜜出大涅槃，犹如醍醐。言醍醐者，喻于佛性，佛性者即是如来。”

（胡素华）

第五章　魏晋居士的佛教文学

自远传时期开始到两汉间，僧团、商队与流民已络绎于西域与中土之间，汉武丝路、明帝求法、楚王刘英奉佛，宾客中颇多“伊蒲塞（优婆塞）、桑门（沙门）之盛馔。”（《后汉书》卷四十二《光武十王列传》)，东汉桓帝时期（146—167年）佛法已盛行于宫廷，显见居士佛教已经有了端倪。

现存文献里第一个写到佛教的文人是张衡（78—139年)，他在《西京赋》里描写当时长安社会景象说：“眳藐流眄，一顾倾城。展季桑门，谁能不营？”美国学者康达维英译《文选》注解指出：这里的“桑门”一语乃是梵文 śramaṇa 的早期汉译。张衡这段话是说长安宫廷佳丽诱人的目光可以倾国倾城，就算坐怀不乱的柳下惠与出家的沙门也抵挡不住。

东汉桓帝延熹二年（159年）有“天竺国来献”的记载（《后汉书》卷七《孝桓帝纪》)，延熹九年（166年）襄楷上书说：

> 又闻宫中立黄老、浮屠之祠。此道清虚，贵尚无为，好生恶杀，省欲去奢。今陛下嗜欲不去，杀罚过理，既乖其道，岂获其祚哉！或言老子入夷狄为浮屠。浮屠不三宿桑下，不欲久生恩爱，精之至也。（《后汉书》卷三十下《襄楷传》)

这个奏章是居士以佛老劝戒帝王之始，当时人仍把黄老等同于浮屠（佛陀）。从襄楷上书提到“老子入夷狄为浮屠”可以知道，当时佛、道之间已经有关于“化胡”的争论，襄楷的说法可以说是“老子化胡”说的滥觞。

佛教传入中国之后，经过古译时期格义佛经的翻译过程，已经引进阿毗昙、大小乘禅法典籍和《维摩诘经》《阿弥陀经》《正法华经》与相关的般若经典，从事翻译的僧团具足佛法僧三宝，同时开展佛教基本教义、止观禅数、佛传和佛陀本生故事的传播。魏晋时期正是居士护持佛教的开始，特别是上层政治权力核心的知识分子。佛教受到帝王的提倡，支持佛经译经工作，建寺院、造塔像，僧尼人数暴增，并大量投入佛经翻译工作，因而魏晋时佛教文学已经形成僧俗合力的群众活动。

三国曹魏建都洛阳，当时有多位僧人来到洛阳，如曹魏嘉平四年（252年）康僧铠来到洛阳，于白马寺翻译《无量寿经》，还有西行求法的朱士行（203—282年），而曹植时期，相传印度梵呗与佛经转读已经中国化，支谦熟谙梵呗曲调，曾依《无量寿经》与《中本起经》制作《赞菩萨连句梵呗》三契，形成中国式的佛教音乐。梵呗法曲也在魏晋诗中呈现。

佛学何以在两晋时兴盛，梁启超归功于一批佛学理论与实践家的高僧出现，如道安、竺法深、支遁、慧远等人，影响当时的文人，可知两晋之际，文人才开始广泛接受佛教，并在文学创作上有所表现。正始之后，佛教义理已经开始影响文士，而庐山诸道人与东晋文人密切的交往，也都影响其文学的创作，特别是许询、孙绰的诗作，明显可见融合佛道，而这样的现象一直持续到义熙年间。

大抵而言，帝王信奉佛教，礼遇高僧，士大夫崇佛与高僧互动，魏晋时期，逐渐形成北方以长安为中心，有康僧渊（生卒年不详）与张翼、殷浩、王茂弘等文士交游，并留下《代答张君祖诗》与《又答张君祖诗》两首作品。佛图澄（232—348年）、道安（312—385年）、鸠摩罗什（343—413年）、僧肇等僧人于译经过程与文士往来。南方以庐山、建康为中心，有高僧支遁（约314—366年），对于庄子思想有深刻的体悟，并将玄学与佛学相融合，可谓东晋诗僧中之集大成者。还有竺道生、慧远（334—416年）、佛驮跋陀罗等和名士嵇康、殷浩、孙绰、王谢家族、兰亭诗人、刘遗民、宗炳、张野等。北朝前秦、后秦时期，帝王对佛法的崇慕，亲自主持，延揽鸠摩罗什，更形成由国家主持、盛况空前的译经道场，吸引五千多名僧众前来参与。

一、僧俗交往，佛理诗文的开端

《世说新语》中有七十余则记载魏晋时期僧俗的交往，当时文士如：王导、王洽、庾亮、郗超、王蒙、王修、刘惔、谢安、谢朗、殷浩、王羲之、许询、孙绰等都与名僧交游。当时文士与僧人互动，通过阅读佛经寻求解脱救度、离苦得乐之道。僧俗的互动，间接促成禅林的文士化与文士的佛理诗增多。

东晋还出现一群爱好维摩诘的士大夫，例如，殷浩贬谪之后，开始笃信佛教，《世说新语·文学》载："殷中军被废，徙东阳，大读佛经，皆精解。唯至事数处不解，遇见一道人，问所签，便释然。""殷中军被废东阳，始看佛经。初视维摩诘，疑《般若波罗蜜》太多，后见《小品》，恨此语少。"殷浩熟读《维摩诘经》，曾向康僧渊请教佛理，也与支遁交游，与谢安共辩佛理。

僧祐《出三藏记集序》描述晋代以来佛教兴盛的情况说：

> 自晋氏中兴，三藏弥广，外域胜宾，稠叠以总至；中原慧士，炜晔而秀生。提（僧伽提婆）、什（鸠摩罗什）举其宏纲，安（释道安）、远（释慧远）振其奥领，渭滨务逍遥之集，庐岳结般若之台。像法得人，于斯为盛。

刘宋时期的何尚之《答宋文皇帝赞扬佛教事》更谈到东晋文士崇佛之盛：

> 渡江以来，则王导、周颛，宰辅之冠盖；王蒙、谢尚，人伦之羽仪；郗超、王坦、王恭、王谧，或号绝伦，或称独步，韶气贞情，又为物表。郭文、谢敷、戴逵等，皆置心天人之际，抗身烟霞之间。亡高祖兄弟（何充、何准），以清识轨世；王元琳昆季，以才华冠朝。其余范汪、孙绰、张玄、殷觊，略数十人，靡非时俊。

这里被举出的文士，都是活络于当时朝野的名流。不少是王、谢大族的代表人物，引领文学风骚，使得这个阶段的居士文学在佛理诗文方面都有蓬勃的发展。魏晋时期的这些居士文学，诗收录在逯钦立《先秦汉魏晋南北朝诗》，文收录于严可均《全上古三代秦汉三国六朝文》的总集中，有些篇章也收入于大正藏《弘明集》《广弘明集》中，可见许多文士已经受到佛教的影响。

（一）佛理赠答之作

受到佛教的影响，魏晋赠答诗产生转变。名士与高僧间的赠答诗最早为三国张君祖《答康僧渊诗》，其中提到“须弥、百亿、妙常、大慈、冥感、沙弥、大乘、三法、居士、众妙、维摩”，明显可见诸多佛教名相用语。而康僧渊回赠《代答张君祖诗》，以为离世隐居也可见“万象、冥会、弥纶、蝉蜕、玄冥、大慈、菩萨、摩诘”等名相用语，还有康僧渊《又答张君祖诗》、张君祖《赠沙门竺法颧》等诗，均可见玄佛思想融合的佛理赠答。可见赠答诗的内容已经由原本文士抒情谈玄，转变为僧俗往来，对谈佛教思想的佛理诗。

晋张翼有多首与僧人往来的赠答诗，诗中除了具有浓厚的佛教思想，还有许多佛教名相用语，如张翼《赠沙门竺法颧三首》其一：

> 郁郁华阳岳，绝云抗飞峰。峭壁溜灵泉，秀岭森青松。悬岩廓峥嵘，幽谷正寥笼。丹崖栖奇逸，碧室禅六通。泊寂清神气，绵眇矫妙踪。止观着无无，还净滞空空。外物岂大悲，独往非玄同。不见舍利弗，受屈维摩公。

诗中以秀岭青松与寥落幽谷来形容高僧境界，显示禅寂空净与独往物外的大悲心，“舍利弗”与“维摩公”等佛典中的人物也成为诗中典故。至如其二、其三处处可见佛教名相用语，如：“亿劫、如来降、阿维察、阎浮境、妙觉、大乘”等，都是佛理诗的特色。

僧人与文士的赠答诗，还有在《高僧传》的《竺僧度传》中留下的一赠一答的两首诗，诉说晋杨苕华女士与王晞的故事。两人原本媒妁之言，无奈双方父母相继亡故，王晞因世事无常，而感悟出家，杨苕华赠诗劝回。杨苕华《赠竺僧度诗》云：

大道自无穷，天地长且久。巨石故叵消，芥子亦难数。人生一世间，飘若风过牖。荣华岂不茂，日夕就凋朽。川上有余吟，日斜思鼓缶。清音可娱耳，滋味可适口。罗纨可饰躯，华冠可耀首。安事自剪削，耽空以害有？不道妾区区，但令君恤后！

诗中除说明人生变化无穷，生命如此短暂，世间仍有许多值得留恋之事，目的在劝竺僧度（王晞）脱离佛门。而竺僧度回赠的《答苕华诗》云：

机运无停住，倏忽岁时过。巨石会当竭，芥子岂云多。良由去不息，故令川上嗟。不闻荣启期，皓首发清歌。布衣可暖身，谁论饰绫罗。今世虽云乐，当奈后生何。罪福良由己，宁云己恤他。

诗中以佛理的因果罪业观回应杨苕华，“巨石、芥子”等意象，说明不必执着于短暂无常的人生，阐发诸行无常、诸法无我、涅槃寂静三法印之理。而苕华以为人生短暂，应及时行乐，也是魏晋文士普遍的想法。不过竺僧度诗引孔子时代荣启期无欲无求之典，说明自己布衣粗食就已足够，也可见竺僧度融合儒道两家的思想，最后竺僧度因为领悟今世虽云乐，当奈后生何。因为相信轮回果报，因而选择出家修行，祈求超脱轮回。

赠答诗还有习凿齿《嘲道安诗》，道安（312—385年）回应《答习凿齿嘲》，刘程之（遗民）《奉和慧远游庐山诗》，王乔之《奉和慧远游庐山诗》，张野《奉和慧远游庐山诗》以及慧远回应三人的《五言奉和刘隐士遗民》《五言奉和王临贺乔之》和《五言奉和张常侍野》，都可以看出僧人与文士往来频繁，并借由诗歌表达佛理。

最值得注意的是孙绰的《喻道论》与郗超《奉法要》。《喻道论》以辩论的方式，欲调和儒佛之间的矛盾，并认为儒佛本质是相同的。其中论证佛教因果报应说，说明善有善报，恶有恶报，化用道家无所不为，“为而不恃，长而不宰，德被而功不在我，日用而万物不知，举兹以求，足以悟其归矣”。并且引用大量佛教术语与义理。《奉法要》则阐述在家居士应奉持的佛教教条、三皈五戒、斋法与基本佛理等。此两种成为早期三教融合的居士佛教文献。

（二）佛理咏怀诗文

张翼除了赠答诗还有《咏怀三首》，其一云：

> 运形不标异，澄怀恬无欲。座可栖王侯，门可回金毂。风来咏逾清，鳞萃渊不浊。斯乃玄中子，所以矫逸足。何必玩幽闲，青衿表离俗。百龄苟未遐，昨辰亦非促。曦腾望舒映，曩今迭相烛。一世皆逆旅，安悼电往速。区区虽非党，兼忘混砾玉。恪神罔业秽，要在夷心曲。

以“澄怀”意贯全诗，除歌咏情怀，还含有佛教语言与思想，充满对生命的省思。诗歌以咏怀主题传达佛教思想，以虚拟的物象，并通过自然，成为玄思的对象。还有史宗《咏怀诗》,据《高僧传》所载,史宗为辨说玄儒，乃赋《咏怀诗》，反映出当时佛学原本依附于玄学，而后逐渐走向玄佛融合的趋势。诗云“有欲苦不足，无欲亦无忧”，也就是佛经中常探讨欲望乃是人生诸苦的根本,若能安贫无欲,就是断除诸苦的根本。又云“浮游一世间，泛若不系舟，方当毕尘累，栖志老山丘”，表明人生如同不系之舟，唯有栖息于山林中才能摆脱尘世的羁绊，此亦可视为庄禅合一思想之作。

东晋时期玄佛交融，故而有许多作品都是玄佛交融的佛理诗。东晋郗超（336—377 年）《答傅郎诗》其一：

> 森森群像，妙归玄同。原始无滞，孰云质通。悟之斯朗，执焉则封。器乖吹万，理贯一空。

郗超以为万物森罗群像都将归于玄同，具有空理，可见玄佛交融。

还有东晋谢安（320—385 年）《与王胡之诗》：“……我虽异迹，及尔齐踪。思乐神崖，悟言机峰。绣云绮构，丹霞增辉。……会感者圆，妙得者意。我鉴其同，物睹其异。往化转落，运萃勾芒。”悟言机峰，明显受到佛教影响，可见玄心与佛理交会，佛理更为明显。

孙绰《游天台山赋》以记游的方式，叙述幻想中登山寻仙的过程，将山水与玄言、佛理相融合，山水作为体悟玄理的媒介与载体，开始的两段说：

> 天台山者，盖山岳之神秀者也。涉海则有方丈蓬莱，登陆则有四明天台。皆玄圣之所游化，灵仙之所窟宅。夫其峻极之状，嘉祥之美，穷山海之瑰富，尽人神之壮丽矣。所以不列于五岳，阙载于常典者，岂不以所立冥奥，其路幽迥。或倒景于重溟，或匿峰于千岭。始经魑魅之涂，卒践无人之境。举世罕能登陟，王者莫由禋祀。故事绝于常篇，名标于奇纪。
>
> 然图像之兴，岂虚也哉！非夫遗世玩道，绝粒茹芝者，乌能轻举而宅之？非夫远寄冥搜，笃信通神者，何肯遥想而存之？余所以驰神运思，昼咏宵兴，俯仰之间，若已再升者也。方解缨络，永托兹岭。不任吟想之至，聊奋藻以散怀。

文中追求“散以象外之说，畅以无生之篇。悟遣有之不尽，觉涉无之有间；泯色空以合迹，忽即有而得玄。释二名之同出，消一无于三幡。恣语乐以终日，等寂默于不言。浑万象以冥观，兀同体于自然”的境界，这完全化用《维摩诘所说经·入不二法门品》：“色即是空，非色灭空，色性自空。”传达《维摩诘经》与老庄玄学相通之处。这篇文章以佛教思想融入辞赋的作品，幻构游记来畅通心神以抒怀，写景力求勾画出一种幽深神秘、超凡脱俗的境界，为后来游山诗文所祖述。

（三）佛理临终诗

中国传统原本就有绝命辞、自挽自悼诗文，借以表明心志，交代后事，述说临终的心情感受。佛教传入中国后，对中国社会文化等各层面有很大的影响，特别是佛教思想中诸行无常、神不灭论与因果报应说，给予信徒于临终时心灵的安慰。东汉末年孔融也有《临终诗》，诗中表达对小人当道，未能尽忠报国的感慨。而西晋欧阳建（269—300年）《临终诗》，同样是面临刑场，被迫接受死亡。这些临终诗作尚未进入佛教信仰，内容为儒家传统的书写模式，先表明心志，说明自身招祸的原因，并抒发自己的心情感受。魏晋以降临终诗不仅蔚为大类，诗作内涵也多以佛理反思生命。

东晋苻朗（生卒年不详），字元达，《临终诗》云：

> 四大起何因，聚散无穷已。既适一生中，又入一死理。冥心乘和畅，未觉有终始。如何箕山夫，奄焉处东市。旷此百年期，远同嵇叔子。命也归自天，委化任冥纪。

诗中探讨生死的原因，佛教认为世间万物由四大：地、水、火、风所构成，聚散生灭、生死轮回乃生命无常自然之理，苻朗受到佛教思想的影响，虽然将遭遇临刑，却能摆脱临终时的恐惧害怕与哀伤，而以“冥心乘和畅，未觉有终始”，超脱死生的恐惧。因为知道死后将至西方极乐世界，超脱生老病死等苦痛。

郗超（336—377年），字景兴，一字嘉宾。《晋书》形容他“少卓荦不羁，有旷世之度，交游士林，每存胜拔，善谈论，义理精微”，可知他是典型的名士。郗超有关佛教著述不少，见于《出三藏记集》所录陆澄《法论目录》的，有《奉法要》《通神咒》《明感论》以及给法叡、于法开、支遁、谢庆绪、傅瑗等人的书论等。《奉法要》云：

> 且区区一生有同过隙，所遇虽殊，终归枯朽。得失少多，固不足计，该以数涂，则此心自息。又苟未入道，则休戚迭用，聚散去来，贤愚同致。是以经云：安则有危，得则有丧。合会有离，生则有死。盖自然之常势，必至之定期，推而安之则无往不夷。

郗超钦崇释道安，又直接受到名僧支遁的影响，领悟佛法中的生死观，认为人生无常，生死乃自然且必定之理，故而平常心对待，顺任自然，安顿自己的身心。

东晋陶渊明（365—427年），名潜，字元亮，自号五柳先生，私谥靖节先生。陶渊明《拟挽歌辞》三首写于宋文帝元嘉四年（427年），诗中设想自己死后当下的情况与心情，第二首写自己的祭奠，第三首更以第三者，客观回顾出殡时周遭人事。辞中“有生必有死，早终非命促”，以及《自祭文》：“陶子将辞逆旅之馆，永归于本宅。”虽然无明显佛理，也属于同系列的描写死亡、旷达死生的诗文。

（四）颂赞佛与高僧的赞体诗文

佛经偈颂影响东晋颂赞诗，东晋颂赞佛像赞有十九首，高僧像赞十四首，明显可以发现颂赞佛像逐渐转为同时颂赞佛与高僧。以孙绰为例，其著有《至人高士传赞》，其中有名德沙门赞类，分别颂赞《康僧会赞》《释道安赞》《支孝龙赞》《竺法汰赞》《竺道壹赞》《支愍度赞》等。又如王齐之《萨陀波伦入山求法赞》以及《诸佛赞》：“妙哉正觉，体神以无。动不际有，静不邻虚。化而非变，象而非摹。映彼真性，镜此群粗。”通过诵经产生神佛的意象，并照见自性。

孙绰，字兴公，信奉佛教，与当时高僧支遁、竺法潜往来密切。对高僧多有论赞。认为佛道本一家，“夫佛也者，体道者也；道也者，导物者也；应感顺通，无为而无不为者也。无为，故虚寂自然；无不为，故神化万物”。并且也提到佛教与孝道的关系，孙绰认为释迦牟尼出家、修行、成道、传教修法，通过悟道传教修道以光宗耀祖，为家人、祖先祈福，并且更有能力助人，是为大孝。孙绰《喻道论》也赞颂支道林：“识清体顺，而不对于物；玄道冲济，与神情同任。此远流之所以归宗，悠悠者所以未悟也。”

孙绰又有《名德沙门赞》赞扬九位高僧，论康僧会“心无近累，情有余逸”，支孝龙“小方易拟，大器难像”，康法朗“敬终慎始，研核微章”，刘元真“谈能雕饰，照足开蒙”，于法威“于威明发，介然遐讨”，释道安“形虽革化，犹若常在”，竺道壹“唯兹壹公，绰然有余”，支愍度“世重秀异，咸竞尔珍”等，而《名德沙门论目》中称赞释道安，谓其“博物多才，通经名理”，竺道壹“文锋富赡”，影响后代僧传文学的发展，其中《道贤论》更把天竺七位高僧与竹林七贤等文士相比拟，从思想、个性与生命遭遇等进行比较，分别是竺法护比拟作山涛，因两人皆德行高远；竺法乘比拟作王戎，两人均十分聪颖；竺法兰比拟作阮籍，因两人皆不同于常人；道邃与阮咸皆有高风；帛法祖与嵇康都很洒脱，同时轻世招患，因而丧命；竺道潜与刘伶旷大之体同焉；支遁与向秀爱好玄理，雅尚老庄，二子异时，风好玄同矣。而这七人除了支遁与向秀是具体的事例，其余都是附会抽象的人物。还有《正像论》也是评点佛教高僧大德。孙绰运用格义的写作手法，简洁的笔法，将高僧比拟文士，为高僧大德作赞立传。

受到佛教的影响，颂赞的对象不再是针对帝王、祖先，而是心中的信仰，此亦代表文学描写由社会写实转向心灵精神世界，也特别着重内心意象的表达，此为玄言诗文风格的转变，更明显提升文学作品的审美意境。这些颂赞佛与高僧的赞体诗文，不仅手法微妙，譬喻多端，文体独创，也为后世僧传留下宝贵的文献。

二、兰亭诗人与山水诗的发端

在两晋僧俗的交往中，形成中国文学“山水诗”体类的发展，这是魏晋以降到南北朝之间文学史上的一大成就。首先最值得关注的是与支遁往来的众名士。当时支遁如智慧灯塔，吸引着大批文士“出则渔弋山水，入则言咏属文”。(《晋书》) 例如当时的兰亭会，现今传世之作虽然没有支遁的《兰亭诗》，但是王隐《晋书》确有“羲之初渡江，会稽有佳山水，名士多居之，与孙绰、许询、谢尚、支遁等宴集于山阴兰亭”的记载。后世沈曾植《与金潜卢太守论诗书》就认为“康乐（谢灵运）总山水、庄老之大成，开其先支道林”。可以说，与支遁往来的这批兰亭诗人，堪称“山水诗”的先驱。

（一）王羲之

《兰亭诗》为四言诗与五言诗，一般大家最熟知的兰亭诗人为王羲之（303—361 年，或 321—379 年），世人知道《兰亭诗》，也是因为王羲之流传《兰亭集序》的书法作品，因而得名。王羲之除书法成就极高外，他和兰亭诗人的《兰亭诗》已揭开山水诗的序幕。王羲之《兰亭诗》六首其三云：

三春启群品，寄畅在所因。仰望碧天际，俯磐绿水滨。寥朗无崖观，寓目理自陈。大矣造化功，万殊莫不均。群籁虽参差，适我无非新。

诗人在兰亭雅集，仰观俯磐，山水中有玄言有佛理。《兰亭诗》其四云："前识非所期，虚室是我宅。""相与无相与，形骸自脱落。"诗中除可见老庄玄理，更可见佛教思想渗入后的玄冥之境。此外还有作品中"悠悠大象运，轮转无停际"，对时间流逝的无力感，然而"有心未能悟，适足缠利害。未若任所遇，逍遥良辰会"，"有心"反而无法领悟，会因为纠结于利害得失而苦恼，不如逍遥自在于大自然的美好春光，忘怀得失。王羲之信奉道教，然而也和支遁、郭象熟识，常会互相讨论玄理。诗中写景"仰望碧天际，俯磐绿水滨"，同时也说理，认为"大矣造化功，万殊莫不均"，喜欢徜徉在大自然，并认同万物平等的概念，借山水而获得超然自在的旨趣，得以悟道。再者王羲之《答许询诗》云："争先非吾事，静照在忘求。"静照乃不闻恶名愿，此处"静照"也可说是佛学的寂照、明静、观照，与庄子内心恬淡寂静的虚静之融合，发展至后来的"静观"。而王羲之提出静照忘求的审美态度，不仅影响兰亭诗人，也转化为对山水审美的观察方式。

此外，王羲之的妻子之舅父郗超《答傅郎诗》之"森森群像，妙归玄同""器乖吹万，理贯一空""迹以化形，慧以通神""明心绝向"，以般若性空为主旨，引庄子《齐物论》喻佛理之空，此空是般若境界，也是老庄境界。

（二）兰亭诗人

兰亭诗人还有孙绰、谢安、谢万、孙统、孙嗣、郗昙、庾友、庾蕴、曹茂之、华茂、桓伟、袁峤之、王玄之、王凝之、王肃之、王徽之、王焕之、王彬之、王蕴之、王丰之、魏滂、虞说、谢铎、徐丰之、曹华等人。诗作中除了叙事、写景、记游，包含抒情以及说理。通过自然景物的描写，而有所领悟。如谢安《兰亭诗》云"万殊混一理，安复觉彭殇"，孙统诗云"茫茫大造，万化齐轨”，庾友诗云“理感则一，冥然玄会”，庾蕴诗云“仰想虚舟说，俯叹世上宾”，王凝之诗云“庄浪濠津”“冥心真寄”，王肃之诗云“神怡心静”“豁尔畅心神”，王徽之诗云“先师有冥藏，安用羁世罗”，虞说诗云“神散宇宙内，形浪濠梁津。寄畅须臾欢，尚想味古人”等，皆是在山水游乐中，思考人生中须臾与永恒的议题，也是“玄言诗”中常探讨的主题。再者，《兰亭诗》中“寄畅”“适”“足”等概念出自于支遁批注《逍遥游》所提出的理论，当心神达到适的境界，自然足于所足，而获得人生至乐的感受，游览山水，也能让心神达到适足至乐之感，由此也可以观察到兰亭诗人受到玄佛融合与佛教思维，并带动当时游览山水以自我观照的风气。

东晋孙绰《秋日》诗云：

> 萧瑟仲秋月，飂戾风云高。山居感时变，远客兴长谣。疏林积凉风，虚岫结凝霄。湛露洒庭林，密叶辞荣条。抚菌悲先落，攀松羡后凋。垂纶在林野，交情远市朝。淡然古怀心，濠上岂伊遥。

本诗除了描写仲秋时节常见的自然景物，还描写山居者的感受与季节变化。可谓借由自然景物以抒发玄理之作，而仲秋原本是伤秋的季节，但诗中的心境却是淡然，此景、理分立的写作模式，山水景物可作为独立的审美意象，这样的技巧，后世谢灵运才灵活运用于山水诗的创作。

此外还有许询《答康僧渊诗》云：“冲心超远寄，浪怀邈独往。众妙常所晞，维摩余所赏。苟未体善权，与子同佛仿。悠悠诚满域，所遗在废想。”诗中超脱了玄远之风，更将内心对佛法所感所觉，甚而感动与发想，都寄托于诗作之中，可见玄佛合流。世称许询为“玄度公”，一般认为他的玄言诗，孕育了山水诗，其《竹扇诗》“良工眇芳林，妙思触物骋。篾疑秋蝉翼，团取望舒景”，以理取景、妙思，都可作为后代启发。由许询等人的作品观之，的确能够明了山水诗是如何成为诗人寄托情意的另一个结合现实与心灵的世界。

三、庐山诸道人与文士的唱和诗

庐山诸道人，泛指东晋在庐山与慧远唱和的一批文士，有些姓名不详，均以慧远为中心。庐山诸贤除了慧远、刘遗民，还有张野（350—418年）、宗炳（375—443年）、周续之（376—423年）、雷次宗（386—448年）等人被视为十八高贤，他们都是自然的爱好者，将山水作为活动空间与精神寄托，共同游览山水，也追求众人发愿回向，彼此互助，念佛禅坐修行，而得往生净土，与自然山水相伴也为庐山净土宗的特色。他们结集一百二十三人，在精舍无量寿佛像前，建斋立誓，共组莲社，讲经修行，共期西方，庐山俨然化作慧远与同志道友共同修炼的道场。慧远为净土宗的初祖，东林寺四周又种植白莲，后人因称为“白莲社”。这种对共修的重视，以及大规模的结社，是一种佛教与文人文化结合的新契机。如此的社集，成为后代僧诗的典范，因而唐代僧俗诗人大量以“白莲”为喻，还出现齐己《白莲集》。

隆安四年（400年），慧远师徒“因咏山水，遂振锡而游”，三十余人集体游历览胜。最终，从山水之乐获得超越式的悟道体验，“遂共咏之云尔”，写下署名庐山诸道人的《游石门诗序》以记其胜概。庐山诸道人的石门之游，如今仅留下一首《游石门诗并序》，此诗旧《庐山志》名为《庐山道人诗》，今《庐山新志》中顾祖英将此诗系于慧远名下，根据《方舆纪要》，也判定为远公作品。但其是否为慧远所作，学界至今仍未有定论。

《游石门诗》云：

> 超兴非有本，理感兴自生。忽闻石门游，奇唱发幽情。褰裳思云驾，望崖想曾城。驰步乘长岩，不觉质有轻。矫首登灵阙，眇若凌太清。端坐运虚论，转彼玄中经。神仙同物化，未若两俱冥。

《游石门诗》也可视为山水诗的前身，石门本身是一个极险峻的游览之地，创作者除了记录风云变化、奇山异水，更描写游览山林而参悟的历程，此山水自然乃是游览者思辨与理感的对象，描写的山水为实景而非虚景。《游石门诗并序》则说明三十余人，一同寻访山林溪壑幽深之处，“援木寻葛，历险穷崖”，而见壮阔的七岭之美，同时描绘石门绮丽多变的景色，“霄雾尘集，则万象隐形；流光回照，则众山倒影。开阖之际，状有灵焉，而不可测也”。说明游览的乐趣在于：“悟幽人之玄览，达恒物之大情，其为神趣，岂山水而已哉！”

慧远师徒的游览空间，相较《兰亭集序》中所言的私人郊野园林，已更作“悬濑险峻，人兽迹绝，径回曲阜，路阻行难，故罕经焉”的深山大壑。而游览者的身份，亦从门第士族转变为长期居于山中的诗僧，佛教与山水诗有着“山居”的共同特质。可见在东晋玄佛合流的时代下，游宴诗“宴”的性质已逐渐消失，而偏重于山水的游览与行旅。不同于王羲之等的游目骋怀，抒发对生命无常、时间流逝的感叹，而化作了具有宗教性质，通过自然世界的“观照”“冥想”以“达恒物之大情”。因此，慧远师徒“因咏山水，遂振锡而游”的游观方式与目的实具有浓厚的体道意味，故最终有感“其为神趣，岂山水而已哉”！这转变一方面说明山水诗（游宴诗）的佛教化，充满了佛教体悟意趣；另一方面慧远师徒以“游”作为开启佛性世界（修行）的具体方法，即为佛教逐渐山水化的体现。

慧远、刘遗民与王齐之等人还将日常习佛念佛写成《念佛三昧诗》，辑成《念佛三昧诗集》，今存王齐之《念佛三昧诗》四首云：

妙用在兹，涉有览无。神由昧彻，识以照粗。积微自引，因功本虚。泯彼三观，忘此毫余。

寂漠何始，理玄通微。融然忘适，乃廓灵晖。心悠缅域，得不践机。用之以冲，会之以希。

神资天凝，圆映朝云。与化而感，与物斯群。应不以方，受者自分。寂尔渊镜，金水尘纷。

慨自一生，夙乏慧识。托崇渊人，庶借冥力。思转毫功，在深不测。至哉之念，注心西极！

慧远《念佛三昧诗集序》云：“夫称三昧者何？专思寂想之谓也。”也就是心神专注，静思凝虑，让身心处于能观照遍体周身的状态，而达到一种悟解与禅定。慧远很早就提出三昧并运用在诗歌中，还以“三昧”作为作诗、念佛时之修养工夫。慧远并且进一步教导信众如何由“止”而思专至志一不挠,以及如何从“观”而得想寂,并分为气虚（智恬其照）与神朗（无幽不彻），止与观“自然之玄符，会一而致用”。所以创作时当精神状态能够进入止定的状态，就能观慧。慧远以为:“今入斯定者，昧然忘知，即所缘以成鉴，鉴明则内照交映，而色象生焉，非耳目之所暨，而闻见行焉。”慧远提到“鉴明则内照交映，而色象生焉”，此处的观，乃是直观，更以为诗歌的创作历程乃由“生活的幻象”所组成，当创作者能进入入定的状态，其通过直观而进入定境与涅槃之境后所产生的外界色象，便具有一种超越性。

《高僧传》曾记载，慧远率领弟子数十人，从荆州上明寺，原想要往罗浮山，但途经庐山，见庐山风景秀丽，能够安定心神，因而定居庐山修建东林寺，创办精舍。慧远《庐山东林杂诗》是最早描绘庐山秀丽山水胜境的作品，其诗云：

> 崇岩吐清气，幽岫栖神迹。希声奏群籁，响出山溜滴。有客独冥游，径然忘所适。挥手抚云门，灵关安足辟。流心叩玄听，感至理弗隔。孰是腾九霄，不奋冲天翮？妙同趣自均，一悟超三益。

慧远此游览庐山的山水诗中，先阐述山水形象之美，再谈到独游山水间的领悟，如何经由冥想、神游，触景悟道，寓道于景，以为一悟可以超三益，将山水作为禅理的化身，蕴含浓厚的佛理与禅趣。慧远这样的思想，影响当时唱和的文士，还留有刘程之《奉和慧远游庐山诗》、王乔之《奉和慧远游庐山诗》和张野《奉和慧远游庐山诗》三首，更使得中国诗歌创作山水与佛理融合的风格进入高峰。

除了慧远，庐山十八贤的宗炳也有两首登山诗:《登半石山诗》《登白鸟山诗》，诗中虽仅述登山历程与山水风貌，但大抵可以得知西晋时期，游览山水观赏过程中，谈玄论道因而创发的玄言诗，明显受到玄学影响。然而自慧远始，游历山水开始加入更多的佛门子弟，且游览乃出于自觉性，为了创作山水诗而游山。与之前创作者因为偶然游历而无意中触发创作灵感，是非常不同的。再者，游历者因为有禅佛的背景，已经开始通过游历奇山异水，进而体悟佛理禅趣。

根据萧驰《佛法与诗境》第一章《大乘佛教的受容与晋宋山水诗学》的观点，晋宋山水诗大家多数与佛教渊源甚深，佛教与山水诗有着“山居”的共同特质，支遁和慧远的“山水佛教”成就宗炳的山水画论与大谢的山水诗。萧驰认为山水佛教的传统有三：首先，大乘佛教及其与神仙信仰的融合刺激了人们“置心险远”，即推动对于远离人寰自然之美的发现。其次，当时大乘佛教对见到佛的身相的关注与中土信仰的融合开启了一种对山水自然特殊的“视感文化”。复次，佛与净土基于有与无之悖论，使人偏爱霏漠森渺的山林景色，并由此产生现象主义的幻象。因之，山水在观照里“质有而趣灵”，是感觉的（sensory）同时又是神秘和超自然的（numinous），在感觉和幻想交织的层次里浮现。萧丽华认为，萧驰的研究价值在于“注意到佛教强调个体心灵功能的因缘网，以之观察‘境’为诗人与世界相互交融的‘缘在’，使传统‘感物’诗学的心物关系因着这一连串的解析而更精微地呈显其变化”。

四、陶渊明的形神诗

慧远的佛学思想也对山水诗有所影响，慧远强调感应是随着情而来，也就是通过自然的召唤，触动自我的灵性。而其“形神论”中有关形象本体之美的思想，其实正足以补充中国原本的言、意、象，也促进中国山水诗中，以景物、物象作为诗歌主体的表现，进而形成所谓的“体物诗学”。慧远之后，经由后代诗人文士，融入佛教“形神说”的思维，以形说明外在事物的形象，以神代表内在的神韵，将此概念融入诗学后，于是形神说，除了代表思想、画论，也成为诗学内涵的一部分。

形神论是中国古代关于心身关系的理论。形指身体，神指精神或心理。《荀子・天论》中说“形具而神生”，东晋佛教的形神观有罗含《更生论》，主张“万物有数，而天地无穷”，所以人死后精神不灭；慧远的《沙门不敬王者论》也主张“形尽神不灭”；慧远的弟子宗炳《明佛论》也提出“形”尽而“神意平全”说。受此时期形神论影响的文学，以陶渊明诗为代表。

晋安帝元兴三年（404年），慧远作《形尽神不灭论》，九年后又作《万佛影铭》写到：“体神入化，落影离形。”已涉及形、影、神的讨论。陶渊明即是在那年或者稍后，特别撰写了《形影神》来回复慧远。陶渊明的《形影神》三首组诗云：

《形赠影》

天地长不没，山川无改时。草木得常理，霜露荣悴之。
谓人最灵智，独复不如兹。适见在世中，奄去靡归期。
奚觉无一人，亲识岂相思？但余平生物，举目情凄洏。
我无腾化术，必尔不复疑。愿君取吾言，得酒莫苟辞。

《影答形》

存生不可言，卫生每苦拙。诚愿游昆华，邈然兹道绝。
与子相遇来，未尝异悲悦。憩荫若暂乖，止日终不别。
此同既难常，黯尔俱时灭。身没名亦尽，念之五情热。
立善有遗爱，胡为不自竭？酒云能消忧，方此讵不劣！

《神释》

大钧无私力，万理自森着。人为三才中，岂不以我故？
与君虽异物，生而相依附。结托善恶同，安得不相语？
三皇大圣人，今复在何处？彭祖寿永年，欲留不得住。
老少同一死，贤愚无复数。日醉或能忘，将非促龄具？
立善常所欣，谁当为汝誉？甚念伤吾生，正宜委运去。
纵浪大化中，不喜亦不惧。应尽便须尽，无复独多虑。

形指肉体；影为自我意识，也可以看作人的行为产生的影响；神乃自我观照下最高的理性，能够看见自然的真相。陶渊明通过形、影、神各自独立的形象，也代表魏晋时士大夫玄佛的人生观，形的物质追求与影的精神追求之辨证。虽然历来仍在讨论陶渊明是否有受到佛教的影响，但其形神观，明显传达出对慧远的响应，他不认同慧远“形神论”中神不灭的说法，而提出“纵浪大化中，不喜亦不惧。应尽便须尽，无复独多虑”，虽然玄学和佛学是不同的思考脉络，但也显现两者相近之处。宋代葛立方《韵语阳秋》认为“《形影神》三篇皆寓意高远，盖第一达摩也”。

陶渊明诗文中，有十多次谈到佛法中的空无、幻化，如“人生似幻化，终当归空无”“纵浪大化中，不喜亦不惧”，表达对死生的看法，领悟人生如梦似幻，从而摆脱苦痛，明显受到佛教空观思想的影响。著名的《饮酒诗》：“心远地自偏”，其心远的意旨接近《维摩诘经·菩萨品》：“以离身心相起毗梨耶波罗蜜。”与鸠摩罗什《注维摩诘经》：“心无累想，名心远离。于身心不着，亦名为远离也。”而“此中有真意，欲辨已忘言”更与“维摩之默”旨趣相近。还有陶渊明诗中对生命无常的感叹：“不觉知有我，安知物为贵。”“所以贵我身，岂不在一生。一生复能几，倏如流电惊。”“流幻百年中，寒暑日相推。”“吾生梦幻间，何事绁尘羁。”这些明显受到般若思想影响。又如《杂诗十二首》其一：

> 人生无根蒂，飘如陌上尘。分散逐风转，此已非常身。……
> 盛年不重来，一日难再晨。及时当勉励，岁月不待人。

佛法中四非常：无常、苦、空、非身，因为每个生命都会生灭变迁，若能摆脱执着，则能解除内心苦痛，陶渊明诗中明显体悟人生如梦、如幻，不如把握年少时光，当下解脱。

凡此可知魏晋时期诗歌受到佛教的影响，东晋开始中国诗学已经朝向有意识的玄佛交融，诗人除了建构诗歌体制，也将诗歌从言志转为抒情，借物喻心，运用佛教譬喻与诗歌感兴的作用，以省察生命的内涵。此外，诗人也开始大量运用佛教意象以及佛学思维来观看世界，而成为创作诗文的内涵。

五、梵呗法曲与音律

（一）梵呗法曲

佛教音乐来自古印度吠陀时期，梵呗原为印度的曲调并以梵语诵经赞咏，主要是讲经仪式时前后诵唱，或朝暮课诵以及忏法仪式中唱诵。梵呗传入中国后，歌赞为梵呗，咏经则称为转读。由于梵音为重复音，而汉语乃单奇音。若用原梵音音调搭配汉语，则显得声繁而偈促；若用汉曲搭配梵语，则韵短而辞长。

由于《赞菩萨连句梵呗》三契在梁之前已失佚，《出三藏记集》也仅录其目，故后世称曹植始作中土梵呗，实际上中土梵呗首创者应是支谦，支谦实开西域梵声传授之先河。

后世称梵呗起于曹植，主要根据《高僧传》记载：

> 自大教东流……始有魏陈思王曹植，深爱声律，属意经音，既通般遮之瑞响，又感鱼山之神制。于是删治《瑞应本起》，以为学者之宗。传声则三千有余，在契则四十有二。其后帛桥、支钥亦云祖述陈思，而爱好通灵，别感神制，裁变古声，所存止一千而已。

相传三国曹植（192—232 年）游于山东东阿县之鱼山时，突然听闻空中传来诵经声，清扬哀婉，而有所悟，于是依据支谦翻译的《太子瑞应本起经》，写成《太子颂》与《睒颂》，其乐调乃参考梵音，配合音声节奏而重新裁制的新声，并依傍佛偈的译文。曹植配合中国五音阶的音乐旋律，使梵语音韵与汉字发音高低相协调，而制成曲谱，改善原本偈促或辞长的问题，也可以视为中国创作独有的梵呗音律之始，并开始广为流传。

当初鸠摩罗什对僧叡说印度辞体，也曾指出：

> 天竺国俗，甚重文制，其宫商体韵，以入弦为善。凡觐国王，必有赞德，见佛之仪，以歌叹为贵。经中偈颂，皆其式也。

印度的歌赞偈颂，在汉译过程中不易显出音乐性，为了佛经转读，支谦与曹植等居士开始以原梵音音调搭配汉语来还原印度以歌赞诵经礼佛的仪式。

谢安、王羲之、许询常出入鱼山，撰文吟咏。东晋慧远的僧俗结社诸人本都极热心赞呗创作，东晋之后，梵呗盛行于南方，刘宋谢灵运留有赞呗、齐萧子良于永明五年在建康召集文人与僧人，打造经呗新声，进而催化沈约等人开创永明体诗歌，至唐代与唱导合流，已经普遍于民间。

梵呗与音乐不同，据《长阿含经》所载，梵呗音需具有五种特性：正直、和雅、清澈、深满、周遍远闻，且有五种功效：身体不疲、不忘所忆、心不疲劳、声音不坏、语言易解。梵呗与转读的不同，在于可离开佛经原文，直接使用汉语创作新的诗颂。因为梵呗的出现也促使东晋时转经唱导制度正式确立，慧远广而推行，宣唱法理，开导众心。不过唱导的内容不仅是韵文体的梵呗歌赞，也有转读散文体的经文。

（二）梵语声律与诗歌格律

根据季羡林的看法，“最早的汉文里的印度文借字都不是直接从梵文翻译过来的，而是经过中亚古代语言，特别是吐火罗语的媒介”。音韵学者认为，中国的反切就是受梵文或中亚古文字如吐火罗文字的启发而产生的，也就是说，中国的和尚和学者在学习梵文中受到梵文字母“悉昙”的启发，懂得体文（辅音）和摩多（元音）的拼音原理，于是创造了“反切”这种注音方法。最早的反切创制者，为汉代服虔、应劭、孙炎。服虔、应劭为东汉末年人，孙炎比服、应二人略晚，由汉入魏。他们所处的时代正是佛教传入中国后，佛经翻译出现的第一个高潮的阶段。

格律，是指关于诗歌创作所应遵守的规范与体例，例如字数、句数、句对、平仄相对等。反切、诗歌格律的平仄音和韵书三者的发展，都是从佛经翻译的悉昙学而来。加上佛教传入中国，原本佛经中即有赞与偈，翻译多采四句与六句的形式。原因是“梵文原偈由四句组成一个诗节的结构，在译文里照旧被保存了下来。而原偈句子与句子之间等音节的特征，经过翻译后就转化为颂体，每句字数相同”。故而佛经中的诗偈，主要被翻译成四言、五言、六言、七言等不同句式，但仍以五言最广泛。

东晋时新译的佛经，如《中论》《百论》《阿毗昙心论》，都以五言诗偈的形式结句谋篇。原本佛经中梵音存在的音乐性与节奏感虽然无法在译作中保存，但当时译者已经意识到这个问题，因而开始制作梵呗新声。汤用彤认为梵呗新声并非为了赞叹佛典偈颂翻译的文句，乃是“依妙声讽新制之歌赞”，目的希望能够通俗，而达到流传的效用。再者佛偈多四句的形式，也影响中国诗歌的发展，而出现日后唐代盛行绝句与律诗，也都是以偶数句为单位，四句或八句为一单位。陈允吉先生认为佛偈对七言诗与律体诗的形成有相当大的影响，他从东汉支娄迦谶翻译的《佛说般舟三昧经》中发现有相当数量的七言诗偈，东汉之后七言诗偈的数量更大幅增加。诗偈多以四句为单位，并且两句之间通常互相连贯。传统印度梵偈多为四句为一单位，两句两句互相衔接，与后来发展的律诗体制相近。此外，原本诗歌押韵多为句句押韵，诗偈传入之后，诗偈与中国诗歌多为偶数句押韵。

有关梵语声律、悉昙学与中国声韵学之发展、诗歌格律的四声八病说之考究，要到南朝永明体与齐梁体诗歌之后才逐渐丰富起来。

（吴静宜）

第六章　魏晋僧人的佛教文学

东汉末年宦官专权，政治混乱，到了曹魏两晋依然战事连年，社会动荡不安，文人士大夫避世隐遁。知识分子对政治失去了兴趣和信心，转而引发个人对生命与生存的观照，于是精神上依附老庄玄学，生活上则借着清谈互吐心境。两晋之际，大量的大乘经典译出，造就了般若学说的兴起，佛教般若学主张空性的智慧能了脱生死，真空能生妙有，较之老庄玄学的虚无遁世，更能积极鼓舞人心；同样谈空，却有不同的心灵样貌，开启了硕儒文士一探佛教究竟的兴趣。汉末曹魏两晋的知识阶层，由于时代的转变，引发了对生命与生存自觉的新思想，传统的儒术融合了道家思维，文士的胸襟和文学创作呈现了自觉意识。在政治、经济长期困顿中，知识阶层的自觉意识逐渐成熟，更能迎向新的潮流和新的文化，于是自然而然地与适时传入的佛教般若学有了契理契机的结合，诚如日本学者加地哲定所说，大乘佛教为当时知识阶层落寞的心灵带来了莫大的希望。

一、诗文僧的肇始——支遁与慧远

从《高僧传》的记载可以看出，汉魏时期，僧人大多来自西域，此时期中国僧人少的原因，主要是因为汉译经典尚未普及，大多数人对佛教仍未理解。直至两晋，融合中国文学句式译出大量经典后，大大提高了人们对佛教义理的领会，逐渐吸引更多中土人士投入缁门，尤其是乱世中无法伸展抱负而求仙隐逸的文士。《高僧传》收录晋之前的译经师大多为天竺或西域僧人，晋之后的义解师则以本土的僧人为主，而初期的汉僧多数即来自这些学养丰富的隐逸文士。曹魏时期第一位西行求法的汉僧朱士行（203—282年）在于阗抄得梵本般若经，交与其弟子于西晋太康三年（282年）送回洛阳，元康元年（291年）由竺叔兰和无罗叉共同译出《放光般若经》，又称《大品般若经》，一时学者争相注疏和讲说，《放光般若经》成为当时弘扬般若义理的重要经典。般若经富于哲理与重视生命实践的佛理，也因此吸引了众多知识阶层热衷于阅读经典，探究佛理。

古代称有学养而隐居不仕的有德之人为“名士”，根据《世说新语》的记载，第一代汉僧多来自名士且与名士有密切的交游活动，这一类初期的“名僧”约有二十多人，其中最著名的是支遁与慧远，学者称之为中国第一代诗僧代表。

支遁（约314—366年），号道林，世人尊称为“林公”，生于佛教家庭，年幼便能悟得非常之理。在二十五岁出家之前是一位具有知名度的文士，对《庄子》有深入的研究，尤其对《逍遥游》有创新的见解，往来多为南渡的名士。出家之后，将玄学融入佛学，于般若学方面开发《即色论》，为当时般若学六家七宗之“即色宗”的创始者。支遁出身于名士，能诗能文，对佛理多有体会，因此深受当时王公贵族和高层名士的欢迎，讲学不断，引领时代思潮与文化。《世说新语》里有关支遁的记录共五十三则，记载了支遁与许多名士及知名人物来往与交谈辩论的逸闻趣事，这些名流之士包括了王蒙、殷浩、郗超、许询、孙绰、王羲之、谢安、会稽王司马昱等。司马昱虽然后来在支遁卒后才当了皇帝，但与支遁来往时，既是执掌朝政的相王，也是清谈家的领袖；谢安后来成了历史传颂的一代名相，而支遁自身则是合名士与高僧为一体，因此在当时受到很高的尊崇，传播佛学也就更为迅速，所产生的影响力也更大了。支遁所交游的名士中，受其影响较著者是王羲之。《高僧传》记载，王羲之素闻支遁之名，在会稽任职时，适值支遁从建康回到剡山，于是特地前往拜访并请教庄学《逍遥游》，支遁“乃作数千言，标揭新理，才藻惊绝”，王羲之为之折服，于是“披衿解带，流连不能已”，此后两人便经常往来谈论佛理，支遁也加入了王羲之等人的名士群，一起登山临水，唱作诗文。此时王羲之的诗作也开始有了佛教的意象，例如《兰亭诗》六首其三的首句“三春启群品”，此处的“群品”指的是佛教所谓的“众生”；而次句“寄畅在所因”的“因”可说是佛教的“因缘”之意，中国长久的儒、道文化，可谓自此再融合了佛教，而开展“儒、道、释”三教融合的新景象。

支遁的诗作收录于《先秦汉魏晋南北朝诗》有十八首，将玄言与佛理和山水结合，既是玄言诗风范的代表，又是开山水诗风气之先，在僧诗发展的历史上，有着关键性的地位。而支遁的文，则对佛学论文和中国佛教史有重要的贡献，尤以《逍遥论》《即色论》和《大小品对比要钞序》最负盛名。

庐山慧远（334—416年）是中国佛教初期另外一位出身儒士的名僧，慧远自幼好读诗书，且能诗善文，年少即为众人称赞的儒生，擅长老庄学说。二十一岁时，因向往隐逸，一度欲隐遁潜修，因战乱阻断道路而未能如愿。后往太行山师事道安，于听闻道安讲般若经时，豁然有所领悟而慨叹，与佛教相比，“儒道九流，皆糠秕而已”。遂偕其弟慧持落发剃度为僧，跟随道安修学佛法。慧远禀持儒者的素养，以及对弘法的热诚，能灵活变通地将佛法与中国传统文化结合。二十四岁即登座讲经，常能深入浅出地让人理解佛法，慧远首创“以佛宣道，以俗证道”的弘法方式，让佛法更容易在生活上落实，道安曾赞叹：“使道流东国，其在远乎。”五十岁时与道安在襄阳分手，于庐山创建东林寺，此后三十余年间，迹不出庐山，天下名士俊彦，慕名接踵而至，包括刘遗民、雷次宗、周续之、毕颖之、宗炳、张莱民、张季硕、殷仲堪、司徒王谧、王默、卢循、桓玄、谢灵运、陶渊明等才华卓绝的文人名士，庐山遂成为江南的佛教中心和人文荟萃的文化圈。

慧远承袭道安的坐禅修炼法，并加以发扬，倡导以念佛三昧为修行的法门，创立“白莲社”，与刘遗民等一百多人共期西方净土，是为中国净土宗的初祖。慧远等白莲社成员，经常以念佛为题，吟咏作诗，唱和酬答，结撰成《念佛三昧诗集》，慧远并为之作序，唯念佛三昧诗传世者仅存王齐之的诗作一首，与慧远所作《念佛三昧诗集序》，同收录于《广弘明集》卷三十。慧远提倡的念佛三昧法门是依据东汉支谶所译的《般舟三昧经》，借着观想佛的形象和西方净土的景色，凝思静虑以进入禅定。慧远在佛教般若学说方面，除了继承道安的传统之外，由于个人超然的颖悟，建立了独具创见的“法性论”,认为宇宙事物皆由“法性”产生,而法性的本质是无性、空性。人的痛苦来自精神活动，唯有在“生绝神冥，形尽神存”的境界中，才能超越一切精神活动而体悟法性；能体悟到法性，就能进入涅槃，从而达到佛法的最高境界。慧远的念佛三昧与法性论是相辅相成的修行方法，是禅定与智慧的结合。慧远曾在《庐山出修行方便禅经统序》一文里强调“禅非智无以穷其寂，智非禅无以深其照。然则禅智之要，照寂之谓，其相济也，照不离寂，寂不离照”。禅定的功夫，需要空性的智慧，才得以深化；而智慧的觉照力，需要甚深的禅定功夫，才得以显发。这即是佛教“定慧等持”的最佳演绎。慧远提倡的禅智相济的修行方法,不但为世人勾画了明确的理想目标，也为修佛悟道的人开创了一条正确的康庄大道。

慧远的文采和佛学涵养，受到整个社会，上至君王贵族，下至文士百姓一致的尊崇。其所著《沙门不敬王者论》是中国佛教史上重要的一篇论述，也是兼具文采和思辨性的佳作。全文分别从在家、出家、求宗不顺化、体极不兼应、形尽神不灭五个方面，阐述沙门超尘远俗，不应致敬王者的理据，显示了慧远高超的才情和胆识。“形尽神不灭”，是慧远法性论的理论基础，谓形体会毁坏、泯灭，而神识则历万劫而不灭。基于“形尽神不灭”的理论基础，慧远再发表《三报论》，谓善恶报应有三种：一为现报，此生所作，此生即受报；二为生报，报应于来生；三为后报，历数代后受到报应。旨在说明佛教经典所说的“如是因，如是果”，只要造了因，无论何时，总会受到果报。慧远将中国传统的报应说与佛教的因果法则相结合，以此规范世人的社会行为，使佛教的义理产生了劝善惩恶的社会教化功能。

佛法在中国弘扬，必然要结合中国文化，才能有契理契机的阐释，而能顺利达成这样任务的也就非汉僧莫属了，支遁和慧远以磅礴气象开诗文僧之先河，便是最佳例证。这也说明了何以《高僧传》里东晋之前译经师大多为天竺或西域僧人，而东晋之后的义解师大抵皆为中国本土的僧人。循此中国佛教初期发展的脉络，可发现僧人参与佛教文学活动，在两晋之际产生了分流，一为赓续源头的翻译文学，一为顺应时代所需的创作文学。换言之，从两晋开始，佛教文学的领域有了开创性的发展，此一开创性的发展来自兼以诗文创作传世的“诗文僧”的形成，而诗文僧形成的关键则是名士与名僧了。从两晋乃至六朝僧人与文人的创作中处处可看到他们交往的足迹和记录，尤以堪称为魏晋清谈百科全书的《世说新语》更是历历如绘地描述了名士和名僧的活动。而具有影响力的名僧与名士密切地交相往来，不但带动了社会阅读佛书、研习佛理的风气，产生了思想文化的重大转变，也因为文字之因缘而造就了僧人文字弘法的创新风貌。

二、僧诗以玄入佛、以山水悟佛理

由上述历史之分析追溯得知,两晋名士与名僧造就了“诗文僧”的形成，因此僧人创作诗文应发端于两晋。观察收录初期诗和文的选辑，逯钦立辑校《先秦汉魏晋南北朝诗》共收录了四十位僧人的八十九首僧诗，其中包含十三位隋朝诗僧的二十二首诗篇，而从晋诗开始方有“释氏”专篇辑录僧人的诗作,《晋诗》卷二十收录了康僧渊、佛图澄、支遁、鸠摩罗什、道安、慧远等名僧的诗作三十四首。严可均编《全上古三代秦汉三国六朝文》总计辑录一百三十五位僧人所创作的文章四百又五篇，最早的僧文始于三国时期吴国的康僧会,而以《全晋文》收录三十四位文僧计一百七十四篇居冠,《全晋文》卷一百五十七至一百六十七所收录文僧的创作，仍以东晋僧人占绝大多数。由此可见，虽然“诗僧”一词始于唐，首见于中唐释皎然《杼山集》，而东晋实是诗文僧形成的滥觞。

根据上述文献之收载，初期僧人的诗歌创作由康僧渊首开先河，继之以支遁、慧远，影响南北朝僧人兴起诗歌集体创作，呈现了初期由于名僧与名士交游唱和，带动了六朝诗歌由玄言诗转为佛理诗，再过渡至山水诗的过程，为中土诗歌创作注入新题材、新内容、新视野，对中国诗歌的发展影响深远。

魏晋玄学清谈盛行，文人士子借由诗歌表达对玄理的体悟或互相以诗谈玄论道而有“玄言诗”的产生。最初的内容以《庄子》《老子》《周易》三玄为主，晋室南迁后，佛教般若学兴盛，名士与名僧交往密切，清谈中加入了佛理，玄言诗的内涵从三玄扩增为四玄。逯钦立辑校《先秦汉魏晋南北朝诗》收录最早的僧诗，是康僧渊《代答张君祖诗》与《又答张君祖诗》两首，从诗名可看出康僧渊常与文士往来清谈，《高僧传》记载与康僧渊交往之名士有陈郡殷浩及琅琊王茂弘。两诗主题相同，但所呈现的诗情迥异，显示了早期诗僧的自觉与僧诗的转化。第一首《代答张君祖诗》，从开端的序言至诗文，字里行间多咏玄赞佛，有偈颂的风格。全诗并序如下：

省赠法颧诗，经通妙远，亹亹清绮。虽云言不尽意，殆亦几矣。夫诗者，志之所之，意迹之所寄也。忘妙玄解，神无不畅。夫未能冥达玄通者，恶得不有仰钻之咏哉。吾想茂德之形容，虽栖守殊途，标寄玄同。仰代答之，未足尽美，亦各言其志也。其辞曰：

真朴运既判，万象森已形。精灵感冥会，变化靡不经。波浪生死徒，弥纶始无名。舍本而逐末，悔吝生有情。胡不绝可欲，反宗归无生。达观均有无，蝉蜕豁朗明。逍遥众妙津，栖凝于玄冥。大慈顺变通，化育曷常停。幽闲自有所，岂与菩萨并。摩诘风微指，权遒多所成。悠悠满天下，孰识秋露情。

第二首《又答张君祖诗》：

遥望华阳岭，紫霄笼三辰。琼岩朗璧室，玉润洒灵津。丹谷挺樛树，季颖奋晖薪。融飙冲天籁，逸响互相因。鸾凤翔回仪，虬龙洒飞鳞。中有冲漠士，耽道玩妙均。高尚凝玄寂，万物息自宾。栖峙游方外，超世绝风尘。翘想晞眇踪，矫步寻若人。咏啸舍之去，荣丽何足珍。濯志八解渊，辽朗豁冥神。研几通长妙，遗觉忽忘身。居士成有党，顾盼非畴亲。借问守常徒，何以知反真。

第二首前十句以骈丽的辞藻描写山川林泉的绮丽与空灵，随后表达了寄情于灵秀山水，超然物外的隐逸精神，融合了玄言与山水，也隐约透露了禅意。相较于第一首，明显地富有诗韵，显示了佛理加入之后，玄言诗的微妙变化。

道家崇尚自由逍遥隐居山林，僧人喜好体会丛林空无的自然说法，吟咏山水成为文士与诗僧共同的志趣，支遁与王羲之等众多名士优游于会稽山水间，正是此一风气的表现。东晋名士与名僧寄情自然山水而从中体悟玄理，王羲之《兰亭诗》可为名士此类作品之代表，支遁则为名僧之典范，《八关斋诗序》如是记载：

间与何骠骑期，当为合八关斋，以十月二十二日集同意者，在吴县土山墓下。三日清晨为斋始，道士、白衣凡二十四人，清和肃穆，莫不静畅。至四日朝，众贤各去。余既乐野室之寂，又有掘药之怀，遂便独住。于是乃挥手送归，有望路之想。静拱虚房，悟外身之真；登山采药，集岩水之娱。遂援笔染翰，以慰二三之情。

序文中描述了支遁与方外友人共修的情形。支遁乐于山居，在共修之后，独自留下，在寂静的山水中，体悟“身外之真”。《支遁文集》十卷大都已散佚，现存的十八首诗作，明显地托玄理于山水之中，并且十八首皆使用较适合抒情写物的五言体，与孙绰、许询等人好用简约四言体说理论道的典型玄言诗迥异，支遁可谓赋予玄言诗新的风格。玄言诗向山水诗过渡的重要转折点在支遁，其《咏怀诗》五首与《述怀诗》二首尤见端倪，举《述怀诗》之一为例：

翔鸾鸣昆崿，逸志腾冥虚。惚恍回灵翰，息肩栖南嵎。濯足戏流澜，采练衔神蔬。高吟漱芳醴，颉颃登神梧。萧萧猗明翮，眇眇育清躯。长想玄运夷，倾首俟灵符。河清诚可期，戢翼令人劬。

支遁以诗述说自己的逸志，在这首诗中，将自己比喻为凤鸟，在峻山秀水间自在遨翔，时而于山崖之巅发出震撼天地的鸣叫，时而栖息于幽静的山谷中尽情戏水。食野蔬，饮甘泉，放达于山水，借以涤清思虑，悟得玄理，智慧开朗，可说是典型的寓玄理于山水的支遁玄言诗风貌。刘勰《文心雕龙》卷二《明诗》篇评论诗歌从先秦至晋宋的发展，述及“宋初文咏，体有因革，庄老告退，而山水方滋”，但支遁的诗作已有模山范水的足迹，支遁既是玄言诗风范的代表，又开山水诗风气之先，在僧诗发展的历史上，有着关键性的地位。

庐山慧远是第一代诗僧中备受推崇的名僧，雷次宗、刘程之、周续之、张野、张诠、宗炳、谢灵运等名儒文士竞相从其学诗。慧远自年少时便醉心隐逸山林，其师道安分张徒众，嘱咐慧远传灯江南，路过浔阳，受到庐山宁静清幽的秀丽山林所感召，乃驻锡庐山。其后江州刺史桓伊，于庐山东侧建东林寺，《高僧传》形容当地风景“洞尽山美，却负香炉之峰，傍带瀑布之壑。仍石垒基，即松栽构，清泉环阶，白云满室”。后又于寺内建设禅林，“森树烟凝，石筵苔合。凡在瞻履，皆神清而气肃焉”。慧远卜居庐山三十余年，影不出山，迹不入俗，若有送客游履，则以离寺不远的虎溪为界。慧远喜爱庐山，经常创作吟咏庐山的山水诗篇，当时文士即以慧远为首，形成山水诗作家群，带动了山水诗的兴起与茁壮。

《游石门诗》是慧远师徒和文士同游石门时所作，其序言：“释法师以隆安四年仲春之月，因咏山水，遂振锡而游。于时交徒同趣三十余人，咸拂衣晨征，怅然增兴。”说明了慧远是为了吟咏山水而振锡出游，可见慧远是自觉地亲近山水，借发掘自然山水的灵动之美产生感悟而创作山水诗。东晋初年以来模山范水的诗人，大多以隐逸山水为前提，在游览山水时因游兴触动诗情而产生山水创作。慧远的山水诗创作意识，则是自发性的，以吟咏山水为目的，因此作品多了自觉的哲理和审美观。佛教称如来有法身、应身和报身，可随处应现。慧远认为如来法身应现于山水万物之中，自然山水便成为如来的化身，这也就成为慧远山水意识中独特的法身观。慧远进一步把佛家的法身和道家的自然结合起来，主张法身和“道”一样，可以运化万物，法身虽然无法见闻觉知，而如同道家所谓“神道无方，触像而寄”，当山水成为佛的化身时，通过山水的形影，可以体悟妙不可喻的佛理。慧远山水意识的法身观对僧人和文士有很深的影响，例如宗炳的山水画的审美观“圣人含道映物，贤者澄怀味像。至于山水，质有而灵趣”。谢灵运富含哲理的山水诗、唐代大珠慧海禅师“迷人不知法身无象，应物现形，遂唤青青翠竹总是法身，郁郁黄花无非般若”的体悟等，即源自慧远“山水自然无非清净法身”的思想。

慧远主张专思寂想的念佛三昧修持，以禅智为主体，所编撰的《念佛三昧诗集》呈现了禅佛之理,可说是中国禅诗的起源。在《念佛三昧诗集序》的开头，慧远即透露了禅喻诗的讯息：

> 夫称三昧者何？专思寂想之谓也。思专，则志一不分。想寂，则气虚神朗。气虚，则智恬其照。神朗，则无幽不彻。斯二者，乃是自然之玄符，会一而致用也。是故靖恭闲宇，而感物通灵。御心唯正，动必入微，此假修以凝神，积习以移性。

从以上的序言可体会出“专思寂想”即是禅定，“气虚神朗”便是“空性的智慧”，因而慧远所谓的“念佛三昧”也就是“禅智”的“定慧等持”境界了。前一章所引慧远描绘庐山胜境的《庐山东林杂诗》，饶富佛理与山水清幽况味，乃慧远身处庐山崇岩幽岫中，沛然感发玄心佛理，山水精神与玄意佛理自然地融合在一起，诗人超世之逸志与大自然之理趣巧妙地冥合,这正是慧远所倡导“生绝神冥,形尽神存”的涅槃境界。另一首《行脚》是慧远早期跟随道安时所作，流露清新幽雅之风格：

> 麇鹿窥浅渚,鼍龟仰苍穹。年年荷钵袋,行脚大江东。履草随晨色，披云立晚风。众坐长愕愕，靡见即空空。

“麇鹿出深山偷窥浅渚，鼍龟怡然自在仰望苍穹”，透露了诗人对于在大自然中悠然自得的向往；慧远早期诗作即已呈现山水与玄佛的融合。

三、僧人文学创作开展新文体

整体而言,汉魏晋南北朝初期诗文僧的创作文体,包括了诗、赋、赞、颂、诔、铭、檄、疏、表、碑、记、论、启、书、传、序、录等的一般文学文体，和发愿文、忏悔文、梵呗、唱导等佛教文体，其中文占百分之八十二，诗仅占百分之十八，而无韵之文的各类文体中，以经序数量最多，显示了初期佛教文学以传播经典的佛经文学为主。初期诗文僧的文学创作以无韵文章占大多数，而以六朝为主，其最重要之贡献在于经序体、思辨性议论文、目录体、僧传、檄文、行记等新文体的开展。

（一）经序体

经序是继佛经翻译之后产生的文体。佛教初传，译经活动最为蓬勃，因此经序数量占无韵之文的绝大多数。经序或称经记，用于记载译经的年代时间、地点、译者、缘由、经典蕴含之义理、特殊情况等，无形中为佛教保存了重要的文献记录，也为中国文学增加了新的文体。另一方面，经序体的形成也遥示了俗讲等民间讲说艺术、章回小说等开场总说模式的源流。最早的经序，是三国时期吴国支谦的《合微密持经记》《法句经序》和康僧会的《法镜经序》《安般守意经序》。经序大量产出则在两晋，《全上古三代秦汉三国六朝文》收录五十篇，其中道安十六篇、僧叡十一篇，兹摘录僧叡《法华经后序》如下：

> 《法华经》者，诸佛之秘藏，众经之实体也。以华为名者，照其本也；称芬陀利者，美其盛也。所兴既玄，其旨甚婉，自非达识传之，罕有得其门者。夫百卉药木之英，物实之本也；八万四千法藏者，道果之原也，故以喻焉。诸华之中，莲华最胜，华尚未敷，名屈摩罗；敷而将落，名迦摩罗；处中盛时，名芬陀利。未敷喻二道，将落譬泥洹，荣曜独足以喻斯典。……既遇鸠摩罗法师，为之传写，指其大归真，若披重霄而高蹈，登昆仑而俯眄矣。于时听受领悟之僧八百余人，皆是诸方英秀，一时之杰也。是岁弘始八年，岁次鹑火。

僧叡为道安的弟子，曾助道安译经，后投于鸠摩罗什的译场，成为鸠摩罗什的得力助手。僧叡以修持般若智慧为目标，主张通过禅法的实践，以转化般若经的义理为生命的涵养。《法华经后序》是为鸠摩罗什所译《法华经》而撰写，言简意赅地说明了《法华经》以权显实、佛寿无量法身不灭的主要内涵，并说明鸠摩罗什重译《法华经》的缘起，呈现了经序体的典型佳作。

经序同时也叙明该部经典翻译的理论和原则，因此可视为文学理论，例如道安《道行般若波罗蜜经序》文中所述“因本顺旨，转音如已，敬顺圣言，了不加饰”。又如僧叡《大品经序》之“梵音失者，正之以天竺。秦言谬者，定之以字义。不可变者，即而书之”。皆为佛经翻译的文学理论。

（二）思辨性论文体

佛教传入之前，已有议论文或书论文的存在，然佛教义理重哲学思辨，因此阐释和辩驳佛教义理之文章，极具思辨逻辑，是重要的佛教思想作品。早期诗文僧大多善于论义，其思辨脉络呈现了六朝佛教理论的思潮，而条理清晰的骈散文体则具有文学价值。初期诗文僧论义之文，以支遁《逍遥论》《即色论》和慧远《沙门不敬王者论》最负盛名。《逍遥论》《即色论》为空泛的清谈注入活水，赢得名士和君王的敬重。《沙门不敬王者论》是中国佛教史上重要的一篇论述，也是兼具文采和思辨性的佳作，全文分别从在家、出家、求宗不顺化、体极不兼应、形尽神不灭五个方面，阐述沙门超尘远俗，不应致敬王者的理据，显示了慧远高超的才情和胆识。汉魏晋盛行雕琢藻饰的华丽修辞文风，六朝的文学批评家多有评论，过江南渡的第一代诗文僧适时地开启了“析理精微”“体要与微辞偕通，正言共精义并用”的论文体风格，尤其在东晋南朝时期出现大量的佛教论争，例如沙门不敬王者之争、袒服之争、夷夏之争、神灭神不灭之争等，每一次的争论，皆产生大量的论义文章，思辨性书论文如过江之鲫。南齐武帝次子竟陵王萧子良与梁武帝萧衍曾为了神灭神不灭之争，举行两次辩论，产生了近百篇的论义文，论文体一时蔚为风潮。摘录慧远《沙门不敬王者论》之“出家二”如下：

> 出家则是方外之宾，迹绝于物，其为教也。达患累缘于有身，不存身以息患。知生生由于禀化，不顺化以求宗。求宗不由于顺化，则不重运通之资；息患不由于存身，而不贵厚生之益。此理之与形乖，道之与俗反者也。若斯人者，自誓始于落簪，立志形乎变服。是故凡

在出家，皆遁世以求其志，变俗以达其道。变俗则服章不得与世典同礼，遁世则宜高尚其迹。夫然者，故能拯溺俗于沉流，拔幽根于重劫，远通三乘之津，广开天人之路。如令一夫全德，则道洽六亲，泽流天下。虽不处王侯之位，亦以协契皇极，在宥生民矣。是故内乖天属之重，而不违其孝；外阙奉主之恭，而不失其敬。从此而观，故知超化表以寻宗，则理深而义笃；昭泰息以语仁，则功末而惠浅。若然者，虽将面冥山而旋步，犹或耻闻其风，岂况与夫顺化之民，尸禄之贤，同其孝敬者哉。

《沙门不敬王者论》是慧远上书给总揽政权的桓玄，虽然文章中存在着慧远所深谙的老庄哲理，但论理精辟，逻辑思辨分明，行文通畅，气势磅礴，终能说服桓玄。以上文为例，慧远舍就事论事的强辩方式，从“志”与“道”理论层面，以退为进但思辨严密，振振有词而情感充沛，颇具说服力，《沙门不敬王者论》成为魏晋六朝议论文体的典范。

鸠摩罗什弟子僧肇也是初期诗文僧议论文章的佼佼者，后人将其论文辑录为《肇论》，摘录备受推崇的《般若无知论》第一部分如下：

夫般若虚玄者，盖是三乘之宗极也，诚真一之无差。然异端之论，纷然久矣。有天竺沙门鸠摩罗什者，少践大方，研机斯趣，独拔于言象之表，妙契于希夷之境，齐异学于迦夷，扬淳风于东扇，将爰烛殊方而匿耀凉土者，所以道不虚应，应必有由矣。弘始三年，岁次星纪，秦乘入国之谋，举师以来之意也。北天之运，数其然也。大秦天王者，道契百王之端，德洽千载之下，游刃万机，弘道终日，信季俗苍生之所天，释迦遗法之所仗也。时乃集义学沙门五百余人于逍遥观，躬执秦文，与什公参定方等。……试论之曰：《放光》云：般若无所有相，无生灭相。《道行》云：般若无所知，无所见。此辨智照之用，而曰无相无知者，何耶？果有无相之知，不知之照明矣。何者？夫有所知，则有所不知。以圣心无知，故无所不知。不知之知，乃曰一切知。故经云：圣心无所知，无所不知，信矣。

《般若无知论》用意在破除一般人对般若的错误理解，结构上分为三个部分，第一部分说明般若意为无上智慧，第二部分针对般若的提问，第三部分为僧肇针对提问的解释和回答。僧肇以演绎推理的方式，通过严密的逻辑思考，条理分明地辨明义理，几乎无懈可击，是公认的中国化佛教的第一篇佛学大论。

（三）目录体

道安编撰《综理众经目录》，史称《安录》，是中国佛教史上经录体的滥觞。内容分经律论录、异出经录、失译经录、凉土异经录、关中异经录、古异经录、疑经录、注经及杂经志录等八部分，保存了《安录》的样貌。《综理众经目录》虽已亡佚，但存有道安所撰《疑经录序》与《注经及杂经志录序》，摘录《疑经录序》如下：

> 外国僧法，学皆跪而口受，同师所受，若十、二十转，以授后学。若有一字异者，共相推校，得便摈之，僧法无纵也。经至晋土，其年未远，而喜事者以沙标金，斌斌如也，而无括正，何以别真伪乎？农者禾草俱存，后稷为之叹息；金匮玉石同缄，卞和为之怀耻。安敢预学次，见泾渭杂流，龙蛇并进，岂不耻之！今列意谓非佛经者如左，以示将来学士，共知鄙倍焉。

道安存世的经录序文，可以看出编撰《综理众经目录》功夫之细致，分古今，辨真伪，分门别类，为目录学奠定厚实的基础，也对文献学贡献良多。

（四）译经体

佛典翻译的古译时期，在方法上采用格义方式，在译笔上有质文之争，此时期译经的体式无法达到理想的共识。直到旧译时期鸠摩罗什主译，由出身文士的汉僧助译，鸠摩罗什主张维持天竺注重辞藻优美与音韵流畅的传统，经典翻译才有了能够契合士流又能受到大众喜爱的体式，这种融合印度语言文字特性与当时盛行骈偶体的独特译经体，由于雅俗共赏，不但使得佛教经典得以源远流长地广为流传，也启发了后世文学的多元蜕变，堪称六朝佛教对文学创作的创新贡献。

（五）僧传

佛教传记文体兴起于南北朝的梁代：释慧皎著《高僧传》、释宝唱著《名僧传》和《比丘尼传》，为佛教传记体之开创者。慧皎撰著的《高僧传》是最早较为完整的僧传，时间涵盖了从东汉明帝永平十年（67 年）至梁天监十八年（519 年）长达四百五十三年，收录之高僧高达二百五十七位，反映了佛教初传时代，僧侣活动和佛法弘传活动的概貌，是中国佛教一部重要文献。《高僧传》依僧人的专长志趣分为十类：译经、义解、神异、习禅、明律、亡身、诵经、兴福、经师、唱导，这十类可视为初期僧人主要弘法的方式，此种创造性的分类和编辑方式，成为后世僧传文学的典范，其后，唐释道宣《唐高僧传》与宋释赞宁《宋高僧传》皆承续其体例。而《高僧传》的写法，也饶富传记文学之创意。慧皎《高僧传》除了传记本体外，另外逐一为十类撰写赞和论，例如：

《传译赞》

频婆掩唱，叠教攸陈。五乘竞转，八万弥纶。周星隐曜，汉梦通神。腾兰谶什，徇道来臻。慈云徙荫，慧水传津。俾夫季末，方树洪因。

《传译论》摘录

传译之功尚矣，固无得而称焉。昔如来灭后，长老迦叶、阿难、末田地等，并具足住持八万法藏，弘道济人，功用弥博，圣慧日光，余晖未隐。是后迦旃延子、达摩多罗、达摩尸利帝等，并博寻异论，各著言说，而皆祖述四《含》，宗轨三藏。……夫欲考寻理味，决正法门，岂可断以胸衿而不博寻众典。遂使空劳传写，永翳箱匣，甘露正说，竟莫披寻，无上宝珠，隐而弗用，岂不惜哉！若能贯采禅律，融治经论，虽复祇树息荫，玄风尚扇，娑罗变叶，佛性犹彰，远报能仁之恩，近称传译之德，倘护身命，宁不勖欤。

"赞"用于赞颂，"论"则叙述经历过程。整部僧传文字晓畅优美，叙事清晰通达，犹如短篇小说集，实为传记小说之滥觞。

（六）檄文体

檄文又称檄魔文。佛教所称的魔有三魔、四魔、八魔 、十魔等，佛经故事最常见的是四魔，即烦恼魔、五阴魔、死魔、天魔。对于不同种类的魔，有不同的摧伏方法。魔是修行的大障碍，因此降魔是佛教重要的修行法门，佛经有许多降魔的故事，主要源自释迦牟尼佛于菩提树下降魔成道的佛传故事。佛教的降魔故事，呈现于文学，即檄文；也可呈现于佛像艺术，例如，释迦牟尼佛降魔时所持的坐姿称为降魔坐，摧伏恶魔时所结的手印称为降魔印，描绘佛陀降魔的美术作品称为降魔变相图。檄文是魏晋南北朝佛教文学中非常特别的作品，以寓言喻事的方式，将人的无明烦恼和上求菩提的佛性，以恶魔大军与佛菩萨大军，两军对战的形式，戏剧性地描写了烦恼与菩提之间的征战，揭露了转识成智的过程。道安《檄魔文》具代表性，摘录部分如下：

> 弥天释道安顿首魔将军轮下。相与虽复玄徒殊津，人天一统，宗师虽异，三界大同。每规良集，伸其曩积。然标榜未宣，所以致隔。今法王御世，九服思顺，灵网方伸，宏纲弥布，大通有期，高会在近，不任翘想，并伸预意，释道安顿首。夫时有通塞，否终则泰，千圣相寻，万师迭袭。……故命使持节、征魔大将军、六天都督、兜率王解脱月，妙思虚玄，高步尘表，略并童真，功侔九地，悼愍三涂，忿君纵害，援剑慷慨，龙回思奋，领众五百万亿，鸾鸣天衢。

《檄魔文》中，道安以六度、八正道 、六通、四禅等修行方法来破除魔王和魔军，其中显现了道安得自安世高的禅数方法的禅学思想。此类以文学表现佛教教理的檄魔文作品，影响了唐代俗讲与俗文学佛教故事的产生与流行。

（七）行记体

东晋高僧法显以六十二岁之龄，于弘始二年（400 年）从长安出发，越过葱岭西行天竺求法，十余年后，经由海路，于义熙九年（413 年）返抵国门。法显不但一路收集梵本佛典，也随时记下所游历的三十余国的风土民情和所发生的见闻及所思所感，撰成《佛国记》，又称《法显传》，为东土西行印度求法传记中，现存最古的典籍。书中不仅描述法显西行求法的艰难历程，也详细记录了 5 世纪初中亚、南亚以及东南亚地区的政治、宗教、风俗习惯、经济和地理情况，更突显许多不惜身命、弘法利生的菩萨精神。千百年来，《佛国记》不仅鼓舞、坚定了后人的佛教信仰，更为可贵的是，它对历史事件和自己所见所闻的忠实记录，成为后人研究这一段历史和地理的宝贵资料。而另一方面，它也是一部珍贵的文学作品，例如其中一段记述在师子国（今斯里兰卡）无畏山，一处寺院中，看见一位商人以晋地的白绢扇供佛，睹物怀乡，不禁潸然泪下：

> 王于城北迹上起大塔，高四十丈，金银庄挍，众宝合成。塔边复起一僧伽蓝，名无畏山，有五千僧。起一佛殿，金银刻镂，悉以众宝。中有一青玉像，高三丈许，通身七宝焰光，威相严显，非言所载，右掌中有一无价宝珠。法显去汉地积年，所与交接，悉异域人，山川草木，举目无旧。又同行分披，或流或亡，顾影唯己，心常怀悲。忽于此玉像边见商人，以晋地一白绢扇供养，不觉凄然，泪下满目。

章巽在《法显传校注》的序文里，同时也举法显在过小雪山（今阿富汗东部贾拉拉巴德附近）时，记述同伴慧景之死，法显抚之悲号的情景，而说："可见法显的深情流露于纸面，千载之下，感人犹新。所以《法显传》这部书，实在也具有极高的文学价值。"章巽指出："《法显传》虽然质朴，但由于亲身经历，亲笔自写，常能在行间字里发射出深厚的感情，十分触动人心，有许多境界往往是《大唐西域记》所未能达到的。"

《佛国记》记载了佛灭度之后，印度社会普遍供养礼敬佛的遗骨、遗物、遗迹，乃至罗汉圣者的遗骨、遗迹。而这些源于西域印度的风俗信仰，也随着佛教传入中国。佛教的本质，虽异于有神论的宗教信仰，流传中的佛教，却不能不赋予宗教的功能。《佛国记》介绍了这种宗教的功能，也影响了中国的佛教，例如供养佛指、佛牙、佛像、佛塔等。

四、魏晋诗僧对南朝文学的启发

在佛教传入初期的魏晋时代，虽然战乱连年，民生凋敝，政治混乱，南北分裂，但在思想与文化方面却有特殊的发展，使得此时期上承两汉下启唐宋之间，成为中国文化微妙的转折期，文学的自觉也在此一时期蓬勃发展，影响深远，诗僧的形成和引领思潮，功不可没。由于名僧与名士的密切交游与互动，思想意识上形成儒、道、玄、佛的四学汇流，造就了六朝在思想文化发展上的独特性，在文学上由于思想意识的开阔和活跃，除了上述新文体的开展之外，也有影响后世的启发。

佛典翻译使用了大量的新词汇，通过这些关键字词，提供了新的观念，魏晋南北朝因而被视为中国语言学转折的关键期。佛经的语言，韵散相间，梵汉并用，流畅而优美，可以雅俗共赏，为六朝文学提供了新的文学风格，例如慧远《沙门不敬王者论・形尽神不灭五》，骈体与散体参差，在使用骈体之处，也理路清晰，言之有物，并非空洞地堆叠辞藻，佛教语言的论述方式，改变了六朝文章的骈俪虚夸，开启了后代唐宋散文的新风格。

佛经转读的唱诵，提供了声韵的新知识，南齐武帝永明年间竟陵王萧子良集合善声沙门与文士，集体创作《永明乐歌》，而后有永明声律论之产生，影响了中国格律诗歌的发展。

第一代诗僧支遁与王羲之等兰亭诗人的交游，不仅是山水诗的前导，也可视为文学集体创作的滥觞。而后有慧远与庐山诸道人的山水诗吟咏；南朝以竟陵王萧子良为首，结合僧与俗百余人的“竟陵八友”文化集团，更是创作了大量的文学作品。六朝因僧人参与而形成文学的集体创作，启发了后代皆有以诗文相互酬赠唱和的文人集团的成立。

东晋写诗的僧人尚有鸠摩罗什、帛道猷、竺僧度、释道宝、竺法崇、竺昙林、僧叡、僧肇、慧永、妙音等，但传世作品大多佚失。一般历史上提到鸠摩罗什多只着重其佛典翻译的成就，比较少提到其诗歌作品，然鸠摩罗什说法时唱诵的《十喻诗》诗偈，开启《般若十喻》的诗歌主题：“十喻以喻空，空必待此喻。借言以会意，意尽无会处。既得出长罗，住此无所住。若能映斯照，万象无来去。”这是较早大量运用佛教意象与佛教思维来创作诗歌的实例，本诗乃以般若譬喻来象征禅法。十喻分别为幻喻、焰喻、水中月喻、虚空喻、响喻、乾闼婆城喻、梦喻、影喻、镜中像喻、化喻，而这十种譬喻都是说明人生无常，诸法皆空。创作者借言的目的，都是为了说明空的根本道理。空乃非有非无、无生无灭，故而真理是只能意会而难以言传，因此借言以喻意，又希望不要被言语所拘束。如果能够明了，那么心像明镜般照鉴一切，万象就没有来去生灭的问题。后人萧衍的《十喻诗》应该是受到鸠摩罗什的影响。妙音为比丘尼，才华出众，善于诗文，晋孝武帝太元中，曾任简静寺住持。短诗《风水》颇有意境：“长风拂秋月，止水共高洁。八道净如如，何容业萦结。”帛道猷传世诗作仅一首《陵峰采药触兴为诗》：

> 连峰数千里，修林带平津。云过远山翳，风至梗荒榛。茅茨隐不见，鸡鸣知有人。闲步践其径，处处见遗薪。始知百代下，故有上皇民。

帛道猷喜好吟咏山水，诗作呈现大自然舒适悠闲之乐，明显地与田园诗有不同之况味。钟嵘《诗品》收录六朝僧诗仅三首，此为其中之一。

南北朝诗作收录于《先秦汉魏晋南北朝诗》的诗僧有十四位，共三十三篇。南朝受到君王与世族崇尚佛教，以及政治经济相对稳定的影响，佛教急速发展，经典大量译出，佛教成为社会思想的主流，佛教影响了精神文化，文学创作有了更高的自觉，僧人的诗歌大多模仿民歌而创作，且以描写爱情的乐府形式呈现，是南朝僧诗独树一帜的现象。南朝世族门阀兴盛，反映在文学上便形成了文学集团的林立，南朝诗僧大多参与集体创作的风潮。较著名的诗僧如南朝刘宋释惠休，善诗文，辞采绮艳，宋孝武帝大明二年（458 年）下诏淘汰沙门时，遭敕令还俗，因此《先秦汉魏晋南北朝诗》以俗家名“汤惠休”收录其诗，共有十一首，例如《怨诗行》：

明月照高楼，含君千里光。巷中情思满，断绝孤妾肠。悲风荡帷帐，瑶翠坐自伤。妾心依天末，思与浮云长。啸歌视秋草，幽叶岂再扬。暮兰不待岁，离华能几芳。愿作张女引，流悲绕君堂。君堂严且秘，绝调徒飞扬。

此诗开头以月光、悲风描写触景生情，中间反复以花草比喻言情，结尾则直抒情怀。《张女引》是曲调名，音声悲哀。全诗以温婉之情表达“怨”，诗风华美流畅。汤惠休创作主张自然而不喜过于雕饰，亦有以“休鲍”并称者。

南朝萧齐王朝只有二十三年，收录之诗僧仅释宝月一人，宝月能诗善文，且精通音律，曾活跃于齐竟陵王萧子良为首的文士阶层，参与集体创作《永明乐歌》的文学活动，在诗作的谐音和律方面多所贡献。宝月的诗歌皆依民间曲调而成，与一般僧诗大相径庭，作品今存五首，《先秦汉魏晋南北朝诗》收录于“齐诗”卷六，以其描写男女恋情，故与一般诗歌同列，未纳入释氏之作。其中闺怨诗《行路难》亦收载于《玉台新咏》：

君不见孤雁关外发，酸嘶度杨越。空城客子心肠断，幽闺思妇气欲绝。凝霜夜下拂罗衣，浮云中断开明月。夜夜遥遥徒相思，年年望望情不歇。寄我匣中青铜镜，倩人为君除白发。行路难，行路难，夜闻南城汉使度，使我流泪忆长安。

《行路难》是一首依民间曲调而创作的诗歌，描述世路艰难及离别的悲伤。孤雁南飞，一路悲鸣，引发征夫心肠断，思妇气欲绝。夜夜思念，年年盼望，深情依旧。无奈岁月催人老，只得寄去铜镜，请人为君除白发。羁留北方的游子，一听到汉使来到，悲从中来，泪流满面，怀想故国。全诗婉转哀怨，闻之令人感伤。释宝月以僧人身份，而做闺怨诗，也反映了南朝崇尚声色的民风。

南朝梁由武帝萧衍建国，共五十六年，梁武帝在位四十八年。梁武帝崇尚佛教，曾三次舍身出家，大修寺院，铸造佛像，并下诏禁杀生戒酒肉，为中国佛教茹素之起源。梁武帝崇佛，带动江南佛教空前兴盛，名僧辈出，也产生了许多诗僧，尤以宝志、智藏、惠令、法云为著名，皆有诗作传世。宝志三首谶诗，其中两首预言侯景作乱。智藏诗一首，乃唱和梁武帝的《会三教诗》；惠令之诗一首，系唱和梁简文帝的《受戒诗》。法云善于讲经说法，《高僧传》形容法云“机辩若疾风，应变如行雨，当其锋者罕不心詟”。深获梁武帝的敬重，并与许多贵族文士成为莫逆之交，其留存之诗一首：

三洲断江口，水从窈窕河旁流。啼将别共来，长相思。三洲断江口，水从窈窕河旁流。欢将乐共来，长相思。

此诗系依乐府曲调《三洲歌》所作，《三洲歌》曲调是由往来巴陵三江之间的商人集体创作而成。法云善音律，不仅呈现于偈颂，也创作民间诗歌。

南朝陈，国祚三十三年，诗僧发展接续梁朝，也有为数可观的著名诗僧产生，其中作品传世的有释惠标、释昙瑗、释洪偃、释智恺、高丽定法师。此时期之特色是几乎都以描写山水为主，是山水诗集体创作的时代。释惠标今存八首诗，其中咏山诗与咏水诗各三首，《咏山诗》之三：

丹霞拂层阁，碧水泛蓬莱。鳌岫含烟耸，莲崖照日开。松门夹细叶，石磴染新苔。能令平子见，淹留未肯回。

先描绘景点，再表达寄情山水的思想，是典型的山水诗风格。平子为东汉的张衡，曾作《归田赋》表达归隐之意。此处比喻眼前的山水美不胜收，如果张衡看见了，也会流连忘返，间接也表达诗人隐居的想法。

诗歌是传统中国文人士子创作的主流，在魏晋南北朝时期，政局纷乱，国土分裂，不计其数的文人士子惨遭祸害，而诗歌创作不但不见式微，反而更加蓬勃发展，新的题材和新的艺术风貌迭出，动荡的环境给予改变的契机是原因之一，而诗僧的形成与贡献是不容忽视的主因。

（胡素华）

第七章　南北朝的佛经文学

南北朝的佛经翻译，继姚秦鸠摩罗什以后，延续五胡十六国时期在河西一带展开的译经事业。有关大乘经典的翻译，北凉时期以涅槃系的《大般涅槃经》为代表，南朝刘宋时期《六十华严》虽已译出，但文字过于质朴，直至唐代才大放异彩。

南北朝佛经文学的特色，主要体现在通俗教化譬喻经典的结集。最具代表性的经典，是北凉昙学、威德等共译的《贤愚经》，北魏吉迦夜共昙曜译《杂宝藏经》与《撰集百缘经》（编纂者待考），以及南齐求那毗地译的《百喻经》。前三者被合称为汉译譬喻文学的三大部，一改先前译出《譬喻经》的情节简单、结构单纯，这三部譬喻经典的共同特点：一是成书过程，不再是梵文原本的翻译，转由中土人士纂集，杂采诸经而成，因此所收录故事与他经的重复性较高；二是故事内容，除了延续本生故事颂扬菩萨行之外，更特别强调善恶业报的因缘故事；三是为了适应中国人的思维与当时社会的需要，增加孝顺、布施等主题。

就译经文体而言，自鸠摩罗什译出《大庄严论经》以后，佛经翻译已脱离早期为迎合汉地崇尚经典的需要，逐渐从古朴文字转变成通俗白话的文体。这些譬喻故事，篇幅短小、主题清晰、善恶分明，褒贬对比强烈，语言通俗易懂，相较于六朝文学书面语言的雕琢华丽，呈现出不同的风貌与特色。

一、北方五胡十六国时代（北凉时期的译经）

在中国北方出现的五胡十六国，虽处于诸国交战、纷乱不止的分裂时代，却也是华外文化交融辉映的重要时期。由于佛教东渐，不少外族君主尊奉三宝，招纳名僧，佛事渐盛。此时期的译经事业，受到胡主的鼎力资助，佛典译场渐兴，如前秦苻坚以道安为中心，后秦姚兴以鸠摩罗什为中心，北凉沮渠蒙逊以昙无谶为中心，当时大都采取“译讲同施”的方式，整个翻译活动宏大严谨，涉众甚广，参与译经工作的成员来自西域各地，集体合作，进而促使翻译过程趋于组织化，这些译经大师在佛教译经史上皆具有承先启后的重要地位。

就佛典翻译而言，后秦时代鸠摩罗什的译本，以《般若经》《法华经》《维摩诘经》《阿弥陀经》等大乘经典居多，且文采华丽已达到一定水平。北凉时期昙无谶所译经典，则以涅槃系的《大般涅槃经》为代表。进入南北朝以后，经典的新译、重译工作虽仍持续进行，但在建康的译经偏重与般若相近者，如东晋佛驮跋陀罗（359—429 年）译《华严经》（六十卷本，但文字古朴，后世论《华严经》的文学特色，皆以唐实叉难陀译《大方广佛华严经》为主，故本节暂不论述）、《新无量寿经》；刘宋求那跋陀罗（394—468 年）译《杂阿含经》《楞伽经》《过去现在因果经》与真谛（499—569 年）译《金光明经》等。至于在洛阳译场多着重法相、唯识要典，如菩提流支《深密解脱经》《入楞伽经》，般若流支《顺中论》等，较难凸显其文学特色。

（一）北凉昙无谶的译经

昙无谶（Dharmakṣema，385—433 年），中天竺人。六岁丧父，随母织布为业。见沙门达摩耶舍受人敬重，遂立志出家，从耶舍习学小乘。后遇白头禅师传授树皮《涅槃经》本，大为赞叹，遂业大乘。至年二十，已诵大小乘经二百余万言。谶明解咒术，所向皆验，西域号为“大咒师”。谶后往罽宾（今克什米尔一带），欲演大乘，彼国不合，东适龟兹（今新疆库车）仍未为所用，即转往敦煌，复至姑臧（凉州，今甘肃武威）后受到沮渠蒙逊（368—433 年）的赏识与厚待，于是展开其弘法事业。

公元5世纪初，北凉沮渠蒙逊称王河西，因志求佛乘，遂于姑臧设立大型翻经院，礼聘高僧大德入内译经，致使北凉继二秦后成为北方译经重镇。昙无谶为一时法匠，深得蒙逊敬崇，玄始元年（412年）迎入姑臧。昙无谶先学中土语言三年，至玄始十年（宋武帝永初二年，421年）完成《大般涅槃经》四十卷本十三品的翻译。其间又应河西僧团之邀，先后译出《大方等大集经》二十九卷、《大方等大云经》《金光明经》四卷、《悲华经》十卷、《菩萨地持经》八卷、《菩萨戒本》一卷等十二部重要佛典，凡六十余万言。依《高僧传》卷二记载："时沙门慧嵩、道朗，独步河西。值其宣出法藏，深相推重，转易梵文，嵩公笔受。道俗数百人疑难纵横，谶临机释滞，清辩若流，兼富于文藻，辞制华密。"据此可知，昙无谶不仅学养丰富，博通汉语的程度更是少数能与鸠摩罗什并提者，因此主持译场时每遇疑难阻塞之处，昙无谶不但能应机疏解，使佛理通达无所滞碍，还能兼顾修辞上的文句缜密，辞藻华美。

1.《大般涅槃经》

现存昙无谶所译的经典之中，在中国佛教史上具"跨时代"作用者，当数较完整的大乘《涅槃经》，即一般所称北本《涅槃经》。后秦释道朗为本经撰写序，提及"《大般涅槃》者，盖是法身之玄堂，正觉之实称，众经之渊镜，万流之宗极"，可见评价之高。

就《涅槃经》的传译而言，大体分成小乘和大乘两部。小乘《涅槃经》在中土的译本有：后秦佛陀耶舍共竺佛念译《长阿含经·游行经》、失译《般泥洹经》二卷、西晋白法祖译《佛般泥洹经》二卷和失译《大般槃盘经》三卷，这几部经对中土并无多大影响。至于大乘《涅槃经》的传入，最早是东晋法显（334—420年）译《大般泥洹经》六卷（当于《大般涅槃经》的前十卷，学界或称为"前分"）。据《高僧传·昙无谶传》载，其经前初十卷是自己带往龟兹，在姑臧翻译后认为《涅槃经》品数未足，后于于阗寻得《涅槃经》续译"后分"的三十卷。由此可见，《大般涅槃经》的胡本并非一次传入河西，可能是当时流传于西域多种小本经的合本，才会出现前后观点不一致的现象。刘宋元嘉七年（430年）北本《涅槃经》传至南方，由于品数疏简，文义艰异，初学难解，于是东安慧严、道场慧观和谢灵运等，便将本经"前分"

对照法显译《大般泥洹经》，整理删定再治，增加品数为三十六卷二十五品的南本《涅槃经》。“南本”是“北本”的修治本，分品细致，内容去质存华，文字浅白通畅，流传更广，现存《涅槃经》注疏多以“南本”为底本。

就叙事结构而言，《长阿含经·游行经》以记录释迦牟尼佛晚年的言行为主，缘起于阿阇世王遣禹舍诣佛请教攻伐跋祇国利弊一事，随后展开巴陵弗城、跋祇等地的游行教化。途中佛陀出现举身皆痛的涅槃征兆，然因魔障阿难未有请佛住世，加上魔王波旬劝速涅槃，无奈宣告三个月后将于遮婆罗塔舍寿。佛陀把握最后三个月持续至负弥城、波婆城等地游行说法，在接受周那供养后病情加剧。最后来到拘尸城（预言涅槃处）度化最后弟子须跋陀罗，并宣说遗教。佛在娑罗双树间禅定入灭，八王均分舍利返国起塔供养。《大般涅槃经》以阐扬教理为目的，虽袭用《游行经》的故事框架，但省略佛涅槃前三个月至各城游行教化的历史情境，直接将时间指定在佛涅槃日（农历二月十五日），全经由佛在拘尸城娑罗双树间临入灭时展开。卷一《寿命品》开场为晨朝之际，佛以神通力宣告今日将入涅槃，四众弟子及各类天神纷纷劝请佛陀住世化众，并各持上妙供具饮食，希望获得佛临灭时最后供养的殊胜功德。佛陀最后只接受工巧弟子纯陀的供养，并与迦叶菩萨、文殊师利菩萨、德王菩萨、师子吼菩萨等开展一连串精彩的辩论，进而阐释：如来法身常住实不入灭、一切众生皆有佛性、常乐我净等大乘涅槃新义。全经以阿难赶来说经会场，佛度最后弟子须跋陀罗收结。相较之下可以看出，《大般涅槃经》有意将小乘《涅槃经》中凡寿入灭的“现实佛”，通过叙事背景、故事情节、人物行动的重构，改写成大乘“入涅槃”后寿命无量、法身常住不变的“理想佛”。

稍前第四章已略述《大般涅槃经》中具有文学色彩的佛经故事，而就文学表现而言，《大般涅槃经》是以大乘佛教的立场书写佛涅槃事迹，一开场通过佛陀展显神变，引发放大光明、变林重阁、改移收光三次异象广召三界众生，借此凸显佛陀今日将入涅槃的征兆。当时围绕在佛陀身边的比丘僧众有八十亿余人，有别于《游行经》随侍佛侧的比丘僧众仅有一千二百五十位，展现大乘《涅槃经》富丽宏大的气势。尤其是《寿命品》运用层递渲染、铺排堆叠的笔法，安排各方前来听法、请佛住世、争求最后供养机会的涅槃会众一一登场，建构出万众云集的说经场景，取代《游行经》中众人悲啼不舍的哀戚氛围。每一类人物依序由近至远：从佛陀身边弟子至他方世界菩萨、由拘尸城到各国诸王。位阶由低到高：由声闻到菩萨、由人至天、由欲界到色界。数量由少到多：人众数量的倍增、排场供具复倍胜前，渐次增广，极尽夸张铺叙之能事。再以优婆塞为佛涅槃阇毗供养的香木为例：

> 亦于晨朝日初出时，为欲阇毗如来身故，人人各取香木万束、栴檀沉水、牛头栴檀、天木香等，是一一木，文理及附，皆有七宝微妙光明，譬如种种杂彩画饰，以佛力故有是妙色，青黄赤白，为诸众生之所乐见。诸木皆以种种香涂，郁金沉水及胶香等，散以诸花而为庄严，优钵罗花、拘物头花、波头摩花、分陀利花。诸香木上悬五色幡，柔软微妙犹如天衣，骄奢耶衣刍摩缯彩。是诸香木载以宝车，是诸宝车出种种光，青黄赤白。辕辐皆以七宝厕填，是一一车驾以四马，是一一马骏疾如风。一一车前竖立五十七宝妙幢，真金罗网弥覆其上，一一宝车复有五十微妙宝盖，一一车上垂诸花鬘，优钵罗花、拘物头花、波头摩花、分陀利花，其花纯以真金为叶，金刚为台。

综上所述，大乘《涅槃经》通过涅槃会众的类别之广与数量之多，以及供养物象之丰美，营造出壮丽宏阔的涅槃场景，相较于《游行经》篇幅显然增长很多。

此外，《大般涅槃经》在《如来性品》以后，才进入“涅槃常乐我净”“如来永不入灭”以及“众生皆有佛性”等思想主题的探究。各品除了单纯说理以外，也善于通过譬喻故事来阐明旨归，例如卷二《寿命品》的“新医旧医喻”、卷七《如来性品》的“力士额珠喻”“毒药涂乳喻”和卷八“王子刀喻”等。以《如来性品》“毒药涂乳喻”为例，母以毒药涂乳，喻世尊为断众生我执，故立苦、空、无常之义；儿药既消，母洗乳喂之，譬众生既知世间之我，虚妄不真，故佛教以常乐我净之涅槃真义。经中善用种种精辟妙喻，说明佛性真如之理，譬喻故事情节完备，形象鲜活，增添不少文学趣味。

2.《佛所行赞》

在昙无谶所译经典中，文学表现最独树一格者，当数北凉玄始（414—427年）年间翻译马鸣所造《佛所行赞》五卷二十八品，共计九千多行，是一部通篇采用五言诗歌形式咏叹佛陀一生的作品，与早期以韵、散夹杂形式的佛传典籍有明显差别。

就佛传经典的传译来看，在《佛所行赞》传入之前，中土陆续译出的典籍，计有东汉竺大力共康孟详译《修行本起经》二卷、昙果共康孟详译《中本起经》二卷；三国吴支谦译《太子瑞应本起经》二卷；西晋聂道真译《异出菩萨本起经》一卷、竺法护译《普曜经》八卷；苻秦僧伽跋澄等译《僧伽罗刹所集经》三卷；东晋迦留陀伽译《佛说十二游经》一卷等七部。进入南北朝时期，除了《佛所行赞》以外，还有刘宋释宝云译《佛本行经》和求那跋陀罗译《过去现在因果经》。但就叙事文体而言，《过去现在因果经》延续《太子瑞应本起经》《僧伽罗刹所集经》《普曜经》的风格，采用韵、散间行的叙事方式，虽为《修行本起经》和《太子瑞应本起经》的同本异译，但求那跋陀罗所译的文字朴质，难有突破。反观，昙无谶的《佛所行赞》和宝云的《佛本行经》同属长篇诗体形式叙事的佛传，前者全篇采用五言诗韵形式，后者则是四、五、七言夹杂，呈现了佛传文学的新风貌，平冈聪将两经归为“作为文学所创作的佛传作品”。其中又以《佛所行赞》的语言通俗白话，节奏多有变化，深受后世推崇。孙昌武指出“汉译佛传中最为杰出的当数马鸣所造、昙无谶所出《佛所行赞》”。郭良鋆认为本经“结构严谨，内容连贯。而且，它符合古典梵语叙事诗的艺术规范，注重藻饰，讲究韵律和修辞，比喻典故丰富”。就文学创作的立场来看，《佛所行赞》有不少句子打破汉诗五言体的传统，又兼顾声调的和谐流畅，为当时诗坛树立了新的书写形式。

就内容而言，《佛所行赞》着重现实世界的体证，依降生、出家、修行、转法轮和涅槃五段生命历程铺陈情节，因此不再描述先前支谦所译《太子瑞应本起经》等添加生兜率宫、白象入胎等神话传说，而是直接从释迦族的世系“甘蔗之苗裔，释迦无胜王”开展。自《生品》和《处宫品》，描写佛陀降生之祥瑞与宫中优渥生活，及长，娶耶输陀罗为妻，并生下罗睺罗。《厌患品》至《答瓶沙王品》，叙述太子出家、游四门与逾城诸事。《阿罗蓝郁头蓝品》至《阿唯三菩提品》，叙写求道、修道、降魔成道的历程。《转法轮品》至《庵摩罗女见佛品》，在梵天劝请下转法轮、度五比丘等事，并为瓶沙王宣讲佛法，以及度化舍利弗、目连、给孤独长者等弟子之事。《神力住寿品》至《分舍利品》，描述佛陀入灭前度化的最后弟子须跋陀罗，以及涅槃后八分舍利，起塔供养。

有关佛陀生平的建构，除了以"八相"为主轴以外，本经增加了佛陀上升忉利天为母说法的度母报恩、涅槃荼毗、八分舍利与造塔等情节，使释迦牟尼佛生平行迹更具完整，文学表现手法更臻成熟。郭良鋆指出"马鸣对佛陀生平传说所作的艺术开掘，侧重在作为人的佛陀，而不是作为神的佛陀"。侯传文也认为"从形象看，它开始重视佛陀形象的塑造，突出佛陀伟大完美的人格，但还没有太多的神话"。两位学者皆肯定《佛所行赞》的特点，在于回归人间佛陀之现实性，而非地位崇高的神话形象。

就文学特色来看，昙无谶不但适当传达原文丰富的文学色彩，翻译时亦十分讲究文采和情节铺陈。以摘录《守财醉象调伏品》为例：

尔时提婆达，见佛德殊胜，内心怀嫉妒，退失诸禅定。
造诸恶方便，破坏正法僧，登耆阇崛山，崩石以打佛，
石分为二分，堕于佛左右。于王平直路，放狂醉恶象，
震吼若雷霆，勇气奋成云，横泄而奔走，逸越如暴风，
鼻牙尾四足，触则莫不摧。王舍城巷路，狼藉杀伤人，
横尸而布路，髓脑血流离。一切诸士女，恐怖不出门，
合城悉战悚，但闻惊唤声，有出城驰走，有窟穴自藏。
如来众五百，时至而入城，高阁窗牖人，启佛令勿行。
如来心安泰，怡然无惧容，唯念贪嫉苦，慈心欲令安。
天龙众营从，渐至狂象所，诸比丘逃避，唯与阿难俱。
犹法种种相，一自性不移，醉象奋狂怒，见佛心即醒。
投身礼佛足，犹若太山崩，莲花掌摩顶，如日照乌云。

行文不仅需考虑节奏和用韵的流畅，描写佛陀如何降伏醉象的过程，在佛陀未出场前夕，已刻意营造摧毁、惊悚的氛围，再借由士女们的恐惧、规劝，与如来的镇定形成鲜明对比。此外，昙无谶对于文句的工整对仗和字句的雕琢文饰也非常用心。以《离欲品》为例，描绘众女见太子入园，以各种姿态取悦太子，“或有执手足，或遍摩其身，或复对言笑，或现忧戚容”，连用四句排比描绘众女对太子表达爱慕的神态，但太子不为所动，接着又在优陀夷怂恿之下，使出浑身解数，“或为整衣服，或为洗手足，或以香涂身，或以华严饰，或为贯瓔珞，或有扶抱身，或为安枕席，或倾身密语，或世俗调戏，或说众欲事，或作诸欲形，规以动其心”。文中刻意用十一个叠句刻画众女种种媚态，借以反衬太子心意坚固。饶宗颐在《韩愈南山诗与昙无谶译马鸣佛所行赞》指出，韩愈描写终南山时，以“或”字类叠的诗句，其运用排比的布局，相当程度受到《佛所行赞》影响。

（二）北凉昙学、威德编译《贤愚经》

北凉时期的佛教文学，除了翻译出大乘涅槃经系类的《大般涅槃经》与歌颂佛德的《佛所行赞》以外，受到当时西行求法（如法显）风气盛行的影响，促成编纂《贤愚经》的因缘。根据梁僧祐《出三藏记集》卷九《贤愚经记》记载：

> 河西沙门释昙学、威德等，凡有八僧，结志游方，远寻经典。于于阗大寺遇般遮于瑟之会。般遮于瑟者，汉言五年一切大众集也。三藏诸学，各弘法宝，说经讲律，依业而教。学等八僧随缘分听，于是竞习胡音，析以汉义，精思通译，各书所闻。还至高昌，乃集为一部。既而逾越流沙，赍到凉州。于时沙门释慧朗，河西宗匠，道业渊博，总持方等。以为此经所记，源在譬喻；譬喻所明，兼载善恶，善恶相翻，则贤愚之分也。前代传经，已多譬喻，故因事改名，号曰贤愚焉。元嘉二十二年（445年），岁在乙酉，始集此经。

这段文字说明了《贤愚经》独特的结集过程。北凉后期，昙学、威德等八僧为寻觅经典，结伴西行。至于阗（今新疆和田）适逢五年一度的般遮于瑟大会。会中听西域一带各部长老讲解经律，昙学等人分头听讲作成记录，并学习当地胡语，将所闻译成汉文。回到高昌（今新疆吐鲁番）后，汇集笔录编成一部，又赍回凉州。换言之，《贤愚经》成书经过较为特殊，有别于先前由印度或西域僧侣主持译场的集体翻译模式，或依照印度譬喻师法救撰《出曜经》、童受造《大庄严论经》进行有梵文本的翻译，转变将中土僧人西行求法的听讲笔录进行编译。这种将高僧口授故事制成笔录，再编译成经的方式，为佛典汉译开辟了一条新的门径。至于命名，慧朗认为此集借由善恶业果的因缘故事来彰显佛理，内容多关于贤者与愚者的譬喻。然因前代已有不少名为譬喻的经典，如后汉支娄迦谶译《杂譬喻经》，西晋法炬、法立共译《法句譬喻经》，姚秦鸠摩罗什译《众经撰杂譬喻》等，为作区别，方以“善恶相反，正是贤愚之分”，题名为《贤愚经》。

就经典性质而言，《贤愚经》是为了适应通俗教化编纂而成，同时保存了僧侣在西域弘法时，引用贤圣故事作譬喻阐释佛理的实际情形。诚如陈寅恪说：

> 《贤愚经》者，本当时昙学等八僧听讲之笔记也。今检其内容，乃一杂集印度故事之书。以此推之，可知当日中央亚细亚说经，例引故事以阐经义。此风盖导源于天竺，后渐及于东方。

释迦牟尼佛本身就是擅用故事说法的先锋，随后在北方弘法传教中，为了吸引更多信徒，僧侣援引情节曲折的本生、因缘、民间故事作譬喻，以深入浅出方式解说深奥法义，作为通俗教化的传播媒介。这种以说故事形态宣说佛理的传统，体现在文字上，便成了形象鲜明、精彩生动的譬喻典籍。其作用如康法邃《譬喻经序》所言：“皆是如来随时方便四说之辞，敷衍弘教，训诱之要。牵物引类，转相证据，互明善恶罪福报应，皆可寤心，免彼三途。”

就编纂目的而言，《贤愚经》中出现的“国王故事”有三十一位，讲述国王施舍、持戒、护法、供养僧众等主题，如《梵天请法六事品》一连举修楼婆王为闻法舍妻子、虔阇尼婆梨闻法剜身燃千灯、毗楞竭为求一偈身钉千钉、昙摩钳太子为求正法投身火坑、尸毗王割肉贸鸽等五则本生故事，歌颂佛过去生为法捐躯的大无畏精神，以及鞭鞑淫荒过度的仙人王与因贪堕落的顶生王，使其改邪归正，去恶从善。杜斗城指出，这部经以现实社会的最高统治者为宣传对象，劝勉国王负起弘扬佛法的任务，具强烈政治意图，是诸经中少有的。

就经典内容而言，《贤愚经》，又名《贤愚因缘经》，十三卷六十九品，旨在通过善恶业报因缘故事作例证，达到宣扬佛理之目的，内容丰富庞杂，尤以宣传布施供养的故事最多，如强调现世果报乃过去所种善因的《宝天因缘品》和《金天品》等。其中最鼓舞人心者，当数《贫女难陀品》，难陀深感宿世受罪，生处贫贱，乃未广植福田，于是将乞求所得，买灯供佛，且立誓愿："我今贫穷，用是小灯供养于佛，以此功德，令我来世得智慧照，灭除一切众生垢暗。"后蒙佛授记为未来灯光佛。这种宣扬诚心施舍以储备"坚牢之藏"的行为，深具教化意义与作用。值得一提的是，鼓吹布施供养可获广大福德的主题，尚有东晋录收《佛说食施获五福德经》、隋那连提耶舍译《佛说施灯功德经》、唐地婆诃罗译《佛说造塔功德经》等，但这类经典多以教条说理方式呈现，缺乏文学趣味，不若《贤愚经》以说故事形态来得深刻动人。

就文学形式而言，整部《贤愚经》不但寓有教化意味，也具有以故事作例证的譬喻性质，可视为一部阿波陀那集，但所举例证已非早期圣贤事迹，转变为情节复杂、多元性的复合型结构。最常出现是由"说因缘"和"举譬喻"两部分组成，即阐扬现世因缘业报时，举过去本生故事，因此经中常有譬喻、本生、因缘故事混融的现象。其中《无恼指鬘品》是全经中结构最为复杂的一则，故事从《六度集经》普明王本生发展而来，从无恼指鬘误信其师所教，以为斩千人首取一指为鬘，即可直生梵天，当杀至九百九十九人时，蒙佛度化，投刀远弃，求索出家，得阿罗汉的说法因缘开始，接着穿插波斯匿王兴兵讨伐鸯仇摩罗（无恼）途中，见呗声清妙，形体痤陋的丑比丘的本生因缘，以及四个围绕着无恼指鬘前世受佛教化的本生故事。其中穿插的痤陋声妙丑比丘的故事与本经实无关联，正体现了印度文学常用"葡萄藤式”的表现手法。此外，《檀腻鞝品》中断案公正的端正王，发挥智慧为檀腻鞝解决因借牛引发一连串的官司困扰，并回答沿途雉鸟、毒蛇、妇人请托的问题，以及智判二女共争一儿、两人争一白毯的事件。这种引用民间故事，由一个情节引出另一个情节的连锁形态，保留口头传说的基本格局，别有一番趣味。

就文学价值而言，若去掉宗教这层外衣，《贤愚经》的故事具有清灵的寓言、神奇的传说、生动的故事和隽永的论理，是一部极富文学价值的作品。每则故事篇幅虽长短不一，但描写生动、形象鲜明、情节曲折，其中如萨埵太子舍身饲虎、尸毗王以身贸鸽、须阇提割肉奉双亲、设头罗健宁王舍身变鱼施饥民、大施抒海取珠、端正王智断儿案等，皆是人们耳熟能详的佛教故事。这些描写普度众生的菩萨行，使人读来惊心动魄，具有很强的感染力，对文学的创作产生莫大的启迪作用。因此，这些设想奇诡的故事情节，通过佛典传布流传到中国，不论在题材的扩大、故事的类型、文体的创新、情节的运用上，皆为中国文学创作注入新的滋养和补充，提供文人更多创作的新题材，引起不同的作用与发展。例如卷八《大施抒海品》中，大施为救济贫民，从龙王手里夺取宝珠，用龟甲舀大海水的故事，后世唐传奇的《柳毅传》、元尚仲贤的《柳毅传书》、李好古杂剧的《张生煮海》在情节上均有所借鉴；又陈寅恪指出，系由《须达起精舍品》舍利弗与六师外道斗法，忽现神通变化的情节，被《西游记》唐三藏车迟国斗法故事借鉴与发挥。

二、北魏吉迦夜共昙曜译《杂宝藏经》

北魏太武帝拓拔焘灭北凉以后，迫使留在凉州境内活动的沙门迁往魏都平城（今山西大同），间接带动了北魏佛教的兴盛。当时虽曾发生魏太武帝灭佛事件，但自文成帝复法以后，即命凉州沙门昙曜于云冈开窟造佛及翻译佛经。依《续高僧传 · 昙曜传》卷一记载：“至壬辰年，太武云崩。子文成（帝）立，即起塔寺，搜访经典，毁法七载，三宝还兴。曜慨前凌废，欣今重复，故于北台石窟，集诸德僧，对天竺沙门译《付法藏传》并净土经，流通后贤，意存无绝。”又据梁僧祐《出三藏记集》卷二云：“《杂宝藏经》十三卷，《付法藏因缘经》六卷，《方便心论》二卷，右三部，凡二十一卷。宋明帝时，西域三藏吉迦夜，于北国以伪延兴二年，共僧正释昙曜译出，刘孝标笔受，此三经并未至京都。”这些数据明确显示，《杂宝藏经》系北魏延兴二年（472年）昙曜在云冈一边主持石窟开凿，一边积极投入译经事业，与西域沙门吉迦夜共同译出，由刘孝标担任笔受。

就经典性质而言，《杂宝藏经》是杂糅诸经中佛陀、弟子的本生、本事、因缘、譬喻故事及民间故事等汇集成一部，性质相当于十二分教经中的阿波陀那（譬喻），目的是迎合当时社会的需要，以通俗白话、寓意深远的故事，作为化导众生的利器。本经因无梵文原本可考，内容庞杂无序，如卷一《十奢王缘》故事与印度史诗《罗摩衍那》主角幻罗摩王子相同；卷七《月氏国王见阿罗汉祇夜多缘》与弥兰陀王见那先比丘的故事一样；卷六《差摩释子患目归依三宝得眼净缘》，从治眼疾的咒文看，当与杂部密教有关，无形中保留了当时佛教弘法的状况。糜文开指出：“从经名看，《杂宝藏经》大约是最后就他经遗留的资料辑集而成，所以那些冷僻的资料，反而较为原始。”据此可知，本经是从不同典籍抄录出蕴含启发性故事，与《贤愚经》相类，皆是在中土编纂成书，体现出南北朝时期经典结集的另一种风貌。

就内容特色而言，《杂宝藏经》十卷一百二十一缘，以讲业感果报的因缘故事为主，借以劝人敬信佛法、广修功德，与早期十二分教的“制戒因缘”和“说法因缘”有明显不同。相较于其他譬喻典籍，《杂宝藏经》具有宣扬孝道和倡导布施两点特色。

（一）宣扬孝道

《杂宝藏经》的最大特色是首卷以孝养故事为主，在经文中不断强调孝养的利弊，如卷一《慈童女缘》：“诸比丘当知：于父母所，少作不善，获大苦报；少作供养，得福无量。当作是学，应勤尽心奉养父母。”又《鹿女夫人缘》：“佛在王舍城耆阇崛山中，告诸比丘：有二种法，能使于人疾得人天，至涅槃乐。有二种法，能使于人速堕三恶，受大苦恼。何等二法，能使于人疾得人天，至涅槃乐？佛言：一者供养父母，二者供养贤圣。云何二法，速堕三恶，受大苦恼？佛言：一者于父母所，作诸不善；二者于贤圣所，亦作不善。”此编排有其特别用意，盖因先前北魏太武帝灭佛，认为佛教盛行致使“政教不行、礼义大坏”，标榜应恢复奉行儒家名教，于是配合北魏文成帝的兴佛运动，昙曜积极编辑出《杂宝藏经》，证明佛教亦重视孝道，与传统中国文化并无差别。

然此非昙曜所创，早期佛教传播者在翻译佛经时已采取选、删、节、增的手法，使经文尽量吻合中国伦理道德的需求。如三国吴康僧会《六度集经》的《布施度无极章》：“饭诸贤圣，不如孝事其亲。”《忍辱度无极章》以行孝感天故事，歌颂“至孝之行，德香熏干”和“至孝之子，实为上贤”。姚秦圣坚译《佛说睒子经》：“孝养父母，敬奉三尊，供侍师长，修诸功德，皆悉明见，五道分明。”刘宋沮渠京声译《佛说谏王经》：“王当是时当何恃怙？唯有孝顺慈养二亲，供事高行清洁沙门，见凡老人当尊敬之，所有财宝与民同欢，当以慈心施惠于民，无以谗言残害民命，为王之法当宣圣道，教民为善，唯守一心，心存三尊。王者如斯，诸圣咨嗟，天、龙、鬼神拥护其国，生有荣誉，死得上天。”特别是《谏王经》提及国王必须做到孝顺二亲、尊敬老人，才是真正的“圣道”，与《杂宝藏经》中《弃老国缘》《波罗奈国有一长者子共天神感王行孝缘》《迦尸国王白香象养盲父母并和二国缘》等的表现手法相近，皆以世尊过去生中孝养父母的善行感动国王，借此赞叹孝顺的美德，强调敬老的重要。据此可知，《杂宝藏经》不但承袭了前人的做法，更特意发扬光大来凸显孝亲主题。

（二）倡导布施

《杂宝藏经》有意强调业感果报的观念，全经倡导布施功德者有六十七则，其中卷四、五特别宣传行布施感果报的故事。有现世即获得王位、财富珠宝、丰衣足食、延长寿命者，如《贫人以麨团施现获报缘》《贫女以两钱布施即获报缘》《罽夷罗夫妇自卖设会现获报缘》《沙弥救蚁子水灾得长命报缘》《乾陀卫国王治故塔寺得延命缘》《弗那施佛钵食获现报缘》等；有获生天果报者，如《天女本以然灯供养生天缘》《天女本以华鬘供养迦叶佛塔缘》《长者夫妇造作浮图生天缘》《长者夫妇信敬礼佛生天缘》《妇以甘蔗施罗汉生天缘》等。这些故事大多篇幅短小，文学性不高，纯属佛教宣传品，目的在招揽信徒。

佛教传入中国，必须面对现实的生存问题，于是布施类的经典（故事）很快被翻译出来，除了感化或诱导统治者支持佛教成为护法者之外，劝请一般众生护持行布施也非常重要。《杂宝藏经》中许多故事主角都是贫穷百姓，他们深切体会到衣食困乏的艰苦，尤其见富者今世享受丰衣足食的生活，皆因常行布施供养所修福报，《罽夷罗夫妇自卖设会现获报缘》中罽夷罗自思维言："由我前身不作福故，今日贫穷。如彼长者，先身作福，今亦作福；我今无福，将来之世，唯转苦剧。"于是激起改造命运的决心，愿牺牲一切，甚至卖身为仆设会斋僧，一心想脱离现世的困苦，后果获衣服、璎珞和聚落的福报。故事最后强调："夫能至心修福德者，现得华报，犹尚如是，况其将来获果报也。由此观之，一切世人，欲得免苦，当勤修福，何足纵情懈怠放逸？"这类故事非常能发挥宗教宣传的效果。

就文学关系而言，值得一提的是，虽然史书记载刘孝标为南朝人，一生经历宋、齐、梁三个朝代，然因幼年曾陷身北魏，并曾参与《杂宝藏经》的翻译工作，对其日后写作风格起了深远的影响，据陈垣表示："以今日观之，孝标之注《世说》及撰《类苑》，均受其在云冈石窟寺时所译《杂宝藏经》之影响。印度人说经，喜引典故；南北朝人为文，亦喜引典故。《杂宝藏经》载印度故事，《世说》及《类苑》载中国故事。当时谈佛教故事者，多取材于《杂宝藏经》；谈中国故事者，多取材于《世说新语注》及《类苑》，实一时风尚也。"由此线索可以了解《杂宝藏经》在南朝流行的状况。

就文学影响而言，《杂宝藏经》设想奇诡的情节，提供后世文学的创作材料。以弃老情节为例，敦煌变文中句道兴撰《搜神记》记载："《史记》曰：孙元觉者，陈留人也，年始十五，心爱孝顺。其父不孝，元觉祖父年老，病瘦渐弱，其父憎嫌，遂缚筐舆舁弃深山。"又《太平御览·孝子传》亦有类似内容："原谷者，不知何许人。祖年老，父母厌患之，意欲弃之。谷年十五，涕泣苦谏。父母不从，乃作舆舁弃之。"这两则故事与本经《波罗奈国弟微谏兄遂彻承相劝王教化天下缘》讽刺弃老的恶俗十分相似，可能是参考《杂宝藏经》后改写。此外,《敦煌杂抄》有一段“老人是个宝”的敬老情节:“何谓养老乞言?因谁。昔纣时,敬少不敬老。人年八十,并皆煞(杀)之。有兄弟二人,慈孝。见父年老,恐被诛戮,造地阴窖,藏父而养。”之后辨木之头尾、马之母子、蛇之雄雌等情节,皆出自《杂宝藏经·弃老国缘》,此故事流传到民间以后,各发展成一种故事类型。

此外,补充说明的是,被合称为汉译譬喻文学三大部者,除了北凉译出的《贤愚经》、北魏译《杂宝藏经》,还有《撰集百缘经》。由于历来学者对于这部经系由三国吴支谦翻译的说法多所怀疑,如林屋友次郎从同经译语文体进行研究,认为《撰集百缘经》的用语表现,比较接近鸠摩罗什以后译出的经典,最早也在东晋之后。其次,干潟龙祥指出《撰集百缘经》和《贤愚经》两经关系极为密切,内容颇多相符之处。出本充代则进一步比对《撰集百缘经·波斯匿王丑女缘》与《贤愚经·波斯匿王女金刚品》,以及《撰集百缘经·恒伽达缘》与《贤愚经·恒伽达品》这两组故事的语言风格,认为《撰集百缘经》编译时参考了《贤愚经》,译出年代应在5世纪中叶以后。丁敏也认为《撰集百缘经》与支谦的译笔不同,成书应晚于支谦。要之,《撰集百缘经》应不是支谦所译,实际编纂者已不可考,有意冠上支谦之名,目的是提高这部经的地位。

《撰集百缘经》的内容可分为授记、佛本生、饿鬼事、诸天生天因缘、具有瑞相因缘及其余诸缘等七类,全经以佛陀为灵魂人物,经中铺排的句子则不断重复描述佛陀,可说是一部佛陀崇拜集录。由于宗教宣传的意味太过浓烈,相较于《贤愚经》和《杂宝藏经》,虽增加了授记故事及饿鬼形象等题材,也论及善恶罪福报应的譬喻故事,然而全经依循整齐划一的形式编纂,同样模式的撰写不断重复出现在各则故事中,显得千篇一律又枯燥呆板,更缺乏文学的创造性与故事的趣味性。后世的文学作品中,仅有敦煌变文中的《金刚丑女因缘》《丑女缘起》《频婆娑罗王后宫婇女功德意供养塔生天因缘变》与《撰集百缘经》有关。

三、刘宋佛驮跋陀罗译《华严经》

南朝的佛经翻译，最早当推罽宾沙门佛驮跋陀罗（359—429年）。姚秦时代佛驮跋陀罗因与鸠摩罗什对空观的见解不同，被罗什高足僧䂮等摈逐，遂"率侣宵征，南指庐岳"，于东晋义熙十一年（415年）来到建业。据《出三藏记集》卷九后记载，东晋义熙十四年（418年）三月，佛驮跋陀罗于建业道场寺，手执梵文开译《华严经》，至刘宋永初二年（421年）十二月校毕，共出《华严经》五十卷（后来改分六十卷，称为《六十华严》）。《高僧传·佛驮跋陀罗》记载《华严经》的翻译过程："于于阗得《华严》前分三万六千偈，未有宣译。至义熙十四年，吴郡内史孟颢、右卫将军褚叔度即请贤为译匠，乃手执梵文，共沙门法业、慧严等百有余人，于道场译出。诠定文旨，会通华戎，妙得经意，故道场寺犹有华严堂焉。"

佛驮跋陀罗先后翻译了不少经典，除了《华严经》五十卷以外，先前还译出法显携归的梵本经律《大般泥洹经》六卷、《摩诃僧祇律》四十卷、《僧祇比丘戒本》一卷、《僧祇比丘尼戒本》一卷、《杂藏经》一卷，凡十三部，一百二十五卷。所译经典中《华严经》系大乘佛教修学的重要经典，被奉为"诸经之王""诸经中宝"，全经由毗卢遮那佛的不可思议果海、成佛的菩萨行、善财童子五十三参圆满菩萨道证入法界三大段落组成。译出后即受到关注，僧侣们纷纷投入讲经、注疏，例如当时求那跋摩于祇洹寺讲《华严经》时，宋文帝率诸公卿日诣座下，足见对中国佛学的发展影响甚大。然而佛驮跋陀罗的译经风格多为直译，虽最接近梵文本的原意，但文字质朴无华，相对较缺乏文学性。从佛教文学的角度来看，一直要等到唐于阗僧人实叉难陀译出《大方广佛华严经》八十卷（又称《新华严》）以后，由于品目完备，文笔流畅，神变情节丰富多元，尤其《入法界品》的神变人物与形式种类繁多居全经之冠，特别是善财童子五十三参的修行经历，更可视为求道文学的代表。（《华严经》的文学特色，留待唐代译经章节进一步说明。）

四、南齐求那毗地译《百喻经》

南齐永明十年（492 年），求那毗地译出《百喻经》，又称《百句譬喻经》，或《痴华鬘》等。《出三藏记集·求那毗地传》记载集成与翻译的过程：

> 建元初（479 年）来至京师，止毗耶离寺，执锡从徒，威仪端肃，王公贵胜迭相供请焉。初，僧伽斯（那）于天竺国抄集修多罗藏十二部经中要切譬喻，撰为一部，凡有百事，以教授新学。毗地悉皆通诵，兼明义旨。以永明十年秋（492 年）译出为齐文，凡十卷，即《百句譬喻经》也。

据此可知，本经为印度僧伽斯那自诸多经典中抄集、编造而成的譬喻典籍，从建元初年求那毗地携至建康，历经十三年才被译出。《百喻经》共收录九十八则故事，每篇譬喻的形式结构相当一致，皆由“喻”和“法”两部分组成，即先引一则滑稽有趣的故事，紧接着阐释教义的训示，主旨如卷尾偈颂所示：“如阿伽陀药，树叶而裹之。取药涂毒竟，树叶还弃之。戏笑如叶裹，实义在其中。智者取正义，戏笑便应弃。”即通过愚人滑稽行为作比况，让读者领会佛法奥义，破除愚痴，开启智慧。

就内容特色而言，整部《百喻经》可说是一部愚人笑话集，如同经末题有“尊者僧伽斯那造作《痴花鬘》竟”，可见编造者有意以愚人谬误的行径，幽默的风格，特冠以“痴”字凸显本经故事诙谐搞笑的特点。《百喻经》生动鲜明的愚人形象深受鲁迅推崇，曾出资刻印并写下《痴花鬘题记》：“尝闻天竺寓言之富，如大林深泉，他国艺文往往蒙其影响。……佛藏中经，以‘譬喻’为名者，亦可五六种，唯《百喻经》最有条贯。”

就文学特色而言，《百喻经》的故事隽永凝练而富含哲理，通篇运用短小精悍的文字、荒诞的情节、夸张的笔调，呈现故事的高潮跌宕，用来讽刺人性因贪婪、嗔恚、愚痴产生的愚昧行为。其中如《愚人食盐喻》《愚人集牛乳喻》《三重楼喻》《送美水喻》《乘船失釪喻》《蛇头尾共争在前喻》《蹋长者口喻》《治鞭疮喻》《田夫思王女喻》《见水底金影喻》等，皆是脍炙人口、活泼生动又寓含佛理的短篇笑话。例如《愚人食盐喻》：

昔有愚人至于他家，主人与食，嫌淡无味。主人闻已，更为益盐。既得盐美，便自念言：所以美者，缘有盐故；少有尚尔，况复多也。愚人无智，便空食盐，食已口爽，返为其患。譬彼外道，闻节饮食可以得道，即便断食，或经七日，或十五日，徒自困饿，无益于道。如彼愚人，以盐美故，而空食之，致令口爽，此亦复尔。

此故事以愚笨之人认为菜肴美味是因为加了盐，于是只吃盐，结果苦了自己，用以譬喻外道矫枉过正，认为断食就可以得道，结果困饿病死，无益修行。运用在一般人的生活上，则有警惕吾人行事应守中道，过与不及都会造成祸害。

俄国学者 L. N. Mensikov 曾说到："《百喻经》乃中国文学最原始的文籍之一。……其中所见传说、故事，一概称为 avadāna，汉文译作'譬喻'。这些譬喻故事只能视为'短篇譬喻故事'，说得恰当点，就是寓言。"这种短篇寓言的表现形式，与当时流行的《世说新语》《笑林》《语林》等志人小说有异曲同工之妙。相较于《贤愚经》《杂宝藏经》或《撰集百缘经》中内容冗长的本生、因缘、譬喻故事，《百喻经》以简洁犀利的说理方式，减少浓厚的宗教训示，营造故事的幽默风趣，在佛教譬喻文学作品中具有相当的特殊性。

就寓言文学的发展来看，南北朝时期，中国流行"志人"一类的小说，如《世说新语》《笑林》《语林》，叙事风格多呈现篇幅短小、文字清新、机趣盎然的特色。南齐译出的《百喻经》，篇幅短小又深富寓意，以鲜活形象表现愚人式的寓言，恰好以一种完整独立的型态进入中国寓言的发展脉络，弥补并承接《笑林》之后。笑话寓言在南北朝时期产生的断层，为中国寓言文学的创作与发展增添几许光彩，也将中国寓言自哲理或劝戒主题，带入一种较趋近于诙谐幽默的过渡时刻。此外，《百喻经》对凡夫愚行的嘲讽批判，深受中国文人重视与喜爱，对于唐宋讽刺寓言与明清诙谐寓言的创作风格多有启发。以《医治脊偻喻》的主题为例，从魏邯郸淳的《笑林》

到南朝的《百喻经》，再到明代《雪涛小说·催科》和清代《笑得好》都相继出现，尽管故事内容稍有不同，但情节发展皆相近，旨趣亦相同。由于邯郸淳的《笑林》已亡佚，这则寓言故事带着佛教的光环，随着《百喻经》的传译而广为流传的可能性很高。综而言之，《百喻经》的汉译原是为了弘扬佛法，无意间却开启了笑话寓言（能引人发笑，又有所寄托的故事）新风气，在中国寓言文学史上发挥了承上启下的作用。

（梁丽玲）

第八章　南北朝佛教诗歌

东晋南朝以降，随着佛教普及，士、僧文义交流的频繁，带动了新一波的文化风尚，从而影响及于文学创作的风气与传统。此时期佛教诗歌的特色，乃是在原先“玄言诗”“山水诗”的发展格局下，复与“佛理”一类之题材相融。佛经典故与佛教义学除了提升、转化诗人观物、叙述的技巧与方式，也扩大了传统诗歌的内涵与意境。而佛学之内涵、典故成为创作的新元素、新意象；佛典之偈颂，梵呗之歌咏也与传统诗颂、乐府之体裁相涉。寺院丰富的人文、自然环境则促使一系列礼佛、咏佛、说理述志，乃至解讲诗、受戒忏悔诗、游寺诗等新类型的诗歌渐次成熟。至于同一时期之北朝的佛教诗歌，大多受到北徙南人的影响，唯因自然、人文环境的整体结构不同，自有一番特色。

一、玄言、山水与佛理的交涉

（一）谢灵运对佛理诗的开创

南朝佛教最为隆盛之时有三：一为宋元嘉年间，二为齐竟陵王萧子良当国之时，三为梁武帝之世。谢灵运在文学史上除了以山水诗人名垂千秋，在佛教文学上亦堪称“元嘉之雄”，是汤用彤所云佛教“巨子”。宋文帝就曾经引述过他的意见：“六经典文，本在济俗为治，必求灵性真奥，岂得不以佛经为指南耶？”慧远曾专程请他做《佛影铭》，连慧远的碑铭也出自谢灵运之手。

谢灵运还积极参与了当时发生在佛教史上的两项重大活动：其一是著《辩宗论》，支持竺道生提出的“顿悟”说，道生之说在佛学史上有极为重要的地位，“为中华学术开数百年之风气”，谢灵运对此重大问题有深切的了解，成为积极阐扬新说的首屈一指人物。其二，谢灵运参与了对北本《大般涅槃经》的翻译修治工作，形成所谓的南本《涅槃经》。谢灵运修治经典译文不仅有义理和文学的条件，而且在语言学养上也有足够的功力，他对梵文相当了解，曾著有《十四音训叙》，条列梵汉，昭然可了，使文字有所根据。

在诗歌方面，谢灵运是将南朝诗歌由玄言诗带向山水诗的关键人物，在文学史上，他是中国山水诗之典范，而其山水诗，不但创新模山范水的艺术写作技巧，精炼章句，巧构形似，也对传统的玄言诗进行改造，即将玄言诗中抽象的哲学概念，通过他亲身攀登山水的身体实践，一一地具象化、生活化，而成为另一种概念的体现。换言之，谢氏对传统文学史的影响，一是能正视“物”色的独立性，以“巧构形似之言”来摹描之，“物”貌不再作为抒情咏怀的背景或玄言“寄象言意”的衬托；在此基础之上，山水游历更被赋予某种“理感”的观照，而“悟理”遂也成为他体验山水的目的。

总观谢氏山水诗的结构，大抵为“记游”“写景”“兴情”“悟理”，即以“理”作为山水之游的结穴与归趋，如“理感深情恸，定非识所将”（《庐陵王墓下作》）、“感往虑有复，理来情无存”（《石门新营所住四面高山回溪石濑茂林修竹》），其《辩宗论·答僧维问》亦曾谓“理为情先”。谢氏将玄学“性其情”的思维传统，运用在山水诗书写之身心感知与“以理节情”之安排调理中，所反映的是一种“理感”对应于“山水”之致的共构特色。这种风格，在同时期而稍早的慧远与庐山诸道人《游石门诗并序》中即已展现，谢灵运更将这种风格发扬光大。所谓的“理”，谢氏并无特指，除了“玄理”，其实也受到“佛理”的影响，如其《从斤竹涧越岭溪行》：

猿鸣诚知曙，谷幽光未显。岩下云方合，花上露犹泫。逶迤傍隈隩，迢递陟陉岘。过涧既厉急，登栈亦陵缅。川渚屡径复，乘流玩回转。苹萍泛沉深，菰蒲冒清浅。企石挹飞泉，攀林摘叶卷。想见山阿人，薜萝若在眼。握兰勤徒结，折麻心莫展。情用赏为美，事昧竟谁辨？观此遗物虑，一悟得所遣。

描写其一路在弯曲逶迤的山路中过溪、登栈、企石、攀林……，在一连串玩赏山水的历程后，最终以“观此遗物虑，一悟得所遣”作归结，也就是说，山水固然触发对诗人的故人、故事之思，另一方面却也让他可以借此洗涤身心，而得“顿悟”之致。谢氏曾在《辩宗论》中：“一悟万滞同尽”，或许也与本诗末句“一悟得所遣”有着异曲同工之妙。

现存谢氏诗作中，直接与佛教有关者，乃其《过瞿溪山饭僧》《石壁立招提精舍》，这些作品都是在山水诗的基础上结合了宗教感情，如《过瞿溪山饭僧》：

迎旭凌绝嶝，映泫归溆浦。钻燧断山木，掩岸墐石户。结架非丹甍，藉田资宿莽。同游息心客，暧然若可睹。清霄扬浮烟，空林响法鼓。忘怀狎鸥鲦，摄生驯兕虎。望岭眷灵鹫，延心念净土。若乘四等观，永拔三界苦。

整体来看，本诗并无枯燥乏味的玄言说理，也没有明显的“滥用佛家语汇”，而是如实自然地书写饭僧的行动与过程：一开始迎着旭日，凌越陡峭的山间小路；渡过溪涧，映着活泼的流水，来到水滨，在深僻荒野中，僧人以山木结架为寺，石户掩岸，于此刻苦清修，躬耕自给，这也说明了诗人为何要“饭僧”的原因。诗人在同行僧人们的身上看到了佛法的真谛，感受到在一片空寂的树林中，香烟轻扬，法鼓清亮所构成的一幅美好佛禅意境。僧人慈悲好生，能与鸟兽和谐相处，无分物我，更引人由衷向佛，一心摄念净土。末句即以凭借“慈、悲、喜、舍”以脱离三界之苦作为发愿总结。与其他诗作比起来，《过瞿溪山饭僧》寓佛理于叙事，可以看出谢氏个人信仰的深刻印记。

（二）五至六世纪风格的转变

谢氏之后，齐竟陵王萧子良主盟文坛，他所网罗的士人对于齐梁文坛有主导作用，所谓“竟陵八友”都堪为当时最出色的文士。竟陵王开西邸，“招致名僧，讲语佛法，造经呗新声；道俗之盛，江左未有也”（《南齐书·萧子良传》）。沈约可说是齐梁两代文坛盟主，现存佛教文章数十篇，多载《广弘明集》中。

比起谢灵运的身体行动与山水实践，此时期所发展出的山水游览，更多的是寓目游观下的产物。在题材写作上，传统的游览类山水诗也持续受到佛理的影响，如沈约《游钟山诗应西阳王教》，萧统《昭明文选》将此诗置入“游览类”，本诗共五章，每章四联，首章标记钟山四围之地理，次章则叙其高耸参差之势；第三章则记实际登高后临眺、远观所见；第四章则从山中僧人修行转入，谈到他对佛理的体悟，所带给他心灵的满足；末章复将眼光转到西阳王车驾一行，他留意到长官对钟山的兴趣，乃在采芝访药，诗人就此发出他对王等一行年终的祝福。其中第四章：

多值息心侣，结架山之足。八解鸣涧流，四禅隐岩曲。
窈冥终不见，萧条无可欲。所愿从之游，寸心于此足。

若从结构来分析，沈约此一组诗乃先“记事”“写景”“兴情”“悟理”，再回到“记事”的格局，这样的矩度，也大致算是谢灵运的影响，但如是脉理上的切割，却使得禅意只集中在某些片段，与后世诗歌寓禅意于写景的浑融机体性仍有不同。沈约的钟山游览，于此只算是初步开启了静态游观的模式。至于相对于谢灵运行动派的摹拟“动”态，随着6世纪“观照诗学”的发生，诗人除了继承并发挥了谢灵运“巧构形似”的摹描手法，更转而以此咏物，描绘对佛寺周遭景观“静”观后的画面，如萧纲“分花出黄鸟，挂石下清泉”（《往虎窟山寺诗》），刘孝先“数萤流暗草，一鸟宿疏桐”（《和亡名法师秋夜草堂寺禅房月下诗》），阴铿（约511—约563年）“莺随入户树，花逐下山风”（《开善寺诗》），王褒（约513—约576年）“邑居随望近，风烟对眼生”（《云居寺高顶诗》），江总“烟崖憩古石，云路排征鸟”（《游摄山栖霞寺诗》),徐伯阳“鸟声不测处,松吟未觉风”(《游钟山开善寺诗》),这些诗句所描写的风物、自然或山水,皆为静观所得,而出自于一种高度的审美意识,未说“禅”却“禅意”十足,我们也可以说是一种诗歌的“境界型态”,而这些诗歌在题材的属性上既是“山水诗”,也是“游寺诗”,这与当代佛教寺院多依山傍水而建的发展型态有关。

当然,谢灵运山水诗的身体行动也不是就此消失,在萧梁时,一位文义俱佳的义学僧释洪偃也曾写下《游钟山之开善定林息心宴坐引笔赋诗》:

杖策步前岭,褰裳出外扉。轻萝转蒙密,幽径复纡威。树高枝影细,山昼鸟声希。石苔时滑屣,虫网乍粘衣。涧旁紫芝晔,岩上白云霏。松子排烟去,常生寂不归。穷谷无还往,攀桂独依依。

这也是付诸行动的山水游历,即或偶有“滑屣”“粘衣”,不过较之谢诗的“动感”与险峻程度,林间行步的“杖策”“褰裳”之举则不复艰辛,借由“幽径”“石苔”“虫网”“紫芝”等意象的铺陈,让人更有一种幽深静谧之感。从诗题来看,这是诗人与法侣一行在定林下宴坐赋诗的雅集,相对上是一场举止较为“静”态的游观;从内容来看,此诗无一句“理语”,但“理”悟自在其中,已更胜于谢诗。尔后陈朝的江总学“康乐体”,亦有其殊境,详后节探讨。

二、礼佛、咏佛以述志

诗人能够“静”观自得,从而发展出某种咏物观照的态度,正是受了佛教的影响。所谓“即色是空”,诗人观物,通过诗歌对物色做出描绘,自然也有“物”各付“物”的“冷眼旁观”,让物如如,各然其然,断开主观情感、意念的攀缘纠葛,一归于性空,从中洞观“实相”,这与南北朝“即色游玄”的义学实践有关,也是玄、佛之文化思维长久以来养成的结果,自然也影响了相关诗歌书写的技巧与模态,而“礼佛”“念佛”正是内化这种义学实践最好的途径,故佛教诗歌亦有一类咏赞的诗歌,士人借此开启了自身对佛理的认识。从文学史的发展来看，这种诗格自然是上接东晋以来的“玄言诗”传统，所以它们的共通点，都是建立在“脱情”的立场，以“理语”作当下铺陈，点出玄冥境界，以此回视反省、观照人生，所不同的只是将老庄思想转为佛学名相，而寓有更浓厚的宗教情操，或是将理想人格的叙写转为佛、菩萨的咏赞，风格也从玄言体的虚淡简约，朝向骈俪化与意象化。

其中“礼佛”“咏佛”或说佛理一类，如谢灵运《无量寿颂》、南齐王融《法门颂》三十一首、《法乐辞》十二章、沈约《千佛颂》、鲍照《佛影颂》、江淹《吴中礼石佛诗》、萧察《迎舍利诗》。说佛理的相关创作则如谢灵运《〈维摩诘经〉中十譬赞》、萧衍《十喻》、萧纲《十空六首》《大法颂》《赋咏五阴识支》、刘孝绰《赋咏百论舍罪福诗》、何处士《通士人篇》、北朝僧人释亡名《五苦诗》《五盛阴诗》等。除此之外，也有借以说明人生观者，如萧衍《述三教诗》、释智藏《奉和武帝三教诗》、萧纲《和会三教诗》、庾信《奉和阐弘二教应诏诗》、智恺《临终诗》，这些可以算是佛理诗的应用，从“理”是主体到自我“述志”的转化。

（一）王融的《法门颂》《法乐辞》——偈颂、梵呗对南朝诗歌的影响

六朝“颂”体的形式源自《诗经》，以四言为正格，五言、七言的颂体在当时的发展受到佛经偈颂翻译的影响，而佛经有强烈的叙事性，故译家翻译经中偈颂，多以五言、七言的叙事形式表现，如此一来，反倒回过头来影响了文人对传统“颂”体的写作。南朝与佛理相关之颂体表现不一，但最有艺术价值的当数王融的《法门颂》。

《法门颂》乃王融仿佛经偈语所作，系针对萧子良《净住子净行法门》中三十一门的法义重点，以颂的形式做出复述，故亦结颂三十一组。从内容性质来看，《净住子净行法门》是从众经中抄录、统合而成的一部僧俗共通之“大乘布萨”原理的介绍，是给欲参与布萨修行的人所参考的一种“忏悔”的原理，王融为各门结颂，颇有仿佛经偈语的意味。

王融的《法门颂》每首皆十二句，前十首为四言，中间十首为五言，最后十一首为七言，各颂之名称沿袭《净住子》三十一门，五言颂者如《极

大惭愧门颂》：

冬狐理丰毳，春蚕绪轻丝。形骸翻为阻，心识还自欺。华容羁卯日，平生少年时。驱车追侠客，酌酒弄妖姬。但念目前好，安知身后悲。惕然一以愧，永与情爱辞。

七言颂如《自庆毕故止新篇颂》：

春非我春秋非秋，一经长夜每悠悠。陶形练气任元造，启蒙夷阻出重幽。荣公三乐非为旷，箕生五福岂能求。灵姿妙境往难集，微言至道此云修。年逢生幸曾以庆，盈愆贰过倘知忧。毕故断新别苦海，希贤庶善凭智流。

如前所述，结颂乃是对各门类义旨的总结，但可以发现其中即或是说理，却相当活泼，并非抽象化的理语铺陈，多引典故、事例为譬，是以其文学性较之一般之玄言诗、佛理诗强化很多，而能与各门主文相辅相成，起着一定的警世作用。如萧子良《极大惭愧门》的主旨，乃在点出“无惭之甚”的各种行为，其中包括“杀生”，王融体得此意，就以珍视“冬狐”“春蚕”为首，认为不当以形骸之欲望、今生之贪嗜，成为精神修养的阻拦，如佛经所说的“心识所行，但为自欺”，当顾及身后之果报，“永与情爱辞”。萧子良《自庆毕故止新门》原意在对脱离“八难”修行者，点明其应当常怀感恩、珍惜之意，由此续以精进，王融则转为叙说时光易逝，人生易老，用“荣启期”的三乐、箕子五福等典故，说明一切际遇皆缘会而至，虽近而亦远，是以更应珍视当下修行的机会。无论五言、七言的颂诗，皆形象鲜明，文字活泼，音调和谐，而有一种回旋反复的律动感，或许这样更容易达到劝世的效果，这某一部分也是佛偈对当代文学诗歌风格的影响。

至于《法乐辞》，则为由十二曲所组成之组诗，每曲五言八句，这是南朝少有之结合佛陀生平为题材以咏佛的作品，各章标目依次是：《歌本起》《歌灵瑞》《歌下生》《歌在宫》《歌四游》《歌出国》《歌得道》《歌双树》

《歌贤众》《歌学徒》《歌供具》《歌福应》。可以说从佛陀下生、出宫、成道、入灭乃至僧众，末后回到礼佛、福应等，作为讴歌的主轴铺衍。《法乐辞》曾被僧祐收入《法苑杂缘原始集目录》的《经呗导师集》中，可见这不仅是南朝乐府中的作品，也被用来作为“梵呗”吟诵使用，另一方面“法乐”之“乐”除了音声之“乐”，亦可指禅悦之“乐”，以佛陀一生追求法乐来启示人们，正是王融撰写此一组诗歌的目的。

整体来看，本组诗歌既浓缩各种佛本生之典事，如《佛本行经》《太子瑞应本起经》等，以作为叙事铺排组合的意象来源，也有传统文学、思想概念的元素，前者如“皓毳”“交轮”“金容”与佛之相好有关，“鹫岩”“鹿野”“庵园”“祇馆”等则指佛转法轮处，后者用了道家思想，举其五《歌四游》为例：

春枝多病夭，秋叶少欣荣。心骸终委灭，亲爱暂平生。长风吹北陇，迅景急东瀛。知三既情畅，得一乃身贞。

此首歌咏佛陀作悉达多太子时出游而悟老、病、死三苦，却多了与佛教无关的道教仙山——“北陇”，与东方三神山——“东瀛”的典故，所谓“知三”，乃了知“三苦”；“得一”，出自《老子》三十九章，谓得“道”（佛法）。这是在“知三”——洞察老、病、死的基础上，进一步隐喻追求长生成仙为虚妄，终将如为风霜侵袭，如日影飞驰，故“得一”悟理才是人生的归宿。但这样的说理，显然多了另一重引申，不仅让概念浓缩，句段中之意象也变得繁复，无形中增加了理解上的多义性与丰富性。总之，本组诗的文学特色，可以视为南朝乐府精致化与梵呗结合的产物，这组诗运用当代灵动的骈俪用典技巧，融合传统诗歌情调，以此铺陈对佛本生叙事的歌咏，既是佛教故事的本土化，也可以视为乐府诗歌在相关题材拓展上的异国化。

（二）佛理的意象化

随着南朝佛学的发展，重要的经典一一传译，佛教义学更为普及，诗文僧在相关作品中运用佛理事数的现象也愈发普遍，其中被阐发最多的不外如“空观”“五苦”“五阴”等思想，佛理诗在南朝的发展，颇有“意象化”的趋势。

举“空观”主题的佛理诗来说，“十喻”是最常见的题材：“幻”“炎”“水中月”“虚空”“响”“乾闼婆城”“梦”“影”“镜中像”“化”，用以衬托出“空”之道理，出自《般若经》《大智度论》《金刚经》等般若系的经典，《维摩诘经》中之“十喻”则为“聚沫”“泡”“焰”“芭蕉”“幻”“梦”“影”“响”“浮云”“电”，诸经之十喻大同小异，鸠摩罗什曾有《十喻诗》：“十喻以喻空，空必待此喻。借言以会意，意尽无会处。”说理直白，较无文学性；谢灵运则有《〈维摩诘经〉中十譬赞》八首，如其中《聚沫泡合》：

水性本无泡，激流遂聚沫。即异成貌状，消散归虚豁。君子识根本，安事劳与夺？愚俗骇变化，横复生欣怛。

《焰》：

性内相表状，非焰安知火？新新相推移，荧荧非向我。如何滞着人，终岁迷因果。

已较有初步的意象化处理，但说理仍较多。到了萧衍、萧纲父子的作品，则对于“十喻”的书写更细腻，如萧衍《如炎诗》：

乱念瞩长原，例见望遥炯。逶迤似江汉，泛滥若沧溟。金波扬素沫，银浪翻绿萍。远思如可取，近至了无形。热缘热惚逼，渴爱渴心生。

描写心中的欲望一点燃，乱念所见，如同火之燎原，但他又以水之四溢横流，到处泛滥形容火势之乱窜，故有“金波扬素沫，银浪翻绿萍”的形容，只不过这都是错觉，都是虚空。萧衍的这首佛理诗，以意象化的手法带出空幻产生的心理状态，是十分成功的，本来佛教以“十喻”比喻“空”即已是意象的运用，但文人又用更多的意象来比喻之，这种“意象的连类”

正是当代佛理诗发展的特质之一。萧纲《十空六首》中的《水月》“圆轮既照水，初生亦映流。溶溶如渍璧，的的似沉钩”亦然。至于其《赋咏五阴识支》：

浇淳混神因，因形复依色。欲浪逐情飘，爱网随心织。铸金虽改状，斩筹方未极。鸽观既无辨，猿攀此焉息。

“五阴”，乃指色、受、想、行、识“五蕴”，是构成世间的物质现象和精神作用的五类要素，人的心性善恶与外物相互牵动影响，是以有爱欲交织。在五阴炽盛的交互作用下，一身死坏，复受一身，轮回无已，萧纲以“铸金”“斩筹”喻之。“鸽观”之典出自《大智度论·释初品中舍利弗因缘》，意谓五阴之苦，所造成六道众生亿劫轮回无尽，即或有“宿命通”的舍利弗也无能参透。本诗简短却浓缩了许多的典故，以如此方式赋“咏”五阴，反更令人警醒。

北周僧人释亡名也有《五盛阴诗》：

先去岂长别，后来非久亲。新坟将旧冢，相次似鱼鳞。茂陵谁辨汉，骊山讵识秦。千年与昨日，一种并成尘。定知今世土，还是昔时人。焉能取他骨，复持埋我身。

本诗颇有汉魏古诗遗风。“五盛阴”，亦同“五蕴”，诗人不直接做此分析，转就无论是古人、今人终将消逝来作比方，要人反思秦皇、汉武，如今焉在？从新坟、旧冢，茂陵、骊山之相次来看千年如昨日，皆灰飞烟灭，“五蕴”和合终将成空矣。借由历史嗟叹演示佛理，令人联想到当代的布教说法，或许也是运用这种活泼的方式。此外，释亡名尚有《五苦诗》，写生、老、病、死、爱五苦。如《老苦》：

少日欣日益，老至苦年侵。红颜既罢艳，白发宁久吟？阶庭唯仰杖，朝府不胜簪。甘肥与妖丽，徒有壮时心。

《病苦》：

> 拔剑平四海，横戈却万夫。一朝床枕上，回转仰人扶。壮色随肌减，呻吟与痛俱。绮罗虽满目，愁眉独向隅。

这组诗的特色，也是以人生体验之实例取代说理，如：少年期待于年岁日益，老年却苦于岁月侵蚀，当红颜不再，不仅行动不便，眼前的荣华富贵也无福消受。至于《病苦》则述说曾是豪气干云，却也有卧病呻吟的一天，即或绮罗满目，又如何适合病体之躯？本组诗之特色，乃是借由映衬与对比，以隐喻“苦”的本质。

一般来说，“佛理诗”虽不以“抒情”为主，但不代表当中的“借位”描述不抒情、不嗟叹，主人翁虽无特指，却是普罗大众都曾经历的，而这些诸“苦”之人生经历，生活化体验，在诗人巧笔点化之下，都成为体悟佛理的借镜，令读者自行领会，这就与玄言诗冷笔式的说理十分不同。

（三）从“理”是主体到自我“述志”的转化

“佛理诗”在“意象化”的发展下，已相当灵活生动，易令读者豁然，但多数还是从旁说理，“理”的本身仍是主体，南北朝有更多的是自我述志之体证佛理，即明显流露诗歌内容的主人翁就是诗人自己，如江淹（444—505 年）《吴中礼石佛诗》：

> 幻生太浮诡，长思多沉疑。疑思不慚照，诡生宁尽时。敬承积劫下，金光铄海湄。火宅敛焚炭，药草匝惠滋。常愿乐此道，诵经空山坻。禅心暮不杂，寂行好无私。轩骑久已诀，亲爱不留迟。忧伤漫漫情，灵意终不淄。誓寻青莲果，永入梵庭期。

首二联道出人生虚幻的长思，庆幸机缘礼拜皈依，正是石佛之光普及四海的慈力接引所致；第四联则引《法华经》“火宅”“药草”之典，比喻自己蒙受佛陀从诸苦中救度而出，在佛法的周遍滋润下，众生如草药，虽根器不同，却能同蒙润泽，得以滋生智性，祛治病惑；既然诗人自身也有此体验，也就“常愿乐此道”，以诵经、坐禅来修行，甚至表明自己早已有准备辞亲出家，与舆服车马诀别的准备；末联则转以求取正果，永生净土誓言，显现出更坚定的意念。基本上，借由这首礼谒石佛的诗，可以略窥江淹个人虔诚的佛教信仰，显然是以“诗人之自我”作为礼佛主体的书写，它已非在宣扬“佛理”，而是在体证佛理，即佛理在这当中的作用，已不是目的，而是更作为诗人主观述志之意象铺展。

“述志”是一种“自我叙事”，乃点明个人际遇，抒咏怀抱，借以体证佛理，有其主观性，相较之下亦有“客观叙事”，这是让场景如如呈现，一如“咏物”路数，将事件发展做客观之铺排置定，此中即有“热笔”“冷笔”程度之不同。冷笔的写法，诗人的主体隐藏在所冷观、静置的事物背后，以意象堆叠的叙事技法表达，作为佛理或述志的“隐喻”，善用之，往往有个中禅意自见的效果，此待后叙。当然也可能有主、客观的结合者，如萧察《迎舍利诗》：“释迦称散体，多宝号金躯。白玉诚非比，黄金良莫逾。”此是礼赞佛舍利之作，写释迦舍利之珍贵，贵胜金玉，其形色变见，难以用言语形容，却妙色永恒，千劫不变，在客观描述的同时寓有主观之颂赞。

南朝“热笔式”的“述志”又有如萧衍的《述三教诗》：“少时学周孔，弱冠穷六经。……中复观道书，有名与无名。……晚年开释卷，犹月映众星。”把自己皈依释教所经历的“三教”心路历程做一铺陈，颇有判释、超越传统儒、道之意。释智藏、萧纲皆有和诗。此外，另有一种“临终诗”，南朝诗僧智恺（518—568 年）《临终诗》：

> 千月本难满，三时理易倾。石火无恒焰，电光非久明。遗文空满笥，徒然昧后生。泉路方幽噎，寒陇向凄清。一随朝露尽，唯有夜松声。

此诗乃智恺于南朝陈废帝光大二年（568 年），主讲《俱舍论》时，因病不适，自感命数将尽，索纸所题，写完此诗，搁笔与众人握手语别，端坐深思，奄然而卒。所以此诗是其临终前体悟一生的总结。诗人认为百年寿数难满，但生命转瞬间流逝易尽。本诗点出人生一切转眼成空，既有悟，也有慨，末二联颇有陶渊明《挽歌诗》反视的意味，如“唯有夜松声”则类“托体同山阿”，但余韵不绝，精神长存，意境更高。诗作虽短，却也是诗人用一生体“空”的见证。孔融、欧阳建、苻朗、范晔、谢灵运等皆有写过《临终诗》，南朝类似的诗作则结合佛理生死观的体证，无形中丰富并深化了相关题材的文学性。

三、受戒、忏悔系列

魏晋以降，士人皈依佛法，信受佛戒者日增，南朝宋、齐时期则流行“菩萨戒”，旨在忏除罪业，依之则发展出各式各样的忏法，总其功能不外消灾、解厄、却贼、除魔、疗疾、护国、镇土，乃至提升自身修习之信心。而士、僧奉持“菩萨戒”，不再消极地防非止恶，更在积极地勤修善法，饶益有情，将功德回向众生，度己度人。随着“罪的自觉”的加深，更愿意将自身的心路历程袒诚布露，这些也都成为文学书写的类型与题材。是以礼忏的流行，既影响了忏文、愿文的书写，反映在诗歌上，亦当是如本节所讨论的，有一种“忏悔诗歌”的写作产生，而“受戒”与“忏悔”，即是一体的两面，南朝时期不乏有这方面的作品，较有代表性者，如萧衍《和太子忏悔诗》，萧纲《简文蒙预忏直疏诗》《简文蒙华林戒》《八关斋夜赋四城门更作四首》，王筠《奉和皇太子忏悔应诏诗》，江总《至德二年十一月十二日界（升）德施山斋三宿决定罪福忏悔》《营涅槃忏诗并序》，释惠令《和受戒诗》等。

（一）八关斋诗

“八关斋”，乃是六斋日中选择一日一夜，“同佛出家”，摄受“八戒”，即除了原“五戒”之外，尚须遵守“不着香花鬘，不香油涂身。不歌舞倡伎，不故往观听”“不坐卧高广大床”“不非时食”的规定，乃效法佛、僧过着清净、守戒的出家生活模式。八关斋为僧、俗合会，由僧人为俗家人士证授，日期虽仅一天一夜，但对某些安逸惯了的士人而言已是相当考验。斋戒期间，或以梵呗转读来醒众，或唱导说法，甚至有制定惩罚的戒条来预防睡眠的，萧纲即曾撰《八关斋制序》，针对“形不肃恭”有一些惩罚规定。建设性的做法，就是赋诗应和，这可以在枯燥的仪式中以娱乐来强化信仰，《八关斋夜赋四城门更作四首》就是在这样的情况下形成的。在谈到萧纲的这首诗作之前，须说明八关斋会赋诗，其实也不是萧纲的发明，早自支遁起，即有“八关斋诗”，当时的支遁与诸名士在山墓下野室为斋，远离聚落尘嚣，斋会过后支遁独自游履山泽，采药林间，继续借着风水自然沉淀心灵，故其八关斋诗，乃结合山水、自然与玄言之雅趣。此后，如谢庄（421—466 年）亦有《八月侍华林曜灵殿八关斋诗》：

玉桴乘夕远，金枝终夜舒。澄淳玄化阐，希微寂理孚。

本诗今存者乃五言四句，玄言色彩仍很浓厚，而后沈约《八关斋诗》亦有五言八句：

因戒倦轮飘，习障从尘染。四衢道难辟，八正扉犹掩。得理未易期，失路方知险。迷涂既已复，豁悟非无渐。

相较于谢庄的“玄化”“希微”“寂理”，沈约直接援引佛理，如“四衢”即“四道”，乃断除烦恼的四种过程（加行道、无间道、解脱道、胜进道），“八正”即“八正道”（正见、正思维、正语、正业、正命、正精进、正念、正定），沈约自陈因怠于守戒而沾染俗尘，使“四道”“八正”难以开启，无法悟理，但借由八关斋忏悔，迷途知返，由此了悟要体悟并不能没有“渐修”的功夫，从而点出“八关斋”修习的重要性。

至于萧纲与诸士人的《八关斋夜赋四城门更作四首》：

第一赋韵——

东城门病

伏枕爱危光，痾缠生易折。无因雪岸草，虑反邛山穴。（徐防）
消渴腠肠腑，疼蹇婴枝节。如何促龄内，忧苦无暂缺。（孔焘）

南城门老

虚蕉诚易犯，危藤复将啮。一随柯已微，当年信长诀。（诸葛愷）

已同白驹去，复类红花热。妍容一旦罢，孤灯行自设。（君）

西城门死

缓心虽已殊，灭景宁优劣。一随业风尽，终归虚妄设。（王台卿）

五阴诚为假，六趣宁有截。零落竟同归，忧思空相结。（李镜远）

北城门沙门

俗幻生影空，忧绕心尘曀。于兹排四缠，去矣求三涅。（殿下）

下学背流心，方从窈冥别。已悲境相空，复作泡云灭。（中庶府君）

由于篇幅过长，兹仅举其中第一赋韵作为代表。参与共作的士人，除了萧纲之外，共有如徐防、孔焘、诸葛愷、王台卿、李镜远、庾肩吾等人，此中的“君”未详何人，合理地猜测或为“梁武帝”，合共八人。从形式来看，这组共作之诗，乃分题分韵，整组诗共有四韵，每韵各咏东、南、西、北四城门，四城门各负责“病”“老”“死”与“沙门”。此乃运用“四门游观”典故，即释尊为太子时，曾从王城之四方城门出游所见：出东门遇病者，出南门遇老者，出西门遇死者而有所感；最后出北门遇见出家之沙门，遂决意出家。

有意思的是，参与合作的八人，在四韵更作中，皆轮番书写，不会有人固守某一立场，也就是说，这四组各由四城门构成的组诗中，先由二人一组，担任某一城门的描述，但换韵之后，不得在同一城门，且原先的二人也未必再同组。举例来说，首赋中徐防与孔焘原先在“东城门”书写“病”，一人上联，一人负责下联；第二赋换韵之后，徐防即变成与萧纲同组，共同书写“南城门老”；孔焘则与李镜远书写“北城门沙门”；第三赋又换韵之后，徐防即换至“北城门沙门”，孔焘则与诸葛愷书写“西城门死”；第四赋再换韵时，徐防即另与萧纲书写“西城门死”，孔焘则与庾肩吾书写“南城门老”。由此可证，每个参与书写的人都有机会轮番经历老、病、死的过程，也同时都会有沙门超脱生死的理境与体会，更重要的是在这些体证中，他们的书写同伴不同，因缘、环境、条件也跟着不同，当中既有十分浓厚的游戏的兴味，也不失八关斋至终以实践悟理为要的目的。

此同题共作的组诗，于修辞上的特色乃多两两对仗，如“雪岸草”（喻生机危弱）对“邙山穴”（东汉君王、贵族多葬于此），不时糅和进佛教常用的辞语，如“虚蕉”（释氏喻俗身）对“危藤”，“五阴”对“六趣”，“排四缠”对“求三涅”（三菩提）。就内容来看，这些书写自然成为宣扬佛理之张本，如老、病、死之悲慨，本来即是中古文学中经常触发文士书写的主题，所以这种“说理诗”的背后，其实是建立在对各种三苦样相（疾病书写）体会的描述上，不同的是在这之外复以“北城门沙门”的“说理”立场来统摄其他三城门所体得之诸苦，会归至修行角度，看破生死，通过对诸境相皆空的体悟，将俗情之忧虑与诸苦一一排遣，期使“流心”归返。

诚如前面所说，我们知道八关斋是要守夜的，这样的游戏，在趣味中却无违修道的意义，毋宁在枯燥严肃的斋法中为修行人平添一豁醒的节目，使其精神在律仪的规范中不至流于板滞。而其书写效应，亦可谓在游戏中成就文学对生老病死的体验，是另一种文、理的合一。

（二）萧纲的受戒忏悔诗

萧纲的“受戒忏悔诗”，如《蒙华林园戒》《简文蒙预忏直疏诗》，与此应和者则有其父萧衍的《和太子忏悔诗》、释惠令《和受戒诗》、王筠《和太子忏悔诗》《奉和皇太子忏悔应诏诗》，所谓“应诏”，即奉君王之命所写。这些诗作的背景，大概是中大通三年（531 年），萧纲初主东宫受“菩萨戒”时有关，诗中表露谨慎自持的忧患意识，担心自己处于高位却有缺失，盼借由受戒洗去傲慢，不使六根为六尘所缚，不再贪爱此身，《蒙华林园戒》：

> 庸夫耽世乐，俗士重虚名。三空既难了，八风恒易倾。……居高常虑缺，持满每忧盈。兹言信非矫，丹心良可明。舟航奉睿训，接引降皇情。心灯朗暗室，牢舟出爱瀛。是节高秋晚，泬寥天气清。郊门光景丽，祈年云雾生。红蕖间青琐，紫露湿丹楹。叶疏行径出，泉溜

绕山鸣。绿衿依浦戍，绛颡拂林征。庶蒙八解益，方使六尘轻。脱闻时可去，非吝舍重城。

梁武帝的太子本来是萧统(501—531年),但中大通三年,萧统因病去世,当时武帝已近七十,认为嫡孙尚幼,遂立萧统之弟萧纲为太子,“舟航”“皇情”等语，则说出新太子受到父皇的寄望，显然萧衍非常看重萧纲的受戒忏悔，还为其举行“涅槃忏”，以为其消灾、净化，这些大概都是同一时期左右的事。从《蒙华林园戒》来看，既有个人登太子位时的居高思危的忧患之情，但更有佛法的加持——“心灯”为照明，“牢舟”为引渡，作为稳定的力量；此外，诗歌中对于节气叙述、华林园的景致书写也很细腻。从另一首忏悔诗来看，佛教事数的排比也是当时佛理诗歌使用的技巧之一,《简文蒙预忏直疏诗》：

皇情矜幻俗，圣德愍重昏。制书开摄受，丝纶广慧门。时英满君国，法侣盛天园。俱销五道缚，共荡四生怨。三修祛爱马，六念静心猿。庭深林彩艳，地寂鸟声喧。上风吹法鼓，垂铃鸣画轩。新梅含未发，落桂聚还翻。早烟藏石磴，寒潮浸水门。一朝蒙善诱，方愿遣笼樊。

此中如“三修”“四生”“五道”“六念”等，都是属于佛教的事数，诗人以此对偶，有时可以增加一种形式上对仗秩序的美感，俨然是当代佛理诗歌创作不可或缺的语料库。“三修”，据猜测当是“三聚戒”(铃木修次),即菩萨戒。“六念”则是为了达到安乐之境的六种思念：念佛、念法、念僧、念戒、念施、念天，借着这些修习，祛除意念上心猿意马，以净化身心，并获得心灵的宁静。此时再重新观看四周，境界即有所不同。当然萧纲诗歌的技巧也重情境的对比，如“庭深”“地寂”二语，让视觉、听觉在“林彩艳”与“鸟声喧”的对照下更加的强烈,此时再加上“上风”“垂铃”“新梅”“落桂”“早烟”“寒潮”的相映，既是忏悔法会周围景致的描写，也是当下时空静观下的结果，这也成为相关诗作层次与美感升华的所在。此诗作成后，武帝萧衍、释惠令与王筠亦有和诗，其中如萧衍“萎草获再鲜，落花蒙重荣”

一句，属“拟自然化”的方式，表露对萧纲忏悔重生的欣喜。至于王筠的和诗，同所用十韵，也就是整首诗歌总共二十句中，自首至尾，两两相对，共有十处皆押同一韵，这充分表现出其控制文字的才华，也使得这种唱和，更有了某些游戏应对的意味。

萧纲的诗歌讲究语言藻饰，其写景巧构形似，用词建构在藻饰铺陈中显其细腻、华丽，从以上的忏悔诗作中，这样的风格也得到了证明。

（三）涅槃忏诗

南北朝的忏法有多样，“涅槃忏”即是其中的一种，在各种忏法中，除了“八关斋”与“菩萨戒”之外，唯一因以写成诗歌者，即是“涅槃忏”，在记录中除了前面提到的萧衍曾为萧纲行“涅槃忏”，江总（519—594年）亦曾有过行此忏法的记录，且他更将心得赋之于诗，此俱见其《营涅槃忏诗并序》：

> 可否同一贯，生死亦一条。况期灭尽者，岂是俗中要。人道离群怆，冥期出世遥。留连入涧曲，宿昔陟岩椒。石溜冰便断，松霜日自销。向崖云叆叇，出谷雾飘飖。勿言无大隐，归来即市朝。

据正史记载，江总二十岁余即皈依释教，受持菩萨戒。此诗书写于陈后主祯明二年（588年）仲冬时节，在此之前，江总的诗作即偶有持戒的表明，如：“澡身事珠戒，非是学金丹。”（《五言摄山栖霞寺山房夜坐简徐祭酒周尚书并同游群彦》）而后摄山栖霞寺布法师圆寂，江总于是在该月十七日之夜晚入山，为师氏营涅槃忏，还途中而有此作。本诗以无生无死之涅槃境界为主轴，齐同生死，泯除是非，以达致“灭尽者”的涅槃境地。第三联既感哲人离世的悲怆，返照出己身距离出世解脱境界尚遥，于是摄山修道的空间成为此刻诗人暂时的寄托。而晚年赋此诗的江总，仍存有处身富贵与清隐修行间的矛盾，依违于生死与涅槃、入世与出世之间，故终以寄望“大隐隐于市”作结。南朝佛教诗歌发展至江总，浮艳之色渐洗去，色调与意境皆显得苍凉，而有些许“末世情调”，本诗如涧曲、岩椒、石溜、松霜皆带有此一意象，这或许与陈朝末年的亡国感有关。

四、听经、解讲系列

东晋以降，译讲活动更与清谈之风合流，名士、僧人接触佛法有更多方便的管道，士人听经之余，多参与思辨与论难，此风渐长，遂开始主动资助各种佛法讲座，并结合布施，从而使佛教的发展更臻兴盛。值得注意的是，君王、贵族、名士亲临听经，成为寺院发展主要的布施者与主导者，所谓“解讲”，乃资给、供养讲座，此既可为自己积德，亦可借以开导众生，是流行于当时贵族文人间相当普遍的布施形态。在这种情形之下，士人听经、解讲之余的写作，或发义学之深思，或亦抒游赏之致，甚至也发展出同题共作之形式，也就有了更丰厚的内涵与余蕴。

总南朝重要的相关类型诗作，大抵从“竟陵八友”开始，如王融《栖玄寺听讲毕游邸园共七韵应司徒教》，沈约《和王卫军解讲诗》，谢朓《秋夜讲解诗》，萧统《梁昭明太子开善寺法会》、《昭明太子钟山解讲诗》、《奉和昭明太子钟山解讲诗》（陆倕、萧子显、刘孝绰、刘孝仪）、《玄圃讲诗》、《同泰僧正讲诗》、《东斋听讲诗》、《讲席将毕赋三十韵诗依次用》，萧纲《简文旦出兴业寺讲》等。

（一）“邸园”中的解讲诗：王融、沈约、谢朓

王融《栖玄寺听讲毕游邸园共七韵应司徒教》：

> 道胜业兹远，心闲地能隙。桂燎郁初裁，兰墀坦将辟。虚檐对长屿，高轩临广液。芳草列成行，嘉树纷如积。流风转还径，清烟泛乔石。日泊山照红，松映水华碧。畅哉人外赏，迟迟春将夕。

南齐文惠太子（萧长懋，458—493年）与竟陵王萧子良（460—494年）经常于邸园内营斋戒、做法事，同时也在此开设佛学讲座。王融是萧子良的重要幕僚，后来与沈约、谢朓、萧衍、萧琛、范云、任昉、陆倕等合称“竟

陵八友”。此诗乃在佛法讲座完毕之后，王融应司徒萧子良而作的一首诗。“心闲”一句，意谓只要体悟佛理，就能远离诸种恶业，即或身在邸园，也能领略山水美景的雅趣。自“桂燎郁初裁”以下十句，皆描写园景。王融一诗，描写听讲佛法后游览邸园景致的“心闲”意境。因为它的写景较多，故玄言佛理成分较少，也可视为田园山水诗的一类。沈约则与之有《和王卫军解讲诗》之作：

妙轮辍往驾，宝树未开音，甘露为谁演，得一标道心。
眇眇玄涂旷，高义总成林，七花屏尘相，八解濯芳襟。

沈诗之佛理则较多：“妙轮”，乃褒赞正法理趣之妙；“宝树”，乃西方极乐世界由七宝所成的树，生妙花妙果，即后半阙所谓之“七花”。相较于王融游逸于邸园的现实空间，沈约则是听讲佛理之后，个人境界提升的“果地”所见，故有所谓“高义总成林”“八解濯芳襟”之语。此外，谢朓也有《秋夜讲解诗》：

四缘去谁肇，七识习未央。沉沉倒营魄，苦荫蹙愁肠。琴瑟徒烂熳，姱容空满堂。春颜遽几日，秋坴终茫茫。孰云济沉溺，假愿托津梁。惠唱摛泉涌，妙演发金相。空有定无执，宾实固相忘。自来乘首夏，及此申暮霜。云物清晨景，衣巾引夕凉。风振蕉茈裂，霜下梧楸伤。六龙且无借，三相宁久长。何时接灵应，及子同舟航。

谢朓也是著名的山水诗人，世称“小谢”，亦为“竟陵八友”之一，此诗又与前二首不同，诗人在秋夜中感悟人生无常而有诸苦，慨叹人将终老，人生的一切美好亦将转眼成空。在讲座的“惠唱”“妙演”中，诗人听到了佛音，领悟无论一生之时、位如何演变，皆将与生、住、灭“三相”同样归于虚妄；末句以“何时接灵应”“及子同舟航”作结，表露了希望借由信仰得度的仰望。整体看来，相较于沈约诗中所流露出某种心灵的超越，谢朓的佛理诗仍然是立足于“抒情传统”，在工整的对句中，其伤时叹老的情绪，与佛理相互抑扬，真诚自然。

（二）即事悟理——萧统、萧纲的解讲诗

萧统（501—531年）是梁武帝的第一任太子，其佛教信仰虔诚，也有引领文化风尚的企图，虽天不假年，然其文化成就仍有可观，如文学上曾编纂《昭明文选》，佛学上则曾开“二谛义”“法身义”讲座，在他经营下的东宫学风，可谓人文荟萃。诗歌在永明的声律说之后，梁初文坛一度又走回“复古”与“典正”之风，在“典”与“丽”之间取得平衡，我们来介绍他与他的幕僚文士共作的《昭明太子钟山解讲诗》：

> 清宵出望园，诘晨届钟岭。轮动文学乘，笳鸣宾从静。暾出岩隐光，月落林余影。纠纷八桂密，坡陀再城永。伊予爱丘壑，登高至节景。迢递睹千室，迤逦观万顷。即事已如斯，重兹游胜境。精理既已详，玄言亦兼逞。方知蕙带人，嚣虚成易屏。眺瞻情未终，龙镜忽游骋。非曰乐逸游，意欲识箕颍。

钟山位于六朝都城建康城北，地位险要，多为隐士幽栖的佳处，也是僧人禅居修行的灵秀之地与佛教圣地。总六朝时期，钟山既是建康的代称，有其政治象征之意涵，亦有宗教文化上的特殊地位。诗歌一开始，即让我们看见车驾从“望园”（玄圃园）启程，清晨一路抵达钟山，随驾者，则有诸文士，如陆倕、萧子显、刘孝绰、刘孝仪等人（轮动文学乘），笳声幽扬，气氛肃穆。如果说前两联是叙事，三至六联则写景兼之，从日出的山岩到黄昏的林荫，车途所至眼光亦随之位移，随着一路上桂林交映，车行逶迤而上，至终登上山顶，得以俯瞰城邑、偌大的原野，对于僧人如何能远离尘嚣，更有一番体悟。

解讲诗的特色，在于叙述个人听讲之后人生观、世界观，乃至观物角度的改变。统合来看，陆倕、萧子显、刘孝绰的和诗，都有一些共同的特征，此即侧重对萧统“解讲”布施功德的集体歌颂，如刘孝绰“御鹤翔伊水，策马出王田”，前句用的是仙人王子乔乘鹤遨翔于伊、洛之上的典故，后句

则更以悉达多太子策马逾城出家来比拟，显然都是在颂扬萧统功德，而其后句“我后游祇鹫，比事实光前”，更将所要前往的钟山比拟为佛陀曾经说法的“祇园精舍”与“灵鹫山”；“祇鹫”，乃二者之合称，将昭明太子与悉达多太子作比，恭维之至。也因为这样，诗歌中也共同表达了对于朝圣车驾之登陟，皇家仪仗行伍壮盛之描述，俨然是权力结构在移动中的缩影。“翠盖承朝景，朱旗曳晓烟”，此与旭日交映；“楼帐萦岩谷，缇组曜林阡”，则与山林相衬。刘孝仪则有“夜气清箫管，晓阵烁郊原”“山风乱采旄，初景丽文辕”“林开前骑骋，径曲羽旄屯”，皆是行阵在山林中行进壮盛之貌。萧子显则有“金辂徐既动，龙骖跃且鸣”“逦迤因台榭，参差憩羽旌”“高随阆风极，势与元天并”，以昆仑山巅之“阆风”拟之，“层城”“阆风”“元天”，皆有某种垂直向上（vertical）的宇宙观念之象征，所以他们在和诗中所响应的是萧统登钟山的眼界，此中固然包括钟山的山林自然之美，但更包括钟山于宗教、政治上特殊象征之地位，从钟山看天下，在此接受佛法的熏习，也就与佛法同在。

萧统大概是“听经、解讲系列”书写最多的诗人，除了《钟山解讲诗》，现存其相关的作品尚有《玄圃讲诗》《同泰僧正讲诗》《东斋听讲诗》《讲席将毕赋三十韵诗依次用》等，这或许与他好学而具有正统道德的形象相互呼应，如《东斋听讲诗》：“昔闻孔道贵，今睹释化珍，至理乃悟寂，承禀实能仁。”听讲系列所彰显的是诗人信仰追寻的心路历程、信仰当有之态度，所以这一系列的作品，归于“述志”系列亦可，其特点乃在以“热笔”叙说，尤其萧统乐于记录自己听讲的过程与心得，并尝试将佛经典故融合进叙事，如据《同泰僧正讲诗》前自序，此诗乃“法轮将半，此作方成”，诗中“放光闻鹫岳，金牒秘香城”，引用佛陀在灵鹫山说《法华经》与《般若经》法涌菩萨住处之典故，标明同泰寺乃当代法集中心的位阶；“宝珠分水相，须弥会色形”，形容同泰寺如同《观无量寿经》中所说西方极乐世界的宝池，其间充盈八功德水，亦如同众佛所居之须弥山，此指涉同泰寺之神圣庄严；“今闻大林聚”以下则是回到现实，“大林聚”谓“涅槃会”，说出此乃《涅槃经》的讲座；“掖影连高塔，法鼓乱严更，雷声芳树长，月出地芝生”四句则兼叙同泰寺高耸与华美之地景，而这些都是令他感受法乐的来源。

听讲是文士于佛学典故、事数吸收的最好管道，它引发士人得以随时援引佛学“语料库”，进行创作活动，消化、抒发听讲所得而成“听讲诗”，在文学史发展的意义上是特别的，这也让诗歌的写作成为一种在叙事上现实、观想纷呈交错的一种特别造境，即或是现实的写景，也细腻有致，《玄圃讲诗》：

白藏气已暮，玄英序方及。稍觉螀声凄，转闻鸣雁急。穿池状浩汗，筑峰形巙岌。旰云缘宇阴，晚景乘轩入。风来幔影转，霜流树沫湿。林际素羽翾，漪间赪尾吸。试欲游宝山，庶使信根立。名利白巾谈，笔札刘王给。兹乐逾笙磬，宁止消悁邑。虽娱慧有三，终寡闻知十。

“玄圃”，始建于六朝时期的齐永明年间，改建于梁代，有山水雅致，为东宫属园，昭明太子萧统以此处为邀集名士雅聚之所，史谓其“性爱山水，于玄圃穿筑，更立亭馆，与朝士名素者游其中”。此诗前六联叙及秋末冬初黄昏的玄圃园景，乃萧统凿池、造山之后的园林景观，当中仍保留了寒蝉、雁鸣、鸟禽、池鱼等生态之自然样貌，诗人目睹黄昏的云影，夕照楼阁，风吹帷幔，乃至因融霜所濡湿的树木……，这些描写之细腻，却不带有丝毫的主观情感，只是随着视觉转移，最终推陈出玄圃作为萧统心目中的“宝山”，引出末后四联，这才回到听讲主题来。所谓游宝山自不能空手而回，乃是要建立信根，“名利白巾谈，笔札刘王给”，意思是：萧统自幼从高僧学佛，以佛教的国子生（白生）自况，他能亲自谈论佛理，并不假其身旁的文士操刀带笔。证之史书中曾言萧统能自立“二谛”“法身”义，谈论不绝，诚非虚言。萧统之弟萧纲亦有《旦出兴业寺讲诗》：

沐芳肃朝带，驾言抵净宫。羽旗承去影，铙吹杂还风。吴戈夏服箭，骥马绿沉弓。水照柳初碧，烟含桃半红。由来六尘缚，宿昔五缠朦。见鹤徒知谬，察象理难同。方知恧四辩，奚用语三空。

兴业寺在襄阳，此当为萧纲为晋安王出镇雍州时所写。此诗的色彩相较于《玄圃讲诗》的白、黑色系，显得较为缤纷活泼，而以相当华丽、热闹、壮盛的车驾排场开场（首三联），第四联则笔锋一转，描写清水涟漪映照绿柳，桃林掩映于春烟之景象，对偶工整，音韵和谐，间以藻饰，已初具唐人风神。这些话接在壮盛的车队之后，固为途中所见，但其深层底蕴，也可能为后面的说理张目，即春水、嫩柳、初桃，色彩缤纷，但凡所有相，皆是虚妄，执迷其中，正是缚于“六尘”，蒙蔽于“五缠”的原由。如今入寺听讲，则如顿入佛陀入灭的“鹤林”而有所悟，既有感惭于“四无碍智”，况侈言“三空”？末联表明其于求法至诚虚己的态度。这些造境正是“理感”下细腻观照的产物，使诗人能成功地驾驭各种意象，使其作有机地联系与转换。

五、南朝诗歌的集成：游寺系列

南朝佛教诗歌数量最多，内容也最丰富的大宗，当数“游寺诗”，这一类主题的诗歌之所以兴起，自与佛教的普及、寺宇林立有关，唐朝诗人杜牧曾有诗云：“南朝四百八十寺，多少楼台烟雨中。”（《江南春》）正是这种现象的写照。其实前面介绍的“受戒、忏悔诗”乃至“听经、解讲诗”等，因为都在寺宇的场域中发生，广义也都可以算是“游寺诗”，我们在主题上权且将它们略作区分，固然有介绍上的方便，但此处重点更在于“游观”的身心体验，也包括寺宇自然的与人文的情境想象与描写，是以游寺诗大抵包含了各种美感的元素，诚如释普慧所说的：

> 游佛寺诗歌这类作品，除了其中直接引用的佛语外，就其文学性和审美效果来看，在整个崇佛诗歌当中是最具文学价值的。这是因为，这类作品的歌咏对象大都是景、是物，虽然它们往往涂抹着一层浓厚的佛教色彩，然而一旦这些客体的景、物获得了独立的审美韵味和审美价值，紧紧吸引住了作者的审美注意力，与主体的审美情趣相契合后，就会闪现出诱人的艺术光彩和魅力。

也就是游佛寺诗具足了一般“传统文学”与“佛教文学”在人文、自然等游观题材方面所特有的元素，涉及自然题材的部分，借由日月星辰、云霞雾霭、池溪山涧、山川鸟兽、松柏梅竹乃至郊野丘壑、花草景致的铺垫；人文题材则如游寺所经历的佛寺地景，如殿宇建筑、道场、阁廊、层栱、幡旗、相轮、钟鼓、法器、香花、梵呗等的刻画，环绕着信仰供施、听经讲座、禅坐清修的人文活动，甚至在参拜时尚有羽旗、铙吹、旌旗、羽帐、金辂、龙骖等识别与象征，配合修道者的“叡心”“神襟”“神功”“睿镜”“睿属”“慧海”“幽心”之升华，从而在寺宇之环境、宗教氛围的建构下，此一宗教人文环境与自然山水，交织出宗教心灵的驰骋与感兴的空间，乃至游观之时，随着诗人的感悟，各种佛学名相，玄言、说理也不时地穿插其中，故“游寺诗”的成就，当可视为南朝佛教诗歌的集大成与最高境界。

整体统计了一下，南朝游寺诗至梁、陈间发展成熟，目前现存可考的，在梁代即有：萧衍《游钟山大爱敬寺》，萧统《和武帝游钟山大爱敬寺》，萧纲《望同泰寺浮图》《夜望浮图上相轮绝句》《往虎窟山寺诗》《游光宅寺应令》，王训、王台卿、庾信《奉和同泰寺浮图》，庾肩吾《咏同泰寺浮图诗》，王冏、鲍至、陆罩、王台卿、孔焘《奉和往虎窟山寺诗》，何逊《登禅冈寺望和虞记室诗》，刘孝先《和亡名法师秋夜草堂寺禅房月下诗》，阴铿《开善寺诗》《游巴陵空寺诗》，释洪偃《游钟山之开善定林息心宴坐引笔赋诗》等。

陈代则有陈后主《同江仆射游摄山栖霞寺》，江总《入摄山栖霞寺》《游摄山栖霞寺》《游虎丘山精舍》《陈江令往虎窟山寺》《入龙丘岩精舍》《明庆寺》《静卧栖霞寺房望徐祭酒》《五言摄山栖霞寺山房夜坐简徐祭酒周尚书并同游群彦》，徐孝克《仰同令君摄山栖霞寺山房夜坐六韵》，何处士《春日从将军游山寺》，沈炯《从游天中天寺应令》《同庾中庶肩吾周处士弘让游明庆寺》，徐伯阳《游钟山开善寺》等。

北朝的游寺诗今所见者数量极少，我们也会附带讨论，重点是南北地景之不同，也影响了诗歌风格、内涵表达上的差异。

大抵说来，游寺诗因内蕴丰厚，所以也包罗了各种可能的书写特性——或“记游”“记事”“写景”，或“说理”以叙人生怀抱，抒发禅意，或兼“咏怀”，偶亦“抒情”，各诗成分偏重不一，端视创作主体的需求与创作情况而定。从客观的因素来看，寺宇的地址、标记、立寺之背景，乃至其自然、人文环境甚至历史情境的殊异，或游寺的时空、目的、缘起不同，都足以影响到参与朝圣行动的象征意义与诗人书写的内容取向，不可一概而论。举例来说，萧衍《游钟山大爱敬寺》是南北朝游寺诗最长的诗句，共二七联，五四句，长达十七联句之说理，其中只有十联的写景，这是皇帝菩萨萧衍游钟山大爱敬寺后所写，“大爱敬寺”乃其报答父母之恩追荐祈福所建，故述其人生观之说理甚多。萧纲的《往虎窟山寺诗》则以咏物写景，清丽而细腻，说理成分减少，另一首《望同泰寺浮图》则铺陈寺宇的伟大，佛理只占两联；陈朝的江总则学“康乐体”，借由跋山涉水之身体实践，“极貌以写物”的技巧，融山水、佛学为一体，间有个人性色彩较为浓厚的咏怀成分，使得“情感”与“理感”交映，陈后主及诸名士与之相和，亦多写景；此外，刘孝先、阴铿、何逊、释洪偃等诗亦极少理语。我们可以看出这中间“理”句渐少、或与“景”句充分融合的趋势。从南朝佛教诗歌的发展来看，游寺诗已发展出在写景中“写意”的风格，诗人驾轻就熟地出入于各等自然或人文意象的铺陈、嫁接中，从而赋予个中“禅意”的想象，并不是生硬硬的理语堆积，相对于早期或某些诗歌中“言理”与“写景”之间缺乏有机的联系，使得诗歌在结构与流畅度上显得生涩的情况，也渐有改善。

“游寺诗”的另一个形式特色，即是同题共作，或应制而作，也就是群体唱和，这说出宗教游观有其群体性，当宗教活动成为一种集体行动，除了引领文化风尚，从此也带动了文士与宗教在各领域上的交涉发展，梁、陈诗人皆有此例。梁代最有名的例子，即是萧纲的诸首同题共作的诗，陈代的代表则是江总。

（一）自然山水与寺宇合一的游观

萧纲的《往虎窟山寺诗》《望同泰寺浮图》，分别是当代同题共作形态上的佳作，后者是以远望、瞻仰的角度观看同泰寺，前者则是在实际的游历中享受山林自然与禅意的洗礼。从这些奉和的诗作中，我们大概可以发现当代士人在游寺时，他们身、心感受的着重点为何，总体而言，乃寺宇的地景与自然山水已充分协调，融和为一体，反映在诗歌上，如萧纲《往虎窟山寺诗》：

尘中喧虑积，物外众情捐。兹地信爽垲，墟垄暖阡绵。蔼蔼车徒迈，飘飘旌旄悬。细松斜绕径，峻岭半藏天。古树无枝叶，荒郊多野烟。分花出黄鸟，挂石下清泉。蓊郁均双树，清虚类八禅。栖神紫台上，纵意白云边。徒然嗟小药，何由齐大年？

首句点明游寺的动机，是为了摆脱、涤除内心的杂念烦恼，而虎窟山位于南徐州兰陵郡丹徒县境，“兹地信爽垲，墟垄暖阡绵”，地势爽朗干燥，草木连绵丰茂，正是诗人此行向往之地。“蔼蔼车徒迈，飘飘旌旄悬”，随着浩浩荡荡的车驾一路往上。“细松斜绕径，峻岭半藏天”，沿途既见细松挺拔，陡生于弯斜的山径，峻岭半遮天际。而古树、荒郊之静谧与花丛中扑飞而出黄鸟，悬岩下的瀑流清泉，都足具美感与诗意，尤其“分花出黄鸟，挂石下清泉”一语，受到明清诗评家陆时雍的称赞，也是本诗的佳句。“蓊郁均双树，清虚类八禅”以后，则意谓诗人游寺的体悟。“双树”乃娑罗双树，此花是释迦牟尼佛涅槃入灭时，飘落于佛陀身上覆盖佛身的花朵，南朝诗文屡用之，俨已有圣化之象征；“八禅”则意谓八解脱。经由一段垂直向上的朝圣历程，诗人此时神意清虚，豁然开朗，“栖神紫台上，纵意白云边”，如同栖息于仙乡、白云畔般纵意逍遥，从而发出“徒然嗟小药，何由齐大年”的感慨：认为若不明佛理，则一切丹药、养生或长寿也都枉然了。整体看来，全诗通过游寺之所见，借着“游观”营造出一种幽深旷远、空心澄虑的意境，其咏物、写景实亦为写意，正乃“虚灵主体”体验抒发的说明，其间之禅意、诗意交融，可视为一首成功的禅意入诗而美感十足的作品。

奉和之作，在内容上甚至结构上多相互呼应，说出这些群体创作，是在共同游观与彼此观看中完成的，只是各人笔触轻重不一，如针对萧纲“分花出黄鸟”一句，王冏则有“野花夺人眼，山莺纷可喜”之对，写来较为平板。其他的作品亦有如王台卿“丛花临回砌，分流绕曲墀”，鲍至“短叶生乔树，疏花发早条”“远峰带云没，流烟杂雨飘”，陆罩“乔枝隐修径，曲涧聚轻流。徘徊花草合，浏亮鸟声遒”，孔焘“苹荇缘涧壑，萝葛蔓松楠。莺林响初啭，春畦翠欲含”则意象组合较丰富。这些诗作对于山水自然景色的描写，比起佛理更有分量也更为出色，即或笔触较为朴质平板的王冏也有“风景共鲜华，水石相辉媚”之语。这也说明游寺诗是将山水与寺宇地景的游观混视不分的，而从王台卿“飞梁通涧道，架宇接山基”一语也可以看出，寺宇造构之形制缘山水之势而建的事实。

（二）寺宇地景的帝国想象

萧纲的《望同泰寺浮图》则是寺宇凝视之作的代表。在文学史上，萧纲以“宫体诗”闻名，历来诗评家皆针对齐、梁以来类似之诗风而有“艳薄斯极”（孟棨）、“滞色腻情”（陆时雍）、“体气卑弱”（贺贻孙）等负评，《南史》也评其“伤于轻艳”。不过，如果把它一系列的佛理诗作也拿进来看，或许我们可以改写或转变这种看法，甚至它们都可以视为6世纪兴起的一种“观照诗学”（田晓菲）的产物，随着5世纪后半咏物诗的流行而普及于宫廷写作中。

不同于咏物的微观，《望同泰寺浮图》则表现为一种遥“望”的远观，在此中驰骋其宗教与政治之双重世界观的想象：

> 遥看官佛图，带壁复垂珠。烛银逾汉汝，宝铎迈昆吾。日起光芒散，风吟宫徵殊。露落盘恒满，桐生凤引雏。飞幡杂晚虹，画鸟狎晨凫。梵世陵空下，应真蔽景趋。帝马咸千辔，天衣尽六铢。意乐开长表，多宝现金躯。能令苦海渡，复使慢山逾。愿能同四忍，长当出九居。

话说梁武帝所居住台城的北边乃大通门，与同泰寺之南门相对，“同泰”与“大通”取其反语相协，“同泰”反切为“大”，“大通”反切为“同”。同泰寺的规划既模仿宫城，同时也取法佛教的宇宙观，则此寺之立，不只是神圣的宗教世界，也与另一重人间政治的时空相叠，颇与萧衍“皇帝菩萨”的身分相应，而有“政、教合一”的意涵。故前三联句，乃在远眺中称颂同泰寺的地位，诗人在描写同泰寺“带壁”“垂珠”“烛银”“宝铎”的金碧辉煌下，除了标榜佛光广被，也隐含着借此以突破传统的政治地界，故云“烛银逾汉汝，宝铎迈昆吾”，意谓同泰寺的烛光可以普照至汉水与汝水，而佛寺所悬之大铃，其声响彻八方，及于“昆吾”（蓝田），意谓由寺而发之佛光普照，普及四方，无南北之差，故在“梵世陵空下”，此寺成为所有出家人之向往归趋，也成为权贵（帝马）往来之地。借着此寺，所表明的是梁朝佛国盛世的象征，佛陀传法话语权之中心，是以这种观看，已不只是咏物描摹的凝视，更夹带着游观中界域驰骋的想象。即或如四、五联句所描写的露盘、飞幡、画鸟（旃），这是本诗最接近写景性质的句子，也难免有“桐生凤引雏”的连类，所以比较起来，它的隐喻性是更高的。

诸陪侍文臣似乎也看出了萧纲之意，亦有性质相近之唱和，如庾信《奉和同泰寺浮图》：“岧岧凌太清，照殿比东京。”东京，洛阳也；佛法广被于太清之域，遑论中原大地。庾肩吾的奉和：“望园临奈苑，王城对邺宫。还从飞阁内，遥见崛山中。”“奈苑”，即“奈园”，出自《维摩诘经·佛国品》；“邺宫”即曹魏之邺城；“崛山”即“灵鹫山”，这又是另一重以历史上的京城，结合佛教圣山、圣地标记地理的方式来应和，连带地将同泰寺形容成高大、伟大的建筑。如王训：“王门虽八达，露塔复千寻。重栌出汉表，层栱冒云心。昆山雕润玉，丽水莹明金。”“王门”与“露塔”相应，寺宇的崇高，不下于王门的广大，它是帝国各地宝石所雕砌而成。又如庾肩吾：“天衣疑拂石，凤翅欲凌空。”王台卿：“积栱承雕桷，高檐挂珠网……晨雾半层生，飞幡接云上。游蜺不敢息，翔鹍讵能仰。”庾信更说：

> 长影临双阙，高层出九城，栱积行云碍，幡摇度鸟惊……虽连博望苑，还接银沙城。天香下桂殿，仙梵入伊笙。

如果虎窟山寺是清丽，同泰寺则是壮丽，其高台上的楼观，层栱高到连行云都为之阻碍，幡旗之动也令途经的飞鸟惊讶，它的高度在京城的九门之上。除了高耸直立，亦有连及“博望苑”“银沙城”之“广”，如入梵仙之境。从技巧来看，这些诗歌对于寺宇的景观运用大量笔墨，以夸张、比拟、对仗、联想等方式铺写，打开了读者“望”的眼界。

（三）无“理”语而禅意自见——“理感”下的意象与造境

寺宇在南北朝的发达，毋宁提供了传统诗人更多创作上的触媒，不但促成虚灵主体“理感”观照、禅意抒发的兴起，从另一方面来看，也是“抒情传统”的转化或扩张，从整体的趋势来看，许多诗歌说理成分渐少，但禅意却不减，甚至可以寓禅意于写景，而不留痕迹，佛寺作为与自然山水融合为一的审美对象，在美感层次上也愈发提升。如阴铿（511—563年）《开善寺诗》并无明显的崇佛、礼佛描写，亦无佛理，却先以佛寺园林为主要背景，作为其游目骋怀的媒介，如：

鹫岭春光遍，王城野望通。登临情不极，萧散趣无穷。莺随入户树，花逐下山风。栋里归云白，窗外落晖红。古石何年卧，枯树几春空。淹留惜未及，幽桂在芳丛。

全诗以“鹫岭”点题，由望眼满山春光、飞花舞于清风之热闹场景所生之“情不极”“趣无穷”开始，随着暮色渐起而转趋低调、沉寂、静谧，“栋里”一联描写白云悠悠归来，寺宇窗外夕照落地，乃一转折，而后“古石”“枯树”一联，乃任凭古今时空来去，所见亦如如，动中有静，禅意乍见。末联诗人自谓淹留未及，从林中氤氲、传荡而来的桂香，却给了诗人最美好而永恒的回忆。

刘孝先《和亡名法师秋夜草堂寺禅房月下诗》：

幽人住山北，月上照山东。洞户临松径，虚窗隐竹丛。山林避炎影，步径逐凉风。平云断高岫，长河隔净空。数萤流暗草，一鸟宿疏桐。兴逸烟宵上，神闲宇宙中。还思城阙下，何异处樊笼。

本诗虽描写僧人禅居生活，但没有生硬的说理，而是通过写景以喻“禅境”，全诗看似未以佛语入句，然幽人（亡名法师）的禅居生活，其脱俗出尘与淡泊闲定之情，借由秋夜月色的朗照自然浮现。诗中如松径所经之深邃门户，虚窗掩映于竹林间，乃至远山高出云天，银河净明澄澈，萤火虫明灭穿梭，鸟儿休憩在稀疏的梧桐枝头等，这些夜色的描写，都是诗人“神闲宇宙中”的最好批注，也不禁令读者有静谧安闲、清凉自在之感。沈炯《同庚中庶肩吾周处士弘让游明庆寺》：

鹫岭三层塔，庵园一讲堂。驯鸟逐饭磬，狎兽绕禅床。
摘菊山无酒，然松夜有香。幸得同高胜，于此莹心王。

首联写明庆寺建筑，次联写人与鸟兽亲和而不相妨，三联则以摘菊、燃松说寺宇生活，“无酒”隐喻戒律森严，“有香”则有法喜遍处之感，是故诗人庆幸能在此体悟殊胜，让心灵得到净化。全诗虽无一字写人，但僧人之慈悲感化，却也跃然纸上；全诗无一句说理，但理境自陈，让人悟理于无形，此俨然已是以禅意作诗。

徐伯阳《游钟山开善寺》：

聊追邺城友，躧步出兰宫。法侣殊人世，天花异俗中。
鸟声不测处，松吟未觉风。此时超爱网，还复洗尘蒙。

邺城，乃曹魏京城，代指京都建康。前两句写诗人追随朋友离京出游之所感。第二联后句以《维摩诘经・观众生品》之“天女散花”比喻佛寺之物色，有异于俗域，“鸟声不测处，松吟未觉风”此句最有禅意，意谓置身佛地，鸟声松吟，不觉自来，但闻声响，不见实相，此乃唐朝诗人王维“空山不见人，但闻人语响”之先声。由此可证唐、宋人以写景造景表现理趣的风气，当自南朝起。

（四）江总的游寺咏怀

江总（519—594 年）现存的游寺诗为数不少，大多为其晚年的创作，尤其所撰写一系列“游栖霞寺”系列的作品，值得注意，此间亦多与帝王、文人共相唱和。总其游寺诗，有两大特色，一是自觉仿效“康乐体”，回归山水自然的身体实践；二是信仰之理观与个人际遇之相互纠葛，且随着陈末家国兴亡，当代文士之诗作浮艳之色渐洗，而时有悲凉之音与世事沧桑的孤独感。关于前一点，如《游摄山栖霞寺》：

霡霂时雨霁，清和孟夏肇。栖宿绿野中，登顿丹霞杪。敬仰高人德，抗志尘物表。三空豁已悟，万有一何小。始终情所寄，冥期谅不少。荷衣步林泉，麦气凉昏晓。乘风面泠泠，候月临皎皎。烟崖憩古石，云路排征鸟。披径怜森沉，攀条惜杳袅。平生忘是非，朽谢岂矜矫。五净自此涉，六尘庶无扰。

据诗序称，此诗作于祯明元年（587年），太岁丁未，四月十九日癸亥，入摄山展敬慧布法师所作，一如谢灵运礼敬昙隆道人亦有诗作。借由“栖宿”、“登顿”（上下、行止）、“步林泉”、“披径”、“攀条”，贴近山水自然的行履来远离俗尘，接受“五净天”的洗礼，这也与首联孟夏黄昏微雨霁朗的气候相应。基本上无论是涉足林泉，麦气清新扑来，乘着拂面的凉风以候视皎月，这首诗歌所反映的身心感知都有相当清凉宜人的一面，“烟崖憩古石，云路排征鸟”尤为佳句，令人同感求道之自得怡乐，算是“理感”取胜，不愧是成功的“大谢”仿作。

至于后者，如《入摄山栖霞寺》：

净心抱冰雪，暮齿迫桑榆。太息波川迅，悲哉人世拘。岁华皆采获，冬晚共严枯。濯流济八水，开襟入四衢。兹山灵妙合，当与天地俱。石濑乍深浅，崖烟递有无。缺碑横古隧，盘木卧荒途。行行备履历，步步蹸巌纡。高僧迹共远，胜地心相符。樵隐各有得，丹青独不渝。遗风伫芳桂，比德喻生刍。寄言长往客，凄然伤鄙夫。

就诗前自序推估，江总写此诗时，已六十七岁，故有“暮齿迫桑榆”之悲叹。前三联句皆慨时光飞逝，青春不再；中间四至九联言山途所经，如同济渡天竺之“八水”（印度八大河）、进入“四圣谛”之衢，而见山之灵妙，与天地俱永。“石濑”“崖烟”“缺碑”“古隧”“盘木”“荒途”，皆一路行来所见，既有路途荒远而艰辛的意味，亦有些许纵横古今、世事沧桑之感。诗人表明哲人典范虽日远，但以摄山作为美地而安居的意念却无分古今，从而表露对先贤的缅怀。基本上江总在这些诗作中，多反映了对隐逸高蹈的向往，间杂着世事沧桑的感触，特别是“栖霞寺”，乃南齐永明七年（489年），文人明僧绍舍宅所建，后成为江南“三论宗”的发源地，如僧朗曾于此大弘三论教义，故栖霞寺正是梁、陈时期的义学中心，文人、名士、僧人雅集之所，它曾经辉煌一世，但江总暮年，哲人日远，当其写作此诗时，栖霞寺徒留先哲，如僧朗、僧诠、居士明僧绍、萧视素画像，供后人凭吊怀念，故本诗末联以凄然感伤作结，这样一来，诗作中铺陈最多的“摄山的荒途”，于是也成为了诗人“末世情怀”的一部分。

从南朝佛教诗歌的发展来看，江总的游寺诗，在虚灵主体之外，又兼有个人之抒情、咏怀，也免不了某种枯寂黯然的“末世意象”，与他唱和的诗作自然亦不免如此，如陈后主《同江仆射游摄山栖霞寺》“摧残枯树影，零落古藤阴。霜村夜乌去，风路寒猿吟”，带给人清一色的枯寂、荒凉、摧残、零落、清寒之感，末句“自可寻出俗，讵是欲抽簪”，则以质问对方是否真要归隐作结，显然话语权并不在这位末代君王身上。江总是陈后主的臣子，官至尚书令，故世称“江令”，居此总宰之权，却不持政务，日日与后主游宴后庭，由是国政日颓，纲纪不立，直至被隋所灭。他的某些“游寺诗”在这当中，呈现了复杂而纠结的心境，如《入龙丘岩精舍》：

> 法堂犹集雁，仙竹几成龙。聊承丹桂馥，远视白云峰。风窗穿石窦，月牖拂霜松。暗谷留征鸟，空林彻夜钟。阴崖未辨色，叠树岂知重。溘此哀时命，吁嗟世不容。无由访詹尹，何去复何从。

这当中如三、四联句写得禅意十足，意谓山风流动于风窗、石穴之间，使得霜松也通过月照在窗上留下摇曳之姿影，幽谷中征鸟留憩，山林中寺钟回响，更显山寺幽深静谧，诗人于此可谓下笔传神，而后句“阴崖未辨色，叠树岂知重”，本来也可以隐喻诗人顿入空寂深邃之境，但从末二联之归结来看，却又以陷入“哀时命”的情绪中，以“何去复何从”之无所皈依感作结，这使得前句“阴崖”的黑暗，从“理感”的至寂中滑转而出，成为诗人心中挥之不去的阴影投射。再如《明庆寺》也相似，描写在“幽崖耸绝壁，洞穴泻飞泉”“山阶步皎月，涧户听凉蝉”的胜景中，而有“金河知证果，石室乃安禅”的心境，诗人于此却亦悟“市朝沾草露，淮海作桑田”的无常，后终有“何言望钟岭，更复切秦川”的慨叹。也就是说，江总的游寺诗往往不经意地呈现出某种情境上的矛盾，如他在俗世中的位望愈高，归隐之情愈笃：“君思北阙驾，我惜东都冠。”（《五言摄山栖霞寺山房夜坐简徐祭酒周尚书并同游群彦》）“通简避人物，偃息还山林。”（《至德二年十一月十二日界（升）德施山斋三宿决定罪福忏悔》）从而依违于“情感”与“理感”的纠葛之间，既不时有禅意的铸炼，却也不时地悲叹际遇，颇有“理”愈悟而现实之反照愈愁怅之感，如《五言摄山栖霞寺山房夜坐简徐祭酒周尚书并同游群彦》以“澡身事珠戒”起头，以“翻愁夜钟尽，同志不盘桓”结尾；《静卧栖霞寺房望徐祭酒》先有“树声非有意，禽戏似忘怀”的理语，后却更以“故人市朝狎，心期林壑乖。唯怜对芳杜，可以为吾侪”作结，此中的孤独感、失落感是可想而知的。

（五）北朝的游寺诗

北朝佛教的发展，与南朝一样兴盛，而北朝的佛寺数量之多，亦并不亚于南朝，但游寺诗的数量却少很多，这或许与北朝较为保守朴实的学风有关，自然在文艺创作的风气上，乃至审美意识的醒觉上，北朝的表现较不如南朝，甚至北朝的某些文风与士风还有赖于北徙南人之带动，这也反映在佛教文学的写作上。从文献史料来看，萧悫入北齐所写作的《和崔侍中从驾经山寺》，大概是今存可见的北朝游寺诗歌之首作：

> 钩陈夜警徼，河汉晓参横。游骑腾文马，前驱转翠旌。野禽喧曙色，山树动秋声。云表金轮见，岩端画栱明。塔疑从地涌，盖似积香成。泉高下溜急，松古上枝平。仪台多壮思，丽藻蔚缘情。自嗤非照庑，何以继连城。

本诗乃随驾游寺所作，前两联表明起驾出游的时间，壮盛的皇家行伍于未破晓时即整装待发，随着野禽啼鸣，曙光渐开，沿途秋风吹动着山树摇曳作响，远方的塔寺金轮渐渐映入视线。第五联的“从地涌”“积香成”，或有可能引用自《妙法莲华经·从地涌出品》与《维摩诘经·香积佛品》："有国名众香，佛号香积"的典故，把从地界中渐浮现于眼前的塔寺，艺术效果的点化，着实是很特别的。由南入北的庾信亦有《和从驾登云居寺塔》：

> 重峦千仞塔，危磴九层台。石关恒逆上，山梁乍斗回。阶下云峰出，窗前风洞开。隔岭钟声度，中天梵响来。平时欣侍从，于此暂徘徊。

此诗乃奉和赵王从驾登览之作，首联形容寺塔之危耸，石阶梯道之长，亦犹如门关的巨石夹道，斗状曲折，逆着山势而立，更显攀登之难（二联）。随着诗人一行愈登愈高，远望四围的云峰，仿佛就踏在阶下，风吹进窗里，使高塔犹如风洞，本联描状塔寺兀出于群峰环绕之势，"风洞开"一语，似乎令人有某种无依凭掩映之感，在此情况下，更衬显出钟声来回传度荡漾，仿佛梵音天响，使人流连徘徊（末二联）。从这首诗歌，我们可以感受到北朝塔寺地景的独特，这种独特也可以从北齐卢思道《从驾经大慈照寺诗》中得见：

> 玄风冠东户，内范轶西陵。大川开宝匣，福地下金绳。绣栭高可映，画栱叠相承。日驭非难假，云师本易凭。阳室疑停燧，阴轩类鉴冰。迥题飞星没，长楣宿露凝。旌门曙光转，辇道夕云蒸。山祇效灵物，水若荐休征。薄命叨恩纪，微躯窃自陵。优游徒可恃，周赉永难胜。

此诗乃卢思道（535—586年）随圣驾至大慈照寺参拜所写，卢诗向以气势取胜，他的游寺诗亦然，诗中对于北齐佛教的兴盛（首联），寺宇的恢宏高大有所咏赞（三、四联），配合天宽地阔的场景而显大器，"大川开宝匣，福地下金绳"，就是一个在地理界域上，坐标清楚、和盘托出的描写，此处"金绳"所用的是《法华经》"离垢地"，以黄金为界的典故；"日驭非难假，云师本易凭"，说出此寺形制之高耸，仿佛日头、飞云皆依凭之而起，也与帝王出巡的旗帜、车驾之盛相辉映。整体读来，我们所看到的是大慈照寺附近高广而旷远的地貌，这当中并无任何迂曲、幽深的山水掩映，甚至出现了“阳室”“阴轩”——一燠热，一寒冷，也就是禅房方位是“向阳”或“背阳”所呈现光影视觉与温度感受鲜明之切割对比。

整体来看，除了萧纲的《望同泰寺浮图》也有类似的格局外，南朝的游寺诗大抵多与江南特殊之山水自然，诸如石、洞、崖、池溪、山涧、松、竹、树藤、花草、浮云、云霞、雾霭、飞鸟等相结合，从而构成一幅幅清丽、幽深、静谧的场景；北朝诗歌则显天宽地阔、天地开阖之气象，这当中自有南、北地景乃至水土、风候之差异。值得注意的是，佛理的成分，在北朝的相关作品中更是极少的，北齐之萧悫、卢思道固已如此，北周另一位南来的诗人王褒《云居寺高顶》：

中峰云已合，绝顶日犹晴。邑居随望近，风烟对眼生。

本诗也是着眼于登顶前后之景，从半山腰的云雾缭绕，到登顶后一片光华四布，晴空如洗，眼目所及，有邑居民舍，风烟时起。“云居寺”系北周太祖宇文泰（507—556年）为释昙延于中朝山（太行山百梯寺西）所立，所以诗中大开大阖的视觉，旷远豁达的意象，正是此处风土地理之写照。以上诸首游寺诗，皆少言佛理，尤其王褒纯以写景为主，却令人胸次开阔，从而引人高度的审美愉悦，不多说理，在景物观照中实相自见，这或许是游寺诗为文学所带来另一番境界。

六、永明声律论与齐梁体

就诗风发展而论，如果说晋、宋时期的山水诗多追求辞藻之美、用典、排偶，极力摹描山水景物，而多了“繁密”“典重”，至南齐时期则因“声律说”的提出，而转为声调优美，清丽而流畅，此与佛教的转读、梵呗有关。从刘宋时期开始，建康地区就有许多“善声沙门”，以其咏经、歌赞的优美声调而受到注意；南齐永明时期，竟陵王萧子良聚集了这些善声沙门，造经呗新声，以“考文审音”，他们模拟佛经转读，发现了“四声”，幕下的文人如沈约因而撰《四声谱》，周颙撰《四声切韵》，于是应用到诗歌的创作上，着重音韵的轻重错落，一句之间，“浮声”（平）、“切响”（仄）相间，在诵读时产生抑扬顿挫的美感，经过沈约、王融、谢朓等人的提倡与实践，声律说也一时成为士人景慕的风气，这对日后近体诗格律的产生有奠基的贡献。

永明声律论，是中国文学史上的一件大事，是佛教影响唐代格律诗的关键，我们可以说，六朝时期诗歌形式上最大进步就是声律的逐步成熟。《高僧传》卷十三《释僧辩传》记载：

永明七年二月十九日，司徒竟陵文宣王梦于佛前咏《维摩》一契，因声发而觉，即起至佛堂中，还如梦中法，更咏《古维摩》一契，便觉韵声流好，著工恒日。明旦即集京师善声沙门龙光普智、新安道兴、多宝慧忍、天保超胜及僧辩等，集第作声。

陈寅恪先生《四声三问》说，这次的审音造声活动，对于中古诗歌声律的进展有关键性的意义。可见，佛教对于六朝诗歌不仅有内容、类型方面的影响，在诗歌语言声韵与体制形式方面的作用可能更大。

《南史·陆厥传》说：“五字之中，音韵悉异，两句之内，角徵不同，不可增减，世呼为永明体。”因着永明声律论的考究，南北朝时代成为中国古代格律诗和诗歌格律形成的时期。利用字声平仄的交互应用而构成了一种自别于古风（古体诗）的新的诗体，即永明体，或称齐梁体。这种诗体若从声律结构上细加分析，则可归纳为三类：粘式结构、对式结构和粘对混合式结构。其中，粘式结构即后来所说的近体诗的声律结构，古人是将其包括在齐梁体中的，例如日僧弘法大师在《文镜秘府论·天卷》中曾撰有《齐梁调诗》一节，所举诗例就包括了粘对合格的五绝和五律。这种“齐梁体”诗，实际上也是粘对合律的近体诗，与入唐之后逐渐严整的格律诗体极为接近，仍然为唐代诗人所沿用。例如王融《临高台》：

游人欲骋望，积步上高台。井莲当夏吐，窗桂逐秋开。
花飞低不入，鸟散远时来。还看云阵影，含月共徘徊。

这首诗各联都是律联，各个律联之间都是对而不粘的，也就是由同一个律联（平平平仄仄，仄仄仄平平）重叠三次而成的。所以，这是一首对式五律。又如谢朓《同王主簿有所思》：

佳期期未归，望望下鸣机。徘徊东陌上，月出行人稀。

这是一首对式五绝，由两个相近的律联叠合而成的。前一联是“仄平平仄平，仄仄仄平平”，属于BA式结构；后一联是“平平平仄仄，仄仄平平平”，属于bA式结构。BA式和bA式是两个相近的律联。

七、佛教与宫体诗的关系

尽管梁陈“宫体”文学的形成和发展，受到多种文化思想因素的影响，无可否认地，其中也存在着佛教文化的因子。唐人反思的梁陈“宫体”，其主要特征是“彩丽竞繁”（陈子昂《修竹篇序》），是“转拘声韵，弥尚丽靡”（《梁书·庾肩吾传》）的，这在萧纲当时，正是竭力追求文学新变的努力。文献上有几条记载：

（徐）摛幼而好学，及长，遍览经史。属文好为新变，不拘旧体。……摛文体既别，春坊尽学之，“宫体”之号，自斯而起。（《梁书·徐摛传》）

梁简文之在东宫，亦好篇什，清辞巧制，止乎衽席之间；雕琢蔓藻，思极闺闱之内。后生好事，递相仿习，朝野纷纷，号为“宫体”。（《隋书·经籍志》）

梁简文帝为太子，好作艳诗，境内化之，浸以成俗，谓之“宫体”。（《大唐新语·公直第五》）

可见诸家对“宫体”文学的特征，一致视为轻艳、绮靡、雕琢，描写对象限闺闱女性的艳体文学。释普慧《中古佛教文学研究》指出，萧纲入东宫后，大力提倡艳情文学，其幕僚徐摛、庾肩吾推波助澜，湘东王萧绎也遥相呼应。至陈，徐陵、张正见、江总等相继努力，使艳情文学成为梁陈文坛的主流。有趣的是，以上人物均为崇佛文人。崇佛持戒与创作艳情文学二者合于一体，构成了尖锐的矛盾。如果我们能探究造成这种矛盾的原因和实质，就能解释梁陈宫体文学与佛教的关系。释普慧认为这与天竺的生殖崇拜文化有关，天竺这种生殖崇拜文化在佛教创立之后，已强力渗透在佛教之中。例如《方广大庄严经》极力渲染宫女的妖艳，描摹摩耶夫人的服饰、体态、姿势、容貌、动作、表情等。又如马鸣菩萨《佛所行赞·离欲品》描写太子入园林，众女各尽妖姿取悦太子，太子不动声色，众婇女又施展招数：

> 或为整衣服，或为洗手足，或以香涂身，或以华严饰，或为贯璎珞，或有扶抱身，或为安枕席，或倾身密语，或世俗调戏，或说众欲事，或作诸欲形，规以动其心。

如此充满浓烈艳情的佛教诗作，在佛经中颇为常见。《方广大庄严经·降魔品》中写到波旬（Pāpīyas）魔女以淫欲媚惑佛陀时，竟一口气描绘了她们的三十二种媚态。同样的内容，在竺法护译的《普曜经·降魔品》中也有细致的描绘。可见，佛教为突显修行人的法力与道心，不惜以妖媚艳冶的描写来补托映衬。

萧衍登基后，大力宣扬佛教，以摒除奢侈浮艳，改华林园为佛事道场，帝王带头受菩萨戒，也要求王侯子弟受佛戒。以艳情为主的宫体诗在梁代诸帝王来说，是“吟咏风谣”（《金楼子·立言九下》）、“文章且须放荡”（萧纲《诫当阳公大心书》）的事，也是“色欲空相”的自我观照。萧纲《和湘东王名士悦倾城诗》云：

> 美人称绝世，丽色譬花丛。虽居李城北，住在宋家东。教歌公主第，学舞汉成宫。多游淇水上，好在凤楼中。履高疑上砌，裾开特畏风。衫轻见跳脱，珠概杂青虫。垂丝绕帷幔，落日度房栊。妆窗隔柳色，

井水照桃红。非怜江浦佩，羞使春闺空。

此诗对照《佛所行赞·离欲品》来看，艺术手法与佛教精神确实有会通处。然而，宫体文学中的艳情诗赋并不一定都是表现佛教思想，让人对女色作不净观，或说明人间欲爱欢乐是虚幻不实的，有许多作品还是以欣赏和赞美的口吻来描写女性或男女之艳情的。例如萧纲的《咏内人昼眠》香艳肉麻;《娈童》则几近变态，全然无法体现佛教意义。反不如萧衍《欢闻歌》其一："艳艳金楼女，心如玉池莲；持底报郎恩，俱期游梵天。"能写离欲登天的佛教意涵，又兼能传达南朝吴歌西曲情调。

（纪志昌）

第九章　南北朝佛教骈散文

在以骈文盛行的南北朝，佛教散文的特点也未脱当代“丽句与深采并流，偶意共逸韵俱发”（《文心雕龙·丽辞》）的文学趋势，连僧侣之徒也多有文辞盛名。东晋以来，《高僧传》谓释慧远（334—416年）：“善属文章，辞气清雅，席上谈吐，精义简要。加以容仪端整，风彩洒落，故图像于寺，遐迩式瞻。所著论、序、铭、赞、诗、书，集为十卷、五十余篇，见重于世。”且还与谢灵运（385—433年）、陶渊明（365—427年）、颜延之（384—456年）、雷次宗（386—448年）等著名文人有密切往来。《宋书》卷七十一《徐湛之传》也有：“时有沙门释惠休，善属文，辞采绮艳，湛之与之甚厚。世祖命使还俗。本姓汤，位至扬州从事史。”可见，南北朝佛教文学作品仍以“藻思绮合，清丽千眠，炳若缛绣，凄若繁弦”（陆机《文赋》）的文学风格为主流。以下将就几类主题的作品，进行介绍。

一、颂佛与礼赞文

南北朝无论士庶，对于敬佛、礼佛，以求增福田与功德，均乐此不疲，如萧道成（427—482年）次子齐豫章王萧嶷（444—492年）在临终遗令中即说：“后堂楼可安佛，供养外国二僧，余皆如旧。与汝游戏后堂船乘、吾所乘牛马，送二宫及司徒。服饰衣裘，悉为功德。”（《南齐书》卷二十二《豫章文献王传》）萧嶷除提供部分自宅改建佛堂供养僧人之外，还提及将捐舍蕴，迹为流溺梁。英姿秀干竺，名播赤县乡。神化诡俗网，玄罗挚游方。丘岩积陈疴，长驱幸玉堂。汲引兴有待，冥归无尽场。戢翼栖高嵎，凌风振奇芳。《月光童子赞》

此组诗赞未有序言，未能确切得知施用场合与方式，然此五言体诗赞，若套用可合乎五言体的曲调，即能作为声诗演唱，故能视为可歌之诗赞。而北魏昙鸾作《赞阿弥陀佛偈》可说是现存最早明确作为法事运用的诗赞歌集，此后或以此集为基础，或另开体制而有许多诗赞歌偈丛集诞生，特别是净土赞歌集，例如唐善导集记《转经行道愿往生净土法事赞》《安乐行道转经愿生净土法事赞》《往生礼赞偈》《依观经等明般舟三昧行道往生赞》，智升《集诸经礼忏仪》，法照《净土五会念佛略法事仪赞》等，使诗赞歌偈的制作与应用推上空前盛况。故以下即依此脉络作解析说明。

（一）北魏昙鸾《赞阿弥陀佛偈》

北朝佛教虽历经北魏太武帝、北周武帝灭佛，但是提倡佛教的帝后更多，从北魏孝文帝、宣武帝、胡太后，到西魏文帝、北齐文宣帝、北周明帝，皆使佛教的发展迈入兴盛之局。而众多译经师昙摩流支、菩提流支、勒那摩提、佛陀扇多持续前来，促进经论与宗派的传播及发展。而适应礼拜、忏悔法事的诗赞歌偈也在这样的环境中，逐渐发展起来，不仅成为佛教在具体宗教实践中的应用文学，也让诗赞歌偈的表现更丰富。特别是重视念佛求往生的净土法门，诗赞歌偈具有引导礼拜忏悔、念佛共修的作用，是法事不可缺少的部分。而依照传世文献，目前可见有北魏昙鸾《赞阿弥陀佛偈》，可以称得上是后世念佛礼赞偈之祖，对于诸多礼忏法事亦具有影响力，值得注意。

昙鸾（476—542年），雁门人（今山西代县），生于北魏孝文帝承明元年，依据唐道宣《续高僧传》的描述，幼年因家近五台山，经常听闻许多灵异事迹，还未达志学之龄，就往寻览遗踪，“心神欢悦便即出家”，之后潜读各种经论，然而读《大集经》时却感到词义深密难以开悟，就开始着手撰写注释，其间却得到“气疾”只好停笔。进而出门寻医治疗，渐感生命短促，觉得若未得长生，恐怕难以持续修习佛法，于是决定先学长生之术，甚至前往南朝向陶弘景求学仙术，至陶氏授以“仙经”。后来在返程中，在洛阳遇到菩提流支，点醒他认清所得仙术的性质是“纵得长年少时不死，终更轮回三有耳”，更授以《观无量寿经》，并指出此乃方为解脱生死之“大仙方”。昙鸾遂焚烧“仙经”，自是以修习、弘传净土为职志。果然有许多民众皈依，甚至东魏孝静帝尊称他为“神鸾”，先后奉敕住于并州大寺，又移住汾州北山石壁玄中寺，并经常前往“介山之阴，聚徒蒸业”，说法之处称号为“鸾公岩”，至东魏兴和四年圆寂。关于昙鸾的著作，在《续高僧传》有如是的描述：

……然鸾神宇高远机变无方，言晤不思动与事会，调心练气对病识缘，名满魏都，用为方轨，因出《调气论》，又著作郎王邵随文注之。又撰《礼净土十二偈》，续龙树偈后，又撰《安乐集》两卷等，广流于世，仍自号为有魏玄简大士云。

其中值得注意的是《礼净土十二偈》，此处言其“续龙树偈”，标举接续龙树的制作渊源。而这样的关联究竟为何？在宋戒珠《净土往生传》有段关于昙鸾受到龙树启示的灵验事迹：

一夕鸾正持诵，见一梵僧掀昂而来，入其室曰：“吾龙树也，其所居者净土焉。以汝有净土之心故来见汝。”鸾曰：“何以教我？”树曰：“已去不可及，未来未可追，现在，今何在？白驹难与回。”言讫而失。鸾以所见胜异，必知死生之期戒矣。即集弟子数百人，盛陈教诫言：“其四生役役，其止无日。地狱诸苦，不可以不惧；九品净业，不可以不修。”因令弟子齐声高唱阿弥陀佛。鸾乃西向冥目。顿颡而示灭之。

如此灵验因缘，未能显现制作《礼净土十二偈》的关联，却能呈现昙鸾以龙树作为思想依归，甚至是据以领众的胜事。而在《卍新纂续藏经》收有龙树菩萨集、禅那崛多别译《十二礼（赞礼阿弥陀佛文）》一卷，为七言四十八句诗赞，每四句诗赞为一组，前面冠以“称名礼拜”即“至心归命礼　西方阿弥陀佛”起始作引声，再导入主体四句诗赞，后为“愿共诸众生往生安乐国”套句作和声（或称作送声）如：

> 至心归命礼西方阿弥陀佛。
>
> 稽首天人所恭敬，阿弥陀仙两足尊，在彼微妙安乐国，无量佛子众围绕。
>
> 愿共诸众生往生安乐国。

总共形成十二段体礼赞偈，符合“十二礼”的名称，且除首尾二段外，中间十段所夹的诗赞歌偈第四句皆是“故我顶礼弥陀佛”，更强化礼赞的性质。其整体形制类似唐代之后兴盛的礼忏文“礼佛”部分，亦与昙鸾《赞阿弥陀佛偈》近似，因此，若从同处观察，不免怀疑二者是否有关联？甚至进而可推测指称昙鸾“续龙树偈”的说法，或许就是这样的历史渊源？尤其二者相较，除前引及各段中间所夹套句相同，另有部分段落末句（未必是第四句）为“故我顶礼〇〇〇”（其中二段为“故我顶礼阿弥陀”），亦颇近似。不过，就以此认定二者相承关系，证据似乎犹显薄弱，尤其目前可知关于禅那崛多资料不多，亦不能排除此《十二礼》诗赞为后世伪托之可能。所以，《赞阿弥陀佛偈》仍是目前可见最可信的北朝礼赞歌偈，其所构成的形式，对后世必须符合礼赞行仪的诗赞歌偈来说，也确实具有前导的作用。

目前收于《大正藏》的昙鸾《赞阿弥陀佛偈》，乃是依据大谷大学及宗教大学藏本刊行，于赞末标示“赞一百九十五　礼五十一拜”，大致可以见出其篇幅组织，细究内容实有七言诗赞三百九十句，五言诗赞八句，若仅以七言诗赞的部分来看，恰为二句为一赞；若以前引套句“至心归命礼西方阿弥陀佛”，和后送套句“愿共诸众生往生安乐国”出现的次数作为礼拜的次数，则夹七言诗赞的部分共有五十次，夹五言为二次，大致接近标注次数，因此以前后套句出现作为此篇于歌唱诗赞行礼拜的位置，应属合理。但二次夹五言者，后接各引三次未夹诗赞而改佛名为菩萨名者，并各再接一段忏悔发愿文句，似作为礼赞行仪之收尾，实由此将全篇分为两段。而前段有夹七言十四拜，每一拜（即前后套句之间）均为四句，如：

南无至心归命礼西方阿弥陀佛

现在西方去此界，十万亿刹安乐土，佛世尊号阿弥陀，我愿往生归命礼

愿共诸众生往生安乐国

南无至心归命礼西方阿弥陀佛

成佛已来历十劫，寿命方将无有量，法身光轮遍法界，照世盲冥故顶礼

愿共诸众生往生安乐国

由此推测其实际演唱时，应是采用类如近体诗绝句入唱套调的方式，大致上四句为一调，但是其间七言诗赞并未明确具有押韵的安排，诗句平仄起伏虽大致稳当，却多有以仄声字落底的现象，可见其属性跟后来逐渐成形的近体诗体制仍有相当大的差距。然而后段夹七言诗赞歌偈之三十六拜，则所夹句数不一，从四句至二十六句皆有，可见在一次礼拜式中，演唱曲调应该已循环多次，甚至有换调的可能，特别是有些句数非四的倍数，换调或减唱以联后送套句，应是实际解决句数不足的方式。另外，尚有二组夹五言四句者，应另有适应五言之曲调；还有未夹诗赞而于前引套句，改归命佛名为菩萨名者，或在一字配合多音、多拍（或歌吟相配）的条件下，犹属合理：

南无至心归命礼西方阿弥陀佛

哀愍覆护我，令法种增长，此世及后生，愿佛常摄受

愿共诸众生往生安乐国

南无至心归命礼西方极乐世界观世音菩萨

愿共诸众生往生安乐国

南无至心归命礼西方极乐世界大势至菩萨

愿共诸众生往生安乐国

南无至心归命礼西方极乐世界诸菩萨清净大海众

愿共诸众生往生安乐国

普为师僧父母及善知识法界众生，断除三障，同得往生阿弥陀佛国，归命忏悔

而此类似的礼赞歌偈的形式，确实影响后代制作净土赞歌集、礼忏文之礼赞偈的面貌与实际作用。如善导《往生礼赞偈》、智升《集诸经礼忏仪》、法照《净土五会念佛诵经观行仪》（主要是《极乐庄严赞》），乃至敦煌出土的《十二光礼》礼忏文等，皆有以“至心归命礼西方阿弥陀佛”“愿共诸众生往生安乐国”为套句，中夹七言（或五言）诗赞的模式，显示兼具有示现净土、引导礼拜、忏悔发愿的效益。

在如此以发愿往生为主旨的礼赞歌偈，当有其赞咏、示现净土的内容，且有所依据的经典。故于全篇以称佛名“南无阿弥陀佛”起首，并注以小字“释名无量寿傍经 奉赞亦曰赡养”标示其来由。其后四句为一拜的模式，即通过简要赞咏的方式，强化礼拜者的恭敬心，进而归愿往生净土，如第三至十四拜连续从不同角度，称颂极乐世界清净国土之无量清净光明，于各礼拜段落礼赞歌偈，采用“是故佛又号○○○”的套语，并逐次镶嵌无量光、无边光、无碍光、无对光、清净光、欢喜光、智能光、不断光、难思光……等种种光之名称，以强调阿弥陀佛之殊胜功德，然后再于各礼拜段落之“是故（皆得、咸共）顶礼（稽首、叹誉）○○○”的套语中，镶嵌真实明、平等觉、难思议、毕竟依、大应供、大安慰、无等等……种种赞叹指称，以强调行顶礼（稽首、叹誉）的必要性。而在八句以上的礼赞歌偈模式，则可以进行佛菩萨功德与极乐净土之铺展示现。于是，《无量寿经》所描述的种种美好，如宝池、宝树、宝莲花、七宝楼阁、微妙雅音都有礼拜段落诗赞来铺述、称扬，如：

南无至心归命礼西方阿弥陀佛

楼阁殿堂非工造，七宝雕绮化所成。明月珠珰交露幔，各有浴池

形相称。八功德水满池中，色味香洁如甘露。黄金池者白银沙，七宝池沙互如此。池岸香树垂布上，栴檀芬馥常流馨。天华璀璨为映饰，水上熠耀若景云。无漏依果难思议，是故稽首功德藏。

愿共诸众生往生安乐国

这样的技巧可以说是以诗赞作赋，能细致且周延地呈现极乐净土的面貌，导引听唱者按之而起观想，进而坚定念佛求往生的志向与实践力。而篇幅更长者甚至可以从不同角度，于一段礼拜赞歌中，更深入指出描绘往生者的经历，如篇幅礼赞歌偈长达二十六句者：

南无至心归命礼西方阿弥陀佛

菩萨声闻入宝池，随意浅深如所欲。若须灌身自然注，欲令旋复水寻还。调和冷暖无不称，神开体悦荡心垢。清明澄洁若无形，宝沙映彻如不深。澹淡回转相注灌，婥约容豫和人神。微波无量出妙响，随其所应闻法语。或闻三宝之妙章，或闻寂静空无我。或闻无量波罗蜜，力不共法诸通慧。或闻无作无生忍，乃至甘露灌顶法。随根性欲皆欢喜，顺三宝相真实义。菩萨声闻所行道，于是一切悉具闻。三涂苦难名永闭，但有自然快乐音。是故其国号安乐，头面顶礼无极尊。

愿共诸众生往生安乐国

此礼拜段落诗赞的主旨，在于铺述极乐净土修行菩萨、声闻众的境遇，却由净土情境起始，首唱得入“宝池”、灌身之水“自然注”的背景，且在揭示调和冷暖不称之苦，进而达成除去心垢、闻法语、明义理、求解脱的目标之后，更以“或闻”作为句首套语，接连排比出往生净土，可以得到的种种“法乐”，末尾再转为总括净土具有永离三涂苦难之殊胜，故应顶礼净土导师（无极尊），可说峰回路转、联系多方，让此安乐国作为众生归向之处的面貌，更得以为人接受。而这样的铺述技巧，为其后（主要是唐与五代）众多净土赞歌之制作，更开出可行的方向，或搭配礼拜忏悔，或用作歌咏赞叹，均能让听唱者有效掌握极乐净土殊胜面貌，自然心向往之。

因此，总结昙鸾《赞阿弥陀佛偈》的文学表现，可知其作为北朝礼赞偈所呈现的重要性有三：

（1）从齐言诗赞作为佛教法事歌曲的机缘与面貌来说，其包含礼拜、赞颂、忏悔之形式、意义与作用，开后续法事应用文学之先河。

（2）从齐言诗赞作为传播佛教义理、示现净土的媒介而论，可作为诗赞歌曲传播佛教的重要里程碑，尤其是以赋为诗展开铺述的技巧，别具意义。

（3）从作为齐言诗赞多样发展面貌的标本而言，包含其连续以仄声字落于句尾、或附加套句作为引声与和（送）声，诗赞句利用套语（或作镶嵌）强化与联系概念，都具有开创性与影响力。

（二）唐善导所集、撰赞歌集

随着佛教在中土的日益稳固，适应各式布教、共修的礼仪应用诗赞歌偈就日益发展。善导（613—681 年）生于隋末，入唐之后成为净土宗高僧，其所作《观无量寿佛经疏》作为念佛法门之“解义分”（解门），在净土思想的流传与实践上，产生重要的影响力。又于“行仪分”（行门）方面亦着力颇深，除作《观念法门》强调观察与称名念佛要义，更是净土赞歌重要的制作或集记者，如《转经行道愿往生净土法事赞》《往生礼赞偈》等，更提升净土法事的意义与实践层次，于《观无量寿佛经疏》有言：

> “就行立信”者，然行有二种：一者“正行”，二者“杂行”。言“正行”者，专依往生经行行者，是名正行。何者是也？一心专读诵此《观经》《弥陀经》《无量寿经》等。一心专注思想、观察、忆念彼国二报庄严。若礼，即一心专礼彼佛。若口称，即一心专称彼佛。若赞叹供养，即一心专赞叹供养。是名为正。又就此正中，复有二种：一者“一心专念，弥陀名号，行住坐卧，不问时节久近，念念不舍者，是名正定之业，顺彼佛愿故”。若依礼诵等，即名为“助业”。除此正助二行已外，自余诸善，悉名“杂行”。若修前正助二行，心常亲近，忆念不断，名为无间也。若行后杂行，即心常间断，虽可回向得生，众名疏杂之行也。

由此可见善导所主张的念佛方式，不只是称名诵念而已，应是与诵经、观想忆念、唱赞供养等行事有密切的关系。而唱诵赞歌诗偈，既然是直指净土修行的“正行”（非行其他诸善事之“杂行”），亦是成就念佛“正业”之“助业”。所以，善导集制多种赞歌集，虽适应的场合有所不同，皆具有增益念佛能连结“忆念”效益的“助业”功用。以下即分别论述之。

1.《转经行道愿往生净土法事赞》

在日本佛教大学所编《善导大师——信仰与生活》文集中，明山安雄认为《转经行道愿往生净土法事赞》应是善导宗教礼仪赞集中，整理得最完备的一部。13 世纪（镰仓时代）证空作《修业要诀》，即针对此转经行道法事赞之名义，作相当清楚的解释：

> 释曰：转经行道者，转赞《阿弥陀经》，即行出离道也。愿往生净土者，净土无二，唯究极乐一土，往生限西方偏在弥陀本愿。法事赞者，有佛事、法事、僧事，今讲经故云法事矣。赞者，称扬也，以伽陀赞叹佛法僧。法事赞一夜行法，礼赞长日行法，般舟赞一夏九十日行法也。卷上者，分悲智为二卷。

可见此法事赞的核心在于“转《阿弥陀经》”之义，故转扬经义是内容展现的主体，以诗赞歌偈称扬赞叹弥陀本愿是主要的形式表现。故整部法事赞以未见题名的五言“奉请赞”起首：

> 奉请四天王，直入道场中。奉请师子王，师子亦难逢。奋迅身毛衣，众魔退散去。回头请法师，直取涅槃城。

这是整体法事进行首开清净庄严，退去众魔、奉迎众护法、善知识的重要阶段。接着为散文序言，说此娑婆世界如火宅，应勤念弥陀、归乎净土，由此转入设此法事道场之义，强调“严饰堂舍、安置尊像、旛华”后，通过一段指引行仪的文字，作后续演唱赞歌之前导：

众等无问多少，尽令洗浴着净衣入道场听法。若欲召请人及和赞者尽立，大众令坐，使一人先须烧香散华周匝一遍竟，然后依法作声召请云：

由此可知在此法事中，有“召请人”与“和赞者”作为主要演唱赞歌者，而于“依法作声召请”之后，即接诗赞歌偈，并以括号随注和声。整体可分两段，前段以“般舟三昧乐”为套语，如：

般舟三昧乐（愿往生），大众同心厌三界（无量乐）。般舟三昧乐（愿往生），三涂永绝愿无名（无量乐）。三界火宅难居止（愿往生），乘佛愿力往西方（无量乐）。般舟三昧乐（愿往生），念报慈恩常顶戴（无量乐）。大众持华恭敬立（愿往生），先请弥陀入道场（无量乐）。般舟三昧乐（愿往生），不违弘愿应时迎（无量乐）。观音势至尘沙众（愿往生），从佛乘华来入会（无量乐）。般舟三昧乐（愿往生），观音接手入华台（无量乐）……

和声“愿往生”与“无量乐”以括号呈现，而连同如此套语“般舟三昧乐”与类似的句法，亦出现在《依观经等明般舟三昧行道往生赞》及《净土五会念佛略法事仪赞》之《般舟三昧赞》和《小般舟三昧乐赞文》。但此篇套语出现的位置，不如他者工整，有隔句出现，有隔三句出现，但在套用五、七言曲调，可依多腔（一字配多音）调整的方式下，应无演唱上之困难，况且和声“愿往生”与“无量乐”整齐交替出现，未见例外。可见召请人与和赞者，确实是可依照相同的曲调与唱和模式延续。后段转成另外的形式，显然是未题名区隔的另一篇赞歌，以套语作引声搭配七言句的模式进行：

难思议（往生乐），双树林下（往生乐），难思（往生乐）。道场时逢难叵遇（往生乐），无常迅速命难停（往生乐）。难思议（往生乐），双树林下（往生乐），难思（往生乐）。眼前业道人人见（往生乐），皆由三毒作因缘（往生乐）。难思议（往生乐），双树林下（往生乐），难思（往生乐）。虽得人身常暗钝（往生乐），贪嗔邪见转专专（往生乐）……

如此模式更可见诗赞歌偈在整体表现上，已有许多声情变化的安排，通过整组套语作引声与随句和声持续运用来展现。而这两段赞歌可以说是进入“转经”之前的劝众请师赞，一方面强调弥陀道场难得难逢，一方面则表现礼请“高座”转经的尊贵性质。如前段末尾为：“众等齐心请高座（往生乐），愍怼智影说尊经（往生乐）”；后段末尾为：“大众同心请高座（往生乐），为度群生转法轮（往生乐）”及“众等倾心乐闻法（往生乐），手执香华常供养（往生乐）”，显然都呼应了此法事赞后续以“高座”与“下座”接续唱赞以转经的模式：

下接高赞云：愿往生愿往生。众等希闻诸佛法，龙宫八万四千藏。已施神光入道场，证明功德复满愿。因兹离苦见弥陀，法界含灵亦除障。我等身心皆踊跃，手执香华常供养。

高接下赞云：愿往生愿往生。龙宫经藏如恒沙，十方佛法复过是。我今标心普皆请，放大神光入道场。证明功德复除罪，增长施主菩提芽。众等各各齐心念，手执香华常供养。

下接高赞云：愿往生愿往生。今日道场难得遇，无上佛法亦难闻。毕命形枯断诸恶，从是念念罪皆除。六根得了得惺悟，戒定慈悲誓不虚。众等身心皆踊跃，手执香华常供养。

高接下赞云……

如此赞歌运用的方式，在证空《修业要决》中的解说是：“下接高赞者，智惠（慧）接于慈悲；高接下赞者，慈悲接于智惠（慧）”，显示具有特殊的意涵。而每段赞歌起始处都有套语“愿往生愿往生”，此为引声带领七言诗赞体赞歌，最常见是一段八句，亦有长达二十二句者，如此篇幅较长者乃因为铺述特定事项，如揭示轮回恶道之苦，以启发众生忏悔罪业：

高接下赞云，下接高赞云：

愿往生愿往生。众生见佛心开悟，发愿同生诸佛家。住此娑婆已来久，无功舍命劫尘沙。自觉心顽神识钝，良由地狱卧铜车。铜车炎炎难居止，一念之间百千死。非直此中多苦痛，一切泥犁亦如是。泥犁一入过尘劫，畜生鬼道还如此。今得人身贪造罪，诸佛圣教生非毁。非毁圣教罪根深，谤说良善苦常沉。大圣虽有神通力，无能相救益悲心。今劝道场时众等，发露忏悔罪无穷。众等同心彼净土，手执香华常供养。

整体而言，本法事赞之高座与下座相接赞，多可见启发礼敬供养之心与忏悔发愿之情，融合慈悲度众生与出离三涂、往生净土之誓愿。值得注意各段收尾，皆是众等齐心所作之事，如“众等身心皆踊跃”“众等各各齐心念”“众等同心彼净土”交替出现，再全数接末句“手执香华常供养”。展现通过共修法事的进行，凝聚群体发愿往生、互相勉励的力量，并以持花供养之事，作为表露如此皈依三宝（西方三圣、净土经典、高座法师）之义。而此持花供养行仪，亦有连接散花奉请菩萨之事，如某段高接下赞唱罗汉辟支佛、文殊普贤诸菩萨、圣贤乘花云集至此道场后，即插入《请观世音赞》：

奉请观世音（散华乐），慈悲降道场（散华乐）。敛容空裹现（散华乐），忿怒伏魔王（散华乐）。腾身振法鼓（散华乐），勇猛现威光（散华乐）。手中香色乳（散华乐），眉际白毫光（散华乐）。宝盖随身转（散华乐），莲华逐步祥（散华乐）。池回八味水（散华乐），华分戒定香（散华乐）。饥餐九定食（散华乐），渴饮四禅浆（散华乐）。西方七宝树（散华乐），声韵合宫商（散华乐）。枝中明实相（散华乐），叶外现无常（散华乐）。愿舍阎浮报（散华乐），发愿入西方（散华乐）。

可见全篇铺述的重点，并非在观世音菩萨的诸大功德，而是通过观世音菩萨慈悲降于道场，所营造出来的庄严殊胜氛围，接引众生舍弃阎浮业报，发愿往生净土。而持续未换的和声“散华乐”，则呼应着搭配唱赞所进行的法事行仪，具有身、口、意合作的效益。类似情况，另有顺接弥陀世尊、释迦如来、十方如来皆“入道场”的赞歌。使全篇法事赞不只是通过“高座”与“下座”相接呈现义理、强化信心，更具有强化行仪、庄严道场之效。

2.《安乐行道转经愿生净土法事赞》

此法事赞实为《转经行道愿往生净土法事赞》的下卷，但特别值得注意的是全卷起始处为“高座入文”，即是宣唱一段《阿弥陀经》经文，由此段经文后接“下接高赞云”联系着以复叠的“愿往生”作为引声，带出呼应、诠释、延伸经文内容的七言体诗赞：

高座入文：

如是我闻，一时佛在舍卫国祇树给孤独园，与大比丘众千二百五十人俱。皆是大阿罗汉，众所知识，长老舍利弗、摩诃目犍连、摩诃迦叶、摩诃迦旃延……文殊师利法王子、阿逸多菩萨、乾陀诃提菩萨、常精进菩萨，与如是等诸大菩萨，及释提桓因等，无量诸天大众俱。

下接高赞云：

愿往生愿往生，诸佛大悲心无二，方便化门等无殊。舍彼庄严无胜土，八相示现出阎浮。或现真形无利物，或同杂类化凡愚。分身六道无停息，变现随宜度有流。有流见解心非，一故有八万四千门。门门不同亦非别，别别之门还是同。同故即是如来致，别故复是慈悲心。悲心念念缘三界，人天四趣罪根深。过现诸佛皆来化，无明业障不相逢。惭愧，释迦弘誓重，不舍娑婆十恶业。希遇道场闻净土，腾神永逝出烦笼。众等伤心共悲叹。手执香华常供养。

高接下赞云，下接高赞云：

愿往生愿往生。释迦如来成正觉，四十九载度众生。五天竺国皆行化，邪魔外道尽归宗。天上天下无过佛，慈悲救苦实难逢……

如此“高接下赞云”与“下接高赞云”交替出现多次后，再有“高座入文”即引次一段经文，随后再有“高接下赞云”与“下接高赞云”交替唱述赞歌多次后，再引次一段经文，持续至《阿弥陀经》结束，形成具体完整“转”唱《阿弥陀经》的赞歌群组。所以，此卷法事赞在齐言诗赞作为“转经”的表现上，具有相当明确的代表性。而在“转”竟全经之后，是为“高座待下座声尽，即为大众，总忏悔云”，由此高座带领信众忏悔身、口、意业所造无量无边十恶之罪，如杀害劫夺、偷盗、邪淫颠倒、虚诳、调戏、恶口、两舌、邪嗔等，每段宣唱末尾高座云“忏悔已，至心归命阿弥陀佛”，下座亦接高座“和”云“忏悔已，至心归命阿弥陀佛”，如此将发愿往生净土的“资粮”累积，落实在世间戒恶行善的具体表现上，这当是净土法门落实于世间修持的必要引众方针。而当此忏悔行仪完毕后，又有三段“高座”与“下座”相接赞，以复叠的“愿往生”为引声，引出七言诗赞，强调世间诸多恶事乃是障蔽圣土，导致永远沉沦的缘故，而奉行如来教法行诸善，则是“净土因”。由此“诵经唱赞已”，本法事赞即将以《般舟三昧赞》作结，但值得注意当中的行仪：

> 高座即令一人行香与大众行华，次当赞人等向行道处立。又令小者唱礼供养及如法行道，唱已其散华法用一如上，或三匝或七匝竟，即当佛前立。次唱后赞。

此段关联“行香”“行华（花）”与唱赞、供养，乃至于“如法行道”的历程，而后续《般舟三昧赞》以“高座唱赞，下座和云”的方式进行，即高座演唱赞歌本辞，下座以和声“愿往生”“无量乐”两两交替出现的方式和之，这对于探讨附随和声搭配于齐言诗赞的表现上来说，甚为紧要。而此处《般舟三昧赞》的内容与《转经行道愿往生净土法事赞》所录者不同，主要为赞叹释尊阐述弥陀净土教法之殊胜，强调发愿往生之义。

3.《往生礼赞偈》

《往生礼赞偈》又称为《六时礼赞偈》，依此名义可知总共有呼应一日“昼夜六时”的六段礼赞偈组。启始处揭示“劝一切众生，愿生西方极乐世界阿弥陀佛国”，显示旨意后，即有序言说明其中每一段礼赞偈组的制作因缘，乃至于应用时段与原则：

> 谨依大经及龙树、天亲，此土沙门等所造《往生礼赞》。集在一处，分作六时。唯欲相续系心，助成往益，亦愿晓悟未闻，远沾遐代耳。何者？

第一谨依大经释迦及十方诸佛赞叹弥陀十二光名，劝称礼念定生彼国，十九拜，当日没时礼。第二谨依大经采集要文，以为礼赞偈，二十四拜，当初夜时礼。第三谨依龙树菩萨《愿往生礼赞偈》，十六拜，当中夜时礼。第四谨依天亲菩萨《愿往生礼赞偈》，二十拜，当后夜时礼。第五谨依彦琮法师《愿往生礼赞偈》，二十一拜，当晨朝时礼。第六沙门善导《愿往生礼赞偈》，谨依十六观作，二十拜，当午时礼。

其中每一“拜”即是礼赞偈的区分段落，意味着唱赞至此“行礼拜”之处，也代表套用曲调演唱的联“章”关节。而从日没、初夜、中夜、后夜、晨朝、午时，各作礼赞以生激励之效，并勉励会众应勤修“三心”（至诚心、深心、回向发愿心）；行“四修法”（恭敬修、无余修、无间修、长时修）；作“五念门”（身业礼拜门、口业赞叹门、意业忆念观察门、作愿门、回向门）。所以，可以很清楚看到立足于现世，行持于身、口、意，发愿于净土的概念，正通过这“昼夜六时”的礼赞与念佛的方式，成为众所共修的集体凝聚力。而此《六时礼赞偈》的主体还是在作为搭配礼拜的赞歌，其形式与昙鸾《赞阿弥陀佛偈》相类似，前以“南无至心归命礼西方阿弥陀佛”作引声，后为“愿共诸众生往生安乐国”作送声，中间为五言或七言诗赞体，句数从四句、八句到十六句不等，但第一至第四时依“大经”或菩萨赞偈所制者，均未见明确押韵，第五、六时依彦琮法师与沙门善导赞偈者，则有明确押韵，如第五时起首三拜：

南无至心归命礼，西方阿弥陀佛。

法藏因弥远，极乐果还深。异珍参作地，众宝间为林。华开希有色，波扬实相音，何当蒙授手，一遂往生心。

愿共诸众生，往生安乐国。

南无至心归命礼，西方阿弥陀佛。

浊世难还入，净土愿逾深。金绳直界道，珠网缦垂林。见色皆真色，闻音悉法音。莫谓西方远，唯须十念心。

愿共诸众生，往生安乐国。

南无至心归命礼，西方阿弥陀佛。

已成穷理圣，真有遍空威。在西时现小，但是暂随机。叶珠相映饰，砂水共澄辉。欲得无生果，彼土必须依。

愿共诸众生，往生安乐国。

若所依法师名号并非托名而著，这礼赞偈越注重押韵的现象，或许正与近体诗发展的环境相呼应，在彦琮（557—610年）所处北齐跨到隋代的时间，采用五言诗体当数合宜。而善导（613—681年）由隋入唐的背景，采用七言诗体则可见其循势进展，如第六时起首二拜：

南无至心归命礼，西方阿弥陀佛。

观彼弥陀极乐界，广大宽平众宝成。四十八愿庄严起，超诸佛刹最为精。本国他方大海众，穷劫算数不知名。普劝归西同彼会，恒沙三昧自然成。

愿共诸众生，往生安乐国。

南无至心归命礼，西方阿弥陀佛。

地下庄严七宝幢，无量无边无数亿。八方八面百宝成，见彼无生自然悟。无生宝国永为常，一一宝流无数光。行者倾心常对目，腾神踊跃入西方。

愿共诸众生，往生安乐国。

然由此二拜对照之下，可见其对于押韵的讲究，特别是押韵的位置，其实宽严有别。这也就是说，相对于严谨的七言近体诗格律来讲，礼赞偈的制作还是相当宽松的。另外，值得特别注意第三依龙树菩萨，当“中夜”时，礼者出现了礼忏文常见的“五悔”仪节：

至心忏悔：

自从无始受身来，恒以十恶加众生。不孝父母谤三宝，造作五逆不善业。以是众罪因缘故，妄想颠倒生缠缚。应受无量生死苦，顶礼忏悔愿灭除。

忏悔已，至心归命阿弥陀佛。

至心劝请：

诸佛大慈无上尊，恒以空慧照三界。众生盲冥不觉知，永没生死大苦海。为拔群生离诸苦，劝请常住转法轮。

劝请已，至心归命阿弥陀佛。

至心随喜：

历劫已来怀嫉妒，我慢放逸由痴生。恒以嗔恚毒害火，焚烧智慧慈善根。今日思维始惺悟，发大精进随喜心。

于上摘录的忏悔、劝请、随喜段之外，尚有回向、发愿二段，皆归结于“至心归命阿弥陀佛”的愿心表述。而礼赞偈的唱诵后加上“五悔”的仪节安排，也可见其与礼忏文的密切关系。

4.《依观经等明般舟三昧行道往生赞》

《依观经等明般舟三昧行道往生赞》旨在通过《观无量寿经》等经内涵，劝使信徒定心念佛，得入三昧定境与佛交心，得生极乐净土。清末僧人观本《香光阁随笔》曾将此赞集分为前序、正赞、结劝三部分，显示其依经劝众的程序。其中前序解释本赞集题名：

又问曰：般舟三昧乐者是何义也？答曰：梵语名般舟，此翻名常行道，或七日九十日身行无间总名，三业无间故名般舟也。又言三昧者，亦是西国语，此翻名为定。由前三业无间，心至所感，即佛境现前。正境现时，即身心内悦，故名为乐。亦名立定见诸佛也。

由此可见本集注重定境、正境以见佛，采用赞歌作为念佛“助业”，于此联系在“般舟三昧”概念上的意义。而“正赞”的部分，则为通过套语“般舟三昧乐”所带引出来的三十七段依《观无量寿经》《阿弥陀经》《无量寿经》《般舟三昧经》所作之诗赞歌偈，其除了套语之外，皆为七言诗赞体，以“愿往生”与“无量乐”为和声交替出现，其中套语和套语之间（段落区分）

的句数不一，有短至含套语共八句者，也有长到含套语共有一百五十二句者，其长短不一正提供转经文为赞歌的不同需求，所以除了少数明显依照特定题旨段落区分，如叙述九品莲花化生，即可依品位区分外，其实并未见明确的区分规则（甚至“上品上生”和“上品中生”是结合在同段内，“上品下生”却分为两段，“中品上生”以后则大致分各为一段），而常见平述因缘如：

般舟三昧乐（愿往生），三界六道苦难停（无量乐），旷劫已来常没没（愿往生），到处唯闻生死声（无量乐）。释迦如来真报土（愿往生），清净庄严无胜是（无量乐）。为度娑婆分化入（愿往生），八相成佛度众生（无量乐）。或说人天二乘法（愿往生），或说菩萨涅槃因（无量乐），或渐或顿明空有（愿往生），人法二障遣双除（无量乐）。根性利者皆蒙益（愿往生），钝根无智难开悟（无量乐）……

然此转经文为赞歌，既可借着曲调套用循环唱述，对于某些概念的阐扬，反提供了铺排的机会。如通过“或说”或数序引句的模式铺排概念，也有通过叠字词强化声情效果，但亦具有铺排的作用：

般舟三昧乐（愿往生），烦恼永绝不相干（无量乐）。或有宝地琉璃间（愿往生），或有宝地紫金成（无量乐）。或有宝地黄金作（愿往生），或有宝地颇梨映（无量乐），或有千宝庄严地（愿往生），或有算数宝为成（无量乐）。一一色色光相照（愿往生），十方来者皆行上（无量乐）。行住进止逍遥乐（愿往生），不愁官事不忧私（无量乐）。或百或千作神变（愿往生），会会供养皆周遍（无量乐）。或作香云千宝盖（愿往生），即此云内雨香华（无量乐）。种种庄严随念出（愿往生），所到之处现希奇（无量乐）。

般舟三昧乐（愿往生），毕命直入无为会（无量乐），宝树宝林行遍满（愿往生），一一林树尽庄严（无量乐）。根根相对茎相望（愿往生），枝枝相准条相顺（无量乐），节节相盘叶相次（愿往生），华华相向果相当（无量乐），光光照曜自他国（愿往生），照处昤昽随物色（无量乐），光能变现希奇事（愿往生），尽是弥陀愿力作（无量乐）。林树行间宝阶道（愿往生），一一界上楼相间（无量乐）。重重罗网奏天乐（愿往生），供养无边楼内人（无量乐）。

这样的表现技巧，对于隋唐长篇幅诗赞歌偈大量产生，特别是用以阐释经典义理，使之概念清晰，乃至于示现极乐净土，或是现世的五台山胜境，使之布境细致而言，是相当重要的。而此以“般舟三昧乐”为套语铺排的《般舟三昧赞》组形式，也可以说是善导制作赞歌运用颇广的一类，除前文提及《转经行道愿往生净土法事赞》及《安乐行道转经愿生净土法事赞》运用外，亦收入法照《净土五会念佛略法事仪赞》及敦煌佛教赞歌丛抄本中。

（三）唐智升《集诸经礼忏仪》

智升（生卒年不详）为长安西崇福寺僧，曾于此寺东塔院撰《开元释教录》二十卷，其所作《集诸经礼忏仪》二卷，于《佛光大辞典》著录为各种忏法仪则最早之综合刊本。所以，就实际属性而言，《集诸经礼忏仪》其实就是结合多部礼忏文的“礼忏文集”。然就其组成礼忏的实体而言，大部分是诗赞歌偈，故依《大正藏》收录脉络，于此论述本集，宜可见诗赞歌偈于此时代应用于礼忏之面貌。换句话说，若将智升《集诸经礼忏仪》与善导《往生礼赞偈》相较，则属于礼忏文常见的诗赞元素更多，最显著的就是收录各礼忏文通常可见的“五悔”仪节（至心忏悔、劝请、随喜、回向、发愿）诗偈，如：

至心忏悔：

十方无量佛，所知无不尽，我今悉于前，发露诸黑恶。三三合九种，从三烦恼起，今身若前身，有罪尽忏悔。于三恶道中，若应受业报，愿得今身偿，不入恶道受。

忏悔已，归命礼三宝。

至心劝请：

十方一切佛，现在成道者，我请转法轮，安乐诸众生。十方一切佛，若欲舍寿命，我今头面礼，劝请令久住。

劝请已，归命礼三宝。

如此搭配“五悔”的赞偈，于此礼忏仪的不同段落（可视为不同的礼忏文），又各有不同篇。此外，还有可见于《七阶礼》《上生礼》的一切普诵赞偈“如来妙色身”；可见于《十二光礼》的叹佛咒愿赞偈“天上天下无如佛”；可见于《十二光礼》《七阶礼》《上生礼》提示无常赞词“处世界，如虚空”；可见于《十二光礼》《七阶礼》《十方礼》《黄昏礼》的《三皈依》行礼赞偈“自归依佛，当愿众生”；还有结经回向偈“愿以此功德”等。而这些诗赞歌偈也大多流传至现代，为许多共修、斋会等法事所运用，可见其影响力。乃至于构成《大圣文殊师利菩萨赞佛法身礼》核心的赞偈，亦在本礼忏仪以《文殊师利礼法身佛文》的题名，收录于此礼忏仪第二次“五悔”之前：

至心归命礼，真如法身佛，愿共诸众生，同归真如海。无色无形相，无根无住处，不生不灭故，敬礼无所观。不去亦不住，不取亦不舍，远离六入故，敬礼无所观。出过于三界，等同于虚空，诸欲不染故，敬礼无所观。于诸威仪中，去来及睡寤，常在寂静故，敬礼无所观。去来悉平等，已住于平等，不坏平等故，敬礼无所观……

此篇自“无色无形相”以下，每四句出现一次套语“敬礼无所观”，可见此篇诗赞歌偈所包含的义理。在敦煌写卷 P. 四五九七赞歌丛抄有题名“法身礼”者，即仅抄“无色无形相”以下，后接“五悔”内容则不相同，亦未见此礼忏仪于“至心发愿”后所排列的十愿，故可知诗赞歌偈运用之灵活性。不过，此礼忏仪亦收录若干尚未见于其他文献的诗赞歌偈，更可见其“集诸经”之“礼忏仪”实具有广纳包容的特质，能展现多样丰富的应用效益，如《施粥偈天帝释说》、《嗔时忍偈》（拟）、《菩萨戒八胜法偈》、《菩萨戒香汤法偈》（拟）、《破戒偈》、《大智度论偈》、《华严偈》等。又此礼赞偈于卷上又收录善导《往生礼赞偈》之第六日中时礼，卷下更将《往生礼赞偈》六时全数收录后有导引忏悔发愿之开示文书。所以，通过智升《集诸经礼忏仪》可以见到诗赞歌偈发展至此，不限于礼拜忏悔，亦可延及宣扬经义、阐发戒律与布施供养等场合之需要。

（四）唐法照《净土五会念佛略法事仪赞》

法照（约747—821年，唐代宗时高僧），有“后善导”之称，从《宋高僧传》卷二十一的记载中可知，法照曾于钵中感见五台山诸寺及净土胜相，乃至于阿弥陀佛及文殊、普贤等圣众，并由文殊菩萨授其念佛法门。然就净土宗发展的历程来看，法照的重要性与影响力，在于确立“五会念佛”法式的施行，故有“五会法师”之称。尤其是制作《净土五会念佛诵经观行仪》三卷、《净土五会念佛略法事仪赞》（分本末卷）。前者目前仅可于敦煌写卷见到中、下卷，后者有《大正大藏经》依“德川时代大谷大学藏本”与“正保五年刊宗教大学藏本”之重排本。关于制作详略之别，法照在《净土五会念佛略法事仪赞》中有所说明：

> 今依《大无量寿经》，五会念佛。若广做法事，具在《五会法事仪》三卷。启赞《弥陀观经》，广说由序，问答释疑，并在彼文。亦须具写寻读，流传后世。若略做法事，即依此文。凡做法事人，若道若俗，多即六七人，少即三五人，拣取好声解者。总须威仪齐整，端坐合掌，专心观佛，齐声齐和，切不得笑，左右顾视。……

因此完整的三卷本，乃是广做法事之用，若略做法事则依此略法事仪赞而行，只需六七人，甚至三五人即可。然不论是“广做”或是“略做”，均须“齐声齐和”以达到专心作赞念佛的效果。而如此编撰仪赞以助念佛，也确实有灵验事迹流传，清末举人出家的观本法师，曾汇整多种僧传资料，并于《香光阁随笔》有如下之描述：

> ……柳子厚《南岳弥陀和尚碑》，称照祖于唐代宗时为国师，考

《佛祖统纪》第二十六净土立教志，亦称照祖于并州行五会教化人念佛，代宗于长安，常闻东北方有念佛声，遂使寻至太原，果见师劝化之盛，遂迎入禁中，教宫人念佛，亦及五会云。云栖《法汇往生集》，亦据此说。然考慈云忏主《往生略传》，则以此为德宗时事，诸家多从此说。唯莲宗九祖传略，只言召入京，封国师，教宫人念佛，不言德宗抑代宗时事，足见古人著述审慎处……

如此具有显著影响力的念佛法，法照于此略法事仪赞的序文中，强调“五者是数，会者集会”，故有五种音声可由众人依序共修念诵，由缓至急，以达到“唯念佛法僧，更无杂念”，甚至进入“观佛三昧”的境地。法照并描述此“五会”之念佛原则：

第一会，平声缓念：南无阿弥陀佛。第二会，平上声缓念：南无阿弥陀佛。第三会，非缓非急念：南无阿弥陀佛。第四会，渐急念：南无阿弥陀佛。第五会，四字转急念：阿弥陀佛。

然述此五会念佛之后，即有说明云：“五会念佛竟，即诵宝鸟诸杂赞。”显示此后由本卷至末卷，从集诗赞歌偈辞之实际运用意义。其中，于本卷依序有《宝鸟赞》《维摩赞》《相好赞》《五会赞》《净土乐赞》《离六根赞》《正法乐赞》《西方乐赞》《般舟三昧赞》等篇，再加上序文与《赞请文》《庄严文》之间的《云何梵》《散花乐文》总计十一篇。末卷则首自《菩萨子赞文》起，后依序有《鹿儿赞文》《请观世音赞文》《道场乐赞文》《往生乐愿文》《小般舟三昧乐赞文》《相观赞文》《出家乐赞文》《愿往生赞文》《般若赞文》《小道场乐赞文》《大乐赞文》《叹阿弥陀佛赞文》《叹观世音菩萨》《叹大势至菩萨》《叹大圣文殊师利菩萨》《观经十六观赞》《阿弥陀经赞文》《新无量观经赞》《新阿弥陀经赞》《叹散华供养赞》《叹西方净土五会妙音赞》《极乐五会赞》《叹五会妙音赞》《极乐庄严赞》《父母恩重赞文》《新华台赞文》《述观经九品往生赞文》《劝修行偈》等二十九篇。其中部分诗赞歌偈于题名之下，注有其所依据之经典，如《散花乐文》依《大般若经·散华品》，

《宝鸟赞》依《阿弥陀经》,《维摩赞》依《维摩经》,《五会赞》依《无量寿经》,《净土乐赞》依《称赞净土经》,《正法乐赞》依《佛本行经》等，如此明确表述诗赞歌偈制作阐述的经典，能使如此净土“五会念佛”的具体施行，在专注以五会音声念佛之外，更有丰厚的义理基础与思想方向。因此，以诗赞歌偈为主体的略法事仪赞，必有一套庄严道场的程序，使会众能于其境如法观想：

……众诠一人为座主，稽请庄严经赞法事，须知次第。一人副座，知香火打磬同声唱赞，专知捡挍。先须焚香声磬，召请圣众。当座人念佛一声，白众云:“敬白道场众等，总须发至诚心，端坐合掌，观想阿弥陀佛、一切贤圣如对目前。若能如是用心，即贤圣降临，龙天护念，听闻经赞法事，令众等即于言下，灭无量罪、获无量福，心开意解，速证甚深念佛三昧，得无生忍，获大总持，具六波罗蜜，神通自在。”言讫即打磬一下，作梵了，念阿弥陀佛、观音、势至、地藏菩萨，各三五十声。然后至心稽请,次庄严了,依前念佛。即须观其道场徒众多少，或昼或夜，或广或略，有道场请主，为何善事，切须知时，别为庄严，广与念诵。

如此依座主行经赞法事，于观想阿弥陀佛、贤圣降临、龙天护念中，念佛与菩萨名，求得定境。而于此略法事仪赞中所收录的诗赞歌偈，大多为七言体，少部分夹有“三、三”句，若《鹿儿赞文》《父母恩重赞》《新华台赞文》则是少数的五言体赞歌。关于其演唱的方式，法照在序文中有明确说明，或也可以作为当时诗赞歌偈演唱法的依据：

……坐道场时,或有两坐、三坐乃至多坐。其《弥陀观经》,一坐一启。《散华乐》及诸赞文总须暗诵，周而复始。经赞必须精熟，不得临时把本。唯五会妙音，一坐独作不得声，若准一坐。启经法事即广略看时，其诸依次诵之,《散华乐》为首。其《散华乐》一坐一；诸《宝鸟》《相好》《维摩》《五会》，大小《般若》《般舟》《涅槃》等赞，一坐两句为声打磬；《净土乐》《六根赞》《西方乐》《出家乐礼赞》等，并四句为准；《道场乐》一句而已。从《弥陀》《观》《维》经以后诸赞，皆须第三会念佛和之。诵诸赞了欲散，即诵《道场乐》，音即高声，须第三会念阿弥陀佛三百余声。最后唱《西方礼赞》《天台智者回向发愿文》，取散……

由此可见参与法事的会众，可分为二至多个“坐”，也就是演唱的“组群”。而“一坐一启”意谓一“坐”之人开始演唱，于是形成轮流接唱的模式，也就是一坐的人唱完，另一坐的人接下去唱，这种方式在现今佛教唱赞行礼拜的法事中依然常见。而一坐的人所唱的句数，如此段序文所言，即有一句、二句与四句之别，这其实也显示了套用曲调的长度，也就是“联章”唱诵的分“章”距离。至于“启经法事即广略看时”则意谓各坐“周而复始”的唱赞长短，各依照演唱时的情况而有广、略之别。所以，法照这段关于唱法的解释，也恰好说明诗赞歌偈在实际演唱运用曲调的类型与模式。此外，在这段序文中尚提及“和声”运用的方式，但仅及于“皆须第三会念佛和之”诸赞，这种念佛式的和声，可以说是此法事的一种特色，尤其“念阿弥陀佛三百余声”可视为持续念佛的概数，与示现极乐净土殊胜美好的诗赞歌偈相搭配，正可以借此强化同生净土的氛围，如《宝鸟赞》《五会赞》：

极乐庄严间杂宝（弥陀佛），实是希奇闻未闻（弥陀佛弥陀佛）。宝鸟临空赞佛会（弥陀佛），哀婉雅亮发人心（弥陀佛弥陀佛）。昼夜连声无有息（弥陀佛），文文句句理相同（弥陀佛弥陀佛），或说五根七觉分（弥陀佛），或说八圣慈悲门（弥陀佛弥陀佛），或说他方离恶道（弥陀佛），或说地狱封人天（弥陀佛弥陀佛），或说散善波罗蜜（弥陀佛），或说定慧入深禅（弥陀佛弥陀佛）。

第一会时平声入（弥陀佛），第二极妙演清音（弥陀佛弥陀佛），第三盘旋如奏乐（弥陀佛），第四要期用力吟（弥陀佛弥陀佛），第五高声唯速念（弥陀佛），闻此五会悟无生（弥陀佛弥陀佛），一到西方受快乐（弥陀佛），永不轮回入苦坑（弥陀佛弥陀佛）。发心念佛事须坚（弥陀佛），临终决定上金船（弥陀佛弥陀佛），回愿众生皆得往（弥陀佛），直向西方坐宝莲（弥陀佛弥陀佛）。

由此二例，可见净土诗赞歌偈通过排比或数序领头的方式，积极铺述极乐净土种种殊胜美好。而以称念佛号作和声，更能让这些铺述情境与净土导师紧密结合，而从另一方面回看，念佛的历程也会有诗赞铺述的净土情境作观想的导引，具有相得益彰的功效。除此之外，其实还有许多丰富的和声，随附在齐言诗赞句末，有逐句均采用相同和声，如《净土乐赞》逐句均加和声“净土乐”,《鹿儿赞文》逐句均加和声“沙罗林”,《大乐赞文》每句均加和声“大乐”,《离六根赞》逐句均加和声“我净乐”；有两种和声交替出现,如《相观赞文》以“希现”与“彩怜”交替出现,以强化“忧昙花”稀有珍贵的意义;《般舟三昧赞》以“愿往生”“无量乐”交替出现，将往生与无量乐的概念连结；有和声辞呈现意义增衍的现象，如《维摩赞》以“难思议”和“难思议维摩诘”交替出现；还有四句出现三种和声，且包含一种复叠的情形，如《西方乐赞》：

西方乐西方乐，西方净土不思议（莫着人间乐莫着人间乐），阎浮世界不堪停（西方乐），恶业因缘每日盈（西方乐），纵饶作得此之善（诸佛子），不觉地狱向前成（莫着人间乐莫着人间乐）。

西方乐西方乐，西方净土不思议（莫着人间乐莫着人间乐），西方极乐乐轰轰（西方乐），长劫不闻诸苦名（西方乐），鼓乐弦歌空裹满（诸佛子），自然相和说无上（莫着人间乐莫着人间乐）。

西方乐西方乐，西方净土不思议（莫着人间乐莫着人间乐），阎浮秽恶不堪停（西方乐），恶业嗔恚斗无明（西方乐），若能专心念彼佛（诸佛子），弥陀宝界悟无生（莫着人间乐莫着人间乐）。

还有和声采用复叠本辞末句尾辞的模式，故和声辞不固定，均随末句而来，如《出家乐赞文》：

出家乐，出家乐。无始起，离诸着，今生值善割亲缘，顿舍粗情断众恶，断众恶。发身心，依圣学，除于结使下金刀，落发披衣食宝药，食宝药。怀法喜，加踊跃，谁其长夜睡重昏，此日清身忻大觉，忻大觉。出家安，出家安。一切事，不相忓，年登二十逢和尚，敬受尸罗遇净坛，遇净坛。

然此篇应可视为七言诗赞的变体，有析作“三、三”句式，亦有复叠末句尾辞作为和声，但若将此和声视作实唱，则显然套用特定曲调，已展现出长短句歌诗的样貌。此外，还有一般和声与佛号和声联用的情形，如《愿往生赞文》以“无量乐”与“弥陀佛弥陀佛”交替出现。还有些不规则出现在括号中的字，可能有别的用意，例如直接摘录《观世音菩萨普门品》的《叹观世音菩萨（赞）》于句间出现标示“乃至”，似可视为转折的衬字：

众生被困厄，无量苦逼身，观音妙智力，能救世间苦（乃至），争讼经官所，怖畏军阵中，念彼观音力，众怨悉退散……

虽然在文本上仅见一次附注，但位于依经咏赞观世音菩萨，诸多威神力之首件事项转折处，可推测应可以循此法演唱，但或可自由增删。至于以经咒文字（记音）呈现的《请观世音赞文》，亦有许多附注的小字，如“平声引”“上声”“二合”等，应是演唱法之标示而非和声。故总结“五会念佛”诸赞形式，确实可以见到诗赞歌偈于实际演唱时，可能搭配和声之各种状况，也显现了同时期齐言诗入唱的变化模式。而在句式的变化与应用意义方面，前引文可见常有七言摊破作“三、三”句式、附加衬字等变化样貌，还有各种通过套语强化概念，甚至是搭配供养、礼拜、念佛等行仪进行的模式。而此法事仪赞集所收诸赞，本有随机布教、强化信念、激发共修力量的功效，故各篇示现情境与叙事、说理的安排各有技巧，包括排比、层递、镶嵌、复叠、括连、呼告、示现、设问等技巧，均可见于诸诗赞歌偈与其联章关系之中。如《般舟三昧赞》于本辞中常见连续套用“借问”与“报道”于句首的情形：

……借问何缘受此苦（愿往生），贪鱼爱肉业相随（无量乐）……借问家乡何处在（愿往生），极乐池中七宝台（无量乐）……借问相寻何处去（愿往生），报道弥陀净土中（无量乐）。般舟三昧乐（愿往生），专心念佛见弥陀（无量乐）。借问何缘得生彼（愿往生），报道念佛自成功（无量乐）。般舟三昧乐（愿往生），专心念佛见弥陀（无量乐）。借问今生多罪障（愿往生），如何净土肯相容（无量乐）……借问凡夫得生否（愿往生），如何一念暗中明（无量乐）……

这种采取接连设问的方式，其实也具有延展铺述的效果，呼应净土诗赞歌偈的制作特色。此外，为使表现内容更明晰，甚至出现在诗赞体中，夹有散文说解以强化叙事内涵的情形，这似乎可与讲经文、变文等韵、散夹杂之情况相类，如《鹿儿赞文》：

……无物报鹿恩，与鹿作奴仆。鹿是草间虫，不用作奴仆。饥时食百草，渴即饮流泉。欲得报鹿恩，莫道鹿在此。

有一国王长患妃，夜夜见九色鹿。若不得九色鹿，大命难可续。国王出敕集群臣。

谁知九色鹿，有人知鹿处，分国赐千金。闹儿闻此语，叉手向王前，臣知九色鹿，恒在流水边，启王多将兵，此鹿甚轻便。

国王将兵百万众，围绕四山林。国王弯弓欲射鹿，听鹿说一言：国王是迦叶。鹿是如来……

如此韵散夹杂的文本编入法事诗赞歌偈集中，可见即使在目标清楚的“五会念佛”行仪之中，犹有此“观机”宣讲的备用文本，具有实际运用的可行性。而当敦煌文献发现之后，使原本失传的《净土五会念佛诵经观行仪》得以重见天日，可惜仅可得见中、下卷，并及时收入《大正大藏经》之“古逸部”。而对于“五会念佛”相关诗赞歌偈的展现来说，首先的意义就在于曲目内容的对照（同《略法事仪赞》者）与增益（未见于《略法事仪赞》者），整合《观行仪》各写卷（法国藏 P. 二〇六六、P. 二二五〇、P. 二九六三等卷）

可见曲目，卷中有:《宝鸟赞》《观经十六观赞》《阿弥陀经赞》《维摩赞》《涅槃赞》《般舟赞》《道场赞》《无量寿佛赞》《观世音赞》《大势至菩萨赞》《出家乐赞》《净土乐赞》《请观世音菩萨赞》《六根赞》《琮法师导和上净土礼赞》《归西方赞（娑婆不可停）》《西方礼赞文》《归西方赞（谁能恶道受轮回）》等 。卷下有:《依无量寿观经赞》《依阿弥陀经赞》《叹散花供养赞》《净土五会赞》《极乐五会赞》《叹五会妙音赞》《极乐欣厌赞》《极乐庄严赞》《厌此娑婆愿生净土赞》《归向西方赞》《念佛之时得见佛赞》《校（较）量坐禅念佛赞》《高声念赞》《极乐宝池赞》《六道赞》《叹弥陀观音势至赞》《西方十五愿赞》《极乐连珠赞》《归西方赞（归去来、谁能西边受轮回）》《四十八愿赞》《随心叹西方赞》《善道和上西方赞》《慈愍三藏西方赞》《西方极乐赞》《净土五会赞》《净土法身赞》《净土五字赞》《厌苦归净土赞》《西方杂赞》（P. 二九六三作西方新赞）等。虽多篇未见于《净土五会念佛略法事仪赞》显示适应“广作”的性质，但亦有多篇《略法事仪赞》（略本）所收者未见于此《观行仪》（详本），推测可能收于亡佚未见的上卷，但除此《观行仪》外，敦煌写卷中尚有许多未见明确题名的净土赞歌丛抄卷，可见此二本“五会念佛”法事集所收赞歌，显现其可灵活取用之性质。

从敦煌写卷可见的《观行仪》卷中，可见先完整抄录《佛说阿弥陀经》后，有咒语及“往生西方记验”（历代往生灵验简述），即接《宝鸟赞》后有简要说明云:“众等诵《弥陀经》了，即诵《宝鸟赞》，诵诸赞了发愿，俱在赞后即散。”这说明此《观行仪》诵《宝鸟赞》等诸赞的意义，乃是连结诵经与发愿。而此段说明之后，即题写“第八赞佛得益门”，并于其后诉说以身口意业赞佛之功德，乃令众生恭敬尊重而赞叹、速成佛道。更说明唱赞原则:

> ……就此诸赞之中，有文长者，行人临时不得多诵。文少者即诵彻，文长者略之，大意如此。正作法事之时，不得尽诵经赞《宝鸟》《相好》两赞。二经之后，各为初首已空《净土乐赞》。诵《弥陀经》及诸赞了，即诵此赞。诵此赞竟，即诵“导和上礼赞”，发愿即散。《六根赞》诵《观经》及诸赞了，即诵此赞。诵此赞竟，即诵“琮法师礼赞”，发愿即散。

平诵亦得,若中间诸赞。任意临时取舍用之得耳。众等已后每诵一赞竟,即念佛三五十口，应知。

此段说明选择唱赞的时机及长篇、短篇唱赞之别，故可知此《观行仪》所收诸赞并非全数要在法事中唱诵完尽，可依照“诵经”与唱赞之别，乃至各种行法事的状况选择，甚至某长篇诗赞在实际运用时，亦可视情况省略其部分内容，所以，这样一部赞歌集可说就是依“五会念佛”而来的赞歌汇编，是提供选择的集子。而卷中于写录《善导和上西方礼赞文》之后，题写“第九化生利物门”及“第十回向发愿门”，在于强调能往生净土后，即具六神通、悟无生、神游自在、随根广运、化导群情，以无量行愿福慧资粮，疾得圆满无上正等菩提，且“法界怨亲，同斯愿海”让“五会念佛”诵经《观行仪》的实践目标，不仅停留在自身得生净土，更有推及众生的无边心量。此后，法照作跋文描述传此“五会念佛”之因缘与誓愿，更指“既音声无量，何妨五会念佛诵经种种音声，皆为令诸众生同生净土，同得成佛”，强调于此应用音声之力，令往生净土之效。卷下实为诗赞集，未有其他文书，并于起始处云：“此下一卷赞，从第八赞佛得益门分出，众等尽须用第三会念佛和之。”故既概以念佛为和声，大多数诗赞歌偈未附注，但多篇题有作者名如善导和上、慈愍和上、释法照、释净遐、释灵振、释神英、沙门惟休等，除善导、慈愍为法照先辈尊称“和上”，其他作者疑为法照与同道或弟子共同作赞（新制或部分收集本来已流传的诗赞句子重整），以完成此“五会念佛”法事所用诸赞，可谓诗赞歌偈制作团体，这在佛教文学史上，可以说是诗赞体大量制作、应用的高峰期代表作，这也可说明诗赞歌偈应用与净土教理之普及化现象。

（杨明璋、林仁昱）

第十二章　隋唐僧传与僧人西行文学

隋唐僧传文学基本上承袭魏晋南北朝的僧传传统，作品大致可分为类传、合传和单传三种类型，基本上遵循从出身世系、出生瑞兆、性格特质、出家因缘、修证求道、驻锡度化、临终迁化、封谥功德、补述和评赞的叙述模式，然从表现到内涵已有所变化，具有多样性，展现出新的时代特质。

随着寺院经济的发达，佛寺成为促进学术的场所，提供了僧人教育普及的良好条件，更有系统学习内外学知识，如灌顶（561—632 年）七岁为拯公弟子，日进文词，玄儒并骛；义净（635—713 年）亦年幼出家，却能广探群籍，内外闲习，凡此皆为僧学教育的重要范例；更遑论自幼即通过官学与私学接受经史文学教育而后出家者，如道宣（596—667 年）九岁就遍览群书，十五岁善习文墨，却独好佛典。因此不仅是义学高僧有深厚的学术修养，一般僧人的学养亦普遍提升。此一现象，也反映到僧传作者身份的转变，由魏晋南北朝时期文人与僧人分庭抗礼的情况，变为大部分由僧人所撰。

这个时期僧传方面，重要的有道宣《续高僧传》、义净《大唐西域求法高僧传》、慧立和彦悰《大慈恩寺三藏法师传》，均为僧人所撰述；僧人文学方面，还有西行求法的僧人纪行文学，最引人注目的莫过于有关唐玄奘（602—664 年）的《大唐西域记》和义净所写的《南海寄归内法传》，记载着玄奘和义净西行求法的所见所闻，成为长篇游记文学之始。玄奘大约在唐太宗贞观元年（627 年，本传作三年）西行，贞观十九年（645 年）回到长安，采取的是陆路。而义净则是在唐高宗咸亨二年（671 年）从海路赴印度，武后证圣元年（695 年）从陆路回到洛阳。二人的作品保留了当时中国到印度与南海的交通路线及当时中、印、南海各国的宗教、人文以及风俗习惯，是当今理解 7 世纪印度与南海诸国重要的史料。

本章将分为僧传文学与僧人西行文学两大单元介绍之。

一、隋唐僧传文学

7 世纪是各种僧传出现的高峰，今且尚见存者，有隋释灌顶写作于大业元年（605 年）之后的《天台智者大师别传》；道宣于贞观十九年（645 年）写成《续高僧传》三十卷，又于成书后的二十年间，陆续增补《后集续高僧传》；义净则于天授二年（691 年）撰成《大唐西域求法高僧传》两卷；唐彦悰又继慧立（615 年—？）之后，在垂拱四年（688 年）续完《大唐大慈恩寺三藏法师传》，补全之前只写到贞观十九年玄奘回国的五卷本，而被誉为第一大传，同时他又曾作《唐护法沙门法琳别传》三卷。整体来说，这一时期的传记语言，常使用近乎骈体的工整句式，并引用大量诗文、论、序、诏等文书，而求经翻译为一代盛事，标志大唐佛法隆盛，然其中难掩余悸荡漾的末法情结。

7 世纪之后，今所存留者，有撰者不详的《曹溪大师别传》，全名为《唐韶州曹溪宝林山国宁寺六祖惠能大师传法宗旨，并高宗大帝敕书兼赐物改寺额，及大师印可门人、并灭度六种瑞相，及智华（应作智药）三藏悬记等传》，约成书于建中二年（781 年）左右，其中以禅宗南宗始祖惠能生平事迹和禅语法录为主，兼及门人的合传，同时也记载了求那跋摩、智药、真谛等的悬记；其次为新罗文人崔致远（857 年—？）成书于天复四年（904 年）的《唐大荐福寺故寺主翻经大德法藏和尚传》，乃掇取传主零碎事迹，辅以其所著华严十义而配喻。然无论是惠能，或是法藏，都是以居士身份随师学法，却被其师认定为自己的传法人，而各自开展出新局，因此传法旨、演义理，成为这些传记内容的主轴；同时为配合语录、论理等形式，已不复见工整对仗的传文。

事实上，隋唐五代已佚的僧传更多，亦有浏览的必要。苏晋仁曾研究当时亡佚僧传的著录情况，今可归纳为：

（1）译经大师的单传，包括隋释彦琮（557—610年）撰《那连提黎耶舍传》和《达摩笈多传》四卷，隋释行友撰《智通传》。

（2）禅宗传记，计有单传《南岳思大师别传》（慧思）一卷，类传则唐卢藏用、后唐释惟劲都各有《南岳高僧传》、蜀句元令撰《禅门法师传》。

（3）更值得注意的是，天台开宗始祖智者的传记，亡佚者就有其弟子隋释法论、唐释智果撰《智者大师传》，唐释法琳（571—636年）等所撰《智者大师传》三种，而沙门道证曾述《天台山智者大师别传》一卷，唐士大夫颜真卿（709—784年）亦撰有《智者大师传》一卷，一共多达五种；其他天台宗僧人单传，还有灌顶撰《杭州真观法师别传》一卷，释法饶集《天台宗章安大师别传》（灌顶）一卷、《天台宗第五祖左溪和尚传》（玄朗，673—754年）一卷、唐《一宿觉僧传》（玄觉，665—713年）一卷，唐释志明集《天台第七祖智度和尚略传》一卷，唐天台沙门干济述《长安座主传》（道邃）一卷。合传则有题名为道宣撰《天台山六祖略传》一卷、《天台山十二弟子别传》一卷。

另外，牛头山僧人的传记有隋释法论撰《牛头山佛窟寺大毗昙师传》，唐释道氤（668—740年）撰《高僧懒残传》（明瓒）一卷；律宗僧人的单传有唐释如净撰《怀素律师传》，唐释思托撰《鉴真传》六卷，唐释昙一（692—771年）撰《唐越州昙一律师自叙传》；华严宗单传则有唐释圆照（728—809年）撰《大唐安国寺利涉法师传》十卷、《清凉传》（澄观，738—838年）一卷，以及《华严三祖传》；密宗则有李吉甫（758—814年）撰《一行传》；另忏摩宗祖师传记，则有唐释僧彻撰《知玄传》等。

从上述著录的僧传显示，可见隋唐五代宗派林立的现象，以及各自流传的差异性。然而大量亡佚的原因何在？池丽梅（释孝顺）指出，当时僧传常有彼此援用的情况。或许正因替代性很高，一旦有更完备的版本出现，就很容易取代前传。

从体例上来说，隋唐五代僧传文学也是在继承中而有变化，其中有两个特殊的文体现象：首先，唐释昙一自撰《唐越州昙一律师自叙传》，为少数可见的僧人自叙传，根据《四分律删繁补阙行事钞·僧网大纲篇》指出，“说己功德”为“五邪”之一，因此道宣和义净所作僧传，都没有独立的自叙传，而是将自己的事迹隐藏在其他僧人的传记中，昙一是否已打破了这个传统？名称似乎说明此一现象，可惜该传已不传，无法准确地回答此一问题。其事迹唯可见于《宋高僧传》卷十四《明律篇》。再者，新罗崔致远在撰述《唐大荐福寺故寺主翻经大德法藏和尚传》时，有意识地突破一般人物传记成规，也就是打破依照生平时间顺序来铺陈叙事的惯例，改为效法华严三昧观直心中之十义，巧将华严宗第三祖法藏的一生，编织为族姓广大心、游学甚深心、削染方便心、讲演坚固心、传译无间心、著述折伏心、修身善巧心、济俗不二心、垂训无碍心、示灭圆明心等十科，既有罗列一代事迹之结构功能，也正好与其宗教义理相呼应，体现中、晚唐文以载道的文学主张。

（一）道宣《续高僧传》

南山律宗祖师释道宣，出生于隋开皇十六年（596年），俗姓钱，吴兴（今浙江湖州）人，一说丹徒（今江苏省镇江市丹徒区）人，生于长安。父亲钱申为吏部尚书，道宣自幼接受良好的仕宦教育，却厌倦世间书典，十五岁随日严寺智頵（564—637年）出家，二十岁在大禅定寺依止律学大师智首受具足戒，开始研究律学。唐武德七年（624年），高祖李渊命汰寺僧，日严寺废毁，道宣与其师智頵入居崇义寺，同年入终南山，开始整理自己学律的心得。贞观四年（630年）道宣外出参学，历游关、河，广求诸律，拜访名师，撰写《四分律删繁补阙行事钞》等一系列四分律著作，并搜集僧传材料。贞观十九年玄奘回国后，道宣奉诏入弘福寺译场，任缀文大德，首译《大菩萨藏经》，即以其为证文，得见其兼备佛典与文字的素养。

《续高僧传》又称《唐高僧传》，简称《唐传》《续传》，初成三十卷，是为继慧皎（497—554年）《高僧传》之作，针对其收录不周，加之梁代以后僧史荒芜，慨叹许多高僧的事迹皆湮没无闻，而补葺从梁初到贞观十九年间僧人，正传三百三十一人，附见一百六十人，后又续有增补，成《后集续高僧传》十卷。随后两书合并，今通行本卷数仍作三十，所记高僧有正传的四百九十八人，附见二百二十九人。共分为译经、义解、习禅、明律、护法、感通、遗身、读诵、兴福、杂科等十科。其中人数最多者，除了义解和习禅之外，感通位居第二，反映了中古佛教的偏重和变化。每科之后，有论无赞。同时一改《高僧传》不录在世人物的旧例，将当时名望较高的在世僧人，如慧净（567—645年）、慧休（548—646年？）、法冲（595—687年？）等均编写入传，也有比道宣更年轻的僧人，如智实（601—638年）、义褒（619—664年？）等，并常加入个人游历亲访的经验。

《续传》的撰述，与道宣的律学性格密切相关，奠基于北朝至隋代的末法思想，亟谋健全僧伽制度，而兴起一种守戒运动；再加上道宣亲历高祖汰沙行动，包括朝廷搜扬僧众，融并塔寺，故更能对先前的抑佛事件感同身受，反映在传记编辑上，首先就是新增《护法》一科，两卷共列正传十八人，附见九人。其次，反映在生动的苦难书写，其中屡见兵饥交接，流民无处谋食窘境的描写。如道宣曾亲往大兴国寺，以观昙选（531—625年）行事遗迹，铺陈其澡雪精神，《护法下·唐并州大兴国寺昙选传》曰：

> 及大业末岁，兵饥交接，四方僧游，寄食无地。兴国虽富，俭啬者多。每食时禁门自守，客僧拥结，终不之前。选不胜灭法，愤激身心，每日拄杖在门，驱趁防者，携引羁僧，供给钵器，送至食堂。……房内廓然，财什不积，唯置大钵一口，每日引诸乞儿，所得食调总钵中，选请食分，亦和其内，杂为馇粥，便行坐乞人，手自斟酌。……选亦依行受粥而食。

这里用对比的写法，在隋末乱世，一方面写富有的兴国寺僧的凉薄，一到用餐时间，就阻挡游食客僧进入食堂，有赖昙选亲自带领才能得食；另一方面对比身无余物的昙选的慈惠，尽管只有一口大钵，却将自己的食分，与乞食所得的食物调和成粥，每日在门口分食乞儿，并且亲身随众排队受粥而后食，由此树立大慈护法的高僧典范。

同时亦反映在书恶不隐的撰述手法。陈瑾渊研究指出，《高僧传》往往淡化或回避高僧德行有亏之处，而《续传》有别于此一笔法，往往直书僧人之恶，作为告诫僧徒的范例。特别在《感通篇》中，道宣首先更易《高僧传》中之《神异篇》为《感通篇》，旨在强调神秘经验所应担负的宗教使命，以及信仰示范的作用，故在正面形象之外，亦录违戒叛佛的僧人，如北齐明琛（460—577年）好与他僧争胜，竟以邪法化人，后化为蟒蛇；同篇又录隋普光寺的明解，本为僧人，却以琴诗书画自傲，还俗出仕后，视袈裟为驴皮，又赋诗谤佛，故死坠恶道，甚患饥渴。更值得玩味的则是北周益州野安寺僧卫元嵩，精通阴阳历算，略能文辞，而性则谲诈。年少时从亡名禅师（521—616年）为沙弥，不耐清苦，佯为狂放。天和年中（566—572年），造作谶纬，预言世事。武帝即位后，上书诋毁佛法，并与道士张宾进言，遂有毁法之祸。出人意料的是，后通过隋世杜祈游冥，亲见周武废佛而受铁枷无期之苦，而元嵩却已出三界之外，只因尚有慈救之心。凡此可对佛教中的恶与厄、戒与劫，乃至与因果轮回的关系，留予更多省思的空间。

在《感通篇》之外，《续传》感应灵验故事亦遍及全书，常用“感召”“感灵（祥、应、瑞）”“通征屡感”“应感”等词，连接神异事迹，而“感”的机缘，往往通过诵经、禅定、精进、修身，或具有医疗、数术等技能而生发；特别是经典灵验，常见《观世音经》《法华经》《金刚经》等，都有救难、祈愿，乃至延寿等作用。而高僧降生与临终也往往有祥瑞异相相随，其中降生祥瑞，与一般史传比较类似，如有异梦、云彩天象和暴风骤雨等自然变化；临终异相以说法辞众为主，或见诸佛迎升、圣众接引，或闻天乐、异香盈室等瑞相，亦有入灭后出现山崩地动、寺塔铃索无风自鸣等异兆，以及僧人尸身颜貌如生、荼毗而舌不焦烂、获五色舍利等验征。

道宣曾自叙《续传》取材，或博咨先达行人，或为亲自所见，或采自集传国史、郊郭碑碣，故屡征引大量著作、书信，乃至感应故事，拼贴不同的数据源，一开始依照传主生平叙述至临终，然又用“初”“自”“时”“今”或“一说”等方式，别开一大篇文字，以致或有体例散漫，文气中断之讥。但对于耳目所及的僧人，以及亲访之地，往往秉笔直书，反而是可读的佳篇。如道宣受业师《唐京师崇义寺释慧頵传》，首叙其早学儒宗，继历李宗（道教），讨寻至理，若响难追，方意归佛种的历程；次言入隋北渡，在日严寺与南来诸师互相学习，遍观异部，考定新轨的黄金岁月；继云武德之始，迁入崇义寺，则是由玄琬律师主事，周旋于权贵。这些叙述几乎都用典丽四字句铺陈，借由慧頵一生交游侧写其性格，最初与华林解法师以道行交，到日严诸师以学问交，最后在崇义寺游从显贵的无奈，宁可选择隐栖。文末云：

> 余学年（十五岁）奉侍，岁盈二纪，慈诰温洽，喜怒不形，诲以行纲，曲示纤密，蒸尝御涉，炎凉不倦。初受具后，性爱定门，启陈所请，乃曰："戒净定明，道之次矣。宜先学律，持犯照融，然后可也。"一听律筵，十有余载，因循章句，遂欣祖习。贞观初年，拔思关表，广流闻见，乃跪陈行意，便累余曰："出家为道，任从观化，必事世善，不可离吾。"因而流涕："余勇意闻道，暂往便归。"不谓风树易喧，逝川难静，往还十载，遂隐终天。悲哉！

最后道宣以自己的角度追忆先师，开始有对话、有情绪、有主张，师徒间冲突的张力始现，然慧颙所指出的学道次第、融照持犯，也成为道宣律学的定海方针。

中古时期的中国佛教徒，亦特重寻师访道，多方参求，以海纳百川式的转益多师，融会贯通。在移动的过程中，也往往记录僧寺所在的地景。《续传》中即存留道宣游历关表的书写，也包括诸多佛教名山古刹的写景文，像是鼓山（《圆通传》）、五台山（《昙韵传》《明隐传》），近如终南山亦有奇观，如《法诚传》曰：

> 法华三昧，翘心奉行……即入净行道，重惠匠人。书八部般若，香台宝轴，庄严成就。又于寺南横岭造华严堂，陻山阒谷，列栋开甍，前对重峦，右临斜谷，吐纳云雾，下瞰雷霆。余曾游焉，实奇观也。

凡此宗教胜景，结合楼台、堂屋、书法、经典，分布于山谷之间，云雾、川流则声色温湿润饰点染，穷造化之美。

综言之，《续传》是一本宗教与现实意味浓厚的传记，有别于《高僧传》亟欲建立僧人理想典范，道宣更在乎网罗更多僧人事迹，不拘声名、善恶无隐，然而都须受到其戒律实践的检视，另一方面该书也尽量保留各种僧人诗、文、论、诏、碑等各文献，唯恐在法灭危机中，护法、弘道的诸般记忆湮没无闻。而大量感应灵验事迹，则又将本书渲染出庄严、奇幻的宗教氛围。

（二）义净《大唐西域求法高僧传》

《大唐西域求法高僧传》是义净的主要著作之一，成书于武后天授二年（691 年），本书记载着义净在印度与南海所见所闻的大唐僧人，他们经过千辛万苦西行求法，虽然到达印度，但由于中国未在印度设立自己的寺院，遂使僧人居无定所，流离萍转。“身既不安，道宁隆矣！”义净既嘉美其诚，又冀传芳于后，所以就将他们的事迹撰写成书。

《大唐西域求法高僧传》记载了五十六位僧人，再加上其后所附的《重归南海传》中的四位僧人，义净此书一共记录了六十位唐初在南海与印度活动的中国僧人，其中三十位在当地亡故，十三位莫知去向，或不知所终。在义净回国时尚在彼处学习的有六位，返回唐土的九位。另有吐蕃公主（文成公主）的奶妈和其媳妇二人留在泥波罗国，其中一位出家，另一位还俗。

从《大唐西域求法高僧传》看来，当时经由南海到达印度的路线不只一条，有人从广州出海，也有人从交趾登船，或经佛逝，或经诃陵、郎迦戍等到东印度，也有从师子国北上东印度的，由此可知初唐时海上丝路已经成为一条重要的交通路线了。又根据王邦雄的研究可知从开元之后，采取海路到印度，或来中国的人，远比经由陆路的多，除了反映经由西域的陆路不再顺畅之外，也说明海路的崛起。本书除了可以补玄奘《大唐西域记》一书未说当时留在印度所见唐僧不足之外，有时更可以说明当时唐僧到印度的处境，例如北方僧到印度大多住在“迦毕试国寺”，而南方僧则住在“屈录迦寺”，只有中国僧人，因为“神州独无一处，致令往还艰苦耳”。

此书对寺院规制也有说明，义净举那烂陀寺为例，说明此寺“娶方如域”，又僧房面有九，“一一房中可方丈许，后面通窗户向檐矣，其门既高，唯安一扇，皆相瞻望，不许安帘，出外平观，四面皆睹，互相检察，宁容片私”。寺上四角各为砖堂，此乃是多闻大德的住所。至于寺院吃饭时“重关返闭，既是圣教，亦在防私”。寺西面大院之外则有许多窣堵波，除了空间的叙述之外，也旁及人事的安排，如寺内以最老的上座为尊主，有典掌寺门和护寺的人，也有鸣犍椎和监食者等。

义净的《南海寄归内法传》由于记载与讨论的是戒律方面的问题，所以看不到僧人自己的情感表现；但是《大唐西域求法高僧传》中就处处流露出作者的感慨，例如他言及玄照法师在印度学成之后归国，本欲翻译《萨婆多部律摄》，但立刻被朝廷派遣重去印度，只好将梵本留在长安。完成第二趟使命之后，又遇到吐蕃叛变，与大食入侵西北印度，返国之道被阻，最后在印度抑郁而终，义净不舍地记载道："但以泥波罗道吐蕃拥塞不通，迦毕试途多氏（大食）捉而难度。遂且栖志鹫峰，沉情竹苑。虽每有传灯之望，而未谐落叶之心。嗟乎！苦行标诚，利生不遂，思攀云驾，坠翼中天。在中印度庵摩罗跋国遘疾而卒。春秋六十余。"他甚至为玄照写了一段类似墓志的小诗："伤曰：卓矣壮志，颖秀生田。频经细柳，几步祁连。祥河濯流，竹苑摇芊。翘心念念，渴想玄玄。专希演法，志托提生。呜呼不遂，怆矣无成。两河沉骨，八水扬名。善乎守死，哲人利贞。"感慨惋惜之情溢于言表。

在叙述常慜禅师坐船前往印度时，没料到此船超载，又遇风浪，出航半日随即沉没，将没之时，人人争相上救生小船，甚至为了逃生还互相斗殴，信佛的船主一直喊叫常慜快上小船，"常慜曰：'可载余人，我不去也。所以然者，若轻生为物顺菩提心。亡己济人，斯大士行。'于是合掌西方，称弥陀佛。念念之顷，舶沉身没，声尽而终。春秋五十余矣！有弟子一人，不知何许人也，号咷悲泣，亦念西方，与之俱没"。这段记载着一位求法轻生的禅师利物爱人的菩萨行令人赞叹！

《求法高僧传》除了将这些西行求法者不为中土人士所知的嘉德懿行记载下来之外，还有一个特色即是展现了义净的文学才华。一般而言，初唐的文人对于六朝流行的骈文并不陌生，义净亦然，在书写的过程中不知不觉就用上了四六对仗，例如他说玄逵律师娴熟律部，且戒行严峻："入寺徒跣，行途着屡。纵使时人见笑，高节曾不间然。不卧长坐，讵胁安眠之席；杜多乞食，宁过酒肆之门。善人皆爱草鞋，巧知皮亦无过；鉴者足不履地，能闲露脚是仪。嗟乎！此子暗与理谐。激扬清波，耻汩泥而从俗；独醒在旦，岂共醉而居昏。"写智弘律师出家的缘由时，用的也是骈体文，所谓："既而悟朝市之喧哗，尚法门之澄寂；遂背八水而去三吴，舍素禔而擐缁服。"骈文的使用在本书中比比皆是，对仗工整且辞意深远。

诗句的使用也是本书的一大特色，义净常用诗句来传达他的所思所感，当他在那烂陀寺，见到道希法师留在厢房中的四百多卷的《唐国新旧经论》时，不禁对这位遭疾而终的出家众发出悲悯之叹，而作了一首七绝："百苦亡劳独进影，四恩存念契流通，如何未尽传灯志，溘然于此遇途穷。"义净擅长作诗，甚至还作了一首《在西国怀王舍城（一三五七九言）》："游，愁！赤县远，丹思抽。鹫岭寒风驶，龙河激水流。既喜朝闻日复日，不觉颓年秋更秋，已毕耆山本愿诚难遇，终望持经振锡住神州。"这首诗充满归乡情怀。

（三）慧立和彦悰《大慈恩寺三藏法师传》

《大慈恩寺三藏法师传》简称《慈恩传》，是一部记载玄奘一生行谊最早且最详细的传记，同时也是一部最早的个人长篇传记，时间从玄奘出生到去世之后五年。内容包括玄奘西行始末及所见所闻，并包括回国与皇室的互动及翻译工作，最后还写到了玄奘去世前后的种种异象。对于西行路途中所遇的险难、脱困的始末，以及所见的人物风采、当地的风俗习惯，以及当时外道和佛教的互动、论师与论师间的论辩，玄奘遇戒日王及曲女城与在那烂陀寺的大获全胜等，都有详细的记载，同时也对玄奘的心境及宗教体验作了细腻的描绘。

《慈恩传》的作者是玄奘的两位弟子慧立和彦悰。慧立因"睹三藏之学行，瞻三藏之形仪，钻之仰之，弥坚弥远，因循撰其事，以贻终古"。书稿完成后，他因为"虑遗诸美，遂藏之地府"，一直到他临终前才命弟子"掘以启之"，数年之间竟流散他所，慧立的弟子经过搜购方乃得之，其后即请彦悰重新整理，彦悰遂"错综本文"，将原为五卷的《传》，笺为十卷，即今所见的《慈恩传》。

《慈恩传》与一般传记最大的不同，在于从卷六到卷十留下了相当多玄奘与皇室往来的奏书，作者似乎想借着这些奏书说明玄奘与高宗当朝的紧张，以及玄奘所处的艰辛。

《慈恩传》一书为慧立和彦悰怀念玄奘之德，所写的玄奘传记，其中对玄奘的西行，西行路上所遇的险难，所见的人物与当时佛教的状况、论辩的形式，以及玄奘的志节都有清楚的描写，以下一一说明。

1. 西行的原因

《慈恩传》与《大唐西域记》都对玄奘的西行留下了记录，对于西行的原因，《西域记》志宁序说是因为“名流先达，部执交驰，趋末忘本，摭华捐实，遂有南北异学，是非纷纠”的现象，所以遂决意西行，但是《慈恩传》的慧立则说明：“法师以今古大德，阐扬经、论，虽复俱依圣教，而引据不同，争论纷然，其来自久。至如黎耶是报非报，化人有心无心，和合怖数之徒，闻熏灭不灭等，百有余科，并三藏四含之盘根，大小两宗之钳键，先贤之所不决，今哲之所共疑。法师亦踌躕此文，怏怏斯旨，慨然叹曰：‘此地经、论，盖法门枝叶，未是根源。诸师虽各起异端，而情疑莫遣，终须括囊大本，取定于祇洹耳。’”这段记载不仅说明了当时困扰玄奘问题的详细内容，也留下了先贤疑而不决竟然“百有余科”的记录。玄奘为了解决心中的疑难，遂起西行求法之意。

2. 险难的书写

有关西行所见所闻，《西域记》偏重对国家的概述，包含领土大小、地貌、人文、风俗等事件的记载，但《慈恩传》则偏向以玄奘为中心的叙述，因此对于玄奘沿途所经历的险难，《西域记》只字未提，但《慈恩传》则详细地记载着。例如：来到玉门关前，原本答应与他同去西天的胡人，突然“露刀张弓，命法师前行”，后遂说明不肯前去的原因。到了沙河又“逢诸恶鬼，奇状异类”，时行百余里又迷路，“觅野马泉不得，下水欲饮，袋重，失手覆之，千里行资一朝斯罄”。到了阿耆尼国，“又逢群贼，众与物而去，遂至王城所处川岸而宿”。至大雪山则遇“层冰峨峨，飞雪千里”，可谓九死一生，方度险难。在前往阿耶穆佉国的路上，遇到了十余艘贼船，贼捉了玄奘，想杀他去祭祀突伽天神。凡此种种不胜枚举，每个险难都有他精彩特别之处，形成了《慈恩传》中很特殊的险难文学的书写。

3. 西域人物的书写

《慈恩传》因是以人为中心的记载，对于玄奘所遇人物大抵上都有清楚的描绘，其中最引人瞩目的应该是对于几位君王的记载。

（1）高昌王曲文泰。玄奘至伊吾，曲文泰请使者遣送至高昌，至后亲自接见，《慈恩传》云："时日已暮，法师欲停，城中官人及使者曰：'王城在近请进。'数换良马前去，法师先所乘赤马，留使后来。即以其夜鸡鸣时到王城。门司启王，王敕开门。法师入城，王与侍人前后列烛自出宫，迎法师入后院，坐一重阁宝帐中。拜问甚厚。云：'弟子自闻师名，喜忘寝食。量准涂路，知师今夜必至，与妻子皆未眠，读经敬待。'须臾，王妃共数十侍女又来礼拜。是时渐欲将晓，言久疲倦欲眠，王始还宫，留数黄门侍宿。旦，法师未起，王已至门，率妃已下俱来礼问。"夜半方至高昌，曲文泰竟然与侍者秉烛列队，出宫相迎，入宫后，王坐在一重阁宝帐当中，拜问法师一路安好与否，不久后，王妃与侍女竟然共来礼拜，这些盛大的礼数都是闻所未闻的。

（2）西突厥叶护可汗。玄奘至素叶城时，刚好遇到西突厥的叶护可汗在此畋猎，《慈恩传》对此段的记载为："至素叶城，逢突厥叶护可汗，方事畋游，戎马甚盛。可汗身着绿绫袍，露发，以丈许帛练裹额后垂。达官二百余人皆锦袍编发，围绕左右。自余军众皆裘褐毳毛，槊纛端弓，驼马之骑，极目不知其表。"对于可汗的穿着与装扮描绘得十分精致，相信那属塞外游牧民族的帅气装扮十分引人注目，而畋猎勇力的驼马之盛，也让玄奘难以忘怀。

当玄奘进入可汗的毡帐之后，所见所闻的更是让他瞠目结舌，《慈恩传》如此记载："可汗居一大帐，帐以金花装之，烂眩人目。诸达官于前列长筵两行侍坐，皆锦服赫然，余仗卫立于后。观之，虽穹庐之君亦为尊美矣。法师去帐三十余步，可汗出帐迎拜，传语慰问讫，入坐。突厥事火不施床，以木含火，故敬而不居，但地敷重茵而已。仍为法师设一铁交床，敷褥请坐。须臾，更引汉使及高昌使人入，通国书及信物，可汗自目之，甚悦，令使者坐。命陈酒设乐，可汗共诸臣使人饮，别索蒲桃（葡萄）浆奉法师。于是恣相酬劝，窣浑钟椀之器交错递倾，僸佅兜离之音铿锵互举，虽蕃俗之曲，亦甚娱耳目、乐心意也。少时，更有食至，皆烹鲜羔犊之质，盈积于前。别营净食进法师，具有饼饭、酥乳、石蜜、刺蜜、蒲桃等。食讫，更行蒲桃浆，仍请说法。"这段记载留下了可汗金帐之美，西突厥官员锦衣赫然的描绘。住在天寒地冻区域的西突厥，拥有“事火”的传统，所以不使用椅子，而是铺上厚厚的地毯席地而坐，觥筹交错之时，加上乐舞助兴，使得这场盛筵格外令人难忘。玄奘对当时所听到的西方乐曲记载是“虽蕃俗之曲，亦甚娱耳目、乐心意也”。对于饮食的记录则是“更有食至，皆烹鲜羔犊之质，盈积于前”，游牧民族以牛羊为主食的情况跃然目前。叶护可汗的盛情及西突厥的兴盛一一留下了痕迹。

4. 佛教论辩

佛教在印度早已灭亡，如今我们很难想象当日佛教论师辩论的场面，还好《慈恩传》中留下了许多的记录，最完整的一段是戒日王在曲女城办的大会，《传》云：“王先敕会所营二草殿，拟安像及徒众，比到并成。其殿峻广，各堪坐千余人。王行宫在会场西五里。日于宫中铸金像一躯，装一大象，上施宝帐安佛在其中。戒日王作帝释形，手执白拂侍右，拘摩罗王作梵王形，执宝盖侍左，皆着天冠花鬘，垂璎佩玉。又装二大象，载宝花，逐佛后随行随散。令法师及门师等各乘大象，次列王后。又以三百大象，使诸国王、大臣、大德等乘象，鱼丽于道侧，称赞而行。从旦装束，自行宫引向会所，至院门各令下乘，捧佛入殿，置于宝座。王共法师等以次供养。然后命十八国王入；诸国僧名称最高、文义赡博者，使千余人入；婆罗门、外道有名行者，五百余人入；诸国大臣等二百余人入。自外道俗，各令于院门外部伍安置。王遣内外并设食。”接着宣读玄奘的作品《制恶见论》，“别令写一本，悬于会场门外示一切人，若其间有一字无理能难破者，请断首相谢”，可见当时作为论主的人虽然受到尊崇，但是一旦被斥破时，甚至连生命都必须付出，这种以论辩追求真理的方式，是当时佛法日益精湛的原因。《制恶见论》张贴十八日内，竟无一人能破其论，玄奘因此受封为“摩诃耶那提婆”。

另一段是一位顺世外道来那烂陀寺“求论难”的记载，这是顺世外道到那烂陀寺来挑战的记录，论主“乃书四十条义，悬于寺门曰：‘若有难破一条者，我则斩首相谢。’经数日，无人出应。法师遣房内净人出，取其义毁破，以足蹉蹑。婆罗门大怒，问曰：‘汝是何人？’答曰：‘我是摩诃耶那提婆奴。’婆罗门亦素闻法师名，惭耻更不与语。法师令唤入，将对戒贤法师及命诸德为证，与之共论，征其宗本历外道诸家所立。……如是往复数番，婆罗门默无所说，起而谢曰：'我今负矣，任依先约。'法师曰：'我曹释子终不害人，今令汝为奴，随我教命。'婆罗门欢喜敬从，即将向房，闻者无不称庆”。可见论辩可以是论主自悬其义以求论难者，也可以自己前往某处去挑战，只需在其寺院大门悬示自己的主张，求该寺上下能论者与之相辩即可。虽然此次顺世外道的论主所开出的条件是“若破一条者，我则斩首相谢”，但最后他并没有自杀，玄奘将他收之为奴，此人后来还为玄奘讲授小乘人所作的《破大乘义》七百颂。玄奘因此找出此论的错谬之处，而写了《破恶见论》。

5. 对玄奘的称扬

（1）志节的不屈。《慈恩传》对于玄奘一生的行谊最大的赞叹应该是志节不移，从他立志西行开始，不论遇到自然环境的险阻，或是人为险难的障碍，他都能以“贫贱不移、威武不屈、富贵不淫”的志节通过考验，包含曲文泰留他下来当高昌国师、那烂陀寺的师生以中国为边恶之地，佛不生彼，地既无福，不须回归为由，求他继续留在印度。但玄奘秉持求法目的在“广利群生”，所以即使中国为边地，仍愿以所闻，使有缘之人同得闻见。钵罗耶伽国王也以为玄奘造一百寺为由，留他下来，玄奘都不为所动。因为“若留玄奘，则令彼无量行人失知法之利”，无由蒙佛法之泽，这样的大愿，使他学成之后，即使必须再经过千辛万苦，仍坚持踏上回国之途。

（2）感化贼人。玄奘西行的路途之中，除了表现出坚定的志节外，最令人津津乐道的是他以德降贼的过程，今略举一二以知其德。当玄奘至那揭罗喝国后，听说灯光城西南二十余里处有一佛影窟，便发愿前往礼谒，但迦毕试国的陪行者不肯淹留，所以玄奘只好独自前往。玄奘路经一伽蓝，恳请相助，竟无一人肯往。最后到了一个村庄，请一位识途老人引路，才不过离村庄数里路即遇见五贼，“法师即去帽现其法服。贼云：'师欲何去？'答：'欲礼拜佛影。'贼云：'师不闻此有贼耶？'答云：'贼者，人也，今为礼佛，虽猛兽盈衢，奘犹不惧，况檀越之辈是人乎！'贼遂发心随往礼拜”。礼拜之后，“彼五贼皆毁刀杖，受戒而别”。这实在是受玄奘精诚感召，一路劝诱的结果。

另一次即是在阿输迦林遇贼，盗贼想用玄奘来祭祀突伽天神，贼于林中设坛，和泥扫除之后，牵玄奘上坛，欲即挥刀之时，玄奘“语贼：‘愿赐少时，莫相逼恼，使我安心欢喜取灭。’法师乃专心睹史多宫念慈氏菩萨，愿得生彼恭敬供养，受《瑜伽师地论》，听闻妙法，成就通慧，还来下生，教化此人，令修胜行，舍诸恶业，及广宣诸法，利安一切。于是礼十方佛，正念而坐，注心慈氏，无复异缘。于心想中，若似登苏迷卢山，越一二三天，见睹史多宫慈氏菩萨处妙宝台，天众围绕。此时身心欢喜，亦不知在坛，不忆有贼”。这段安心坐禅的结果，使他专注于弥勒菩萨，无复他念，不知为何“须臾之间黑风四起，折树飞沙，河流涌浪，船舫漂覆”，盗贼大惊，不敢相害，并相率忏悔，玄奘最后“为说杀盗邪祠诸不善业，未来当受无间之苦。何为电光朝露少时之身，作阿僧企耶长时苦种”！这些盗贼最后将劫掠的刀剑都投入河中，将所夺的衣资都归还本主，并受戒而还。

以上有关玄奘的记载都将他的精神气象和盘托出，令千年后读之犹见其人。

二、隋唐僧人西行文学

唐代僧人西行的作品，主要是《大唐西域记》和《南海寄归内法传》，二书分别为玄奘和义净在南海与印度所见所闻的记录，《大唐西域记》偏向地理与历史的介绍，也包含该地的传说及物产等。《南海寄归内法传》则偏重在戒律的方向。

（一）玄奘《大唐西域记》

《大唐西域记》为玄奘口述，辩机撰写，成书于唐太宗贞观二十年，记述了西域一百四十多个国家，其中玄奘亲自经过的有一百一十国，有二十八个国家未曾践履，乃得之于传闻，另外附带提及的有十二个国家。此书由于呈给唐太宗，向其禀告十九年来所见所闻，故文章中除了概述此地区的概况外，另详细地说明每个国家的大小、地理环境、兵术、语言、风俗习惯外，还包含历史传说，以及宗教信仰等，以下分别说明之。

1. 国之大小的说明

屈支国东西有千余里，南北六百余里；而跋禄迦国则东西六百余里，南北三百余里；更小的国家锐秣陁国则东西只有五六十里，南北百余里而已。

2. 物产的介绍

如屈支的葡萄、健驮罗国的甘蔗和石蜜、乌仗那国的郁金香等。对于出善马的屈支，则以该国大龙池中的龙易形为马，与牝马交合遂生龙驹。龙驹难驭，但龙驹之子则是不可多得的良马。

3. 历史介绍

有关诸国历史的介绍当中，引人注意的是，迦毕试国中有一个“质子伽蓝”，这个伽蓝中“诸屋壁图画质子，容貌服饰颇同中夏”的记载。另一则“至那仆底国”之下记载着:“迦腻色迦王既得质子，赏遇隆厚，三时易馆，四兵警卫。此国则冬所居也，故曰至那仆底（唐言汉封）质子所居，因为国号。”说明这个北印度的国家之所以称为“至那仆底国”是与中国有关的。另一个迦湿弥罗国建国之后，多次被讫利多族占领，这个族向来与佛教为敌，信奉外道。讫利多族杀了迦腻色迦王，又占领迦湿弥罗国。此时睹货逻国的呬摩呾罗王“闻讫利多毁灭佛法，招集国中敢勇之士，得三千人，诈为商旅，多赍宝货，挟隐军器，来入此国。此国之君，特加宾礼。商旅之中，又更选募，得五百人，猛烈多谋，各袖利刃，俱持重宝，躬赍所奉，持以献上。时雪山下王去其帽，即其座，讫利多王惊慑无措，遂斩其首，令群下曰:‘我是睹货逻国雪山下王也。怒此贱种公行虐政,故于今者诛其有罪。凡百众庶，非尔之辜。’然其国辅宰臣，迁于异域。既平此国，召集僧徒，式建伽蓝，安堵如故”。这段兵不厌诈的描写，有如特洛伊木马屠城般的传神。

4. 地理的说明

其次是对地理环境的说明。书中对于迦毕试国中阿路猱山每年增高数百尺，到了一定高度之后自然崩坠的现象，当地人以一神话的形式解释:“䨴蔽多伐剌祠城南三十余里，至阿路猱山，崖岭峭峻，岩谷杳冥。其峰每岁增高数百尺，与漕矩吒国䅼那呬罗山仿佛相望，便即崩坠。闻诸土俗曰：初，䅼那天神自远而至，欲止此山。山神震怒，摇荡溪谷。天神曰：‘不欲相舍，故此倾动。少垂宾主，当盈财宝。吾今往漕矩咤国穆那呬罗山，每岁至我受国王、大臣祀献之时，宜相属望。’故阿路猱山增高既已，寻即崩坠。”

大雪山（兴都库什山脉）中的暴风雨，经常拔树摧林，使得桥断路崩，迦腻色迦王遂兴起在雪山下立伽蓝以镇龙王的心愿，但每每不济，履废而兴，使王欲填山顶龙池。这个故事说明了迦毕试国中的雪山路段自古难行。

雪山（喜马拉雅山脉）中的一个国家尼波罗国（尼泊尔）则有一小水池“以人火投之，水即焰起，更投余物，亦变为火”。《续高僧传》的《玄奘传》里记载着：“城东有池，中有天金，光浮水上。古老传云弥勒下生，用为首饰。或有利其宝者，夜往盗之，但见火聚腾焰，都不可近。今则沉深，叵穷其底。水又极热，难得措足。唐国使者试火投之，焰便踊起。因用煮米，便得成饭。”

5. 风俗的说明

例如对屈支国的描绘为：“屈支国，东西千余里，南北六百余里。国大都城周十七八里，宜糜、麦，有粳稻，出蒲（葡）萄、石榴，多梨、柰、桃、杏。土产黄金、铜、铁、铅、锡。气序和，风俗质。文字取则印度，粗有改变。管弦伎乐，特善诸国。服饰锦褐，断发巾帽。货用金钱、银钱、小铜钱。”概述了此国的大小国都的范围、物产、气候、服饰以及此国擅长音律。还有一种希望小孩头扁才美的概念，因此小孩出生便“以木押头”的风俗。

另则玄奘记载，信度国内沿信度河畔有数千户人家是“法服俗行”的居民，这些人“若男若女，无贵无贱，剃须发，服袈裟，像类苾刍而行俗事”，原来是“闻诸先志曰：昔此地民庶安忍，但事凶残。时有罗汉愍其颠坠，为化彼故，乘虚而来，现大神通，示希有事，令众信受，渐导言教。诸人敬悦，愿奉指诲。罗汉知众心顺，为授三归，息其凶暴，悉断生杀，剃发染衣，恭行法教。年代浸远，世易时移，守善既亏，余风不殄，虽服法衣，尝无戒善。子孙奕世，习以成俗”。

6.《大唐西域记》作品的特色

《大唐西域记》描绘的动人之处，乃是笔尖带着宗教的情怀。例如：玄奘在描绘呾叉始罗国北界，临近信度河地区有一块地方，不论是土地或是草木都微带红色，原因是“昔摩诃萨埵王子，于此投身饲饿乌择。其南百四五十步有石窣堵波，摩诃萨埵愍饿兽之无力也，行至此地，干竹自刺，以血啖之，于是乎兽乃啖焉。其中地土，洎诸草木，微带绛色，犹血染也”。其中“人履其地，若负芒刺，无云疑信，莫不悲怆”。

《大唐西域记》对于现象的解释大抵都以故事或神话的方式呈现，尤其是建国的传说。据说迦湿弥罗是由讫利多族所立的国家，讫利多在当时被视为贱种，其因乃是：迦湿弥罗原本是个龙池，后来阿难弟子末田底迦阿罗汉来此地与龙王较量神通，龙王不敌，所以以池地总施罗汉，末田底迦于西北为留一池，周有余里，自余枝属，别居小池。龙王发愿供养五百罗汉直至法尽之时，末田底迦于是运用神力设立五百伽蓝，并于他国购买贱人以充僧众之役使，自末田底迦入寂灭后，彼请贱人自立君长，邻国人称之为“讫利多”，意为“买得之人”。

对于狮子国人形貌卑黑，方颐大颡，性情犷烈，安忍鸩毒，则认为他们是人狮交合之后的后代。这个执狮子的传说，不仅涉及到儿子的身份认同，也涉及了亲情下的悲剧。话说南印度某国王嫁女儿，公主为狮所劫，入深山，处幽谷，“既积岁月，遂孕男女，形貌同人，牲种畜也”。儿长大后，遂负母担妹，下趋人里。狮子失其妻儿遂出山谷，往来村邑，暴害人物，遂使王者征募猎狮者，以为民除害，其子“乃袖小刀，出应招募。是时千众万骑，云屯雾合，狮子踞在林中，人莫敢近。子即其前，父遂驯伏，于是乎亲爱忘怒，乃剸刃于腹中，尚怀慈爱，犹无忿毒，乃至刳腹，含苦而死”。王以其除民之害酬以重赏，但因其弑亲遂予斥逐。其子泛海至斯里兰卡地方“见丰珍玉”便止于此，成立僧伽罗国。

乌仗国的上军王也是释迦族人与龙女合会所生。当时毗卢释迦王欲征讨其他释迦族的诸王，但有四人不从，进而遭到驱逐。其中一人离开国都后，半途不堪疲惫，遇到一只雁将他载至某水池边。恰好池中的龙女在水滨游览，遂暂转龙形为人形，两人进而野合。释种而以其福德之力，令龙女举体成人。龙女为了报谢释种，遂禀告其父，愿与此释种成亲。龙王由于欣慕人类，也敬重释迦族，便答应这桩婚事，甚至邀请释种入住龙宫。释种入住龙宫后，时常厌恶龙族的外貌，想要离开龙宫。于是龙王“以宝剑置箧中，妙好白氎，而覆其上”，教导释种利用进献乌仗那王的机会一举夺国，也果然成功刺杀乌仗那王，窃取王位。后释种迎接龙女进入都城，但由于龙女宿业未尽，时而现出原本的“九龙之头”。释种厌恶其妻身为龙族的原貌，遂趁其睡眠之时，以利刃断其首，不仅龙女受害，也使得后代子孙遭受诅咒而有头痛之患。释种过世后，其子即位，即是上军王。上军王果然患有头痛之症。

以上有关人类与狮子、龙等兽类婚配的现象，大抵上是用以说明异族通婚的情形。而《大唐西域记》中又有偏向以此来说明此一种族不同于其他民族的特色。例如执狮子国的形貌与勇猛。超越凡人的部分、非一般民族所能及的部分，要不是神通所致，即是与龙、鬼等有关。在这些民族的心中，仙人是具有神通可以招致灾异或祥瑞的特殊人类，是不能得罪的对象。同样的具有大能的异类如龙、如鬼也同样具有祸福人类的能力。因此当时人认为人类具有非凡的能力时，通常都是由这些异类而来，例如《大唐西域记》中认为屈支国中有部分人特别骁勇善走，是因为“城中无井，取彼池水。龙变为人，与诸妇会，生子骁勇，走及奔马，如是渐染，人皆龙种”。这些屈支人因为是“龙神”的缘故，所以跑得和马一样快，也有像兽一样的勇力。

另外《大唐西域记》中的故事，还有一个特色，即是曲折而多变化且高潮迭起，这已不再是原始神话的套路，例如迦湿弥罗国中的佛牙伽蓝由来，从讫利多族占领迦湿弥罗，驱逐僧徒开始说，有一沙门游历印度，观礼圣迹之后，听闻本国平定，想回原地时“遇诸群象，横行草泽，奔驰震吼。沙门见已，升树以避。是时群象相趋奔赴，竞吸池水，浸渍树根，互共排掘，树遂蹎仆。既得沙门，负载而行，至大林中，有病象疮痛而卧，引此僧手，至所苦处，乃枯竹所刺也。沙门于是拔竹傅药，裂其裳，裹其足。别有大象，持金函授与病象，象既得已，转授沙门，沙门开函，乃佛牙也”。群象载僧人出树林外，跪拜而去。僧人带着佛牙欲返迦湿弥罗，渡河至河中时，船将覆没。船主以为是船上有佛舍利，所以诸龙来抢，沙门只好举佛牙谓龙曰：“吾今寄汝，不久来取。”“遂不渡河，回船而去，顾河叹曰：‘吾无禁术，龙畜所欺！’”此故事情节曲折，以僧人被逐远走印度开始，接着途中遇到群象横行奔驰的险境，当僧人走避树颠，然仍被群象拔倒大树而获，最后才知象群中有病象必须帮忙，这段细腻的铺陈将故事的演进写得生动而活泼。最后大象持佛牙金函相赠，通常已是圆满的结局了，但没料到僧人在回乡的路上，遇到水中恶龙抢夺佛牙，不得不让出佛牙。然而故事并未止于此，而是峰回路转写到僧人重返印度去学“禁龙法”。三年之后，再到此河设立坛场，龙王乃捧佛牙金函奉还。整个故事旨在说明伽蓝的建立不易，以及佛牙金函的珍贵。

（二）义净《南海寄归内法传》

《南海寄归内法传》不同于一般朝圣型的游记，也不是地理型的方志，他是义净根据自己游历印度与南海所见的“内法”所做的记录，目的在于修正中国寺院中有关戒律方面的错误。事实上，明了僧人生活所应遵行的仪轨正是义净西行求法的目的。

义净说明《南海寄归内法传》中所论“皆依根本说一切有部，不可将余部事见糅于斯”。这一方面说明了在义净心中根本说一切有部保留了最正确最完善的佛教戒律，一方面说明了他明白戒律有时必须因地制宜（例如天冷的地区不可能要求僧侣偏袒右肩），不可苛责一致。他将根本说一切有部的戒律分为四十个部分说明，大抵上是上下尊卑之仪，衣、食、住、行、起居坐卧等应当遵守的规矩。

通常说明了正确的仪则之后，义净就会指出中国当时的错误之处，例如：吃饭时西方僧众必须先净洗手足，然后各个别踞“小床”，这张“小床”高七寸，方一尺，双足踏地，前置盘盂而食。“未曾见有于大床上跏坐食者。”但中国从晋代之后均采“跏坐而食”的方式，所坐的“大床”（椅子）也超过二尺以上，在义净看来这都不合律仪。再者，除了饭前必须洗净手足之外，凡受斋供及余饮啖之后，都必须以净水漱口之后，才能再碰触其他食物或其他人，否则所做的祈请以及禁术都没有效果，所供养的飨祭，鬼神也不会接受。但在当时的中国，义净看到的却是“但以食不护净，便利不洗，不嚼杨枝，事殊西域”的状况。

《南海寄归内法传》除了记载与讨论生活仪轨之外，最有趣的是从仪轨衍生而出的许多小故事，这些故事也是本书中文学性最强的部分。例如：印度的施主在设食之时，会先洗净手足，恭敬地先供养圣僧，再依次供养其他僧侣，最后会准备一盘食物供养呵利底母。所谓的呵利底母（Hariti，梵文意为偷小孩的贼）即是鬼子母，因过去因缘遂发愿吃尽王舍城人所生的小孩，王舍城居民因为失去孩子，惊惶啼哭，求助于佛陀，佛陀遂将呵利底母的幼子藏于钵中，呵利底母在上穷碧落下黄泉之后，仍然无法找到小孩时，焦急痛苦地“搥胸悲泣交流，唇口干焦精神迷乱”，最后到了佛陀处求教，佛陀问他：“你有五百个小孩，失去一个都会忧恼癫狂，悲啼号哭，王舍城中的人只有一两个小孩，失去孩子时父母又会如何？”呵利底母及时悔悟，皈依佛陀。但却问那么我和孩子以后吃什么？佛陀说只要有伽蓝僧尼之处就会有你们的饮食。所以义净看到“西方诸寺每于门屋处，或在食厨边，塑画母型，抱一儿子于膝下，或五或三，以表其像，每日于前盛陈供食”。

本书中也会记载一些有别于中国的现象，例如卷三中就记载着印度人以“水漏”计时的方法。“又复西国大寺皆有漏水，并是积代君王之所奉施，并给漏子为众警时。下以铜盆盛水，上乃铜碗浮内。其碗薄妙可受二升，孔在下穿水便上涌，细若针许量时准宜。碗水既尽，沉即打鼓。始从平旦，一碗沉打鼓一下，两碗两下，三碗三下，四碗四下，然后吹螺两声，更别打一下，名为一时也，即日东隅矣。更过四碗，同前打四，更复鸣螺，别打两下，名两时，即正午矣。若闻两打则僧徒不食；若见食者，寺法即便驱摈。过午后两时，法亦同尔。夜有四时与昼相似，总论一日一夜成八时也。若初夜尽时，其知事人则于寺上阁鸣鼓以警众，此是那烂陀寺漏法。”当时的印度人用一个大铜盆盛满了水，水上放一个可装二升的铜碗，碗底有一个小洞，细若针孔，水自下向上涌，等到满了，碗就下沉，沉下的碗即发出响声，人们便敲一下鼓，第二次碗沉时，就敲两下鼓，同时吹两下螺，之后又再敲一次鼓，这就是“一时”到了，通常也就是日出的时刻。也就是沉下两只碗算成一个时段。等到沉下第四只碗时，就敲四下鼓，吹两下螺，接着又打二下鼓，这就是通知大家“第二时”，也就是午时到了。下午也分为两个时段，白天一共有四时，晚上一样分为四个时段。一天共沉下十六只碗，分八时。这种时间计算法与传统中国不同，从义净的记载中我们看到印度与南海计算时间的科学方法。

整体来说，《大唐西域记》和《慈恩传》二书充满了初唐西域到南海的异域元素，包含气候、地貌的不同，风俗习惯的差异，传说故事的异类等，使得此二书迥异于中国传统的书籍，《慈恩传》从卷六后半开始，留下了玄奘与朝廷往来的书信，在传记中是十分特殊的现象。至于《南海寄归内法传》旨在修正当时中国寺院中不合戒律或藏污纳垢的情况，所以在记载完印度寺院的戒律规矩之后，大抵会以中国寺院现存的错误做一对照。《大唐西域求法高僧传》中则记载了六十位唐初留在西域南海及印度的僧人行谊，笔调充满了义净的感慨与不舍。

（涂艳秋、刘苑如）

第十三章　唐诗与佛教

唐代是佛教与诗歌高度发展变化与繁荣的时代，诗歌到了唐代体制成熟，古、律兼备；佛教发展十宗并盛，禅宗更是一花开五叶，佛法与禅宗思维都更全面地融入诗歌，学者指出诗与禅不管在语言逻辑与思维方式上都极为相似，禅的不可言说与诗的含蓄象征，都影响着唐诗的发展。

唐代文士孺慕佛法，与高僧大德多有互动，并有不少诗人兼居士的身份。诗歌作品中有许多融入禅语、禅典、禅机与禅法。相较于六朝，唐代文士习禅已成为普遍现象。初唐阶段有王绩、沈佺期、宋之问、陈子昂等；初盛唐过渡期有张说等；盛唐期有孟浩然、王昌龄、王维、李白、杜甫、岑参、钱起、戴叔伦等；中晚唐有白居易、柳宗元、刘禹锡、李绅、马戴、李商隐等诗人大家，这些文人都创作了许多习禅诗歌，其中盛唐时期王维更被称为诗佛。统计《全唐诗》中收入文人禅诗约有两千一百首左右。

《全唐诗》以山居入题约二六一首，文士有六十三人二〇七首，僧人有九人四十七首。可知文人山居诗在唐代大量出现，文士多写隐居山林之作，描述山林自在生活。宋姚铉编《唐文粹》特别列了“山居诗”一类，可见唐代出现了较多的山居诗。山居诗是指内容与山居禅修的生活有关，也指佛教徒居住在山林，参禅体验阐述禅悟后境界的创作。

一、初唐诗人与佛教

初唐时期僧人道信于黄梅创立东山道场，其弟子弘忍提出守心禅法，此方便法门影响许多诗人文士，而诗人与僧人交游问道、谈论诗文、为碑塔撰铭，蔚为风气。

（一）王绩

初唐诗人王绩（585—644年），字无功，曾于《薛记室收过庄见寻率题古意以赠》云："赖有北山僧，教我以真如。使我视听遣，自觉尘累祛。何事须筌蹄，今已得兔鱼。旧游傥多暇，同此释纷拏。"说明学佛因缘，学习大乘禅法，通过佛法得以遣去视听，祛除尘累，并与薛收分享学佛的心得。诗作常阐释佛法的空性，如《咏怀》诗云：

> 桑榆汾水北，烟火浊河东。未必寻归路，居然息转蓬。故乡行处是，虚室坐间同。日落西山暮，方知天下空。

王绩将主观思乡、咏怀的情感与客观外在的事物相结合，并将禅的虚与空，与外在的景相结合。他把自己比拟为一个修行者，不被外在人事景物染浊，呈现出一种"方知天下空"的"诗境"。又如《独坐》："欲令无作有，翻觉实成虚。"都是表现对于人生虚幻的体悟。张海沙以为，王绩的虚无观乃佛家色空观，并认为从王绩开始，中国诗歌开始了意境的自觉追求，结合写意与摹象、象征与写实的手法，创造情景交融的艺术境界，都是因为受到佛教的影响。

（二）沈佺期

初唐沈佺期（656—713年），字云卿，曾被贬谪，因而对于佛理感悟更为深切，创作许多游寺诗作，内容不仅描写佛寺的风景，更大量书写佛教传入中国的佛典，如《奉和圣制同皇太子游慈恩寺应制》："肃肃莲花界，荧荧贝叶宫。金人来梦里，白马出城中。"诗中描写禅寺的幽静，谈论禅理，并以佛典入诗。沈佺期《从幸香山寺应制》:“岭上楼台千地起，城中钟鼓四天闻。”《红楼院应制》:“支遁爱山情漫切，昙摩泛海路空长。”还有《乐城白鹤寺》:“碧海开龙藏，青云起雁堂。潮声迎法鼓，雨气湿天香。”《游少林寺》:“绀园澄夕霁，碧殿下秋阴。”此外还有不少书写领悟禅理，以及南朝慧远的故事，如《九真山净居寺谒无碍上人》:“大士生天竺，分身化日南。人中出烦恼，山下即伽蓝。小涧香为刹，危峰石作龛。候禅青鸽乳，窥讲白猿参。……欲究因缘理，聊宽放弃惭。超然虎溪夕，双树下虚岚。”诗中坦言自己孺慕佛法已久，却因为贬谪途中，拜访无碍上人，深受无碍上人高妙的佛法所启发，连鸟禽、白猿都受到感化。自己也希望能够跟着上人，在此清净佛寺，了悟禅理超然之境。《登韶州灵鹫寺》诗云:“对水禅应定，论沙劫已深。”更道出原本遭逢贬谪如沙的烦恼劫难，因为禅定入禅让他找到解脱法门。除此之外，沈佺期也有不少作品传达因为学佛修禅而领悟的意境。如《秋晚游普耀寺》诗云:

> 薄暮曲江头，仁祠暂可留。山形无隐霁，野色遍呈秋。荷覆香泉密，藤缘宝树幽。平生厌尘事，过此忽悠悠。

诗中除写明游普耀寺的时间:秋天黄昏，并使用佛教语汇“仁祠”“宝树”传达心境，生平讨厌的俗尘之事，都因为眼前的景物与寺院的宁静，让人暂时忘却烦忧。

（三）宋之问

宋之问（656—712年），字延清，曾登进士第，后因贬官，南下途中曾拜见六祖惠能禅师，《自衡阳至韶州谒能禅师》诗阐明自己虽然贬谪，但很幸运能得到惠能禅师的开示，终能皈依佛门，体悟人生如梦，摆脱贬谪之苦。佛法开启的智慧，帮助他洗净烦恼，心思能转为闲静细致。于是下定决心焚香诵经，期盼以有漏之躯，熏生无生智慧。

宋之问还有几首游寺诗，也传达了自己学佛修禅的决心与禅修后的悟境。其游寺之作不仅描写佛寺景物，而是将视角移转到自己内在的体悟如何与自然山水之景相融合，开启了盛唐诗歌自造心境的意境。如《宿清远峡山寺》诗云：

香岫悬金刹，飞泉届石门。空山唯习静，中夜寂无喧。说法初闻鸟，看心欲定猿。寥寥隔尘市，何异武陵源。

诗中传达了诗人在山中寺院领悟了空境，能让自己原本如猿猴浮躁的内心回到平静，即使身处俗尘闹市，也像身在桃花源般。又如《奉和幸大荐福寺》："水入禅心定，云从宝思飞。欲知皇劫远，初拂六铢衣。"《缑山诗》："洎余爱羽化，洗心向禅寂。"因为机缘，宋之问接受六祖的开示，领悟了佛法的空，明了境由心造，若能让心不为外物所转，则能无入而不自得。又如《游云门寺》："投迹一萧散，为心自杳冥。……理胜常虚寂，缘空自感灵。入禅从鸽绕，说法有龙听。劫累终期灭，尘躬且未宁。摇摇不安寐，待月咏岩扃。"《游法华寺》："浮悟虽已久，事试去来成。观念幸相续，庶几最后明。"都通过游寺诗来书写自己参禅悟道的心境。

唐代山水诗的书写，大量受到佛教思维的影响，诗人书写由外在自然景物转为内心世界时，山水成为一种媒介。宋之问是此间自然山水变化为自性山水的重要桥梁，《雨从箕山来》诗云：

雨从箕山来，倏与飘风度。晴明西峰日，绿缛南溪树。此时客精庐，幸蒙真僧顾。深入清净理，妙断往来趣。意得两契如，言尽共忘喻。观花寂不动，闻鸟悬可悟。向夕闻天香，淹留不能去。

景龙三年，宋之问贬谪至钦州，开始接受佛教的思想，也因此原本制定格律的他，从追求音律辞藻之美，转而追求"意得两契如，言尽共忘喻"的境界。余如"孤兴欲待谁，待此湖上月"（《见南山夕阳召监师不至》）"感真六象见"（《游法华寺》）、"漾漾潭际月，飗飗杉上风"（《宿云门寺》）都可见初唐时诗风的转变。

此外，宋之问还有许多与佛教相关的应制诗，如《奉和九月九日登慈恩寺浮屠应制》:“凤刹侵云半，虹旌倚日边。散花多宝塔，张乐布金田。”《幸少林寺应制》:“空乐繁行漏，香烟薄彩斿。玉膏从此泛，仙驭接浮丘。”《奉和幸三会寺应制》:“净心遥证果，睿想独超禅。”除了使用大量佛教语汇形容佛寺庄严及建筑雄伟外，更表明自己对人生无常的体会与净心超禅的想望。

（四）陈子昂

陈子昂（661—702 年）为典型的儒者，年轻时曾隐居山林求道，一生坎坷曲折，也许因为其个性耿直刚正，不畏强权，敢于发言，曾多次遭逢冤狱，最后死在狱中。他除了《登幽州台歌》《感遇诗》等成名作，也有不少以诗论禅之作，如《同王员外雨后登开元寺南楼因酬晖上人独坐山亭有赠》诗云：

钟梵经行罢，香林坐入禅。岩庭交杂树，石濑泻鸣泉。水月心方寂，云霞思独玄。宁知人世里，疲病得攀缘。

陈子昂与大云寺圆晖上人交游，晖上人先赠诗给陈子昂，此诗为回赠，首联描述诵经经行后，晖上人正在坐禅。颔联写景，并以杂树、泉水衬托山林的幽静，颈联描述晖上人的禅悟，用大乘十喻水中之月，喻一切事物皆无实体，说明晖上人的心如水月虚寂、云霞般玄妙，尾联倾吐内心的感叹，提醒自己攀缘功名利禄，累得一身疲病。陈子昂在许多诗作中表达佛法带给他解脱。如《夏日游晖上人房》:“山水开精舍，琴歌列梵筵。人疑白楼赏，地似竹林禅。对户池光乱，交轩岩翠连。色空今已寂，乘月弄澄泉。”《酬晖上人夏日林泉》:“闻道白云居，窈窕青莲宇。岩泉万丈流，树石千年古。林卧对轩窗，山阴满庭户。方释尘事劳，从君袭兰杜。”从诗中可发现让他心灵得到解脱的是佛法，开元寺拜见晖上人后，让他找到内心久违的平静，兴起了隐居的念头。除此，陈子昂在《夏日晖上人房别李参军崇嗣序》云:“讨论儒墨，探览真玄，觉周孔之犹迷，知老庄之未悟，遂欲高攀宝座，伏奏金仙，开不二之法门，观大千之世界。”将儒释道作了比较后，决定选择佛教，祈愿能开启不二法门，进入佛法大千世界。

二、从初唐到盛唐

（一）张说

张说（667—730 年），字道济，乃初盛唐佛教传播的重要诗人。张说曾撰写《般若心经》序文，传达："万行起于心，心人之主；三乘归于一，一法之宗。知心无所得是真得，见一无不通是玄通。"阐释《般若心经》中"心"的作用，并在诗歌中传达佛教思想中的万法归心、心识为幻等思想，其《江中诵经》诗云："实相归悬解，虚心暗在通。澄江明月内，应是色成空。"诗人通过眼识"澄江月影"，进而领悟"心识空、实相空"。还有《山夜听钟》诗云：

> 夜卧闻夜钟，夜静山更响。霜风吹寒月，窈窕虚中上。前声既春容，后声复晃荡。听之如可见，寻之定无像。信知本际空，徒挂生灭想。

张说从耳识进而领悟声色俱空，通过眼识、耳识、触识影等，领悟"定无像""本际空"与"生灭想"，而《戏题草树》诗云："戏问芭蕉叶，何愁心不开。"说明人若像芭蕉，则无心无意识，无须在意荣衰等，张说善于描写自然景物，更在诗作中展现诗画禅相融合的意境，如《过蜀道山》："白云半峰起，清江出峡来。谁知高深意，缅邈心幽哉。"诗中描绘繁花盛开的春景，通过翻越蜀道山，而领悟"高深意"。还有《入海二首》之一："潮波自盈缩，安得会虚心。"通过眼识海之广阔与变幻，领悟"虚心"。以及《清远江峡山寺》："猿鸣知山静，鱼戏辨江空。静默将何贵，所贵心境同。"其诗中有画，以诗证禅，表现"空静之境"，都影响后世诗佛王维，发展出诗画禅相融合的诗歌创作。

张说曾参与译经，并协助义净润色译经，也有不少赞颂佛像的文字，如《龙门西龛苏合宫等身观世音菩萨像颂》《卢舍那像赞并序》《进佛像表》等文，都是肯定设置佛像与佛寺。而《溜湖山寺》诗云："空山寂历道心生，虚谷迢遥野鸟声。禅室从来尘外赏，香台岂是世中情。"将景物与禅境相融合，还有《别平一师》诗云："宴坐深林中。"展现诗人寻求在山林间宴坐，求得物我一体的境界。

《宋高僧传》卷八《习禅篇》载张说习禅的过程，云："大师捐世去，空留法身在。愿寄无碍香，随心到南海。"说明张说倾心南宗禅，心无挂碍的境界，并让心乘愿到南海。张海沙指出张说在诗歌创作上，追求"褪去形色，推崇意旨；轻视雕琢，崇尚天然"，开创出异于初唐承袭的江左余风。而张说三百三十八首诗作，有一百首直接以"心"作为创作的核心，传达《心经》的万法归心、心归于幻与心与境谐。如《对酒行巴陵作》诗云："空对忘忧酒，离忧不去心。"《醉中作》诗云："醉后乐无极，弥胜未醉时。动容皆是舞，出语总成诗。"都传达出其向往"不事雕琢"的境界。

三、盛唐诗人与佛教

（一）孟浩然

孟浩然（689—740年），襄州襄阳（今湖北襄阳）人，早年隐居鹿门山，与鹿门山寺僧人多有互动，颇受影响。孟浩然有十七首游寺诗和多首与僧人互动、谈禅论理等作品，如《游凤林寺西岭》《游景空寺兰若》，其《题大禹寺义公禅房》诗云："义公习禅寂，结宇依空林。户外一峰秀，阶前群壑深。夕阳连雨足，空翠落庭阴。看取莲花净，应知不染心。"说明隐居山林除能摆脱世俗名利的束缚，也能习禅，让心清净不染。其《夜泊庐江闻故人在东寺以诗寄之》诗云："江路经庐阜，松门入虎溪。闻君寻寂乐，清夜宿招提。石镜山精怯，禅枝怖鸽栖。一灯如悟道，为照客心迷。"孟浩然熟悉禅门典故，也多以此比拟，诗中传达隐居的心境，原本如被鹰追的鸽子那样怯怖，因为亲近佛法，得到开悟。

孟浩然《还山贻湛法师》："幼闻无生理，常欲观此身。心迹罕兼遂，崎岖多在尘。晚途归旧壑，偶与支公邻。导以微妙法，结为清净因。"说明自己很年轻就已经听闻佛法，将湛然法师比拟支道林。"导以微妙法，结为清净因。烦恼业顿舍，山林情转殷。"经过湛然法师指点，烦恼顿舍，心情豁然开阔。《疾愈过龙泉寺精舍呈易业二公》："日暮辞远公，虎溪相送出。"也是用慧远虎溪三笑的典故相比拟。《寻香山湛上人》："法侣欣相逢，清谈晓不寐。平生慕真隐，累日探奇异。野老朝入田，山僧暮归寺。……愿言投此山，身世两相弃。”表明自己特别到香山寻找湛然法师，希望能够求得佛法之微妙。

（二）王昌龄

王昌龄（698—756年？），又称“诗家天子”，曾隐居于嵩山、蓝田石门，与王维同被认为诗作颇富禅境。有不少歌颂高僧的作品，如《静法师东斋》诗云：“筑室在人境，遂得真隐情。春尽草木变，雨来池馆清。琴书全雅道，视听已无生。闭户脱三界，白云自虚盈。”其歌颂静法师心境能脱离三界尘俗，而达到无我、无物、无心、无生的禅境，诗中传达对佛理的体悟。此外其诗作中也表现对于禅宗无念心的体会，如《斋心》诗云：“女萝覆石壁，溪水幽朦胧。紫葛蔓黄花，娟娟寒露中。朝饮花上露，夜卧松下风。云英化为水，光采与我同。日月荡精魄，寥寥天宇空。”除写山中所见之景，更展现从自然景物中照见自性与般若智慧，此刻物境与心境已经相融合。

王昌龄也曾与王维交游讨论佛法，《同王维集青龙寺昙壁上人兄院五韵》诗云：“本来清净所，竹树引幽阴。檐外含山翠，人间出世心。圆通无有象，圣境不能侵。真是吾兄法，何妨友弟深。天香自然会，灵异识钟音。”天宝二年（743年）王昌龄与王维同游青龙寺，拜访昙壁上人，诗中描述青龙寺翠竹青青，十分清静，适合修行。

王昌龄取用佛教中的“境”，而形成诗歌的境界说。早在魏晋南北朝已经开始游寺诗的创作，描写寺院之景可谓物境。而受到佛教内识说的影响，唐朝开始，诗人不仅是描写风景，特别注意“凝心境照”的“境思”，更从意识中观看事物，着重心境的书写。王昌龄提出“搜求于象，心入于境，神会于物，因心而得”，影响了后代诗歌创作，诗歌中也呈现追求“涅槃寂静”的境界，其《题僧房》诗云：“棕榈花满院，苔癣入闲房。彼此名言绝，空中闻异香。”诗中传达“色即是空，空即是色”，在异香中破除我执，进入“入定忘俗”“弃绝名言”的境界。

（三）王维

王维（701—761 年），字摩诘，为盛唐时著名的山水田园诗人，后世称为诗佛，可谓唐诗与佛教中最具有代表性的人物。

王维约三十岁时于荐福寺道光禅师学佛，四十岁隐居蓝田辋川，笃信佛且茹素，诗作多涉佛理、禅趣。也因为受佛教影响，王维选择远离红尘，隐居辋川别墅。王维擅长化用佛典，并转化出新的意境，如“化城”指幻化的城郭，比喻小乘境界。根据《法华经·化城喻品》的意义来说，佛陀欲使一切众生都得到大乘佛果，然恐众生畏难，先说小乘涅槃，犹如化城，众生在求道的中途可以暂得止息，进而求取真正佛果。王维将佛寺比拟为化城，如《登辨觉寺》：“竹径从初地，莲峰出化城。”《游感化寺》：“抖擞辞贫里，归依宿化城。”《与苏卢二员外期游方丈寺而苏不至因有是作》：“闻道邀同舍，相期宿化城。”

唐代许多山居诗都与佛教有关。王维是隐居山林的代表，《山居秋暝》谈隐居，《山居即事》《终南别业》谈笃信佛教悟禅后山中自在闲适的心境，还有送友人归山居，或拜访山中友人等等。

王维《过香积寺》：“不知香积寺，数里入云峰。古木无人径，深山何处钟。泉声咽危石，日色冷青松。薄暮空潭曲，安禅制毒龙。”王维极力描写香积寺的自然风光，云峰、古木、深山、寺钟、泉声、危石、日色、青松、薄暮，通过视觉、听觉让读者感受深山中的禅意。并用咽和冷，不知、无人等感受，烘托寺院给人清寂之感。最后通过禅修来驯服妄念，说明深山中的香积寺最适合安禅修行。

大抵唐代诗人受到佛教的影响，其山水诗，已不再是模山范水，而是因为心的映照，禅定帮助心境能进入静境，而达到一种思与境和谐的状态，取舍外在的景、风、色等物象的虚实，以文字书写情景交融后，阐发心境领悟的意境。

而王维的诗歌艺术成就也因为能以“禅语、禅趣、禅法”入诗，而开展出新的唐诗样貌。李孟阳指出，王维诗歌“高者似禅，卑者似僧”，也是说明王维除了诗中有画，还展现出诗中有禅，更影响后代诗人，如苏东坡等人。而且诗佛王维更将自己对佛法的体悟表现于诗歌中，如《胡居士卧病遗米因赠》诗云："了观四大因，根性何所有？妄计苟不生，是身孰休咎？色声何谓客，阴界复谁守？徒言莲花目，岂恶杨枝肘？"展现佛法中缘起聚合，缘聚则生，缘散则灭，万物皆幻。

诗佛王维最高的成就在其《辋川集》二十首，如《鹿柴》《木兰柴》《竹里馆》《辛夷坞》等可鉴。例如：

> 独坐幽篁里，弹琴复长啸。深林人不知，明月来相照。(《竹里馆》)
> 木末芙蓉花，山中发红萼。涧户寂无人，纷纷开且落。(《辛夷坞》)

两首诗的特色，都能直接触发阅读者的心灵，《竹里馆》诗中的物我关系已到天人合一的境界，更将时间与空间作无限的延伸。《辛夷坞》诗中，诗人退居至旁观者的角色，静静地观看辛夷花如心念的开落，体悟生命的生灭。

(四)李白

李白(701—762年)，号青莲居士，自云"青莲居士谪仙人""金粟如来是后身"，九百多首作品中有一百多首都和佛教相关。其族侄中孚，在金陵为僧，两人常一同谈论禅理，也和许多僧人交游，有非常多游寺诗作，如《庐山东林寺夜怀》诗云："我寻青莲宇，独往谢城阙。霜清东林钟，水白虎溪月。天香生虚空，天乐鸣不歇。宴坐寂不动，大千入毫发。湛然冥真心，旷劫断出没。"青莲宇即东林寺，在东林寺夜宿的李白，寂然静坐，追求一种宁静空寂、物我浑然一体、超越时空的境界。禅法在盛中唐极为流行，相对应的是山水诗与游寺诗重凝神静观，沉思冥想。从静坐中感受心境出入毫发的灵觉，嗅闻到禅坐的天香、天乐之境。

唐代诗人爱用佛门人物拟写，李白《同族侄评事黯游昌禅师山池二首》其一："远公爱康乐，为我开禅关。萧然松石下，何异清凉山。花将色不染，水与心俱闲。一坐度小劫，观空天地间。"自己如谢康乐，昌禅师如慧远，表明自己游寺后，能从静坐中感受天地间的寂妙。《别山僧》："谑浪肯居支遁下，风流还与远公齐。"《秋夜宿龙门香山寺奉寄王方城十七丈奉国莹上人从弟幼成令问》：“虎溪怀远公。”《赠僧行融》：“梁有汤惠休，常从鲍照游。”都可以看出李白熟悉佛门人物典故，常与高僧互动。李白还有许多仿佛开悟之诗，如《赠僧崖公》：“昔在朗陵东，学禅白眉空。大地了镜彻，回旋寄轮风。揽彼造化力，持为我神通……虚舟不系物，观化游江渍。”说明学佛得神通的过程，并且追求宴坐寂静之境。

（五）杜甫

杜甫（712—770年），字子美，出生于儒学世家，但受到信佛的姑母影响，早年便熟悉佛典，自认“本自依迦叶”“身许双峰寺，门求七祖禅”（《秋日夔府咏怀奉寄郑监李宾客一百韵》）。表明对禅的崇仰，并且拜师：“余亦师粲、可，心犹缚禅寂。”（《夜听许十一诵诗爱而有作》）杜甫有非常多游寺诗，如《游龙门奉先寺》：“已从招提游，更宿招提境。……欲觉闻晨钟，令人发深省。”说明夜宿奉先寺至晓之所闻所见，在空寂中观照，而领悟禅理佛境。也有不少听佛法与高僧互动的作品，如《寄赞上人》《谒真谛寺禅师》《大觉高僧兰若》等。

杜甫诗作有许多禅语和佛典，也好用慧远、汤休、庞公等的典故，如《题玄武禅师屋壁》：“似得庐山路，真随惠远游。”《留别公安太易沙门》：“隐居欲就庐山远，丽藻初逢休上人。”《寄从孙崇简》：“庞公隐时尽室去。”《谒真谛寺禅师》：“兰若山高处，烟霞嶂几重。冻泉依细石，晴雪落长松。问法看诗忘，观身向酒慵。未能割妻子，卜宅近前峰。”表明自己拜谒禅师，以参禅求法。

（六）岑参

岑参（715—770年），边塞诗人，少年曾隐居嵩山，与多位高僧往来频繁，如晖上人、眼上人、法澄上人等，并研读《楞伽经》，诗云：“心将流水同清净，身与浮云无是非。”（《太白胡僧歌》）充分展现领悟的心境。

岑参《晚过磐石寺礼郑和尚》：“暂诣高僧话，来寻野寺孤。……谈禅未得去，辍棹且踟蹰。”表明特别前往山中野寺拜访崇仰郑和尚，都是为了求得禅悟。岑参晚期潜心习佛，而有大量游寺诗的作品，如《题山寺僧房》

《闻崔十二侍御灌口夜宿报恩寺》。《寄青城龙溪奂道人》:“誓将归大乘。”《登嘉州凌云寺作》:“愿割区中缘，永从尘外游。”《登总持阁》:“早知清净理，常愿奉金仙。”从这些诗中都可发现岑参醉心佛教。

（七）钱起

钱起（722—780年），字仲文，诗歌多受王维影响。安史乱后，钱起《东城初陷与薛员外王补阙暝投南山佛寺》诗云:“日昃石门里，松声山寺寒。香云空静影，定水无惊湍。洗足解尘缨，忽觉天形宽。清钟扬虚谷，微月深重峦。噫我朝露世，翻浮与波澜。行运遘忧患，何缘亲盘桓。庶将镜中象，尽作无生观。”在乱世中，钱起却看到心中的佛禅净土。钱起诗集中出现禅佛意象诗者近五十首，其中引用佛经《法华经》有八次，《维摩诘经》有六次，还有《华严经》《涅槃经》《无量寿经》等，也好用禅语入诗，例如《送僧归日本》:“水月通禅观，鱼龙听梵声。唯怜一灯影，万里眼中明。”以水月、灯影代表无常的人生，只要心中有佛，最终能够心无染杂，而得眼中明的禅境。《梦寻西山准上人》:“言志心更寂，迹灭云自起。觉来缨上尘，如洗功德水。”还有《归义寺题震上人壁》:“白水入禅境，砀山通觉路。”都表现受到禅宗顿悟的影响。

（八）戴叔伦

戴叔伦（732—789年），为大历时期江南地方官诗人，其涉佛山居诗作有三十多首。如《题友人山居》，向往即心是佛的山居生活。《送道虔上人游方》诗云:“律仪通外学，诗思入禅关。烟景随缘到，风姿与道闲。”说明律与诗，诗思与禅关的紧密结合。诗人通过外在环境，反观自我，在构思诗律的同时，达到一种内心的禅境。《晖上人独坐亭》云:“萧条心境外，兀坐独参禅。萝月明磐石，松风落涧泉。性空长入定，心悟自通玄。去住浑无迹，青山谢世缘。”传达晖上人心若磐石与涧泉，引发诗人归隐，以求空性的向往。

四、中唐诗人与佛教

（一）白居易

白居易（772—846年），字乐天，自称香山居士，虽然“少年知读佛书，习禅定”，然而一生融合儒、释、道三家思想，而佛学思想更不仅禅学，还有净土、牛头禅、洪州禅等。白氏往来的高僧大德非常多，如智常、惟宽、寂然、宗密、神照、如满等，并曾因参访“鸟窠禅师”而开悟。白氏于大和六年（832年）重修龙门香山寺，并与如满法师等一百多个僧人结僧社，名为香火社，自称香山居士。其于《醉吟先生传》云：“栖心释氏，通学小中大乘法。”开成五年（840年）曾依《阿弥陀经》《无量寿经》制作西方世界图像，并发愿：“愿如老身病苦者，同生无量寿佛所。”其自己也说“内以释教治其心”，都可以了解佛教对其影响之深。

白居易《题道宗上人十韵》，诗序云：“予始知上人之文，为义作、为法作、为方便智作、为解脱性作，不为诗而作也。”诗云：“如来说偈赞，菩萨著论议。是故宗律师，以诗为佛事。”表明诗人创作禅诗，目的希望揭示宣扬如来，僧人通过诗歌、诗偈传达佛法，并以佛典入诗，阐释不二法门，与言外之旨。《山居》诗云：“除却青衫在，其余便是僧。”说明向往远离世俗红尘隐居山林，追求清净与禅修的生活。

白居易作六赞偈，分别为《赞佛偈》《赞法偈》《赞僧偈》《赞众生偈》《忏悔偈》与《发愿偈》。另有《八渐偈》，分别从“观、觉、定、慧、明、通、济、舍”，以此八言作为进入禅道的渐门。由于他学佛深入，作品中有不少以佛经典故入诗者，如“火宅煎熬地”（《自悲》）、“电泡易灭妾身轻”（《吹笙内人出家》）、“幻世如泡影，浮生抵眼花”（《对酒》）。电泡乃闪电与泡沫，典出于《金刚经》：“一切有为法，如梦幻泡影。”白居易熟读佛经，对于佛经更有许多体会。

白居易习禅有得，特别能以花的吟咏表达色空不二的体悟，如《僧院花》：“欲悟色空为佛事，故栽芳树在僧家。细看便是华严偈，方便风开智慧花。”禅定关万象，尤能闲心入空，如《闲吟》：“自从苦学空门法，销尽平生种种心。”《偶题阁下厅》：“平生闲境界，尽在五言中。”《仙游寺独宿》：

“幸与静境遇，喜无归侣催。”《禁中晓卧因怀王起居》：“每一得静境，思与故人言。”《过李生》：“子近湖边住，静境称高情。”《秋池二首》之二：“闲中得诗境，此境幽难说。”白居易特别喜爱“静境”，认为心灵若能进入“静境”，自然能够营造好的“诗境”。

（二）刘禹锡

刘禹锡（772—842 年），字梦得，生长于江南。幼年便接触佛教，并跟着江南僧人皎然、灵澈学诗。刘氏与各宗派僧人都有往来，如灵澈、皎然、广宣、鸿举、方及、义舟、景玄等，熟悉各宗派义理。贬官之后，受禅宗影响最大。其一生经历八位帝王，历经德宗对翻译佛经的重视。此外刘氏也和好佛的士大夫往来密切，如柳宗元、白居易。

刘禹锡自幼从灵澈上人学诗，诗歌颇受佛经与佛禅美学影响，曾在诗句中表明自己与灵澈的关系，正如江淹与汤惠休：“凭将杂拟三十首，寄与江南汤惠休。”（《送僧仲剬东游兼寄呈灵澈上人》）或将禅僧比拟为释迦牟尼佛与维摩居士，如《送慧则法师归上都因呈广宣上人》：“雪山童子应前世，金粟如来是本师。”

刘禹锡诗歌作品中特别追求意境，除了受到王昌龄与皎然的影响，也受到佛法中定慧、虚静思想的影响，如《和河南裴尹侍郎宿斋天平寺诣九龙祠祈雨二十韵》：“虑静境亦随。”《谒枉山会禅师》：“静见玄关启，歆然初心会。……悟理言自忘，处屯道犹泰。色身岂吾宝？慧性非形碍。”又如《秋日过鸿举法师寺院便送归江陵引》：“能离欲则方寸地虚，虚而万景入；入必有所泄，乃形于词。……因定而得境，故翛然以清；由慧而遣词，故粹然以丽。”说明以定慧的工夫，与物境相互关照，便能感悟“翛然以清”之境，化为文字就成为“粹然以丽”的诗歌。除此刘禹锡熟悉法华七喻，也有不少诗篇如化城喻：“邀福祷波神，施财游化城。”（《贾客词》）

（三）柳宗元

柳宗元（773—819 年），字子厚，其佛教信仰乃受家族母亲、岳父与父亲好友梁肃等人的影响，交往僧人甚多。柳氏自云：“吾自幼好佛，求其道，积三十年。”可知柳氏自青少年时期已经接触佛法，贬官永州之后，开始研究佛法，并提出“统合儒释”说。柳氏不仅有十多首与佛教有关的诗作，还为僧人作碑铭，《曹溪》《南岳》诸碑。

同唐代大部分的诗人一样，柳宗元诗中多佛教典故，《闻彻上人亡寄侍郎杨丈》：“东越高僧还姓汤，几时琼佩触鸣珰。空花一散不知处，谁采金英与侍郎。”将彻上人与杨丈以惠休与鲍照相比拟。《巽公院五咏·禅堂》：“涉有本非取，照空不待析。万籁俱缘生，窅然喧中寂。心境本同如，鸟飞无遗迹。”《巽公院五咏·净土堂》：“结习自无始，沦溺穷苦源。流形及兹世，始悟三空门。华堂开净域，图像焕且繁。清泠焚众香，微妙歌法言。稽首愧导师，超遥谢尘昏。”《晨诣超师院读禅》：“淡然离言说，悟悦心自足。”除了大量佛理，柳宗元也借由诗作说明自己对佛法追求与淡然禅悦的心境。

五、晚唐诗人与佛教

（一）马戴

马戴（约 799—约 869 年），中晚唐时期诗人。《寄终南真空禅师》：“闲想白云外，了然清净僧。松门山半寺，夜雨佛前灯。此境可长住，浮生自不能。一从林下别，瀑布几成冰。”《题静住寺钦用上人房》：“鉴人开慧眼，归鸟息禅心。……此中能宴坐，何必在云林。”二诗描写禅师隐居山居的状态，显出唐代僧人的林下风流。可见诗人追求禅法，僧俗互动、诗人禅林化的现象。

（二）李商隐

李商隐（813—858 年），李商隐自云：“伏以《妙法莲华经》者，诸经中王，最尊最胜，始自童幼，常所护持。”（《上河东公第二启》），可知幼年便受佛教熏染，并倾向天台宗。（《宋高僧传》载，李商隐久慕玄大师，属天台宗。）

李商隐仕途不顺，妻子亡故后，让他特别向往佛法，其云：“平居忽忽不乐，始克意事佛，方愿打钟扫地，为清凉山行者。”此外也因为晚年李商隐身体羸弱，诗作中常出现病僧，“时梦西山老病僧”（《题白石莲花寄楚公》)。除了寄托自己多病的心境,“维摩一室虽多病,亦舞天花作道场”(《酬崔八早梅有赠兼示之作》),也反映对禅理的体悟。

李商隐作品中与佛教相关有二十多首,除了表达对佛禅的理解,如《明禅师院酬从兄见寄》:“人非四禅缚”,也说明如何通过禅法得到解脱。也有与当时的高僧大德多有交往,如《别智玄法师》《同崔八诣药山访融禅师》,并传达对佛门的向往,如《送臻师二首》其一:“昔去灵山非拂席,今来沧海欲求珠。楞伽顶上清凉地,善眼仙人忆我无。”其二:“苦海迷途去未因,东方过此几微尘。何当百亿莲花上,一一莲花见佛身。”

六、唐代文人禅诗的特色

唐代禅风鼎盛,士大夫与僧人往来互动频繁,《全唐诗》中涉佛诗作有二千七百多首,而其中与僧人相互赠答和游寺诗作更高达一千四百七十多首。而诗歌作品中更经常用写景来写禅心,如水月代表心境,如水月清澈,空寂不染。表现写景写山水,实则是诗人内心修禅参禅的体悟与历程。

唐代文人主要受到几部佛教经典《心经》《金刚经》《法华经》《维摩诘经》《六祖坛经》的影响,佛教对于唐代诗歌文学的影响主要在生命观与创作主题,特别唐代居士文化鼎盛,主要受到《维摩诘经》的影响。

(一)唐代文人禅诗的类型

1. 游寺诗

游寺诗的创作,初唐沈宋二人有二十多首,盛唐则有上百首作品,其中孟浩然有十七首游寺诗、李白有二十多首、王维有十三首,杜甫则有三十首以上。进入中唐,白居易一人就有上百首的游寺诗。通过游寺,得以亲近高僧与佛法,如初唐宋之问有非常多首游寺诗,除了传达自己学佛修禅的决心与禅修之后开悟,还描述心境的转变,如《灵隐寺》:“夙龄尚遐异,搜对涤烦嚣。待入天台路,看余度石桥。”再如沈佺期《绍隆寺》诗云:“试将有漏躯,聊作无生观。了然究诸品,弥觉静者安。”诗中阐述自己居处在绍隆寺中,领悟不生不灭的无生之学,弥觉空寂宁静。

唐代有不少寓居山林寺庙的文人雅士，借由书写游寺，也说明他们学习佛典，传达对佛法的体悟。孟浩然《陪李侍御访聪上人禅居》《游明禅师西山兰若》等，可知寺院已经成为唐代文人的日常游览、游宿与聚会的场所，更表示文士亲近佛法，领悟佛理，并与僧人往来互动频繁。

2. 宴坐诗

《维摩诘经》认为“不舍道法而现凡夫事，是为宴坐”；“不断烦恼而入涅槃，是为宴坐”。唐人不再执着打坐的形式，而宴坐也成为大量文士创作的题材。

受佛教影响，诗佛王维远离红尘，隐居辋川别墅，从其《过香积寺》可以看出他“安禅制毒龙”的宴坐。李白《庐山东林寺夜怀》也明显看出诗人“宴坐寂不动”，追求一种宁静空寂、物我浑然一体的境界。默照的禅法在盛中唐流行，相对应的是盛唐山水诗人重凝神静观，沉思冥想。白居易《病中宴坐》:“宴坐小池畔。”刘禹锡《宿诚禅师山房题赠二首》其一:“宴坐白云端，清江直下看。”韦应物《诣西山深师》:“宴坐一林间。”张说《别平一师》:“宴坐深林中。”这些都是寻求在山林间宴坐,求得物我一体的境界。

（二）唐代文人禅诗的特色

1. 多用佛教典故与人物

大量佛经的翻译，使得唐代文人居士颇受《维摩诘经》《华严经》《六祖坛经》《金刚经》《涅槃经》《楞伽经》等影响，唐代诗人开始大量运用佛经的典故入诗。《法华经》的典故，如卢纶《同崔峒补阙慈恩寺避暑》:“始悟尘居者，应将火宅同。”白居易《自悲》:“火宅煎熬地。”李绅《题法华寺五言二十韵》:“幻身观火宅，昏眼照青莲。”火宅、三车典故出自《妙法莲华经・譬喻品》:“三界无安，犹如火宅。”喻指人间犹如火宅，若贪执爱，将为所烧。《金刚经》的典故,如白居易《对酒》:“幻世如泡影,浮生抵眼花。”电泡乃闪电与泡沫，典故出于《金刚经》:“一切有为法，如梦幻泡影。”

唐代诗人很爱引用《维摩诘经》典故，白衣居士、金粟如来、净名等，都是指维摩诘居士。如李白《答湖州迦叶司马问白是何人》:“湖州司马何须问，金粟如来是后身。”杜甫《送许八拾遗归江宁觐省甫昔时尝客游此县于许生处乞瓦棺寺维摩图样志诸篇末》："虎头金粟影，神妙独难忘。"白居易《内道场永谨上人就郡见访善说维摩经临别请诗因以此赠》："正传金粟如来偈，何用钱唐太守诗。"

此外，唐代文人居士也喜好效法六朝文人访师问道，常以慧远（远公）、支遁（支公）、汤惠休（汤公）、竺道生（生公）、庞居士，与陶渊明、谢灵运等人相往来为比拟。支公、远公、生公为前代僧人。汤公则为释惠休，又称休上人、汤休、休师、汤公、汤师等。孟浩然《还山贻湛法师》《疾愈过龙泉寺精舍呈易业二公》，都是用慧远虎溪三笑的典故。又如李白《同族侄评事黯游昌禅师山池二首》《别山僧》《秋夜宿龙门香山寺奉寄王方城十七丈奉国莹上人从弟幼成令问》《赠僧行融》等，都有六朝高僧影迹。杜甫也好用慧远、汤休、庞公等的典故，如《题玄武禅师屋壁》《留别公安太易沙门》等。《大云寺赞公房四首》："汤休起我病，微笑索题诗。"再如白居易《广宣上人以应制诗见示因以赠之诏许上人居安国寺红楼院以诗供奉》："道林谈论惠休诗，一到人天便作师。"柳宗元《闻彻上人亡寄侍郎杨丈》将六朝高僧与文士的互动，用来比拟自己与当代僧人之间，可以充分看出唐代的僧人文士化，文士的禅林化。

2. 文士禅林化，多参禅问道诗

唐代佛教兴盛，僧俗互动频繁。沈佺期《九真山净居寺谒无碍上人》展现出与禅林高僧互动蒙受的启发。宋之问曾在韶州拜见六祖惠能禅师，《自衡阳至韶州谒能禅师》诗云："吾师在韶阳，欣此得躬诣。洗虑宾空寂，焚香结精誓。愿以有漏躯，聿熏无生慧。物用益冲旷，心源日闲细。伊我获此途，游道回晚计。宗师信舍法，摈落文史艺。坐禅罗浮中，寻异穷海裔。"经惠能禅师的开示，洗净俗虑，发愿以有漏之躯熏习佛法。另外鉴上人也影响宋之问，如《湖中别鉴上人》："愿与道林近，在意逍遥篇。自有灵佳寺，何用沃洲禅。"（沃州禅乃指名士与高僧结合的诗禅群体，目前可考最早用沃州禅出自宋之问的这首诗。）诗中将鉴上人比拟作晋高僧支遁，希望通过与鉴上人共同讨论佛理，更体悟佛法。

陈子昂受晖上人颇多启发，有多首拜访晖上人的作品，如《夏日游晖上人房》《酬晖上人夏日林泉》《酬晖上人秋夜山亭有赠》。特别是《夏日晖上人房别李参军崇嗣并序》显见他与晖上人讨论儒墨，探览真玄，从周、孔、儒、道之迷惘中向上着眼，找寻佛法不二法门，进入佛法的大千世界。

3. 山水诗的禅境化

唐代山水诗书写受到佛教思维的影响，诗人书写已由外在自然景物转为内心世界的自然，与六朝模山范水的自然山水、即目山水大不相同。王绩开始，中国诗歌开始了意境的自觉追求，结合写意与摹象、象征与写实的手法，创造情景交融的艺术境界。清空、虚静、无染的山水意境与意趣，以禅语、禅趣、禅法入诗，形成唐代山水诗独特的美学意境。

宋之问是此间变化的重要桥梁。宋之问《见南山夕阳召监师不至》《游法华寺》《宿云门寺》等，模山范水的写作方式，可以看出初唐山水题材受佛教影响后诗风的转变。诗人因为能够离情去欲，故而其心中所体悟的山水，乃由实入虚，由内而外发现山水之美。此时物我关系，乃进入无我之境。王维的山水诗中颇能体现禅宗思想，例如《竹里馆》《辛夷坞》等，诗人退居至旁观者的角色，静观万物不生不灭的示现。

六朝山水诗的创作，描写的景物可谓物境。唐代山水诗的写作方式已进入王昌龄《诗格》提出的“搜求于象，心入于境”的意境表现，心与物的关系展现为“六尘”的物象，诗中的物象不一定是外在自然世界的物象，而是“凝心境照”之后内在意识再现的物象，成为山水诗呈现心灵内识的山水之理论基础。白居易《洛中偶作》之二“境兴周万象”、《秋池二首》“闲中得诗境，此境幽难说”都是营造内在意境山水的“诗境”说。

（吴静宜）

第十四章　唐文与佛教

进入唐代后，佛教的发展迎来另一波高峰，佛教在中国的发展，从来都不仅是僧侣自身的努力，在家信仰者，包含帝王宗室、官员、士人等，一同参与了佛教的发展，且不仅仅是辅助的角色。中国佛教的繁盛，是僧侣与在家信仰者共同努力的结果，这样的型态在唐代也是如此。

唐代的帝王宗室、官员、士人等在家信仰者对于佛教的信仰表现方式多样，如建寺、造像、供养资财、撰写碑铭、作赞愿文、作护教文等，后三种属文字部分，不少作品流传至今，使得我们能够了解唐代信仰者怎么理解佛教、表达信仰愿求、捍卫信仰等。本文将聚焦于宣教、护教、礼佛赞颂文等文学著作，谈论具有代表性、有特色的作品。

在8、9世纪时出现的古文运动，文士们在从事文学改革的同时，也留下不少佛教相关文学作品，此亦为本章讨论的重点。以下第一部分先说明唐代佛教发展的概况，并介绍文士们所秉持的二元世界观的概念以及古文运动中文章与道的关系。第二部分介绍宣教、护教、礼佛赞颂与碑记文。第三部分介绍文章中兴诸士与佛教关系及相关作品，以李华、梁肃为主。第四部分介绍古文运动诸士与佛教关系及相关作品，以韩愈、柳宗元、李翱为主要讨论对象。

一、唐代佛教发展概说

入唐以来，虽经历高祖、太宗的沙汰，玄宗的崇道抑佛等事，大体来说，佛教教势的发展还是益发兴盛，上至帝后宗室、官僚士人，下至一般百姓，皆在不同程度上参与了佛教的发展。佛教深入当时社会生活的各面向，特别是追荐积福等功德的概念，影响深远，即使开元年间帮助玄宗压制佛教的姚崇（650—721 年）亦不可免，曾告诫子弟不可过度崇信佛教，《旧唐书·姚崇传》云：

> 吾亡后，必不得为此弊法。若未能全依正道，须顺俗情，从初七至终七，任设七僧斋。若随斋须布施，宜以吾缘身衣物充，不得辄用余财，为无益之枉事，亦不得妄出私物，徇追福之虚谈。

这是姚崇在过世前所留话语，告诫子弟不可行此弊法，即写经、设斋等追荐功德之法。若必须顺俗的话，可以在七七四十九日中，设置七僧斋，若须布施，则以随身衣物，不可使用其他的资财。纵使不认同，姚崇也不得不允许子孙在其过世后，随俗为其行追荐积德之事。

佛教的繁荣带来一些负面的状况与抑制的声音。景云二年（711 年）时，辛替否上疏：

> 当今出财依势者，尽度为沙门。避役奸讹者，尽度为沙门。其所未度，唯贫穷与善人。将何以作范乎？将何以役力乎？臣以为出家者，舍尘俗，离朋党，无私爱。今殖货营生，非舍尘俗。……今天下之寺，盖无其数。一寺当陛下一宫，壮丽之甚矣！用度过之矣！是十分天下之财，而佛有七八，陛下何有之矣！百姓何食之矣！（《旧唐书·辛替否传》）

提到当时佛教的发展有诸多弊病，凡有财有势、避役诡诈者，尽皆出家，没能出家者，只有贫困与良善者。这些出家人通过买卖，获利营生，并结党营私，畜养妻儿。两京寺院之壮丽豪奢，胜过皇帝之宫殿。天下资财，佛教有七八分，占据了大量的人力、物力等资源，有与民争利之失。

开元年间，玄宗有计划地压制佛教的发展，由姚崇策划，一连颁下诸多敕诏，有开元二年（714 年）《禁创造寺观诏》、开元三年（715 年）《禁士女施钱佛寺诏》等。只是天宝十四载（755 年）安禄山（703—757 年）起兵反唐，攻下洛阳、长安，玄宗出走四川避难。肃宗于乱事中即位，战事直到代宗广德元年（763 年）方得平定，历玄宗、肃宗、代宗三朝。

乱事平定后，继之的大历、贞元时代，亟欲重现开元、天宝时期的盛况，社会风气愈发靡奢，佛教的发展亦顺此风气，上层阶级的信仰方式以“修功德”为主，见于寺院建造、供养僧侣，如鱼朝恩（722—770 年）奏请肃宗，为章敬皇后所立之寺，该寺立于大历元年（766 年），有四千余间房，四十八院。为了兴建该寺，耗费土木之役甚巨，甚而拆解曲江庭馆、华清宫、观风楼、百司之行廨以及将相没官之宅第，取其木材，用以构筑，极尽壮丽堂皇之能事。

德宗即位之初，勠力于整顿佛道二教，但最后仍旧成为佛教信徒，且迎佛骨于禁中，“奏请出之以示众，帝乃出之，置于禁中精舍。又送于京师佛寺，倾都瞻拜，施财物累巨万”（《册府元龟・帝王部・崇释氏》）。贞元六年（790 年）有臣奏请出岐阳的佛指骨，德宗便请佛骨于禁中，后又送置长安佛寺。过程中，京城士庶僧俗礼拜瞻仰，并累积了大量的供养资财。（冢本善隆，《中国净土教史研究》）

8 世纪长安、洛阳佛教的指导者为专于密教的不空（705—774 年），其深获代宗崇敬，通过仪轨、译经等，弘扬密教，强调佛教护卫国家的力量。于五台山请建国家道场，行忏仪法会，为国行道，镇护国家。根据冢本善隆所说，不空对于密咒的宣扬，与当时愈发流行的净土信仰正可相互配合，持咒与称念佛名可相比类，如怀恽（640—701 年）、法照《净土五会念佛略法事仪赞》的行法等，皆可见密教与净土间的关系。

中国佛教各传统间，在这时期都有重要僧侣带来新的发展。以天台来说，有弘景（634—713 年）、惠真（673—751 年）与左溪玄朗（673—754 年）、荆溪湛然（711—782 年），代表天台玉泉寺系、国清寺系两个系统的发展。弘景、惠真进出长安弘法，教禅律净并学，但没有留下著作，相关教义、实践所知不多；湛然主要的弘化区在南方，为了在新传统（唯识、华严等）不断兴起的环境中保持天台的独特性，湛然吸收、讨论了新经典与教说，如华严性起说、《起信论》，开始关注自性清净心，并留下大量著作，如其对于智𫖮（538—597 年）《法华玄义》等三大部进行注疏，以彰显其教义、实践的主张。

华严则以澄观（738—838 年）与宗密（780—841 年）为代表。澄观曾受学于湛然，吸收天台之说，并在法藏基础上，提出影响甚巨的四法界说；宗密曾从澄观学习，除了华严之外，大弘《圆觉经》，带出本觉思想，同时主张教禅一致，其所宗仰之禅为神会的荷泽，而非当时较为流行的马祖洪州禅。教禅一致的主张，开将来教禅诸家融合之先河，影响后来永明延寿（904—975 年）之主张。（林鸣宇、吉田叡礼，《教学佛教的样貌》《兴盛开展的佛教》）融合之说不仅是佛教内部，还包含儒与道，在宗密《原人论》中可见。

禅宗自弘忍（602—675 年）以来，以东山法门崭露头角，到了弟子神秀（606—706 年）时，因受武则天诏请入京，成为全国重要的禅僧团，神秀一系成为东山法门的主流，备受皇帝尊崇。弘忍另一弟子惠能的名声与影响，以惠能弟子荷泽神会（668—760 年）于开元二十年（732 年），假河南滑台大云寺开无遮大会为契机，而有所提升。神会认为神秀一系传承不正，禅法不对，评之为渐法之北宗，自许其师惠能一系为正统的南宗顿法。其所提主张是对于传承系谱的重视，以及一代一祖的强调，这也影响了禅宗以外的僧团，开始出现这样的主张。惠能一系要到其再传弟子马祖道一（709—788 年）、石头希迁（700—790 年）时，才有更大的影响力，特别是马祖的洪州禅。

天台、禅等各传统、法门流行于当时，文士与之多有来往或信仰，深浅、面向不一。文士为僧侣、寺院撰碑为当时常见之事，可见于各自的文集或收于《全唐文》，通过碑文可探析文士对于佛教的理解、佛教的发展、彼此间的交游网络等，为一重要研究资料。

（一）内外分立的世界观

文士通常受着儒家思想的教育，在佛教、道教信仰的世界中，这样的结构与世界观并不冲突，在一定程度上各司其职地运行着。自东晋以降，当佛教进入士人阶层后，加以原来的道教，个人内在的精神世界逐渐成为佛教、道教的场域，吉川忠夫称作内佛（道）外儒、阳儒阴释（道）、儒佛交涉等。（吉川忠夫，《六朝精神史研究》）陈弱水则以内外世界划分，在儒释道三教并立的状态中，称为外儒内佛、外儒内道。（陈弱水，《思想史中的杜甫》《柳宗元与中唐儒家复兴》《唐代文士与中国思想的转型》）以儒为外，是以儒家所言，乃是关于家庭、社会、政治生活的指导原则，佛、道教为内，为内心提供安顿之所，探索个人生死、宇宙终极的问题。三者间彼此互动、竞争与影响，构成二元世界观的图景。

此一内外分立的二元世界观，从东晋以来，一直延续到安史之乱前。安史乱后，基本的架构没有改变，只是战事的动荡，使得唐帝国原有的稳定与自信被打破，改变对于胡人（外国人）的看法，士人想要寻找一个新秩序，重整当时的道德伦常，佛教作为由外国传入的宗教，这一特点再次被放大检视，是以三教分立内外的价值观与图景开始出现动摇，虽然只是少数先行者的尝试，试图以儒家精神作为个人内在世界的依托，依此取代原本由佛、道教主宰的精神世界，以期打破此二元世界的架构。总的来说，二元世界观在唐代尚未受到真正的挑战，只有裂缝与动摇，更大的变动要等到宋代之时。

（二）古文运动与排佛

初唐时，对于南北朝以来盛行的骈文已有反思的声音，8、9 世纪有更多的文士参与，如李华、梁肃等文章中兴者，到韩愈、柳宗元等古文运动主要人物，对于文章的文体、文风进行讨论，各自提出不同的看法。

古文一词，早期见于王通《中说·事君篇》，以“古之文”表现，古文二字由韩愈开始使用，实则不甚流行，唐代文士还是多以“文”“文章”来指称散文体。运动一词，是自胡适（1891—1962 年）《白话文学史》中，将提倡古文之事以“运动”一词称之，而有古文运动的用法，沿袭至今。（罗

联添，《唐代文学论集》）

由初唐到古文运动，文章的特质已经历几次的变化，在唐代文士的作品中已经谈及，见于独孤及（725—777 年）《检校尚书吏部员外郎赵郡李公中集序》中：

> 帝唐以文德旉佑于下，民被王风，俗稍丕变。至则天太后时，陈子昂以邪易郑，学者浸而响方。天宝中，公与兰陵萧茂挺、长乐贾幼几勃焉复起，振中古之风，以宏文德，……于时文士驰骛，飙扇波委，二十年间，学者稍厌《折杨》《皇荂》，而窥《咸池》之音者什五六。识者谓之文章中兴，公实启之。

古文运动分为两个阶段，首先为武则天时期的陈子昂（661—702 年），这是比较早的时期；其次，为天宝年间的李华（715—766 年）、萧颖士（717—768 年）、贾至（718—772 年），即文章中兴诸士，为古文运动的先行，领头人物为李华，乃承继陈子昂之风而起，在安史之乱前已经开始，意在“振中古之风，以宏文德”，中古在这里指的是周、孔时代，有时下移兼及汉代。

梁肃（753—793 年）《补阙李君前集序》也谈及此一变化：

> 唐有天下几二百载，而文章三变：初则广汉陈子昂，以风雅革浮侈，次则燕国张公说，以宏茂广波澜，天宝已还，则李员外、萧功曹、贾常侍、独孤常州，比肩而出，故其道益炽。

共有三变，第一为陈子昂，第二为张说（667—730 年），第三为李华、萧颖士、贾至、独孤及。在独孤及所说之外，增加了第二阶段的张说，同时将独孤及加入第三变当中。当然，梁肃之后有韩愈、柳宗元的时代。在这些变化中，从陈子昂开始，对于当时讲究声律对偶的华美文风提出批判，认为文章当言之有物，必须能表现道、道德，要能体现儒家的价值与秩序，古文运动为唐代文士间的文学改革，基本上并不包含文士圈以外的人，如僧侣、道士等，而是文士之间的思想运动。

除了文章的讨论之外，古文运动容易与排佛连结，这主要在于韩愈、李翱，特别是韩愈强烈的排佛所致。若是细究各家与佛教间的关系，实则未必。大多古文家多与佛教友善，或是本身即为信仰者，与僧侣来往，学习佛教义理、实践，就韩愈、李翱本身也与佛教有接触，受其影响。当然也有对于佛教较少接触、不熟悉，持中性态度者，如萧颖士、元德秀等。

二、宣教、礼佛赞颂与碑记文

（一）护教宣教文

中古时期的佛教虽然教势兴盛，抨击、对抗的声音一直存在，可能来自皇帝、官员、士人，也可能来自道教，以华夷、孝道、礼敬君亲、佛道先后、沙汰僧团等议题进行；佛教方面则有官员、士人、僧侣进行反驳与论辩，君主相对比较少。

初唐时，高祖、太宗对于佛教的态度较为严厉，傅奕（555—639年）曾请求高祖沙汰废佛，上《请废佛法表》《请革隋制疏》《请除释教疏》等疏，法琳（571—636年）为此上《上秦王破邪论启》《唐废省佛僧箴》《破邪论》，明概亦有《决对傅奕废佛法僧事》等，指陈傅奕对于佛教的污蔑，陈述佛教与中国文化深远的关系及其助益。

另一个重要议题为沙门应否礼敬君亲，不礼敬君王则不忠，不礼敬父母则不孝，不忠不孝其过大矣。自桓玄（369—404年）要求沙门礼敬王者，庐山慧远（334—416年）作《沙门不敬王者论》回应以来，理论面的基础已大致确立。直至唐代为止，统治者要求礼敬之声不绝，高宗曾下《今上制沙门等致拜君亲敕》，令众人讨论，彦悰编有《集沙门不应拜俗等事》，综理桓玄以来对于这一议题的讨论文章。其中僧侣自然是支持不拜，如道宣《西明寺僧道宣等上雍州牧沛王论沙门不应拜俗启》、威秀《大庄严寺僧威秀等上沙门不合拜俗表》等，官员则立场不一。

高宗龙朔二年（662年）五月五日的《中台司礼太常伯陇西王博叉等执议奏状》提到，“五百三十九人议请不拜……三百五十四人议请拜”，由数字可知参与讨论的官员有八百九十三位，人数不可谓不多，其中支持不拜的官员多于支持礼拜的官员。议请不拜俗者，以大司成令狐德棻（583—666年）为首，大司成为司成馆首长，司成馆是为高宗所设中央教育机关，即国子监，大司成为祭酒，以此身份主张不拜俗为古来旧例，儒释二道应是分立，各有职司，不可以儒家之礼要求佛教出家之人。

儒释道三教论衡，以定先后，自北周武帝以来多次进行，仅武帝朝便进行了八次，其间道安（312—385年）上《二教论》、甄鸾上《笑道论》，在佛教方立场发言，虽说最终还是难以避免毁佛。唐代延续此一做法，从高宗到武宗，举行了多次三教论衡，论辩三教先后与优劣，其中高宗朝举行多次，如显庆五年《今上在东都有洛邑僧静泰敕对道士李荣叙道事》，以静泰占上风告终。根据《集古今佛道论衡》所载，胜方多为佛教。

到了后来，三教论衡仪式化且成为节庆的一部分，于皇帝诞辰时举行，可见白居易（772—846年）《三教论衡》所载，有详细的说明。《三教论衡》时间在大（太）和元年（827年），白居易为儒教代表，三教代表为“秘书监赐紫金鱼袋白居易、安国寺赐紫引驾沙门义林、太清宫赐紫道士杨弘元”，三教代表间彼此问答。首先由佛教代表义林问《毛诗》六义，《论语》四科，既是儒学，则由白居易回应。在此之前，白居易先说了一段话：

> 儒臣居易，学浅才微。谬列禁筵，猥登讲座。天颜咫尺，陨越于前。窃以释门义林法师，明大小乘，通内外学。灵山岭岫，苦海津梁。于大众中，能师子吼。所谓彼上人者，难为酬对。然臣稽先王典籍，假陛下威灵，发问既来，敢不响答。（《白氏长庆集》卷六十八）

先肯定义林在佛教大小乘与内外学上的优异，自己能与之相酬答，实是仰赖宪宗威德。在应答中，白居易以佛教十二部，即十二分教，来对比六义；以布施等六波罗蜜，对应四科；以释迦十大弟子，对照孔门十哲。既回应了问难，也提到儒释间的关系，“夫儒门释教，虽名数则有异同，约义立宗，彼此亦无差别。所谓同出而异名，殊途而同归者也”。作为第一波问答的结束。

（二）礼赞文

太宗虽于佛教较为严厉，但与佛教亦有互动。贞观十二年（638年）帝幸弘福寺，立道先佛后，同时为其母太穆皇后（569—613年）祈福，来年（639年）作《为太穆皇后追福手疏》当中提到：

> 朕每痛一月之中，再罹艰疚。兴言永慕，哀切深衷。欲报靡因，唯资冥助。敬以绢二百匹，奉慈悲大道。倘至诚有感，冀销过去之愆；为善有因，庶获后缘之庆。（《全唐文》卷十）

以绢二百匹为其母祈求冥福，使消过去之恶业，积未来之善缘。对于佛教在精神面的价值是肯定的，这与前文提到姚崇在过世前为子孙所留话语是一样的意义。太宗虽有反佛之举，但所反之佛，为佛教在现实层面的经济、社会影响力与占据过多资源。佛教所宣三世轮回、善恶因果等宗教面向的价值是承认的，中古时期的帝王、官员、士人等多是在这样的架构中理解佛教，与之互动，不论信仰佛教与否。

除了皇帝，唐代诸多士人也留有愿文、赞文，初唐擅长骈文的王勃有《释迦如来成道记》，以奉佛闻名的王维（701—761年）作有《赞佛文》《西方净土变画赞并序》《给事中窦绍为亡弟故驸马都尉于孝义寺浮图画西方阿弥陀变赞并序》等诸篇，其中《西方净土变画赞并序》开头便提到：

> 法身无对，非东西也；净土无所，离空有也。若依佛慧，既洗涤于六尘；未舍法求，厌如幻于三有。

赞文以骈体表现，文中所谈不落执于东西、空有的相对概念中，在这层意义上，对于指方立相的西方净土是否定的，再以《法华经》《维摩诘经》等经表现义理，带出西方极乐世界，最后的偈有“我今深达真实空，知此色相体清净。愿以西方为导首，往生极乐性自在”。首尾相应，虽往生西方极乐，实则是在究竟空义的体悟中成就，彰显往生极乐的真实义。王维在《给事中窦绍为亡弟故驸马都尉于孝义寺浮图画西方阿弥陀变赞并序》中，有“得无法者，即六尘为净域；系有相者，凭十念以往生”。与前文所谈是相同的概念，若不落于相对的概念，则六尘当中处处皆为清净处所。反之，若唯有相者，则可依十念以往生西方国土。

权德舆《画西方变赞》也曾提到“唯西方有极乐国,以《首楞严》为理,其应溥,其用神。大抵摄万缘群动,会于虚寂”为理上之土。但若是能念佛，依旧能得往生，如经所说，且为上品位阶，“若乘念之游，如经之旨，当趺坐于芙蕖上品之中，生灭流妄，于是昭息”。

白居易的《绣西方帧赞并序》则不从理上来谈净土：

西方阿弥陀佛与阎浮提有愿,此土众生与彼佛有缘。故受一切苦者,先念我名。祈一切福者,多图我像。至于应诚来感,随愿往生。神速变通,与三世十方诸佛不侔。

而是念弥陀名、图弥陀像。若是“夫范铜设绘，不若刺绣文之精勤也；想形念号，不若睹相好之亲近也。即造之者诚不得不着，感不得不通，受之者罪不得不灭，福不得不集”。造像、画像不如绣佛像之精勤，忆想佛相好、念佛名号，不若见佛之相好。绣佛像而见此像，正可符合这两种需求，使得造者、受者皆能感通得福。

李白（701—762 年）亦作有西方净土变相赞文《金银泥画西方净土变相赞》，对于国土有较为详细的叙述，赞文中有“精念七日，必生其国”“勤念必往生，是故称极乐”，对于精进念佛得以往生的肯定，且有七日的明确时间。此外，李白作有《地藏菩萨赞》，赞扬地藏菩萨“赖假普慈力，能救无边苦。独出旷劫，导开横流，则地藏菩萨为当仁矣”。梁肃亦留有《地藏菩萨赞》，开头提到“菩萨以大慈运大愿，弘大道，济大苦，俾三界之间，利见大人，如大地之无不持载，故号曰地藏”。两者皆在赞颂地藏菩萨无边的慈悲力与救济众生的大愿，显见当时地藏菩萨信仰的流行。

唐代文人有不少都留有礼赞文，如王维、李白、权德舆、白居易、穆员留下的数量不少。关于诸佛的赞文中，权德舆有《绣阿弥陀佛赞并序》，是陇西李氏为亡夫荥阳郑君所造，提到绣弥陀像“发于心，成于手，阿鞞跋致，其远乎哉”！得不退之位不远矣。文末则赞曰：“西方大圣，乘念则至。写彼相好，导兹志气。冥助无方，以成郑志。”念佛图像，得佛之力而得往生西方净土。穆员《绣西方大慈大悲阿弥陀佛记》《绣西方阿弥陀佛赞并序》，前者是为大姊所作，后者是为妹夫所作，两篇皆可见儒佛思想。《绣西方大慈大悲阿弥陀佛记》提到儒家无法为过世的亲人提供什么帮助，佛教则可为亡者追福。“男冥其心，女集其指”，通过诚心绣像，表达哀伤与追荐，且不几日而弥陀像现，西方国土亦是由念而得至。如此一线一缕所成之像，追福功德亦不可思量。

药师如来则是另一尊多见的信仰对象，有梁肃《药师琉璃光如来绣像赞并序》《药师琉璃光如来画像赞并序》，吕温《药师如来绣像赞并序》，穆员《绣药师琉璃光佛赞并序》，清昼《画药师琉璃光佛赞并序》等。吕温《药师如来绣像赞并序》是其妻兰陵萧氏为其所绣，为吕温将于贞元二十年（804年）出使吐蕃而祈福，希冀平安归来。清昼《画药师琉璃光佛赞并序》则是官员之妻因怀孕而图画药师佛像，以报佛慈悲。

上来所述礼赞文的礼赞佛菩萨对象不一，原因亦多样，而通常表现的是受托者的信仰，以及礼赞文作者对于佛教的理解与倾向，同时也能观察当时的信仰样貌与流行，以及佛教如何被认识。

（三）碑铭文

唐代佛教散文还有一大宗内容与佛寺史、宗派史及僧尼生平事迹密切相关的诔、碑、铭（墓志铭）。学者李小荣指出：“唐五代教派竞兴，故佛寺碑铭的写作除了保持唐前范式外，又有新的发展趋势，即从寺院史为中心转向以教派史为中心。如高宗李治《隆国寺碑铭》、武则天《大福先寺浮图碑》、欧阳询《西林寺碑》、李邕《麓山寺碑》等等，各时期著名文学家如王勃、杨炯、张说、梁肃、王维、顾况、柳宗元、白居易、李绅、李商隐、司空图等等，悉有作品传世。”

特别是裴漼《少林寺碑》，叙寺院发展简史时补充交代一段遗漏的重要史事，北周武帝建德法难后复寺之举；同时也突出了少林寺史上各重要禅师的法脉，特别是达摩、慧可和法如之间的传承。白居易《传法堂碑》，被视为南宗传法法脉的重要文献。辛崇《僧伽行状》、冥详《大唐故三藏玄奘法师行状》、许尧佐《粲律师碑铭》、柳公权《百丈山法正禅师碑铭》等，都是叙写僧尼生平事迹的名篇。

禅宗方面，李华《润州鹤林寺故径山大师碑铭》、李吉甫《杭州径山寺大觉禅师碑铭并序》和刘禹锡《牛头山第一祖融大师新塔记》是牛头法融禅师重要文献；王维《六祖能禅师碑铭并序》、柳宗元《曹溪第六祖赐谥大鉴禅师碑并序》、刘禹锡《曹溪六祖大鉴禅师第二碑并序》，是六祖惠能传记重要原始文献。诸如此类，各宗派人物塔铭碑记文数量，更是多以千百计，成为唐代佛教法脉、佛寺历史与高僧行谊的珍贵史料。

三、文章中兴

古文运动先驱的文士中，出现文章要以道为主的思想，即文本于道，特别是梁肃，这一小节即以李华、梁肃二人为主来进行，他们都在二元世界观的架构中，内在世界为佛、道的领域，在此基础上，说明二人对于文、道关系的看法，以及他们与佛教的互动及信仰。

（一）李华

李华（715—766 年）在谈到文章要以道为本时，其道是明确的，乃指依循六经典籍，带有浓厚道德性、伦理性的色彩，文章之意义即是在于表现此一特征。独孤及在《检校尚书吏部员外郎赵郡李公中集序》提到：

> 公之作本乎王道，大抵以五经为泉源，抒情性以托讽，然后有歌咏。美教化，献箴谏，然后有赋颂。悬权衡以辩天下公是非，然后有论议。至若记序、编录、铭鼎、刻石之作，必采其行事以正褒贬，非夫子之旨不书。故《风》《雅》之指归，刑政之本根，忠孝之大伦，皆见于词。于时文士驰骛，飙扇波委，二十年间，学者稍厌《折杨》《皇荂》，而窥《咸池》之音者什五六。识者谓之文章中兴，公实启之。

李华的著作以多种文体呈现，如歌咏、赋颂、议论等，但不论何种，其根本都在于通过文章体现王道、体现夫子之道，以儒家经典作为泉源，表现经典的宗旨所在。这是李华的重要性之所在，而对于佛教来说，李华亦有其特殊性。

李华对于佛教的戒、定、慧三学十分重视，三者并重，佛教的道与文章所体现的道是不同的，这一点与梁肃不同。儒、佛两者间的关系，可见于李华在《台州乾元国清寺碑》所示：

> 天子（肃宗）斋心元默，运行慈煦，为元吉卿士妙讲化之宗，以为五帝三王之道，皆如来六度之余也。……先师宣尼有言：三皇五帝，皆非圣者，而西方有圣人，其为大千之尊，乳育群圣明矣。

古来五帝三王之道，是如来六度化生之余绪；又孔子有言三皇五帝并非圣者，但西方有圣人，即指弘化三千大千世界的释迦牟尼佛。此处儒、佛之间既有关系，亦有佛高于儒的判别。

李华留有甚多碑志文字，与佛教有关者有《扬州龙兴寺经律院和尚碑》《台州乾元国清寺碑》《故中岳越禅师塔记》《杭州开元寺新塔碑》《润州鹤林寺故径山大师碑铭》《故左溪大师碑》《润州天乡寺故大德云禅师碑》《东都圣善寺无畏三藏碑》《杭州余杭县龙泉寺故大律师碑》《衢州龙兴寺故律师体公碑》《荆州南泉大云寺故兰若和尚碑》等。

碑铭中有三篇自称为弟子，一为《无畏三藏碑》，为善无畏（637—735年）写，二为《越禅师塔记》，越禅师为常越（705—763年），是普寂弟子，三为《径山大师碑铭》，为牛头禅的鹤林玄素（668—752年），牛头法融（594—657年）弟子。前一为密教，后二为禅宗，李华所在的时代与地域，也正与禅宗的崛起在时空上相合。

李华碑铭的另一特点与重要性，在于留下了早期传承系谱的资料，《故左溪大师碑》《荆州南泉大云寺故兰若和尚碑》留有目前所知最早的天台传承的资料，分属玄朗、湛然一系与弘景、惠真一系；《故左溪大师碑》《润州鹤林寺故径山大师碑铭》记有禅宗牛头宗的系谱。这些系谱记载了后来没有成为正统的传承，正可一窥正统化之前，各系之间的发展与竞争。

李华接触最多的僧团应该是天台，湛然曾为其说天台止观大意，而有《止观大意》一书，记有“因员外李华欲知止观大意，略报纲要”（湛然，《止观大意》）。李华也因与湛然的关系，被天台中人视为其弟子，在《佛祖统纪》中收于《荆溪旁出世家》，在天台宗史上有其地位。

（二）梁肃

梁肃（753—793年）作为当时最重要的文士，备受推重，且奖励后进，韩愈亦曾游于其门下，《韩愈传》记有“大历、贞元之间，文字多尚古学，效杨雄、董仲舒之述作，而独孤及、梁肃最称渊奥，儒林推重。愈从其徒游，锐意钻仰，欲自振于一代”（《旧唐书·韩愈传》）。除了文学上的地位与成就外，对于佛教来说，梁肃则是一位重要的居士。

梁肃在十余岁时，应是大历六年（771年）游苏州时，从湛然学天台，直至湛然过世，并与其弟子普门（普门子）、元浩（元皓）相善。梁肃相较于其他唐代文士，其特别之处在于与某一僧团格外的亲近，甚至位列该僧团的传承系谱中。此一僧团是天台湛然一系，梁肃甚至是建立湛然一系成为天台正统的重要人物。

梁肃认为道是根本的原理，是抽象概念，与人伦不同，且高于人伦，此处已将道德与人伦做出区分。在此架构中，经典的概念便暂时消失，而能不受限于具体的经典，道也不一定要是儒家，可以是佛教、道教的道，更为宽广与有弹性。再从外儒内佛道的二元世界观来看，梁肃一方面主张文本于道，这里的道是儒家之道，通过文章来彰显，对于邪说努力地摧破；而在佛教的世界中，斥破作为邪说的南宗禅，除了通过文章彰显，传达正确的天台止观也是方法之一，这便可与其节略《摩诃止观》而成《删定止观》的作为相应。

梁肃留下不少佛教相关的著作，有《越州开元寺律和尚塔碑铭》《常州建安寺止观院记》《送灵沼上人游寿阳序》《送沙门鉴虚上人归越序》《祇园国寺净土院志》等二十余种，其中与天台有关者有《常州建安寺止观院记》《维摩经略疏序》《台州隋故智者大师修禅道场碑铭》《荆溪大师碑》《唐常州天兴寺二大德比丘尼碑》《天台法门议》《止观统例议》《删定止观》等，有几种可以进一步讨论。

在湛然之前，当时对于智顗的认识是以禅师为主，而非如后世所知的义学僧，湛然及其弟子改变了这一认识，梁肃作为弟子之一，也是此一改变的参与者。湛然强调智顗《法华文句》等三大部的重要性，并为三大部进行注疏，将对于智顗的关注，由单一的止观扩展至综合性的义理实践体系，（池丽梅（释孝顺），《唐代中期的居士梁肃与天台仏教》）为智顗形象与天台的特质作了一个转向，同时也将自己置于天台发展的中心。

湛然晚年驻锡于天台山，命梁肃作《修禅道场碑铭》，在地理位置上取得有利点，碑中即有湛然作为玄朗上首弟子的内容，对于自身正统地位的确认。这一点与前文所提李华所撰碑文相同，在内容中留有珍贵的传承系谱资料。而不同的是，梁肃不仅是作为撰碑者，也是相关系谱建构的参与者，并且在《天台法门议》中已经提到湛然对于智顗教法的“中兴”之功。在湛然过世后，继承法统的道邃（国清寺）、物外（国清寺）等人，在天台山驻锡至唐末，使该山成为天台的根本据点，湛然一系成为天台的正统传承。

梁肃的天台相关著作中，有《删定止观》一部，为使人能更容易理解智顗《摩诃止观》，始作于兴元元年（784年），此时湛然已过世，梁肃在京任右拾遗，充史馆编修，即开始编作于北方，成书于贞元二年（786年），此时已回到南方，任淮南节度使杜亚幕僚。《删定止观》附有《止观统例议》，对于止观的概念进行解释：“夫止观何为也？导万法之理而复于实际者也。实际者何也？性之本也。”止观可导万法之理而复于实际，即复于性之本，这被认为是往后李翱《复性书》的思想来源之一。就以上可知，湛然过世后，梁肃仍旧持续弘扬天台，继续为提升湛然一系在天台与当时佛教中的地位而努力着。

在提升湛然地位的同时，梁肃《天台法门议》对于当时正在崛起的禅宗有所批评：

> 今之人正信者鲜，启禅关者，或以无佛无法、何罪何善之化化之。中人以下，驰骋爱欲之徒，出入衣冠之类，以为斯言至矣，且不逆耳，

私欲不废。故从其门者，若飞蛾之赴明烛，破块之落空谷。殊不知坐致焦烂，而莫能自出。

指出禅宗对于佛、法、善、恶的否定，并以此教化他人。对于中人以下，造成错误的影响更大。这与后文所提柳宗元对于禅宗的批评看法相近，皆在指陈禅宗过于重视空的一面，而忽视现实面的部分。

梁肃对于天台止观的修习及贡献，得到湛然的肯定，以及后世天台宗人的认可。《宋高僧传·湛然传》中记载，"盖受业身通者，三十有九僧。搢绅先生，高位崇名，屈体承教者，又数十人"。出家弟子有成者三十九名，在家弟子承其教者十余名，其中"其朝达得其道者。唯梁肃学士"，对于梁肃极为肯定。在《佛祖统纪》中，亦有收其小传，于"荆溪旁出世家"中，顺序上为在家众第一人（第二人即为前文的李华），可见其贡献之卓著。

四、古文家与佛教

相较于文章中兴诸士对于佛教相对地友善，或为信仰者，古文运动文士则有显著的反佛者，一为韩愈、一为李翱，又以韩愈更为激烈。这一小节主要谈韩愈、李翱与柳宗元，前二者立场如前文所提，柳宗元则对于佛教友善，且对于天台、净土皆有所涉猎。韩愈、李翱开始动摇原本的二元世界观，意欲以儒家的思想、精神取代佛、道，即内外世界皆为儒家的领域，而非二分，这一点是韩、李二者的特点。

（一）韩愈

韩愈（768—824年）以道自任，欲重振衰微的儒学，曾游梁肃门下，有意于古文，认为文章的作用在于体现道，而非华丽文藻的表现，同时以抵排异端，攘斥佛老为己任。当韩愈认为内在的精神界不应该由佛、道负责时，其通过回到古代，找到其所需的思想与精神，表示儒家的道能够同时提供内外世界所需，佛、道教便失去其原来的角色，而不再是必要的。也就是说韩愈希望创造一个一元，而非二元的世界观，重现佛、道出现前的古代世界。只是这在韩愈所处的时代，一直到晚唐为止，都是特例。

宪宗在元和十四年（819 年）迎凤翔法门寺佛骨入禁中时，在王公士庶间掀起狂热的布施供养，韩愈作《论佛骨表》上表谏言，文中循着历史发展讨论佛教与中国政权间的关系，在佛教传入之前，皇帝在位时间绵长，传入后皇帝在位时间缩短，国祚亦然，纵使在位四十八年的梁武帝，最终亦不免为侯景所逼，饿死台城。皇帝的佛教信仰会有上行下效之能，实劳民伤财，且遗骨凶秽，岂宜迎入宫中，应将“此骨付之水火，永绝根本”。

此一上表激怒宪宗，虽免死而贬至潮州，理由在于“愈言我奉佛太过，我犹为容之。至谓东汉奉佛之后，帝王咸致夭促，何言之乖刺也？愈为人臣，敢尔狂妄，固不可赦”。纵使后来收到韩愈自潮州所上之表，颇悔之，也是再次重申“然愈为人臣，不当言人主事佛乃年促也。我以是恶其容易”（《旧唐书·韩愈传》）。

《论佛骨表》之外，韩愈排佛的作品有《原道》《原性》等，提到“古之教者处其一，今之教者处其三”，即以内外而分为三，即是韩愈想望合而为一者，此道“博爱之谓仁，行而宜之之谓义，由是而之焉之谓道，足乎己无待于外之谓德”，所谈为仁义道德，非如佛家所说“今其法曰：‘必弃而君臣，去而父子，禁而相生相养之道。’以求其所谓清净寂灭者”。对于君臣、父子等儒家价值是否定的，这不是韩愈所追求的道。韩愈认为儒者的精神生活并非在群体之外，内心的修养是为入世所作之准备，两者不可分割。

韩愈之道有其历史渊源与传承，《原道》中明言其道非释老之道，列出了传承系谱，在于尧传舜，舜传禹，禹传汤，汤传文、武、周公，再传之孔子，孔子传孟轲。轲死后，该道不传。确立由尧舜以下到孟轲的儒家道统。此时佛、道教已各有传承系谱，虽未定于一尊，但已是讨论正统性时，需要提出的主张。韩愈在确立儒家思想时，需要面对且亦受其影响，而有道统说的提出，此为其贡献之一，陈寅恪《论韩愈》在讨论韩愈的特殊性时，第一点即已指出“建立道统，证明传授之渊源”。

韩愈虽反佛，但其作品理论性不强，如前人所论，所反之佛在形迹之间，（孙昌武,《唐代文学与佛教》）这一点柳宗元在《送僧浩初序》中有提到，“退之忿其外而遗其中，是知石而不知韫玉也”。更为深刻的理论论述要等到李翱的作品。

韩愈排佛形象鲜明，但其贬谪潮州时，相识僧大颠，两人有所交往，并有《与大颠师书》，只是此作真伪众说不一。如此排佛的韩愈，也有与僧侣来往的记录，《与孟尚书书》云：

> 有人传愈近少信奉释氏，此传之者妄也。潮州时，有一老僧号大颠，颇聪明，识道理。远地无可与语者，故自山召至州郭，留十数日。实能外形骸，以理自胜，不为事物侵乱。与之语，虽不尽解，要自胸中无滞碍，以为难得，因与来往。

出现韩愈已经信奉佛教之说，使得韩愈在《与孟尚书书》中特别声明，仅是贬至潮州，无人可资言谈，正巧僧大颠颇聪明，识道理，可作言谈对象，是以有所往来，借此外形骸，不为外物所侵扰。虽是辩驳之语，但与禅僧来往、此书之用语，却正可见禅宗之影响。韩愈受禅宗之影响，也早已为陈寅恪指出。（陈寅恪，《论韩愈》《金明馆丛稿初编》。孙昌武，《佛教与中国文学》）

（二）柳宗元

柳宗元（773—819 年）年少时即被认为文章有古风，“下笔构思，与古为侔”（《旧唐书·柳宗元传》）。后作为王叔文（753—806 年）政治改革的一员，“永贞革新”（805 年）失败后，遭贬永州，住于该州的龙兴寺，与湛然再传弟子重巽有所来往，对于天台义理、实践的理解多所帮助，可能是其对于教义理解的发端。后又贬调柳州，终于任上。

柳宗元虽受韩愈影响，参与古文运动，但在儒释道关系中，则与韩愈不同。在二元世界观中，柳宗元依旧是外儒内佛，认为儒家是提供现实社会、家庭生活方面的规范与准则，要实践儒家的道，需要入仕来完成，以改变现实的世界，就如同其参与永贞革新一般。而儒佛间并非高低的关系，不是佛道为本，儒为末，就这一点来说，儒家已有某种独立性，在旧架构中已经出现一些新的成分了。

在儒佛关系方面，柳宗元与韩愈不同，且有过激烈的论争，根据《送僧浩初序》的记载：

> 儒者韩退之与予善，尝病予嗜浮屠言，訾予与浮屠游。近陇西李生础自东都来，退之又寓书罪予，且曰："见《送元生序》，不斥浮屠。"浮屠诚有不可斥者，往往与《易》《论语》合，诚乐之。其于性情奭然，不与孔子异道。

首先提到韩愈对于他信仰佛教的指责，实则柳宗元认为佛教之理与《易》《论语》有相合处，不能一昧地指责。其次，柳宗元提到其所取于佛教者，是与《易》《论语》相合处，并非无拣别地接受。事实上他对于佛教是有批评的，这一点则与此处之说相合，可见后文对禅宗的看法。最后则为：

> 退之所罪者其迹也，曰："髡而缁，无夫妇父子，不为耕农蚕桑而活乎？"人若是，虽吾亦不乐也。退之忿其外而遗其中，是知石而不知韫玉也。吾之所以嗜浮屠之言以此。与其人游者，未必能通其言也。且凡为其道者，不爱官，不争能，乐山水而嗜闲安者为多。吾病世之逐逐者，唯印组为务以相轧也。则舍是其焉从？吾之好与浮屠游以此。

柳宗元指出韩愈对其之指责，在于形迹，仅在表面之处，没有进入佛教的义理、实践，以理解其精华之处，而这一部分才是柳宗元对于佛教的兴趣所在。从中可见其与韩愈的不同，以及对于佛教义理的取向。

柳宗元自言"吾自幼好佛，求其道，积三十年"，历时久远，而其信佛样态与同时代的王维、白居易相比，其特色在于对佛教义理进行探讨，这在唐代文士中较为少见。柳宗元在义理上与天台较为亲近，实践上则倾向于禅和净土。但这并不表示其对于佛教没有拣别与批判，如对禅宗的看法，柳宗元《送琛上人南游序》云：

> 而今之言禅者，有流荡舛误，迭相师用。妄取空语，而脱略方便。

颠倒真实，以陷乎已，而又陷乎人。又有能言体而不及用者，不知二者之不可斯须离也。离之外矣，是世之所大患也。

认为禅宗过于倾向空，而对于方便等用不够重视，这样的错误自误误人。此处柳宗元用了体用关系来做说明，指出禅宗仅重体，而忽略用，实则体用不可分离，无法单独存在的，这是禅宗的问题所在。前文提到梁肃亦有相近的看法。

在柳宗元为惠能所作碑《曹溪第六祖赐谥大鉴禅师碑》中，也能看到相近的看法：

梁氏好作有为，师达摩讥之，空术益显。六传至大鉴，大鉴始以能劳苦服役，一听其言，言希以究。师用感动，遂受信具。遁隐南海上，人无闻知。又十六年，度其可行，乃居曹溪，为人师。会学去来，尝数千人。其道以无为为有，以空洞为实，以广大不荡为归。其教人，始以性善，终以性善。不假耘锄，本其静矣。中宗闻名，使幸臣再征。不能致，取其言以为心术。其说具在，今布天下，凡言禅皆本曹溪。

首先谈到禅宗由达摩始传，到惠能六传。惠能居于曹溪，广传其禅法，以无为为有，以空洞为实，此处的批评同于前引《送琛上人南游序》中对于禅宗的看法，同样都是偏于空。只是虽说如此，在柳宗元的时代，禅宗已经流行，若提到禅者，已皆属曹溪一系。

柳宗元留下不少与佛教有关的作品，除前引外，如《南岳弥陀和尚碑并序》《南岳般舟和尚第二碑并序》《送文畅上人登五台遂游河朔序》《岳州圣安寺无姓和尚碑并序》等，最后所举一碑是为无姓和尚所撰，碑中有“佛道逾远，异端竞起，唯天台大师为得其说。和尚绍承本统，以顺中道。凡受教者，不失其宗。生物流动，趣向混乱，唯极乐正路，为得其归。和尚勤求端悫，以成至愿。凡听信者，不惑其道”。一方面提到异端竞起，只有天台智𫖮所说是为正道，无姓和尚为天台僧侣，继承此一正统行中道；另一方面指出极乐净土为皈依之所在。虽是为无姓和尚所写，但碑中所提天台与净土正好是柳宗元在义理与实践上的两个主要面向。

净土方面的著作有以寓言方式呈现的奇文《东海若》，文中对于禅宗也有所批评，指出净土法门“问者乃为陈西方之事，使修念佛三昧一空有之说。于是圣人怜之，接而致之极乐之境。而得以去群恶，集万行，居圣者之地，同佛知见矣”（《柳河东集》卷二十）。以及重修永州净土院时所记《永州龙兴寺修净土院记》，在重巽驻锡该寺时开始修葺，且在墙上书写智𫖮《释净土十疑论》(《天台十疑论》)，以使观者生信。

（三）李翱

李翱（772—841年）作为古文运动的一员，延续韩愈的古文与辟佛立场，并提供理论支持。作于贞元十八年（802年）的《复性书》，讨论性、情的关系以及如何复其性的方法。

《复性书》在思想上的来源为何，众说纷纭，主流说法为佛教，根据有数点：

一者，李翱曾问禅于药山惟俨（737—834年），因而与南宗禅有关。赞宁在《宋高僧传》提到李翱与惟俨等禅僧接触，受了点悟之后写了《复性书》，也使该论被视为阳儒阴释。李翱与惟俨有所来往可以确定，但直接的影响其实难以确认。

二者，该书模仿梁肃《止观统例议》，这一部分在前文有提到，梁肃该文已提到性、静说，加上李翱曾与梁肃见面问学，受其影响，继承湛然无情有性之说，主张去情以复性。

三者，内容与佛教相关，《复性书》对人的本性与华严自性清净圆明体、禅如来藏自性清净心的看法相同，但这是受佛教影响还是因为在同样的思想背景中，即时代思潮所致，则有不同的看法。

李翱受佛教影响而作该论，应无疑异，韩愈在其《原性》中提到“杂佛老而言也”，应即指李翱的《复性书》。只是所受影响来自哪一个传统，无法明确肯定，一般来说，还是认为受到南宗禅的影响。

（曾尧民）

第十五章　唐人小说中的佛教面貌

如果说六朝佛教灵验的志怪形式被定位为“准小说”，那么唐代佛教小说除了延续六朝的志怪传统外，更出现了借用传记体例，且用想象作为主要创作理念的叙事作品，具备人物、情节、主旨和虚构严格的“小说”定义，近世学者用了“传奇”作为这新文体的代词，因此，佛教小说到了唐代，除了有记录个人在信奉佛教时所经历神秘的灵验实录，亦新出现了阐释佛教义理的人生理念，以及借佛教生命解读所开展出个人的生命体悟，成为唐代主要的两种佛教小说的类型，虽然皆归属于小说的叙事文体，但在创作动机和构思情节上都有明显的不同。本章依照与佛教关系的远近，作为描述内容的先后，先谈佛教灵验记，后言唐代传奇，最后独立谈敦煌的佛教小书。不过即使是延续志怪的灵验作品，于故事主题上也被信仰的主要内容与弘法后对社会的实质影响所引导，有着新的开展。

一、灵验记：记录个人体验佛教的人生经历

佛教灵验记的主题，会被当时的政经情况和人们信仰佛教原因所左右。入唐后，政经及社会相对于六朝稳定，人们对佛教认识与解读的角度，已转向思索人在死后生命将要何去何从，和六朝时频繁战争造成生存上的恐惧，祈求佛教能够拯救自己的性命，已有显著的不同，而这使得原本《观世音经》独盛的情形，在入唐以后多改变为持念《金刚经》。那么被佛教徒

视作实录的灵验故事，在故事的题目上便会依照着现实中信仰的过程，产生更多的叙事形式。综观唐代现存有关宣扬佛教理念及义理的作品，出现诠释特定主题者如万庄《放鱼记》、佚名《地狱苦记》、法海《报应传》、王毂《报应录》等；或和六朝相仿专收持念经文之灵验的，有弘农公《杨媛征验》、萧瑀《般若经灵验》、佚名《金刚经灵验记》、段成式《金刚经鸠异》、卢求《金刚经报应记》等，皆记持念《金刚经》的灵效；尚有综收各样佛教灵验如唐临《冥报记》、郎余令《冥报拾遗》、麻安石《祥异集验》、佚名《灵验传》等，由书名已可以观察到唐代佛教的兴盛和特征。此外，一般的志怪书中也尚见记载佛教灵验的故事，传记中也多有收录高僧之异能及异行，或运用佛经内容或佛教义理来造作故事。大致而言，唐代由于佛教信仰在中土发展成熟，故事也含括了在人生的当下，针对“此世”的信奉意义，与“来世”生命的保障，并且对于不信者有所惩诫。

（一）今世：信奉三宝的利益

中国倾向将宗教的信仰，视为生命的“保障”，在面对新出现的宗教时，则会考虑信仰时所付出的成本以及将获得的回馈。在六朝的时候，相较于传统和道教信仰多需要付出巫者的酬谢或修炼的成本，佛教持念方便并且宣称获得生命利益的广大，对于百姓而言有极大的吸引力，反映在灵验记中亦申说相同的主题：面临生命之忧，而在持念经文下获得解决，保障人们所最珍视的性命。在入唐以后，人们仍然重视信仰与获得之间的关系，因此，此世的诸多保障，成了一般信仰者的关怀重点，也是灵验记形式的佛教小说所记录的重心。但表现上，则有了新的开展。首先，信仰本身攸关人身的性命保障，唐代的佛教灵验记也延续前代的传统，多记录信佛而保障人身安全，但亦产生新的叙事类型。

1. 保障生命的安全，另有延寿的功德

由于入唐后持奉《金刚经》最盛，相关的灵验记亦多和此经有关，甚至原属于《观世音经》救难救灾的功效，到唐代亦由《金刚经》所取代。除持念《金刚经》最盛外，《法华经》《金光明经》皆有持奉者，如唐著名的律师道宣《集神州三宝感通录》之卷下，就收有持念《法华经》而病得

愈者，记云：

> 绛州南孤山陷泉寺僧彻禅师，曾行遇癞者在穴中。彻引至山中，为凿穴给食，令诵《法花》。素不识字，加又顽鄙，句句授之，终不辞倦。诵经向半，梦有教者，自后稍聪，得五六卷，疮渐觉愈。一部既了，须眉平服，肤色如常，故经云："病之良药。"斯诚验矣。

这位顽鄙又不识字并身被癞病者，先由彻禅师口授《法华经》，在仍不知经义下持续持念，诵经半梦中有人教以诵经，人渐聪而疮也渐愈，故道宣评以合于《法华经》中《安乐行品》《普门品》等提到可治病的经文。不识字持经已有功德，令人聪慧又远离病痛，在此例中更显。即使如此，唐代灵验记仍以《金刚经》的灵验最为盛行。佚名所撰的《金刚经报应记》（后简称《报应记》）即专门收录持念此经的诸多现实功能，诸如：

> 唐韦克勤少持《金刚经》，为中郎将，从军伐辽，没高丽。贞观中，太宗征辽，克勤少持《金刚经》，望见官军，乃夜出投之。暗不知路，乃至心念经，俄见炬火前导，克勤随火而去，遂达汉军。

> 唐白仁哲，龙朔中为虢州朱阳尉，差运米辽东。过海遇风，四望昏黑，仁哲忧惧，急念《金刚经》，得三百遍。忽如梦寐，见一梵僧，谓曰："汝念真经，故来救汝。"须臾风定，八十余人俱济。

首则记自小持念《金刚经》的中郎将韦克勤从军伐辽，止于高丽，太宗征辽军队至时，希望能赶上军队，却因夜黑未能知路，因而持念《金刚经》，果然得遇王师，获生命安全；次则记白仁哲海上遇风灾，同样在持经下仿佛见梵僧告慰而风停得安。二则皆在叙事中连结起持经、免祸的关系，强调持念《金刚经》能保生命安全的现实保障。不仅外来的灾祸，罹患疾病或者身受外伤，皆可持念《金刚经》而得治愈，在戴孚《广异记》便记有相关的灵验：

> 唐潞州铜鞮县人杜思讷，以持《金刚经》力，疾病得愈。每至持经之日，必觌神光。

> 唐崔宁，大历初镇西蜀。时会杨林反，健儿张国英与战，射中腹，镞没不出。医曰："一夕必死。"家人将备葬具，与同伍泣别。国英常持《金刚经》。至夜，梦胡僧与一丸药。至旦，泻箭镞出，疮便合瘥。

首则直接认定杜思讷持经病愈；次则记张国英为叛军飞箭所中，箭镞没入腹中当死，后箭镞出伤处愈，国英常持《金刚经》，且梦服胡僧丸药，毋论得病或外伤后病得瘥，皆因持念《金刚经》的原故。这些故事结构较诸六朝更为简易，反映了灵验记重实际感应与宣教功用，少有文学上的趣味。不过在维系生命的议题上，唐代大量出现持经而获延寿的主题，在故事结构也较复杂。在段成式《酉阳杂俎》里所收《金刚经鸠异》中，便收有此类故事，其云：

> 董进朝，元和中入军。初在军时，宿直城东楼上。一夕，月明，忽见四人着黄从东来，聚立城下，说己姓名，状若追捕。因相语曰："董进朝常持《金刚经》，以一分功德祝庇冥司，我辈久蒙其惠，如何杀之？须枉命相代。若此人他去，我等无所赖矣。"其一人云："董进朝对门有一人，同姓同年，寿限相埒，可以代矣。"因忽不见，进朝惊异之。及明，已闻对门复魂声。问其故，死者父母云："子昨宵暴卒。"进朝感泣说之，因为殡葬，供养其父母焉。后出家，法号慧通，住兴元唐安寺。

董进朝在偶然的机会下宿于城东，未眠时听到四位冥吏的交谈中，提及自己的性命与言行的秘密：人的年寿由冥府决定，另外持念《金刚经》会有一分功德回向至冥司，在这些冥吏希望持续获得来自进朝的功德下，就带走住在进朝对门同姓同年且年寿差不多的另一人来代替，天明在检视其人于昨宵暴卒后，能知昨夜所见为真，成了进朝出家的契机。此则的情节虽和前叙的故事相同，但有较复杂的对话，虽然主要目的是为了交代持经的诸种功德，因而详记冥吏的对谈，然而冥吏自私的性格亦由此得见，进朝后奉养代己死去者的父母，也能看到这位持经者的宽厚，微具小说的结构。另外《广异记》所收持念《金刚经》使年寿得以延长，人物形象更为清晰：

> 张某，唐天宝中为御史判官，奉使淮南推覆。将渡淮，有黄衫人自后奔走来渡，谓有急事，特驻舟。洎至，乃云："附载渡淮耳。"御船者欲驱击之，兼责让，何以欲济而辄停留判官。某云："无击。"反责所由云："载一百姓渡淮，亦何苦也？"亲以余食哺之，其人甚愧恧。既济，与某分路。须臾，至前驿，已在门所。某意是嘱请，心甚嫌之，谓曰："吾适渡汝，何为复至？可即遽去。"云："己实非人，欲与判官议事，非左右所闻。"因屏左右云："奉命取君，合淮中溺死，适承一馔，固不忘。已蒙厚恩，只可一日停留耳！"某求还至舍，有所遗嘱。鬼云："一日之外，不敢违也，我虽为使，然在地下，职类人间里尹坊胥尔。"某欲前请救，鬼云："人鬼异路，无宜相逼，恐不免耳。"某遥拜，鬼云："能一日之内，转千卷《续命经》，当得延寿。"言讫出去，至门又回，谓云："识《续命经》否？"某初未了知。鬼云："即人间《金刚经》也。"某云："今日已晚，何由转得千卷经？"鬼云："但是人转则可。"某乃大呼传舍中及他百姓等数十人同转，至明日晚，终千遍讫。鬼又至，云："判官已免，会须暂谒地府。"众人皆见黄衫吏与某相随出门。既见王，具言千遍《续命经》足，得延寿命。取检云："与所诵实同。"因合掌云："若尔，尤当更得十载寿。"便放重生。

此则详记冥吏来人世执行索命的例行公事，引文仅节录前半部，记冥吏受张某之恩，后教授持念《金刚经》延寿的方法。在引录中用了甚多的笔墨描绘冥吏和张某间的互动：冥吏的知恩，在个人的权限下给予张某最大的年寿宽容，甚至告知延年可持《金刚经》的奥秘；而张某惧死，不断向冥吏祈求欲延续性命，形象饱满，突显了人畏惧死亡的普遍心理，以及透露亦名《续命经》的《金刚经》对保障人们年寿的重大奥秘。其中描述人与冥吏的互动情节，使得此故事有了灵验记罕见的人物心理描绘。

2. 解决生命的困境，延续信佛的人生

唐代在开国后除有安史乱事，于晚唐前社会稳定、经济发达，已少需要面对战争所带来的生命危害，对于佛教的期待就转向于日常生活中会面对的问题。既然持念佛经有其功德，便能以持经来面对。戴孚《广异记》便记下持念佛名号得无事、得免灾难的见闻，记云：

唐圣善寺僧道宪，俗姓元氏。开元中，住持于江州大云寺，法侣称之。时刺史元某，欲画观世音七铺，以宪练行，委之勾当。宪令画工持斋洁己，诸彩色悉以乳头香代胶，备极清净。元深嘉之。事毕，往预宁斫排，造文殊堂。排成将还，忽然堕水，江流湍急，同侣求拯无由。宪堕水之际，便思念观世音。见水底有异光，久而视之，见所画七菩萨，立在左右，谓宪曰："尔但念南无菩萨。"宪行李如昼。犹知在水底，惧未免死，乃思计云：念阿弥陀佛。又念阿弥佛，其七菩萨并来捧足，将至水上，衣服无所污染，与排相随。俱行四十余里。宪天宝初灭度，今江州大云寺七菩萨见在，兼画落水事云耳。

道宪绘观世音七幅，完成后却无意堕水遇灭顶之灾，危难中所绘七菩萨立于左右，教以持念南无菩萨，道宪持念观世音及阿弥陀佛佛号下，七菩萨捧其足，行四十余里方无事。此为观世音以画像的形象亲临人世救难，较诸六朝的观世音更为亲切，只是仍属于救苦救难的既有主题。至于《金刚经》更是具有不可思议的力量，日常遇到的困难，也在持经的力量下迎刃而解。《冥报记》就收录担任司马小官的柳俭身受诬枉，以致身系牢狱，在持《金刚经》后得解的记录：

唐邢州司马柳俭，隋大业十年任岐州岐阳宫监。义宁元年，坐诬枉系大理寺。俭至心诵《金刚般若经》，有两纸未通，不觉眠睡。梦一婆罗门僧报云："檀越宜诵经令遍，即应得出。"俭忽寤，勤诵不懈。经二日，忽有敕唤，就朝堂放免。又俭别时，夜诵经至三更，忽闻有异香，散漫满宅，至晓不绝，盖感应所致也。俭至终，计诵经得五千余遍。

政府的行政权可视作人世最大的裁量力量，对个人来说本无抵抗的可能，在是则中当事人至心念诵《金刚经》，二日后获朝堂上放免，在强调持经之力得以否定行政的权力外，是则在持经过程中又置入柳俭于无意中睡着，梦里有婆罗门僧唤醒的情节，并补述念经将终时，长时间得闻异香，文末做出得诵念五千余遍的统计。据作者唐临的看法，是感应所致使，在补充说明下，可证明至心持经便有大能，也使情节增波澜。此外，生活中的大小困难，也可持经予以解决。《报应记》便记录下身体衰老、久旱不雨，人难干预又无法避免的难处，同样在持经下获得处置：

唐吕文展，开元三年任阆中县丞，雅好佛经，尤专心持诵《金刚经》，至三万余遍，灵应奇异。年既衰暮，三牙并落，念经恳请，牙生如旧。在阆中时，属亢旱，刺史刘浚令祈雨，仅得一遍，遂获沛然。又若霖潦，别驾使祈晴，应时便霁。前后证验非一，不能遍举。

吕文展年老落三齿，则属自然，却造成进食的麻烦，在持经恳求后，牙得复生；四川阆中有旱情，刺史刘浚持经祈雨而大雨沛然，相反地发生大雨不止将造成水灾，于持经后天便放晴，代表小至个人、大至环境的困难，皆可持经获解。甚至于看到不祥预兆，致心生恐惧，也能仰赖持经之力。《冥报记》就收录刘弼此类的亲身经历：

唐贞观元年，蓬州仪龙县丞刘弼，前任江南县尉时，忽有一鸟于弼房前树上鸣。士人云："是恶鸟不祥之声，家逢此鸟，煞主不疑。"刘弼闻惧，思念欲修功德禳之，不知何福为胜。夜梦一僧，偏赞《金刚般若经》，令读诵百遍。依命即读，满至百遍，忽有大风从东北而来，拔此鸟树，隔舍遥掷巷里。其拔处坑，纵广一丈五尺。过后看其风来处，小枝大草，并随风回靡，风止还起如故，故知经力不可思议。

故事中已预设鸟鸣树上必将罹未知始末的杀生之祸，故后续方有梦中得僧人指导当念《金刚经》百遍以避之，以及醒来后依命读经百遍，获得大风竟吹拔树及鸟到甚远的巷中而解难的结果，是则中已糅合民间人们相信将遇不祥会有征兆的说法，认为在未确知灾异内容下，仍然可以持念佛经来躲避灾难。那么持经所获得的回报，则可依照个人当下的需要而调整，即便主题有所不同，但由拈出困难为始、至心持念佛经、困境获得解决的结构则无不同；另外，由于新主题需要交代持经／排除困境间的关系，以及当时人们所关心这些事例是否属实，在故事的结构上除了部分和六朝的习文相近外，亦出现不少较深入描绘人物的具体形象，及事件较枝节的细部描述，让故事更为曲折，更向小说行文的方式靠拢，由此可观察到灵验故事在发展上的具体变化。

（二）来生：往生佛国的期许

人在死后的主要意识，华人名为魂。魂将何去何从，是唐代佛教灵验记关心的重要议题。这是六朝佛教小说少有人着墨的主题，在唐代成了佛教徒重要的关怀，于唐代佛教的灵验之作中屡见。在表述的重点上，则聚焦描述个人信佛的基础、死亡前从容接受的态度，以及死亡时所得见的异象，在叙事中真诚地记下信徒所观看或体验到的死亡经验。在灵验记中，尚见于此世已能记得有前世的记忆，来交代转世说的存在，以支持往生净土的期待。

1. 演证佛教轮回生命观的真实性

灵验记说明轮回具体存在的方式，除了可以通过入冥的方式来证明，故事中习见个人在短暂死亡、入梦等情境下，或者是在冥间听到已故的亲友，或者冥府的官方向来访者宣讲前世、来世的种种讯息，在后来还阳后转告他人，更重要的是多会带回阴间的信物或者消息，可以在人世加以检核，作为地府的游历非虚的证明。唐代入冥故事多以表述冥报之实为主题，以演证佛教轮回生命观的真实性。唐初最重要的灵验记唐临《冥报记》，便记下无“宿命通”能力的当事人，在偶然的机缘下忆起前生的种种，并且逐一验证这前世的记忆的真实性：

隋开皇中，魏州刺史博陵崔彦武，因行部，至一邑，愕然惊喜，谓从者曰："吾昔尝在此邑中为人妇，今知家处。"回马入修巷，屈曲至一家，叩门命主人。主人公年老，走出拜谒。彦武入家，先升其堂，视东壁上，去地六七尺有高隆处，谓主人曰："吾昔所读《法华经》，并金钗五只，藏此壁中高处是也。经第七卷尾后纸，火烧失文字。吾至今每诵此经至第七卷尾，恒忘失不能记。"因令左右凿壁，果得经函；开第七卷尾及金钗，并如其言。主人涕泣曰："亡妻存日，常读此经，钗亦是亡妻之物。妻因产死，遂失所在。不望使君乃示其处。"彦武亦云："庭前槐树，吾欲产时，自解头发，置此树穴中。"试令人探，果得发。于是主人悲喜，彦武留衣物，厚给主人而去。（崔尚书敦礼说云然。往年见卢文励亦同，但言齐州刺史，不得姓名，不如崔具，仍依崔录。）

文中崔彦武在偶过前世居所，触物忆起前世，后依记忆检前世事如合符契，现实空间连结两世，证明轮回属真，有别于六朝专言转世而略当事人言行表现的叙写方式，宣教意味更为浓厚。此故事中推陈二义，一为性别、身体不具有真正意义，具血气的当下虽仍需循世事轨则，当明白此身乃因缘的聚合，不过是个人主要意识在无限时空下单一、短暂所寄的躯体；二是明白生命流传于六道的真相，此世便无须执着，当精进佛理。崔彦武具有悟前世的知能，当和文中所交代常诵读《法华经》有关。另在《儆戒录》亦录有知来生的新闻，表现的方法则以具体文字来链接前、后世的关系，令观看者见之即能知晓，并心生警惕：

云顶山慈云寺，四方归辏，供食者甚厚。寺主僧审言，性贪鄙，欺隐本寺施财，饮酒食肉，畜养妻子，无所不为。僧众稍孤洁者，必遭凌辱。一旦疾笃，自言见空中绳悬一石臼，有鼠啮之，绳断，正中其心，大叫气绝。久而复苏，如此数十度，方卒。逾年，寺下村中牛生一犊，腹下分明有"审言"二字。

寺主僧审言不仅私占寺中财物也不守僧规，饮酒食肉，有妻有子，又对守清规的僧人多予凌辱，根本为僧人的负面教材，迄此已完整记录下审言在人世为恶的经过；后果然罹病，且自言屡见有鼠啮空中悬石臼的绳子，绳断便中其心，而大叫气绝，如此反复数十次后方卒。此则更延伸出来世的记录：寺所在的村庄有牛生，腹下写有“审言”二字的牛犊，明确说明此世为恶，来世必须受报，使人们感知佛教轮回不可不信。

2. 听闻诸种瑞象，得知将生往佛土

在证明轮回真实存在后，就足以让原属于文化禁忌的死亡，成了可以论述、探讨的话题，转变了之前六朝时战争频繁、人多观看与害怕死亡的情势，让人逐渐关怀人在死后将往何处去。《报应记》收录从容就死的事例：

> 唐张玄素，洛阳人，少持《金刚经》。天授初，任黄梅宰，家有厄难，应念而消。年七十遘疾，忽有花盖垂空，遂澡浴，与家人诀别，奄然而卒。

此则清楚地交代张玄素何以无畏死亡：自小就持念《金刚经》，具有修法履历；有过家中遇到厄难，持经得解的不可思议的宗教经验；在修法下能预知死期。花盖垂空，当天与家人别后而卒。花盖垂空，成了瑞象，足以引人欣慕信佛。《报应记》所引另一则当时人都认识的重臣萧瑀，更可取信于他人：

> 萧瑀，梁武帝玄孙，梁王岿之子。梁灭入隋，仕至中书令，封宋国公。女炀帝皇后，笃信佛法，常持《金刚经》。议伐高丽，不合旨，上大怒，与贺若弼、高颎同禁，欲置于法。瑀就其所，八日念《金刚经》七百遍，明日，桎梏忽自脱。守者失色，复为着。至殿前，独宥瑀，二人即重罚。因着《般若经灵验》一十八条，乃造宝塔贮经，檀香为之，高三尺。感一鍮石像，忽在庭中，奉安塔中，获舍利百粒。贞观十一年，见普贤菩萨，冉冉向西而去。

此则与张玄素故事的最大差异，在于萧瑀乃梁、隋、唐三朝的重臣，女儿又为隋炀帝的皇后，因议伐高丽与炀帝意见不合，与贺若弼、高颎为监禁，最后独为炀帝所赦等，这些情事皆属于政治重大事件，为史书所详载，本无造假的可能，至于持经、桎梏自脱，乃萧瑀的个人经历，使得这众所周知的政治风暴，转而成为佛教灵验事例，对宣教来说影响更为深远；在这经历之后，萧瑀更着编《金刚经》之灵验记，因感有铜像自现并奉塔中，又得百粒舍利，又曾见普贤菩萨向西而去，萧瑀如同亲眼观看了生时得获生命的保障，亦无忧死后的归往。在生时便得以明白死将归于何处的故事，入唐后则多有信徒见证，于《冥报记》中记录一位虔诚信佛的善女子，同样先经历灵验，后知死后的归处，以说明信佛大有益处：

陈公太夫人豆卢氏，芮公宽之姊也。夫人信福，诵《金刚般若经》，未尽卷一纸许，久而不御。后一日昏时，苦头痛，四体不安，夜卧愈甚。夫人自念：倘死，遂不得终经。欲起诵之，而堂烛已灭。夫人因起，命婢燃烛，须臾婢还："厨中无火。"夫人命开门，于人家访取之，又无火，夫人深益叹恨。忽见庭中有燃火烛，上阶来入堂内，直至床前，去地三尺许，而无人执，光明若昼。夫人惊喜，头痛亦愈，即取经诵之。有顷，家人钻燧得火，燃烛入堂中，烛光即灭，便以此夜，诵竟之，自此日诵五遍以为常。后芮公将死，夫人往视，公谓夫人曰："吾姊以诵经之福，当寿百岁，好处生。"夫人至今尚康。年八十年矣。（夫人自向临嫂说之云尔。）

这则由作者亲自采录自当事人的故事，除了可以发现凡是信佛而有灵验，多属灵验记的编写者所亲闻，在宣教上更具有说服力外，在叙事上也更为详尽；所以此则的前半部详述豆卢氏先因身体不适致使持经未尽，仍然欲持经后再遇无火燃烛的困难，后有异象及终得烛光，使她能竟夜诵经，病亦得安，对于当事人的心理转折描述详尽；而豆卢氏舍命持经的意志，获得将死的弟弟带来冥界的讯息：因诵经获寿百岁、往生好人家，合于中国人高寿的期许，和佛教徒转世好人家的企求。就主题言，使死亡不再成为禁忌，在描述上，亦使故事更为详尽，更让代表死亡的"尸体"，出入于灵验记之中。又如《冥报记》记下高僧去世后，尸体所产生的异象：

蒲州仁寿寺僧释道县，少聪慧好学，为州里所崇敬。讲《涅槃》八十余遍，号为精熟。贞观二年，崔义直任虞卿县令，人请县讲经。初发题，悲泣，谓众人曰："去圣遥远，微言隐绝，庸愚所传，不足师范，但以信心归向，自当识悟。今之讲说，止于《师子》，时日既没，愿各在心。"既而讲至《师子》，一旦无疾而卒。道俗惊恸，义直身自徒跣，送之南山之阴。时十一月，土地冰冻，下尸于地，地即生花，如莲而小，头及手足，各有一花。义直奇之，令人夜守，守者疲睡，有人盗折其花，明旦视之，周身并有花出，总五百余茎，经七日乃萎干。（义直及道俗皆说云尔。）

此事分前后两部分，前记释道县精熟《涅槃经》，人请在虞卿县讲经，于发题时便告知听者自己将于讲至《师子吼菩萨品》而卒，感未能讲遍此经而悲泣，后果然；后载道县死乃十一月，土地冰冻，然下尸于地时，在其头、手足处各长出似莲而小的花，即便有人盗折，然明日周身更长出花五百余茎，七日后方才枯萎。此异相改变了从尸体到死亡的既有联想，转变为高僧遗体迄西方莲花的信仰想象；对生命观的转变，具有感人的力量，也让故事中的僧人形象更具血肉。

（三）惩戒：违反佛理的报应

由于佛教应验录代表在人世信仰正法后在生命里的改变，那么相对于佛教徒，那些不信大法的教外之人士，以及诋毁佛教之恶徒，自然在这世上也会有相对的报应，以分别出具高下的不同人生，有着启发具佛性的众人、惩戒不懂佛法却又随意妄为，或恣意批评佛教的恶人。在描述上，侧重在交代恶行和报应间的关系，在故事的类型上，则有违反佛教规范以及毁谤佛教三宝的两种主要类别。先就佛教的规范来说，戒杀生已涉及重新定义世上的道德观，最具普遍性。

1. 杀生为恶之报

劝说世人切勿杀生，属佛教的道德要求，也同样期待世人皆能遵守。对于以杀生为业，如屠夫、渔人、猎人等，在为求温饱下，以致每日为恶，亦能推展至凡吃荤的众人，被归类在为恶的群体里，至于仅以畋猎为乐者，更属故意触犯重罪，难以宽贷。其中容有因无知而犯过的猎人，在得到警示后便幡然而悟，《广异记》即记载：

> 王宏者，少以渔猎为事。唐天宝中，尝放鹰逐兔，走入穴。宏随探之，得《金刚般若经》一卷，自此遂不猎云。

此则故事脉络清晰：王宏以渔猎为事、渔猎时得《金刚经》、后不复猎，显然得到佛经一节，令王宏得以知错并改正而向善，王宏所具有善念及慧根，成了他改过的主要根据；道出杀生之恶和改过之必要。这样具有现实生活意义的问题，也在唐代出现了贴合人心的较完备的诠释，不过将场景移至冥府来说明。首先，已交代持念经文，便有功德，能抵杀生食荤之恶报。据《报应记》所记：

> 隋赵文若，开皇初病亡。经七日，家人初欲殓，忽缩一脚，遂停。既苏云：被一人来追，即随行，入一宫城。见王曰："卿在生有何功德？"答云："唯持《金刚经》。"王曰："此最第一。卿算虽尽，以持经之故，更为申延。"又曰："诸罪中，杀生甚重。卿以猪羊充饱，如何？"即遣使领文若至受苦之处。……登一高阜，四望遥阔，见一城极高峻，烟火接天，黑气溢地。又闻楚痛哀叫之声不忍听，乃掩蔽耳目，叩头求出。仍觉心破，口中出血，使者引回见王曰："卿既啖肉，不可空回。"即索长钉五枚，钉头及手足疼楚。从此专持经，更不食肉。后因公事至驿，忽梦一青衣女子求哀。试问驿吏曰："有何物食。"报云："见备一羊，甚肥嫩。"诘之，云："青羖也。"文若曰："我不吃肉。"遂赎放之。

故事详记赵文若和阎王的对答，或提供人们对于杀生及持经功德高下的说法：赵文若的持《金刚经》获延寿之报；后又言文若好食猪羊犯下杀生重罪，立即打发至地狱受长钉钉入头、手足之苦，还阳后果然得以抗拒食肉的诱惑而远罪。就此则言，持《金刚经》得延寿确实功德不小，然而受限在持念的数量且先前换得寿命下，而无法抵销杀生之罪。《广异记》同样亦记下兼有杀生之恶、持经之报者至冥府计算功过的故事，在换算后有不同的结果：

> 易州参军田氏，性好畋猎，恒养鹰犬为事。唐天宝初，易州放鹰，于丛林棘上见一卷书，取视之，乃《金刚经》也。自尔发心持诵，数年，已诵二千余遍，然畋猎亦不辍。后遇疾，暴卒数日，被追至地府，见诸鸟兽，周回数亩，从己征命。顷之，随到见王，问罪何多也，田无以对。王令所由领往推问。其徒十人，至吏局，吏令启口，以一丸药掷口中，便成烈火遍身。须臾灰灭，俄复成人，如是六七辈。至田氏，累三丸而不见火状，吏乃怪之。复引见王，具以实白，王问在生作何福业，田氏云："初以畋猎为事。"王重问，云："在生之时，于易州棘上得《金刚经》，持诵已二千余遍。"王云："正此灭一切罪。"命左右检田氏福簿，还白如言。王自令田氏诵经，才三纸，回视庭中禽兽，并不复见。诵毕，王称美之，云："诵二千遍，延十五年寿。"遂得放还。

事例里的田氏长久以来爱好畋猎，未曾停歇，自造杀生之恶业，却在易州行猎时拾得《金刚经》，开始持念，和前列王宏故事并无二致，但田氏虽持诵数年却仍操杀生旧业，在此之下有了善过相抵的计算问题。此则的叙写法，在交代杀生为恶及持经功德的冲突后，便开始铺写杀生者将面临被杀的动物欲报仇恨、及地狱以吞丸药烈火着全身的恐怖惩罚，在连吞三药丸却未见烈火下，叙事有了转折，由冥王亲自审理后，发现田氏已念《金刚经》二千余遍，可灭一切罪，来报冤的动物亦消失，又延其寿十五年。作者在堆叠出杀业报应的恐怖后，竟得无事，使读者关心其中缘由的同时，带出《金刚经》力量的不可思议。在叙事中可以发现出于审议次序的不同，以及最核心的原因是持经多寡。在此叙事里能发现灵验记在试图教导民众佛教规范时，已留意到故事自身的结构及叙写所能引发的效果，使得在撰述故事时，着墨、细述人们所关心得福免祸的方法和原理。

2. 毁谤三宝之报

唐代佛教灵验记反映当时佛教徒对于不同信仰态度，凡教信徒行善又遵循传统道德规范便不予排斥，包括面对当时和佛教相竞激烈的道教也是如此。唯有恶意攻击佛教，尤其关于三宝、改动佛经或恣意批评佛教者，则不在此列。于《冥报记》通过进入冥府的赵文信，亲身听闻庾信转世为龟身的始末，而记云：

> 唐遂州人赵文信，贞观元年暴死，三日后还苏。……王言："庾信是大罪人，见此受苦，汝见庾信，颇识否？"答云："虽读渠文章，然不识其人。"王即令引出庾信，乃见是龟身，王又令引去，少时复作人来，语云："我为生时好作文章，妄引佛经，杂糅俗书，又诽谤佛法，谓言不及孔老之教，今受罪报龟身，苦也。"此人活已，具述其事。

此中设立"冥府"作为人得以知前世、知此身的特殊空间，让人能够检讨自己言行的得失，观看者赵文信就看到古人庾信自陈大过有二：一是作文章妄引佛经，二是议佛法不及孔老之谤佛，因受龟身之苦。文中所称的恶行，可由庾信所留下的历史找到相关的记录，况庾信参与北周三教论衡，诗作融合三教思想，在武帝着手灭佛后，落实庾信的恶行。列入佛教传入中国后历史上重要排佛者，使其获得报应，在此形成故事并流传后世，为灵验记的编者所收录，作为欲攻击佛教者的警戒。

《广古今五行记》里则收录毁佛像得报的记录：

> 唐贞观中，有人任嶲州一县令，往高昌，于寺得一真珠像。至京师，诸大寺欲与千贯钱买之，不肯，遂毁破，卖得一千三百贯。后月余患肿，寤寐之间，见一僧云："何因毁坏尊像？"遂遣人拔其舌，长尺余，苦痛呻吟，数日而死。德安县令薛逵备知此事。

六朝时已有辱佛、毁佛而得报应的记录，但此则记有人获真珠像，在卖之为贪图可多得三百贯钱下而毁佛像，先是月余患肿病，于半醒半梦的状态下见一僧来质问何毁佛像，并遣人拔其舌长尺余，在极苦痛下死亡。在叙写里，侧重于此人选择上的比较：金钱（极少的利益）／毁佛像（极重的罪恶）、花用金钱月余（获得）／拔其舌（惩罚），读者自能分辨差别，能知警惕。《儆戒录》便记一则较少见的报应事：

伪蜀金堂县三学山开照寺，夜群寇入寺，劫掠缁徒罄尽。寺元有释迦藕丝袈裟，为千载之异物也，贼曹分取，与其妻拆而易之。夫妻当时，手指节节堕落，须鬓俱坠。寻事败，戮于市。

群贼入寺劫掠僧人已属大罪，但后文就将重心放在分赃时其中有贼及妻欲独获释迦藕丝袈裟，故予以拆解，立即承受手指节节断落、须鬓亦同时坠下的报应，不仅恶行和报应间有着相似性，恐怖的景象也得收示警之效。最末仅以六字交代恶贼皆得戮于市之报，兼顾报应无分大小，历历不爽的原则。然而除当世君王不容人们指谪，具行政权力的权臣若排挤佛教，便成了佛教徒眼中的至大恶人。唐代报应录中所出现唯一专收地狱苦况的《地狱苦记》，记此等排佛者的惩戒。唐初排佛最力者首推傅奕，死后在佛教的地狱里可找到他的行迹：

唐太史令傅奕，……自武德贞观中，尝为太史令，性不信佛法，每轻僧尼，至以石像为砖瓦之用。贞观十四年秋，暴病卒。初奕与同伴傅仁均、薛颐，并为太史令，颐先负仁均钱五千，未偿而仁均死，后颐梦见仁均，言语如平常。颐因问曰："先所负钱，当付谁人？"仁均曰："可以付泥犁人。"问是谁，答曰："太史令傅奕是也。"既而寤。是日夜，少府监冯长命又梦己在一处，多见先亡人，长命问经文说罪福之报，未知审定有否，答曰："皆悉有之。"又问如傅奕者，生平不信，死受何报，答曰："罪福定有，然傅奕已配越州为泥犁。"

唐代佛教愈形兴盛，对一些极保守且欲维护儒家道统的儒生言则难以容忍，常欲挟政治力量削弱佛教的势力，傅奕是其一；傅氏死后，在佛教徒间便流传他进入地狱受苦之说。此则描述以更生活化的方式来书写，先言他轻鄙佛教的言论，之后写其暴卒的事实，后补叙各种他入地狱的消息：一是在傅奕未死之先，一位同僚先死，托梦生前欠其金钱者，将欠款交予泥犁人即傅奕，间接道出傅奕已被遴定入地狱中；二是在傅奕亡故后，又一同僚夜梦入一处见亡故旧识，问起傅奕去向，告知配至越州的地狱。这则两度采自有名姓的傅奕同僚，并以贴合当时民间的信仰在傅奕生前死后，透露他必入地狱受苦的事实，更收取信民众的效果。

二、传奇文：表现融入民众生活的佛教理论

小说发展到唐代才出现成熟的小说，即今日所说的“传奇”。这些作品多依照史传的体例来行文，也因此能够具备有自我性格的人物、曲折的情节及作者的命意等小说所需要的要件，更有着虚构的意图。这些作品与当时的佛教灵验记都学习六朝志怪具写事实的倾向，然而更重视作者自身想法的阐发，创造了故事自己的叙事空间和情节发展，文人在刻意或无心下借用佛教的经典或观念，进行小说的创作，深具文学的价值和意义。在类型上，亦能分别出依佛教义理所表述的个人体悟、仅借用佛经或佛教的观念进行自我创作二种不同，以下分别说明。

（一）依佛教义理、思维所阐述的人生体悟

佛教对于生命的理解本不同于中国，但因着佛教在中土的流行，即便非佛教徒也已经接受人必须流转于轮回之中、报应乃个人前世言行的回报等思想，在小说中也有相关主题的论述。文人所记录高僧神异一生的传记，本质上不同于僧传系统以记录僧人行止以建立修行人的言行准则，更偏向嗜奇好异的阅读兴趣；此外，更有记下民间所发展出甚至是文人自己想象中轮回与报应的运作原则，与佛教义理相去更远，却反映了佛教在中国所发展出的新诠释。首先，则为僧人传记。

1. 展示高僧超然的生命境界

小说的作者受到自身并非出家人的影响，在描绘传闻或得以目见具有

名声的僧人在言行上不同于俗众时，偏好记录他们的异行、异能，就撰写的角度和方式上已与僧传有别。此类作品目前多收录在《太平广记》里《异僧》的门类和采自僧传的僧人同列，即便都在记叙僧人的言行，却仍能就叙写的方法和态度辨别出两者之间的明显差异。诸如胡璩《谭宾录》中的《万回》、郑綮《开天传信记》的《无畏》，柳理《镜空传》、佚名《客僧传》等，疏略僧人在佛法上的成就之表述，而是在铺排情节、刻画人物上用力，使得记录深具阅读上的趣味，得以归入传奇小说一体。在《万回》中，俗姓张氏的万回，因母亲向观音祈求才怀孕，长大后依序列出不同凡俗的作为：

（1）耕田时道出总耕何须异相对待具佛意的话语。

（2）为在万里外的兄长送衣裘等物后，号“万回”（万里来回）。

（3）玄奘法师在佛国取经见佛龛题“菩萨万回，谪向阌乡地教化”，故至阌乡果见万回。

（4）武则天时请入内廷时，预言张易之宅将作监，后果验。

（5）谓韦庶人、安乐公主为三郎斫头，后果为玄宗所诛。

（6）预知睿宗为帝。

（7）言惠庄太子乃西域大树精，养之宜兄弟（当指让帝王予玄宗事）。

（8）临终欲饮本乡河水，并言堂前即有，于阶下掘井果河水涌出，饮竟而终。

其中仅第一项可能表现万回的佛教修为，二迄八项皆在彰显他的神异，形容出一位人尽知其异能的高僧。至于《无畏》乃以对照的笔法，描绘出两位同时代却形象全然不同的高僧：狂僧天竺三藏无畏法师饮酒食肉，言行粗易，一日饮至半醉于道宣处见其扪虱，便呼：“律师律师！扑死佛子耶？”已有指出道宣未虑众生平等之意，道宣当下对无畏改观；律师道宣修行精苦，一日临阶欲堕时，有自称毗沙门天王子那吒捧其足，方知有神护佑，后太子奉以佛牙与道宣，之后为崇圣寺所供奉。无论是粗狂的无畏法师，抑或谨行的律师道宣，这则故事速写下传统文化里行径风格迥异的高僧典型，常见于小说创作里。

另外，卢肇《逸史》所收《回向寺狂僧》和袁郊《甘泽谣》之《高僧懒残传》，则可看成身具异能又言行诡谲的僧人。《回向寺狂僧》一则，在说明安史之乱发生的始末，乃出于位于仙境的回向寺修行人，谪降世间后所发生的冲突。故事先记玄宗在开元时梦见有人劝告他当在回向寺布施，醒后却无人知回向寺在何处，一狂僧知所在处来见玄宗，受其托进终南山在人迹不到处的碾石上焚香祝祷，后现回向寺，老僧告知寺中胡僧将暂时代玄宗位并引起大乱，名为磨灭王。另一僧爱吹尺八，即谪于人间的玄宗，并预告回寺的时日将届，并将尺八交予狂僧进献玄宗，狂僧离去后，寺便不复得见。玄宗听完事始末，深有所感，而尺八吹来犹如旧物，后发生安史之乱。显然故事中僧人的超然地位，并非描述的重心，然而将老僧定位为智慧的象征，谙天下事始末，狂僧亦具异能，方能进入仙境带回讯息，已反映众人接受僧人乃能知、探知人世奥秘的代表。在《高僧懒残传》里以高僧为传主，具体将高僧的形象加以表述。文中描写懒残性格的作为，多狂而难知，所以被一般人所轻贱，诸如：

> 性懒而食残，故号懒残。
>
> 听其中宵梵唱，响彻山林。
>
> 李公（泌）潜往谒焉，望席门通名而拜，懒残大诟，仰空而唾曰："是将贼我。"

这些行为在有识者如李泌之辈悉知悉见，而众人则需待懒残示现神通，才能知道实为高僧。文中提及他的神通有二，先是赐李泌十年宰相的富贵，后则是轻易移开十牛在前拉引、数百人在后力推却不动的落石，尤其后者使当地百姓、刺史皆视为神明。未久寺外有虎豹成群之患，懒残自荐以棰驱赶，一出门为虎衔去，懒残既去之后，虎豹亦绝踪迹。即使凡众，也能够明白懒残的逝去，不过是他为离开所设下巧方而已。在情节中，逐步铺陈一般人对这位高僧印象的转变：只能看到他一如低下阶层的狂行，即便有识者能知不凡，却未能改变众人的看法，而行神通成了故事的转折，一变为众所周知的高僧，离去方法如同他性格般不守常规，以被虎衔去，作为离开的方式，就此，已奠立起高僧里狂僧一型的形貌，指引着后来文学中对狂僧描绘的方向。

2. 重新演绎新的佛教报应观

由于众人大凡未若高僧深谙佛理，对轮回及报应的观念多依照既有的文化知识来解释其中的运作，唐代已有《阴德传》、五代也见《报应录》专门收录此观念的报应例证，重新演绎出新的中国在地的佛教报应观。在传奇中演绎此观念的作品,可推李复言《续玄怪录》所收的《驴言》作为代表。此则故事以轮回作为叙事的基础，道出佛教对生命的解读受中土人民所接受，找到和传统既有定命观相互糅合，思想得以和谐、合理共存的方式。

《驴言》申言驴向人所说的至理：

> 吾今告汝，人道兽道之倚伏，若车轮然，未始有定。

据作者所言，故事乃记一则听闻自远亲所知见的真实新闻。长安的商人张高累积财富巨万，家中畜有一只甚久的驴，张高和驴间具有债务关系的因缘，张高于元和十二年秋过世，代表二者间今世的借贷关系必须了结。由驴和继承张高遗产的张和间对借贷关系的问答，明白其中运作的道理。此事发生在张和乘驴往近郊办理父亲身后的佛事时，驴不复行，并开口说话，告知张和它和张高间的关联：张高得骑驴二十余年，是因为前世便积欠他力气，故此生转世成驴以劳力酬还，另外尚欠张高一缗半的金钱，可由张和继承，唯不欠张和气力，故张和不可骑乘，不然会出现新的借贷关系，所欠金钱由前世欠驴二缗的王胡子酬还其一缗半，至于王胡子尚欠驴的半缗，驴会以吃掉同价值的饲料来处理。听此解释后的张和除了告知母亲外，之后亦循驴的说法行事且皆如其言，知所言为真，并仔细交代事件发生处、听闻的来源。说故事者强调的是事件为真，更申述了人在世上不可占人任何便宜，不然下一世便回以各种的方式酬还。

唐代志怪中的动物开口说话相当寻常，但此则的作者强调故事是听他住在驴主人隔壁的亲戚郎将张达的妻子所说，并且她还是在驴说话的那天傍晚就听到这事，自然在交代此事并非虚构；而驴所说的内容，道出了生命的报应原理，对于社会具有警世的功用，成了作者记录此则的真正原因。

就叙事而言，可分三节，第一段交代商人张高及所饲驴一头，张高卒；

第二段记张高子张和骑驴时，驴忽然开口说话，向张和说明它和张高间具有借贷关系，系驴前世欠张高气力及金钱，故今生投身为驴还张高气力，张高卒后气力还尽，唯尚欠张高一缗半，由张和继承；第三段张和将驴卖给前世欠驴一缗半而今世投生为麸行主人的王胡子，与张高、王胡子皆不相欠下而驴死，完成三人间的“借贷平衡”。故事中最为突出的便是驴能说话，且知前世因缘及今世果报，反而是夙日计较利益的人类懵懂不知，或许与传统民间信仰中相信为还债而转生的动物，能够记得此世的目的有关，借着驴说话这特异的事件，道出生命在六道轮回中流转的真相及原则。

不过就内容来说，表述了两项重要的观念。

一是报应的方式。由于佛教在汉末传入中国，经六朝的流播，入唐时已成了中土最主要的信仰，这也是在故事里，驴清楚地以轮回作为报应运作基础的原因，也因着如此，在此世积欠他人者尤应注意，因此增加投胎至畜生道的可能。所谓“人道兽道之倚伏，若车轮然，未始有定”，以家禽、家畜的形体偿还前世的债务，其中的变量，便是此世对人有未偿的债务。前引《地狱苦记》里傅奕与同僚傅仁均、薛颐三人的关系即如此，代表当时的人认为这是佛教轮回内容。

二是定命的运作。唐代流行定命说，但此则更演算出人生的计算式。据驴所述，举凡人与含括动物在内的他者间的互动，都存在着利益的算计，不过在形式上再分成二种，两者间不得互相折抵而相混。一是气力，属于劳力有关的付出，负债人必须以化作驴马牛等人类驯化用在劳动用的家畜，以己身的气力来回报，不可以代他人劳动；二是金钱，其发生自然须在身为人身时才可能形成借贷关系，不过在偿时则不限，像故事中驴的情形就是如此，但身为动物非人身不可能带有钱财，只能由前世也有欠驴金钱的王胡子代偿，但亦以欠驴既有的金额为上限。在故事中，驴为了让债务在此世了结，偿尽所欠张高的气力后便不让张和骑乘，以免造成张和欠驴气力，造成下一世与张和间形成新的债务关系外，当张和卖驴予王胡子后一缗半了结了与张高的债务关系，与王胡子所存在的半缗债务，驴以吃尽半缗的饲料后便死亡，便和王胡子间亦无瓜葛，借贷终究平衡。那么今世的命运，便含括与人，甚至动物间的关系，皆来自于前世作为的结果，形成自作自受的新的定命观。

应该说《驴言》重新诠释了佛教“一啄一饮，莫非前定”的概念，在其中自宣扬人在当下的任何作为，都影响下一世的人生，而此世的种种，实由前世的作为所决定，仍具有着劝勉为善，接受当下处境的意义。而言思维亦传续在华人的社会里，读此篇不只可以当作有趣的古代异事，亦可以回溯现今中以此解读生命的文化渊源。

另则《鱼服记》，则在陈戒杀生的道理。放生鱼类，是中国佛教徒盛行的为善之举，先有万庄《放鱼记》记在江上卖鱼蟹为生的刘成、李晖，于天宝十三年船载所卖之鱼，刘成先至听见舫中有人厉声呼喊阿弥陀佛，察之方知乃渔船上捕获的万鱼跳跃呼佛，为鱼所感的刘成放鱼于江中，遭后至的李晖唾骂，便以衣资代酬李晖的损失，并换荻草十余束，在搬荻草至船时发现重不可移，在其中得十五千缗，并有“偿汝鱼值”的签题，刘成以此钱施瓜州僧食。平铺直叙的故事，较诸《鱼服记》，在文学上自难相比拟。《鱼服记》记主人翁薛伟病重七日后，于梦中化身为鱼，梦里先因病而身热，方才入水求凉，当下复忆幼时狎水之乐，此时于水中已能听懂鱼类的话，后使者鱼头人来执行河伯命令，使薛伟暂为鱼形，悠游于三江五湖中，却仍贪食渔人赵干垂钓的香饵被钓起，司户仆张弼买之，带往县府厨房之间，又遇见司户吏、纠曹吏、邹滂、雷济、裴少府等，一一哀告放之皆不应，鲙手王士良斩头而梦醒，后回县府果然同僚在食鲙，并一一验证得知化鱼后所遇之事为真，后诸人便不复食鱼鲙。

这则故事可由两方面来分析：

第一，采取第一人称的叙事视角。唐代化为动物的故事无论化驴、化虎、化蛇等，都以旁观者的立场描述化身动物者的活动，少有用变身动物者的第一人称立场来陈述故事。此则中，薛伟化身动物仅七日，所以如一般化身成动物者还记得自己身为人时的家人及职务，但又为变身成动物的本性所影响，在无他人时便享悠游于水中之乐，但在出现他人尤其熟识者，便以原来人身时的社会来面对。于是，薛伟自陈因饥饿欲吞鱼饵，却明白吞饵将被钓起，最终被料理成食物，犹豫间自认为渔人自是不敢招惹身为主簿的自己，即便被钓起亦无妨，在食饵后，果被钓走，却未省自身已化为鱼，所说的话亦是人类所无法听到或者理解，逐一以主簿的身份一一哀求熟人，颇具体地展现化为鱼的薛伟，将被宰杀历程的心理惊惧，皆赖这第一人称的叙写角度来达成。

第二，是具有多重的故事寓意。首先，此则交代了人与万物间的平等关系，同于佛教对于众生平等的看法。薛伟之所以化为鱼，是因为人病困魂游于外而不归，欲取凉意，所以到了江畔见潭水深净，方入水狎玩，在“好水”上与鱼有了共通性，此时便能够听懂鱼类的话语，再经由河伯下诏，将他变化成鱼类，以遂其愿，人／鱼虽为异类，但或人、或鱼不过是一念之间，那么人和鱼之间的关系近于平等。由此，可从近于庄子物我合一的想法，延伸出佛教众生平等的教义，可成为不可杀生的说帖，这也是文末再陈的重点：

> 诸公莫不大惊，心生爱忍。然赵干之获，张弼之提，县司之弈吏，三君之临阶，王士良之将杀，皆见其口动，实无闻焉。于是三君并投鲙，终身不食。

其次，表述了人生的启示。在化鱼的历程里，多次提及山林／从宦间的抉择。如化鱼之初，他便心想人在水中沉浮比不上成为鱼游水来得快意，身旁的鱼便提点决定权在薛伟自己身上，故云“顾足下不愿耳”，而后河伯使者宣诏时以遂其愿，也提到“薛主簿意尚浮深，迹思闲旷，乐浩汗之域，放怀清江；厌巘崿之情，投簪幻世”，薛伟自身在从宦之时，仍心存归于山林的愿望；之后在水潭中虽极其快活，却体悟到谋生的不易，原来从宦、归隐之间的选择，仍有现实上求取生活所需的考虑，在知此后解读出现在故事里的鱼饵，便有新的寓意和解释：上钩后固然免于饥饿却生命难保，或以为可恃权位免去此凶险，仍可能不免杀身之祸，但不吞钓饵下，又须忍耐饥饿，故“心亦知戒”，却不觉近口，至终成了他人的俎上肉。无论是单纯地阅读趣味来解此篇，抑或读后心生不忍之心，甚而理解当中对世道险恶的提点，有所感悟，皆反映了唐人小说作者丰富的想象和深刻的笔触。

（二）借佛教观念与记录，作为个人创作之基础

此类作品并非为了诠释、推广佛教的义理，而是单纯地挪用已广泛在中国接受的佛经记录、佛教思维，进行个人创作。诸如佛教中的龙，此外，对情的新论。

1. 重塑佛经的人物，作为故事的要角

龙女为唐传奇中的要角，却非传统既有文化中的神灵。要知中国的龙亦为江海的神灵，不过被视灵物皆未有人形及人格，佛教传入中国后，龙王虽然亦主江海湖泽，但皆已具人形，尤其龙女更多貌美而与凡人相恋，可以说龙女乃佛经中的人物。《妙法莲华经·提婆达多品第十二》借文殊师利之口言及龙女的品格：

> 文殊师利言：有娑竭罗龙王女，年始八岁。智慧利根，善知众生诸根行业，得陀罗尼，诸佛所说甚深秘藏悉能受持。深入禅定，了达诸法，于刹那顷发菩提心，得不退转。辩才无碍。慈念众生，犹如赤子，功德具足，心念口演，微妙广大，慈悲仁让，志意和雅，能至菩提。

年仅八岁的龙女不只是本性慈仁，至心求佛，尚具辩才，志意和雅，可视作一位深谙佛理的才女。之后龙女便亲自现身在诸佛面前，求得正觉：

> 时龙王女忽现于前，头面礼敬，却住一面，以偈赞曰："深达罪福相，遍照于十方，微妙净法身，具相三十二；以八十种好，用庄严法身，天人所戴仰，龙神咸恭敬；一切众生类，无不宗奉者，又闻成菩提，唯佛当证知；我阐大乘教，度脱苦众生。"
>
> ……尔时龙女有一宝珠，价直三千大千世界，持以上佛，佛即受之。龙女谓智积菩萨、尊者舍利弗言："我献宝珠，世尊纳受，是事疾不？"答言："甚疾。"女言："以汝神力，观我成佛，复速于此。"当时众会皆见龙女忽然之间变成男子，具菩萨行，即往南方无垢世界，坐宝莲华，成等正觉。

能知佛经中的龙女为敬佛甚虔的善女子，成佛心切，在奉上无价的宝珠后立即成佛。虽未形容其形貌，但多有宝物、至心向佛，自能延伸出如同王侯女的想象。张说《梁四公记》记有龙王、龙女的角色，但重心偏重于龙珠此一异物的描述，援用这中土未见的人物而创作，始见于李朝威所撰的《洞庭灵姻传》。故事记高宗仪凤时柳毅科考落第，将回湘滨，而往泾阳访乡人，路上见一美妇人于道畔牧羊。询问下，她自称为洞庭湖龙王的小女，父母将她下嫁给泾川河龙的次子，却受到姑舅、丈夫恶待，致使在此牧羊，嘱托柳毅传书至洞庭湖给父亲，柳毅因义气承诺此请托。月余至洞庭湖，依龙女授与的方式由武夫引毅入龙宫，柳毅将龙女信交予龙王，宫中人皆哀恸，洞庭龙君之弟钱塘君听闻此事后大怒，化为赤龙原形断锁飞去，未久迎回龙女，并自言已吃下龙女夫婿。龙女归龙宫后，连日请宴，送柳毅珠宝外，钱塘君并作主将龙女许以柳毅。而柳毅以为此举违背当时帮助龙女的义气，坚决回绝，离开时两人已生情愫。柳毅来到广陵，先后娶两妇，皆数月便卒，移居金陵娶卢氏女，女相貌极似龙女，后生一子，卢氏后来承认自己实是龙女，为报恩誓嫁柳毅，拒绝父母安排他嫁，适柳毅所娶妻子已亡故方嫁之。夫妻后来移居南海，容貌如旧，开元末，毅表弟过洞庭湖，柳毅遣彩船迎至龙宫，并赠以仙药相别，柳毅当已仙去。《洞庭灵姻传》以奇幻的想象，描述一位仗义而行，不贪财富、女色的儒生，终获龙女芳心，相偕居住仙境而成仙，在人物形象上多饱满立体，情节布置也曲折离奇，满足追求高尚情爱的人们想象，与阅读时带来的心灵满足。那么已离佛经原来表述龙族的宗教意涵甚远，代表此一新生的形象，成了小说创作的基础。龙女的形貌，更有著作者寄寓的想象，柳毅初见龙女正于郊外牧羊（实为雨工），楚楚可人引人怜惜：

> 至六七里，鸟起马惊，疾逸道左，又六七里，乃止。见有妇人，牧羊于道畔。毅怪视之，乃殊色也。然而蛾脸不舒，巾袖无光，凝听翔立，若有所伺。……妇始楚而谢，终泣而对曰："贱妾不幸，今日见辱问于长者。然而恨贯肌骨，亦何能愧避，幸一闻焉。妾，洞庭龙君小女也。父母配嫁泾川次子，而夫壻乐逸，为婢仆所惑，日以厌薄。既而将诉

于舅姑，舅姑爱其子，不能御。迫诉频切，又得罪舅姑，舅姑毁黜以至此。”言讫，嘘唏流涕，悲不自胜。

洞庭龙君的幼女遭婆家虐待，投诉无门下，向柳毅自陈无助的处境，柔弱的形象甚为鲜明；之后柳毅连丧二妻，龙女便化名为卢氏之女，在柳毅不知情下娶得，虽看得出和龙女形貌相近，却也只能怀疑，龙女终在生子后自陈身份，得见情深：

既产，逾月，乃秾饰焕服，召毅于帘室之间，笑谓毅曰：“君不忆余之于昔也？”毅曰：“夙非姻好，何以为忆？”妻曰：“余即洞庭君之女也。泾川之冤，君使得白。衔君之恩，誓心求报。洎钱塘季父论亲不从，遂至睽违，天各一方，不能相问。乖负宿心，怅望成疾。中间父母欲配嫁于濯锦小儿，某遂闭户剪发，以明无意。虽为君子弃绝，分无见期，而当初之心，死不自替。他日父母怜其志，复欲驰白于君子，值君子累娶，当娶于张，已而又娶于韩。迨张、韩继卒，君卜居于兹，故余之父母，乃喜余得遂报君之意。今日获奉君子，咸善终世，死无恨矣。”

美丽、娇弱而深情，成了龙女在中国小说里的典范，即便在身份上改变了佛经上属于畜生道乃归于中国的神仙位阶，此形象乃文人取于佛经再经创作，成了中华文化里习见的角色，在文学上具深远影响。此外《灵应传》也受此作影响，记龙神普济王第九女刚烈的一生，龙女的形象又与《洞庭灵姻传》有所不同，可视为此篇的姐妹作，依照同类的手法描绘。

2. 借用佛法的观念，诠释个人的解悟

《圆观》收于袁郊的《甘泽谣》，虽以僧人为传主，但主要在记录友情的可贵。是则故事的发展，是以轮回作为基础，并寄以文末圆观转世为牧童后二首牧歌：

三生石上旧精魂，赏月吟风不要论。惭愧情人远相访，此身虽异性常存。

身前身后事茫茫，欲话因缘恐断肠。吴越山川游已遍，却回烟棹上瞿塘。

可由两个面向来分析。先就两人的背景来看，似乎难有交集，然在细绎后得以理解两人一见便相契合的原因。文中交代圆观为惠林寺僧，能耕种且有他人不知从何而来财富，又通晓佛理，兼知音律，圆观既已出家故精通佛法，但多财一事不免与僧人身份不侔，为旁人所致疑；至于李源在安史之乱时，经历了父亲李憕守长安死于乱事，在性格上可以想见已然变化：至少他体认到官禄权势、财货宝物皆不足恃的道理，这能解释他将所有家业尽送予惠林寺的动机，自此寺人供给李源最基本的生活所需。两人的人生经历，可以细绎出两人在观念上的交集：圆观知生命的究竟，方得舍俗世而出家，李源在大乱后悟知世事无常，皆有着须舍弃人世种种的人生感悟，让两人在惠林寺相识后便成了忘言交，完全不理会时人讥诮两人清浊、僧俗有别的社会身份，共居一寺的友谊长达三十年。

他们之间的互动，可从所记两人欲游蜀州争议里得见。圆观欲经长安，取道斜谷，李源欲与过往隔绝，拒绝经过以往熟悉的长安，欲由荆州从三峡入蜀，但当下圆观便能理解李源的想法并从其选择，隐瞒自己不愿由荆州进入蜀地的原因——修行已久的圆观所能知悉，而难向他人言生命奥秘。相互的体谅，应当便是两人维系友谊的方法。

其次就故事的推展观察，就此彰显友情的可贵。此则故事的转折，在于圆观不能对人言的秘密，因他知道若取道荆州，将会遇见下一世托生王姓妇人，如此便会命终而到下一世，无法与李源继续相守。据唐人对轮回运作的看法，以为人死后若将投胎为人，会在孕妇生产时中阴身方才进入母体中，故规避开与这位未来的母亲相见，成了阻止自身轮回的方法。李源深知圆观的修为及性格，能知所言不诬而后悔莫及，为此世两人的友谊画上句点。这在两人预先安排之外的发展，成了友情不受时空限制而得长存的证明。圆观向李源许下再见面的承诺，希望他能赴约，先请李源在王妇产后的浴儿日来访，他会报以一笑，并约定在十二年后，于杭州天竺寺外再见，就此，拓展了故事应结束在圆观于既定时限而卒之后的发展。李源在圆观卒后，到他转世的人家探访，果然小儿对他一笑；十二年后，李源仍然依约前往，此时身为牧童的圆观唱着牧歌而来，虽表明两人已然殊途，又以牧歌提点好友唯能超脱轮回，方可再见，劝勉李源应求取当初两人欲脱俗世的初衷，在解脱后更使友谊转为永恒。唐人小说记录友情的故事并不多见，《圆观》又是其中叙事成熟较为成功的作品。故事记僧人圆观与公卿子李源间不受时空限囿的友情，描写两人的互动甚为细腻，最后两人的隔世再见，感人至深。

另外，收于牛僧孺《玄怪录》的《杜子春》故事，由道士三次接济父母双亡后便浪荡家产的败家子，至终得悟出世求仙的意义，依约为道士守丹药，后因难舍母子之情出声而丹药未成。这则故事虽似道教之作，事实上受试炼所观看的一切幻境皆属佛教的生命和世界观，未能忘怀世间之情亦为佛教所戒；而此则故事本改写玄奘《大唐西域记》卷七婆罗痆斯国“烈士池及传说”，可以视作将佛教故事重新编写为传奇的事例，而佚名《忏悔灭罪金光明经冥报传》以长达千余字的长篇，记下温州张居道因嫁女屠宰牛猪羊等，为其诉于阎王被鬼卒所捕，途中紧急托人造《金光明经》而得脱事，原属灵验的志怪体，亦呈现传奇般的行文，得见佛教对于唐人小说的影响，可谓至远至深。

三、敦煌佛教小说

敦煌文献中保存的佛教小说，依文体可分作古体小说与通俗小说两大类，前者继承六朝志怪小说的性质，以佛教各种灵验记集为多；后者具备小说创作的传奇，以高僧因缘记为主。此二类作品皆同属佛教人物的神异故事，性质可视作“准小说”，共同特征是以散文体叙述，篇幅短小，用文白并存的通俗语言，精练畅达地塑造人物，呈现出文学型态“由雅而俗”的转变特色。

（一）古体小说：佛教灵验记

敦煌志怪类小说，除了《搜神记》承袭汉晋以来巫觋鬼道、善恶报应等观念，多记鬼神灵异、因果轮回等道佛故事以外，佛教信徒也运用小说笔法，通过倡导抄造经典后感应的神奇经验，诱导世人信奉受持。1928年，陈寅恪首先将敦煌写本的冥报记、感应记与小说进行联系，指出灭罪冥报传之作，“本为佛教经典之附庸，渐成小说文学之大国”，可见灵应故事曲折有致的情节，具有较强的文学性，相较于义理深奥的经论，更易为一般庶民所接受。

综观敦煌写卷中保存唐、五代的佛教灵应故事，约有六七十件，其形式有多则故事抄撮集录，或散篇单录。其一集录类者，有《集神州三宝感通录》《佛顶心观世音菩萨救难神验记》《持诵金刚经灵验功德记》《金刚坛广大清净陀罗尼经感应记》《道俗侵损常住僧物恶报灵验记》《往生西方记验》等。例如P.二〇九四《持诵金刚经灵验功德记》专门记载十九则诵持《金刚经》的应验记集，其中第八则“隋僧灵寂事”、第十三则“天水郡司法王绰事”、第十四则“朱士衡不敬三宝事”未见于《金刚般若经灵验记》、孟献忠《金刚般若集验记》等书。二是单篇感应故事，有《黄仕强传》《忏悔灭罪金光明经传》《道明和尚还魂记》《唐京师大庄严寺僧释智兴鸣钟感应记》《白龙庙记》《法华经感应记》《贫女因数落蕃设供斋僧感应记》《龙兴寺毗沙门天王灵验记》等。

就内容而言，敦煌写本佛教灵验记的性质属于宗教宣传品，内容有持诵佛经而感应的，有抄经造经而感应的，有造塔感应的，亦有念佛而感应的……大抵与一般民众的现实利益有关。就主旨而言，有忏悔灭罪、戒杀护生、还魂故事等，不仅可救助世人远离灾难，纵使前往阴司冥间，生前罪业亦可消除，甚至可获延寿的福报。

就特色而言，每篇故事结构完整，叙事力求具体有据，能清楚交代时间、人物、地点，如《龙兴寺毗沙门天王灵验记》卷末指出此灵验事迹为敦煌当地龙兴寺僧“日进”口述，与唐临《冥报记》一类灵验小说强调真人真事的宗教经验特色相同。再以《忏悔灭罪金光明经冥报传》为例，记述温州张居道因适女事，杀生宴客受报被带往冥府，经冥使指点忏悔之法，便发愿抄写《金光明经》四卷祈求忏悔灭罪，使被杀牲畜得生善道，因得还阳复生。张居道还魂后，不复杀生，发心抄造《金光明经》，大力劝化世人忏悔戒杀。作者运用小说手法记叙灵验事迹，内容丰富有趣，情节曲折动人，可视为一篇专为宣扬戒杀忏悔灭罪、劝诱世人抄造《金光明经》之作，是相当成功的唐人小说。

就文学价值而言，虽然敦煌佛教灵验故事来源，以中原地区流传至敦煌者居多，在题材选择和叙事艺术上乏善可陈，因袭多于创作，相较于六朝古体小说并无多大差别。但是如后世所不传的《黄仕强传》《道明和尚还魂记》，以及在敦煌地区模仿中原报应故事而创新的故事题材，如为弘扬毗沙门天王信仰而编造的 S. 三八一《龙兴寺毗沙门天王灵验记》，S. 六〇三六《贫女因数落蕃设供斋僧感应记》叙述贫女因儿流落蕃中，故设供忏悔，求佛搭救其子，后得神僧襄助，遂圆其愿，可见运用灵应故事进行宗教宣传的创作手法，在当时已十分成熟。因此，敦煌佛教灵验故事的发现与整理，一方面当可丰富唐、五代佛教小说的内容，另一方面能更清晰地观察到唐代前后古体小说演变的轨迹。

就宣传目的而言，敦煌写本灵验记保留最多，以鼓吹持诵、抄造某一经典而设者居多，此种叙事模式的宣教用意甚明，为佛教灵验记常见的套路。除了阐扬六朝流行的《法华经》《观世音经》以外，入唐以后陆续出现《持诵金刚经灵验功德记》宣扬《金刚经》的功德；《黄仕强传》是抄写《普贤菩萨说此证明经》的感应故事；《佛顶心观世音菩萨救难神验经》借宣说解除瘟疫、救济活命、治病延寿、化解冤报等灵验事迹，宣扬《佛顶心观世音菩萨大陀罗尼经》功能及观音信仰，可见鼓吹各类经典的创作题材更加多元。由于六朝以降，灵验记的结集多以“辄闻所录，集为此记”方式为主，致使后世不易见到灵应故事“附经流传”的实况，所幸敦煌写本灵验记大多冠于经首，如实反映出民间流传的原始形态。例如《黄仕强传》抄写在《普贤菩萨说此证明经》，《忏悔灭罪金光明经冥报传》抄在《金光明经》前，数量最多者是《持诵金刚经灵验功德记》记录了十九则受持、读诵、讲说《金刚经》得到救护、复活、延寿或灭罪等神奇灵应故事。此类见证式的灵验作品安置于经前，被视同为经文一并流通，对于该经的推广，具有推波助澜之效。

就故事主题而言，灵验记中以入冥还魂主题表现最为突出，包括《黄仕强传》《道明和尚还魂记》《忏悔灭罪金光明经冥报传》《刘萨诃和尚因缘记》和《持诵金刚经灵验功德记》，以及变文《唐太宗入冥记》等。此类故事的基本结构十分类似，大抵以“死而复生”情节为主干，将主角游历过程及冥界所见所闻详加叙述。客观而言，敦煌佛教灵验记作为一种宗教宣教作品，篇幅短小，结构简单，借由入冥受报的故事，让庶民百姓认识佛教观念，进而达成劝世化俗之效。此种具体记录时间、地点、人物与误会入冥、终结还魂等情节完整的故事，为当时民间广泛流行，进而起了潜移默化的作用。

就情节发展而言，灵应故事的入冥缘由，常因人而异，或为冥间官吏来取，或为生病而死，或为杀生，或为误捉，情节多有变化。例如杀生入冥者，有《忏悔灭罪金光明经传》中张居道因适女事杀生宴客；S. 四〇三七持诵《金刚经》李庆好畋猎，杀害无数。至于误捉，则具有故事张力，例如《黄仕强传》中阎罗王原本要捉“杀猪仕强”，却误为“卫士仕强”，待入冥之后，相互对质，才发觉为冥吏之误。《道明和尚还魂记》本欲捉拿“龙兴寺道明和尚”，冥吏却误拘“开元寺道明和尚”，后阎罗王见其相貌有误，才洗雪冤屈，同时见地藏菩萨示现。值得一提的是，S. 三〇九二《道明和尚还魂记》中描绘道明遇见地藏菩萨的形象为“目比青莲，面如满月，宝莲承足，缨络庄严，锡振金环，衲裁云水”，宛若一幅形象庄严、面相丰润的菩萨像跃然纸上，也标志着地藏菩萨画像的改革创新，将原本佛教经典记载头顶圆光、身穿袈裟的“声闻”形像，转变成“头带风帽”的菩萨形姿，而道明和尚成为目睹地藏真容的重要“见证人”，进而增加所绘图像的真实性与可信性。

此外，佛教灵应故事的入冥过程中，对于冥界官僚组织与冥界活动的情节刻画，仿如现实生活的残酷写照，既带有浓厚的时代气息，又富有讽刺意味。例如 P. 二一三六《黄仕强传》揭露冥司官场的丑恶，“仕强行，又得十步，守文案人唤仕强住：‘汝有钱否？与我少多，示汝长命法。’仕强云：‘无有多钱，唯有卅余文，恐畏短少。’守文书人云：‘亦足，何必须多。汝还家访写《证明经》三卷，得寿一百二十岁。’”借由阴司守文案鬼明目张胆地向黄仕强索取钱财，如同一幕现实人间官场丑剧的翻版，是文学反映现实生活的一种例证。

综而言之，敦煌佛教灵验记强调自身的真实性及记述的实录过程，虽然有较强的文学特征，但作为宗教宣传作品，多是从信仰角度来进行创作，或记录种种传闻和神异事件，因此在中国小说发展史上，并不具有变革性意义。然而不可否认，部分佛教志怪小说表现出相当的异质因素，特别是敦煌陷蕃与崇尚佛教等社会历史现象，皆成为灵应故事的创作题材，致使敦煌佛教志怪小说具备了传世小说所没有的特点，至于入冥还魂的故事情节，已突破宗教宣扬的主题，且具极强的讽世意味。由此可见，敦煌佛教灵应故事的创作已臻成熟，为后世灵验记提供了良好的叙事范例与固定的创作模式，以至宋以后的作品无论从故事情节、形式结构、宣传效果上，皆已难摆脱唐代佛教灵应故事的窠臼。

（二）通俗小说：高僧因缘记

从小说发展史的角度来看，最早提出敦煌通俗小说概念者，是1920年王国维以S.二六三〇《唐太宗入冥记》为例，从通篇文字口语化、语调风趣幽默等特点，指称《唐太宗入冥记》为“宋以后通俗小说之祖”。至于敦煌写卷中的佛教通俗小说，则以记叙高僧神异事迹的因缘记、因缘传为代表。

就文体而言，因缘记是以散文体形式叙述高僧神异事迹，主要流行于唐五代时期，提供寺院俗讲唱导的活动，作为“说缘喻”的提示纲要。为了发挥弘法与宣教的功能，讲述者特别选择富有传奇色彩的高僧，通过不寻常的经历或离奇情节的故事来吸引信众。相较于佛教灵验记为凸显宗教经验的真实性，须清楚交代事件发生的时间、人物、地点、故事原委，高僧因缘记却一点也不在意，反而侧重于描绘特殊的成道因缘或神异事迹的感应情节，两者的叙事焦点有明显差别。

就内容而言，主要记叙有关高僧的神异事迹，凸显高僧个人的宗教实践与历程。敦煌文献中题名为“因缘记”或“因缘传”有六种，分别为《佛图澄和尚因缘记》《刘萨诃和尚因缘记》《隋净影寺沙门慧远和尚因缘记》《法照和尚因缘传》《灵州龙兴寺白草院史和尚因缘记》《圣者泗州僧伽和尚元念因缘记》等，皆是富有故事性、传奇性、神异性的高僧行迹。例如《佛图澄和尚因缘记》记述佛图澄善诵神咒、役使鬼神、预知吉凶、听铃知事、水边洗肠、兼善医术能治痼疾、开棺不见尸等神通；《刘萨诃和尚因缘记》描述刘萨诃早年性好游猎，因杀鹿过多，被鬼使抓到冥间，变身为鹿，遭人射杀，复转为人，又遍历地狱，后经观世音菩萨感化，劝其虔诚忏悔，礼佛诵经得以复活，最后出家为沙门，四处起塔的故事；《隋净影寺沙门慧远和尚因缘记》侧重于慧远和尚成为隋代净影寺高僧的种种因缘，尤其是慧远不顾危险斥责北周武帝废佛，以身护法，之后入山修行、庐山讲经、群石应声等弘道情节，以及隋君授记关系着朝代兴替与佛教隆盛等神异事迹；《圣者泗州僧伽和尚元念因缘记》叙述僧伽和尚具有现身百颇、戈甲莫侵的异能，以及变人相或现佛仪，或身体变大变小随意自如，崇信者能获良缘、除灾沴，甚至摹绘真容者所愿皆成的神通故事。

就宣传目的而言，高僧因缘记主要在彰显一介凡夫，从慕道出家、修行求法或护法弘道，终至成为一代高僧的过程。以《刘萨诃和尚因缘记》为例，述说刘萨诃如何从一个目不识丁的稽胡族下级军吏，三十岁时因巡游地狱的偶发事件改变了他的人生轨迹，使其由杀生为业的罪人转变成精勤福业的游方僧人。此种传奇经历验证了信佛可获得无穷福报，迎合一般民众的需求和愿望，用以劝诱信众学佛向道。

就情节发展而言，高僧一生所历经的因缘，充满神奇色彩，从出家前的凡夫，以何因缘出家，如何学佛求法，乃至求道经历，以及证道的特殊际遇与弘法布道的过程，皆有可发挥的空间。以《隋净影寺沙门慧远和尚因缘记》为例，慧远遭逢北周武帝下诏灭佛，此事关系着佛法的兴衰。当僧众不敢表态、沉默无声时，唯有慧远不畏强权，独力抗辩，甚至严厉指责武帝毁佛灭法，必入三涂地狱。此篇《因缘记》用以小博大的对比手法，凸显慧远抗周护法的表现，短短一百多字的叙事，已将“像教中之护法菩萨”形象深植人心。这段护法情节充满故事性，能吸引信众，更是发挥布道宣讲功效之利器。至于慧远只身隐迹庐山修行后的石头听经、诸天配事、授记隋君等情节，则是民间传说的嫁接。尤其是诸天命毗沙门天王第三子配事献食与授记，更极尽传奇叙事之能事，《因缘记》云：“时有一人，常来献食，后一日，过斋其食不至，续驰饭钵，食乃磅踈，因问其故。答云：‘我是北方毗沙门第三之子，诸天配事和尚。’和尚又问：‘汝今日何故迟晚失时？’

太子答曰：‘今晨天朝晚散，所以稽迟人间之食，所以碜踈。’又问：‘天朝何故晚散？’答曰：‘原周武帝破灭佛法，令癞疾而崩，杨隋合当天下。’和尚因与隋君受（授）记：‘汝若登位，必须再隆三宝。’佛法兴焉，至于今日。此则护法圣者威神之力也。”此段情节，一方面借由诸天配事送斋饭，暗助慧远，彰显护法菩萨的尊贵；另一方面通过斋时已过迟未见来、饭钵掺杂砂石、献食者自报身份，到解释迟到乃因“天朝晚散”，一步一步揭露天朝审理北周武帝灭佛事的判决结果“令癞疾而崩”，同时预言将改朝换代，“杨隋合当天下”，大兴佛法。盖缘于慧远坚信的护法神威所致。由此可见，高僧因缘记的取材来源，除了僧传的基本原型以外，更多题材源自民间传闻，通过不同母题的嫁接与组合，不断繁衍，因而具有民间佛教文学的特色。

除了高僧因缘记之外，《庐山远公话》作为说唱故事的底本，同时具有话本小说的性质。唐五代时期流传于敦煌的S. 二〇七三《庐山远公话》，叙述雁门慧远舍俗出家，于庐山香炉峰结庵修行，后被寿州盗贼白庄劫持，卖身为奴偿债，直到有机会在东都福光寺与道安论义才重明身份；数年以后，慧远重返庐山，再举经声，又造法船，皈依上界。情节离奇，词句流畅，通篇文字口语化，时或插入偈语诗，与宋代流行话本的特点相同。据刘铭恕表示：“抑考此远公传，以体近小说，命名为‘话’，亦犹李娃小说之命名为‘一枝花话’，此亦考证小说史者之宝贵资料。”

四、唐代佛教小说在文学史的定位与意义

总之，唐代灵验记式的小说，在内容上多能够反映唐代佛教信徒的生命需要，表现在保障活着时的生命安全，得解决身体上的威胁和社会上的风险，也让被延长在世生活的信徒，在此世能致力学佛，再者，对于死后将往何处去提供了解答，找到轮回存在，以及依照生前功德决定死后去处，又提醒犯杀生之恶、攻击佛教的恶人，当自我警戒，切勿行恶；在形式上，为了让多元的主题能够充分的展现，于是除了部分故事维持六朝形式，以简要的方法直接交代命题外，在情节上或增加母题，结构上调动时间次序，叙写上增加更多的人物对话，取材上更贴近于人民生活，都为了突显作者

的撰述目的而来，奠定下佛教灵验记形式小说的内容和形式基础，真实地表现有唐一代，佛教信仰在民间流传的实况，以及佛教徒对于佛教的理解。其次，佛教对于唐人传奇亦有着深刻的影响，决定着撰述的方向与主题。传奇里有以高僧作为传主的作品，描述出文人所观察、民间所理解的高僧形貌，作品中往往仅几笔交代僧人的出身、佛学修为，对于行为的乖张、特异的能力则最是着墨，这些形象和高道甚至神仙十分相似，显示了人们对于高僧的崇敬及想象；而佛教在唐代已深化在中华文化中，亦有文人将佛经里的部分内容作为创作的养料，其中以龙族渲染最多，龙女亦在此时奠定下文学中美丽多情的姿态，而佛教对生命的理解，也成了文人创作的基础，有些灵验记依此来诠释、记录自己及民间对佛教对生命观的认识，有些高僧因缘记则借此创作出个人的人生观感和生命体悟，在此文体中有了更多发挥的空间。之后无论是以佛经内容、人物或高僧作为创作题材，还是循佛教观念以为撰述原理，都是后来小说作家常用的创作方式，多祖述着唐代的佛教小说，足见影响之深远，以及在文学史上具有的重要地位。

（黄东阳、梁丽玲）

第十六章　敦煌佛教文学

蔡元培《敦煌掇琐·序》:“从敦煌石室发见以后，……我们得了这种抄本，一可以校经文的异同，二可以见当时的别字，三可以看当时普通人的书法，已不能不算是希世之宝了。然而那些运往英法两国的材料里面，还有各种杂文的写本，这些写本，于佛经写本的三种关系以外，还有两种重要的关系，一是可以见当时社会状况的断片，一是可以得当时通俗文词的标本。”蔡氏 1925 年撰写此文时，对出自敦煌莫高窟第十七号窟文献的下落与各地庋藏情形，容或未臻全面，但他已指出这批文献的重要意义，尤其是注意到当中的“各种杂文的写本”，反映了当时社会状况的片断，也是当时通俗文词的重要标本，而一百年后的今天，以现代我们对敦煌文献的掌握与理解，具有这样特质的“杂文的写本”之代表性文本，非敦煌通俗文学莫属。

一、敦煌佛教通俗叙事文学

“通俗文学”是既不纯然属于文士书面高雅的精英文学，也与民众口头传述的民间文学有一段距离，而是兼融书面之文雅与口头之俚俗，可视之为介乎二者之间，为一般市井小民阅听赏玩的文学。就文学体类来看，敦煌通俗文学包括有口头表演为主的讲经文、因缘、变文、话本、词文、押座文、解座文等讲唱文学及歌辞，书面书写为主的因由记、俗赋、通俗小说、通俗诗等体类。

敦煌文献所保存的这些体类多样的通俗文学作品，反映的是9、10世纪为主，也就是中晚唐、五代、宋初，包括敦煌及敦煌以外的中原、四川等地的社会文化，且它们不像一般传世文献所存留下的作品是历经作者本身、各朝代的官方与读者再三的筛选，它们展现的是印刷术尚未兴盛前，写本时代的文学作品从编创者至阅听者之间流转的样态。因此,我们可以说，既然敦煌文献抄写的通俗文学作品有来自敦煌以外的，故也就可视之为唐五代通俗文学作品的标本；其次，既然其为中晚唐、五代、宋初的一种反映，故在描述此时的文学发展情形，也就有必要将体类多样的特色，清楚地标举出来，并进行陈述；另外，也可借重写本的书写情形、题记、装帧形式等等，了解敦煌通俗文学作品在当时的编创、传播、接受情形。

本节主要着重的是敦煌通俗叙事文学。所谓叙事，罗兰·巴特（Roland Barthes）说:“叙述可以由口头或书面的语言来表达。”董乃斌《中国文学叙事传统研究》定义“叙事”为:“‘叙’指作者对自身以外事物、事项、事态或事件（故事）的描绘讲述，无论这描绘讲述是片断的还是完整的，零碎的还是系统的，内容的客观性是其根本特征。‘叙’也就是言说叙述，是人的一种行为。‘叙’的对象是‘事’(但不一定已形成‘故事’),是作者身外、客观存在的大大小小的‘事’，包括这位作者把本人的事加以客观化，把它当作文学对象进行客观描述这样的情况。”

符合上述叙事要素的敦煌通俗文学，最主要的就是由讲经文、因缘、变文、话本、词文、押座文、解座文等不同表现形式组成的讲唱文学，其他如因由记、通俗小说确实也是叙事的，或如歌辞、俗赋、通俗诗中也有部分叙事作品，但它们在叙事文学的意义终究不若讲唱文学那么重要，或者部分与佛教有关的作品也不多，故本节主要介绍的敦煌通俗叙事文学是讲唱文学。拟先描摹讲唱文学的表演样态、与佛教的关系，接着借重敦煌写本中的讲唱文学作品，来描述唐五代宋初基本上是通过哪些不同的形式来讲唱佛教故事，说了什么样的佛教故事，又借以宣扬什么样的佛教义理、思想，与世俗群众又有何样态的交流与连结。

敦煌讲唱文学，指的是敦煌文献中那些往往出现或标示有与讲说、吟唱表演相关的习惯用语之韵散相间的叙事作品，像讲经文、因缘、变文、押座文、解座文等即是；还有部分或以骈、散文为主进行叙事，像话本即是；或以韵文为主进行叙事，像词文即是。

唐代郭湜撰《高力士传》记载唐肃宗上元元年（760年）七月，时为太上皇的玄宗居住于西内太极宫，每日“与高公亲看扫除庭院，芟薙草木，或讲经、论议、转变、说话，虽不近文律，终冀悦圣情”，其中所谓的“讲经、论议、转变、说话”，都是表演伎艺的名称，基本上和上述诸种不同体类的讲唱文学是有对应关系的，包括：因应“讲经”而生成的是讲经文，因应“转变”而生成的则是变文，因应“说话”生成的则是说本（或称话）；至于“论议”，《庐山远公话》后半段，道安与慧远十九回合的对答，正是“论议”的具体展现，或者P.三一六五、P.二八〇七的讲经通难致语[1]，也是因应“论议”而生成的，只是它们呈现出来的内容形态，可视为“讲经”的附属。若要强调“论议”伎艺的独立性，则论辩体俗赋，如《燕子赋》《孔子项托相问书》《茶酒论》等，或即为其具体的展现。这些表演伎艺可说是宋以后诸色伎艺的嚆矢，不论是形式上或主题上，对之均有深远的影响。

敦煌文献中的这些不同体类的讲唱文学，大抵都可见讲述与佛教相关的作品，其中又以韵散相间的押座文、讲经文、因缘、变文、解座文与佛教的关系最为紧密。S.四四一七、P.三八四九V抄录有俗讲、讲经的流程，如下：

> 夫为俗讲，先作梵了，次念菩萨两声，说押坐了，索唱《温室经》，法师唱释经题了，念佛一声了，便说开经了，便说庄严了，念佛一声，便一一说其经题字了，便说经本文了，便说十波罗蜜等了，便念佛赞了，便发愿了，便又念佛一会了，便回向发愿取散云云，已后便开《维摩经》。
>
> 夫为受斋，先启告请诸佛了，便道一文，表叹使主了，便说赞戒

---

① 佛教讲经例以一人唱经，一人解释，唱经者为都讲，解释者为法师。都讲另有质问之权，此谓之“难”，而法师应据都讲诘问进行解答，此谓之“通”。二者一来一往，时见隽语机锋。参与讲经的其他僧、俗亦可设难。详参孙楷第《唐代俗讲轨范与其本之体裁》，《沧洲集》（北京：中华书局，2009年），第1—43页。

等七门事科了，便说八戒了，便发愿施主了，便结缘念佛了，回向发愿取散。

讲《维摩》，先作梵，次念观世音菩萨三两声，便说押坐了，便索唱经文了，唱曰法师自说经题了，便说开赞了，便庄严了，便念佛一两声了，法师科三分经文了，念佛一两声，便一一说其经题名字了，便入经说缘喻了，便说念佛赞了，便施主各各发愿了，便回向发愿取散。

文中所谓的“俗讲”，据圆珍撰《佛说观普贤菩萨行法经记》卷上云：“唐土两讲：一俗讲，即年三月就缘修之，只会男女，劝之输物充造寺资，故言俗讲（僧不集也云云）。二僧讲，安居月传法讲是（不集俗人类也，若集之，僧被官责）。”由此可知，俗讲是相对于僧讲，一般于正、五、九月等三长斋月举行，但也有不在此时进行的；讲唱的对象是世俗人士，像《庐山远公话》到福光寺听道安讲经的就是王侯将相等俗众。目前所见的讲经文，呈现的形式样态，往往包括了俗讲，讲《温室经》《维摩诘经》流程中所说的念佛菩萨、说押坐、唱经、唱释经题、说庄严、说经本文等内容，而有时被单独看待的押座文，即是因应“说押坐”生成的文本；至于因缘，对应的应是“说缘喻”，像由敦煌僧人保宣讲唱的《频婆娑罗王后宫彩女功德意供养塔生天因缘变》，其末尾就自称此作为“缉甚深之缘喻”。

在上述这段陈述俗讲、讲《维摩》的流程中，似未见可与变文相应的，且唐代李远《转变人》、吉师老《看蜀女转昭君变》二诗中所歌咏的“转变人”，也都是女艺人讲唱昭君故事，但现存的变文讲述的仍以佛教故事较多，加上唐代胡璩《谭宾录》提到杨国忠尝为剑南召募使，要召募至泸南戍守的士兵，因粮少路险，且往往有去无回，有意愿前往的也就十分少，于是，“乃设诡计，诈令僧设斋或于要路转变”，在这里于要路进行“转变”的是僧人。也就是说，“转变”一开始其实是由僧人讲唱佛教故事，后来才慢慢为民间艺人所吸收，讲唱世俗人物故事。

以下按不同体类的讲唱文学，依序介绍它们讲述佛教哪些故事，宣扬哪些佛教义理、思想，成就了怎样的佛教通俗叙事文学。

（一）押座文、解座文

于讲唱活动开场时用以收摄四座听众心念的“押座文”，以及结束时用来向听众宣教并提醒念佛的“解座文”，故事性相对之下稍弱，它们附属于讲经文、因缘、变文。如《悉达太子修道因缘》在开始的一段韵文后有：“凡因讲论，法师便似乐官一般，每事须有调置。曲词适来先说者，是悉达太子押座文。”可见该段韵文确为《悉达太子修道因缘》的押座文。甚至有同一篇押座文、解座文被运用于不同的讲唱作品，如《破魔变》起始有“降魔变押座文”一篇，《频婆娑罗王后宫彩女功德意供养塔生天因缘变》起始虽未有相同的标题但文句却相同。也因此，这些押座文、解座文往往被汇抄在一块，如S. 二四四〇即抄录了《八相押座文》《三身押座文》《维摩经押座文》《温室经讲唱押座文》；P. 二三〇五则有八篇解座文，从标题来看，它们应该可分别运用于《八相变》、《维摩诘经》讲经文、《温室经》讲经文。也就是说，押座文、解座文确实是附属于讲经文、因缘、变文等不同体类的讲唱文本，可和它们任何一种体类结合在一块。

其中有一篇抄写于P. 三三六一、S. 三七二八，仅题名《押座文》（另有S. 九五三〇一本未有题名），比较特别的是在敦煌文献中数量不多的刻本，也存有此文，见于S.P. 一，其题名作《故圆鉴大师二十四孝押座文》，此一刻本意味着押座文虽为讲唱文本的附属品，但《故圆鉴大师二十四孝押座文》显然在当时备受重视，才会被单独抽出进行雕版，以利于此一文本更广泛地流传。这篇押座文值得注意的还有三点：一是圆鉴大师即是五代后唐明宗、后晋时屡于皇帝诞日入宫谈赞论议的僧录云辩（《大宋僧史略》卷下《诞辰谈论》），P. 三八〇八《长兴四年中兴殿应圣节讲经文》应该就是他在后唐明宗长兴四年的诞日入宫，于中兴殿讲唱《仁王般若经》的记录文本。二是孝子的传记从汉以降即有之，但标举“二十四孝”者，就属S.P. 一的此篇押座文最早，它甚至较一般传世文献首次出现此词的宋代李焘（1115—1184年）撰《续资治通鉴长编》更早，该书卷一一六谓宋仁宗景祐二年（1035年）六月左司谏姚仲孙上书言：“伏闻议者欲改制雅乐，俾协纯音，谓旧律太高，裁之就下，以高形下，人固知之。然或制之未得其精，损之必差其度。臣盖不知其得于何道，而辄变更，闻其所为，率多诡异。至如炼白石以为磬，范中金以作钟，又欲以三辰、五灵、二十四孝为乐器之饰，臣虽愚昧，窃有所疑。”综合来看，“二十四孝”一词应是10世纪中叶后才兴起的。三是《故圆鉴大师二十四孝押座文》提到的孝子为舜、王祥、郭巨、老莱子，另有“泣竹笋生”和“正酷热天须扇枕，遇严凝月要温床”，指的分别为孟宗和黄香，这六位后来都被列入元代郭居敬《二十四孝诗》之中，而这些中土孝子故事，本与佛教无涉，但却为五代僧人圆鉴所引述，成为佛教讲唱活动的重要内容，和屡提及董永、郭巨、孟宗、王祥等人事迹的P.二一九三《目连缘起》末尾解座文极为相似，只是押座文的题名刻意彰显二十四孝，内文却又以如来世尊为焦点，可见圆鉴应曾有过以二十四孝故事为主题，进行一场用以阐释“孝为成佛本”的讲唱。像这样将中土世俗人物故事与佛教融合在一起的，尚可见于其他的讲唱表现形式，如《舜子变》《唐太宗入冥记》《韩擒虎话本》《董永词文》等，讲述唱诵的主要人物虽都为中土世俗人士，却也融入了部分的佛教故事与思想。

（二）讲经文

唐代宗密撰《圆觉经大疏释义钞》卷二云：“百年已来，俗讲之流多是别诵后人撰造，顺合俗心之文，作声闻讽咏。每上讲说，言百分中，无一言是经是法，设导者，经亦是乱引杂用，不依本血脉之义，连环讲之。”宗密对俗讲虽多所批判，但从其陈述，仍可进一步推知，俗讲应是初盛唐已有之，再次说明了讲经文确实是因应俗讲而生成的文本之一；且俗讲除了以顺合俗心为诉求外，还以后人对佛典的撰造诠释为基础，别引其他文本进行敷衍，这和目前我们所见的讲经文是建构于经疏之上的情况，不谋而合。

平野显照《敦煌本讲经文与佛教经疏之关系》就指出，讲经文是讲经文作者根据经疏再加上自身的演绎能力、创意功夫而形成的，对佛教教义的通俗化大有帮助，且特别列举出讲经文中的散文部分与经疏有关系的，包括：（1）P.二三〇五《妙法莲华经讲经文》与窥基《妙法莲华经玄赞》;（2）P.三〇九三《佛说观弥勒菩萨上生兜率天经讲经文》与窥基《观弥勒菩萨上生兜率天经赞》；（3）P.二九五五《佛说阿弥陀经讲经文》与窥基《阿弥陀经疏》《阿弥陀经通赞疏》;（4）P.二九三一《佛说阿弥陀经讲经文》与窥基《阿弥陀经通赞疏》、吉藏《金刚般若经义疏》、宗密《金刚般若经疏论纂要》;(5)S. 四五七一《维摩诘经讲经文》与吉藏《维摩经义疏》;(6)P. 二一三三《金刚般若波罗蜜经讲经文》与窥基《金刚般若经赞述》、宗密《金刚般若经疏论纂要》、昙旷《金刚般若经旨赞》等例子。其他又如 Φ 二二三《十吉祥》根据笔者考证,是根据窥基《阿弥陀经疏》《阿弥陀经通赞疏》加以演绎而成的。由上述也可知,目前可见的讲经文宣唱的佛典有:《维摩诘所说经》《妙法莲华经》《佛说阿弥陀经》《金刚般若波罗蜜经》《佛说观弥勒菩萨上生兜率天经》,另外还有 P. 三八〇八《长兴四年中兴殿应圣节讲经文》宣唱的是《仁王护国般若波罗蜜多经》,Φ 九十六《双恩记》宣唱的是《大方便佛报恩经》,P. 二四一八、BD. 六四一二《父母恩重经讲经文》宣唱的是《佛说父母恩重经》,台北"国家图书馆"藏编号〇八七〇一、BD. 二四九六、x. 一〇七三四、x. 一一八六二《盂兰盆讲经文》宣唱的是《佛说盂兰盆经》等等。

在这些讲经文中,P. 三八〇八《长兴四年中兴殿应圣节讲经文》是唯一题名为原卷所书,讲唱的时机是长兴四年(933 年)后唐明宗李嗣源的生日,讲唱者则应前文已提及屡在皇帝诞日入宫谈赞论议的圆鉴大师云辩。一开始是叙说法会的因由,祈愿圣寿千秋,之后阐释经题及经文的头三句,后半段则着重在"我皇帝"所布之善政。通篇大抵围绕着"我皇帝"的圣寿及以四海为家、万民作子进行讲唱,对《仁王护国般若波罗蜜多经》的宣唱相对有限,不过,在祈愿圣寿千秋的同时,云辩也不忘为百姓发声,如:

我皇帝欲清四海,先诫六宫,令知织妇之劬劳,教识蚕家之忙迫。貌无妆饰,手有胼胝,机梭抛处既辛勤,锦绮着时令爱惜。

蚕家辛苦事难裁,终日何曾近镜台。叶似蝇头□得大,蚕如蚁脚养将来。半罗茧就新蝉叫,一络丝成旧债催。所以圣人诫宫女,莫将罗绮扫尘埃。

我皇帝每临美膳,常念耕夫,忧水旱之不调,恐赋租之难办。所以每宣品馔,不苦烹炮,重颗粒以如珠,惜生灵之若子。

> 每念田家四季忙，支持图得满仓箱。发于鬓上刚然白，麦向田中方肯黄。晚日照身归远舍，晓莺啼树去开荒。农人辛苦官家见，输纳教伊自手量。

云辩在盛赞皇帝的散韵交错文字中，富藏对织妇、耕夫辛勤的怜悯。散说、韵唱所叙的主旨差异不大，但不觉繁冗，先以散句直接表述皇帝爱惜物力，深知织妇、耕夫的辛苦，再分别以深具意象的诗句——像是以“蚕如蚁脚养将来”，形容养蚕人家在蚕极小甚微照顾起，好不容易“一络丝成”，债主就来催缴了；又像“发于鬓上刚然白，麦向田中方肯黄”二句，借鬓发白与麦熟黄的鲜明对比，诉说五谷丰登是农夫以鬓发花白换来的。充分展现散文记事说理、韵文回环抒情的特性，让听者的印象获得强化，情绪得以渲染。

又如 S. 三八七二《维摩诘经讲经文》解释经文中的“内官”一词，仍是以一段散说、一段韵唱加以叙说，最终都以受维摩诘居士教化而发心向佛作结，本该继续阐释之后的经文，却插入一则以内官太监为嘲讽对象的笑话，云：

> 有一内侍罢官，居于山水，忽得疾病，令人寻医。有人言某村、某聚落，有一处士名医，急令人召到，便令候脉。候脉了，其人云：更不是别疾病，是坐后风。其大官甚怒，便令从人拖出，数人一时打决。其人叫呼。更有一内侍，亦是罢官，见外面闹，便露头插梳，于墙头出面曰：“此人村坊下辈，不识大官，不要打棒，便令放去。”其医人忽尔抬头，见此中官，更言曰：“阿姨道底是那。”

谓太监生病，找江湖术士医治，说他得了产后风，太监怒不可遏，毒打江湖术士一顿，另一太监出面帮江湖术士缓颊，结果江湖术士却误以为他是位阿姨——尼师。显然是讲唱者抓住太监的特殊性征，刻意营造的一则笑话，目的不外乎娱乐听者，让宣唱法理的肃穆过程中，也能有轻松畅悦的一面，如此反而更能开导众心。

相对于其他讲唱文学，讲经文的故事性虽不若其他体类那么强烈，但也有如Φ九十六《双恩记》一本，将《大方便佛报恩经·恶友品》中的善友太子入海取摩尼珠故事，借散说韵唱，做了相当成功的敷衍。如《恶友品》原本作："尔时恶友次应守宝珠，其兄眠卧，即起求二干竹刺，刺兄两目，夺珠而去。尔时善友即唤其弟恶友：'此有贼刺我两目，持宝珠去。'而恶友不应。兄便懊恼：'我弟恶友似为贼所杀。'"《双恩记》则敷衍为：

偈曰：道途辛苦睡深更，善友沉然梦寐成。上士保持虽意在，恶人计校已心生。酌量地里应难趁，顾望天河必未明。取二竹枝签眼损，偷珠连夜发先行。

善友既被签目损，连唤恶友名字："恶友！恶友！此有大贼，损我两目。"不知已先去矣。既唤不应，又更大声唱叫："恶人！恶人！我目已损，若要珠，任将去。莫损我弟，我弟痴幼。"望空叫唤，语贼曰：

"海宝摩尼一任将，自缘不解别收藏。却忧我弟年痴骙，伏愿慈悲莫损伤。"

在文本中，第一段的韵唱诗偈与第二段的散说，是前后相互接续的故事情节，而第三段的韵唱则为第二段的散说同一主题的复述，可说是相当灵活地运用着韵唱、散说。以七言八句诗偈将恶友五毒心起做了细致的刻画，而受伤的善友仍不改其慈仁，不是呼唤人救己，而是挂心恶友，在以散说叙及对恶友的提醒、向恶人喊话勿伤恶友后，再以七言四句诗偈复诵向恶人的喊话，前后两段的韵唱诗偈形成鲜明的对比，善友的慈仁形象被充分突显，故事情节也同时被推进。

（三）因缘

同样也是韵唱、散说的因缘，又名为缘起或缘，如《金刚丑女因缘》有的写本或题名作"丑女缘起""丑女金刚缘"，它和讲经文的差别是未引用佛经经文，全都是针对因缘业报故事进行讲唱。目前可见原题作因缘、缘起或缘的写本有：龙谷大学藏本、S. 三七一一、S. 五八九二中的《悉达太子修道因缘》，上海图书馆〇一六＋P. 三三七五的《欢喜国王缘》，S. 四五一一、P. 三〇四八、S. 二一一四、P. 三五九二、P. 二九四五的《金刚丑女因缘》，P. 二一九三的《目连缘起》，P. 二一八七的《四兽因缘》。另有虽未见题名但形式与前述文本相同，且也是讲唱因缘故事的，学界也将它们归于此，如P. 二三二四《难陀出家缘起》。

此一体类的文本如前所述，是因应俗讲讲经中的“说缘喻”而生成的，大概就是慧皎《高僧传》唱导论中所说的“至中宵疲极，事资启悟，乃别请宿德，升座说法，或杂序因缘，或傍引譬喻”。而此一讲唱文体与变文也有些关系，如P. 三〇四八的《丑女缘起》于末尾又称“上来所说丑变”，可见至少在此文本的抄写者乃至于讲唱者的认知里，“缘起”和“变”指涉的是同一种文体。又S. 三四九一的《频婆娑罗王后宫彩女功德意供养塔生天因缘变》，文中又题作“功德意供养塔生天缘”，从内容而言，保宣讲唱的确实是彩女功德意生忉利天的因缘故事，就形式来看，则是一篇具变文特性的文本。因缘和变文最大的差异，是因缘以因缘果报为要求，如讲唱目连救母故事韵散相间的众文本中，除了P. 二一九三名为《目连缘起》外，也有题名为《大目乾连冥间救母变文》《目连变文》《目连变》的文本，检视P. 二一九三所书，确实较题名为“变文”“变”的其他文本更着意铺陈目连母亲——青提夫人种下的悭贪、杀害等恶因缘，大概也是因为这样，讲唱者遂将之命名为“缘起”；类似的情况也出现在讲唱悉达太子修道故事的诸文本上，除了有龙谷大学藏本、S. 三七一一、S. 五八九二等写本题名作《悉达太子修道因缘》外，也有题名为《太子成道经》《八相变》的，名为《悉达太子修道因缘》的文本，特别将焦点放在叙述耶输陀罗、罗睺罗与悉达太子的宿世因缘，不但押座文后马上破题谓：“其耶输彩女修甚种果，复与太子同为眷属，更又罗睺罗之子，从何而托生，如何证得真悟，同登正觉？小师略与门徒弟子解说，总教省知。”在末尾的解座文前也有：“今劝坐下听人，此者因缘，希逢难遇。”这些都是名为变文的其他目连讲唱文本所未见。

在诸多讲唱体——因缘中，以《金刚丑女因缘》最具代表性，不但现存有五个写本，表示在当时是受欢迎的，才能一再为人所传抄，而且所讲唱的是一则典型的因缘果报故事——金刚丑女既因前世供养辟支佛此一布施因缘，今世得生国王之家；又因对之心生轻慢、嫌恶面丑，感得面貌丑陋。故事的主轴大抵是根据《贤愚经》卷二《波斯匿王女金刚品》敷衍而成，讲唱者延伸、铺陈最多的是金刚丑女的丑恶。《贤愚经》原本仅谓“其女面类极为丑恶，肌体粗涩犹如驼皮，头发粗强犹如马尾”，《金刚丑女因缘》则先借金刚丑女之父波斯匿王之口以韵文道：

只首思量也大奇，朕今王种岂如斯？丑陋世间人总有，未见今朝恶相仪。穹崇局蹜如龟鳖，浑身又似野猪皮。饶你丹青心里巧，彩色千般画不成。兽头浑是可憎貌，国内计应无比并。若论此女形貌相，长大将身娉阿谁？

像这样以禽兽比喻人的容貌，且是从亲生父亲的口中说出，更突出丑恶的程度，而末两句则又道尽出为人父的担心。之后更以讲唱者口吻穿插两段韵文：

女缘丑陋世间希，浑身一似黑韧皮。双脚跟头皴又僻，发如驴尾一枝枝。看人左右和身转，举步何曾会礼仪。十指纤纤如露柱，一双眼子似木槌。

公主全无窈窕，差事非常不小。上唇半斤有余，鼻孔竹筒浑小。生来未省喜欢，见说三年一笑。觅他行步风流，却是赵士袜。大王见女丑形骸，常与夫人手托腮。忧念没心求驸马，惭惶谁更觅良媒。虽然富贵居楼殿，耻辱缘无倾国财。敕下令教使锁闭，深宫门户不教开。

这两段文字极尽夸大之能事，从头至脚，一一描述金刚丑女如何个丑法，讲唱者显然是想通过这种反常、不合理的表现形式，营造出荒诞、怪异、滑稽的情境，如此一来，既可达到逗引听者的目的，同时也在嘲弄之中彰显轻慢、诽谤的严重性，借以劝人“应护身口，勿妄为非、轻呵于人”。而让《金刚丑女因缘》的怪诞、滑稽达到最高点的，是娶金刚丑女为妻的王郎，在《贤愚经》中他是贫穷豪姓之子，糊里胡涂地被好奇金刚丑女生得如何的豪族们灌醉，偷拿家里钥匙窥视金刚丑女；而在《金刚丑女因缘》的王郎则成为性慈、面好、有些舌短的贫穷人家之子，头一次见到金刚丑女被吓到晕厥，待世尊让金刚丑女拥有端正好相，王郎先是不信，直说——“唬人”，后确认真的是自己妻子，则欢喜异常、连连拍手，道数声“可憎”——可爱，让一个性格、形象扁平的配角，变为性格鲜活、滑稽的圆形人物，这样一来，也让金刚丑女的因缘故事对世俗众更具渲染力，劝惩的力道也就更大。

（四）变文

变文和因缘的不同，除了前文提及因缘以讲唱因缘故事为要求外，变文则是以“变相”为焦点，为配合变相演出的讲唱作品。而所谓的“变相”，则是指以文字叙述的佛经中神奇变化故事为张本绘成的图像。包括题名本有的，如BD.八一九一《八相变》，P.二一八七《破魔变》，S.五五一一＋胡适旧藏《降魔变文》，S.二六一四、P.二三一九、P.三一〇七《大目乾连冥间救母变文》，P.三四八五《目连变文》，BD.〇〇八七六《目连变》，P.二九九九《太子成道经》，S.三四九一《频婆娑罗王后宫彩女功德意供养塔生天因缘变》；其他还有根据文本形式内容，推知应为变文的，如：P.四九八八＋羽〇一九、BD.三七八九、BD.四〇八五、S.三七〇四、羽〇七一、BD.二四九六等为《目连变文》，P.三四九六《太子成道变文》，BD.八三三三演绎《譬喻经》变文，S.四三九八、P.四六一五、P.四五二四敷衍的则正是《降魔变文》。

在这些写本中，最能突显变文是配合图像演出的讲唱作品此一特质的是S.二六一四于《大目乾连冥间救母变文》标题后还有“并图一卷并序”等字，“并图”二字虽有涂销痕迹，但这正意味龙德元年（921年）抄写此文本的净土寺学郎薛安俊所据的本子，原是有附图的，他如实迻录，最后又因未摹图而删去；另一更重要的本子是P.四五二四，首尾已残，但写卷正面仍可见五幅连续的图像，卷背则抄有五段七言韵文，图与文表现的正好就是《降魔变文》中舍利弗与劳度叉各使神通的六回合斗法中的前五回，包括：

（1）劳度叉化出一座宝山，舍利弗化出手执金刚杵的金刚力士，击碎宝山。

（2）劳度叉化出一头凶猛的水牛，舍利弗化出金毛狮子，咬牛颈项。

（3）劳度叉化出七宝池，舍利弗化出六牙白象，吸干池水。

（4）劳度叉化出毒龙，兴风作浪，舍利弗化出金翅鸟，啄毒龙眼。

（5）劳度叉化出夜叉鬼，舍利弗召唤毗沙门天王，执枪托塔，恶鬼遂跪地求饶。

仅最后一回合，劳度叉化出一棵枝叶繁茂大树，舍利弗化出风神，持风囊鼓风，将大树连根拔起，未见。今举第二回合的图及文字为例：

> 六师见宝山摧倒，愤气冲天，更发嗔心，重奏王曰："然我神通变现，无有尽期，一般虽则不如，再现保知取胜。"劳度叉忽于众里，化出一头水牛。其牛乃莹角惊天，四蹄似龙泉之剑；垂胡曳地，双眸犹日月之明。喊吼一声，雷惊电吼。四众嗟叹，咸言外道得强。
>
> 舍利弗虽见此牛，神情宛然不动。忽然化出师子，勇锐难当。其师子乃口如溪豁，身类雪山，眼似流星，牙如霜剑，奋迅哮吼，直入场中。水牛见之，亡魂跪地。师子乃先折项骨，后拗脊跟，未容咀嚼，形骸粉碎。帝王惊叹，官庶茫然。六师乃悚惧恐惶，太子乃不胜庆快处，若为：
>
> 六师愤怒在王前，化出水牛甚可怜，直入场中惊四众，磨角掘地喊连天，外道齐声皆唱好，我法乃遣国人传。舍利座上不惊忙，都缘智惠甚难量，整理衣服安心意，化出威棱师子王，哮吼两眼如星电，纤牙峻爪利如霜，意气英雄而振尾，向前直拟水牛伤，折剉登时消化了，并骨咀嚼尽消亡，两度佛家皆得胜，外道意极计无方。

上文在散说与韵唱之间有“某某处，若为（陈说）”，这是变文中习见的套语，用来表示接下来将由散说进入韵唱，且也具提示听众观看图像的作用。而文字所叙与图像也做了很好的搭配，像是说到劳度叉化出的水牛遭遇舍利弗化出的狮子，文字部分先散说后再利用韵唱强化，散说作：“水牛见之，亡魂跪地，师子乃先折项骨，后拗脊跟，未容咀嚼，形骸粉碎。”

韵唱则作："意气英雄而振尾，向前直拟水牛伤，折剉登时消化了，并骨咀嚼尽消亡。"二者的意思虽是相同，但散说仍较为平铺直叙，韵唱则着意刻画，一方面表现狮子的意气风发，以英雄、振尾形容，又谓水牛如气球般一戳就登时消亡，一扬一抑，让形象更为鲜明；图像则是着重在水牛"亡魂跪地"及狮子"先折项骨，后拗脊跟"。像这样通过散说韵唱另搭配图像的宣讲方式，是将听觉与视觉二者结合在一块，不但可强化印象、渲染情绪，更能为听者带来多层次的刺激，可见当时宣教方式之灵活。

（五）其他：话本、词文

敦煌讲唱文学还有以散说为主的话本，以及以韵唱为主的词文两种重要的体类，只是这两种体类相较于前文所述的，现今可见的文本是较少的，与佛教有连结的也就再少一些，话本部分有：题名本具的 S. 二〇七三《庐山远公话》，以及根据形式内容拟名的 S. 二六三〇《唐太宗入冥记》、S. 二一四四《韩擒虎话本》；词文部分则仅有根据形式内容拟名的 S. 二二〇四《董永词文》与佛教有关。《唐太宗入冥记》叙述太宗入冥所见所闻，一开头有喝令太宗生魂拜舞的阎罗王，却反被太宗高声拒绝，阎罗王因而耻见群臣，遂改令判官崔子玉审问，这荒谬的情节大概是讲者有意造作，用以嘲讽当权者，不过，却也因此让崔子玉与太宗之间有了上下交相贼的机会，末尾崔子玉则教太宗修功德，包括大赦天下、令沙门讲《大云经》、出钱抄写《大云经》，这是佛教入冥故事的典型情节，为《大云经》进行宣传的意图也不言可喻。至于《韩擒虎话本》，一开头有邢州法华和尚以《法华经义》回向八大海龙王，因而获赠龙仙膏，和尚又取以治随州杨坚脑疼，卷末则有五道将军、天曹地府来到人间要韩擒虎至阴间作阴司之主；《董永词文》则于开头提醒大众，为善作恶皆有善恶童子记录，中间又提到董永行孝感天，帝释遣天女协助他偿债赎身，末尾则有董永和天女之子董仲至阿耨池寻母。这两篇一散说、一韵唱的作品，都是在叙述世俗人物故事中置入穿插了佛教相关的人、事、地名，反映的正好都是佛教善恶因果报应思想。其实，上述配合图像进行韵唱散说的变文中，也有类此穿插善恶报应的世俗故事文本，如 P. 二七二一、S. 四六五四《舜子变》虽以后阿娘屡次陷害舜、舜屡化险为夷为叙事主轴，而让舜化险为夷的却是佛教人物——帝释。

敦煌文献的话本中敷衍佛教故事，最典型的是S.二〇七三《庐山远公话》。开宝五年（972年）张长继书记的《庐山远公话》是以人称南远的东晋慧远事迹、传说为基础，同时，主要化用道安的腕有肉环、为苻坚所掳、升兜率天，以及竺道生讲经石点头、隋净影寺慧远注疏《涅槃经》等其他高僧的事迹，而为突出南远，刻意将本是慧远之师的道安，错置为慧远的对手，剽窃慧远注疏、四处招摇撞骗，好铺排后来的道安与慧远十九回合对答，来宣传北本《大般涅槃经》的思想。此篇除了题名本有“话”字外，也有部分句子具有浓厚的说话人口气，如“说这慧远，家住雁门，兄弟二人……”，或者当慧远初来到庐山，文本是这样叙述的：“且见其山非常，异境何似生：嵯峨万岫，叠嶂千层，崒屼高峰，崎岖峻岭。猿啼幽谷，虎啸深溪。枯松挂万岁之藤萝，桃花弄千春之□色。远公贪玖此山，日将西迈，遂入深山，觅一居止之处。便于香庐峰顶北边，权结一草庵。”还有，《庐山远公话》固然是以散说为主，却仍可见到在情节转折处，不时穿插有诗偈，以作为散说的补充，此一形式也和宋以后的话本一样。也就是说，《庐山远公话》或许尚未像后来的宋元话本具有题目、篇首、入话、头回、正话、篇尾等完整的体式结构，但已具话本的雏形。

二、敦煌佛教应用文学

随着佛教的普及与发展，各类“适应教用”的文学也就配合着各种宣讲、祈福与法事、共修活动而迅速发展。这些固然有不少通过传抄、入藏得以流传，但犹有许多散篇，甚至是集册，直到敦煌文献后，才得以重见天日。其中以赞偈歌曲集（或丛抄卷）、礼忏文、斋愿文等类，卷数与篇目多、应用广，因而特别值得注意。究其型制或联章歌咏，或间杂韵散，或采取骈体，论编组与作用或搭配寺院法事，或迎合民间需求，均为实际应用而来，可视为佛教文学作为宗教需求的重要展现，亦是教理融入生活、普及于大众之重要媒介，着实不容忽略。因此，本节将依序引介敦煌赞偈歌曲、礼忏文、斋愿文，并由此及于其他法事文钞，明其本质、应用与发展之迹。

（一）赞偈歌曲

隋唐五代佛教赞偈歌曲，可通过齐言诗入唱、曲子词填作、民歌体仿作等方式与技巧，常作“联章”体制，发挥歌咏赞叹、布教宣讲、法事行仪作用而为宗教音乐文学。其中见于传世文献的部分，已于第十一章论述六朝与隋唐五代佛教歌诗时作过介绍，本章权且从略。故在此所着重的是：敦煌文献重现天日之后，大量的佛教赞偈歌曲“出土”，包括抄写于小单张，或杂写于经卷文书，更有丛抄成卷，甚至是编制成集者，不仅可见其流传与应用的方式，从主题内容及表现形式来看，更可见佛教音乐文学发展至此时的丰富面貌。林仁昱《敦煌佛教歌曲之研究》曾针对其形式作如是分类。

1. 诗赞型齐言

这是敦煌佛教赞偈歌曲的基本类型，数量最多，涵盖主题及运用的场合也最广。其中又以通用于近体诗的五言、七言句式为主，另有三、四、六言等句式，及联章接转他式（如七言转五言）、衍生（如《叹诸佛如来无染着德赞》别作三、四、五、七言四种句式）等情形。五、七言诗赞型齐言佛教歌曲，虽未必符合近体诗的格律，但以双数句为韵脚，四句或八句同在一韵之内（联章体有换章即换韵，亦有连贯数章才换韵），仍是普遍可见的“通例”。例如敦煌编号 P. 二二五〇卷之《叹五会妙音赞》：

> 弥陀五会响雄雄，智者传来五浊中，五苦闻声皆得乐，乘斯五会入莲宫。智者慈悲开五会，五会意将除五烧，五烧既因五会灭，皆乘五会出尘劳。雄雄五会响清深，隐隐雷声写妙音，圣众相将同赞叹，但是人闻皆发心。

于齐言本辞之外，又经常可见附加套语及和声的情形，其中套语有作为全篇前引（类似“艳”辞）、全篇送和（类似“趋、乱”辞）、各章过门（类似现代歌曲俗称“副歌”的部分）、呼喊句等类型，如 S. 五五七三等卷《五台山赞》各章均以“佛子”作为前引：

（佛子）道场屈请暂时间，至心听赞五台山。毒龙雨降为大海，文殊镇压不能翻。

（佛子）大周东北有五台山，其山高广共天连，东台望见琉璃国，西台还见给孤园……

又多有在本辞于各章出现套语（S. 五六四八的“三归依”各章末句均套用“降福助明君”）的情形，亦有套于章首句、章中某句、章末句、套辞型（各章某句皆以某辞起首或完结）、填字型（各章套语仅差一字）、镶嵌型（各句镶入某辞）。例如 P. 二一二二《化生童子赞》就是以“化生童子”作为每章的起始套语：

化生童子佛宫生，便得真珠网里行。耳边唯闻念三宝，时时更听树相撑。化生童子上金桥，五色云擎宝座遥。合掌唯称无量寿，八十亿劫罪根消。化生童子佛金床，天雨天花动地香……

运用套语的模式还可以产生特殊设计，例如 P. 二二五〇《极乐欣厌赞》单数章首句均冠以“阎浮”、双数章首句均冠以“西方”形成对比；P. 二〇六六《般舟赞》部分段落各章首句冠以“借问”，各章第三句冠以“报道”形成问答。和声的运用则多属随句附加（少数为“章末和声”），和声辞有每句相同、两两替换、叠句式、重复句尾式、佛号式等情形。例如 P. 二〇六六《维摩赞》各章均附随和声“难思议”以强调维摩诘居士示现义理“难思议”；P. 二〇六六《般舟赞》单数句附随“愿往生”而双数句附随“无量乐”，和声两两替换以强化劝说往生极乐。而净土类赞歌大量出现佛号式和声，显现称名念佛与唱赞相互搭配的效果，例如 P. 二〇六六《观经十六观赞》：

第一初观日在西（阿弥陀佛），端身正坐去昏迷（阿弥陀佛南无阿弥陀佛），见时欲没如悬鼓（阿弥陀佛），令心坚住莫高低（阿弥陀佛南无阿弥陀佛）。第二观水本澄清（阿弥陀佛），想水为冰理易成（阿弥陀佛南无阿弥陀佛），令冰映作琉璃地（准前），分明还见宝幢擎。

2. 诗赞型非齐言与民歌体

有部分的赞偈歌曲的本质仍为诗赞，但因节奏上的特殊处理，而于本辞出现非齐言的现象。其中以析成“三三”句与七言相配的情形最为普遍，这使七言诗赞在歌辞与曲调的相配运用上，另开变化、发展的路径，而使声情表达可以更丰富。敦煌赞偈“三三”句的位置大致都在章首，少数夹于章中，亦有单存一组及接连两组的分别。例如 P. 二七〇四未见题名（任半塘拟题“三冬雪”者）：

话苦辛，申恳切，数个师僧门仞列。只为全无一事衣，如何御彼三冬雪。

或秋深，严凝月，萧寺寒风声切切。囊中青缗一个无，身上故衣千处结。

最伤情，难申说，杖笠三冬皆总阙。寒窗冷慑一无衣，如何御彼三冬雪。

另有许多非齐言诗赞型的赞偈歌曲，其实是与民歌体的运用有关。其有明确标示者，如任半塘《敦煌歌辞总编》称为“定格联章”，采用“五更转”“十二时”等套语作为联章的“序号”者即是。而且这不同的民歌套语还可以视需要连接，如 S. 六六三一《五更转十二时》：

一更初，一更初，医王设教有多途，维摩权疾徙方丈，莲花宝相坐街衢。

二更浅，二更浅，金粟如来巧方便，室包乾象掌擎山，示有妻儿常厌患。……

正南午，正南午，文殊问疾维摩与，维摩说疾贪爱生，众生疾损我还愈。

妄有疾，真无愈，不要寻思始觉悟。本性原来无损增，只为迷愚有言语。

日昳未，日昳未，居士室中天女侍。声闻神变不知他，舍利怀惭花不坠。……

除此通过“序号”与非序号的“三三”句，形成持续铺展的段落标记之外，亦有“三五五五”“五五七五”及不同章分属三五七言的情形，这也使如此声情变化的权变方式，更加多样丰富。另外，还有奉请诸佛歌曲（如P. 三二一六《散华乐赞》），因每尊“佛名”的字数不一，而成杂言的状况，但从实际搭配曲调运用的可行性推测，且佐以现今佛寺演唱佛名并行礼拜的实况观察，则可知各“佛名”（各章）仍可套用相同曲调，并依照“多腔”（曲调与歌辞相配上，可以一字配多音）的条件，即能解决不规则杂言的问题，故应可视为诗赞型非齐言的一种变体。至于此类型赞偈歌曲亦有附加和声，还有押韵、平仄等语言旋律的情形，其唱法应与齐言诗赞相类。

3. 曲子型与杂言型

“敦煌曲子词”可说是文学史上关系词体成立、发展的重要线索，尤其《云谣集杂曲子》更是成之为集的重要标志。而在敦煌佛教歌曲文献中，亦有明确标记曲调名称，且为后世词牌者，如P. 三三六〇等卷抄有《大唐五台曲子五首寄在苏莫遮》：

大圣堂，非常地。左右龙盘，为有台相倚。岩岫嵯峨朝圣地。花木芬芳，菩萨多灵异。面慈悲，心欢喜。西国真僧，远远来瞻礼。瑞彩时时岩下起。福祚当今，万古千秋岁。

上中台，盘道远。万仞迢迢，仿佛过天半。宝石山岩光灿烂。瑞草名花，似锦堪游玩。玉花池，金沙畔。冰窟千年，到者身心战。合掌望空重发愿。五色祥云，一日一回现。

上东台，过北斗。望见浮叶，海伴龙神斗。雨雪相和更林薮。雾卷云收，化现千般有。吉祥鸟，师子吼。闻者孤宜，便往那边走。才念文殊三五口。大圣慈悲，方便来相救。……

这曲子型敦煌佛教歌曲的数量虽然不多，却显得重要！特别是此篇正是依循“苏莫遮”而作，张梦机《词律探原》即取“上东台”一首为例试订格律，若与清・舒梦兰辑，陈栩、陈小蝶考证《考正白香词谱》相较大抵相同，所异者，均在可平可仄之处的宽、严之间。所以，此篇象征曲子词亦可佛教应用歌曲，甚至可为联章体制铺唱五台胜境。任半塘《敦煌歌辞总编》认为此篇已符合“大曲”的特征，陈中凡《从隋唐大曲试探当时歌舞戏的形成》甚且推测此篇已具有歌舞表演的可能性，综此观点，林仁昱《敦煌本“五台山曲子”的演艺探究》曾作过检讨,认为不宜过度理想化，此篇最有可能的演出实况，是作为念佛法会、布教活动，甚至是经常课诵的唱词，也就是纯粹作为“曲子词”应用于佛教的表现，具有引人进入“观想”境地的效果。此外，敦煌文献中，尚有多篇佛教联章杂言歌辞，虽未能于各章见出平仄规律，但以各章的句式、押韵相同，有可能是依循特定曲子而作，其现象尚有未见名称（如S. 四六八五饶宗颐《敦煌曲续论》拟称为“三归依”者)、有题写名称并非词牌(如S. 〇一二六首题“十无常”者)、亦有虽为词牌但句式不同（如P. 二八〇九“杨柳枝”)，这或可显现词体成熟前的过渡现象，甚至说明诗赞型转而为曲子型的过程，特别是《十无常》各章作“七、三、七、三、七、三、七、五”,《杨柳枝》“七、四、七、五、七、四、七、五”似为七言诗赞各句随附和声的情形相类，合乎“和声填实”的推想，值得注意。至于各章句式不同（甚至部分出现散文句)，却可见特定套语作为过门的杂言歌曲，如S. 三〇一七等卷抄有成组的“卫士与禅师互赠歌曲”，可能是换章即换曲调（以各章句式不同可知）的歌曲总和，甚至包含旋律性较低，用作“随兴吟唱”的歌辞，李正宇《试论敦煌所藏〈禅师卫士遇逢因缘〉——兼谈诸宫调的起源》即推究此为后世联成套曲“诸宫调”的雏形。

由以上论述可见敦煌佛教赞偈歌曲，确实显示各项佛教法事活动，能善用时代音乐文学的多样表现形式，产生摄众信仰的效用。林仁昱《敦煌佛教歌曲之研究》指出敦煌佛教赞偈歌曲，其主题内容至少包含：赞颂极乐净土、歌咏五台胜境、劝说出家修道、唱述道场经验、讲述佛经故事、阐扬孝道善行、论说禅法空理、搭配礼仪行事等八大类。所以，不论是净土与胜境的示现、故事与教义的传扬、寺院与俗世的联系，乃至于仪式的顺利进行，都不能缺少赞偈歌曲。郑阿财《佛曲偈赞在敦煌讲唱文学的运用》指出佛教歌曲发展到了唐代已经中国化，佛教歌曲使用大量的俗曲乐调，这是通俗化的必然趋势，也显示此时代佛教传播正在“入俗唯恐不深，汉化唯恐不力”的认知下努力。所以，就具体的文学表现而言，敦煌赞偈佛曲有着丰富的表现力，如极乐净土类歌曲，即善以铺排的方式，示现极乐世界各项殊胜美好，且借由现世具象的尊贵景物（如宝池、宝台、宝阁、宝楼）、音声（如弦歌、箫管、梵响）引人模拟观象（观想），心生向往。例如 P. 二二五〇《极乐欣厌赞》：

西方宝殿宝池亭，树木水鸟解人情。鹦鹉和鸣赞三宝，声中显出大乘经。西方宝树宝根茎，宝花宝网甚分明。宝叶行行相错间，宝叶重出化□生。宝池宝岸宝莲花，宝阶宝底宝莲花。

这类似后世曲艺“贯口”的技巧，于此短短十句之间，即通过连串的“宝”物的形象，将极乐净土之殊胜形象铺衍开来。如此铺排示现的描述方式，在朝礼五台山相关赞偈亦得充分展现，尤其是通过实景描绘与神迹“化境”交融的铺述方式，让具体世间胜迹因众多化现神圣之事，更具有大众吸引力，如 P. 二四八三《五台山赞》：

东台香烟常不绝，西台解脱亦如然。南台脚下金刚水，中台顶上玉华泉。北台毒龙常听法，雷风闪电隐山川。不敢与人为患害，尽是龙神集善缘。东台维摩方丈室，西台演法证须臾。南台妙药金刚水，中台香气满街衢。北台毒龙常镇此，如来方便将安居。各各渐藏令皈伏，非时不敢理虚空。五台修道甚清闲，到彼见善胜人间。山中有寺皆恒化，十恶顶谒空皈还……

如此将五台山自然景观的样貌与变化，附之于各项神圣的设想，即使在北台地区呼风唤雨的毒龙，都可以因为文殊菩萨的说法教化而顺伏，成就人间修道的胜境。至于许多论说禅法空理的赞偈歌曲，为使唱述的内容更具体明确，多拟出具体典故或事例为证，使大众不只由此见到佛理之“玄”，更能从中体会佛理之“妙”,例如S.〇一二六《十无常》论述人生富贵、名利、美貌毕竟成空的无常义理,则举英雄(刘邦、项羽)、美女(西施)、长寿者(彭祖)如今空留其名的现实作佐证;而P.三八二一等卷的《丈夫百岁篇》《女人百岁篇》《缁门百岁篇》以及各类型“九想观诗”(如P.三八九二所抄),都以“富人”的人生历程为例(《缁门百岁篇》的主角则贵为“国师”),则表示人生富贵毕竟无常,具有劝告平民信徒不要羡慕现世之荣华,荣华毕竟不得常拥有的义理。而譬喻的描述法,更为说禅论理歌曲所用,如论及世间事相本为因缘假合,毕竟成空的义理,则常借由“水波月”“镜中花”,以及无“根”可寻的“火”、不居于“杵”的“钟声”来说明,或以“了见色空圆净体”“澄如戒月莹晴天”“佛日凝然妙境开”,来表示修证禅法的目标,就在于破除“无明”的障蔽,一切染着皆空寂,只有如来佛性朗现出来。甚至在P.三〇五六有排比拟定地名的歌曲:“本际县,丰乐郡,无类州,善业都,解脱国,法界城里出真如,善恶不经怀,即是如意珠……”者,进一步将佛教的名相与世俗的称呼结合,以指明“真如”所居止之处。

另外,值得注意许多敦煌佛教赞偈歌曲虽言“出离”,但非弃绝人情,论理举证亦以合乎通俗人情为原则,这是其通过俗情而方便接引大众的必要设想。例如阐述出离尘俗(劝说出家、跳脱轮回)的同时,也必须兼顾现世人情,方便民间大众普能接受,消除众人对于违背世俗人情的疑虑。例如S.一四九七《好住娘赞》本表出家舍情之事,却立于辞别母亲、交代兄弟照顾,临别依依不舍,且念及亲恩未报的场景之上:

> 娘娘努力守空房,儿欲入山修道去。兄弟努力好看娘,……耶娘忆儿肠欲断,眼中泪落数千行。下到高山青草里,柴狼野兽竞来亲。喂哺之恩未曾报,誓愿成佛报娘恩。耶娘忆儿肠欲断,儿忆阿娘泪千行。舍身耶娘恩爱断,具须袈裟相对时。

如此贴近人情,甚为生动感人。其中,对于“出家修道”与“奉养父母”观念冲突的问题,则以出家成道的殊胜功德,加上将来“成道”之后,有能力替双亲“拔苦”(出离轮回),以报亲恩的愿心作解释。又P.三一二〇等卷的《送师赞》是僧人圆寂后，其门徒送终之后哀伤心情的自白，虽有可能是为了特定场合（如法师圆寂法会），特定写作出来的赞偈歌曲，但从其所抒发门徒对恩师的深厚情感来看，即使是入道修行，仍未完全弃绝人情：

……送师回来无处见（花林），唯见师空房（花林），举手开师房（花林），唯见空绳床（花林），低头礼师座（花林），泪落数千行（花林）。

低头整师履（花林），踌躇内心悲（花林），与师永长别（花林），再遇是何时（花林），律论今无主（花林），有疑当问谁（花林），双灯台上照（花林），师去照阿谁（花林），愿师早成佛（花林），弟子送师来（花林）。

此篇不论是在情境的描绘与情感的表现上，都真挚感人，尤其是师尊是领导修行的领导者，如今圆寂顿失依靠的心情更是难堪。不过，篇末归于“愿师早成佛，弟子送师来”，似乎回归到成佛的理想，再度燃起求道者的希望。至于数量可观的阐扬孝道类的歌曲，就在适应风俗、通达人情的要求之下，与佛教义理结合推出，例如S.〇二八九等卷《十恩德》，以十段联章的长短句歌辞，歌颂母亲养育子女的辛苦过程，并借以阐扬孝道的观念：

第一怀躬守护恩：说着气不舒，慈亲身重力全无。起坐待人扶，如恙病，喘息粗，红颜渐觉焦枯。报恩十月莫相辜，佛且劝门徒。

第二临产受苦恩：今日说向君，苦哉母腹似刀分。楚痛不忍闻，如屠割，血成盆，性命只恐难存。劝君问取释迦尊，慈母报无门。

第三生子忘忧恩：说着鼻头酸，阿娘腹肚似刀剜。寸寸断肠肝，闻音乐，无心观，任他罗绮千般。乞求母子面相看，只愿早平安。

其中，有提示孝道与佛教义理其实相通者，如“第一怀躬守护恩”于描写慈母怀孕生理变化的种种苦痛后，末句即言：“报恩十月莫相辜，佛且劝门徒”；接着“第二临产受苦恩”深刻强调分娩的痛苦，强调这是慈母冒着生死危险的大恩德，却于末句转接“劝君问取释迦尊，慈母报无门”显现回报慈母之恩，乃是释尊教法；又有直接以融入佛教义理的方式呈现者，如“第八造作恶业恩”，即以佛教造业、遭遇果报的观念为出发点，说母亲为子女婚姻之事，杀生宴客，以致“为男为女受沉沦”。于是《十恩德》唱下来，孝亲的观念就成为佛教义理的一部分，顺着各项弘法活动，在重视孝道的中国传扬开来，融入民间，顺势让大众接受佛教基本义理。而值得注意的是：在现世的生活经验中，母亲对子女成长所付出的辛劳，往往较父亲贴近且明显，这也使得阐扬孝道类歌曲，虽有名为“父母恩重”者（如S.〇一二六等卷《父母恩重赞》)，但实际内容仍限于“母亲”扶养子女所受的种种牺牲与劳苦。

综观敦煌佛教赞偈歌曲，确实能够展现贴近民间、吸引大众的特性，进而发挥导引行仪、阐发义理、激发宗教认同与热情的效用。而通过其抄写于卷上的面貌，也可得知其传播与实际运用的方式。其中，最受瞩目的是编制成集者，是P.二〇六六《净土五会念佛诵经观行仪》卷中，以及由P.二二五〇和P.二九六三，去除重复部分，可相接成集的《净土五会念佛诵经观行仪》卷下，总共收录了五十一篇净土赞偈歌曲。冢本善隆论述“五会念佛”有“广本”与“略本”之别。所谓“广本”者，即是这敦煌“出土”的《净土五会念佛诵经观行仪》，“略本”者则为《大正新修大藏经》第四十七册，据“德川时代刊大谷大学藏本”及“正保五年刊宗教大学藏本”，所刊定之《净土五会念佛略法事仪赞》。从P.二〇六六可见此“观行仪”除于卷首处有说明文，以表明歌曲运用于“五会念佛”法事的基本原则（“第八赞佛得益门”)，于每篇赞歌的名称之下，尚以小字附注其依据、演唱时机或演唱法，如《涅槃赞》赞名下注“依《涅槃经》亦大会时亡者处诵”，使此篇歌曲运用的方式更加明确；而各篇歌曲之间，又经常有关于演唱衔接的标记，如《无量寿佛赞》的末尾，以小字注“诵此赞竟，即念观世音菩萨一二十声，便诵后观音、势至赞”，其后即抄《观世音赞》及《大势至菩萨赞》；至于《六根赞》之末，则以小字注“众等诵《观经》诸赞、念佛竟，即诵此琮法师导和上净土礼赞，诵礼赞竟，即诵后发愿文便散”，则说明了演唱赞歌与礼拜、念佛相配的关系。所以，通过成集的文本，可以明了“五会念佛”法事的整体安排，但对照“广本”与“略本”则可知各篇歌曲仍有其运用的灵活可变性，而在抄于写卷成“集”的时候，可以有所取舍，或作不同顺序的安排。

此外，许多联抄赞偈歌曲的写卷，未注明可运用于某项特定法会或是布教活动，亦无法确定歌曲之间是否有着联系运用关系，甚至成为歌曲内容并非单一主题的“丛抄”。而这些“丛抄”联抄歌曲的缘由，除不能排除在某些寺院实施布教或共修法会等活动时，确实有相互搭配运用的可能外，亦有可能是基于常用、方便的“实用”考虑而抄，换句话说，这丛抄的“整体”即具有“随机”多样的特性，尤其经常出现在“册子本”写卷，具有提供演唱者经常习唱，使能精熟，得以“暗诵”，或者在无法记忆过多的情况下，能有“临时把本”的备忘功效。例如S. 四六三四《大乘五更转》《辞阿娘赞文》后接杂写阴阳历数文一篇；S. 五五六九《大乘净土赞》接《安土地真言》《普供养真言》后，方接《十空赞》的情形，有可能是随机抄录的结果，但也可能显现其应用的多样性。所以，各种丛抄卷既象征着随机与多样运用，则对于佛教赞偈如何具体应用，特别是展其作用于接引民众参与的共修、祈福等法事，也就别具意义。

（二）礼忏文

“礼忏文”记录着群体共修礼忏仪式的程序与相关文书的内容，是呈现佛教礼忏法事的重要文献，也是佛教文学作为仪式应用的重要类型。因此，礼忏文的发展可谓源远流长，随着佛教在中土迅速的传播与发展，法事活动日益蓬勃，礼忏类型更加扩大，参与礼拜、忏悔等行仪的僧俗日渐增多，礼忏文的实用性、必要性也就更显著。汪娟《敦煌礼忏文研究》曾将“广义的礼忏文”分成三类：第一类是“个人修行时念诵的短文”或“斋忏法会中单一项目的礼拜文、发愿文、忏悔文”等；第二类是“群体共修时所用的范本”；第三类是“高僧撰述的礼忏文”。就篇幅与内容而言，第一类篇幅比较短小，形式通常比较简单，在《广弘明集》和《全上古三代秦汉三国六朝文》等书所收录的初期礼忏文大多属于这一类；第二类则记载了成套、繁复的礼忏仪式，不仅可以清楚见到许多仪节组成的样貌，也能明了具体的内容、形式所形成的表现意义；第三类如智𫖮《法华三昧忏仪》、善导《往生礼赞偈》、宗密《圆觉修证仪》等，多为长篇巨制，在成套仪式之外，掺杂了许多学理的讨论或者问答、解说的文字，不纯粹是礼忏仪式的模板。而综观这样的类别区分，其实可以见到礼忏文由简而繁、由单纯而不断附加各项元素，甚至模糊了仪式主体性，借礼忏之形作义理诠解的现象，当然这个现象也可以说明法事与讲经的连结的必然趋势。不过，就法事应用的直接价值与便利性来说，第二类礼忏文显然是主体，事实上大多数敦煌礼忏文也属于此类，由此呈现礼忏文普遍施行的实际面貌。

时下通过敦煌文献可见的重要礼忏文有:《降生礼文》、《七阶礼》(含《初夜礼》《寅朝礼》《黄昏礼》《十方礼》)、《法身礼》、《金刚五礼》、《十二光礼》、《上生礼》、《法华七礼文》、《揭帝礼》、《观音礼》、《赞礼地藏菩萨忏悔发愿法》、《秀禅师七礼》(《大通和尚七礼文》)、《瑜伽佛礼》等，从其标题与内容(例如赞偈本辞套语与附加之和声)来观察，分别可见与弥勒信仰、法华信仰、三阶教、观音信仰、禅宗、净土宗、密宗的盛行有关。由此可见，对应各种信仰观念、不论宗门派别都重视礼忏文的应用。然相关研究工作却起步较晚，其中《七阶礼》的写卷数量多，是最早受到学界注意的礼忏文，近代矢吹庆辉《三阶教之研究》有专章论述“七阶礼忏”，此后井口泰淳、广川尧敏也都根据《七阶礼》的内容、形式、结构等问题进行论述，从而在这观察的立场上见出各类礼忏文的相似性，推测来自《七阶礼》的影响性。1963年柳田圣山在禅宗文献《传法宝纪》的研究上，则特别注意到敦煌本《金刚五礼》《秀禅师七礼》(《大通和尚七礼文》)的内容与北宗的关系，则可见礼忏文在体现宗派实践上的价值。而整体的敦煌礼忏文研究则要到1995年汪娟《敦煌礼忏文研究》及2008年后续完成的《唐宋古逸佛教忏仪研究》，此二本著作对于礼忏文的结构与内容，有相当细致的分析与探究，成为认识“礼忏文”这种佛教仪式文学非常重要的依据，以下即针对组成主要的结构依序逐项说明。

1. 请佛

这是迎请诸佛菩萨降临道场的重要仪节。会众在这个阶段“身”胡跪、持香花供养，“口”唱偈颂揭示情境，“意”作观想圣众确实降临，故能达到与诸佛菩萨接心，发挥礼忏的真实作用，以《七阶礼》及《十二光礼》为例，其仪节与偈赞如下：

一切恭敬。敬礼常住三宝。是诸众等人各胡跪。严持香花。如法供养。

愿此香花云，遍满十方界，供养一切佛，化佛并真法。菩萨声闻众，此香花云，以起光明台，广于无边界。无边无量作佛事。

故从赞偈应用于礼忏法事的立场观之，正以“口”唱为核心，搭配如法供养之“身”行，引入恭敬之“意”念，成就礼忏之境。

2. 叹佛

赞叹如来种种功德本是各种佛事不可缺少的仪节，叹佛之前通常再次安有引声：“一切恭敬。敬礼常住三宝。”而不同的礼忏文有不同的叹佛赞偈，却也可能运用于其他佛事（不限于礼忏文），以下列举三例，其流传施用甚至及于后代的日常共修法事：

如来妙色身，世间无与等。无比不思议，是故今敬礼。如来色无尽，智慧亦复然。一切法常住，是故我归依。（《七阶礼》《上生礼》）

天上天下无如佛，十方世界亦无比。世间所有我尽见，一切无有如佛者。（《十二光礼》）

妙湛总持不动尊，首楞严王世希有。销我亿劫颠倒想，不历僧祇获法身。愿今证果成宝王，还度一切恒沙众。（《黄昏礼》）

以上所举《七阶礼》《上生礼》所施用者，来自《胜鬘师子吼一乘大方便方广经》；《十二光礼》所施用者，依《法苑珠林》记载来自《菩萨本行经》；《黄昏礼》所施用者，则出自《楞严经》，均可见佛经之赞佛偈颂，能移作礼忏文仪节运用的情况。

3. 礼佛

此为礼忏文行礼作忏的核心仪节，通常由联章铺展的“礼赞偈”所构成，首先通过“称名礼拜”作引声，即以“一心敬礼”或“至心归命礼”接佛名，指出礼赞的对象；接着以四言、五言或七言赞偈作为礼拜唱颂的主要部分；末尾则是和声（或称作送声），如“愿共诸众生，往生安乐国（弥勒国）”或“愿共诸众生咸归命，故我顶礼生彼国”。这个唱赞礼佛的模式，可上推北魏昙鸾《赞阿弥陀佛偈》，在敦煌写卷中可见更多实例，如《十二光礼》：

……（一心归命礼）南无西方极乐世界阿弥陀佛

威容广大，寿命无涯，不舍因中，四十八愿，庄严净国，引导众生。常现色身，善入心相，化地狱火，为清凉风。十念归依，定皆摄受。

愿共诸众生，往生安乐国

（一心归命礼）南无无量光佛

我佛如来无见顶，应持菩萨莫能量。虚空有尽相无尽，故得名为无量光。

愿共诸众生，往生安乐国

（一心归命礼）南无无边光佛

白毫宛转如秋月，金色分辉满十方，有念佛人无不摄，无边即是法身光。

愿共诸众生，往生安乐国……

就礼赞对象而言，有礼佛三身（法、报、化身）、礼三宝（佛、法、僧）及各礼忏文主要礼忏对象，如《十二光礼》以阿弥陀佛和十二光佛为礼拜对象；《上生礼》礼拜弥勒菩萨；《赞礼地藏菩萨忏悔发愿法》礼拜地藏菩萨。如此结合礼拜与唱赞的行仪，也使赞偈在实际应用上的意义更具体显明。

4. 五悔

这是将赞偈的应用普及于“至心”忏悔、劝请、随喜、回向、发愿等五阶段的行仪之中，例如《法身礼》在“至心忏悔”项目下，依《十住毗婆沙论》而唱赞偈：

我于往昔贪名相，为名相故起贪嗔。缘兹一念怀颠倒，万劫沉沦妄受辛。虽然造福还成相，不知离相乃名真，今日得闻无法相，始悔从来妄受缠。

这是礼忏文行仪从忏悔意义出发，再加以延伸的历程，能推向更积极的信仰层面，如《法身礼》通过“至心回向”深化省思：

迷于一室随明想（名相），执名相故我尘生，今照我尘无自性，回向无住涅槃城。五法包含于政智，八识清净净心王，回此荫身成佛道，四仪一向现前行。

最终则于“至心发愿”中扩大心量，将誓愿所及不拘于己而推向众生，如《法身礼》于此所唱赞偈：

愿诸众生常离相，不住内外及中间，知空更忻空无我，了法无我性亦无。用而常寂用非有，寂而常用用非无，于有于无真实观，不随妄念起攀缘。

5. 念佛

此为忆念佛的功德或名号，现可见有此仪节者为《上生礼》的“念慈氏菩萨四会”，即以“念慈氏菩萨摩诃萨四声”加一首发愿偈作一会，如此行仪重复四次，但偈赞每次不同，如前二段：

愿灭三障清烦恼，愿得智慧心明了，普愿罪障并清除，世世常行菩萨道。

愿生弥勒天宫院，莲开亲礼慈尊面，白毫照我罪清除，生死漂流从此断。

其中第一段流传久远，至今众多寺院朝暮课诵仍然通用，不限于礼忏法事，可见其应用之灵活与普及性。

6. 处世界梵

在《十二光礼》《七阶礼》《上生礼》等礼忏文，都运用了“处世界”梵呗文：

处世界，如虚空，如莲花，不着水。心清净，超于彼，稽首礼，无上尊。

在敦煌写卷上除题作“处世界梵”或“梵呗文”外，亦题有“普诵”“一切诵”等，显现大众一起唱诵的属性。圆仁《入唐求法巡礼行记》开成四年（839年）十一月二十二日条“赤山院讲经仪式”，记载：“讲师下座，一僧唱‘处世界，如虚空’偈，音声颇似本国。”可见此篇亦运用于讲经仪式，且其所搭配之“音声”在唐时之日本亦有应用。

7. 三皈依

此为对于皈依佛、法、僧三宝的重要宣示，可见于众多佛教法事行仪的后段，礼忏文亦不例外。如《十二光礼》《七阶礼》《十方礼》《黄昏礼》等使用者，至今仍然通用于众多寺院朝暮课诵：

自归依佛，当愿众生，体解正觉，发菩提意。
自归依法，当愿众生，深入经藏，智慧如海。
自归依僧，当愿众生，通利大众，一切无碍。

此篇虽然广泛运用至现代，但搭配不同的礼忏文，亦有不同的“三皈依”偈赞，例如《上生礼》所唱：

稽首归依佛，天宫坐宝台，有情皆渴仰，早愿下生来。
稽首归依法，六事最堪修，得生弥勒院，永不值漂流。
稽首归依僧，三明具六通，龙花希受记，三会愿相逢。

可见皈依三宝之义，通过赞偈的铺唱，可以连结不同的义理教法，并搭配稽首（和南）礼敬的行仪，强化信愿。

8. 说偈发愿

此兼具发愿与回向的表现意义。在《十二光礼》《七阶礼》《寅朝礼》所采用者，可见于《法华经》《金刚经》等重要经典结尾之处，亦可见其应用之灵活与普及性：

愿以此功德，普及于一切，我等与众生，皆共成佛道。

在《上生礼》的写卷中，可见于第三、四句间，加入“近生内院中”使之成为五句偈，强化该礼忏之主旨概念。

9. 六时偈颂

这本是为了配合“六时礼忏”而设计的偈赞组，但仍可见于不同的礼忏文中。而六时礼忏意谓在昼三时、夜三时各有礼忏偈，大多具有依时序流逝的无常现象，警醒信众精进修道的用意。在实际运用上，可依照举行礼忏的不同时段，择取适当的偈赞来运用。因此，可见有“寅朝（晨朝）清净偈”“午时（日午）无常偈”“黄昏（日没）无常偈”“初夜无常偈”“中夜无常偈”“后夜无常偈”等六种类型。其中《法身礼》《十方礼》《寅朝礼》皆可见的“寅朝（晨朝）清净偈”为：

欲求寂灭乐，当学沙门法，衣食之身命，精粗随众等。

由此常接“六念”（念佛、法、僧、戒、施、天），而“黄昏无常偈”由于正值日暮时分更常运用，至今日常晚课诵念尚参酌其中话语，如《七阶礼》《黄昏礼》所施用者，分述如下：

此日已过，命渐减少，当观此身，念念衰老。一念之间，云何可保，是诸众等，勤心行道。《七阶礼》

西方日已暮，尘劳犹未除，老病死时至，相看不久居。念念催年促，犹如少水鱼，劝诸行道众，勤学至无余。《黄昏礼》

现今佛教寺院于晚课之后，或晚斋（药石）之前，常唱诵题名曰《普贤菩萨警众偈》者：“是日已过，命亦随减，如少水鱼，斯有何乐？大众，当勤精进，如救头燃，但念无常，慎勿放逸。”意义近似。

10. 无常偈

礼忏文收尾处通常会有“无常偈”，警惕信众世间无常之义。如《十二光礼》《七阶礼》《黄昏礼》《上生礼》皆从《大般涅槃经》取出“诸行无常”偈及“如来证涅槃”偈：

> 诸行无常，是生灭法，生灭灭已，寂灭为乐。
>
> 如来证涅槃，永断于生死，若能至心听，常得无量乐。

此二种“无常偈”均与《涅槃经》有关，故应不限于揭示无常，更有期勉能解脱生死，归向究竟涅槃之义。

11. 密咒（梵咒）

在《上生礼》中有密咒（梵咒），分别出现在请佛、叹佛、礼佛、念佛之后，总计七则。汪娟《敦煌礼忏文研究》曾逐一作内容解析，并推测只有一则是专门赞叹弥勒，其余皆为一般通用消灾、祈愿咒。

12. 和声

前文提及于“礼佛”仪节所出现的和声，也可能在“五悔”及“三皈依”等仪节出现。

就佛教应用文学发展的观点整体而论，礼忏文实有广纳通行赞偈于其仪节运用的现象，包括经典赞偈与通用于其他法事的赞偈，因此通过敦煌礼忏文，可见当时众多赞偈实际运用于礼忏的情形。而礼忏文所展现的仪节，则可以见到当时教团如何通过大量赞偈的唱诵与礼拜、供养、忏悔、发愿等行仪，导引信众进入宗教情境中，更接纳义理、坚定信仰。所以，佛教应用文学发展至敦煌礼忏文已可见通过身、口、意三方摄受信众的巧妙设计，而后世礼忏文书偈赞，也可见到在这样的基础上再求发展。

（三）斋愿文

“斋愿文”是佛教在各项斋会上唱读，而兼具祈愿、颂扬、礼仪、因事抒情与说理作用的文书。其名目有愿文、社斋文、患文、难月文、满月文、亡文、临圹文、脱服文、远行文、入宅文、印沙佛文、燃灯文、转经文、启请文、结坛文、发愿文等数十种。大多数采用骈体文，可作为此类文体在佛教应用的重要实例。王三庆《敦煌文献斋愿文体的源流与结构》认为斋愿文是一种随宗教勃兴的新兴文类，还来不及写入刘勰《文心雕龙》，但若要溯源则近似“祝盟”。可与人类亘古以来对自然的崇敬，风调雨顺、五谷丰登的期待，也牵涉生命历程的祈愿，对出生的祝福、生病的祈祷、死亡的追悼。所以，当佛教传至中土，面对世俗而有对应的行事，就将原本依照《佛说斋经》《八关斋经》《菩萨受斋经》作为寺院中修行法事，接纳大众斋僧布施钱财食物、增长福田的概念，推及至各项世俗化的祝祷、祈愿，从寺院而俗家，甚至从国家帝王、凡庶生灵、法器文物，都可以成为举办斋会的因缘。敦煌 S. 二九四〇有题作《斋琬文》者，列举其所收斋愿文目录即可见此文类应用之广：

（1）叹佛德：王宫诞质、逾城出家、传（转）妙法轮、示归寂灭。

（2）庆皇猷：鼎祚遐隆、嘉祥荐祉、四夷奉命、五谷丰登。

（3）序临官：刺史、长史、司马、六曹、县令、县承（丞）、主簿、县尉、折冲。

（4）隅受职：文武。

（5）酬庆愿：僧尼、道士、女官。

（6）报行道：投（役）使、东西、南北、征讨、东西、南北。

（7）悼亡灵：僧尼、法师、律师、禅师、俗人、考妣、男、妇、女。

（8）述功德：造绣像、织成、镌石、彩画、雕檀、金铜、造幡、造经、造堂、造浮图。

（9）赛祈赞：祈雨、赛雨、赛雪、满月、生日、散学、闪字、藏钩、散讲、三长、平安、邑义、脱难、患差、受戒、赛入宅。

(10) 佑诸畜：放生、赎生、马死、牛死、驼死、驴死、羊死、犬死、猪死。

可见从赞叹佛德、皇族喜庆到官民、僧俗重要礼俗、日常庆悼，乃及于牲畜生死安顿都在运用涵盖的范围之内。而《斋琬文》是编辑完备的斋愿文集，可惜仅存至“庆皇猷”的“四夷奉命”之标目。然其余各项斋愿文书，在敦煌文献里或独篇抄录，或由数篇、数十篇组合成集，而称作“诸杂斋文”者，荒见泰史《敦煌本〈斋琬文〉等诸斋愿文写本的演变——以其与唱导文学的关系为主》文中，即以《斋琬文》所现之目录为轴，取D.一九二《诸文要集》、S.一四四一等多卷《(拟)杂斋文》、S.五六三八+S.五七四二V《诸杂文一卷》进行篇目与内容的对照，且从而论述其与唱导文学之关系。事实上，斋会既可缘于各种事因，则借斋而讲的现象，自是佛教扩大信仰层面的必然作为。于是各项祈愿、祝祷、哀悼的文辞背后，更有传播教理的意义。如S.二九四〇《斋琬文》的序文所言：

> 详夫慧日西沉，纪神功者奥旨；玄飙东扇，隆圣教者哲人。于是慷慨摩腾，御龙车而游帝里，抑扬僧会，启金相而耀皇畿。莫不摇智剑以孤征，警(擎)法鑫而独步。摧邪辩正，其在兹乎！……但为代移正象，人变浇淳；或借名教以寻真，或假声光而悟道。所以为设善权之术，傍施诱进之端；示其级(汲)引之方，授以随宜之说。故乃违代高德，先已刊制齐(斋)仪。庶陈奖道之规，冀启津梁之轨。虽并词警(惊)掷地，办架谭天，然载世事之未周，语俗像而尚缺。致使来学者未爱瞳蒙，外无绳准之规，内乏随机之巧。擢令唱道(导)，多卷舌于宏筵；推任宣扬，竞缄唇于清众。

因此，类别众多且深入民间的各种斋愿文，不仅是仪式应用文学，亦是设随机之巧以唱导的媒介。如赞叹佛德的四条，其实也铺述了释尊降生于此世间的因缘与发愿修道、菩提证悟、转轮说法的历程，对于佛教适从活动，应机弘传有相当显著的意义：

赞功德第一　四条

窃以实相凝空，随缘以呈妙色；法身湛寂，应物感而播群形。幽显冀其津梁，人天资其级（汲）引。自祥开道树，变现之迹难量；捧驾王城，神化之规叵测。加以发愿（原）鹿野，觉海浮浪于三千；光照鹤林，知（智）炬潜辉于百亿。府（俯）运善权之力，广开方便之门，邈矣能仁，遐哉妙觉者也！

其后四段斋愿文于题名下，均标有日期，如《王宫诞质》为四月初八，显示配合佛诞日；《逾城出家》下标二月初八，这也对应着释尊出家日；《转妙法轮》为正月十五日，则呼应此斋愿文首句“献春候节，元硕晞阳”，辑年初开始讲经说法的节候氛围；至于《现归寂灭》下标二月十五日，乃是呼应佛涅槃日。而如此明确的应用性质，在实际的铺述上则以工整的四六文体展开，明确展现对应行事的氛围。如四月初八《王宫诞质》：

王宫诞质　四月八日

斯乃气移旋律，景绚朱躔；祥风荡吹于金园，瑞日融辉于宝树。蓂舒八叶，摇翠影于周霄，桂写半轮，掩浮光于鲁夕。池花含秀，十方开捧步之莲，天雨流芳，九龙洒濯襟之液。恒星落耀，佩日扬辉；味甘露以凝滋，盖鲜云而扬影。黄莺啭树，争吟圣喜之歌；素蝶萦空，竞引蓬山之舞。毛翔（翎）羽族，总百亿而同瞻，神境天宫，亘三千而率奉。

可见在不太长的篇幅中，却已从视、听、触、味等方面，让佛诞的场面充满祥风、光影、花香、甘露、蝶飞鸟鸣与圣喜之歌。所以，这不仅是四六文体在佛教实际应用的具体例证，也显现佛教善用此文体示现情境，更达接引大众生起向往、信仰之心的效果。然而斋愿文的应用，其实还有更大的部分，是要面对广大民众的日常生活与生命礼俗应用，从个人到群体都需要的各种消灾、祈愿法事，如 P. 三五四五《社斋文》依卷面录文如下：

（1）社斋文。盖闻光辉鹫岭，弘佛大觉，以深慈敷衍龙

（2）宫，契天明之胜福。广开方便之门，靡显津梁之路。归依者有障

（3）必除，回向者无灾不殄。故知诸佛威力，其大矣！厥今坐前斋主，

（4）捧炉启愿所申意者，奉为三长邑仪保愿功德之嘉会。

（5）伏唯诸社众乃并是高门胜族，百郡名家；玉叶琼枝，兰芬桂

（6）馥。出忠于国，入孝于家；令营播于寰中，秀雅闻于宇内。加以倾心

（7）三宝，摄念无生；越爱染于稠林，悟真如之境界。体荣华之非

（8）实，揽人事之虚无。志在归依，情存彼岸。遂乃共结良缘，

（9）同增胜福。会斋凡圣，莲座花台，崇敬三尊，希求胜

（10）福。故能年三不阙，月六无亏。建竖檀那，聿修法会。是

（11）日也，开月殿，启金函，转大乘，敷锦席；厨馔纯陀之供，炉

（12）焚净土之香。幡花散满亭中，钟梵啾流于法席。以资设

（13）斋功德，无限胜因，先用庄严，上界四王，下方八部。

（14）伏愿威光炽盛，护国救人。使主千秋，年丰岁稔。伏持胜

（15）善，次用庄严。诸贤社即体，唯愿灾殃殄灭，是福咸臻。

（16）天仙降灵，神祇效耻（祉）。菩提种子，配佛性以开芽，烦恼稠林，

（17）惠风飘而叶落。又持胜福，次用庄严，持卢（炉）施主即体，

（18）唯愿福同春卉，吐叶生花。罪等浮云，随风变灭。然后

（19）三界六趣，有形无形，供沐胜因，齐成佛果。摩诃般若。

湛如《论敦煌斋文与佛教行事》曾以此篇为例，分析《社斋文》共由以下部分构成：赞叹佛德（一—三行）、设斋事由（第四行）、颂扬斋主（五—十二行）、斋意回向（十三—十九行），并且依据揭示设斋事由的第四行描述，指出此次斋会的斋主为邑社的三长，代表全社供斋宴众。可见作为应用文书，设斋事由与斋主的祈愿回向虽是整体展现的核心，但是铺展场面使之充满视、听、触、味等感官情境，仍是其中最重要的表现特色。而部分写卷会

标示斋愿文的段落名目，如首残尾全的S.二八三二有拟题为“诸杂斋文范本”者，其中“夫叹斋分为段”即清楚标示段落名目，可作为了解其结构组织的依据：

爰夫金乌旦上，逼夕暮而藏辉；玉兔霄明，临曙光而匿曜。春秋互立，冬夏递迁，观阴阳上（尚）有施谢之期，况人伦岂免去留者，则今晨私乙公所陈意者何？奉为考妣大祥之所设也。唯灵天资冲邈，秀气英灵，礼让谦和，忠孝俱备。（已上叹德）者。

为巨椿比寿，龟鹤齐年，何期皇天罔佑，掩降斯祸。日居月诸，大祥俄届。公乃奉为先贤之则，终服三年，素衣霸（罢）于今晨，淡服仍于旬日，爰于此晨，崇斋奉福。（斋意）

是日也，严清甲第，素幕横舒；像瞻金容，延僧白足；经开贝业，梵奏鱼山；珍羞具陈，炉香□馥。（道场）

如上功德，奉用庄严亡灵，愿腾神妙境，生上品之莲台；宝殿楼前，闻真净之正法。（庄严）

这确实使其大致组织“叹德”“斋意”“道场”“庄严”四部分与联系设斋因缘的特性展现明白。郝春文《关于敦煌写本斋文的几个问题》认为斋愿文的整体结构，应可再加上“号头”与“号尾”成为六个部分。不过，也有学者如宋家钰《佛教斋文源流与敦煌本〈斋文〉书的复原》认为应谨守四段式的文体结构。而太史文（Stephen F.Teiser）*The Literary Style of Dunhuang: Healing Liturgies*（患文）则作了更仔细的分析，特别重视“斋意”中的主角，以及“庄严”作为祈愿回向的意义，故更解析分为“叹德”“斋意”“患者”“道场”“庄严”“愿文”“号尾”七部分。以上见解虽然分歧，却也使斋愿文的内涵意义与施用价值更清楚明白。因此，斋愿文这种善用四六文体的应用文书，本随着各种应世的法事执行的中止、失传，亦逐渐湮灭。所幸随着敦煌文献使其再现，成为透析当时佛教大众化的重要依据。

（杨明璋、林仁昱）

第十七章　唐五代诗僧与僧诗

魏晋时期已经出现许多能诗的僧人，如康僧渊、支遁、慧远等，支遁的《咏怀诗五首》、慧远的《庐山东林杂咏》都是精于诗禅合一的名作。南北朝时期更多，如惠休、宝月、宝志、鸠摩罗什等人，虽然当时尚未出现“诗僧”一词，但僧人能诗可谓中国第一批诗僧。此时期文士群体围绕着名僧，彼此之间相互请教佛理，而有赠答之作。诗作内容由原本文士抒情谈玄，转变为僧俗往来，对谈佛教思想的佛理诗，并运用许多名相用语，促成文士禅林化、僧人文士化的交融。

诗僧作为一个特殊的阶层，出现于中唐大历之后。宋姚勉《赠俊上人诗序》云：“汉僧译，晋僧讲，梁魏至唐初僧始禅，犹未诗也。唐晚禅大盛，诗亦大盛。”说明汉代僧人以佛经传译为主，魏晋时期僧人开始讲经说法，而南北朝至唐初禅宗开始发展，直到中晚唐时，僧人视诗歌创作为悟禅之道，因而诗僧辈出。简单地说，东晋至隋近三百年，仅有诗僧三十余人，且作品寥寥；而《全唐诗》记载，有唐一代诗僧百余人，诗作四十六卷，且都集中在大历以后。足见唐代是诗僧大兴的时期。

一、诗僧群体的兴起

诗僧一词最早出自中唐大历十年（775 年）皎然《酬别襄阳诗僧少微》诗，刘禹锡《澈上人文集序》中出现唐代诗僧兴盛的盛况。善于诗作之僧，即为诗僧,又称为文僧。而僧诗乃指僧人所创作的诗。白居易《爱咏诗》:"辞章讽咏成千首，心行归依向一乘。坐倚绳床闲自念，前生应是一诗僧。"覃召文以为"中、晚唐诗僧往往有着迷恋艺术的创作动机"，也就是僧人有自觉地进行诗歌艺术的创作。

禅宗文字观原为不立文字，中唐已经摆脱"僧人不可歌咏"的束缚，转为接受文字，并且用文字来悟道。此外，晚唐五代时，为诗僧全盛期。初期诗僧寒山、拾得隐居山林，中唐皎然、灵澈与文人互动频繁，而到了晚唐、五代，许多诗僧结交王公贵族，甚至出入宫廷，故而形成一群群的诗僧群体。

(一)诗僧与僧诗数量倍增

唐代诗僧有几种可能，一种是文士因为信奉佛教而出家，例如皎然，又或者是原本为文人，却因为科举不顺，而看破红尘，选择出家，如寒山。当然也有原本是僧人，后来选择还俗，例如贾岛。《全唐诗》自卷八〇六至卷八五一共有四十六卷，收录僧人创作的诗歌，诗僧共一一五位，诗作共二九一三首。其中有大量诗歌传世的诗僧，以寒山、拾得、丰干为首，单独一卷的诗僧有灵一、清江、广宣、子兰等，无可有两卷、皎然有七卷、贯休有十二卷、齐己有十卷，作品数量早已经超越唐代许多著名诗人。

除了《全唐诗》收录僧诗之外，唐代诗僧也有许多集结成册的诗集传世，如皎然《杼山集》、贯休《禅月集》、齐己《白莲集》，合称《唐三高僧诗集》,三人诗作更高达一九二〇首,占《全唐诗》中僧诗作品的七成。此外,《全唐诗补编》，王重民《补全唐诗》《补全唐诗拾遗》，孙望《全唐诗补逸》,童养年《全唐诗续补遗》,陈尚君《全唐诗续拾》等,也收入唐代诗僧的僧诗,统计这些作品中,诗僧人数更高达三百六十多人,占唐代诗人总数十分之一,比原本《全唐诗》统计多了三倍，而诗作数量更高达四千五百多首，诗僧所作僧诗约占《全唐诗》近二成。

(二)江左之诗僧

中唐诗人刘禹锡《澈上人文集序》以为"释子工为诗尚矣。休上人赋别怨，约法师哭范尚书，咸为当时才士之所倾叹。厥后比比有之。……世之言诗僧，多出江左。灵一导其源，护国袭之；清江扬其波，法振沿之。如么弦孤韵，瞥入人耳，非大乐之音。独吴兴昼公，能备众体。昼公后，澈公承之”。江左乃指长江下游江东地方，江苏、浙江一带。中唐之后，江左继长安、洛阳，成为当时艺文中心，同时也是禅宗活动的重要中心。刘禹锡指出江左诗僧以灵一为先导，其次护国、清江、法振，而皎然为集大成者，灵澈为继承者。除此还有神邕、常达、灵祐、道标等，多活跃于江左。《唐才子传》里记载诗僧中“乔松于灌莽，野鹤于鸡群者”八人：灵一、灵澈、皎然、清塞、无可、虚中、齐己、贯休，并说“皆东南彦秀，共出一时”即全都出于江左，其中前四位就是前面刘禹锡举出的。《唐才子传》论诗僧在江左之外又列举了四十五人，足见当时诗僧之盛。

1. 灵一

灵一（727—762年），俗姓吴，广陵（今江苏扬州）人，九岁出家，与文士张籍、皇甫曾、独孤及、刘长卿、张继、严维、朱放等人交游，彼此以诗文互酬，多写山林禅居生活，《全唐诗》收四十二首又二句。灵一有不少向前朝诗僧致敬的诗作，如写道安的《安公》、支道林的《林公》、慧远的《远公》，也有《赠灵澈禅师》。也以文字度人，《扬州龙兴寺经律院和尚碑》：“以文字度人，故工于翰墨，法皆佛法，兼采儒流。”辛文房评其风格“气质淳和，格律清畅”。

2. 皎然

皎然（720—803年），俗姓谢，字清昼，湖州长城（今浙江长兴）人，为谢灵运第十代孙。《全唐诗》存诗七卷，著有《杼山集》十卷，前七卷为诗，后三卷为文。另有论诗之作《诗式》五卷与《诗议》三卷。皎然最初信仰律宗，至中年因南宗禅兴起，转而追随禅宗。皎然认为诗歌创作是一种悟道的方式，因而积极投入诗歌创作，不仅如此还整理诗格如《诗议》与《诗式》，以及《儒释交游传》《内典类聚》等作品。

皎然历经了四代皇帝：玄宗、肃宗、代宗与德宗时期，因而经历了安史之乱等，故而作品大致可以分为两个时期：出家前与皈依后。皎然曾经应举参加科举考试，在经历了动乱后长期在古寺居住。天宝后期曾漫游名山，安史之乱后才定居湖州。皎然与当时文人多有交游，如刘长卿、李季兰、陆羽、朱巨川、阎伯均、灵澈、刘禹锡、孟郊、陆长源、韦应物等人唱酬，当时颜真卿任湖州刺史，召集包含皎然共三十二个文人共同编纂《韵海镜源》，当时以颜、皎为中心，形成一个多达九十五人的联唱诗人集团，其唱和作品集结为《吴兴集》十卷，也可以视为中唐江左诗僧群体的代表。再者由于皎然曾是应举的文士，因此博览百家诗文，作品明显融合儒释道，并明显受儒家诗教影响较深。韦应物《寄皎然上人》诗云："吴兴老释子，野雪盖精庐。诗名徒自振，道心常晏如。"皎然答诗云："诗教殆沦缺，庸音互相倾。忽观《风》《骚》韵，会我夙昔情。"可见一斑。

3. 灵澈

灵澈（746—816年），本姓汤，字源澄，会稽（今浙江绍兴）人，师承于江南有名的诗僧神邕。刘禹锡《澈上人文集序》载灵澈著有诗集二十卷，云："虽受经论，一心好篇章。""从越客严维学为诗，遂籍籍有闻。"灵澈学诗于严维，与皎然、刘禹锡、权德舆、皇甫曾等人交游唱和，《全唐诗》编其诗一卷，仅存十六首作品，残句若干。《澈上人文集序》记载："（严）维卒，乃抵吴兴，与长老诗僧皎然游，讲艺益至。"可知灵澈曾经与皎然互相讨论诗歌，皎然《赠包中丞书》也提到："有会稽沙门灵澈，年三十有六，知其有文十余年，而未识之。"可知原本两人只是通过一些彼此相识的友人得知彼此，未曾谋面，认识之后，皎然非常称赞灵澈的诗作，皎然《答权从事德舆书》云："灵澈上人，足下素识，其文章挺拔瑰奇，自齐梁以来，诗僧未见其偶。但此子迹冥累迁，心无营营，虽然，至于月下风前，犹未废是。"《澈上人文集序》则以为"以文章接才子，以禅理说高人，风仪甚雅，谈笑多味"。

4. 其他

护国，生卒年不详，天宝大历年间江南诗僧，《全唐诗》收录十二首。法振，天宝、大历年间诗僧，与诗人王昌龄、皇甫冉、韩翃、李益等人交游，《全唐诗》收录十六首。

常达（801—874年），俗姓顾，字文举，精通老庄，擅长元和体，《全唐诗》收录《山居八咏》八首山居诗作。

清江，生卒年不详，会稽（今浙江绍兴）人。与灵一、严维、卢纶等人交游，大历、贞元年间，以诗歌闻名于江南，并与皎然齐名，谓："会稽二清。"《全唐诗》存诗一卷，《唐襄州辩觉寺清江传》载其"善篇章，儒家笔语，体高辞典，又擅一隅之美，时少伦拟"，可知清江除了擅长作诗，对于儒家经典也十分熟悉。

（三）诗僧大量创作成作品集

唐代僧人诗篇大致见于南宋李龏编辑的《唐僧弘秀集》十卷，起于皎然迄至智暹。李龏自序云："诗教湮微，取以为缁流砥柱。"明胡震亨《唐音癸签》整理唐代的集目，其中卷三十中有特别整理《方外部》，收录唐代诗僧之作品集。凡：

> 僧惠颐（八卷）、玄范（二十卷）、法琳（三十卷）、灵澈（十卷）、皎然（十卷）、灵一（一卷）、怀浦（一卷）、无可（一卷）、栖白（一卷）、尚颜（《荆门集》五卷）、子兰（一卷）、齐己（《白莲集》十卷、外编十卷）、贯休（三十卷）、虚中（《碧云集》一卷）、修睦（《东林集》一卷）、处默（诗一卷）、可朋（《玉垒集》十卷）、昙域（《龙华集》十卷）、光（诗一卷）、自牧（《括囊集》十卷）、楚峦（诗一卷）、无愿（一卷）、应之（一卷）、智暹（一卷）、康白（诗十卷）、王梵志（诗一卷）、寒山子（诗七卷）、庞蕴（诗偈三卷三百余篇）、智闲（偈颂一卷二百余篇）。

胡震亨《唐音癸签》也收录诗僧的偈、颂作品，共二十四卷，而这些内容《全唐诗》并没有收录。《新唐书·艺文志》记载：僧《惠颐集》八卷、僧《玄范集》二十卷、僧《法琳集》三十卷。虽然今日并无诗僧惠颐、玄范与法琳的作品传世，但通过明代胡震亨的整理，也能发现不少僧诗因故亡佚。唐代诗僧也有许多集结成册的诗集传世，如前已述，皎然《杼山集》、贯休《禅月集》、齐己《白莲集》，合称《唐三高僧诗集》，三人诗作更高达一九二〇首，占《全唐诗》中僧诗作品七成。《唐僧弘秀集》提要云："唐释能诗者众，其最著者莫过皎然、齐己、贯休。"皎然诗已简述如前，以下介绍贯休、齐己。

1. 贯休

唐末五代诗僧贯休（832—912 年），俗姓姜，字德隐，婺州兰溪（今浙江兰溪）人，七岁时投兰溪和安寺圆贞禅师出家为童侍，历经八朝统治，法号“禅月大师”。贯休记忆力特好，日诵《法华经》一千字，过目不忘。贯休雅好吟诗，常与僧处默隔篱论诗，或吟寻偶对，或彼此唱和，见者无不惊异。与齐己、方干、李频、陈陶、吴融、韩偓等人互相酬唱，交游人数高达五六十人。贯休年轻时，诗歌创作已经颇有名气，“江表士庶，无不钦风”，吴融为他编诗集为《西岳集》，可见他当时的声望，后更名为《禅月集》传世。《全唐诗》收录其诗十二卷，共七三五首，创作数量仅次于齐己。

贯休一心追求南宗禅，齐己曾称叹他“南宗一句印灵台”。其《山居诗》二十四首组诗云：“终须心到曹溪叟，千岁槠根雪满头。”而其山居诗除了描写心情，也表明悟道的心境：“修心未到无心地，万种千般逐水流。”还有所见、所闻、所思、所想、所感。尚有说明修行中对欲望的挣扎：“业薪心火日烧煎，浪死虚生自古然。陆氏称龙终妄矣，汉家得鹿更空焉。白衣居士深深说，青眼胡僧远远传。刚地无人知此意，不堪惆怅落花前。”贯休山居地点不仅一处，诗歌内容除形容自己修行的心境转折，更用陆云与汉朝的典故，表达世事皆是一场空，而通过修行摆脱烦恼。吴融为其序云：“上人之作，多以理胜，复能创新意。”另有许多社会讽谕诗，如《富贵曲二首》《陈宫词》《行路难》等。贯休作品不仅反映唐末社会，并展现清冷与峭奇独特的风格。孙光宪以为“议者以唐末诗僧，唯贯休禅师骨气混成，意境卓异，殆难俦敌”。

2. 齐己

唐末五代诗僧齐己（约 863—约 937 年），俗姓胡，名得生，自号衡岳沙门，长沙人，为南宗沩仰宗传系。除著有《白莲集》，还有诗论《风骚旨格》与《玄机分明要览》。郑谷《赠齐己》赞扬其诗：“格清无俗字，思苦有苍髭。”除了与郑谷互相酬唱，齐己还和诗僧修睦、自牧、贯休及诗人孙光宪、曹松、沈彬、方干、陆龟蒙、司空图、李洞等交游唱和。孙光宪认为其诗“趣尚孤洁，词韵清润，平淡而意远”。《全唐诗》存诗十卷，共八一六首，可谓唐代诗僧创作僧诗数量之冠。纪昀《瀛奎律髓汇评》云“唐诗僧以齐己为第一”，并认为诗风“颇有盛唐人气骨”，其《秋夜听业上人弹琴》《剑客》二首诗皆以气胜，不拘于对偶。当然齐己身处社会混乱之时，也写了不少代替百姓抒发愤恨不平之气的作品，揭露苛政与赋税，并描写战乱之景。齐己的诗歌意境开阔，如《登祝融峰》："猿鸟共不到，我来身欲浮。四边空碧落，绝顶正清秋。宇宙知何极，华夷见细流。坛西独立久，白日转神州。"诗境开阔，立意高远。齐己《寄郑谷郎中》："诗心何以传，所证自同禅。"可以看出齐己认为作诗就是参禅，故而不停地创作。

齐己在当时颇有声望，孙光宪《白莲集序》："江之南，汉之北，缁儒业缘情者，靡不希其声彩。"《白莲集》于齐己当世已经成书，也代表当时诗集酬作风气大开，书中有不少酬赠之作，"方干、益公、修睦、秘上人、贯休、中上人、胤公、尚颜、文秀、兴公、微上人、耿处士、无上人、惠空上人、明月山僧、广济、梵峦上人、延栖上人、言之、僧达禅师、可准、楚萍上人、乾昼上人、灵上人、虚中上人、无本上人、仁用、自牧、乾康禅师、愿公、昼公、栖白上人、凝密大师、元愿上人、贯微上人、谷山长老、南雅上人、仁公、实仁上人、岳麓禅师、体休上人、光上人等四十余人"，并有不少诗僧读过齐己作品，并给予很高的评价，如栖蟾《读齐己上人集》："诗为儒者禅，此格的唯仙。"

二、僧诗的创作题材

明胡震亨《唐音癸签》曾评价诗僧，以为："独行山林间，悠悠然，模状物态，搜伺隐隙，凄怆超忽，游其心以求胜语，若有程督之者，嗜吟憨态，几夺禅诵。"对僧人禅子来说，栖禅以山林自然为中介，万法唯心，自然为本，山居与自然山水一向都是僧诗传统；加上色空不二，齐梁艳体诗的影响，唐代诗僧不免延续此一传统。然而，随着唐文化的推进，诗与禅双双达到高度发展，以诗论禅或以禅论诗，乃至茶禅文化等，形成唐代僧诗的新题材。

（一）僧诗传统题材的延续

1. 佛理山水、山居诗

中国文学发展中，六朝谢灵运、鲍照、谢朓所形成的山水诗，与支遁即色宗关系密切，佛教对山水诗的影响已见于第八章中。佛教认为禅修的目的主要使人专注，通过静虑澄心，以破除虚妄。山水诗正是僧家最爱；佛教文学中,“山居诗”无疑是最常见和最重要的类别之一。大量以“山居诗”为题的作品，散见于灯录、语录、僧传、笔记、类书、僧诗总集等各种佛教典籍中。唐宋元明时期的山居诗数以千计，乃至有专门的《高僧山居诗》及《续编》的集子编刻印行。

僧人的山水诗常常能入逸品，中晚唐诗僧灵一导其源，灵一的代表作《宜丰新泉》诗云：

> 泉源新涌出，洞澈映纤云。稍落芙蓉沼，初淹苔藓文。
> 素将空意合，净与众流分。每到清宵月，泠泠梦里闻。

诗中新泉洞澈，如诗僧的心源，空净灵动，有泠泠清音，是修道与山水合一的俊逸之作。其他如皎然《陪卢中丞闲游山寺》、灵一《静林精舍》、贯休《秋末入匡山船行八首》之八、齐己《舟中晚望祝融峰》等，描写雨天行船、登高望远，犹如缥缈朦胧的山水画。齐己《送人自蜀回南游》说：“烟月几般为客路，林泉四绝是吾乡。寻幽必有僧相指，宋杜题诗近旧房。”可见僧人亲近山水，或林泉为乡或寻幽访胜，不仅涤洗俗情，更为修行的林下之趣。

山居诗以贯休诗作最为知名，贯休于中和元年（881 年）避乱于山寺，因而修订其山居组诗，而有贯休《山居诗二十四首》，其二：“明月清风宗炳社，夕阳秋色庾公楼。修心未到无心地，万种千般逐水流。”其三：“诗里从前欺白雪，道情终遣似婴孩。由来此事知音少，不是真风去不回。”其五：“居山别有非山意，莫错将予比宋纤。”其六：“终须心到曹溪叟，千岁槠根雪满头。”描写自己山居的心情，理性思考心境的转变，颇能与参禅相应。

2. 佛理艳情诗

南北朝齐梁时期僧人已经开始创作艳丽多情的艳诗，如汤惠休。而中唐时期禅宗对于齐梁艳诗的复兴则具有推动的作用。佛经故事中有不少魔女诱惑即将成佛的菩萨之故事，而叙写艳情的目的主要希望能够表现即色悟空，体现真如。禅宗主张“语默动静，一切声色尽是佛事”，故而中唐诗僧也以艳情诗为悟禅之观照。

法振《柘枝》：“画鼓催来锦臂襄，小娥双起整霓裳。”虽然只有两句传世，诗中描摹女子的娇柔，已可见艳诗之一端。灵一《送人得荡子归倡妇》：“垂涕凭回信，为语柳园人。情知独难守，又是一阳春。”内容模仿思妇的口吻，表达对荡子的思念与深情。还有清江《七夕》：“七夕景迢迢，相逢只一宵。月为开帐烛，云作渡河桥。”描写牛郎织女的故事。

诗僧中描写最多艳情诗者为皎然，皎然《诗式》卷四“齐梁诗”条云：“夫五言之道，唯工唯精。论者虽欲降杀齐梁，未知其旨。若据时代，道丧几之矣。”特别赞美齐梁时期诗歌艺术形式的创新，皎然《拟长安春词》：“春信在河源，春风荡妾魂。春歌杂鶗鴂，春梦绕轘辕。春絮愁偏满，春丝闷更繁。春期不可定，春曲懒新翻。”内容扣紧春，表现春信、春风、春歌、春梦、春絮、春丝、春期与春曲。《效古》：“万丈游丝是妾心，惹蝶萦花乱相续。”表现思妇的闺怨心情。另外还有与不少文人同题的《昭君怨》《铜雀妓》《长门怨》，都是拟古之作。《宋高僧传》以为诗僧做艳诗的目的在于“以诗句牵劝，令入佛智”。明钟惺（1574—1624 年）评艳体诗，以为：“余尝谓情艳诗，到入微处，非禅寂习静人不能理会。”可见僧人艳诗有参禅习静、色空不二的意义，春词正是悟道之象征。

（二）僧诗创新题材的开发

1. 论诗诗

唐代诗人有不少谈诗歌的作品，如白居易等，开启论诗诗的风潮，他们或追仰、或评论前代诗人之风骨与作品，而诗僧中齐己与贯休也阅读不少诗歌作品，更对屈原、李白、孟郊等人多有吟咏。

齐己《读李白集》云：“竭云涛，刳巨鳌，搜括造化空牢牢。冥心入海海神怖，骊龙不敢为珠主。”《览延栖上人卷》云：“贾岛苦兼此，孟郊清独行。”表明想要追寻贾岛、孟郊苦吟功夫。贯休有《读离骚经》《观李翰林写真二首》等，表明对屈原和李白的赞美与景仰。贯休《读孟郊集》云：“清刳霜雪髓，吟动鬼神司。举世言多媚，无人师此师。因知吾道后，冷淡亦如斯。”《秋末入匡山船行八首》：“岛香思贾岛，江碧忆清江。”孟郊、贾岛又称苦吟诗人，创作风格着重炼字、造句，冷僻奇特之风，而贯休也欣赏这样的写作风格。

2. 论禅诗

从诗偈传统来说，禅林本来有以诗明禅的禅偈，各种师资问答录中多以禅诗来争斗机锋，勘辨悟境，阐明禅理，启发开悟。《六祖坛经》就有不少诗偈，如神秀偈：“身是菩提树，心如明镜台。时时勤拂拭，莫使惹尘埃。”惠能偈：“菩提本无树，明镜亦非台。本来无一物，何处惹尘埃。”《传灯录》中马祖道一法嗣大梅法常（752—839年）的禅偈：“摧残枯木倚寒林，几度逢春不变心。樵客遇之犹不顾，郢人那得苦追寻？”曹山本寂禅师的诗偈：“焰里寒冰结，杨花九月飞。泥牛吼水面，木马逐风嘶。”《祖堂集》里僧人诗偈多达二百五十首左右。诗偈传统的禅诗，在中唐以下的诗僧作品中更加精于诗道，贴近于文士诗作。

衲子能诗，自然琢磨诗道与禅道。皎然《禅思》：“空何妨色在，妙岂废身存。寂灭本非寂，喧哗曾未喧。嗟嗟世上禅，不共智者论。”以及《禅诗》：“万法出无门，纷纷使智昏。徒称谁氏子，独立天地元。实际且何有，物先安可存。须知不动念，照出万重源。”船子和尚华亭德诚禅师的《拨棹歌》系列，更是诗禅高度象征。诗云：“千尺丝纶直下垂，一波才动万波随。夜静水寒鱼不食，满船空载月明归。”月的光辉普照大千世界，千江有水千江月，千载以来，很多禅师还是爱用月来形容悟境。

3. 论诗僧

中唐以来，诗僧文学自觉，善于以诗说禅、以禅论诗。“诗僧”族群既已成为时代特色，僧人们不免互相赠酬，论诗谈禅。僧无可《赠诗僧》：“寒山对水塘，竹叶影侵堂。洗药冰生岸，开门月满床。病多身又老，枕倦夜兼长。来谒吾曹者，呈诗问否臧。”皎然《酬别襄阳诗僧少微》：“证心何有梦，示说梦归频。文字赍秦本，诗骚学楚人。兰开衣上色，柳向手中春。别后须相见，浮云是我身。”齐己《勉诗僧》：“须防知佛者，解笑爱名僧。道性宜如水，诗情合似冰。”《逢诗僧》：“禅玄无可示，诗妙有何评。五七字中苦，百千年后清。”

4. 茶禅诗

唐代僧人盛行饮茶，并以茶供佛，以茶参禅。根据《全唐诗》统计僧人饮茶诗共一三一首、诗僧三十家，可见唐代僧家茶诗已占全唐的三分之一强。中国茶道一词最早见于皎然诗中，其《饮茶歌诮崔石使君》更是茶道名篇。诗云：

> 越人遗我剡溪茗，采得金牙爨金鼎。素瓷雪色缥沫香，何似诸仙琼蕊浆。一饮涤昏寐，情思朗爽满天地。再饮清我神，忽如飞雨洒轻尘。三饮便得道，何须苦心破烦恼。此物清高世莫知，世人饮酒多自欺。愁看毕卓瓮间夜，笑向陶潜篱下时。崔侯啜之意不已，狂歌一曲惊人耳。孰知茶道全尔真，唯有丹丘得如此。

茶可以帮助清神、得道，因而通过茶诗创作，形成了所谓的茶禅。皎然有二十六首茶诗，其《对陆迅饮天目山茶因寄元居士晟》："投铛涌作沫，着椀聚生花。稍与禅经近，聊将睡网赊。"便将茶比拟为"禅经"，都能使人清醒。皎然《白云上人精舍寻杼山禅师，兼示崔子向何山道上人》诗云："识妙聆细泉，悟深涤清茗。此心谁得失，笑向西林永。"《答裴集、阳伯明二贤各垂赠二十韵，今以一章用酬两作》诗云："清宵集我寺，烹茗开禅牖。"都表明茶与生活禅的连结。

贯休可谓唐代诗僧中茶诗创作之冠，共有茶诗三十九首，其《题宿禅师院》诗云："身闲心亦然，如此已多年。语淡不着物，茶香别有泉。"《题灵溪畅公墅》诗云："岚飞黏似雾，茶好碧于苔。但使心清净，从渠岁月催。"贯休好以茶色青绿之境来譬喻心境清净。

其他诗僧如灵一、寒山、拾得、齐己都有许多茶诗的创作，灵一《与元居士青山潭饮茶》诗云："野泉烟火白云间，坐饮香茶爱此山。"可见诗僧喜好以茶会友。晚唐齐己有二十六首茶诗，其中有禅味的只有五首，齐己《尝茶》云："味击诗魔乱，香搜睡思轻。"说明茶能清神轻睡。《题真州精舍》诗云："石鼎秋涛静，禅回有岳茶。"指茶有禅坐冥搜的助道功能。而《咏茶十二韵》"嗅觉精新极，尝知骨自轻""角开香满室，炉动绿凝铛"等句，我们勉强可以体会到色、声、香、味、触、法等六根作用，算是以茶助禅的具体说明。

（三）僧诗创作风格

根据周裕锴《中国禅宗与诗歌》的研究，僧诗的风格大致可划分为两大类：一是以王梵志、寒山、拾得为代表的通俗派，二是以皎然、灵澈等人为代表的清境派。通俗派的僧诗深受偈颂形式的影响，比较朴拙浅易，主要内容是虔诚的佛教教理以及道德训诫，也有些是利用佛教思想批判现世人生，或表现随缘任运、无所挂碍的人生情趣。萧驰研究中唐诗，认为中唐苦吟诗派受贾岛等僧诗清寂诗风的影响。综合学者的看法，简分三类如下。

1. 通俗派

王梵志，初唐白话诗人。《王梵志诗校辑》卷六收录："我昔未生时，冥冥无所知。天公强生我，生我复何为？无衣使我寒，无食使我饥。还你天公我，还我未生时。"寒山，中唐狂颠僧人，《全唐诗》卷八〇六收录："凡读我诗者，心中须护净。悭贪继日廉，谄曲登时正。驱遣除恶业，归依受真性。今日得佛身，急急如律令。"这类诗歌如偈颂，鄙俚通俗中传达佛理至道。

王梵志、寒山、拾得的诗主要流行于民间，这从敦煌文献中发现的大量民间手抄本可以证明。此前我们在第十一章已有介绍。他们的诗风自成一格，正理反说，充满对人生的反思，对死亡的调侃，对世俗的揶揄，这类诗称为"梵志体"或"寒山体"。王维有拟"梵志体"二首，后世拟寒山诗也颇多。此类诗在晚唐诗僧间也广为流传，比如僧怀浚多写"歌诗鄙俚之词"（《宋高僧传》卷二十二语）。僧常达"于七五言诗，追用元和之体"（《宋高僧传》卷十六语）。僧贯休自云作品多"风调野俗""概山讴之例"（《山居诗二十四首序》，《全唐诗》卷八三七）。

2. 清寂风

清寂僻苦，可为僧诗的特色，除了指诗歌语言刻意精工，苦加锤炼，还有不少冷僻清寒的意境。唐代诗僧很爱使用"清"字，如灵一《溪行即事》："近夜山更碧，入林溪转清。"《宜丰新泉》："素将空意合，净与众流分。每到清宵月，泠泠梦里闻。"《送范律师往果州》："深涧野流清。"《秋题刘逸人林泉》:“迟客橘阴清。”《题东兰若》:“万木清阴向日开。”还有灵澈“清境”“清阴”“清冷”“清谷”。权德舆《送灵澈上人庐山回归沃洲序》称灵澈诗如“风松相韵”“淡然天和”“深入空寂,万虑洗然”。

皎然也非常爱用清字和清寂的意象,皎然《宿山寺寄李中丞洪》云:“寂寂孤月心,亭亭圆泉影。”皎然《答裴集、阳伯明二贤各垂赠二十韵今以一章用酬两作》云:“白云供诗用,清吹生座右。”诗情与禅意在清寂之境中完全交融冥契。齐己则有一百多处诗作中提到清,如“清影”“清吟”“水清”“清蝉”“清霁”“清磬”“清光”“清闲”“清世”“清魂”“清气”“清阴”“清昼”“风清”“清风”“清秋”“清波”“清净”,八处“清吟”,还有多次清苦连用,如“清苦”“苦心清”“贾岛苦兼此,孟郊清独行”“苦甚伤心骨,清还切齿牙”。孙光宪《白莲集序》评论皎然诗歌风格:“清而弱。”而齐己:“诗趣尚孤洁,词韵清润。”清寂派的诗风有一种幽深清远的林下风流。参禅入定的观照,清新自然的语言,含蓄冲淡的意境,是这派僧诗的主要特色。

3. 怪诞风

有些诗僧喜好使用冷僻的字词与景物入诗,加上中晚唐社会环境衰败,诗人自然走向幽僻偏枯,造成一种生僻怪诞的风格;再者,诗僧大都有坐禅的经验,通过禅坐观看自然,物我交融下往往有不同于世间逻辑的语言。如贯休《寄怀楚和尚二首》:“印缺香崩火,窗疏蝎吃风。”《秋末入匡山船行八首》:“石獭衔鱼白,汀茅浸浪黄。”《桐江闲居作十二首》:“浮藓侵蛩穴,微阳落鹤巢。”“乳鼠穿荒壁,溪龟上净盆。”齐己《残春》:“影乱冲人蝶,声繁绕堑蛙。”僧虚中《赠栖禅上人》:“鹿嗅安禅石,猿啼乞食村。”清尚《赠樊川长老》:“坐石鸟疑死,出门人谓痴。”都是描述怪异奇特的风景与非世间视野的景物与禅境,造成意境上的生僻怪诞。

三、诗僧的文字观

萧丽华《从不立文字到不离文字——唐代僧诗中的文字观》指出,唐代诗僧文字观可分为四种样态:诗为外事、诗为佛事、诗禅合一、诗为魔事,恰好也是诗僧文字观的演进。

（一）诗为外事

诗为外事乃指诗僧们认为文字无益于道，如寒山《诗三百三首之一零五》云：

> 世有聪明士，勤苦探幽文。三端自孤立，六艺越诸君。神气卓然异，精彩超众群。不识个中意，逐境乱纷纷。

寒山认为饱读诗书、六艺超群的聪明士，也只是逐境纷乱，仍无法超越生死。又如皎然《哀教》："本师不得已，强为我著书。知尽百虑遣，名存万象拘。"以为文字会局限万象，只是执着于文字，并没有任何帮助的。

（二）诗为佛事

白居易《题道宗上人十韵》其序云：

> 普济寺律大德宗上人法堂中，有故相国郑司徒、归尚书、陆刑部、元少尹及今吏部郑相、中书韦相、钱左丞诗，览其题，皆与上人唱酬；阅其人，皆朝贤；省其文，皆义语，予始知上人之文，为义作、为法作、为方便智作、为解脱性作，不为诗而作也。知上人者云尔，恐不知上人者，谓为护国、法振、灵一、皎然之徒与，故予题二十句以解之。

当时公卿大臣不仅亲近佛教，更常彼此间以诗歌互相唱酬。而上人之诗文作品应可视为禅悟之语、佛法之义，能予人方便解脱之法门，并非为了作诗而作。白居易指出这些诗僧分别是护国、法振、灵一与皎然的徒众。白居易诗云：

> 如来说偈赞，菩萨著论议。是故宗律师，以诗为佛事。一音无差别，四句有诠次。欲使第一流，皆知不二义。精洁沾戒体，闲淡藏禅味。从容恣语言，缥缈离文字。旁延邦国彦，上达王公贵。先以诗句牵，后令入佛智。人多爱师句，我独知师意。不似休上人，空多碧云思。

说明诗僧作诗目的是希望“以诗为佛事”，故而诗歌与诗偈、经赞，都是度化众人的一种善巧。又如齐己《酬微上人》：“古律皆深妙，新吟复造微。搜难穷月窟，琢苦尽天机。”《寄蜀国广济大师》：“禅心尽入空无迹，诗句闲搜寂有声。”齐己对于诗禅之间的矛盾，苦吟穷搜之余，仍未忘禅心、禅机。又如皎然《秋日遥和卢使君游何山寺宿敭上人房论涅槃经义》：“诗情缘境发，法性寄筌空。翻译推南本，何人继谢公。”皎然认为写诗乃缘境，寄托法性而作，其先祖谢灵运可谓诗与禅的表率，后人难以超越。

（三）诗禅合一

拾得《诗》其三云：

> 我诗也是诗，有人唤作偈。诗偈总一般，读时须仔细。缓缓细披寻，不得生容易。依此学修行，大有可笑事。

拾得以为诗与偈不用分得那么清楚，可谓将诗禅视为一体。又如皎然《酬崔侍御见赠》：“市隐何妨道，禅栖不废诗。与君为此说，长破小乘疑。”皎然破除小乘律仪束缚后，认为诗与禅不相妨碍。《支公诗》：“山阴诗友喧四座，佳句纵横不废禅。”更推许支遁创作诗歌时，不会因为追求佳句而忽略禅，可谓诗禅融合的典范。

（四）诗为魔事

白居易是唐人中最早有诗人自觉意识的诗家，曾自述自己好作诗，有“诗魔”，诗云：“酒狂又引诗魔发，日午悲吟到日西。”中唐以下僧人因此有诗禅二元的矛盾，唐代诗僧中最早提到“诗魔”二字应为贯休，贯休诗歌有多处提及诗魔，其《寄赤松舒道士二首》之二云“诗魔不敢魔”，又如《秋晚野居》云“诗魔象外无”以及《读顾况歌行》云“始觉诗魔辜负我”，对贯休来说，诗魔扰乱不了他；而齐己却常觉受诗魔干扰，《白莲集》中六度提及，如《尝茶》云“味击诗魔乱，香搜睡思轻”，《自勉》云“分受诗魔役，宁容俗态牵”，《静坐》云“诗魔苦不利，禅寂颇相应”，《喜乾昼上人远相访》

云“余生消息外，只合听诗魔”，《爱吟》云“正堪凝思掩禅扃，又被诗魔恼竺卿”，《寄郑谷郎中》云“还应笑我降心外，惹得诗魔助佛魔”，齐己一面埋怨诗魔，一面又肯定诗魔能够助禅。唐代诗僧经过诗魔的考验与反思，反而更能够出入于诗与禅之间。

中国的诗禅文化，到唐代诗僧手上形成诗禅合辙的现象，不仅诗僧辈出，诗作丰富，以禅喻诗，以诗喻禅，达到高峰。同时也出现皎然《诗式》、齐己《风骚旨格》等僧人论诗的诗格，为中国诗歌补充来自禅学的视野。此为下一章内涵。

（萧丽华）

第十八章　唐五代僧人诗格的诗学意义

中国文化自佛经传译入中土后，文学、思想、社会、习俗都有进一步融合佛教的痕迹，在诗歌方面也渐渐形成以禅入诗、以禅喻诗的现象。佛教僧徒大多精通内学、外学，与王族、文士互相往来。抱着普度众生的态度，六朝开始的僧人都熟习儒释道典籍，能诗能文，到唐代更形成所谓的“诗僧”族群。

诗僧大兴在中唐以后，唐代诗僧多达百余人，宋代诗僧两百余人，作品上万首，后人称为“僧咏”或称“衲子诗”，在诗歌文学发展史上有突出的成就。其中最重要的意义有三方面：（1）开发诗格、诗论，提供丰富的诗法；（2）影响唐宋诗歌美学；（3）完成宋代“文字禅”的诗学意义。

“诗僧”一词代表缁流僧徒在诗歌艺术上的自觉，诗于僧人不仅仅是修佛余事或度众方便而已，此时期的僧侣大多把作诗看作明佛证禅的手段，中、晚唐诗僧专意为诗，认真寻索诗禅二者的矛盾、依存与主次关系，最后不仅不舍弃诗事，更以诗禅合辙的方式从事创作，并归纳融会禅法于诗歌理论中，造成中国诗学理论与诗歌风格上很大的变化。

一、全唐五代缁流诗格的重要内涵

佛教东传之后，在中国思想、文化、艺术领域绽开了缤纷的花朵。以诗作的数量与诗格、诗话的发展来说，唐宋僧人都扮演重要的角色。唐代是佛教最兴盛的时代，号称十宗鼎立，文人士大夫与僧人等都受到这样的时代思想潮流影响，而有高度的文学自觉。在诗歌形式、修辞技巧与表现手法应有突破以往诗歌理论的地方，本文在此先以现存全唐五代僧人的诗格内容作为稽考的起点。

所谓“诗格”指“诗歌法式”一类的文学批评书籍，其范畴包括以“诗格”“诗式”“诗法”等命名的著作，是唐代才出现的专有名词。“诗格”一类的书籍大量出现在唐代到宋初，其中多数为僧人撰述，全唐五代的诗格方面，张伯伟《全唐五代诗格校考》已搜罗问世。其中包括皎然《诗式》《诗议》、空海大师《文镜秘府论》、贾岛《二南密旨》、齐己《风骚旨格》、僧虚中《流类手鉴》、僧神彧《诗格》等。以空海《文镜秘府论》来说，此书正是删削、整理“诸家格、式”而成，其中直接、间接所涉及的文献，时代最早的是陆机《文赋》，最晚的是皎然《诗式》，呈现出初、盛唐诗学重心。“主要是讲诗的声调、病犯”及“环绕于诗的病犯和对偶”等问题特征。空海《文镜秘府论》虽然只是抄录唐代僧俗诗格、诗论，并无创见，但以遣唐使、日本高僧的身份，空海的抄录对中国诗学文献的保留与日本汉诗的影响，都有关键性的作用。以皎然《诗式》来说，是继钟嵘《诗品》之后的又一部较有系统的诗论专著，在这部书中，皎然揭示了诗歌创作的若干法则，对诗歌的艺术风格、审美特质等问题颇有探讨，尤其是关于“物象”和“取境”的理论，在诗论史上影响深远。而从诗格这种批评形式的发展来看，《诗式》也是由初唐到晚唐之间的桥梁。再以齐己《风骚旨格》为例来说，此书承皎然《诗式》而下，以诗僧论诗，其影响或不及皎然“取境”说之深广，但从“六诗”“六义”到“十体”“十势”“二十式”“四十门”等等，内容多有新见，能以禅子的视野，为诗歌提供不少美学胜境。

张伯伟认为佛学对诗格的影响有直接与间接两条途径。所谓间接，指佛学以皎然《诗式》为中介，从而对晚唐五代的诗格产生影响；所谓直接，指晚唐五代诗格的作者队伍，很大一部分乃是出自僧人之手。全唐五代缁流诗格的重要内容，可以下列几大诗学范畴加以分析。

（一）声律论

初唐诗学重在格律化过程的尝试，调声问题为首要，从讲究病犯的上官仪八病之说，逐步进展到积极的元兢调声三术，又再收束在王昌龄以意为主的调声之法。八病说的承袭及商榷在空海《文镜秘府论》也有所呈现，该书西卷《论病》即云："颙、约以降，兢、融以往，声谱之论郁起，病犯之名争兴；家制格式，人谈疾累，徒竞文华，空事拘检。……洎八体、十病、六犯、三疾，或文异义同，或名通理隔……"西卷《文二十八种病》也反复提及。整个唐诗声律论的探讨到王昌龄《诗格》得到较高的发展，而王昌龄《诗格》的文字,其实因为得到空海《文镜秘府论》的征引而保留面貌，加上王昌龄素与缁流过从甚密，论诗好用"了见""自性""本宗"等禅语，其《诗格》更似禅家语录，应可说是禅家对诗学的间接贡献。

从僧人的诗格来说，现存全唐五代僧人诗格最早为皎然《诗式》，时间已进入中唐了。《诗式》应该有五卷，初稿完成于贞元初年（785 年前后），其论四声、论对偶，乃上接初、盛唐。由此可知，声病说的讨论到皎然《诗式》已经近于尾声。从现存皎然《诗式》来看，只有"明四声"一条涉及音律云：

> 乐章有宫商五音之说，不闻四声。近自周颙、刘绘流出，宫商畅于诗体，轻重低昂之节，韵合情高，此未损文格。沈休文酷裁八病，碎用四声，故风雅殆尽。后之才子，天机不高，为沉生弊法所媚，懵然随流，溺而不返。

由这段文字可知，皎然的时期，八病说已经结束纷繁的讨论，皎然也只是轻描淡写强调"轻重低昂之节，韵合情高"已足，不必拘泥在细碎的声调格律中。皎然另有《诗议》三卷，"论文意"一条云：

> 八病双拈，载发文蠹，遂有古律之别。……律家之流，拘而多忌，失于自然，吾常所病也。必不得已，则削其俗巧，与其一体。一体者，由不明诗对，未阶大道。

又说：

> 夫诗工创心，以情为地，以兴为经，然后清音韵其风律，丽句增其文彩。

这说明皎然主张自然声韵，律诗只要“明诗对”，平仄相对，自有古、律之别。诗贵创“心”，声律乃“心”的风律。皎然这几条声律说，呈现中唐时期以“文意”主导声律的论点，与王昌龄的主张相近，然皎然更有佛家以“心”论诗的特殊看法，和一般文士以“意”论诗大有不同。

声律论在缁流诗格中，除空海和尚与僧皎然之外，直至晚唐，再无人提及。可见整个唐代，缁流参与诗学建构时，声律论实际上已经完成。

（二）对偶论

唐代对偶论从上官仪《笔札华梁》提出“九种属对法”和“论对属”一文开始，到空海《文镜秘府论》衍为“二十九种对”，其间有“重义类节奏的对偶论”“重文字奇巧的对偶论”和“重诗意经营的对偶论”之三阶段变化。上官仪是以义类所生成的韵律节奏为偶对的经营法则，故而绮错婉媚；元、崔等人则更增种种字形、字音、字义之文字奇巧，在开发多种可能性的同时，也相对放宽了其规则；到王昌龄《诗格》论属对的关系，已刻意摆脱自元兢、崔融以来穷尽字音、字形、字义变化的属对论，而重回到重义类的对属形式，但又并不像早期拘限于刻板的物类、物性的区分与词性的归属，而是视诗歌中情语组合的多元需要，达成意涵变化多端的语势结构，开发了以意以势为对的诠释空间，既是将属对标准放宽，更是将对偶纳入诗意的经营中。

缁流诗格中，对偶论的素材不多，主要论见以皎然《诗式》与《诗议》为主。《诗议》中的对偶论可分成两个部分，一为载记前人之论，在“诗对有六格”中列的名对、双拟对、隔句对、联绵对、互成对、异类对等，都是皎然之前的诗格已经提出的讨论；二为皎然自创的八种对句形式，其“诗有八种对”云：

一曰邻近。二曰交络。三曰当句。四曰含境。五曰背体。六曰偏对。七曰假对。八曰双虚实对。

这八种对，为唐诗开拓更宽广跌荡的诗意甚至诗境的经营。对照皎然《诗式》“对句不对句”一条来看，皎然说：“夫对者，如天尊、地卑，君臣、父子，盖天地自然之数。若斤斧迹存，不合自然，则非作者之意。”可见其对偶论同其声律论一样，都是主张合于自然，不留斤斧痕迹，而且其中创发的八种对法，已然为唐诗开创丰富的属对变化。

所谓“自然的声律论与对偶论”，指不做作，不拘束，不呆板，非勉强的，即自然而然。这与钟嵘的“自然英旨”说相近，《诗品序》说：“自然英旨，罕值其人。”钟嵘主张诗歌创作以自然为最高美学原则，所谓自然包括两重含义，一指人的自然本性和自然情感；二指作品的语言形式自然天成不假修饰。皎然的声律论与对偶论应是承应钟嵘《诗品》而来。

皎然之后的僧人诗格鲜少再提起对偶论，直到宋初僧景淳《诗评》才又大谈对偶，如“当句对格”“当字对格”“假色对格”“假数对格”“十字对格”“隔句对格”等，可以看出是对唐人对法更精致化的增补，特别对“偷春格”一词的产生，要到宋释惠洪《天厨禁脔》时才出现。“偷春格”之论，最早的文献以惠洪《天厨禁脔》为先，其后才有沈存中《梦溪笔谈》、魏庆之《诗人玉屑》等人提及，可以看出唐代僧人诗格的前导之功。

整体来说，唐代僧人诗格不拘泥于语文形式琐细的小道，重天然意境，诗歌之对偶也以深化诗意为主。到宋初缁流论属对，已走向如何在一联之中增加语文变化可含纳的意涵，曲折映显更高度的诗意，虽然变化更多，但属对的原则大抵仍不离皎然的主张。所以，全唐五代僧人的对偶论，大抵只有皎然有所增补而已。

（三）体制论

从六朝入唐的声律说，在中唐已逐渐定型，诗学议题转而以“古、律分殊”的体制论为讨论焦点，皎然算是缁流诗格中讨论此一议题的孤例。前引《诗议》三卷，“论文意”一条云：

八病双拈，载发文蠹，遂有古律之别。

皎然此处以“八病”“双拈”的运用作为律体的判准，皎然所谓“双拈”当即是元兢所谓“拈二”，故是以八病、拈二的运用作为律体的判准，从而形成与古诗的区分。基本上与前人一致，并无特殊新见。其《诗式》卷二，“律诗”一条则云：

评曰：楼烦射雕，百发百中，如诗人正律破题之作，亦以取中为高手。洎有唐以来，宋员外之问、沈给事佺期，盖有律诗之龟鉴也。但在矢不虚发，情多、兴远、语丽为上，不问用事格之高下。……凡此之流，尽是诗家射雕之手。假使曹、刘降格来作律诗，二子并驱，未知孰胜。

就现存的唐人诗学数据来看，皎然是首先对宋之问、沈佺期高度肯定的诗评家，以其二人为律诗的典范，不但标示其情多、兴远、语丽，字字凝练的造语功夫，同时给予和曹、刘分庭抗礼的平等地位。我们由这两条资料也可以看到皎然古、律分判的标准，以及其律体体制论以沈、宋为典范，古体以曹、刘为高目标主张。至于皎然以下的僧人诗格，对论体制则不再涉论。

（四）创作论

由于现存唐代缁流诗格以中唐时期皎然《诗式》《诗议》为首，可以看到的数据都是在声律、对偶与体制问题讨论完备之后。我们可以说，唐代缁流在唐诗体制的形成过程中只有少部分的参赞之功而已，缁流诗格较大的贡献在诗歌内涵与美学上。全唐五代僧人的诗学贡献以创作论与风格论为最大宗，这一来表示僧人参与论诗的时间性，以中、晚唐时期为最热络，正好与“诗僧”的形成时间相吻合；二来可以知道僧人对文字表述比较不拘语文形式，反而重视语言如何深化内涵、产生美感、达成诗歌的高度功能。

皎然《诗式》卷一序云:“夫诗者，众妙之华实，六经之菁英。虽非圣功，妙均于圣。……洎西汉以来，文体四变，将恐风雅浸泯，辄欲商较，以正其源。今从两汉以降，至于我唐，名篇丽句，凡若干人，命曰《诗式》，使无天机者坐致天机。若君子见之，庶几有益于诗教矣。”可见《诗式》的创制动机在留存创作法式，使没有诗才的人也能迅速得到启发，达成诗歌教育功能。而这些创作法式，如皎然在《诗议》中所提出的“文意”论，讨论“三四五六七言之别”等不同诗体之把握，古诗要“以讽兴为宗，直而不俗，丽而不巧”，律家之流则“拘而多忌，失于自然”，写作的时候“诗不要苦思，苦思则丧于天真”，“诗工创心，以情为地，以兴为经，然后清音韵其风律，丽句增其文彩”。《诗式》则提到高手述作要“明势”、“明作用”（“时时抛针掷线，似断而复续”)、“明四声”（不要“碎用四声”)、“诗有六迷”、“诗有五格”、“用事”等等，可见皎然对诗法掌握之细密，从讽兴开始，调节声音、章法、炼句、铺彩、用事等等，完全是一个创作者的夫子自道。

皎然的创作论仍是以“自然”为最高原则，“论文意”一条所谓:“情浮于语，偶象则发，不以力制，故皆合于语，而生自然。”完全是感兴生情，自然浮现语言形象的创作论。皎然论创作推崇“彻空王之奥”的康乐公，也有“如释氏顿教，……万象皆真”(《诗式·评复古通变条》)的主张，因此学者认为皎然乃“以教下的眼光看诗，认为诗道的极致犹如禅道的极致”。

皎然之外，僧虚中《流类手鉴》篇幅虽短，也有一二金针。其开卷云:“善诗之人，心含造化，言含万象。”全书又以物象流类为主，保存一些诗例，供后学参酌。可见虚中的创作观应与皎然类似，以心生万象、物类万端，汇归于诗的文字中，作为主要的创作论。再者，僧神彧撰《诗格》一书，全书共分论破题、颔联、诗腹、诗尾、诗病、诗有所得字、诗势、诗道等八节。主旨完全在讨论作诗方法与避忌等，最后归结在禅宗“悟”一个字上，他说:“至玄至妙，非言所及，若悟诗道，方知其难。”这与僧虚中的“心含造化，言含万象”说、皎然的“诗工创心”说等，都明显地呈露出佛家本色——“心”法。这些缁流的创作论隐然已形成“以禅喻诗”的伏流。

（五）风格论

唐诗美学的讨论，以风格论最具高度发展，不论诗歌声律论、体制论或创作论，最后都要以风格论为依归。王昌龄以“兴发意生”的审美经验提出“诗有三境”说，成为唐代意境论的发端，也是皎然“取境风格论”的前身。然而王昌龄意境论明显仍是受到佛家思想的影响，其论“生思”时提到“照境”，也是佛家常用语。王昌龄意境论因此可算是僧人对诗歌风格论的间接影响。

但王昌龄的意境论毕竟只是僧人的间接影响，全唐五代僧人对风格论直接的论著以皎然与齐己为主。皎然“取象”“取境”理论、“辩体有一十九字”和齐己“诗有十体”影响最为深远。皎然《诗式》“明势”条云：

> 高手述作，如登衡、巫，……古今逸格，皆造其极妙矣。

“诗有四深”条云：

> 气象氤氲，由深于体势；意度盘礴，由深于作用；用律不滞，由深于声对；用事不直，由深于义类。

从这两条资料可知，皎然的风格论以“逸格”为高格，由“气象”“意度”“用律”与“用事”等几个条件配合起来。要达成风格高逸，须在“取象”与“取境”下功夫。其“取境”条云：

> 取境之时，须至难至险，始见奇句。成篇之后，观其气貌，有似等闲不思而得，此高手也。

“辩体有一十九字”条云：

> 取境偏高，则一首举体便高；取境偏逸，则一首举体便逸。才性等字亦然。体有所长，故各归功一字。……其一十九字，括文章德体，

风味尽矣，如《易》之有《彖辞》焉。

皎然主张通过奇险回归等闲，诗作才能有高逸的风格。皎然共举出十九种取境所造成的风格，称之为“辩体有一十九字”，这十九种为“高（风韵朗畅曰高）”“逸（体格闲放曰逸）”“贞（放词正直曰贞）”“忠（临危不变曰忠）”“节（操持不改曰节）”“志（立性不改曰志）”“气（风情耿介曰气）”“情（缘景不尽曰情）”“思（气多含蓄曰思）”“德（词温而正曰德）”“诫（检束防闲曰诫）”“闲（情性疏野曰闲）”“达（心迹旷诞曰达）”“悲（伤甚曰悲）”“怨（词调凄切曰怨）”“意（立言盘泊曰意）”“力（体裁劲健曰力）”“静（非如松风不动，林狖未鸣，乃谓意中之静）”“远（非如渺渺望水，杳杳看山，乃谓意中之远）”。张伯玮引《直斋书录解题》指出“以十九字括诗之体”，可能是最受当时人重视的，如王玄《诗中旨格》中便专有“拟皎然十九字”一节。又如大历年间窦蒙《字格》，即可与皎然“辩体有一十九字”互参。

齐己《风骚旨格》的风格论直接提出“诗有十体”，也就是十种风格：“一曰高古。二曰清奇。三曰远近。四曰双分。五曰背非。六曰无虚。七曰是非。八曰清洁。九曰覆妆。十曰阖门。”问题是齐己并未解释这些风格的意涵，只是举诗联为例而已。但整题看来，从皎然“辩体有一十九字”到齐己“十体”，一股以一字一词、简洁玄深地标志出诗歌风格的作风，成为中、晚唐诗僧影响下的诗歌风格论风尚。

二、缁流诗格的诗学贡献与特色

全唐五代僧人诗格在诗学发展过程中的几点诗学意义如下。

（一）继承六朝声律、对偶等诗法，参赞唐诗体制

声律与对偶论，是六朝开始到中唐以前，诗学上的重要议题。

如前所述，整个唐诗声律论的探讨到王昌龄《诗格》已得到较高的发展，僧人诗格只有皎然《诗式》的四声音律说为唐代声律论画下句点，因此，

我们可以说唐代僧人诗格对声律论只有继承六朝与初盛唐的成果，顶多参与做了总结而已。

至于对偶论，则可见诗僧有比较明显的开发。唐代对偶论从上官仪《笔札华梁》提出“九种属对法”开始，到空海《文镜秘府论》时衍为“二十九种对”，其中有皎然《诗式》与《诗议》的参与与增补，开发出不同于前的八种对法，为唐诗开创丰富的属对变化，又下启宋僧景淳《诗评》、释惠洪《天厨禁脔》在对偶论方面的创发。皎然自创的八种对句发明在前，释惠洪《天厨禁脔》的“偷春格”成就在后。特别是“偷春格”与佛家“寻春觅道”有直接的关系。

皎然提出古、律分判的标准，以及其律体体制论以沈、宋为典范的主张，更鲜明地推波助澜，促成唐诗体制标准的分殊。

（二）增补诗道内涵，深化诗歌美学

僧人诗格内涵以创作论与风格论为最大宗，较诸声律、对偶、体制等形式而言，这两者都是诗道内涵核心，也是直接关涉诗歌美学的主要成分，加上僧人以禅理入诗道，其中所开创出来的诗学理论更具有独特性。

僧虚中的“心含造化，言含万象”说、皎然的“诗工创心”说与神彧撰《诗格》拈出的“悟”等，都明显呈露出佛家本色——“心”法的理论，其中蕴含的佛教意蕴，毫无疑问为诗歌开拓出深刻与宽广的心、意、识美学。

佛教的“心”，概念丰富。用禅宗、唯识与华严学的角度来解释，心可生万法，心含八识，眼、耳、鼻、舌、身、意识等前六识触及有形、无形的世界，都可生成外在的万象，加上末那识与阿赖耶识的作用，内在的万象更是变化万端。佛学的“心识作用”说、“一心”与“万法”之说，对诗歌意象、意境、风格等美学范畴的开拓，起了很大的增补功能。

佛教的“心”与儒家、道家的心学并不相同。佛教于东汉传入中国，首先依附道家理论，形成格义之学，但佛教与道家毕竟是两种文化背景下的理论系统，佛教之性具圆融“心”与《庄子》之气化宇宙“心”大不相同。隋唐是佛教的全盛期，佛教是当时学术界的主要潮流，知识分子几乎没有不接触佛学的。此时儒门淡薄，收拾不住，佛家以缘起性空说万法，万法

只是佛心之所缘起，并没有独立客观的价值；佛心并非创生的实体，诸法也非佛心所本具，这也与儒家的心性论大不相同。因此，诗歌创作与鉴赏时的心物作用之分析，必然到佛教出现才有更高的分析层次。唐代王昌龄、皎然诗论中的心物关系，就是最好的证明。“心”含“情”“意”，对应于“景”“象”，形成不同的诗“境”论，其间的心境、意境、物境之即离关系，值得在另文探究。

以意境论的产生来说，学者用佛家“体”“用”思想来说明皎然所谓“作用”（创作构思的心、意、识活动）是不无道理的。皎然乃至整个中唐意境论，可以确定佛经思维的融入，确实促进了诗歌艺境美学主张的开发。

（三）载录大量僧俗典范诗作，建立诗歌传统

唐代诗格的特征是，举诗例为说多于理论建构。因此书中大量保存僧俗二众诗人的名篇佳句。这方面的事实不胜枚举，例如贾岛《二南密旨》就摘录不少唐前的谢灵运、陶渊明、鲍照与唐代卢纶、钱起、李嘉祐的诗句。齐己《风骚旨格》最特别，所引诗例多数为自己的作品，似有以自己的创作为诗学典范的意思。

关于文学典范的形成，近人已经积累相当多的理论。德国文化哲学家卡西勒（Enrst Cassirer）说：“凡是被创出的作品，都必须与那不断更新的作品相争持，才能取得地位。”这样的冲撞只会“鞭策走向新的奋斗之路，并从中发掘更新尚未为世人所知的力量”。古人虽然没有卡西勒的这种概念和理论，但诗人的文学自觉与典范认同是存在的。对前代与当代典范勾勒得最清楚的，当数皎然《诗式》。《诗式》“李少卿并古诗十九首”一条，先以李陵、苏武、《古诗十九首》为汉诗典范；而后在《邺中集》，以陈思王、刘桢为曹魏诗典范，“‘团扇’二篇”一调同时肯定汉代班捷妤诗作；其他零散提到的有汉高祖、张衡、魏武、魏文、王粲、阮籍、嵇康、陆机、郭璞、左思、陶潜、谢灵运、鲍照、谢朓、唐太宗、陈子昂、崔融、卢照邻、崔颢、张九龄、王维、王昌龄等等。

皎然在卷三“论卢藏用《陈子昂集序》”一条，对于前代典范说得最具系统：“若但论诗，则魏有曹、刘、三傅，晋有潘岳、陆机、阮籍、卢谌，

宋有谢康乐、陶渊明、鲍明远，齐有谢吏部，梁有柳文畅、吴叔庠。”于律诗以“洎有唐以来，宋员外之问、沈给事佺期，盖有律诗之龟鉴也”。除了沈、宋之外，皎然论律诗也以李峤、孟浩然、杜审言、阎朝隐等人的诗为例。皎然所存录的诗人系统，俨然已经是半部诗歌史了。

中、晚唐有崇拜贾岛的趋势，从僧虚中撰《流类手鉴》大量征引贾岛诗也可以看出来。加上，僧人与僧人之间对诗歌的重视有志一同，因此诗僧诗格也存录不少僧人之作，如禅月大师贯休、半僧贾岛、中晚唐诗僧方干与齐己、南唐僧谦明等人的诗句，都曾见引于僧神彧《诗格》中。

（四）影响后代诗格、诗话，形成以禅论诗风尚

从现存唐代僧人最早的诗格——皎然《诗式》开始，可以看到僧人不断流露出潜在的佛教意识，使唐宋诗格术语化过程，留有许多佛教影响的痕迹，诗歌美学也充斥着佛教视野。例如皎然《诗式》“文章宗旨”一条评康乐云：

> 康乐公早岁能文，性颖神彻。及通内典，心地更精。故所作诗，发皆造极，得非空王之道助邪？

卷一“中序”又云：

> 世事喧喧，非禅者之意。假使有宣尼之博识，胥臣之多闻，终朝目前，矜道侈义，适足以扰我真性。岂若孤松片云，禅坐相对，无言而道合，至静而性同哉？……会前御史中丞李公洪自河北负谴遇恩，再移为湖州长史，……奈何学小乘褊见，以夙志为辞邪？

卷五“复古通变体”一条中论到：

> 又复、变二门，复忌太过。诗人呼为膏肓之疾，安可治也？如释氏顿教，学者有沉性之失，殊不知性起之法，万象皆真。

皎然评谢康乐诗，特别着意在“及通内典，心地更精”“得非空王之道助”,空王指佛教,皎然视佛教“心法”为谢灵运诗之所以能登峰造极的原因，可见皎然强调佛教思维对诗歌创作力的帮助。“中序”中又提出“真性”说，与湖州长史李公洪论诗道。“复古通变体”一条中，皎然更以释氏顿教谈论诗歌复、变二门。个中都有鲜明的佛教意识。

关于皎然以佛教之“门”“性”等术语谈诗法，已经被学者注意到。根据张伯伟的考证，“门”是佛学术语之一，也是佛教典籍的结构形式之一，例如，隋慧远《大乘义章》、唐荆溪湛然《十不二门》；就义理而言，学人欲见佛,欲得法,也必须由“门”而入,佛教义理就有“不二法门”、华严“十玄门”、天台“六妙门”等。

除此之外,贾岛《二南密旨》、齐己《风骚旨格》论诗也充斥禅宗宗门语言。贾岛（779—843年）,早年为僧,法名无本。其《二南密旨》也有僧家习气，首开南北宗论诗，影响唐宋以禅喻诗之论诗风气。“论南北二宗例古今正体”一条说:“南宗一句含理，北宗二句显意。南宗例，如《毛诗》云:‘林有朴樕，野有死麋。’即今人为对，字字的确，上下各司其意。……北宗例，如《毛诗》云:‘我心匪石，不可转也。’此体今人宗为十字句，对或不对。”禅门五祖弘忍之后，他的两位高足神秀与惠能分别在南、北弘法，并逐渐形成南北宗不同法门。今人只知禅分南北宗，后来影响绘画论，明代董其昌提出南北宗画派之说。实际上，禅宗南北之分，在中唐时已经影响到贾岛将诗风分为南北宗之说。僧虚中所撰《流类手鉴》，其中“诗有二宗”之言南北宗，就是受贾岛这种影响。

僧齐己《风骚旨格》一书最引人注意者为其“势”论。神彧《诗格》亦有“十势”，其中“五势”出于齐己；徐夤《雅道机要》列“八势”，亦因袭齐己；……可见其“势”论在晚唐五代诗格中颇具代表性。齐己“势”论之形成，也与禅宗影响有直接的关系。齐己本人出自沩仰宗，“仰山门风”特色即在于“有若干势以示学人”(《宋高僧传》卷十二)。故齐己之以“势”论诗,正有得于仰山之以“势”接人。如“狮子返掷”势,即出于禅宗话头。禅宗有“狮子频呻”“狮子返掷”“狮子踞地”三句(见《五灯会元》卷十四《大阳警玄禅师》)。“狮子返掷”正属于三关之第二关境界。

僧神彧撰《诗格》一书共八节，论破题、颔联、诗腹、诗尾、诗病、诗有所得字、诗势、诗道。其“论诗势”一节，杂取皎然《诗式》和齐己《风骚旨格》而略有损益。“论颔联”节谓“意有四到：一曰句到意不到；一曰意到句不到；三曰意句俱到；四曰意句俱不到”云云，乃出于禅宗“句”“意”之说。即：“句到意不到：‘古涧寒泉涌，青松带露寒。’意到句不到：‘石长无根草，山藏不动云。’意句俱到：‘天共白云晓，水和明月流。’意句俱不到：‘青天无片云，绿水风波起。’”（《人天眼目》卷六）神彧《诗格》中有较多以禅论诗的痕迹，例如“论颔联”云“意句俱不到”，《论诗有所得字》云“冥搜意句”，《论诗势》云“狮子返掷”，“论诗道”云“至玄至妙，非言所及，若悟诗道，方知其难”，都有以禅喻诗的走向，同样对宋代以禅喻诗影响深远。

对于中、晚唐诗学整体的发展来说，诗僧以禅寂之法求诗格之妙，已经在诗格的创作论中，为诗歌提供不少诗学的正法眼藏。尽管在声律、对偶与体制等语言形式上贡献不多，但是在风格与创作方法上，僧人能以佛家特有的思维意识，创发出深入精神作用的诗学，开发了中国诗学的深度。而其中不断出现的佛教词汇用语，逐渐成为后代的诗学用语；引佛教术语入诗歌讨论中，也形成“以禅喻诗”的诗学传统，这是宋代惠洪《冷斋夜话》与严羽《沧浪诗话》的前身，影响唐宋以禅喻诗、以禅论诗的诗学风尚。广义来说，这就是宋代诗学走向“文字禅”的前导。

（萧丽华）

下卷

第十九章　下卷绪论

一、从近世佛教文学研究的困局谈起

《中国佛教文学史》下卷主要处理的时代是宋元明清，基本上以民国肇建为时代下限，大抵约等于近世到近代的历史阶段。撰写此一时期的佛教文学史难度甚高，远迈前代，究其缘由，至少有以下几点原因。

（1）不论是诗词、小说、戏曲、说唱文学，流传至今的作品数量往往过于庞大，几乎没有任何一个人能通览全部的作品，传世作品中真伪相伴，还有大量的作品虽然在各种目录或笔记小说中有所记录，但却未能获见。总而言之，也就是所谓大体符合佛教文学作品，尚未充分完备的整理，连完整的目录尚付之阙如，一般学者不免有大海捞针的茫然之感，遑论深刻的学术研究。事实上，不只是佛教文学，而是宋代以后的文学史整体，因缺乏完整系统性的书志学调查，也有类似的问题。作品的数量虽然多不胜数，但缺乏系统性的整理，增加讨论的难度。

（2）宋代以后，不论是佛教或是儒学内部，甚至道教，都展示出强烈的融合倾向。华严学与宋明理学的关系密切，思想史家于此无法视而不见，庄子乃成达摩东来前之禅。金元时期有“孔门禅”。虽然护国佛教的思想在佛教源远流长，但宋代以后，很明显受到儒家忠义精神的影响，南北宋之交，临济宗的禅师大慧宗杲（1089—1163 年）言：“菩提心则忠义心。”双方水乳交融，可以思过半矣。明清之际的佛门又喜言孝，许多禅师本身就是乡里闻名的孝子，佛门又编纂《释门孝传》，用以破除儒家对佛教“无君无父”一类的批评，如此一来，与儒家的距离又更进一步。佛门内部，“性、相和会”或“禅净兼修”也蔚然成风。道教内部诸多神明原本来自佛教，例如哪吒三太子或济公禅师。这种各种宗教相互强烈融合交摄倾向的结果，使得彼此之间的标识性特色难以辨认。在佛教传入中国的中古时期，曾经兴起种种强烈的辩论，例如“神灭论”，然而宋代以后，经常简化成为排佛或护佛，与其说是思想内涵的讨论，毋宁更近于基本立场的宣言。经过各种融合的过程之后，所谓“本质”更加难以确认。

（3）更根本的困难在于：学术界对于近世汉传佛教往往十分贬抑，日本学界称之为“近世佛教堕落论”，诸多影响深远的学术专著对于近世佛教往往十分轻蔑。例如辻善之助（1877—1955 年）的《日本佛教史》、忽滑谷快天（1867—1934 年）《禅学思想史》，乃至于 20 世纪中叶出版的《亚洲佛教史》，言及宋元以后的佛教，经常用“庶民佛教”或“世俗佛教”一语概括，主要论点在于近世以来没有新的佛教宗派出现，或在义理上没有新的创发，或是无法维持各个宗派独有的特质，而让其他宗派，甚至佛教以外的思想流派（例如儒家或道教）渗入。传统佛教史每喜言隋唐为佛教的黄金时代，各种宗派纷纷问世，然而可惜盛世之后难以为继，遂步步沦落，此等说法入人甚深，致使近世以后的佛教备受批评。最初努力反驳此种论调的是日本学者荒木见悟（1917—2017 年），他以晚明中国佛教为例，强调晚明佛教自有时代脉络，与其他流派的融合带有强烈的现实需要，是因应时代的呼声，而非追求类似学问真空状态的“纯禅”或“纯净土”之说，力驳堕落之说。迩近，日本学者末木文美士（1949—　）、西村玲（1972—2016 年）通过史料的解读，说明日本在江户时期佛教的兴盛与活力，绝非“堕落”一词可以穷其底蕴。以中国来说，晚明清初的佛教盛极一时，高僧辈出，而且在各个领域都有极高的成就，特别是诗文书画。从某个角度看，“庶民佛教”或“世俗佛教”意味着与社会、文化、民俗更紧密的结合。同时，所谓“近世佛教堕落论”的另一个原因其实与前述文献尚未经过学界系统化的整理有关，对近世佛教著作未能充分掌握，误以为日本学界整理的《大正藏》或《续藏经》已经将近世佛教文献一网打尽，殊不知近世藏外文献极为丰富，远非现有《藏经》所能尽，然而学界于此尚多余蕴未发。即以佛教文学的大宗诗歌而言，明清时期的诗僧与僧诗，就目前所能掌握的资料来看，不论人数或是著作，数量之多，题材之广，都远非前代可比。是以明清之际的批评家钱谦益（1582—1664年）在其编选的《列朝诗集》当中，为僧诗独立一个门类。不单只是出自个人的宗教信仰，更重要的是明代僧诗已经漪欤盛哉，批评家无法视而不见，清代更是有增无减，可惜学界仍于此多不甚了了，故而类似“近世佛教堕落论”的说法仍然大行其道，致使无法客观评价其贡献与特色。

二、近世佛教文学研究的意义与价值

以上三点，只是荦荦大者。由于相关文献书志整理的未臻完备，连带左右学术界对这个时期文学作品的评价，进而影响学术研究的深度与广度。宋代以降的中国佛教文学史，既是佛教的，也是文学的重要资产。研究近世佛教文学，除了填补学术研究的大片空白之外，对认识佛教的修行实践，文学、历史等各个不同层面的特殊性都有不能忘却的重要意义。兹分述如下。

（1）文学作品虽然不一定体现深刻的实践经验或思想，但高僧也不妨以此示人入道缘由。唐代永嘉玄觉（665—713年）《证道歌》与石头希迁（700—790年）《草庵歌》，不仅是优秀的文学作品，同时也是修行圣典。宋代以后的佛门诗歌，论及佛理禅境者亦不在少数。例如宋代文字禅的代表人物惠洪觉范（1071—1128年），其《涟水观音像赞》一诗中言及感官互换，屡为后世称引，其曰：

> 声音语言形体绝，何以称为光世音？声音语言生灭法，何以又称寂静音？
>
> 凡有声音语言法，是耳所触非眼境。而此菩萨名观音，是以眼观声音相。
>
> 声音若能到眼处，则耳能见诸色法。若耳实不可以见，则眼观声是寂灭。

见闻既不能分隔，清净宝觉自圆融。以无执故则有光，虽有千臂如两手。

以无分别故寂灭，虽有千手如一身。既无分别亦无执，虽有千眼两目同。

故称光音寂静音。(《石门文字禅》)

惠洪觉范题千手千眼的涟水观音像，主要言“六根互换”，这段主要在铺衍《楞严经》中的观音耳根圆通法门。眼观声音耳观色，在文学批评上，一般称之为“通感”，代表着文学创作过程中感官知觉的相互借位，禅宗于此颇多措意，足见其与文艺思维的相通之处。在禅门工夫中，“六根互换”更接近大修行人的高超境界，亦非常人轻易可及。至于较适合初机的修行指导，禅师的诗作中，如明清之际的曹洞宗匠觉浪道盛（1592—1659 年），曾有《坐禅歌》一诗就坐禅工夫略加申述，其曰：

坐禅者，何所图？禅非坐卧非工夫。为调摄尔初机士，节制身心立范模。

四威仪，坐独静，俨然端庄无不敬。外息诸缘内自宁，心如壁处好参证。

无始来，流识业，不知常住妄生灭。谁能暂息此尘劳？冷眼看兹蓦地瞥。

孤易懈，众难疲，形神相警密钦持。不自在中观自在，百怨炉锤煅是非。

互鞭策，共针锥，散乱昏沉毋自欺。诚于中则凛于外，其十严乎指目为？

意集起，心攀缘，自视曾何肝肺然。不睹不闻前拶透，独中消息许谁诠。

空劫外，命何安，掀翻太极古皇盘。冥冥杳杳精乌有，打破先天罔象关。

根境寂，守幽闲，法尘缘影铁围山。空亡外道常拘执，万劫痴迷愈石顽。

禅非定，参非思，定境思情节外枝。要你返将心自剖，树倒藤枯好见几。

几何见，莫狐疑，水尽山穷更有谁。拚死悬崖亲撒手，命根断处是生机。(《天界觉浪盛禅师全录》)

全诗太长，此处只能摘取开篇部分内容，略沾法味。这首诗开宗明义就说是为调摄初机所作，明白可见曹洞宗绵密的工夫历程，从“俨然端坐”到“悬崖撒手”，对初学者而言，共修胜过独学，对治散乱昏沉也是坐禅入门的重要工夫，同时也必须以幽闲自守为戒。虽然没有明言，全诗几乎就是一部歌行体的《参禅警语》，不难体会其主张并非默照一路，仍是参话头的传统。此之外，传统的《怀净土诗》或《牧牛诗》也都带有强烈的实践意味，宋元明清的佛教文学中，说禅修、禅悟、禅病的诗歌不计其数，佛教文学（特别是诗歌）与实践修行仍有密切的关联。

（2）就历史层面观之，文学作品虽然不一定完全符合严格定义的史料，但在不经意之间，也留下许多重要的历史记录。例如明代中叶的诗僧鲁庵普泰（生卒年不详）《王伯安书舍》一诗云：

一寻松下地，新构小精庐。祛俗入深院，闭门抄古书。

草盆生意满，雪洞世情疏。每欲携琴访，心斋恐晏如。(《鲁山集》)

王伯安（1472—1529年），即王阳明。鲁庵普泰是明代贤首、华严两宗法祖，晚明唯识学的复兴缘由经常推及鲁庵普泰一次神奇的传说，因为曾经主法大兴隆寺，其为北京佛门领袖自不待言。青年儒者王阳明借居北京大兴隆寺读书，本来是一般士人“读书僧寺”的传统，无足深怪。不过王阳明贬谪龙场驿时，当时著名诗僧雪江明秀（生卒年不详）亦有赠诗，颇得诗家称赏。王阳明与僧人交往密切固其来有自。单就此诗来看，王阳明当时在寺构社，居中读书十分认真，近乎不与外人交接，部分儒者刻意夸大青年王阳明的影响力，当未及获观此诗。此诗写鲁庵普泰与王阳明二人谊在忘年，偶一见面，经常欢谈竟日，隐然透露对此后生晚辈的欣赏。日本学者荒木见悟喜言晚明佛教复兴出自阳明学的触发，恐未及见此诗。荒木见悟虽然于明代佛教用力甚深，但恐怕未能真正认识鲁庵普泰的重要性，同时阳明学置于胸中，不免将阳明学者对佛教的作用无限放大。现在看来，禅门固然有受到阳明学的部分刺激，但教家的影响却也不能概而不谈，同时鲁庵普泰对青年王伯安青眼有加，从某个角度看，禅宗、阳明都是受了教家的启发，过程中，阳明又与禅宗拉近了距离。到底是王阳明影响佛教，还是佛教影响王阳明，其间尚有种种曲折，可以进一步仔细推敲。

鲁庵普泰的诗作尚缺乏有系统的整理，虽然《盛明百家诗》中收有一卷《鲁山集》，但集外佚文仍多，例如备受日本关注的《赠雪舟诗》，其曰：

> 大道分明不覆藏，何须描画作商量。传心既遇真师范，具眼何妨验大方。
>
> 二树喷香荣老桂，一枝垂荫接扶桑。无生曲调回乡去，万象森罗听举扬。（日本永青文库藏挂轴）

诗后记年“大明成化戊子季夏”，款为“大兴隆住山纯拙老人鲁庵识”，前有小序，曰：“日本僧扬雪舟，当天性善画于佛菩萨等像，授笔立成，生意逼真，绝无计利，凡求索者，遍应无拒，故人皆德之，自去岁游四明，升天童山第一座，兹因朝京，诣余丈室，察其有志于道，故以山偈为赠，聊以壮行色云。”雪舟等杨（1420—1506 年）为日本画圣，几乎是清代以前，唯一渡华的日本画家，此诗并序为一挂轴，现存日本永青文库（旧九州岛细川藩）。观序文乃是雪舟等杨入京求谒鲁庵，故书此偈赠之。观其诗意，雪舟似乎已得其师传承付法，即将回国传法，明代中叶以前，中日两国丛林维持一定程度往来，又得史料一证。儒学到了王阳明、日本画到了雪舟等杨，都发生了结构性的变化，二人都是引领，乃至于改变时代潮流的历史人物，不意同时见于鲁庵普泰的诗作当中，而且从鲁庵普泰的赠诗中不难看出，鲁庵普泰对二人的奖掖提携之情。此挂轴之文尚未见于一般文集之内，可见其相关文献整理尚未开展。据说鲁庵普泰之诗深得当时著名诗人杨循吉（1456—1544年）的赏识，曾经得其点拨诗法。鲁庵普泰在明代佛教思想史上的地位十分崇隆，然论者鲜矣，其往来赠诗人物又都是一时之选，在在说明佛教诗歌重要的历史价值。

（3）文学方面。由于生活情境与价值规范有所异同，对于传统古典文学作品关注较少的领域或题材有彼此参考对照的重要作用。以自传为例，20世纪初，胡适之（1891—1962年）、郭沫若（1892—1978年）等人曾经感叹中国自传文学的匮乏，近年来，由于学界的努力，对于中国文学中自传的书写特色与演变轨迹已经有了截然不同的认识。然而在众多自传研究当中，对于佛教的自说行实、自我题赞、忏悔发愿文等具有强烈自传性质的相关材料却多半视而不见，或虽曾着意于一鳞半爪，然因研究者多不谙佛史内典，未能穷探本源。虽然目前的研究已经指出，像陶潜（365—427年）《五柳先生传》也可以视为中国传统文人的自传作品，但僧家是自传文学的大宝山，却常为传统文学研究者所忘却。

中国僧家自传，《六祖坛经·行由品》或许可算是时代较早的作品，六祖惠能（638—713年）在中国佛教史（特别是禅宗）上的地位崇高，《行由品》或可视之为“口述自传”之属。五代时法眼宗高僧永明延寿（904—975年），著有《自行录》（由于后世敕封永明延寿为智觉禅师，故惯称为《智觉禅师自行录》），虽有自传成分，但其实类似忏悔文，主要以检点身心为主旨。客观来说，虽然《坛经》中有自传成分，但似乎并非刻意为之。入宋以后，僧人自身回视一生行迹作品有增多之势。宋代天台宗高僧，弘扬净土法门最力的慈云遵式（964—1032年）《嘱弟子哀送》《遐榻铭》，以及晓莹（生卒年不详）《云卧庵主书》、孤山智圆（976—1022年）《中庸子传》、惠洪觉范《寂音自序》等作品都带有自传性质。元代最著名的僧家自传，中峰明本（1263—1323年）《东语西话》一文或许当之无愧。明代之后，僧人自说行实风气大开，先是明初高僧空谷景隆（1387—1466年）有《自制塔铭》，此文由于收入《明人自传文钞》一书当中，遂广为学界所知。明神宗万历之后，佛教有复兴之目，憨山德清（1546—1623年）《自叙年谱》一书具有关键性的重要地位，蕅益智旭（1599—1655年）的《八不道人传》则是另一篇广为人知的自传作品。此外，晚明清初的佛教丛林，语录中自说行实不计其数，除此之外，知名的僧人自传，至少尚有见月读体（1601—1679年）《一梦漫言》、成鹫迹删（1637—1722年）《纪梦编年》、为霖道霈（1615—1702年）《旅泊幻迹》等作品，令人目不暇给。以对后世影响极大的中峰明本为例，其曾回顾自身生平云：

> 幻人世居杭之新城，族孙氏，祖迁钱塘，父母生子女七人，幻居其最后。方离襁褓，唯以歌呗佛事为儿戏，邻人异之。七岁从市学，读《论语》《孟子》未终，九岁丧母而辍学。蚤负出家志，以世相日拘，百计莫脱。至二十四，其所缚之世相，不待作意而划然自解，实至元丙戌岁也。是年五月，独登山，礼先师，已而诵《金刚经》，至"荷担如来"处，恍然开解。自尔，经书语言颇沾其味，非悟也。(《天目中峰和尚广录》)

幸而有中峰明本自报家门，读者才能对其家世略窥一二。一般来说，僧人自说行实的文字风格较为平实而少修饰，重点也常放在入道机缘、求道历程或修行经验，但也不乏动荡时局的见证。至少宋代以后的自传文学，若对这个时代的佛教一无所知，立论恐难称完整有据。

另外，也有部分学者指称西方的罪恶感与忏悔，在中国文学经常付之欠缺，也因此，晚明清初散文名家张岱（1597—1689年），在他的名著《陶庵梦忆》序文中说过往一切"持向佛前，一一忏悔"，是否真实发心忏悔姑且不论，许多批评家连对忏悔文此种传统一无所知，便指责他故作姿态，殊不知晚明清初士林深惹禅风，当时灵隐寺住持具德弘礼（1600—1667年）亲承三峰派开祖汉月法藏（1573—1635年）付法，为一方禅林尊宿，即是张岱族兄，追忆少年轻狂往事，以惩来者，也是忏悔文标准的体式，其来有自。学者喜言晚明"幽暗意识"或"悔罪心态"，常引晚明大儒刘宗周（1578—1645年）《人谱》为证，然而众所周知，刘宗周深受功过格一类著作体例的影响，晚明佛门尊宿云栖袾宏（1535—1615年）《自知录》一书自然也在其中之列。作为晚明佛教弘扬净土法门的代表人物，云栖袾宏检束身心十分严格原是意料中事。例如著名的《跛脚法师歌自嘲》一诗，其云：

跛脚法师胡以名？良由能说不能行。我今行说两俱拙，不应无实当斯称。

春王正月才过十，午间随例入浴室。失足俄沉百沸汤，不起床敷五十日。

疮痍甫平筋力疲，左长右短行参差。东行夹辅二童子，西行交倚双筇枝。

是故此师名跛脚，跛去跛来人笑杀。笑杀平生好放生，善因恶果理难合。

颇有市肆旃陀罗，刲羊击牛烹凫鹅。鳖鳝蟹蛤杀无数，而反康豫无纤疴。

放生诚有长寿理，因果无差休乱拟。我昔杀业今须偿，身痛心生大欢喜。

傍人问我喜者何？我以此脚成蹉跎。趋奔无始至今日，步步趁入无明窠。

或趋名兮据高位，冲寒踏遍金阶地。或趋利兮走天涯，历尽燕秦并楚魏。

或趋豪势候门墙，不减立雪之游杨。或趋女色越垣闻，由此暮夜遭伤亡。

或趋檀施求无已，匍匐泥涂没其趾。或趋友朋时往来，破夏践殒诸虫蚁。

或趋五岳及三山，南驰北骛芒鞋穿。所以如来苦呵责，举足动足皆冤愆。

幸哉今跛损成益，思欲闲行行不得。潜形敛迹守林峦，多种狂心一朝息。

客来恕我不起延，兀兀似入磨砖禅。闭门无事且高枕，欲学翠色烟岚眠。

只愁此脚不终疾，趋奔万境仍如昔。愿君不跛如跛人，胜彼长年掩关客。(《山房杂录》)

此诗起因于正月时节，云栖大师之足烫伤影响行走，大师以此为契机检讨过去无始以来所造恶业，除了杀生之外，尚有趋炎附势、奔走权贵之门、为女色所惑，总之，不外名、色、财之类。借着跛足一事，重新检讨身心。虽然在西方，《忏悔录》也是自传的重要形态，但《跛脚法师歌自嘲》一诗明显更近于忏悔文一类，此诗因为半出于自嘲，多少有点戏谑之意。纯然悔过自忏之意，尚可见于云栖袾宏《自伤不孝文》：

> 盖二严君齐年，四十有五而生不肖，先所举子皆不育，备极钟爱无论已。五六岁前，日事梨栗，不知所谓孝也。七岁入小学，日事数行墨，联对学书，不知所谓孝也。九岁渐通经义，知孝而不知所以行，十七为诸生，日事进取，孝悌忠信朝夕讲究，为文辞靡不辨晢，知所以行孝，而不能行。二十七先父见背，然不孝儿童时自要，年立不举于乡，年不惑，不第于春官，则山林而已。于是仕心顿轻，力行孝道，读书于寝帏之傍，把笔膝下，以三年为期，得则禄养，不得则理前愿，三十竟不成名，明年丁母忧，因决志剃染，乃知二十年劳心焦思，唯以纡青紫，荣贵其亲之谓孝。真孝则不知不行，行且弗力，甫力行之而无及矣，人生世间大约类此。其有登科入仕者，又日事官职，逮解绶归田，而风木之恨亦略与不肖等，岂不大可哀哉？顾不肖何敢以一己例天下之仁人孝子，姑为此自责。(《山房杂录》)

细看云栖袾宏《自伤不孝文》较之前述《跛脚法师歌自嘲》带有更强的自传意味，然题目却明白说“自伤不孝”，也说明两者之间似乎难以完全严格区分。严格来说，此文所呈现的罪行并不算太严重，更重要的部分其实是呈现一个僧人面对儒家世俗伦理要求时的心理冲突。同时，从《自伤不孝文》多少可以看出，在中国传统中，许多时候，作为善恶价值的判准，家族伦理(几乎等同于儒家价值)有时更甚于个人行为抉择之上。就上所述，过去文学研究者以为传统文学中较为缺如的自传、忏罪之类的作品，其实在佛教文学中屡见不鲜，足见论中国文学不知佛教文学，终是欠漏。

三、近世佛教文学研究的特色

近世佛教文学有若干值得注意的特色，足为此一时期的标识，学界尚未对此积极开展相关研究，然却不容轻易看过。兹分述如下。

（1）从题材上来说，由于禅宗与诗学的关系过于紧密，往往忽略了其他法门的重要性。宋代以后，净土题材几乎遍布所有文类，包括诗、小说、戏曲。净土法门传播过程中，也得力于种种文学的广远传布，包括《怀净土诗》《往生传》种种。明清以后，又有相关的戏曲，例如《归元镜》，宋代以后的佛教文学，净土色彩不断加深、加重。宋代之后、元明之际的佛门，禅净兼修蔚然成风，中峰明本、楚石梵琦（1296—1370年）以禅门领袖之姿，力倡净土法门，两人都有净土诗之作，楚石梵琦《西斋净土诗》更是备受诗家推崇。明初著名的黑衣宰相独庵道衍（姚广孝，1335—1418年）对于净土法门亦终身奉行不辍，自称“我亦东林社里人”，对中峰明本、楚石梵琦等前辈推崇备至，著有《诸上善人咏》一书，结合净土诗与《往生传》两大传统，别出新裁的体例也说明净土文学不断创新的生命力，另编有《净土简要录》，为净土法门张本。从宋代的《乐邦文类》《龙舒净土文》开始，汇集净土文献成帙已开风气，后世更是大行其道。通过《净土简要录》与《诸上善人咏》，独庵道衍重新形塑净土法门的神圣性。晚明清初的广贵（俗名唐时，生卒年不详）编有《如来香》与《莲华世界诗》二书，前者为净土相关史料文献类编，后者为净土诗选，承袭净土书写的源流，足见其发展蓬勃，已经蔚为大观。与其说净土是指向西方极乐世界的想象，毋宁视为对理想精神原乡的憧憬。净土书写在佛教、在文学的意义，有待未来深入研析。

（2）宏阔的世界图景，从法显（334—420年）《佛国记》、玄奘（602—664年）《大唐西域记》开始，佛教纪行文学就显现了宏阔的世界格局，僧人的海洋经验与异国见闻，是中国文学史的一大宝库。部分学者喜从异国经验言现代性，殊不知异国经验是僧人纪行文学中重要的组成部分，例如赴日弘法的元代高僧竺仙梵仙（1292—1348年），远渡重洋见到日本第一高峰富士山后，曾将其见闻撰成《富士山》一诗云：

一峰高入天冥冥，冱阴积雪千里明。白玉芙渠插云表，众峰下绕菰蒲青。

翠岚如波起复灭，云叶翻风动寥泬。我欲凭虚位居顶，坐观穹宇揽日月。(《来来禅子东渡集》)

中日之间经由禅林的请法与弘法，构筑一往来无间的人际网络。僧人成为东亚异文化体验的先锋。例如清初渡日的黄檗宗高僧高泉性潡（1633—1695 年）曾就日本式的蒸汽浴室加以题咏，其《甑浴》一诗云：

水能洗垢水亦垢，水垢双除更一尘。
屋外梅华三尺雪，个中别是一壶春。(《佛国诗偈》)

佛教喜以屋宇暗喻人身四大，末两句一方面是景物实写，但也暗喻禅修经验。此诗题下有小注，曰："日东风俗，凡王室僧□，以及旅舍，多设甑浴。其法以香柴为室。深丈许，广数笏，中布横木如疏棂，棂后置汤釜，令汤气上蒸于室，人坐室中，温然如甑。侍人为揩摩肩脊，毛窍开通，举身轻快，亦却病治身之一法也。"高泉性潡既然以此为"日东风俗"，足见其于中土未曾亲见此等浴法，虽然蒸汽浴的做法可能源于中土。有马温泉的温泉寺，籍属黄檗宗，几乎所有的黄檗宗高僧都在那里留下温泉体验的作品。

明清之际的佛教当中，另有一部异国体验的作品十分知名，即广东高僧石濂大汕（1633—1705 年）到越南弘法的记录——《海外纪事》。

石濂大汕，少时出身寒微，后出家，从曹洞宗尊宿觉浪道盛受法。越南郑阮纷争时期，应当时广南阮氏政权之邀，于清圣祖康熙三十四年（1695 年，乙亥）正月至三十五年（1696 年，丙子）六月之间，前往顺化、会安一带弘法，后来将赴越期间的见闻，著成《海外纪事》一书，为当时顺化、会安一带有珍贵的第一手见闻资料，极受史家重视，例如于其所见会安之情状为：

会安，各国客货码头，沿河直街三四里，名大唐街。夹道行肆，比栉而居，悉闽人，仍先朝服饰，妇人贸易。凡客此者，必娶一妇，以便交易。街之尽为日本桥，为锦铺，对河为茶饶，洋艚所泊处也。人民稠集，鱼虾蔬果，早晚赶趁络绎矣。药物时鲜，顺化不可购求者，于此得致。(《海外纪事》)

曾有西洋传教士赞誉会安是当时东亚最美丽的港市。日本在丰臣秀吉（1537—1598年）下令禁止基督教，以及江户幕府严格取缔之后，会安也成为日本人,特别是日本基督教徒海外聚集之所。日本桥为日本商人出资所建，广南王阮福周（生卒年不详）曾赐名“来远桥”。会安港的繁荣昌盛，一则由于广南政权的锐意经营，一则由于会安地处东亚环中国海往来频繁的贸易网络，是大航海时代西洋人在东亚建立的重要根据地，石濂大汕是极少数亲履斯地，并留下历史记录的见证人。据说越南少数流传至今的曹洞法脉皆来自石濂大汕付法。在进入近代化以前，佛教文学已经展现恢宏的空间意识，异国见闻与属于佛教的心地风光构筑了别开生面的世界图景与地理知识。

（3）佛教文学一方面极力探索未知的世界，另一方面，也认真探索深不可测的内心世界。内心世界最真实的呈现是梦。梦一方面代表了理性不完全主控的认知世界，一方面也意味着统括身心的精神知觉。佛教于梦措意已久，早期佛典相关记述亦多不可属。《善见律毗婆沙论》曾将梦的成因区分为“四大不和”（健康）、“先见”（预知）、“天人”（神人交通）、“想梦”（思虑）,以为这四种要素是创发梦境的主因,其实也与今日相去无几。禅家言梦，多宗尚般若十喻与《金刚经》的六如偈，自南宋大慧宗杲提出“梦觉一如”的命题之后，若从理论完成的高度来看，自当首推晚明云南高僧彻庸周理（1591—1641年）《云山梦语摘要》一书，对梦的深入探究，理论完成度之高，远迈前代，可以说是近世佛教文学论述的特殊成就。在《云山梦语摘要》一书中，借着来宾问答，清楚说出“梦即佛法”。其曰：

问："梦是佛法不？"

答："梦即佛法！"

问："经中虽说梦，只将以喻法，使人明了。今言即梦是法，全以虚幻不实之理，以为佛法可乎？"

答："经云：'念念中，以梦自在法门，开悟世界海微尘数众生。'岂不是梦即法乎？以执着目前境界为实故，以梦为虚幻。殊不知，目前有为之物，全体不实；而梦者，当体觉性也。岂可反谓虚妄不实乎？"（《云山梦语摘要》）

这段话在中国梦学史别具意义，传统上，"梦"与"幻""露""电"属于转瞬即逝、虚妄不实的事物，故问者曰："喻法，使人明了。"梦只是生命虚妄不实的比喻，并不是真正具有实质意涵之物。若以传统意义上的梦检视佛法，难免有虚妄不实之嫌。然而彻庸周里引述大慧宗杲梦觉一如的禅法，开启梦自在法门。先将现实视为虚妄，如此虚妄与现实合一，梦本身既是虚妄，便与实相无二。文中所引经云一段文字最初出自《华严经》，李通玄（635—730年）曾略加发挥，南宋大慧宗杲《答向侍郎》一文于此议论更加细致。其曰：

殊不知：全体是梦，而于其中复生虚妄分别。以想心系念神识纷飞为实梦。殊不知：正是梦中说梦，颠倒中又颠倒。故佛大慈悲老婆心切，悉能遍入一切法界诸安立海所有微尘，于一一尘中，以梦自在法门，开悟世界海微尘数众生，住邪定者入正定聚，此亦普示颠倒众生。以目前实有底境界，为安立海，令悟梦与非梦，悉皆是幻。则全梦是实、全实是梦，不可取、不可舍。"至人无梦"之义，如是而已。

大慧宗杲的"全体是梦"，梦觉一如导向了一个面对人生的积极态度。但也提示一个重要的线索：既然"全实是梦"，那么即等于"全梦是实"，且目标仍然是指向人生实存的情境。可以说是保持清醒的头脑，却维持入世的热忱，以此重新检视《庄子》所谓"至人无梦"之意，或当别有会心。

梦自在法门可以说是虚、实相转的重要枢纽。

彻庸周理，俗姓杜，云南榆城（今云南大理）人。生于万历十九年（1591年），舍报于明思宗崇祯十四年（1641年），世寿五十一，僧腊三十九。彻庸周理九岁丧父，十一岁入鸡足山大觉寺，礼大觉遍周祝发出家，初号彻融，绍承曹洞一脉，后往姚安青莲寺礼密藏道开，系出自紫柏（1543—1603年）大师门下，大有省发，后结识云南宿儒陶珽，论及《华严》与《中庸》，遂易号"彻庸"。明熹宗天启六年（1626年）创妙峰山德云寺，崇祯七年（1634年），偕徒洪如访天童寺，嗣法密云圆悟（1566—1642年），著有《云山梦语摘要》，编有《曹溪一滴》等，云南妙峰山德云寺尊为开山祖师，彻庸周理曹洞、临济两灯并弘，但更重要的仍是他对梦的看法在禅宗具有承先启后的重要作用。

从文学上来看，梦的肯认是现代化的一个重要标志。晚明清初的批评家金圣叹对梦在小说戏曲中的作用格外重视注意。例如金圣叹腰斩《水浒》至卢俊义因恶梦惊起之处，于《西厢·惊梦》一章结尾亦云："为一部十六章之结，不止结《惊梦》一章也，于是《西厢记》已毕。"在他看来，《西厢记》与《水浒传》的结局都应该以入梦作结。金圣叹曾经表达对梦的看法，其曰："天地，梦境也；众生，梦魂也。无始以来，我不知其何年齐入梦也；无终以后，我不知其何年同出梦也。"这样的讲法似乎不过是传统"人生如梦"的另一种说法而已，本来无甚特出，但金圣叹在论梦的成因时，借《维摩诘经》中"无明、有爱为种"的说法，明白点出梦中的遭遇，系欲望经由外界环境变化所刺激的投射与变形，对金圣叹而言，开启这个领域最重要的关键，当然主要仍然是来自佛教的启发。晚明以梦为主题的文学作品不计其数，作者与佛教多有深厚渊源。如《牡丹亭》作者汤显祖（1550—1616年）为紫柏大师门人，与佛教关系深厚自不待言。又如《西游补》的作者董说日后出家，嗣法临济宗三峰派，直接成为法门龙象。在在说明当时文人与佛教水乳交融的样态。佛教对梦论的深入探索，触发中国文学诸多精彩作品的出现。

四、充满可能性的新场域

佛教与文学的结合，并不是理所当然，也并不是佛教或文学原初本具的形态，然而却是不断创发，疆界不断改写重划，时至今日，依然充满活力的概念。即以历史最久、作品最丰富的诗歌为例，“绮语”之讥始终相伴，诗僧一词也未必是正面肯定的含义。禅僧以吟咏为业，屡招批评，因为从理论基础上建立佛教文学的合理性有其必要，传统上，诗禅关系的讨论颇多，本书一再征引，此处先不赘述。除了禅宗以外，代表汉传佛教的华严与天台都有各自的理论基础。晚明华严宗南方系的代表人物雪浪洪恩（1545—1608年）曾经标举《华严经》中五地圣人“世间技艺,靡不该习。所谓文字、算数、图书、印玺、地水火风，种种诸论，咸所通达，又善方药疗治诸病，颠狂、乾消、鬼魅、蛊毒，悉能除断。文笔、赞咏、歌舞、妓乐、戏笑、谈说，悉善其事”。以称赏诗文弘法的社会特性，开启了晚明丛林热烈为诗之风。其门人蕴璞如愚（生卒年不详）曾如下记录雪浪洪恩的说法曰：

> 天下有四姓，谓士、农、工、商，唯士多聪明而少智慧。聪明多，故善为文章；智慧少，故不信佛法。而能投其所好，即不信佛法，亦肯与僧游，游则一香一华，一饮一啄，布施于僧，结喜舍缘，种佛法根，于人天道中矣，倘获一个半个有气息者回头转恼（脑），向佛法处熏习，种无上因，未可知也。是而名虽诗僧，其实禅祖有何歉焉？（《冬夜小参三首》）

蕴璞如愚听从其师之言后，“遂专心《六经》、子、史，出入百家、九流，及小说、丛谈，期欲涉猎尽而造语，语务盖今古而后息”。也就是于外学颇多用心。雪浪洪恩的说法说明诗僧主要交往的对象还是知识阶层，僧人为诗带有强烈的社会功能倾向，通过僧人习诗，希望能影响知识阶层，在这个前提之下，有必要建立共同的语言基础，故而世俗外学不可轻易放过，且是诗文创作的知识基础，当时人看雪浪洪恩“尝言：‘不读万卷书，不知佛法。’博综外典，旁及唐诗、晋字”。同时在“万卷书”（也就是各种世间技艺的外学）的基础之上，对于佛法真谛有不同的认识。这不只是兼容并收，更是华严“周遍涵容”境界的体现。

号称中兴天台的蕅益智旭则从《法华经》的特性，重新解读佛教文学书写的合理性，值得细看。其《蕴谦书法华经跋》曰：

> 此经五种，法师、受持、读诵、解说、书写也。夫受持、读诵、解说，能生解成观、自轨轨他，谓之法师固宜，彼书写胡亦称法师哉？然书写尤可自轨轨他，尤易生解成观，请言之，均一纸笔墨也、一手腕也，以此写淫辞艳曲，成三涂因。写世间典籍，成天人因；写《阿含》、三藏，成出世因；写大乘方等，成菩萨因；写《妙法莲华》，则唯是佛因。倘纸墨笔手不能写妙法者，亦必不能写淫辞艳曲以溺人也。倘能写淫辞艳曲者，亦必能写妙法以昭人也，是同一性灵也，一缘助也，一功能也。十界升沉，不分而分如此矣。且淫辞艳曲虽三涂因，亦具十界。如“闻‘他若无心，我也休’”，顿明心地，非佛因乎？佛尚具，他可知矣。《妙法莲华》虽佛界因，亦具十界。如《经》（法华）明谤斯《经》（法华）者，获罪无量，非地狱因乎？地狱尚具，他可知矣。嗟！嗟！手腕功能，一也；纸笔墨缘助，一也；性灵知觉，一也。十界非此，俱不成十界。因此遂互具，既成而互具矣。则必有如是，相、性、体、力等百界千如，炳然在一纸墨闲（间），一手笔闲（间），一性灵闲（间），性德三因，修德三因，性修相成，性修不二，可洞然于实相渊府矣。又示读诵者，俾解成观发，非自轨轨他之最胜者乎？愿写者、阅者，荐此性具实相妙理，以为妙修之本，毋曰“姑结远因于久后也”。妙法之师，当仁不让，其在是与！（《灵峰蕅益大师宗论》）

一般来说，晚明提及“淫辞艳曲”，时人心中往往以《西厢记》为代表。此处虽未明言《西厢记》，但其在“淫辞艳曲”之列殆无疑义。晚明以来，“人生如戏”的说法甚为流行，佛教扮演了重要的理论角色。这段话将《法华经》与艳曲并而观之，对文学戏曲的评价不可谓不高。这段话说明创作的本体、助缘、流传都没有本质上的差异，所谓曲文、戏文意义的完成，有待于读者的触发与感悟，神圣与世俗、经典与艺文，都是相互包纳兼具，这里明显是“十界互具”与“性具善恶”概念的转化，“淫辞艳曲”尚可相通，更何况诗词文赋。

综上所述，不论是从社会功能、知识架构，乃至于读者接受介入、意义的转化，佛教与文学之间的联系都具有灵活的延展力。近世佛教文学虽然前有所承，但不论题材、特色、意义都展现出新的样貌。严格来说，学界对于近世佛教文学的关注度和研究成果仍然还在起步阶段，近乎一块原石，未来蕴含无限的可能性。不仅在它所呈现出来的历史形貌，而是通过追溯近世以来佛教、文学、历史、文化的关联性，重新省思时代脉动下宗教信仰与文学书写的相互体认，进而提供新的价值视野。不读万卷书，不知佛法。佛法在世间，不离世间觉。近世佛教文学，就是绝佳角度的观测口。

（廖肇亨）

第二十章　宋代的禅门偈颂

佛教发展进入宋代以后，在译经、义学方面虽然不若唐代以前累积辉煌的成就，但是禅宗进入新的发展阶段，展开以文字解禅的新里程。文字禅的兴起，直接形塑宋代诗歌与佛教发展的文化环境；宋代的禅门诗偈类型，或许转化成宋代禅门里用来指点修道的各类禅偈歌诀。宋代禅门偈颂的创作不仅改变了禅林的面貌，也对文人的诗词创作有相当程度的影响。

一、宋代佛教的发展与文字禅的兴起

赵宋王朝政权（960 年）建立初期，大体上对于佛教采取尊重的态度，普行度僧、重启译经、刊刻藏经等，使佛教势力获得充分的扩展。

度僧方面，宋真宗天禧五年（1021 年）时，天下僧尼数将近四十六万人，达到宋代僧尼人数的最高峰；寺院数亦随之增加至近四万所，设有僧官专门管理。这些佛教寺院拥有山林田产，又可豁免赋税徭役，使得寺院拥有相当雄厚的经济实力。北宋中期以后，朝廷为了财政之需，甚至在神宗时（1068—1085 年）开始征收度牒费以增加国库收入。南宋以后，为了抑制佛教势力扩张，朝廷开始限制出家人数，然而彼时佛教发展根基已稳固，压制成效有限，可以说终宋之世，佛教始终保持相当隆盛的发展势态。

译经方面，虽然宋朝与外患相终始，但统治阶层对佛教多采取宽容和保护的政策，由朝廷支持的译经活动持续进行，这时期所译经典以密教佛典居多，但流通不广，影响力有限。不过，从宋代所编辑的经录如《大中祥符法宝总录》《天圣释教总录》《景祐新修法宝录》等，可以窥知宋代译经的成果。

由于宋代佛教兴盛，佛教文化一方面普遍地与庶民生活相结合，一方面僧侣也与士人阶层保持紧密的互动关系，出家僧尼都具备较高的文化水平。宗派发展方面，宋代延续唐代佛教宗派的发展脉络，其中以禅宗和净土宗流传最广，影响力最大。

宋代禅宗延续唐代的鼎盛势力，除沩仰宗传承已中断之外，法眼宗在北宋逐渐湮没，云门宗传承在北宋初由香林澄远（908—987 年）一系再传雪窦重显（980—1052 年），至南宋转衰。临济宗法门隆盛，又开出黄龙和杨岐两支派，出现许多对禅宗历史发展产生重大影响力的禅师，如黄龙慧南（1002—1069 年）、杨岐方会（992—1049 年）、大慧宗杲等，是宋代势力和影响力最大的宗派。而曹洞宗也一直保持稳定的传承。

临济黄龙一脉在北宋后期十分兴盛，主要传法于江西、湖南一带。《禅林僧宝传》卷二十二《黄龙南禅师》记此脉“法席之盛，追媲泐潭马祖、百丈大智”。《建中靖国续灯录》卷十二和十三记黄龙慧南法嗣共有七十六人，其中四十八人有传录，包括晦堂祖心（1025—1100 年）、东林常总（1025—1091 年）、真净克文（1025—1102 年）等著名禅师皆是其重要弟子。

稍后于黄龙派逐渐兴盛的是临济杨岐一脉，杨岐方会再传五祖法演（？—1104 年），后又经三传，至圆悟克勤（1063—1135 年），他曾就云门宗雪窦重显所作《颂古百则》加以评唱而成著名的《碧岩录》。圆悟禅师往来传法于江浙、四川等地，其门下大慧宗杲提倡“看话禅”，到南宋时势头更盛，主要指点弟子以“参话头”来达至顿见自性。曹洞宗虽不若临济宗盛传，却也能保持传承不绝，至芙蓉道楷（1043—1118 年）以后逐渐转盛，法孙宏智正觉（1091—1157 年）提倡“默照禅”，重视打坐，默其所照，循序渐进地清净自性，标举曹洞禅的特色，而能与看话禅并行发展。

宋代佛教诸宗除了禅宗之外，天台宗亦属活跃，其传承从螺溪义寂（919—987 年）、四明知礼（960—1028 年）到慈云遵式而益趋兴盛，由大石志磐（生卒年不详）所撰《佛祖统纪》可以了解当时天台宗的传法世系；

出身律宗的赞宁（919—1001 年），有“律虎”之称；贤首宗长水子璿（965—1038 年），将禅法融摄于《楞严经》和《起信论》之内，为贤首宗另开新局。以上各宗修行方式虽各有其特殊法门，在传承法系上也尚能延续，但是各自义理的开拓或发展有限，较明显的趋势是皆逐渐与净土信仰相互融摄，推进了宋代净土思想的普及发展。

净土传承方面，圆净省常（959—1020 年）远绍庐山慧远（334—416 年）遗风，专修净土；慈觉宗赜（生卒年不详）少习儒业，博通世典，出家后兼习禅教，最后归心净土。在《佛祖统纪》卷二十七《净土立教志》中，将宋代各宗重要高僧都列入其中，反映了当时各宗兼修净土或最终归心净土的实际情况。而天台宗僧人宗晓（1151—1214 年）所编《乐邦文类》，可说是宋代佛教各宗修习净土的思想汇总。

宋代佛教诸宗派中，对社会文化有最深远影响的当数禅宗。禅宗发展到宋代进入大量运用文字来阐释禅理的时代，对前代禅师的机缘话语进行系统性的文字记录和整理而有大量的语录、灯录的结集；同时，出现各种拈古、颂古和评唱等新的文体形式，对古德公案加以重新诠释。然而，宋代禅僧通过对过去禅师接引弟子的“公案”运用和再诠释来参究禅机，有时不免门路摸熟了而变成套路，想要在禅机上转出新意就变得不容易，如同忽滑谷快天在《中国禅学思想史》中所说，这是一个“禅机熟烂”的时代。

诚如周裕锴先生《禅宗语言》一书第五章《文字禅：禅宗语言与文化整合》当中所言，广义的文字禅泛指一切以文字为媒介的参禅活动，文字禅风气的形成，是禅宗发展过程中逐渐形成的一种倾向。狭义的文字禅是诗与禅融合的成果，是宋代禅宗对语言更深刻认识和运用的体现，语言文字不仅是承载思想的工具，更进一步转化为参禅的工具。

二、宋代的禅门偈颂类型

禅门偈颂的创作，从晚唐、五代开始，数量已经颇为可观。法眼文益（885—958 年）《不关声律不达理道好作歌颂第九》云：

> 论曰：宗门歌颂，格式多般，或短或长，或今或古，假声色而显用，或托事以伸机，或顺理以谈真，或逆事而矫俗。虽则趋向有异，其奈发兴有殊，总扬一大事之因缘，共赞诸佛之三昧，激昂后学，讽刺先贤，皆主意在文，焉可妄述。（《宗门十规论》）

所以，禅僧作禅歌诗偈，不论是借事喻理或表述真谛，虽然形式多般，根本立场在“总扬一大事之因缘”。通过不同的情境，开发出多样化的偈颂创作类型，以下分类说明。

（一）公案中的对答诗偈

经过晚唐五代的发展，进入宋代之后，禅僧有更高的文化水平和文采，通过禅歌偈颂来指点禅法，信徒也逐渐由过去的村夫野老，扩及上层知识阶层。宋代在师徒禅机问答的情境中，以诗偈传达禅人的禅理体会的创作兴盛起来，在灯录中处处可见。例如：《五灯会元》卷十九《成都府昭觉寺克勤佛果禅师》，记录一段五祖法演以艳诗启发圆悟克勤悟性的故事：

> 会部使者解印还蜀，诣祖（五祖法演）问道。祖曰：“提刑少年，曾读小艳诗否？有两句颇相近，频呼小玉元无事，只要檀郎认得声。”提刑应“喏喏”。祖曰：“且子细。”师（克勤）适归，侍立，次。问曰：“闻和尚举小艳诗，提刑会否？”祖曰：“他只认得声。”师曰：“只要檀郎认得声。他既认得声，为甚么却不是？”祖曰：“如何是祖师西来意？庭前栢树子。聻！”师忽有省，遽出。见鸡飞上栏干，鼓翅而鸣。复自谓曰：“此岂不是声？”遂袖香入室，通所得。呈偈曰：“金鸭香销锦绣帏，笙歌丛里醉扶归。少年一段风流事，只许佳人独自知。”祖曰：“佛祖大事，非小根劣器所能造诣。吾助汝喜。”祖遍谓山中耆旧曰：“我侍者参得禅也。”

这首诗善用譬喻，将如人饮水的悟境比喻为“风流事”，必须得亲身体悟方能得个中奥妙，无法用语言整全表述，有悟道经验的老师一听便能知道弟子已入得门径。克勤所呈交给法演的悟道诗，利用艳诗暗示悟境，可说是创意十足。其所编撰《碧岩录》收录许多禅师悟道诗偈联句，是宋代禅门参解公案的敲门砖，被誉为“宗门第一书”。“碧岩”二字是出自夹山善会（804—881年）的公案——有僧问善会禅师：“如何是夹山境？”善会答以：“猿抱子归青嶂里，鸟衔花落碧岩前。”以所见之景指点悟境，暗示的禅意空间生机灵动。然而，到了宋代有些禅徒热衷于参究《碧岩录》，使参禅风尚趋向于追求文字解悟而非心地功夫，宗门由不立文字转为不离文字，文字成风之弊愈加严重。

（二）指点修行要诀的俗曲颂歌

唐代以来，禅门运用民间流传的《十二时颂》《五更转》《行路难》等歌谣形式，成为系统性指点修行的颂歌流传一时，宋代禅师也承袭这种形式手法，以通俗语言风格，创作易于记诵，作为指点修行的颂歌。以《十二时颂》为例，宋代禅僧创作十二时颂歌者不少，包括汾阳善昭（947—1024年）、湛堂文准（1061—1115年）和普庵印肃（1115—1169年）都有《十二时颂》的创作。这种以通俗说理的语言来指点禅人修行要诀的歌颂，应该都是模仿自托名梁朝宝志（418—514年）所作《志公十二时颂》，以及唐代赵州（778—897年）所作《十二时歌》。例如湛堂文准《十二时颂》一诗曰：

鸡鸣丑，念佛起来懒开口，上楼敲磬两三声，惊散飞禽方丈后。
平旦寅，当人有道事须亲，不闻先圣有慈训，莫认痴狂作近邻。
日出卯，大道分明莫外讨，日用纵横在目前，逢原左右拈来草。
食时辰，更无一法可当情，千里出山云有色，一源投涧水无声。
禺中巳，龙象须观第一义，若向其中觅是非，见解何曾有李二。
日南午，理事相谙更相互，三门拈向灯笼头，休问他家觅归路。
日昳未，法身清净绝方比，乾坤遐迩尽东西，千山万山翠相倚。
晡时申，由来大道绝疏亲，阳和九月百花发，须信壶中别有春。
日入酉，净室焚香孤坐久，忽然月上漏东窗，照我床前瑞香斗。
黄昏戌，楼上鸣钟已落日，行人旅店宿长途，花上游蜂罢采蜜。

人定亥，老鼠此时正无碍，忽然灯灭寝堂前，床前咬我皲皱袋。

半夜子，梦里分明被人使，连宵合药到天光，起来何处有白芷。

此诗收录于晓莹编《罗湖野录》一书，当中每颂开头三字所标记时辰与宝志之颂完全相同。十二时辰，涵盖一日全部时间，来作为提撕禅人日常修行方法的指引。大慧宗杲曾赞许湛堂文准《十二时颂》曰："湛堂老人作《十二时颂》，家风不减赵州，而语录无有。"

（三）拟寒山诗

在《景德传灯录》中，寒山（生卒年不详）被列于卷二十七"禅门达者虽不出世有名于时者"。随着寒山被纳入禅宗系谱中，其诗广泛地在禅林中被传诵与运用，在诗人或禅林圈中引发一股拟作之风，留下许多《拟寒山诗》，成为禅宗文献中的特殊表现。

目前可见禅僧之拟寒山诗作，从五代始见，至宋代，禅师拟作者如林，略举数人为例：

（1）汾阳善昭《拟寒山诗》十首，《汾阳无德禅师语录》卷下。

（2）长灵守卓（1065—1124年）《拟寒山诗》四首，《长灵守卓禅师语录》。

（3）戏鱼咸静（生卒年不详）《拟寒山自述》十首，《嘉泰普灯录》卷二十九。

（4）慈受怀深（1077—1132年）《拟寒山诗》一百四十八首，四部丛刊景高丽刊本《寒山子诗集》附慈受拟寒山诗一卷。

（5）横川如珙（1222—1289年）《拟寒山诗》二十首，《横川如珙禅师语录》卷下。

以下举宋代禅师《拟寒山诗》二例说明之，例如汾阳善昭，其诗曰：

寂寂虚间处，人疏到此来。透窗明月静，穿户日光开。

鹤聚庭前树，莺啼宇后台。同心谁得意，举目望天台。（《汾阳无德禅师语录》）

善昭的山居禅修，人迹罕至，日月循环中，只有鹤、莺相伴，其心境谁人能理解呢？举目所望的“天台”，正是寒山居处，亦即将寒山视为修行上能同心理解的知己。

慈受怀深《拟寒山诗》风格通俗易解，广为流传。其一：

> 佛为大医王，留经治众病。众生虽读经，展转不相应。
> 病是贪嗔痴，扫除须净尽。贪嗔痴不除，无缘了真性。(《慈受怀深禅师广录》)

此诗普劝断除三毒，以见真性。诗中所言皆是寻常广泛易知的佛理，文字浅白，以达劝谕大众的目的。

北宋前期的禅师多拟寒山诗中禅悟意境风格的诗篇为主；北宋后期到南宋禅师以下，则主要拟寒山诗中以通俗口语，明浅教理，表现警世劝谕的主题，这类拟诗更能广泛流传，从而形成后人对“寒山体”的风格认知。

另外，汾阳善昭有《南行述牧童歌》十五首，风格也类似寒山诗。例如第十五首云：“往往笑寒山，时时歌拾得。闾氏问丰干，穿山透石壁。”描述牧童与寒山、拾得（生卒年不详）、丰干（生卒年不详）拥有一样的童心，彼此能自然而毫无造作地往来交通，若是如同闾氏打听三人底细，结果便是逼使他们隐入石壁之中，世人再也见不到其自性天真地自由活动于人世间。善昭的牧童歌既有自性本来面目的昭示，也有牧心调性的隐喻提点；可说是宋代以牧童、牧牛的互动来隐喻调心的牧牛图颂创作的先声。

（四）牧牛图颂

从北宋中期至南宋初期，禅门出现以牧牛来比喻禅人调心历程的偈颂，后来还出现配合图画来阐示禅修方法与次第的“牧牛图颂”。所谓“牧牛图颂”是以颂歌和图画配合而成，现存宋代的牧牛图颂，以普明禅师（生卒年不详）所作《牧牛图颂》和廓庵禅师（生卒年不详）所作《十牛图颂》最为著名，流通最广。

普明《牧牛图颂》

	一未牧	二初调	三受制	四回首	五驯伏
图					
颂	狰狞头角恣咆哮 奔走溪山路转遥 一片黑云横谷口 谁知步步犯佳苗	我有芒绳蓦鼻穿 一回奔竞痛加鞭 从来劣性难调制 犹得山童尽力牵	渐调渐伏息奔驰 渡水穿云步步随 手把芒绳无少缓 牧童终日自忘疲	日久功深始转头 颠狂心力渐调柔 山童未肯全相许 犹把芒绳且系留	绿杨阴下古溪边 放去收来得自然 日暮碧云芳草地 牧童归去不须牵
	六无碍	七任运	八相忘	九独照	十双泯
图					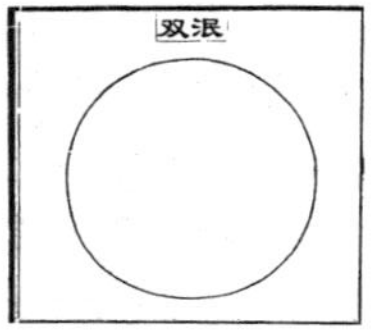
颂	露地安眠意自如 不劳鞭策永无拘 山童稳坐青松下 一曲升平乐有余	柳岸春波夕照中 淡烟芳草绿茸茸 饥餐渴饮随时过 石上山童睡正浓	白牛常在白云中 人自无心牛亦同 月透白云云影白 白云明月任西东	牛儿无处牧童闲 一片孤云碧嶂间 拍手高歌明月下 归来犹有一重关	人牛不见杳无踪 明月光寒万象空 若问其中端的意 野花芳草自丛丛

廓庵《十牛图颂》

	一寻牛	二见迹	三见牛	四得牛	五牧牛
图					
颂	忙忙拨草去追寻 水阔山遥路更深 力尽神疲无处觅 但闻枫树晚蝉吟	水边林下迹偏多 芳草离披见也么 纵是深山更深处 辽天鼻孔怎藏他	黄鹂枝上一声声 日暖风和岸柳青 只此更无回避处 森森头角画难成	竭尽神通获得渠 心强力壮卒难除 有时才到高原上 又入烟云深处居	鞭索时时不离身 恐伊纵步入埃尘 相将牧得纯和也 羁锁无拘自逐人
	六骑牛归家	七忘牛存人	八人牛俱忘	九返本还源	十入廛垂手
图			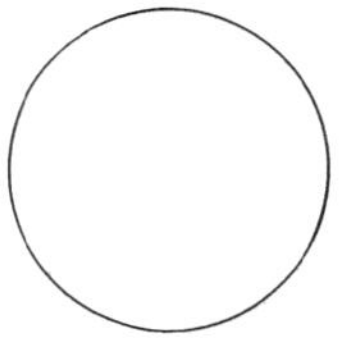		
颂	骑牛迤逦欲还家 羌笛声声送晚霞 一拍一歌无限意 知音何必鼓唇牙	骑牛已得到家山 牛也空兮人也闲 红日三竿犹作梦 鞭绳空顿草堂间	鞭索人牛尽属空 碧天寥廓信难通 红炉焰上争容雪 到此方能合祖宗	返本还源已费功 争如直下若盲聋 庵中不见庵前物 水自茫茫花自红	露胸跣足入廛来 抹土涂灰笑满腮 不用神仙真秘诀 直教枯木放花开

“牧牛”的概念中，牛比喻的是吾人的心念；牧则有驾驭、驯服的意思，所以《牧牛图颂》讲的是一个调心的历程。例如：普明《牧牛图颂》之《未牧第一》的偈颂，以野牛的野性未曾被驯服时，咆哮狂奔，如同心性尚未被调伏的原始状态。图中之牛由黑逐渐变白，到《任运第七》已经变成全白牛。《双泯第十》的偈颂，突破最后一关，牛亦不见，人亦不见，牧牛图仅剩一个大圆圈，如明月一轮，人牛俱为圆满自性所含摄，道行圆成。此境界相当于廓庵图八《人牛俱忘》。

廓庵《十牛图颂》除偈颂之外每图有序文引导说明。例如第一《寻牛》序文云：“从来不失，何用追寻？由背觉以成疏，在向尘而遂失。家山渐远，岐路俄差，得失炽然，是非锋起。”其颂表达人人本有清净自性，但由不觉而背觉合尘，离自性愈远。在第八《人牛俱忘》之后，尚有第九《返本还源》，第十《入廛垂手》的度生菩萨行。第十《入廛垂手》序文：“柴门独掩，千圣不知。埋自己之风光，负前贤之途辙。提瓢入市，策杖还家，酒肆鱼行，化令成佛。”其颂意思是回归清净自性之后，不只作自了汉，接着要入世度生，随俗而不执相，凡圣等一，能使枯木开花，随缘自在点化施用。可见，宋代牧牛图颂将禅人回归自性的自我调伏，乃至到入廛度众的历程，以图颂方式细分阶段说明，作为方便指引学人修心方法的提示。这样的牧牛图颂在宋代以后乃至日本、韩国仍然不断有新的创作出现。

（五）山居诗

在宋代禅门灯录、语录、僧传、笔记中，有不少禅僧所写山居诗，以描写其山居修行生活，流露个人悟道经验为主要内容。像临济宗汾阳善昭有许多描写山居生活的诗作，例如《汾阳无德禅师语录》：“雨落田中湿，风摇树上寒。时人廛肆去，山翁屋里眠。似醉人难识，如痴两鬓班（斑）。白颜猱叫处，惊出一双猿。”似是自身生活心境的写照，其言世人尽往市廛里头出没，他却能以清简闲旷的心境，淡然安处山居以终老。

禅僧以“山居”为题的诗作更多，例如白云守端（1025—1072年）《法华山居》十首，皆为七绝。其一：

每见僧从绝顶还，区区未免足心酸。

何当示与吾游处，直得千峰不解寒。(《白云守端禅师广录》)

吴山净端（1032—1103年）有《山居诗》二十一首。其一：

野老欣欣任自然，斋余无事玩林泉。

门前竟日无人到，夜对乔松月在天。(《吴山净端禅师语录》)

宝峰景淳（生卒年不详）有《山居诗》十二首。其一：

无心闲淡云归洞，有影澄清月在潭。

此景灼然超物外，本来成现不须参。(《罗湖野录》)

希叟绍昙（？—1297年）有《六言山居》十首，其一：

野菜花飞胡蝶，古藤枝挂清猿。

闲倚柴门看倦，枕肱高卧云根。(《希叟绍昙禅师广录》)

这些宋代禅僧所写山居诗，呈现禅人在朴素自然的山居生活中所自然流露的禅意，语言清新，无造作之迹，在平淡中显现禅人山居生活的禅机深意。

（六）颂古诗

颂古诗不是禅师个人悟境的直接表诠，它是以韵文形式，利用诗语的暗示性和多义性来阐发公案意蕴的表达形式的一种，它是对公案的再诠释，并非禅人自性流露顺意拈来的创作，其形式以七言四句居多。

几乎多数宋代禅师都作过颂古诗。颂古诗的起源，或谓起自晚唐曹山本寂（840—901年），他读傅大士（497—569年）《法身偈》而作颂诗阐明其义；临济义玄（？—867年）再传弟子纸衣和尚（生卒年不详），也以颂诗释临济四境。到了北宋临济宗汾阳善昭之后颂古始盛行，不过，在此之前可能已有零星创作流传。杨曾文《宋元禅宗史》也认为善昭并非颂古之肇始者，唐末五代丛林间已经出现颂古。例如《景德传灯录》卷二十三记载马祖（709—788年）弟子石巩慧藏（生卒年不详）出身猎人，其传法常以弓箭示意，以扣弓弦三下接引三平义忠（781—872年）。灌州灵岩（生卒年不详）曾颂《石巩接三平》曰："解擘当胸箭，因何只半人。为从途路晓，所以不全身。"《景德传灯录》卷二十六记五代时法眼宗天台德韶（891—971年）弟子瑞鹿本先（942—1008年）曾作颂三首，其一《非风幡动，仁者心动》曰："非风幡动唯心动，自古相传直至今。今后水云人欲晓，祖师直是好知音。"《古尊宿语录》卷八记载善昭之师首山省念（926—993年）也曾针对灵云志勤（生卒年不详）见桃花悟道一事作《灵云见桃花》颂古云："分明历世三十春，因悟桃花色转新。人人尽得灵云意，不识灵云是何人。"

汾阳之后，云门宗雪窦重显受汾阳善昭影响，作《颂古百则》，使颂古诗之创作风气从此风行。清初的为霖道霈禅师对禅林颂古诗的发展历程有比较详细的说明，其曰：

> 古公案无颂，颂自汾阳始，阳之后，雪窦继之，号称颂古之圣。嗣是，诸家皆有颂。洞上颂名最著者三人：投子青、丹霞淳、天童觉是已。颂无评，评自圆悟始，悟之后，万松、林泉继之。悟评雪窦，松评天童，林泉评丹霞与投子是已。后人合之，目为四家颂古，禅者倚为指南。（《为霖道霈禅师餐香录》）

早期的颂古诗作，如汾阳善昭颂古百则，主要在点明公案之意义重点，以提醒学人，因此用语和表达方式多直接而朴实。后来雪窦颂古方式，则充分掌握绕路说禅的原则，所运用的语汇、意象和禅门典故更加繁复，相当具有修辞美感。目前可见宋代颂古集有：

（1）临济宗汾阳善昭颂古百则，存于慈明楚圆（986—1039年）集《汾阳无德禅师语录》。

（2）云门宗雪窦重显颂古百则，存于圆悟克勤评唱《碧岩录》。

（3）曹洞宗投子义青（1032—1083 年）颂古百则，存于林泉从伦（1223—1281 年）评唱《空谷集》。

（4）曹洞宗丹霞子淳（1064—1117 年）颂古百则，存于林泉从伦评唱《虚堂集》。

（5）曹洞宗宏智正觉颂古百则，存于万松行秀（1166—1246 年）评唱《从容录》。

（6）无门慧开（1183—1260 年）《无门关》有颂古六十四则。

（7）虚堂智愚（1185—1269 年）语录中有颂古百则。

《禅宗颂古联珠通集》则是颂古诗之最早又收录最丰富的合集，借由此书可以充分掌握上列宋代之颂古成果。法应（生卒年不详）《禅宗颂古联珠集本序》云：

> 虽佛祖不传之妙不可得而名言，初无字书，安有密语？临机直指更不覆藏，彻见当人本来面目。故诸佛以一大事因缘出现于世，譬喻言词说法开示，欲令众生悟佛知见，岂徒然哉？（《禅宗颂古联珠通集》）

重申禅师偈颂的初衷，乃作为标月之指，虽有以指为月之人，仍不该因噎废食地否定以诗偈寓禅所产生的启发作用。

以“赵州勘婆”公案为例，各家禅师颂古皆在“勘”字上头着力甚深，保宁仁勇（生卒年不详）颂曰：“何事赵州婆子话，雄雄今古振家声。高空有月千门闭，大道无人独自行。”肯定赵州勘破婆子，使其禅门家声大振，真是一个独越古今之禅门龙象。疏山如本（生卒年不详）颂云：“台山古路是人游，个个寻婆问路头。堪笑赵州才勘破，寥寥千古使人愁。”婆子的出现，搅动了台山古路往来禅子心中的那泓清泉，虽然赵州宣言已经勘破婆子，还是要得那些奔波于台山路上想要一睹赵州勘破婆子处的禅子团团转，以致忘记禅的逗机意蕴只在当下而无法复制的原则。

颂古诗在禅门间的风行，对于禅宗发展之利弊评价，历代禅师多有讨论。《碧岩录》卷一云：“大凡颂古，只是绕路说禅。”光是“只是”一语，已隐然可见其对颂古的看法，往往视为违反禅宗“不立文字”原则的一种智性活动堆积。善昭、雪窦之后颂古之风大盛，末流者往往流于追求新奇，使颂古风格由简劲一变而为浮华冗漫，《禅林宝训》卷三录万庵（1094—1164年）之语云：“其颂始自汾阳，暨雪窦宏其音、显其旨，汪洋乎不可涯。后之作者驰骋雪窦而为之，不顾道德之奚若，务以文彩焕烂相鲜为美，使后生晚进不克见古人浑淳大全之旨。”以致痛心时弊者如大慧宗杲，便对禅门文字成风大加挞伐，将《碧岩录》刻版付之一炬。所以，对于以颂古参读公案的利弊，历代禅师有不同的立场和评价。

综之，宋代禅门发展出的偈颂种类多样，包括十二时歌等俗曲颂歌、牧牛图颂等，将禅修的次第以组诗的方式呈现，作为学人禅修的指引。颂古开发禅门公案的多重意蕴，禅门还有一些拟寒山诗、山居诗等，表达山居禅修感想或乐道生活的诗偈作品，由此提供后人了解禅僧修行生活的具体面貌。

三、宋代禅门偈颂的特色

（一）文字禅风气主导宋代禅学发展

宋代统治阶层对佛教的发展多采取宽容和保护的政策，佛教延续唐代的发展方向而更加与庶民生活相融合，禅净合流已然成为当时佛教的主流发展趋向，加上以文字阐释禅门公案的风气盛行，使得禅僧以偈颂来阐述禅理、表达悟境，或作为指点禅修的诠释工具，发展出多样的书写方式。

诗的语言具有凝练、意象化、多义性的特质，于语言表达形式中最能达到“绕路”说禅的目地。从晚唐五代以来禅僧运用诗偈点化学人的情形颇多，尤其石头一系禅僧特别善于创作诗偈。宋代禅门偈颂可说已由表达工具提升为参禅悟道的工具，语言的重要性已完全取代棒、喝、扬眉、瞬目的教导方式。

有禅门尊宿对禅门偈颂之勃兴对宗门的影响偏于悲观，例如心闻昙贲（生卒年不详）就曾说：

天禧间，雪窦以辩博之才，美意变弄，求新琢巧，继汾阳为颂古，笼络当世学者，宗风由此一变矣。逮宣政间，圆悟又出己意，离之为《碧岩集》，彼时迈古淳全之士，如宁道者、死心、灵源、佛鉴诸老，皆莫能回其说，于是新进后生，珍重其语，朝诵暮习，谓之至学，莫有悟其非者，痛哉！学者之心术坏矣。(《禅林宝训》)

（二）禅门偈颂的多重意蕴

禅门偈颂可说是一种特殊的寓道工具，偈颂所暗示的意蕴可以允许读者一再解读出新意，一首诗偈从禅师手中完成后，其内在意义的开发挖掘是对读者完全开放的。禅门山居诗、拟寒山诗和牧牛图颂等，或呈现山林生活之清境，或比喻禅修的心路历程，使宋代禅门诗颂更为丰富多样。颂古诗用语平浅，而更重视所暗示的意蕴，使诗偈本身隐含相当广阔的阐释空间。因此，我们对禅门偈颂的成就，以及其于禅门修行效用的转变，或可以更开放的历史性眼光给予评价。

过去的文学史，在探讨宋代诗偈语言特色的转变时，往往忽略当时文字禅的表述风尚对文学史的影响。实则宋代文字禅的表现，对于宋代的诗歌体制、创作方式和风格等，以及与宋代诗学之间的互动关系，都有相当重大的影响作用。所以，宋代禅门偈颂既有融合禅师主体情境，或者运用过去公案的再诠释创作，在佛教史与文学史的存在意义实应给予肯定。

（黄敬家）

第二十一章　宋代的诗歌与佛教

宋代时期，佛教的思维观念更加融入到大众的生活文化当中，僧侣与士大夫阶层往来密切，诗僧文化水平提升，盖是由于宋代文字禅发达，诸多诗僧既通禅理又文采自然，加上文人与禅师交游甚密，使得文人的禅诗创作也累积一定的成果。本章介绍宋代诗僧通过创作传达其主体感悟，以及文人诗作展现深受佛教思想熏染的生命体悟，展开以文字解禅的新时代创作里程。

一、诗僧的创作

宋代僧人有相对较高的文化水平，又与文士阶层往来密切，僧人文士化的倾向愈加明显，其中多有擅诗者，僧人写诗成为一种特殊的文化现象。不过，宋代以降，再无出现能与唐代的皎然、贯休、齐己等杰出诗僧相匹敌者。

现存宋代诗僧总集有南宋陈起（生卒年不详）所辑《宋高僧诗选》前集、后集、续集和补遗，今人唐圭璋（1901 — 1990 年）编《全宋词》、孔凡礼《全宋词补辑》等，亦有收录宋代诗僧作品。

北宋初期最著名的诗僧合集为《九僧诗集》，集结宋初惠崇（965 — 1017 年）、希昼（生卒年不详）、保暹（生卒年不详）、文兆（生卒年不详）、行肇（生卒年不详）、简长（生卒年不详）、惟凤（生卒年不详）、宇昭（生卒年不详）、怀古（生卒年不详）等九位诗僧的创作成果，他们的诗风整体近似大历十才子，趋向于清寂逸趣。其作品偶有佳句，但传诵度不高。欧阳修（1007—1072年）《六一诗话》曾提及《九僧诗集》的传播起落："国朝浮图，以诗名于世者九人，故时有集号《九僧诗》，今不复传矣。余少时闻人多称，其一曰惠崇，余八人者忘其名字也。余亦略记其诗，有云：'马放降来地，雕盘战后云。'又云：'春生桂岭外，人在海门西。'其佳句多类此。其集已亡，今人多不知有所谓九僧者矣，是可叹也！"到欧阳修晚年，即北宋中期，《九僧诗集》已经少见传诵。

北宋中期的诗僧，以道潜（1043—1106年）、惠洪和仲殊（生卒年不详）为代表。

道潜，字参寥，居杭州智果寺，善诗文，为世推崇。道潜与苏轼（1037—1101年）交游甚密，晚年归老江湖，有《参寥子诗集》传世。其诗以书写自然山水居多，颇有闲淡雅趣。例如《梅花寄汝阴苏太守》，以见他与苏轼的私交情谊：

湖山摇落岁方悲，又见梅花破玉蕤。
一树轻明侵晓岸，数枝清瘦耿疏篱。
良辰易失空回首，习气难忘尚有诗。
所向皆公旧题墨，肯辜鱼鸟却来期。

又如《口占绝句》：

寄语东山窈窕娘，好将幽梦恼襄王。
禅心已作沾泥絮，不逐春风上下狂。

此诗作于苏轼任徐州太守时，道潜自钱塘来访，东坡于席间令一位妓女向参寥求诗，参寥当即操笔立就，满座闻之大惊。诗中以沾泥柳絮比喻其禅心寂定，不复受外境扰动。东坡见而大喜曰："吾尝见柳絮落泥中，私谓可以入诗，偶未曾收拾，遂为此人所先，可惜也。"自此参寥诗名闻于海内。

惠洪，字觉范，自号寂音尊者，擅写诗文，颇有才华。一生经历冒名出家、还俗、获罪流放，晚年获释后再出家的曲折坎坷，却能处之泰然。著有《石门文字禅》《冷斋夜话》《天厨禁脔》传世，《彦周诗话》评云："颇似文章巨公所作，殊不类衲子。"被推为"宋僧之冠"。

宋代禅林对于运用文字具普遍性认知，北宋禅林中，惠洪率先标举"文字禅"之名者，肯定以文字作为般若载体。根据周裕锴《文字禅与宋代诗学》一书的考察，"文字禅"一词，最早见于黄庭坚（1045—1105年）"远公香火社，遗民文字禅"（《山谷内集诗注》卷九《题伯时画松下渊明》）的说法。惠洪《石门文字禅》袭用"文字禅"一词，并因此使"文字禅"的概念在禅林获得广泛认知。惠洪诗作名篇之一，或当推《上元宿百丈》一诗，其曰：

> 上元独宿寒岩寺，卧看篝灯映薄纱。
> 夜久雪猿啼岳顶，梦回清月在梅花。
> 十分春瘦缘何事，一掬归心未到家。
> 却忆少年行乐处，软红香雾喷京华。《石门文字禅》

元宵节山寺中独赏灯明，透露几许僧人生活的清寂；深夜猿啼，一轮孤月从梅枝间升起，仿佛他夜宿山寺的空明清境。其中第三联、第四联乍看似对世情有眷念之意而颇为世俗訾议，王安石（1021—1086年）的女儿因此称其为"浪子和尚"。实则"十分春瘦"应该溯自上一句的"梅花"脉络来看，山寺犹有春雪，梅枝却独在此时瘦硬孤挺而开，归心到家是比喻禅人已经见到自性。唐代有无尽藏尼（生卒年不详）悟道诗："尽日寻春不见春，芒鞋踏遍陇头云。归来笑拈梅花嗅，春在枝头已十分。"诗人自谦尚未能全然了悟自性，所以身为禅子回首此身行乐荒废，实修未有所得而深感惭愧，与艳情实无交涉。

仲殊现存作品以词居多，唐圭璋《全宋词》、孔凡礼《全宋词补辑》共收仲殊词七十三首。其中《润州》颇受好评：

北固楼前一笛风，断云飞出建昌宫。

江南二月多芳草，春在蒙蒙细雨中。

此诗收入赵令畤《侯鲭录》一书。北固楼前，悠悠笛声，白云在这充满历史兴亡的建康故城上翻卷，折射成悠悠烟云，只有芳草依然，在早春二月的烟雨中，不管朝代兴亡地勃发，留给读者无限的想象空间，此乃唐诗结句常见之手法。故而清代翁方纲（1733 — 1818 年）评云："'北固楼前一笛风'一首，亦唐人佳境。"（《石洲诗话》卷三）

北宋中后期著名诗僧，有文莹（生卒年不详）、祖可（生卒年不详）、清顺（生卒年不详）、如璧（1065 — 1129 年）、善权（生卒年不详）等，时有令人称赏的名句，如无可（生卒年不详）《秋寄从兄贾岛》："听雨寒更尽，开门落叶深。"颇为清新自然，但深刻又被广传认可的诗篇寥寥无几。

南宋时期，尤其是宁宗、理宗之间（1195 — 1264 年在位），丛林同样出现不少善诗的文学僧，他们多半兼通内外学，能诗能文，富有深厚的文学素养。其中较为著名者如：亚愚绍嵩（1194 —？）、橘洲宝昙（1129 — 1197 年）、北礀居简（1164 — 1246 年）、物初大观（1201 — 1268 年）与无文道璨（1213 — 1271 年）、淮海元肇（1189 — 1265 年）等，他们活跃于诗坛，与文士互动密切，留下不少诗文著作。他们创作内容不再局限于禅林生活，而能行脚江湖，与当时文士声气相应，表现更积极的人世关怀，颇能影响丛林风气的转变。所以，黄启江教授《一味禅与江湖诗：南宋文学僧与禅文化的蜕变》一书认为这些禅门诗僧活跃文坛，改变了禅僧专精于"一味禅"的刻板印象，所作"江湖诗"富于文辞之美，而为士林所重。南宋孝宗（1163 — 1189 年在位）之后，在宁宗、理宗之间，丛林文学僧为数众多，杭州文人陈起所编《圣宋高僧诗选》《江湖集》，孔汝霖（生卒年不详）所编《中兴禅林风月集》为著名的僧诗总集，足见僧诗在当时也受到知识社群一定程度的关注。

南宋诗僧有个人别集者众多，黄启江教授指出，南宋约有四五十位以上的文学僧有个人诗集传世。如：芳庭斯植（生卒年不详）热衷诗作，有《采芝集》一卷和《采芝续稿》一卷；亚愚绍嵩有集句诗集《亚愚江浙纪行集句诗》；橘洲宝昙有《橘洲文集》十卷；北磵居简有《北磵诗文集》十九卷；淮海元肇有《淮海拏音》二卷；物初大观有《物初剩语》，以及无文道璨有《无文印》二十卷出版。这些文学僧多半以群体姿态与同一群文士有密切的交往，彼此借诗谈禅，其生活情调和诗作风格均明显地趋向于文人化，他们的诗文集可以说是南宋禅文化走向文士化的代表成果。

以芳庭斯植《寄深居冯发管》一诗为例，其曰：

> 相怀千里外，空望极遥天。处世唯今日，看花忆去年。
> 春风生岛树，夜月满渔船。此后闲寻处，应须借榻眠。(《采芝集》)

斯植一生多游方吟咏，不但与冯去非（1188 — 1265）结伴赏花，又欲借榻眠于冯深居住所，可见与这些名人雅士交情亲近。

无文道璨善为诗也热衷作诗，与文士结交唱和酬对往来密切，其诗文集《无文印》包含诗、书、序、跋、题、记、疏、行状、塔铭和祭文等，与一般儒家文士的文集极其相似，是南宋重要的禅文集之一。其《寄题赵山台莲花方丈》：

> 四壁纵横都十尺，门对若耶溪水碧。
> 画阑漠漠吹香风，绿窗练练浮秋色。
> 中有诗家白玉颜，饮露沐芳度朝夕。
> 当轩大坐眼波横，只许诗人来入室。(《无文印》)

莲花方丈是道璨诗友赵汝绩（生卒年不详）寓所之名，纵横不过十尺，是名副其实的方丈之室，坐落于会稽若耶溪畔，由此诗可以理解他们以诗作往来的高雅兴致。

整体而言，诗僧文士化有长远的发展轨迹可循，而南宋的文学僧可说是诗僧达到雅化的极致，无论生活品味或诗作风格，几与文人无异，他们的创作成果展现了宋代禅林另一种雅致的发展面向。

二、文人的禅诗创作

宋代士大夫参禅风气盛行，翰林学士杨亿（974—1020年）和驸马都尉李遵勖（988—1038年）都与临济宗石霜楚圆、广慧元琏（951—1036年）、谷隐蕴聪（965—1032年）交往甚厚。当时社会文士精英如王安石、苏轼、黄庭坚、张商英（1043—1121年）皆与禅师密切往来。王安石礼请真净克文为报宁寺住持，苏轼与东林常总交谊深厚，又与云居了元（即佛印，1032—1098年）诗文酬对；黄庭坚嗣法于晦堂祖心，又与死心悟新（1044—1115年）、灵源惟清（？—1117年）结为方外契交；张商英学法于克文弟子兜率从悦（1044—1091年），形成一个禅师与当时文化圈的精英文士之间的互动圈。即便是标榜排佛的宋代理学家，思想上也深受佛教尤其是禅学的影响，像朱熹（1130—1200年）便自述少年曾留心于禅学。

宋代文人以居士身份亲近佛教，学习禅法，与僧人有深厚交情的文人颇多，相对地，宋代禅门维持相当昌盛的势态，禅僧有较高的文化水平，也擅长运用诗歌体制传达悟境，如此一来更易引起文人的共鸣，士僧交流密切，文人跟随著名禅师参禅的逸事在民间流传，成为风雅之事。禅、净合流的发展趋势随着时代愈加明显；援儒入佛，泯除儒佛的对立，这些条件的结合，促成宋代居士佛教风气越发蓬勃。

北宋时期文人好佛习禅者，以王安石、苏轼、黄庭坚为代表性人物。

王安石，字介甫，号半山，自称“半山老人”抚州临川（今江西抚州）人，宋仁宗庆历二年（1042年）进士，是一个有改革理想的政治家，曾两度出任宰相，实行变法改革，后受封为荆国公，世称王荆公，著有《临川先生文集》。他博通百家杂说，深入佛理，早年即与黄龙派禅师有往来，变法失败后转而勤于参禅，晚年更将宅邸舍为禅寺，皈心向佛。黄庭坚曾在《跋王荆公禅简》中描述王介甫学佛的趋向：

> 荆公学佛，所谓吾以为龙又无角，吾以为蛇又有足者也。然余尝熟观其风度，真视富贵如浮云，不溺于财利酒色，一世之伟人也。（《豫章黄先生文集》）

赞美王荆公晚年因参悟佛理，而能超脱名利，回归平淡的生活。

王荆公禅理诗源自个人参禅的心得，更显得意味深长。例如《寓言二首》之二：

本来无物使人疑，却为参禅买得痴。
闻道无情能说法，面墙终日妄寻思。（《临川先生文集》）

如何理解“本来无物”，也就是自性之实相，未悟者实难体会。第三句运用洞山良价（807—869年）“无情说法”公案的典故，体现其坐禅参究之所得，为了能够体得无情草木山河不离自性之本来面目而努力参禅以求开悟。

王荆公晚年诗作心境超脱，充满旷达悟性。例如《即事二首》：

云从钟山起，却入钟山去。借问山中人，云今在何处？
云从无心来，还向无心去。无心无处寻，莫觅无心处。（《临川先生文集》）

此诗有从自然静观所得之疑情，却能将所观照之自然汇归自性，淡然平和，意味深长，充分展现王荆公体会“觅心了不可得”的禅门机趣，给读者留下反刍的想象空间。

王安石晚年诗作更趋向于绝句体制，脱去长篇铺陈结构的古体，这是在生活中禅修的体验对他创作产生影响的最佳体现，审美趣味亦转向雅趣慧黠。故而黄庭坚在《跋王荆公禅简》之末赞云：“（荆公）暮年小诗，雅丽精绝，脱去流俗，不可以常理待之也。”

苏轼，字子瞻，号东坡居士，四川眉山人。他自幼聪慧，宋仁宗嘉祐元年（1056年）二十一岁举进士，是宋代代表性的文人，融通儒、道、佛思想于生命中，与佛教因缘甚深，其父苏洵（1009—1066年）与居讷禅师（1010—1071年）有往来，母亲程氏（1010—1057年）也笃信佛教，因家族信佛渊源，苏轼与弟苏辙（1039—1112年）亦娴熟佛典，与僧人交游密切，《五灯会元》卷十七将他列为东林常总禅师之法嗣。

苏轼一生官途多蹇，贬谪不断，曾因谪居到过杭州、密州、徐州、潮州、黄州等地居住，所到之处与当地佛僧往来密切，自诩“吴越多名僧，与予善者常十九”，包括著名诗僧道潜、惠辩（生卒年不详）、圆照宗本（1020—1099 年）、可久（1013 — 1093 年）等，重要禅师如佛印、常总等。尤其贬谪黄州时更深于佛理研究，与其乖蹇的人生经历结合，更有助于提升其生命境界。

苏轼创作各体兼擅，总能将一己的人生体悟和佛理巧妙融合。例如早年因其弟苏辙作《怀渑池寄子瞻兄诗》，苏轼与之唱和，写成《和子由渑池怀旧》一诗，其曰：

> 人生到处知何似，应似飞鸿踏雪泥。
> 泥上偶然留指爪，鸿飞那复计东西。
> 老僧已死成新塔，坏壁无由见旧题。
> 往日崎岖还记否，路长人困蹇驴嘶。(《东坡全集》)

此诗千古传诵，可谓东坡名篇之一。东坡长于譬喻，以雪泥鸿爪喻短暂无常的人生，充满对人生如梦境，幻化成空的体悟。“雪泥鸿爪”成为人生机遇偶然的著名譬喻，为后代诗人所引用。

又有“昔在九江与苏伯固唱和，其略曰：‘我梦扁舟浮震泽，雪浪横江千顷白。觉来满眼是庐山，倚天无数开青壁。’盖实梦也。昨日又梦伯固手持乳香婴儿示余，觉而思之，盖南华赐物也。岂复与伯固相见于此耶？今得来书，已在南华相待数日矣。感叹不已，故先寄此诗”。诗题本身已是一篇序文，交代他的写诗因缘和内心感受，诗更值得注意，诗云：

> 扁舟震泽定何时，满眼庐山觉又非。
> 春草池塘惠连梦，上林鸿雁子卿归。
> 水香知是曹溪口，眼净同看古佛衣。
> 不向南华结香火，此生何处是真依。《东坡后集》

此诗题东坡自引其词《归朝欢·和苏伯固》之前四句，充满作为江南过客，于庐山俯瞰湖山清景映照，形成之迷离幻相，俱如过眼梦幻，转瞬消逝之感怀。此诗传达他晚年归心修禅，以曹溪南宗作为精神生命之究竟皈依的禅理玄思，于此亦可见东坡对禅门历史和公案典故可说是极其熟稔，信手拈来，即成文章。

再如《病中游祖塔院》一诗虽不言禅，而禅理在焉。其诗云：

紫李黄瓜村路香，乌纱白葛道衣凉。
闭门野寺松阴转，攲枕风轩客梦长。
因病得闲殊不恶，安心是药更无方。
道人不惜阶前水，借与匏樽自在尝。(《东坡全集》)

以“安心”为药来解人生的各种病苦，则能身心自在，随遇而安。这是得力于禅宗安心法门之力，方能令其参悟生命的无常，转念以更旷达洒脱的心态面对生活的诸种磨难。

苏轼之弟苏辙，同样早慧，因家庭渊源之故，亦自幼接触佛教。其《病退》一诗，亦略可见其佛法造诣，诗曰：

冷枕单衣小竹床，卧闻秋雨滴心凉。
此间本净何须洗，是病皆空岂有方。
示疾维摩元自在，放身南岳离思量。
病根欲去真元在，中夜梦游何有乡。(《栾城集》)

此诗以示疾的维摩自喻，了悟自性原来清净，病痛本身无自性何须执着，使其在病床上仍保持超脱的心境，与家兄苏轼同样能从佛教的生命观获得精神上的超脱。

若将王安石与苏轼的禅诗比较来看，王安石偏向体现其从禅修所得的直观体悟和自然观照；苏轼则是更多地融会禅门公案的机锋，表现出超脱生死的豁达生命态度。

黄庭坚，字鲁直，号山谷，又号涪翁，洪州分宁（今江西修水）人，英宗治平四年（1067 年），二十三岁的黄庭坚登进士第，为江西诗派的开创宗祖，著有《豫章黄先生文集》。山谷出生之地洪州，是禅门临济宗黄龙派盛传之地，他与黄龙慧南禅师交好；与慧南弟子晦堂祖心过从甚密，《五灯会元》将他列入祖心弟子；与晦堂嫡传弟子死心悟新、灵源惟清都有深厚的交谊，可以说一生与黄龙一脉禅僧有不解之缘。他在自赞画像云："似僧有发，似俗无尘，作梦中梦，见身外身。"可见晚年的他，已超越外在形式的拘执，在心灵上将僧俗两种身份调和于己之一身，其禅定功夫之深，或可思过半矣。《戏呈孔毅父平仲》一诗曰：

> 管城子无食肉相，孔方兄有绝交书。
> 文章功用不经世，何异丝窠缀露珠。
> 校书著作频诏除，犹能上车问何如。
> 忽忆僧床同野饭，梦随秋雁到东湖。(《山谷集》)

禅的表述方式避免直述，山谷受此启发，切断意象间逻辑的关联，首联写自身之贫贱；次联一转，论文章当经世致用，否则毫无价值；三联又转，谓仕途无聊；末联另启新意，突然想到江湖野趣。四联跳荡无关，看似逻辑不通，更似禅门诗偈往往以风马牛不相及的表述来开启内在的禅机。

山谷禅学根柢深厚，禅学思想对其创作风格有莫大的影响，而他习禅也有真参实悟的心得体验，将之呈现于其诗歌创作中。例如《题落星寺四首》之三，诗云：

> 落星开士深结屋，龙阁老翁来赋诗。
> 小雨藏山客坐久，长江接天帆到迟。
> 宴寝清香与世隔，画图妙绝无人知。
> 蜂房各自开户牖，处处煮茶藤一枝。《山谷外集》

此诗中的"龙阁老翁"，指的是龙图阁直学士李公择（1027 — 1090 年），与山谷有深厚的交情，诗中描述李公曾在落星寺后院深处的茅屋禅堂赋诗；山中小雨，远处水天相接，帆船自远处来。诗人在寺中闲居休息，佛寺中的香云缥缈缭绕，仿佛将山水、小雨、清香和寺庙融合一起，与世隔绝。后一句的“画图”，据黄庭坚自己的批注：“僧隆画甚富，而寒山、拾得画最妙。”指的应该是寺院的壁画，其中最绝妙的就是《寒山拾得图》。寺中禅房各自敞开着窗户，依次排列，像密集的蜂房一样。末句在僧房中以藤煮茶烹茗的结句意象，使茶香环绕，令人回味。

此诗有山谷晚年对人世沧桑的体会，加上寄寓深远的禅机表现，将禅机、禅语与其体悟熔炼一炉。因为山谷禅学造诣加上禅修体悟深彻，其诗用语造景清空瘦硬，意境拗峭又富于理思连贯，呈现一种澄澈玄理的风格韵味。

从杨万里（1127—1206年）《送分宁主簿罗宏材秩满入京》一诗的前四句“要知诗客参江西，政似禅客参曹溪。不到南华与修水，于何传法更传衣”可知，江西洪州修水是山谷的出生地；曹溪南华寺是六祖惠能传法之地，此诗充分显示黄山谷在江西诗人心目中的地位，以及山谷的江西诗派所建立的风格，与其禅学修养和体验有莫大的关系。

苏轼和黄庭坚可说是宋代文人禅诗的代表，二人的风格却并不相同，这与他们的性格、习禅态度有关。苏轼引禅境为其人生开拓不拘不执的开阔精神，属于士大夫参禅的代表；黄庭坚则是专精于禅修体悟，并消融禅语成为自己创作的表达方式，可说是直契祖师禅的精神。

南宋时期，理学重要学者朱熹，字元晦，号晦庵，一生弘扬儒学，对形塑儒学形态具有划时代的贡献，早年也曾对禅学下过工夫，在《朱子语类》当中，屡屡言及大慧宗杲，对禅宗有一定程度的理解当无疑义。其《观书有感二首之一》或可为例，诗曰：

半亩方塘一鉴开，天光云影共徘徊。
问渠那得清如许？为有源头活水来。（《晦庵先生朱文公文集》）

宋代理学的发展与禅学本就有千丝万缕的关系，此诗展现朱熹吸收禅宗的理趣，展现受禅宗影响所呈现之透脱灵动的心灵思维。朱子虽然以排佛著称，其深受佛教影响亦可见一斑。

三、宋代诗僧和文人的创作特色

（一）诗僧文士化，诗风清雅平淡

宋代诗僧创作的成果，整体看来，仍是延续唐代诗僧的风格特色，其中不少是诗僧与文士之间应对酬作之诗。宋代诗僧的创作较之唐代诗僧更加趋向雅化，若事先不知作者为僧人，读者可能以为是一般文士之诗。归纳而言，题材内容方面，以山林清境生活体验和表现佛教哲理、暗示禅机为主要书写题材；风格意境方面，由于诗僧创作的诗境多偏于清寒幽静，个人风格辨识度并不明显；修辞用语方面，以清雅平淡的语言表现自然禅趣居多。可见诗僧受到身份的囿限，其生活经验和题材的近似，限制其生命情感表达的面向，形成风格上的雷同。

其次，诗僧由于重在主体精神境界之描述，则所写的景象，都是作为主体心灵意象的反照；然而也由于对诗的内涵有所预设，而禅人的生活环境和现实经验的变化不大，同构型又高，所以，作为抽象心灵感受的具体意象，往往不外孤月、寒泉之类，过度模式化而使意涵固定，彼此之间的风格差异也极为难辨，难以突显个人特色。凡此种种，从正面说，或可说是创造一股幽清孤寂的艺术风格；反之，也因这种明显的风格倾向，其局限所在亦清晰可见，特别是现实关怀的情怀往往阙如，经常招致批评家的不满。后代诗评家往往批评诗僧创作风格具有蔬笋气，如清初批评家贺贻孙（1605—1688年）曾对此批评曰："枯木寒岩，全无暖气。"（《诗筏》）若是从另一面来看，诗僧创作的"蔬笋气"，也可视为是诗僧独有的风格特征。

（二）文人倾心禅悦，诗风具哲理反思

由于宋代文人与禅僧往来密切，居士佛教风气兴盛，著名诗人亦多接触禅僧，谈禅论道成为宋代文人社交圈的重要话题。文人本身具备高超的儒道文化素养，复受到佛教思想的濡染和启发，影响文人的思维和语言表述方式，在创作上自然吸收禅宗的语言特色，更多地对心性体验的阐发，

质朴中更增添哲理性，透露内向式的反思意味。像王安石的禅诗具有通透的生命观；苏轼禅诗展现人生如梦幻空花的比喻诗句比比皆是，将般若空观与老庄无为思想融合，获得安顿生命的超脱精神；黄庭坚则是以禅宗作为生命修养的终极目标，日常生活都沉浸于自性的涵养，也推动宋诗开辟出与唐诗迥异更具哲理反思的风格特色。这种在诗中融入人生哲思和生命思辨的创作，所展现的人生境界，成为宋诗具理性和理趣的发展特色。总之，宋代文人有禅修体验者多，反映于其创作思维和表达方式上，既有平淡理思的风格，又有禅机的活泼暗示性，读之能引领读者产生对内在自性生命的反刍和跳脱逻辑思维所开展的心灵视野，创造出与唐诗不同的时代风格。

（黄敬家）

第二十二章　宋代的诗学理论与佛教

由唐入宋，可以说是中国历史上的重要转折。日本史学家内藤湖南（1866—1934 年）“唐宋变革”一说引起学界诸多讨论，流风所及，至今未衰。从文学理论发展的历史进程来看，言宋代是最为关键的时期当不为过。宋代的诗学理论不仅确定了中国文学理论中诸多重要的命题，而且在理论形态、方法架构、谈论方式，乃至于具体的例证，宋代诗论的规模可以说是后人难以超越的典范，后世诗学论述的基本格局大致上在宋代确立。然而今日观之，宋代诗学所以最重要的原因，自是禅宗在诗学体系扮演的重要角色。“诗禅一致”“以禅喻诗”“文字禅”等诸多对后世影响深远的理论命题同时在诗坛与禅林激起广泛的回响。在此同时，从欧阳修创作《六一诗话》开始，诗话此类体裁的著作为批评家广开方便之门，不论是用资谈助的掌故逸事或是深刻复杂的概念辨析，都可以自由地挥洒呈现。诗话取代诗格、诗式，成为诗论家最常用的体裁。

晚唐五代，僧人已大量编纂或写作诗格、诗式一类的著作，但在知识社群中恐仍未居主导地位，北宋中期以后，习禅、谈禅在文人之间蔚为风尚，批评家也大量以禅论诗。不论创作方法、理想风格或感知世界，诗禅论述在深度与广度都已经远迈前代。在中国文学批评史上，宋代可以说是承先启后的关键时期，批评家大量援引佛教的感官论述与修辞观念，为中国文学理论开创了一个新的纪元。

一、诗禅相通的学习历程

宋人喜言“学诗如参禅”,《诗人玉屑》收录多首《学诗诗》,例如龚相（生卒年不详）。其诗曰：

学诗浑似学参禅，悟了方知岁是年。点铁成金犹是妄，高山流水自依然。

吴可（生卒年不详）亦屡为论者称引，其曰：

学诗浑似学参禅，竹榻蒲团不计年。直待自家都了得，等闲拈出便超然。

学诗浑似学参禅，头上安头不足传。跳出少陵窠臼外，丈夫志气本冲天。

学诗浑似学参禅，自古圆成有几联？春草池塘一句子，惊天动地至今传。

这里强调专心修持之后的创造力，并以自然流畅为极则的理想，类似的例证不胜枚举，例如苏轼：“暂借好诗消永夜，每逢佳处辄参禅。”（《夜直玉堂携李之仪端叔诗百余篇读至夜半书其后》）“欲令诗语妙，无厌空且静。静故了群动，空故纳万境。”（《送参寥师》）韩驹（1080—1135年）《赠赵伯鱼》：“学诗当如初学禅，未悟且遍参诸方。一朝悟罢正法眼，信手拈出皆成章。”南宋戴复古（1167—约1248）在《论诗十绝》之七中说得更为明白，其曰：“欲参诗律似参禅，妙趣不由文字传。个里稍关心有悟，发为言句自超然。”

综观诸人的说法，大抵皆在强调虚默中专注自守，反对刻意雕琢字句，其实参禅与作诗两者都是复杂的过程。几乎所有的诗论家在这里都强调：通过习禅的过程，得以认识自我，开创真正属于个人的独特风格。不难看出，宋代诗论家以禅论诗最重要的归趋在于掌握自我一事，刻意扬弃了过往讲求精密的声律对偶的法度，严格来说，“学诗浑似学参禅”的说法更类似于参究本体的体悟，但这并不代表“以禅论诗”没有谈论方法，而是运用在与唐诗不同的层次（详后），以平淡自然作为理想风格范式的追求。吉川幸次郎（1904—1980 年）曾以“悲哀的扬弃”作为唐宋诗歌美学界分的标准，与士人学禅恐亦多少有所关联。

二、多层次的感官论述

知识社群习禅过程中，对于感知世界的方式别有会心。从佛教的立场来看，感官的交融互摄远不止于美学或修辞问题而已，而是体证佛法奥义与涅槃实相的进路。

曹洞宗开祖洞山禅师曰：“若将耳听终难会，眼处闻声方得知。”斯此之由也。《楞严经》中二十五次第圆通法门当中，以观音耳根圆通法门最为人所熟知，其以听觉为例，详细解说如何超越感官知觉，进而体契圣道的过程。但除了观音耳根圆通法门之外，其实六根皆能获得解脱门径。宋代士人对《楞严经》与《华严经》十分熟稔，自然对相关的论述十分相应。诗学与禅学的互动关系，在感官论述的层次得到充分的体现。

宋代诗学论述感官经验的层次丰富多元，可以说在文论史上开创了一个新的纪元。感官经验与生活方式的紧密关联，佛教扮演了一个统整与切换的重要作用。宋代诗学谈论多层次的感官知觉，也谈艺术形式之间的相互沟通与袭仿，认识感知的对象与过程，佛教扮演着极为关键的角色。

以宋人爱谈的味觉为例。宋代诗学著作中，屡屡提及“余味”“至味”“真味”等说法。例如欧阳修“近诗尤古硬，咀嚼苦难嘬。又如食橄榄，真味久愈在”，苏轼“酸酸杂众好，中有至味永”，杨万里“至于茶也，人病其苦也，然苦未免而不胜其甘，诗亦如是而已矣。……《三百篇》之遗味，黯然犹存也。近世唯半山老人得之”。姜夔（约 1155—约 1221 年）“句中有余味，篇中有余意，善之善者也”。此际的批评家对于晚唐司空图（837—908 年）“饮食不可无盐梅，而其美常在于酸咸之外”一语青眼有加，故屡为称引。

佛教本即对味觉论述情有独钟，例如“佛法一味”“味外味”“譬如食蜜，中边皆甜”，禅宗更有“曹山酒”“赵州酒”“不曾少盐酱”“露地白牛”等味觉公案。宋人喜言鼻观、香禅。以味论诗，亦渊源久矣。两者在宋代交会出有趣的火花。酸咸之外的味道，经常反复辩证提起的是苦与甜。例如黄庭坚有“想共余甘有瓜葛，苦中真味晚方回”的说法，批评家不嗜甘甜，追求的是“苦中真味”。日本禅宗之祖荣西（1141—1215 年）的《吃茶养生记》中明言：“心脏是五藏之君子也，茶是苦味之上首也；苦味是诸味之上首也，因兹，心脏爱此味，心脏兴，则安诸藏也。”苦是诸味之上味，诗作之味亦如是。茶、禅一味的意旨之一在于苦中见甘。茶成为舌根参禅重要的依凭。宋人咏茶诗亦常言参禅之道。例如黄庭坚曾在《奉同六舅尚书咏茶，碾煎烹三首》一诗中说道：

> 要及新香碾一杯，不应传宝到云来。碎身粉骨方余味，莫厌声喧万壑雷。
>
> 风炉小鼎不须催，鱼眼长随蟹眼来。深注寒泉收第一，亦防枵腹爆乾雷。
>
> 乳粥琼糜雾脚回，色香味触映根来。睡魔有耳不及掩，直拂绳床过疾雷。

第一首言碾，二言煎，三言烹，几乎是一部饮茶的工夫历程，最后同时也说明饮茶是全部感官动员的精细过程。“舌根回味”的茶，几乎是宋代士大夫参禅学道不可或缺的饮品。

茶之外，佛教也爱用蜂蜜为例，蜂蜜在诗学论述中流传颇广。《佛说四十二章经》中“譬如食蜜，中边皆甜”的说法，成为批评家用的拟喻。苏轼《评陶韩柳诗》：“柳子厚诗在陶渊明下，韦苏州上。退之豪放奇险则过之，而温丽靖深不及也。所贵乎枯淡者，谓其外枯而中膏，似淡而实美，渊明、子厚之流是也。若中边皆枯淡，亦何足道。……人食五味，知其甘苦者皆是，能分别其中边者，百无一二也。”李彭（生卒年不详）“学诗如食蜜，甘芳无中边”，曾协（？—1173 年）“佳月素华迷夜旦，好诗余味满中边”。细看宋代诗论家讲的“中边皆甜”论述,“中”往往指内涵立意,“边”则指外在呈现的样态，与《佛说四十二章经》的指涉并不完全相同，尽管如此,谈论“中边皆甜”的批评家往往皆与佛学相联属则是一般常见的趋势。“中边皆甜”与“苦中见甘”同时意味着不能停留在表面浮泛的印象，必须深入认识本质与现象之间相互交融含摄种种统合辩证的本质。宋代批评家经常所标举的“至味”充满复杂层次的辩证，远超乎“无味礼赞”的层次。批评家虽然标榜平淡至味为理想，但同时也强调“勿以简易为平淡”，说明平淡有味绝非轻造可得。

宋代佛禅语境的诗学论述当中，不难看出，味觉论述倾向于赏鉴论。相形之下，观看一事更多的是认识论的色彩。佛经本来以五眼来区分观看一事：肉眼、天眼、慧眼、法眼、佛眼。苏辙曾言：

> 经言:“如来有五眼：近瞩墙宇，远览山河，肉眼也；随其福德，见有远近，天眼也；知物皆妄，坐而转物，慧眼也；入万法，遍法界，法眼也。以慧眼转物，以法眼遍物，佛眼也。”谓如来有慧眼、法眼、佛眼可也，何肉眼、天眼之有？曰如来为众生，故入诸趣，在人则同其肉眼，在天则同其天眼。如声闻人住无为法而畏生死，则亦有慧眼而已耳。(《栾城集·书〈金刚经〉后二首》)

慧眼“转物”，因为认识到虚妄的本质，是由有证空。法眼“遍物”则是体证到遍周法界，乃由空入有，佛眼则是空有不二，纵横自在。虽然周裕锴先生特别标举华严法界观，通过不同层次的观看、思维，对视觉之为物有着错综多元的体会。视觉层次或内容远较味觉复杂，但充满辩证与调和则并无二致。苏辙说:“古之达人推而通之，大而天地山河，细而秋毫微尘，此心无所不在，无所不见。是以小中见大，大中见小，一为千万，千万为一，皆心法尔，然而非有所造也。”(《宝峰云庵真净禅师语录序》)这段话明显带有华严的真心观以及一多相即的思想色彩,除了令人想起《华严经》中著名的“心如工画师，能画诸世间，五蕴悉从生，无法而不造”偈语之外,又与李纲(1083—1140年)形容华严“一为无量,无量为一,小中现大,大中现小”几乎如出一辙。在心的基础上，客观界的大小、粗细、巧拙、远近、高下等无差别，撮合为一。既体现了“芥子藏须弥”的特色，也令人想起李通玄“无边刹境，自他不隔于毫端；十世古今，始终不移于当念”的名言。因此，一假山、一海石，便足以了知山河大地。苏轼于海岸边拾得碎石，便可了知无边大海。其《文登蓬莱阁下石壁千丈，为海浪所战，时有碎裂，淘洒岁久，皆圜熟可爱，土人谓此弹子涡也，取数百枚以养石菖蒲，且作诗遗垂慈堂老人》一诗曰：

> 蓬莱海上峰，玉立色不改。孤根捍滔天，云骨有破碎。
> 阳侯杀廉角，阴火发光采。累累弹丸间，琐细成珠琲。
> 阎浮一沤耳，真妄果安在。我持此石归，袖中有东海。
> 垂慈老人眼，俯仰了大块。置之盆盎中，日与山海对。
> 明年菖蒲根，连络不可解。倘有蟠桃生，旦暮犹可待。(《东坡全集》)

以海边碎石揣知东海涛声，因“俯仰了大块”，故能“日与山海对”。从一小物可以观之山海大地运行奥义，甚至在刹那间体知古往今来时间生命的真谛。

以上以味觉与视觉为例，略述宋代诗禅语境下的感官论述。其实嗅觉、听觉、触觉亦莫不如是。日本镰仓时代的禅师虎关师炼（1278—1346 年）曾于《济北诗话》就感官论述说道：

> 佛教举一身之用者，六焉。益而不上七，损而不下五。谓眼、耳、鼻、舌、身、意也。变为十八界（六根、六境、六识），广为八万四千之总持三昧，皆统于六。夫人之身接于物之者，六焉。曰眼、曰耳、曰鼻、曰舌、曰身、曰意。昧者只取眼之所接以为尔，以余之所接不为尔也。殊不知理之所在，六者皆同。

理之所在，六根所接，莫不相同，故能相通相换。佛教与中国文学批评史上的“通感”概念在此发生紧密的关联。

周裕锴先生说：

> 在居士们的文学书写中，诗、书、画、香、花、茗、蜜及其他食物等日常玩赏消费对象，往往被看作与眼、耳、鼻、舌、身诸根相对应的色、声、香、味、触的尘境。而正由于或浅或深具有“一根圆通”的修行觉悟，“六窗玲珑”的居士们不仅在日常生活的根尘应接中享受到参禅的愉悦，而且也在审美活动中自由地打破感官和媒介的界限。与此同时，这些居士们还为本土原有的“通感”式文学描写和评论，涂上“六根互用”的佛理色彩。归根结底，宋代士大夫的感官及感觉世界从现实性到超越性的变化，从感官欲望到禅意的提升，是宋代士大夫“居士化”或者说宋代佛教“世俗化”的结果。

一般来说，先秦儒家虽然也有感官论述，但多止于现象的描述，或往往最终依然指向和谐的社会伦理。但以感官知觉指向圆满人格的修行，并与文学书写过程中的种种活动紧密结合，显然是受到佛教的影响。

三、语言与诗法的共通性

虽然诗格、诗式一类的著作可以看到佛教的影响，但多半集中在声律对偶等层面，宋代以后诗家谈活法、句中眼、三句教、翻案、夺胎换骨云云，则无疑是受到禅宗思维的影响。叶梦得（1077—1148年）《石林诗话》曾以禅门中著名的“云门三句”为例，论述其与诗学之关系。其曰：

> 禅宗论云间有三种语，其一为随波逐浪句，谓随物应机，不主故常；其二为截断众流句，谓超出言外，非情识所到；其三为函盖乾坤句，谓泯然皆契，无间可伺，其深浅以是为序。

所谓“云门三句”，有各种不同的说法。叶梦得援之以审视诗歌不同的境界。总体来说，在叶梦得这里，“涵盖乾坤”意味超越二元对立，体现普遍恒存的格局；“截断众流”意指斩断葛藤，超乎逻辑理性与感官知觉的局限，彰显人类共同的生命情境；“随波逐浪”则为随时随地，不循过往窠臼，让语言散发新的生命与能量。根据日本学者土屋太祐的研究，“三句教”在宋代初期的禅林十分流行，亦非云门一宗所独有。在禅宗祖师那里，三句同时意味从体悟道法到立言明教的不同次第，为当时的诗论家所援用，意味着诗禅关系进一步水乳交融。

诗论家从禅林偈颂的种种现象得到许多启发。清代中后期批评家梁章钜（1775—1849 年）曾经举《六祖坛经》作为“翻案”的鼻祖。其曰：

> 诗文之诀，有翻进一层法，禅家之书亦有之，即所谓机锋也。神秀偈云：“身是菩提树，心如明镜台，时时勤拂拭，莫使惹尘埃。”六祖翻之云：“菩提本无树，明镜亦非台。本来无一物，何处着尘埃。”卧轮偈云：“卧轮有技俩，能断百思想。对镜心不起，菩提日日长。”六祖翻之云：“惠能没技俩，不断百思想。对镜心数起，菩提作么长！”庞居士偈云：“有男不婚，有女不嫁。大家团圞头，共说无生话。”后有杨无知翻之云：“男大须婚，女大须嫁。讨甚闲功夫，更说无生话？”海印复翻之云：“我无男婚，亦无女嫁。困来便打眠，管甚无生话！”后之主席者，多举此公案相示。（《浪迹丛谈》）

禅师在前人的基础上翻进一层，特别是肯定、否定立场的相互调换。梁章钜此处并非强调佛法的知见境界，而是特别着意在语言风格的递换。虽然“翻案”这样的说法并非宋代所独有，但在此以前，往往意指价值观或历史观的翻转，虽然禅林这样改易字句，可能有佛法知见上的差异，但批评家显然更侧重于关键词句的改易，在现存既有的诗偈加工锻炼，呈现出截然不同的趣味与意境，对于方法兴趣大于思想本身，由宋入元的批评家方回（1227—1307 年）就此说道：

> 三代无佛，两汉无佛，魏晋以来无禅，禅学盛而至于唐，南北宗分，北宗以树以镜譬心，而曰“时时勤拂拭，不使惹尘埃”；南宗谓“本来

无一物，自不惹尘埃"，高矣！后之善为诗者，皆祖此意，谓之翻案法。李、杜、韩、柳、欧、王、苏、黄，排佛、好佛不同，而所与交游多名僧，尤多诗僧则同。(《名僧诗话序》)

此外，《碧岩录》又云："自《四十二章经》入中国，始知有佛：自达摩至六祖传衣，始有言句。曰'本来无一物'为南宗，曰'时时勤拂拭'为北宗。于是有禅宗颂古行世。其徒有翻案法，呵佛骂祖，无所不为。间有深得吾诗家活法者。"指明从禅宗公案之间的袭仿改易获得诗法的启发。虽然方回等批评家往往以唐代诗人为例，但通过语言风格之间的变易，将诗禅二者的关系紧密相连，无疑来自宋代批评家的卓见。"点铁成金""夺胎""换骨"等诗法或许也都有类似的性质。

方回对于南北宗的看法大概不算奇特，不过从胡适之开始，就对禅门南北分宗的说法感到质疑，近年禅学史的研究也说明北宗在唐代盛极一时，所谓南宗力压北宗在唐代并非属实，而禅家拈古、颂古之风亦非源自《六祖坛经》，主要昉自宋代禅林殆无疑义。

四、《沧浪诗话》与"以禅喻诗"

宋代以禅喻诗之风大有席卷天下之势。在众多批评家当中，影响最大的无疑是惠洪觉范与严羽（1192—1245年）二人。惠洪觉范在感官论述、文字禅等范畴投影十分巨大，其《天厨禁脔》《冷斋夜话》继承诗格、诗式之类著作的传统，以大量的篇幅讨论诗法、诗格之类的问题。惠洪觉范的影响力远及日本、韩国。另一个就诗禅关系有完整体系，且影响同样深远，不得不推严羽《沧浪诗话》。后代（特别是明清）诗论家喜言妙悟、复古等重要命题，几乎都可以在《沧浪诗话》找到渊源。后世所谓"以禅喻诗"，亦多反映《沧浪诗话》的理论图式，明清之际的理论家也曾针对《沧浪诗话》的不同理解，掀起一场论争。直到今日，仍是学界关注的焦点所在。妙悟成为中国诗论的重要基准，严羽当居首功，其曰：

禅家者流，乘有小大，宗有南北，道有邪正。学者须从最上乘、具正法眼，悟第一义，若小乘禅、声闻、辟支果，皆非正也。论诗如论禅，汉、魏、晋与盛唐之诗，则第一义也。大历以还之诗，则小乘禅也，已落第二义矣；晚唐之诗，则声闻、辟支果也。学汉、魏、晋与盛唐诗者，临济下也。学大历以还之诗者，曹洞下也。大抵禅道唯在妙悟，诗道亦在妙悟，且孟襄阳学力下韩退之远甚、而其诗独出退之之上者，一味妙悟而已。唯悟乃为当行，乃为本色。然悟有浅深、有分限、有透彻之悟，有但得一知半解之悟。汉、魏尚矣，不假悟也。谢灵运至盛唐诸公，透彻之悟也。他虽有悟者，皆非第一义也。吾评之非僭也，辩之非妄也。天下有可废之人，无可废之言。诗道如是也。若以为不然，则是见诗之不广，参诗之不熟耳。试取汉、魏之诗而熟参之，次取晋、宋之诗而熟参之，次取南北朝之诗而熟参之，次取沈、宋、王、杨、卢、骆、陈拾遗之诗而熟参之，次取开元、天宝诸家之诗而熟参之，次独取李、杜二公之诗而熟参之，又取大历十才子之诗而熟参之，又取元和之诗而熟参之，又尽取晚唐诸家之诗而熟参之，又取本朝苏、黄以下诸家之诗而熟参之，其真是非自有不能隐者。傥犹于此而无见焉，则是野狐外道，蒙蔽其真识，不可救药，终不悟也。(《沧浪诗话・诗辩》)

“禅道唯在妙悟，诗道亦在妙悟”一语屡为后世称引，这段话将禅悟的最高境界归到临济宗，同时联属汉、魏、晋与盛唐诗；以曹洞宗排在临济宗之下，比喻大历以下的诗家。又以禅悟境界的高下比拟诗人的优劣。虽然他也说“天下有可废之人，无可废之言”，但却毫不掩饰以古为尊的立场，苏、黄以下已经近乎野狐外道，几无可取。严羽虽然没有直接说明“妙悟”的具体意涵，不过感觉上强调活泼生趣，同时应该将所有人为的痕迹尽皆抹除，包括典故或道德格言。不难想见，盛唐之后的诗人如何面对逐渐积累深厚的传统，应该是一个创作上的难题。严羽特别标举“别材”“别趣”作为诗歌的理想。

诗有别材，非关书也；诗有别趣，非关理也。然非多读书、多穷理，则不能极其至，所谓不涉理路、不落言筌者，上也。诗者，吟咏情性也。盛唐诸人唯在兴趣，羚羊挂角，无迹可求。故其妙处，透彻玲珑，不可凑泊，如空中之音，相中之色，水中之月，镜中之象，言有尽而意无穷。近代诸公，乃作奇特解会，遂以文字为诗，以才学为诗，以议论为诗。夫岂不工？终非古人之诗也。盖于一唱三叹之音，有所歉焉。且其作多务使事，不问兴致，用字必有来历，押韵必有出处，读之反复终篇，不知著到何在。其末流甚者，叫噪怒张，殊乖忠厚之风，殆以骂詈为诗。诗而至此，可谓一厄也。(《沧浪诗话·诗辩》)

这段话也是后世批评者讨论的重点。不难看出近代诸公（主要是江西诗派）“以文字为诗，以才学为诗，以议论为诗”的倾向是严羽企图矫正的风气，特别是“用字必有来历，押韵必有出处”，尤有甚者，是“叫噪怒张，殊乖忠厚之风，殆以骂詈为诗”，与过去“一唱三叹”的美学性格大不相同。严羽理想风格是“透彻玲珑，不可凑泊”，也就是说：将才学、知识、典故、议论的痕迹消弭于无形，才是严羽心目当中的好诗。故“诗有别材，非关书也；诗有别趣，非关理也。然非多读书、多穷理，则不能极其至，所谓不涉理路、不落言筌者，上也”的说法也激起后世的众多回响。严格来说，批评者经常是断章取义，误以为严羽不主读书，这样的误解只能说读书不精，未能直接打击到严羽的理论核心。从文学批评史的角度来看，虽然惠洪觉范与严羽都对诗禅关系有重大的贡献，但不难看出：惠洪觉范对于诗格、诗式一类著作谈论的主题（例如诗法）多所继承，而严羽更多的自觉却是在摆脱当时环境的限制，航向一个新的天地，也就是传说中的盛唐诗。通过“妙悟”，将“读书穷理”的过程转化成“无迹可求”的独到诗趣。惠洪觉范系对修辞风格或感官论述的各种细节讲究，严羽的“妙悟”似乎更带有“推倒一切”的气势。严羽自承“其合文人儒者之言与否，不问也”，对于儒家美学观明确表示拒绝，故其主张孟浩然（689—740 年）在韩愈（768—824 年）之上，多少亦暗寓此意，严羽曾就韩愈与孟浩然二者之高下加以比较，说道：“孟襄阳学力下韩退之远甚，而其诗独出退之之上者，一味妙悟而已。”众所周知，韩愈是宋代理学的前导。在严羽看来，唐宋诗歌的差别在于“本朝人（宋）尚理而病于意兴，唐人尚意兴而理在其中”——由于过分强调“理”，而丧失了诗歌动人的力量泉源。严羽心目中的典范是大慧宗杲，他曾经说：“妙喜（是径山名僧宗杲也）自谓参禅精子，仆亦自谓参诗精子。”或许可以说：严羽尝试将大慧禅的精神，带入诗学领域。严羽生前声名不显，《沧浪诗话》亦无影响可言。明代复古派往往奉严羽《沧浪诗话》为圭臬，连带着，反对阵营也以《沧浪诗话》作为复古派的理论代表，进行严厉的批判，例如钱谦益、冯班（1602—1671 年）。在探究中国诗禅关系史，宋代具有不能忽视的重要意义，诗禅关系进入新的层次。

（廖肇亨）

第二十三章　宋代的小说与佛教

宋代是中国小说发展史上的重要时代，随着叙事文学的发展日益受到重视，写实手法显著提升，文学逐渐走向通俗化。在此时代，以史传为渊源的文言小说渐衰，以话本为基础的白话小说益兴，各种题材、流派、风格兼备，雅俗并举，是新旧形式小说交错融会的时代。通过虚构与创新、增加细节描写与语言运用的锤炼，构筑出多元且活泼的小说样式。不过，虽然白话小说在宋代兴起，但受限于出版与传播途径的限制，就目前流传的文本看来，文言小说在宋代仍占有重要的地位；至宋元之际，随着说话艺术的发展，小说才走向以白话通俗小说为主体的新阶段。

整体而言，宋代的文言小说与白话小说并存，既有联系，又有区别。宋代的小说无论文言或白话均着重兼备众体，诗、话、唱、论常见于同一作品之中。唐代文人创作传奇时，将诗笔带入小说，有些还融入用对语说时景的赋体，增强了小说的文学性。宋代的文言小说家除了大量使用诗词赞赋外，更进一步锻炼小说的叙事语言，运用口语，通过俚言俗语提高语言的表达力。如此一来，使用口语写作文学作品渐成风气，奠定白话小说勃兴的基础。口语说话成为小说叙事方式的主流，与中古时期士族社会崩解后，至宋代形成平民／市民社会的变化密切相关。南宋灌圃耐得翁（生卒年不详）在《都城纪胜》中述及说话的类型，包含小说、讲史、说经等家。其中，“说经”包含“说参请”“说浑经”等，与唐代俗讲和变文有直接的传承关系。

唐代传奇和宋元小说的发展，与俗讲与变文体裁的产生，存在着密不可分的关系。俗讲是唐代寺院僧人公开设坛宣讲，利用较为浅白的说法解释佛理教法，使一般民众得以了解佛教教义并广泛宣扬。对于广大信众而言，俗讲是信仰佛教、了解教义思想的重要途径；相对于佛教本身而言，俗讲对民间信仰佛教的影响也较为显著。俗讲到了宋代，成为说经的源头，仍维持以宣扬佛教教义为目的。宋代留下一些说经类小说，其中最具代表性的是《大唐三藏取经诗话》，另外还有以红莲与高僧为母题的小说，影响后代发展出《花灯轿莲女成佛记》《五戒禅师私红莲记》等作品。

变文（或简称“变”）在敦煌文书中保存较多，包含佛教故事变文、史料性质变文与民间传说题材变文。佛教故事变文是通过佛经故事的说唱，宣传佛家的基本教义。它们与讲经文不同，是将佛经义理和佛经故事用讲唱的方式表现，这些故事内容通俗易懂，写成稿本后即是变文。变文通常由韵文与散文相结合，不直接援引经文，常选佛经故事中最有趣味的部分，铺陈敷衍，渲染发挥，较少受佛经的拘束。变文的叙事形式，具有丰富的想象、曲折的情节、生动的形象，加上活泼的语言。唐代传奇和宋元话本丰富的想象和曲折的故事情节，以及生动的人物形象，可说是借鉴俗讲和变文形式的结果。

宋代佛教开始出现明显的世俗化趋向，永明延寿曾云：“本末一际，凡圣同源。不坏俗而标真，不离真而立俗。”圆悟克勤亦言：“佛法即是世法，世法即是佛法。”可见佛教内部亦强调佛教入世的倾向，禅宗尤其明显。宋代禅宗与净土宗发展最盛，禅净、禅教融合是重要的趋向，也可见宋代的信仰者着重于佛教信仰的实践。宋代出现不少净土念佛结社，成员往往集结了僧、士、庶；随着净土信仰与结社的影响，结合超度亡者、往生净土与现世利益的水陆法会盛行。

在此趋势下，宋代出现不少佛教灵异记、感应记、往生传等释氏辅教之著。专著如非浊（？—1063 年）《三宝感应要略录》、常谨（北宋人，生卒年不详）《地藏菩萨像灵验记》、遵式《往生西方略传》、戒珠（985—1077 年）《净土往生传》、王古（北宋人，生卒年不详）《新修往生传》、陆师寿（南宋人，生卒年不详）《净土宝珠集》、王日休（1105—1173 年）《龙舒增广净土文》等，这些辅教感应故事，对于宋代小说的叙事产生潜移默化的影响。另外在社会上广为流传的《慈觉禅师劝化集》《观音感应集》等劝善书，以故事宣传民间的佛教信仰，体裁亦近于文言小说。其他如以“事迹”“梦记”“灵异记”“感应记”为名之作品亦丰，唯多数仅存书目或辑文，未能得见全本。

宋代的小说在佛教世俗化与民间化的影响下，纳入了信仰的诸多面向，可说是宋代小说重要突出的现象与特色之一。这些含有报应灵验情节的作品，便成为陈寅恪（1890—1969 年）所谓“本为佛教经典之附庸，渐成小说文学之大国”，既为信仰的发展描绘了具体的图像，也成为宗教宣扬传播的载体，使得读者在阅读的过程中，潜移默化地接受了信仰的观念与精神。宋代小说与佛教之间，正是存在着如此相互影响援用的关系。

一、宋代佛教题材小说类型

（一）辅教灵验

随着佛教的传播，出现诸多收录信徒亲身经历之灵验事迹与逸闻的灵验记、应验录，鲁迅（1881—1936 年）称之为“释氏辅教之书”：“记经像之显效，明应验之实有，以震耸世俗，始生敬信之心，顾后世则或视为小说。”这类作品之题材涉及因果报应、灵验感应、鬼神显灵等事迹，文笔质朴、叙事简短，甚至缺乏艺术价值；但其对于民间信众接受佛教的基本教义与观念，却产生莫大的影响。自魏晋南北朝至隋唐时期，此类释氏辅教之著俨已蔚然成家，记载诸多以佛教因果报应思想为基础的神异故事，通过曲折的故事情节，深具感染力与说服力地宣扬佛教的灵验，进而使世人能信奉佛教。

入宋之后，此类释氏辅教之作仍有不少，如非浊《三宝感应要略录》三卷、常谨《地藏菩萨像灵验记》一卷、佚名《金刚经感应传》一卷、《金刚经受持感应录》二卷、宗晓《法华经显应录》二卷等，内容多择录自六朝以来流传之灵验故事，编辑成著，涉及佛像、佛塔、佛经、舍利等题材之感应事迹。

《三宝感应要略录》主要收录灵像感应、尊经感应、菩萨感应之故事共一百五十则，是为“三宝感应”，来源包含《譬喻经》《出集法悦舍苦陀罗尼经》等经典，也有出于僧传者，更有见载于《瑞应传》《冥祥记》《冥报记》《集神州三宝感通录》《药师验记》《法苑珠林》等前朝辅教之书。《地藏菩萨像灵验记》则专收与地藏菩萨像相关的感应故事，共有三十二则。二部涉及《金刚经》的灵验记，则承续唐代以来《金刚经》信仰的流行，与《太平广记》中所收之《金刚经》异闻故事相呼应。《法华经显应录》的分类不同于前朝的《法华经灵异记》，是将古今、道俗、男女并陈，分为：古圣、高僧、高尼、信男与信女，以“高”与“信”作为收录僧人和居士的衡量准则，共收录二百三十九人。其中所收录之宋代人数，为目前可见的佛教灵验记中最多者。

值得注意的是，宋代的灵验记出现显著与民间盛行的弥陀净土信仰及结社活动有密切连结的趋向。包含遵式《往生西方略传》、戒珠《净土往生传》、王古《新修往生传》、陆师寿《净土宝珠集》、王日休《龙舒增广净土文》等，均是作者为了宣传弥陀净土信仰，择抄前朝故事，附会口传逸说，再发挥个人想象，将不同往生弥陀净土的人物汇传，纂集成书。黄启江认为这类感应传虽是以崭新的面貌出现，但内容写作的形式，实与僧传大同小异，或可将之视为一种新文类或参考数据，但尚不足以称得上是新文体或信史。

黄启江指出，宋代出现的“往生传”，存在几个有别于前作的特点：

（1）宋代信仰弥陀净土往生传的作者，常通过叙事的铺陈，将历史人物的“死亡”，转变为带有神话性的“往生”。如在《宋高僧传》记载志通（活跃于10世纪中叶）离世之况：“将欲化去，所止房地生白色物，如傅粉焉。未几，坐禅床而终，迁座阇维，有五色烟覆于顶上，法华川中咸闻异香焉。”但在《净土往生传》则更详尽地描述往生时的异象：

> 七年将欲归寂，通见白鹤、孔雀，行列西下，又见莲华光相，开合于前，通曰：“白鹤、孔雀，净土境也，莲华光相，托生处也。净土其将迎我耶？”乃起礼佛，对佛而终。至阇维时，复有五色烟云，环覆其火，法华山僧，咸共见之。

而《净土往生传》的叙事方式，则成为其后“往生”故事的范本。

（2）往生传作者在描写死亡时，会通过特别强调白光、紫云、香气等各种祥瑞，以衬托净土三圣的接引，使之较僧传中之记述更具明确的“往生”效果。如《往生西方净土瑞应传》中记唐乾符（874—879年）年间离世的唐藏禅师（唐代人，生卒年不详），“命终之日，诸天次第来请，不去。及至净土化佛来迎，方始而往”。汾阳县老人，“常诵西方，遂取粮于法忍山，借一空房，止宿念佛。临终时，大光遍照，面西而终，似登莲台遂而去”。特别强调“往生”时所现异象。

（3）自宋代的往生传开始，显示往生弥陀净土成为一种新的趋势，反映此种求往生即得预见往生之看法，可能已被不少宋代信仰净土的知识分子接受。

（4）往生净土的著作多为口传故事，偏重幻想或神话性素材。但其重视净土往生之“灵验”，如同《法华经》《金刚经》之灵验故事，均试图将具有神异色彩的故事加以事实化，进而成为佛教信仰者的历史记忆之一。

（二）命定报应

自六朝以来，小说之发展，便与佛道教的传播密不可分，鲁迅即曾言小说之兴盛，“一为娱心，一为劝善，而尤以劝善为大宗。”自六朝以来，小说与释老方志之传播密切难分。中国中古时期的佛道小说，辅教色彩较重；进入宋代后，随着口语说话与多元叙事方式的增加，使得小说强调生活化、故事化，虽仍有宗教属性，但叙事目的更在意表现“怪怪奇奇”的现象与兴趣。

宋代小说中的重要组成部分，包含神仙、佛道、因果、报应等题材。《太平广记》所收虽多为六朝、唐代之作，但编者将北宋前小说故事分为“释证”“报应”“征应”“定数”“感应”“谶应”等类，反映出宋人的小说观。考察李剑国《宋代志怪传奇叙录》，可察涉及报应、命定、感应、劝诫之类的作品即有六十种之多，如钱易（约968—1026年）《杀生戒》、张君房（活跃于11世纪上半叶）《儆戒会最》、曹希达（生卒年不详）《孝感义闻录》、过勖（生卒年不详）《至孝通神集》、岑象求（约1030—1103年）《吉凶影响录》、朱定国（1011—1089年）《幽明杂警》、周明寂（北宋人，生卒年不详）《劝善录》、王古《劝善录》、卞洪（活跃于12世纪上半叶）《劝诫录》、李昌龄（937—1008年）《乐善录》、欧阳邦基（活跃于12世纪下半叶）《劝诫别录》、陆维则（活跃于12世纪下半叶）《海神灵应录》等。此类作品极其丰富，与其故事情节深具劝善惩恶的社会意义有密切关系。小说作者通过作品强调“为善者固可以为韦弦，为恶者又足以为龟鉴”，能够发挥“可喜可噩，以警以愳（惧）”的效用。

佛教因果观念、地狱观念深入影响此类小说之叙事，如《黄靖国再生传》《陈明远再生传》《高俊入冥记》《出神记》《李氏还魂录》《齐东野语·洪端明入冥》《黄十翁入冥记》《夷坚志·信州营卒郑超》等再生传、入冥记，都将故事建立在有冥间世界的叙事前提上，也反映出入冥、再生成为一种叙事范式，在民间说话艺术中，再被转为“说因缘”“说因果”等通俗讲唱故事。

其中，特别值得关注的是，小说的作者为了达到劝惩的目的，经常详述地狱的阴森恐怖、报应的惨痛酷烈。如《程说》此则故事中描绘的地狱景象：

> 左右皆大屋，下有数千百床。床下有微火，或灭或燃。床上或卧或坐，呻吟号呼，形色焦黑，苍然不可辨男子妇人。……人莫知其数，皆体贯刃，有蛇千百条周旋于罪人间，或以尾或以口衔其刃，刃动则人号呼，所不忍闻。（《青琐高议》）

描写地狱细致入微，使人有身临其境之感。甚如《牛王宫铠饭》故事中，张觐家人梦中见到姨母因生前多食牛肉，在牛王之宫所受之苦：

> 既入，见其先姨母惊愕而至云：“我以生前嗜牛复多杀，今此受苦未竟，所苦者日食铠饭一升耳。”始语次，即有牛首人持饭至。视之皆小铁蒺藜，其大如麦粒而锋铠甚利。饭始入咽，则转次而下，痛贯肠胃。徐觉臂体间燥痒，即以手爪把搔，至于痒极，血肉随爪而下，淋漓被体。牛首人则取铁杷助之，至体骨现露，铠饭尽出。一呼其名，则形体复旧。（《春渚纪闻》）

类似如此具体且逼真的描述，使读者仿佛亲眼见到血肉淋漓的惨状，听到辗转凄厉的呼号，不得不起警惕之心。

此类以命定、报应为主轴的作品，在弘扬佛法的前提下被广为流传；但其叙事并不限于佛教义理，而是显示出儒家伦理观、道教鬼神观与佛教报应观的杂糅。如《夷坚志》现存三千则故事中，有六百余则涉及果报题材。相关故事常见不孝者遭到五雷轰顶或变猪、变牛的报应；再娶、再嫁的丈夫、妇女、负心的男子等，常会遭到死鬼的纠缠报复；淫人妻妾、奸人室女，将面临绝嗣、削禄、减寿，或是子孙淫逸败家的报应。宋代出现的大量以因果报应题材叙事，行儒家道德劝惩之实的小说，既接受佛教轮回果报之说，又包含基于儒家伦理道德意识所产生的善恶报应观念。此类小说成为佛教、道教、民间信仰与伦理观念传播的载体；而宗教信仰的元素与观念，又成为此类小说传播叙事与流行的重要助力。

（三）入世倾向

宋代以降，佛教的发展日益“通俗化”“世俗化”，在教理上未有新见之开展，对于高层次的思想、文化之影响不再。相对于此，佛教却通过各种管道对于民间社会思想与民众生活发挥相当重要的作用。宋代小说中，纳入大量佛教基本的教义与观念，亦常见反映佛教入世的故事情节，特别是出现以僧人犯戒后顿悟得化以度世为母题的作品。如《菩萨蛮》《蓝桥记》，以及以红莲与高僧为母题所衍生的小说故事。

《菩萨蛮》叙述宋绍兴年间，有温州秀才陈可常在杭州灵隐寺出家当和尚，吴七郡王到寺斋僧，见可常人才出众，便为之取得度牒，入为郡王府内门僧。郡王召可常到王府与夫人相见，并命可常作《菩萨蛮》词咏端午粽予侍女新荷。后可常被诬与新荷私通，致招杖楚被迫断追度牒，还俗入官家当差。最终辞世坐化，化现自云：“只因我前生欠宿债，今世转来还，吾今归仙境，再不往人间。吾是五百尊罗汉中名常欢喜尊者。”在此故事中，可以见到僧侣被权势之家当成门客，甚至与其家内人相见，吟诗给家伎侍女歌唱。而坐化后的陈可常现身所云之《辞世颂》提及“宿债今偿”“今归仙境”“常欢喜尊者”等，夹杂了佛教仪式与观念，反映民间对于佛、道之别的认知，存在融合与混淆意识。

宋张邦畿（生卒年不详）的《侍儿小名录拾遗》记述至聪禅师的特殊遭遇，其曰：

> 五代时，有一僧号至聪禅师，祝融峰修行十年，以为戒行具足，无所诱掖也。夫何，一日下山，于道傍，见一美人号红莲，一瞬而动，遂与合欢。至明，僧起沐浴，与妇人俱化。有颂曰："有道山僧号至聪，十年不下祝融峰。腰间所积菩提水，泻向红莲一叶中。"

至聪禅师原为修行僧，因心念动摇，身心越轨，最后结果以"与妇人俱化"收场。此一红莲与高僧的故事，在民间广为流传。经过不断发展，形成"红莲与五戒""红莲与柳翠""柳翠与月明"等题材，而有后来出现的《五戒禅师私红莲记》《月明和尚度柳翠》等作品。

明代的清平山堂刊本收录之话本小说《五戒禅师私红莲记》，先述净慈孝光禅寺中的僧人清一抚养女婴红莲长大成人，僧五戒犯色戒与红莲私通，为师弟明悟发现后惭愧坐化。后五戒投生苏老泉家，即苏轼；明悟则在转世后仍出家为僧，是为佛印。苏轼与佛印交往不绝，终使苏轼醒悟前因，敬佛礼僧尽老而终，成为大罗天仙；佛印圆寂于灵隐寺，成为至尊古佛。

学界普遍认为，红莲与高僧之事，源于至聪禅师故事之母题；至于转世为苏轼、佛印之事，应为后世说话艺人或冯梦龙（1574—1646年）收录时所添加。有学者指出，此作中宾主参禅悟道题意甚显，可能是源于宋人讲经中的说参请话本。"说参请"乃是以禅宗丛林人物与故事为题材所撰作，富有游戏意味的小说。小说内容夹杂红莲与五戒的韵事，以及东坡与佛印的两世情谊，除引说经为小说叙事之用外，也涉及佛教转世轮回之观，显示出佛教的思维方式为创作者所利用，可说是与小说间彼此的渗透与转化。

（四）轮回转世

宋人好言前世，在宋代笔记中经常能看到谈论士大夫前身的条目。这种转世书写也影响到了后世戏曲小说的情节架构，出现一些今生宿业来世得报的故事，前节所述红莲故事母题连结苏轼、佛印之前世今生，便是如此。

苏轼前世为僧的故事在北宋后期即已流传，其中最早也最为详尽的记载，当数禅僧惠洪于《冷斋夜话》卷七所记之《梦迎五祖戒禅师》条：

> 苏子由初谪高安时，云庵居洞山，时时相过。有聪禅师者，蜀人，居圣寿寺。一夕，云庵梦同子由、聪出城迓五祖戒禅师，既觉，私怪之，以语子由，语未卒，聪至，子由迎呼曰："方与洞山老师说梦，子来亦欲同说梦乎？"聪曰："夜来辄梦见吾三人者，同迎五祖戒和尚。"子由拊手大笑曰："世间果有同梦者，异哉！"良久，东坡书至，曰："已次奉新，旦夕可相见。"三人大喜，追笋舆而出城，至二十里建山寺，而东坡至。坐定无可言，则各追绎向所梦以语坡。坡曰："轼年八九岁时，尝梦其身是僧，往来陕右。又先妣方孕时，梦一僧来托宿，记其颀然而眇一目。"云庵惊曰："戒，陕右人，而失一目，暮年弃五祖来游高安，终于大愚。"逆数盖五十年，而东坡时年四十九矣。后东坡以书抵云庵，其略曰："戒和尚不识人嫌，强颜复出，真可笑矣。既是法契，可痛加磨砺，使还旧观，不胜幸甚。"自是常衣衲衣。(《冷斋夜话》)

惠洪称苏轼的前身是五祖戒禅师，并将苏轼、苏辙兄弟本人拉入叙述，增强其可信性。惠洪在所著《石门文字禅》卷二十七《跋东坡仇池录》中亦提及此事，将禅师转世作为苏轼文风的重要形成原因。惠洪之外，受苏轼荐举得官的何薳（1077—1145年）在其《春渚纪闻》卷一《坡谷前身》条中也持此说，并将苏轼诗文中对于杭州寿星院的梦悟，演绎成先知台阶数的故事，再加上星斗状黑子等神秘情节，使得前世为僧说的可接受性更强，而确切记载苏轼明确承认前世之说。惠洪《冷斋夜话》卷七《苏轼衬朝道衣》当中，苏轼曾作偈戏答僧曰："恶业相缠卌八年，常行八棒十三禅，却着衲衣归玉局，自疑身是五通仙。"

在惠洪、何薳的传扬下，加上苏轼自己也经常使用转世话语入诗文，大众对于此说的接受也就相当迅速，至南宋初年已广为流传。而后之话本小说《五戒禅师私红莲记》即纳入苏轼、佛印二世相会的故事于其中。

另有《花灯轿莲女成佛记》，收入《六十家小说》中的《雨窗集》，学界根据其篇内称谓用语，判断该小说约出于南宋。此篇小说内容主叙小花店主人张元善与妻王氏四十岁仍无子。平日好善，亦好看经念佛，斋僧布施。一日见瞎眼婆婆在街上念经乞讨，便接回家中供养。婆婆死后转世成为张元善女，长大后受能仁寺惠光长老点化，出嫁时在轿中坐化，元善夫妇也得成正果。卷末云："做善的俱以成佛，奉劝世人：看经念佛不亏人。"此"经"所指为《大乘妙法莲华经》，小说中更赞扬《法华经》法力无边，"假饶造罪如山岳，只须妙法两三行"。小说剧情中有相当长的篇幅写莲女与惠光和尚问难答辩，乃是借此说明念经诵佛转生的莲女不泯佛性，因此七岁便有灵性，十六岁就皈依佛祖，甚至对于惠光和尚所言"且去寻个汉子来还债"了然于心，回家等出嫁坐化的一天到来。诸如此类之情节，展现了此作弘传佛教义理的用意。

（五）宣说佛理

"说经"类小说在《都城纪胜》《梦粱录》的界说中，均指"演说佛书"。所谓佛书，包含佛经、史籍、佛传等与佛教关系密切的载籍，说经类小说与唐代的俗讲传统关系密切，可以说是结合俗讲与说话的产物。唐五代间，从俗讲衍生出《庐山远公话》，至宋代以后，更出现《大唐三藏取经诗话》《花灯轿莲女成佛》《五戒禅师私红莲记》《陈可常端阳仙化》等作品。其中，又以《大唐三藏取经诗话》最具演说佛书之代表。

《大唐三藏取经诗话》成于元朝，今存刻本两种，均藏于日本高山寺。不过，《大唐三藏取经诗话》的本源，主要出于玄奘取经的传说。根据前人研究，南宋张世南（约活跃于13世纪）《游宦纪闻》中出现"无上雄文贝叶鲜，几生三藏往西天。行行字字为珍宝，句句言言是福田。苦海波中猴行复，沈毛江上马驰前"的诗句，所叙即是玄奘取经事，而且此处已将唐僧取经与猴行者连结。南宋末年刘克庄（1187—1269年）《释老六言十首》中，亦出现"取经烦猴行者，吟诗输鹤阿师"之句，说明至少在南宋后期，《大唐三藏取经诗话》的故事已经有所流传。

《大唐三藏取经诗话》云，唐僧取经，途经一国，遇猴行者。行者有神通，入大梵天王宫，天王赐隐形帽、金镮锡杖、钵盂三宝。一路经香山寺、狮子林、树人国、长坑、大蛇岭。在火类坳灭白虎精，于九龙池降九头龙。又有深沙神化金桥帮助度险。后来到鬼子母国、女人国。在王母池，三藏命猴行者偷桃，因桃形似小儿，不敢吃，行者食之。又经沉香国、波罗国、优钵罗国，抵达竺国，得经文五千零四十八卷。回程中，定光佛授《多心经》。至河中府，遇王长者妻杀儿，法师救之。至长安，皇帝亲迎。七月十五日，天降莲舡，唐僧师徒乘之仙去。可说是明代小说《西游记》的故事原型之一。

取经诗话的作品，文学价值虽然不高，但对后世小说、戏曲的影响极大。一是其为前此诸多流传于民间的故事之集结；再是开创了后世小说、戏曲描写取经故事的先河。元代市人小说开始出现的《西游记》便是源于取经诗话，甚至成为吴承恩（约1504—1582年）《西游记》的祖本。

除了诗话外，宋代的文言小说也有宣扬佛教思想的作品。北宋刘斧（活跃于11世纪）所编《青琐高议》中，收录《慈云记》，故事情节类似唐代传奇《枕中记》，讲举子袁道进京考试，因病耽误考期。后出游西池时，遇一僧人邀其入室休息。袁道见一大瓮，身入其中，便入赘相府，一举中第，官至宰相。后因极谏皇帝改立皇后，遭贬凉州司马。贿赂内臣后，才得回京复官。之后又触怒皇帝罢相，被诬谋反斩首东市。一刀过颈，袁道才发觉身在瓮旁，因而觉悟归益州剃发为僧，是为慈云和尚。在《慈云记》中，袁道通过魂入他界享受士人梦寐以求的人生理想，补偿在人间不可得的生活，醒后领会人生哲理，体悟到浮生若梦、前尘似幻，人世间的宠辱不过是一片浮云、一场虚名。

此作中通过慈云之语，表现时人理解之佛教义理思想。慈云主张爱民及反对以施舍名义扰民，并认为修道在“明心”。此外，慈云还力斥教徒燃指伤身之崇佛行为，严重违背人子之道，并反对轩牖金碧造佛殿阁，舍本逐末实不可取。这些都反映出时人对于佛教的理解掺杂了儒家的观念与思想。此外，作者也有意识地通过此故事阐发自身理念，利用梦的虚无，安慰当时不得志的士人，再通过梦境的幻灭，使读者了解人生短暂如电光石火，荣华名利早已命定，一般人追求的高爵厚禄，不过是梦幻泡影。

二、宋代佛教题材小说特色

（一）以命定报应叙事彰显善恶之辨

小说劝惩教化的功能，在宋代形成并迅速开展。钱易之子钱明逸（1015—1071年）在《南部新书》的《序》即言此著所收故事："忠鲠孝义可以劝臣子，因果报应可以警愚俗，典章仪式可以识国体，风谊廉让可以励节概。"此序作于嘉祐元年（1056年），可见此时小说具有劝惩功能已经受到关注。另如章炳文（活跃于12世纪上半叶）《搜神秘览序》所云"造诡怪之理者，亦属于劝惩之者旨焉"；范镇（1007—1088年）《东斋记事自序》言"至若鬼神梦卜，率收录而不遗之者，盖取其有戒于人耳"。如此借着因果报应题材彰显劝善惩戒之意，在南宋的小说中尤为突出。如李昌龄《乐善录》、欧阳邦基《劝戒别录》、蒋宝（生卒年不详）《冥司报应》、洪迈（1123—1202年）《夷坚志》、郭彖（活跃于12世纪）《睽车志》、张邦基（生卒年不详）《墨庄漫录》、何薳《春渚纪闻》等，均属"大旨亦主于阐明因果，以资劝诫"之作。

佛教的轮回报应观，使人们得以对于现实世界人事的因果关系做出理解，对于生命的来去与经历找到解释。这样的功能，使得命定报应的佛教通俗教义，成为诉说故事的绝佳规律，让各类小说得以建构出更为曲折生动的情节。而随着因果报应叙事的创作、传播，也使得佛教的通俗教义更加广传。

唐人传奇虽有"篇末垂诫"的形式，但其根本兴趣之所在乃是"著文章之美，传要眇之情"，劝惩乃是附加在故事上，以表现议论文采。宋人则是以故事为载体，劝惩才是体裁意义的突显，是创作寄托之所在。而在此趋势下，宋代小说中出现大量的因果报应题材。宋代的小说中，往往可见"善有善报，恶有恶报"的情节安排。如话本小说《错斩崔宁》中，述及追拿崔宁时言及"天网恢恢，疏而不漏"；案情大白时，又云"今日天理昭然"；甚至有"冥冥之中，积了阴骘"之语；结语更出现大娘子一心礼佛、超度亡灵的结局，展现出报应观念贯穿故事铺陈叙事的样貌。

在因果报应的情节中，关于善因、恶因的铺陈，正是分辨"善""恶"

价值观的展现。例如王拱辰（1012—1085年）《张佛子传》描述张庆居官为善，善得善报的故事，彰显出慈悲、布施、不杀生等佛教基本观念。值得注意的是，因果报应题材的小说中，更多的是展现仁、孝、节、义等伦理纲常与道德准则，如追求高官厚禄、荣华富贵，最终如梦幻泡影，不能久远；《友会谈丛》中《卢平》写曹州司户卢平专横强暴、贪婪劫掠、恃兹酷虐的行为，终究落得遭受恶报惩罚的下场；《友会谈丛》中《李忠》的石氏兄弟，事母凶暴，甚至杀母而诬告他人，最后遭到雷击而亡，“背上各有朱字，言杀母之由”，作者借由果报之说，严惩大逆不道的不孝子，以达警醒世人的目的。诸如此类关于善恶分辨的判断与价值观，常常贯穿在小说作品之中，并随着小说广为流传，深入社会民间的人心之中。

值得注意的是，宋代的小说中所体现的因果报应观，乃是杂糅佛教轮回果报观念与传统善恶报应观念，进而与儒家道德劝善思维相结合的作品。宋代小说的作者，注意到佛教的因果报应观念已经深入民间，因此通过此一题材，叙说善恶之辨，展现强烈的道德劝惩意图于作品中。

（二）突显佛教民间世俗化的样貌

前人已指出宋代小说的艺术成就，突出表现在细节描写上的逼真与传神，善用写实的手法再现特定时代、环境中的社会风貌与生活气息。宋人的意识中，存在着杂糅佛教、道教、祠神信仰所建构出的神佛鬼灵世界，而社会上层与民间的信仰趋同样貌，便展现在小说的创作之中。宋代的水陆道场、放生、施食等佛教法会仪式，与源于道教的斋醮祈禳，同为宋人生活行事的一环，在民间广为流行，对于文学创作也产生深远影响。宋代文人出现不可胜数的斋文、祝文、祭文、疏语、祈祷文、发愿文、施食文等，均展现出多元的信仰世界观。

宋代民间化的入世佛教对于小说的创作产生根本性的影响，所谓“灵像感应以为佛宝，尊经感应以为法宝，菩萨感应以为僧宝”，如前所述，宋人编纂的辅教之书，以及时人的信仰观，均成为小说叙事的重要源头。如佛教的三佛应劫救世思想，对于宋代民间信仰生活影响甚深。所谓三佛应劫救世，指的是燃灯佛（定光佛）、释迦佛、弥勒佛分别在过去世、现在世与未来世出现，解救苦难中的众生。在五代的动乱时期，燃灯佛转生救世的传说被民间广为接受，包含杭州法相寺长耳和尚（？—950年）、婺州猪头和尚（生卒年不详）等，均被视为定光佛转世。宋代更出现南宋朱弁（1085—1144年）所撰《曲洧旧闻》中之《定光佛出世得太平》《定光佛再出世》条，将北宋太祖（927—976年）、南宋高宗（1107—1187年）分别视为定光佛的初出世、再出世。

宋代佛教民间世俗化，也表现在：寺院向大众开放，加强世俗功能；僧人敷导民俗、为世俗服务等不同面向上。宋代佛教寺院不仅是佛教法会仪式与僧人修行之所，更成为世俗娱乐的场所，尤其在经济发达的城市地区，佛教的世俗性越发突出。孟元老（生卒年不详）《东京梦华录》记载重阳节时开封城内诸禅寺会举行斋会。其中，开宝寺与仁王寺有狮子会，僧人会坐在狮子上，做法事讲说，游人最盛。东京的相国寺内每月有五次开放举行市集，予百姓进行交易。王栐（生卒年不详）《燕翼诒谋录》则记载东京相国寺有“瓦市”，中庭两庑可容纳万人，商旅交易皆在其中，是四方至京师中以货物求售、转售他物的重要场所。

再者，宋代的僧人涉入民间事务益深。前述相国寺的市集不仅有民众货商行贩其间，亦有寺院师姑贩卖“绣作、领抹、花朵、珠翠头面、生色销金花样幞头帽子、特髻冠子”等物。寺院的住持僧官也因应诸多行商、游客提供诸多饮食茶果。而为求衣食财物为俗人服务，举行经忏佛事的僧人更是大幅增加。刘圻父（活跃于13世纪上半叶）《时风诗》便直指“自从度牒不直钱，此辈猥多衣食窄”，批评僧侣为求生存，以因果报应之说骇人，诱引俗信举办礼忏法会，以收钱财。《燕翼诒谋录》也记载当时丧家命僧道诵经，设斋作醮、作佛事，称为“资冥福”。宋代天台尊宿慈云遵式在《炽盛光道场念诵仪》中批评：

> 近见檀越之家，深有信向，请僧归舍，设食读经，望其福慧。势力损财，无善仪则。敬慢不分，是非宁别。或倚恃豪富，或放纵矜高，反言衣食，庇荫门僧。请唤道场，便言恩幸，趋瞻失节，朗责明诃。铺设法筵，稳便驱使。门僧无识，恐失依栖。苦事先为，免劳施

主，纵有法则，岂敢辄言。檀越不询，门僧不说。讹谬之迹，自此滋彰。不扫厅堂便张法席，未断荤秽辄请圣贤。至于迎像延尊，殊不避座，旋踵致敬。

由此可以见到宋代的俗信可以随意延请僧侣出入家中，僧侣为求衣食便配合俗信之要求，甚至出现违礼失法的情事。如此佛教深入民间生活，僧俗交往密切，甚至影响民间风俗的状况，甚至招致官方的禁止，可见此风之盛，更成为出现如《菩萨蛮》、红莲与高僧等小说作品的背景。

综而观之，佛教教义的通俗民间化，寺院、僧人活动的世俗化，在宋代愈发兴盛，除了可证明佛教对于民间社会的影响外，也引致诸多弊端变相。僧俗互动频繁，方外世俗的界线不再严明的背景，均提供了宋代小说叙事在思想与故事情节设定上的诸多题材。

（林韵柔）

第二十四章　宋代的佛教史传与散文

宋朝对于佛教采取支持与管理并存的政策，延续中古以来的制度，通过试经择给度牒来掌握僧尼的质量，中央与地方均设有僧官，以管理全国僧尼。宋太宗太平兴国七年（982 年）重启国家主持的译经院，直至宋仁宗景祐四年（1037 年），共译出大小乘佛典二百四十三部、五百七十四卷。宋代译经事业最重要的特色，在于由皇帝任命官员担任译经场的译经使与润文官，不但提升译经的地位，也使得许多官员得以参与佛教的传播事业。

杨曾文曾在《宋代的社会和佛教、禅宗》一文中提及，宋代佛教分为禅、教、律三教，佛教寺院也分为禅寺、教寺与律寺。“禅”即禅宗，主要有云门、临济、曹洞三宗；“教”主要有天台宗、华严宗与净土宗；“律”是律宗。宋代佛教诸宗中最盛行的是禅宗，其次是天台宗与净土宗。在诸宗融合会通下，禅宗逐渐成为中国佛教的主体。

唐末五代先后成立的禅门五宗中，沩仰宗在宋以前已经没落。宋代以后相继传播的禅宗派别是法眼宗、云门宗、临济宗与曹洞宗。关于唐宋禅宗的发展，杨曾文等前人已有丰硕研究，可资参考。禅宗在修持方式上追求简要，加上禅门语录等机锋文辞蕴含的义理思辨，不仅学禅成为众多士人的信仰趋向，也促进宋代士僧交游网络的建立。葛兆光在《中国禅思想史——从 6 世纪到 10 世纪》中，通过以文字作佛事的宋代文字禅、禅僧史传的书写策略，以及经教与公案文字的牵连等面向，指出唐宋禅宗从出现口传到书写的发展脉络，实与宋代士僧交游存在密切关系。

宋道发在《吴越王钱弘俶与宋代天台宗的复兴》中指出，唐末五代时期约二百年间，天台宗先后经受安史之乱的破坏、会昌法难的摧残，以及五代战乱的扫荡，教典大多散佚无存，教势不绝如缕。后有吴越国王钱弘俶（929 — 988 年）遣使往日本请回天台教典，又自新罗带回散落于海外的智𫖮（538 — 597 年）论疏。研习教典之风渐盛，天台宗教势随之渐复。至四明尊者知礼广演教法，多事著述，才使天台宗在北宋之初蔚然中兴。然而，天台宗面对禅宗兴盛发展的挑战，有宋一代，始终与禅宗在佛教义理与法统上多有论争，也因之出现许多宗派教史的著述。

一、宋代佛教史传与散文类型

宋代佛教史传与散文，除了延续中古时期形成的僧传传统，开始编纂编年体佛教史，亦在禅宗兴盛发展与士僧交往密切的景况下，出现不少士僧撰著的佛教文章。曹刚华指出，宋代佛教史籍的编纂，在史书体裁变化与佛教宗派竞争的影响下，出现佛教史籍体裁多样化，兼采避讳、曲笔直书、记事详简等史籍编纂准则撰著等特色。其中，出现纪传体佛教史籍是宋代佛教史著的重要创新；受到当时新出现的年谱体之影响，也出现年谱体佛教史籍。再者，灯录体史籍的出现，除反映禅宗发展的兴盛，也形成记言为主、言行并重的独特宗史撰述风格。而在编年体、僧传与地理等类的宋代佛教史籍中，也可见到佛教史家结合中国史籍撰述传统与佛教典籍特点所出现的变化。

（一）高僧传记

僧传的出现，一来是受到魏晋时期各类杂传兴盛发展的影响，二来是佛教在中国的发展已超过三百年，累积了一定的历史数据，因而兴起僧侣为教门先哲立传的风气。上卷第六、十二章，分别述及隋唐以前佛教传记文体的发展与变化。此类僧传的撰述目的，据梁慧皎（497 — 554 年）于《高僧传》卷十四《序录》中所言，乃是因为高僧的活动对于佛教在中国的存续有重大的贡献，希望能通过编纂僧传，为后代的修行者树立典范，并据高僧行谊专长分为十类。大抵而言,《续高僧传》与《宋高僧传》也是延续此一精神与体例而编纂。

宋太宗端拱元年（988 年）由赞宁撰成的《宋高僧传》，收录正传五百三十三人、附传一百三十人，主要记述自唐代至北宋初的僧侣，亦补入梁慧皎与唐道宣（596 — 667 年）两人书中未载的刘宋、北魏、陈、隋僧共九人的传记。作者赞宁,后唐明宗天成年间(926—930 年)于吴越国出家。后于后唐末帝清泰初（934 年）入天台山，接受天台宗所授具足戒，并学习《四分律》。吴越世宗文穆王（887 — 941 年）在位期间，委作“两浙僧统”，管治吴越国的僧尼，在任内数十年来“像法修明，缁徒整戢”。太平兴国三年（978 年),吴越国降宋,赞宁随降。宋太宗（939 — 997 年）赐给紫方袍，改其法号为“通慧”。太平兴国八年（983 年），太宗下诏命赞宁修一部“高僧传”。其后赞宁在僧人显忠（生卒年不详）的协助下,经过六年,修成《宋高僧传》三十卷。

此作之体例完全依循《续高僧传》，连十科名称与排列次序亦相同，不过其于书中创立了高、续二传所无的“系”与“通”。前二部《高僧传》于各科之后有一总论,《宋高僧传》除总论外，个别传末常附有论述，或申明作者的宗旨，称为“系曰”。此外，赞宁有时在系中提出问题，再自行解答，以“通曰”二字标示，二者均是赞宁新创的体例。黄敬家指出,《宋高僧传》“善用史传互见笔法来强化其叙事焦点，加上叙事时序的跳接运用，在短小的篇幅中，选择传主较具特殊性或戏剧性的生命情节作为叙事核心”。《宋高僧传》的书写特色，较梁慧皎《高僧传》、唐道宣《续高僧传》，呈现更为模式化、典型化的倾向，展现出此类僧传叙事方式的特色和价值。

值得注意的是,《宋高僧传》成书后，宋代再无其他高僧传的编纂，关于其后之宋代僧人传记，要到明神宗万历四十五年（1617 年）由如惺（活跃于万历年间）编纂的《大明高僧传》才能得见。但《大明高僧传》采录的时期为“南宋迄今（明）”，如此使得北宋僧传呈现“百年空白”的情况。能用来弥补的资料，则见载于各宗僧传、教史与灯录之中。

禅宗与净土宗，均有以传记体撰写的宗派僧人传记。禅宗有明教契嵩（1007 — 1072 年）《传法正宗记》《传法正宗论》《传法正宗定祖图》，达观昙颖（989 — 1060 年）《五家传》，惠洪觉范《禅林僧宝传》，石室祖琇（生卒年不详）《僧宝正续传》等。

北宋云门宗僧明教契嵩有感于传为北魏孝文帝延兴二年（472 年）吉迦夜（生卒年不详）与昙曜（生卒年不详）共译的《付法藏因缘传》对于禅宗列祖传承法脉与姓名前后失序，存在诸多问题；唐代朱陵沙门智炬（生卒年不详）《宝林传》（成书于唐德宗贞元十七年〔801 年〕）亦存在不少错误，因此契嵩以《宝林传》与《景德传灯录》中所载二十八祖世系与传记为基础，参考大量佛教文献和史书资料，于宋仁宗皇祐年间（1049 — 1054 年）撰成《传法正宗记》九卷、《传法正宗论》二卷与《传法正宗定祖图》一卷。

《传法正宗记》卷一为始祖释迦如来表；卷二至卷五以传的形式记述迦叶至菩提达摩的传记；卷六为慧可（487 — 593 年）至惠能的传记；卷七、八是《正宗分家略传》，叙大鉴惠能弟子与南岳怀让（677 — 744 年）、青原行思（671 — 740 年）两大法系的传承，涉及一千三百零四人；卷九包括《旁出略传》和《宗证略传》，前者叙阿难至达摩，以及慧可至弘忍（602 — 675 年）的旁出弟子二百零五人，后者为被认为讲述或记载历代祖师事迹者的十人之传记。此书在某些传后会加上“评曰”，对人物与事件进行评论。

嘉祐年间（1056 — 1064 年），达观昙颖撰成《五家传》，记载云门、曹洞、法眼、临济、沩仰五宗禅师之机缘语句，但并未仔细介绍禅师的世系、入道因缘、临终明验之效。其后，惠洪觉范有感于灯录等记言体著作注重记载禅僧语录，缺少禅僧事迹的记述，《宋高僧传》中关于禅僧的记载也有所缺漏，因此在三十年间，收罗禅僧之行录、行状、传记、塔铭、禅法语录，陆续编纂百篇以上的禅僧传记，于宋徽宗宣和元年（1119 年）整理七十余篇，再扩增为《禅林僧宝传》。全书三十卷，收载禅僧八十一人，尤以宋代禅僧最多。《禅林僧宝传》的特色在于既载禅僧事迹，又选载具代表性的语录，从而创立禅宗史书的新体裁。李熙指出，惠洪遍走丛林，参学诸方，知晓诸多丛林故事，亦与不少传主有过交往，进而得以将其所访口述转为文字，另亦利用《景德传灯录》与《禅林僧宝传》进行禅史文本互文性的书写。

石室祖琇《僧宝正续传》则是辑录罗汉系南（1050 — 1094 年）、圆通道旻（1047 — 1114 年）、兜率惠照（1049 — 1119 年）、黄龙道震（1079 — 1161

年）、德山木上座、临济金刚王等三十人之传及宗乘语要，各传之后附赞语一篇。卷末附录“代古塔主与洪觉范书”，举出惠洪觉范所著《禅林僧宝传》之三失，加以诘难。

净土宗虽无明确的法脉传承，但净土类的资料却十分可观。例如宗晓类集净土教的相关文献，撰成《乐邦文类》及《乐邦遗稿》，书中收录往生净土者的道俗传记，并以之建立莲社六祖的相承法脉。以莲社始祖慧远传为首，继之为善导（613—681年）、法照（747—821年）、少康（736—805年）、省常、宗赜的五大法师传。

大石志磐则在《佛祖统纪》中立《净土立教志》，其受宗晓莲社六祖相承说之影响，建立莲社七祖说。七祖列传的排定次序为初祖庐山慧远、二祖长安善导、三祖南岳承远（712—802年）、四祖长安法照、五祖新定少康、六祖永明延寿、七祖昭庆省常，以这七祖的传记为首，接着是莲社十八贤、一百二十三人传，高僧、比丘尼、杂众、公卿、士庶、女伦，以迄恶辈、禽鱼等一切阶层，乃至飞潜众生的往生传记，达三卷之多，可谓宋代往生传的集大成者。

（二）灯史灯录

在1930年代《祖堂集》（952年成书）与《宝林传》（801年前后成书）重现于世之前，北宋承天道原（生卒年不详）的《景德传灯录》是最早盛行于世的禅宗灯史。继而有北宋临济宗居士李遵勖《天圣广灯录》、云门宗佛国惟白（生卒年不详）《建中靖国续灯录》、南宋临济宗晦庵悟明（生卒年不详）《联灯会要》、云门宗雷庵正受（1146—1208年）《嘉泰普灯录》成书。南宋再有大川普济（1179—1253年）将前述五部灯录删繁就简，编成《五灯会元》。禅宗强调直承佛、西土诸祖，直至菩提达摩及中土列祖之法，师师相传、“以心传心”。因灯能照暗，以灯喻法，谓代代传法如同传灯，故称这类史书为“灯史”；又因以记述语录为主，也可称之为“灯录”。杨曾文指出，灯录只收编禅宗僧人的传记和语录，并严格按照禅法世系编录，是以记言为主的谱录体禅宗史书，与以三高僧传般分类编撰的僧人传记体史书有所不同。

道原是法眼宗僧，天台德韶的弟子，于宋真宗景德元年（1004年）前后撰成《景德传灯录》。此书初成时称《佛祖同参集》，之后在进献给朝廷前，改为《景德传灯录》。此著是以记言为主的谱录体禅宗史书，共三十卷。记述从七佛到南宗惠能法系的法眼宗法嗣，共五十二世一千七百零一人的传承简历和语录。全书的编辑结构显示作者极为重视传法世系，也重视传法语句；根据的资料主要是语录、文集，以及禅僧的行录、塔铭等。此书由于在进献后受到宋真宗（968—1022年）诏令位居高位的儒臣勘定，又令入大藏经流通，造成很大的影响。其后出现的几部灯录，均受到《景德传灯录》的影响。包含李遵勖《天圣广灯录》、佛国惟白《建中靖国续灯录》、晦庵悟明《联灯会要》，以及正受《嘉泰普灯录》等，成为“禅宗五灯录”。

灯录的成书本于公案、语录，内容多由传主的语录、行事构成，是以师徒间的机缘对答为主体。据黄敬家研究，《景德传灯录》关于灯录禅师传的叙事结构包含：（1）籍贯姓氏；（2）参学寻师；（3）得法因缘；（4）传法接机、（5）示寂前开示或传偈；（6）封谥、寿数、僧腊等。第（1）（2）（6）项通常在几句记录之间便交代完毕，灯录的主体应在禅师的语录第（3）（4）（5）项，而语录中又包含大量的公案素材。

禅宗灯录叙事结构的安排，反映出作者希望读者从禅师的机智对答中获得启悟，而非如《宋高僧传》般，侧重于对传主生平及事件的了解。此类记言文本在北宋大量出现，包含颂古、拈古等存在于公案语录之间的文字，成为北宋文字禅主要的形式与内容。

（三）宗派教史

南宋时期出现几部以编年体与纪传体撰成之佛教通史，包含祖琇《隆兴编年通论》（成书于宋孝宗隆兴二年〔1164年〕）、本觉（生卒年不详）《释氏通鉴》、宗鉴（生卒年不详）《释门正统》（成书于宋理宗绍定六年〔1233年〕）、志磐《佛祖统纪》（成书于宋度宗咸淳五年〔1269年〕）等。

这几部教史的成立，实与禅宗和天台宗派法脉的建立有密切的关系。《隆兴编年通论》与《释氏通鉴》，乃是经历自1004年《景德传灯录》成书以降，近二世纪以灯录建构出禅宗系谱之后，采用编年体建构出展现禅宗传承法脉的佛教通史。而《释门正统》与《佛祖统纪》则是天台宗在面对禅宗兴盛发展的挑战后，参酌其法派系谱的建立，采用纪传体建构出以天台教学传承为中心的佛教通史。

祖琇《隆兴编年通论》是现存最古的编年体佛教通史，成书于隆兴二年（1164 年），全书共二十九卷、二十万字，记载自东汉明帝永平七年（64 年）至后周世宗显德四年（957 年），共八百九十三年间的佛教历史，记事以唐为重心。全书除了编年叙事之外，还有不少议论之语，以“论曰”附于各史事之后，共计九十六条，在分析评价人物、辨析考订史实与阐发材料三方面均有贡献。此著广采正史、别史、僧传、经录、文集、笔记、灯录等文献数据，大量利用碑刻数据来记史，是该书的一个重要特点。对宋朝以前各代的佛教事件与人物作了详细编年，系统性记录了佛教在中国的流播情况。祖琇既能按时间顺序记史，又能注意反映事件的连贯性与人物的完整性。除僧史外，书中也记录不少世俗史实与人物，所记史事虽亦有见载于其他传世史籍者，但记载往往更具体、详细。

本觉《释氏通鉴》，采用编年体记载周昭王二十六年（前 1027 年，此为佛教的说法，该年释迦牟尼诞生。夏商周断代工程认为周昭王在位时间为前 995 到前 977 年）迄宋太祖建隆元年（960 年），一千九百余年间佛教之历史。今日存本可见南宋咸淳六年（1270 年）荐福用错（生卒年不详）为之作序，《释氏通鉴》当成于此前。

面对禅宗兴盛的发展，天台教学受到莫大的挑战。相应于此，天台宗创立以其自身独特的祖统传承为中心的通史作为响应。《释门正统》与《佛祖统纪》二部以天台宗立场撰述的教史，认为佛教的精髓要旨体现在天台教法和实践之中，从释迦牟尼佛经由印度诸祖师，忠实地传递到中土天台宗的诸位祖师。因此，两部史书均以天台祖师及其法嗣的法脉传承作为撰述核心。日本学者筱原亨一（1941 —　）指出，天台宗史传原属地方史志，这些史料被转化成通史，是基于从禅宗宗史转介而来的法脉传承观念。

宋代天台宗的教史著作，今日可见者有良渚宗鉴《释门正统》、志磐《佛祖统纪》。北宋天台元颖（生卒年不详）曾撰《宗元录》，内容包含天台宗门的源流法脉、正像统纪，以及教藏目录，但今已亡佚。宋代天台宗的教史多采用中国正史的体裁，以纪传体书写，采用本纪、世家、列传、志、表等科目。南宋铠庵居士吴克己（1140—1214年），采用中国正史的体裁，以纪传体书写，分为纪传、列传、总论之三科，强调天台宗门当为释门正统，但在书完成前便辞世。镜庵景迁（生卒年不详）兼采元颖《宗元录》与吴克己《释门正统》，增补逾六十人之传记，撰成《宗源录》。在前人的基础上，宗鉴亦采纪传体书写，以本纪、世家、列传、志、载记五科，撰成《释门正统》成书于南宋理宗嘉熙元年（1237年）。《释门正统》成书三年多后，志磐在宗鉴的基础上，作成百科全书式的《佛祖统纪》。

南宋志磐的《佛祖统纪》，共五十四卷，是汇集前述天台宗门史籍之大成者。志磐将自佛祖以来天台宗门的传统，兼及纪传、编年、记事本末体，写成本纪、世家、列传；志列《净土立教志》《诸宗立教志》《法运通塞志》《历代会要志》。其中《法运通塞志》乃是佛教的编年体通史，《历代会要志》则采纪事本末体。

《释门正统》和《佛祖统纪》的结构均采模仿中国传统正史的体例和分类。《佛祖统纪》中，记载从释迦牟尼佛到龙树（约150—约250年），再到知礼的诸祖师事迹，称为本纪；其后自慧思（515—577年）以降，直到义通（927—988年）的中土诸祖师之弟子传记，称为世家。《释门正统》中与之对应的传记部分，组织方式也大致相似，只是从慧文（生卒年不详）到知礼的中土祖师被列入世家。二书在传记后，均附上《传法图》，图中展现立传诸师的名字及其在系谱中的位置。

（四）地理著作

清人章学诚（1738—1801年）曾指出方志在史学上之重要地位："夫家有谱，州县有志，国有史，其义一也。"地方修志的传统亦兼及山寺志等佛教地理类史籍的撰著。魏晋南北朝时期开始出现记载北魏洛阳一地佛教史实的《洛阳伽蓝记》，唐代有《古清凉传》等，宋代以后，地方修志逐渐蔚然成风，佛教地理类史籍的撰著渐增。今日可见，有两部关于五台山发展的《广清凉传》与《续清凉传》。

中国佛教著名的“四大名山”，分别是山西五台山、浙江普陀山、四川峨眉山，安徽九华山，分属文殊、观音、普贤、地藏四位菩萨的道场。在四山之中，尤以山西五台山发迹最早，最具国际性，也是唯一兼为汉、藏佛教圣地的名山。山上雕塑、碑刻、古迹之多，实为其他三山所不及，明代即有“金五台、银普陀、铜峨眉、铁九华”之谚。

五台山之发展，深受中国历朝之政教关系影响，历经北朝时期之奠基与发展，唐代君主的支持与推动对于其为文殊菩萨道场之说的形成与确立，不容忽视。此外，相对于普陀和峨眉两山的道场为禅宗独盛，五台山诸宗兼弘，自早期华严宗、天台宗、律宗，至后传入的禅宗、净土宗、密宗等，中国佛教重要宗派的僧侣均曾至五台巡礼。

观察五台山之发展，常见以佛教史籍之记载为讨论依据，其中最主要的著作为《古清凉传》《广清凉传》《续清凉传》与《清凉山志》等五台山清凉传，记载五台山历史发展，包含寺院、胜迹、异闻及相关僧人之活动。历代几部清凉传的撰著，不但说明五台山作为佛教四大名山之首，发源最早，亦证其并未随着政治、社会之变动，消失于历史长河中。

唐高宗调露元年（679年）前后，慧祥（生卒年不详）撰成《古清凉传》，全书分上、下二卷，先述五台山为文殊道场及其地理位置，再述五台山胜迹，说明寺院兴废沿革、异闻，以及僧俗登临五台山之感通事迹，可谓最早以志乘体形式编纂而成的佛教地理类史籍。宋僧延一（999—？）承续古传，撰成《广清凉传》，共三卷，记述文殊菩萨与五台山之关系，说明五台山自唐至宋佛教寺院兴废情况，并充实慧祥所载内容，增载各寺建置与发展，可观察五台山寺院之变革。相较于前述二部具备专志体例的五台山志，《续清凉传》则比较接近作者张商英的游五台山记，兼及时闻之记录。

唐、宋二清凉传虽有上下承续的关系，但应特别注意《古清凉传》之撰成，是在初唐五台山文殊道场初兴的情况下所著成之佛教地理类史籍；《广清凉传》则可能为五台山在北宋时因位处边境，虽仍保有圣地之名，但景况已大不如前的影响下，为振兴五台山地位所撰之辅教著书。因此二著虽同样记载五台山相关传闻事迹，但记载着重与强调点有所不同，诸如佛教何时传入五台山、北魏孝文帝（467—499年）与五台山之关系、五台山中神仙与文殊化现传闻等问题，二著所载与采用说法或有落差，使用时必须特别加以分辨。

《广清凉传》为北宋时五台山真容院僧人延一，受五台山寺司公事郄济川（生卒年不详）所托，于嘉祐五年（1060）撰成，共三卷，二十三篇，为《古清凉传》之三倍多。书首四篇：《菩萨生地见闻功德》《菩萨应化总别机缘》《菩萨何时至此山》《清凉山得名所因》，采录经典中所载文殊菩萨事迹，再述文殊菩萨以五台山作为道场之事。篇四至七类于《古清凉传》，其他诸篇，“采摭经传，收据故实，附益祥传”，除增补《古清凉传》所述未详者外，特别是补充《古清凉传》成书后至《广清凉传》著成之间的五台山相关传闻事迹。

《广清凉传》与《古清凉传》最大的不同在于，《广清凉传》卷首即特别强调文殊身世、功德与五台山的关系，直指五台山即佛典所言文殊菩萨道场。书中所载其他事迹，亦多与文殊菩萨有密切关系，不同于《古清凉传》所载事迹虽多神异，但与文殊菩萨直接相关者较少。而由所载事迹观之，此时五台山中与文殊菩萨相关之胜迹，显然远多于慧祥所见，反映二传著成相距共三百八十年间，五台山文殊道场之说广为信众所崇信，并随之增加诸多文殊胜迹，二者相辅相成，使得《广清凉传》所记述的五台山，即为文殊菩萨圣境。

（五）僧家诗文

孙昌武在《佛教与中国文学》中指出：“佛家的文章，包括汉译经论和中国佛家作品，本身就应视作是中国散文史的一个成果，同时对中国散文的发展起了很大的推动作用。”而信仰佛教的僧俗，配合信仰实践活动的进行，也在宣教、礼忏文与碑记的写作中，展现对于佛教义理的理解与宣扬。

宋代出现不少文学僧人，彼此互相交往提携，亦与官员、文士形成绵密的僧侣与文士之交流网络，对于佛教文章的创作产生重要的影响。黄启江指出，有别于唐代的“诗僧”，宋僧不仅能诗，亦善为文。如韶州月华禅师（生卒年不详），“少学儒，能谈王霸大略，已而学佛，以诵经披剃。乃游方，犹以诗名往来江淮间，博览广记，推为文章僧”。僧参寥子“予（苏轼）

友二十余年矣。世所知独其诗文，所不知者，盖多于诗文也”。

宋代的“文学僧”多出禅宗，不但创作为数众多的诗文，亦如文人一般，编著大量诗文集，形式上能够运用各种文类创作，内容则展现其生活中参禅、阅读、学习心得，以及与官僚文士共构的文化活动等面向。如活跃于北宋的明教契嵩著有《镡津文集》二十二卷，内容含括儒释相关之议论、解说、奏书、信札、叙、记、塔铭、碑铭、序诗赞题等，具有复杂结构与丰富内容。徽宗时期惠洪觉范所著《石门文字禅》三十卷，则收录其作之古诗、律诗、绝句、偈、赞、铭、词、赋、记、序、记语、题、跋、疏、书、塔铭、行状、传及祭文等。南宋则有橘洲宝昙所著《橘洲文集》十卷，内容亦广及诗、赋、序、跋、杂文、赞，卷、榜疏、记、铭，是典型的禅僧诗文集。藏叟善珍（1194—1277年）的《藏叟摘稿》收录有诗、题、跋、榜书、祭文、上梁文，包括四六文与散文文体，展现出其对于诗文典故的娴熟与文采。

士僧的密切往来，使得宋代文学僧人与著作倾向士人文化，也使得佛教文章的样貌产生变化。黄启江形容此类“文学僧”提倡的禅文化，已由原本追求顿悟的“一味禅”走入世间，僧人与文士往来酬酢，除表现其信仰修行的体悟，亦展现出世与入世矛盾交融的况味。

除了禅学文章外，宋代的斋忌礼忏文相当盛行，其内容展现出儒释文化交融的趋向。佛教的斋忌礼忏文，是于佛陀涅槃日或祖师忌日设斋礼供所用的礼忏文。汪娟指出于唐宋佛教礼忏的盛行，乃是结合儒家崇孝敬祖的精神和佛教设斋礼供的仪式，斋忌礼忏文是礼忏仪式中不可或缺的部分。目前可见保存完整的斋忌礼忏文，多为宋代之作。宋代志磐《佛祖统纪》“佛祖忌斋”条中，便列举了佛陀和各宗祖师的忌日，与为之所撰《斋忌疏》或《礼赞文》，包含北磵居简为佛忌撰《斋忌疏》、孤山净觉（992—1064年）撰《礼赞文》，孤山净觉为智者大师忌撰《斋忌疏》、北涧慈云撰《礼赞文》，志磐为庐山慧远忌撰《斋忌疏》、葛天民（生卒年不详）述《礼赞文》等。

《四明尊者教行录》中收录有陈天俞（生卒年不详）《延庆法智祖师斋忌疏》、雪溪希颜（生卒年不详）《四明法智大师讳日疏》、此山可寿（生卒年不详）《延庆始祖法智大师忌疏》、草庵道因（1090—1167年）《宝云开山通法师忌疏》、镜上义铦（生卒年不详）《南湖师祖宝云尊者斋忌疏》等五篇斋忌疏。元照（1048—1116年）所编南山道宣律师的斋忌礼忏文集《集南山礼赞》，则收录了智圆、仁岳（992—1064年）、允堪（1005—1061年）三人所撰同名《南山祖师礼赞文》。另有遵式《智者大师斋忌礼赞文》、则安（生卒年不详）《大智律师礼赞文》、智肱（生卒年不详）《华严清凉国师礼赞文》，以及沈浚（生卒年不详）于宋孝宗乾道二年（1166年），为西湖秀士李济（生卒年不详）所撰礼文而作的《远法师斋忌礼文序》。

士人在参与信仰活动与僧人交往的过程中，也留下不少佛教文章。特别是宋代佛教在士庶信徒的支持下，寺僧数量大增，因而留下许多文人应寺僧之请撰述的寺塔碑记。如苏轼的文章中，颇有关于佛教之铭、赞、颂、传、记等，其中不乏文理辞采俱高的佳作。李贞慧便指出苏轼于黄州所做《胜相院经藏记》，乃两篇《赤壁赋》前行之作，是深入理解《赤壁赋》不可或缺的文章。

何复平在《宋代文人的精神生活（960—1279年）》中特别指出，在宋代士人撰写的寺塔碑记中，可以见到时人对于寺院的认知与记忆，无论士大夫是否喜爱佛教，寺院都和他们之间有着密切的联系。士人的寺院书写，切实地反映出宋代寺院所具有的教育、藏书、驿站与守墓的共同功能。如欧阳修所撰《淅川县兴化寺廊记》《湘潭县修药师院佛殿记》《河南府重修净垢院记》《御书阁记》《明因大师塔记》，苏轼更有《中和胜相院记》《四菩萨阁记》《盐官大悲阁记》《赵先生舍利记》《应梦罗汉记》《胜相院经藏记》《黄州安国寺记》《荐诚禅院五百罗汉记》《法云寺礼拜石记》《虔州崇庆禅院新经藏记》《众妙堂记》《广州东莞县资福禅寺罗汉阁记》《南华长老题名记》《清风阁记》《方丈记》《观妙堂记》《成都大悲阁记》等作。

值得注意的是，宋人为寺院所作之碑记，记文的书写并不仅是全然的护教，文中不乏针对朝廷给予佛教活动过多的关注和支持提出批评，将寺院碑记作为针砭时弊的平台，如苏舜钦（1008—1048年）《东京宝相禅院新建大悲殿记》、曾巩（1019—1083年）《鹅湖院佛殿记》等作。李贞慧也指出，欧阳修为寺僧撰记，多以儒者的身份立说，对佛、道多致讽谕之意；纵使有正面评价，也只停留在对个别寺观主其事者力劝志专、材足有为的称许而已。此一趋向也可见于信仰佛教的苏轼作品中，如《盐官大悲阁记》

《南华长老题名记》，虽是他人请托的应酬之作，却非单纯记叙、记事的文章，而是以论笔的模式出之，层层说理，逐步推进，勇于提出见解。

二、宋代佛教史传散文特色

（一）承先启后的编撰形式

宋代是中国佛教史传撰著发展的完善时期，许多著作的体例、体裁、儒释史学观念的结合，承续前代的传统，但也因应变化而有所革新，进而在这一时期趋于完备，影响后世佛教史籍的撰述。

自梁僧慧皎创建“十科”僧传体，经唐僧道宣传承，至宋代赞宁《宋高僧传》方为完备，此一分类体例也被后世僧家所采用。值得注意的是，赞宁在僧传中通过系、论阐述撰者的思想，以及通过格式化书写高僧生平，通过传奇性的叙事手法，形塑出高僧群体的形象，深远影响后世僧传的书写形式。

宋代出现的编年体佛教史籍，按照年、月、日时间概念记载史事。本觉《释氏通鉴》即是以天干地支为时间概念，统以各代年号，有事则记载，无事可记者也要列出甲子帝年。后世编年体佛教史籍也继之而成，元僧念常（1282—1341？）《佛祖历代通载》关于东汉到五代部分的内容，主要是抄录祖琇《隆兴编年通论》，其编年方法则是仿效《释氏通鉴》中天干地支的纪年方法。

宋代禅宗的灯录确立了通过宗派僧人的传记来建构宗派的法脉传承之传统，其叙事结构、著述动机，影响后世灯录的撰著。宋代灯录是以禅宗历代法系源流为主线，兼记僧人行历与语言。主要有二类：一是以南岳、青原法嗣为线，记载后世僧人，不再重新各分小宗，如《景德传灯录》《续传灯录》等；另一则是在以南岳、青原法嗣为线记载后世僧人后，又重新分类小宗，如《嘉泰普灯录》《五灯会元》即是如此。在撰述方法上，皆是撰者采集禅宗各家语录、传记融会而成，撰者并没作主观评述。后世的灯录，多受《五灯会元》《景德传灯录》等佛教史籍影响而出现，如明僧居顶（？—1404年）因为推崇《景德传灯录》而撰述《续传灯录》。有不少灯录体史书在编撰体例上沿袭宋代灯录的传统，如明僧远门净柱（1601—1654年）《五灯会元续略》的撰述体例，明显受到《五灯会元》之影响。

再者，以《广清凉传》为代表的佛教山志，与明清时期蔚然兴起的佛教寺院山志编撰之风，存在一定的联系。在编撰内容与体例上，如《武林梵志》《金陵梵刹志》《武林理安寺志》《增修云林寺志》《清凉山志》等山寺志，可说均是在《广清凉传》《续清凉传》等著的基础上发展而成。

（二）多元丰富的叙事方式

高僧传撰述的动机主要是为了记录具有高德的僧人，以为后世学习之典范。传记内容为作者所撰，其叙事格式，部分延续了魏晋杂传描写人物传记的传统。赞宁撰述《宋高僧传》所采用的史料，依赖传闻、访问与碑铭墓志，相较于《高僧传》与《续高僧传》，有更多来自于民间口耳相传的信息，更能反映时人对于佛教的认识与信仰的心态。而赞宁本身拣选史料、书写叙事，可能也有意识，特别是《宋高僧传》为宋太宗敕修，可能考虑政治、佛教发展等因素，但其意识的背后亦隐含着时代的思想与作者对于所谓佛教高僧判别的标准。

黄敬家指出，《宋高僧传》是结合文学、宗教与历史情境的宗教人物传记。其叙事结构最明显的特色，在于依循佛传的叙事模式，从高僧诞生瑞兆、舍俗出家、求道利生和临终征相等生命历程的叙事，形塑作为修行典范的高僧之神圣性。《宋高僧传》以固定的叙事结构记录高僧群体，以外貌形象、语言和动作为人物刻画的元素，进而通过高僧群体相似的生平叙事，堆叠出一个时代与一群同类型的修行典范，以达高僧宗教实践精神的传扬。在叙事视角方面，则是采中国史传惯用的第三人称全知视角，赞宁常在叙事中潜藏个人对于传主或事件的评断，结合叙事与解释，以达宣教劝化的宗教意图。此外，赞宁在《宋高僧传》中，通过系、通，来抒发个人对传主或史事的看法。由此，使得《宋高僧传》的主体意识得以增强，也丰富其思想内涵，更强化其历史意义。

比较《宋高僧传》与在中古时期成书的《高僧传》与《续高僧传》，可以见到《宋高僧传》中对于僧人入道因缘的描述有强调前世因缘、幼年入道的趋向。《高僧传》与《续高僧传》展现出魏晋南北朝时的信众之所以尊崇一位高僧，较少受其入道年岁与因缘之影响，亦即此时期的僧侣会被视为高僧，并不需要以其具有特别的入道年岁或因缘来加以增饰。高僧行谊值得被传诵，是因其成为僧侣之后的行事经历值得赞扬，出家年岁与因缘对其高僧形象的形塑影响不大。但在《宋高僧传》中记述的隋唐时期高僧入道年岁与因缘，逐渐受到重视，甚至伴随神异宿缘之征，显示《宋高僧传》对于“高僧”形象的塑造，除了高僧的行谊之外，亦逐渐重视其是否具备天生或幼年入道的慧业。

（三）轮回果报与神通感应

赞宁在《宋高僧传》之《义解·论曰》中，有以下说明：“夫以能化之教已翻，所诠之理难悟。苟非宿慧，安喻经心。宿慧当多世之熏，方能生起。经心乃大雄之意，岂易寻求。谚所谓老见事长，佛已三祇之扬历，多言或中。”赞宁认为佛法、经典高深难悟，能够深入理解者，应该是因为其已经过数世的修行，累积宿慧。展现出关于高僧之所以具有不同于凡人的能力，是以佛教的前世今生、因果业报来作为解释。另言之，高僧形象的塑造，必须要通过自身行谊以外的条件，尤其是天生宿慧，不但符合佛教教理，更能说明其已累积数世智能，有别于其他信众与僧人，得以使其高僧形象更加鲜明与稳固。除了义解僧，习禅僧与明律僧也有相似的情况，显示强调宿慧可说是僧传记载僧人入道因缘的新风气。

《宋高僧传》中有记载入道因缘者，通常都是幼年入道，而且时代越晚，越多自母亲怀胎或幼年便有入道之征，待其年纪渐长之后，即随各种因缘而离亲出家的例子。如唐京兆大慈恩寺窥基（632—682年）母裴氏（生卒年不详），梦其掌月轮而吞之，寤而有孕。也有僧人之母梦见瑞物或瑞相，有梵僧、神僧、神人等授与僧侣持物或象征智慧之瑞物，有直接代表佛教之佛塔、圣容，另有光、祥云、雷、日月、花等。如唐睦州乌龙山净土道场少康之母罗氏（生卒年不详），曾梦游鼎湖峰，得玉女手捧青莲，授曰：“此花吉祥，寄于汝所后生贵子，切当保惜。”

更有母亲梦见僧人投胎，则直接宣告此子本即为神、僧寄生，出生成长之后，亦当为僧度众。如杭州慈光院晤恩（911 — 986 年）之母张氏（生卒年不详），梦梵僧入其家而妊焉。后梁四明山无作（生卒年不详），其母戴氏（生卒年不详）始妊时，梦异沙门称姓徐，住持流水寺，欲寄此安居，言讫跏趺而坐。其父同夜，梦于盘中书一字，甚称心，自言可以进上天子。至明，各说所梦。母曰："意其腹中，必沙门也。"矢之曰："如生儿，放于流水寺出家。"

母亲怀胎间之行事，亦有几种情况：（1）怀胎时母亲特别好佛。如唐代长安青龙寺道氤（668 — 740 年）母马氏（生卒年不详），怀孕后常听讲读大乘经，晓夜不辍，意行太任（生卒年不详）之胎教也。（2）自怀胎开始或感梦以后，便厌荤腥。如南岳石头山希迁母方怀孕，不喜荤血。杭州径山法钦（714 — 792 年）孕母管氏（生卒年不详），忽梦莲花，生于庭际，因折一房，系于衣裳。既而觉已，便恶荤膻。宋天台山螺溪传教院义寂母妊娠公白，不喜荤血。此类记载，主要是为了突显母亲因怀有异子，受之影响，因此有好佛、食素之改变。特别是不沾荤腥，时间越晚越常见，可见到唐代时，僧人出家不食酒肉似乎已为共识，因此，以母亲怀孕不食荤腥代表所怀之子本具佛缘慧业。

再者则是僧人出生之时出现瑞兆，所现瑞兆有异香、神光、仙乐等，另有婴孩出生便具奇相，有僧人预言出家等。如明州栖心寺藏奂（790 — 866 年）母方娠及诞，常闻异香。汾州开元寺无业（761 — 822 年）诞生之夕，异光满室。智炫（生卒年不详）初生，室有异光，少小出家。宋天台山螺溪传教院义寂母妊娠公白，生乃首蒙紫帽而诞焉。

《宋高僧传》中特别是关于母孕感梦生有神异与幼年有入道之征的记述远多于《高僧传》与《续高僧传》，说明时间越晚，"高僧"的成立，宿习慧业也成为重要原因之一。显示出《宋高僧传》通过记载入道年岁与因缘，隐含着"高僧"除了己身的修为外，尚有别于一般僧侣与信众的原因。

强调传主出生的神异性与生平行历的传奇性，不仅见于《宋高僧传》，在禅宗灯录中更是如此。三高僧传中载录于"习禅"科的僧人，常见有神异行历。而在宋代成书的禅宗灯录，更可见关于禅僧出生的奇迹与祥瑞之叙事。如《景德传灯录》中记载第二十九祖慧可之父无子祈祷，"一夕感异光照室，其母因而怀妊”。天台山德韶禅师之母，梦到白光触体而怀孕。京兆永安院善静（858 — 946 年）禅师之母，因梦金像，醒来后发现怀孕。

关于僧人迁化的叙事，也展现出神异化的趋向。禅僧之死或倒立而脱，或行步而化，或展现树藤枯白、风雨大作、白虹示现、山陵崩落等。如慧忠禅师（677 — 775 年）逝前，出现石室前挂铛树、挂衣藤在盛夏忽然枯死。慧忠对于己之死期有所感知，因此先命侍者为之净发浴身，坐化之前有瑞云覆其精舍，空中亦闻天乐之声。坐化时风雨暴作，震折林木，天空有白虹贯于岩壑。灌溪志闲（？ — 895 年）辞世前一年天台华顶西峰山崩，志闲便云已之死期不远。逝前出现“大星殒于峰顶，林木变白”之相。如此强调禅僧出生与死亡的行异记述，如同《宋高僧传》般，均是通过类型化叙事，以塑造高僧群体的共像，展现出宋代佛教史传的叙事强调传奇性与戏剧性的特色。

钱锺书（1910 — 1998 年）曾云：“史家追叙真人实事，每须遥体人情，悬想事势，设身局中，潜心腔内，忖之度之，以揣以摩，庶几入情合理。盖与小说、院本之臆造人物、虚构境地，不尽同而可相通。”海登 · 怀特（1928 — 2018 年）亦云：“历史作为一种虚构过程的产物更具有文学和诗化性质，而非科学性和概念性。”

史传文学属于中国叙事文学的一种，具有历史文学的一般特性，兼有历史记录与文学艺术两种成分。从文学的角度看，史传文学是以历史事件为题材，重在描写历史人物形象的文学作品；从史学的角度看，史传文学是运用文学艺术的手法，通过对历史事件与历史人物的描述，来表达一定历史观的历史著作。自汉代司马迁（公元前 145 —前 86 年）的《史记》开创“以人系事”的纪传体，便是运用多种书写与叙事手法，通过复杂的历史事件来塑造生动的人物形象，具备了叙事性文学的特征和风格。宋代的佛教史传，无论是《宋高僧传》或是灯录中的禅僧传记，乃至于通过语录展现的禅僧形象，均可见到文字叙事对于佛门大德形象与价值的形塑及影响。

至于宋代开始出现并成为风潮的禅门文学，为了弘传各自的宗派，通过灯录、语录，有意地建构宗派系谱，借由公案语录、拈古、颂古等形式，展现禅门修持、体会、实践，以及禅宗弘传过程中产生的语言机锋与禅宗教义。在此影响下，天台宗也出现立足于天台宗承继佛教教法，以纪传体撰成的佛教通史。

北宋的佛教史传、山志、禅门灯录、散文，均具有承先启后的特点。对于辽金元，乃至于明朝佛教史传、山志的书写撰著有深远的影响，也具体地展现了宋代佛教发展的景况。

（林韵柔）

第二十五章　金元的诗学与佛教

元代佛教大兴，清代史学家赵翼（1727—1814年）于《陔余丛考》卷十八《元朝崇奉释教之滥》中说道："古来佛事之盛，未有如元朝者。"蒙元的统治阶层事佛甚谨，同时文人诗歌中佛教相关题材屡见不鲜自然也在意料之中。佛教诸宗派当中，地位最高属藏传佛教。汉传佛教当中，一般而言，教高于禅，且有"崇教抑禅"的倾向，但禅宗也仍维持一定程度的活跃。原本在金朝拥有广大群众的禅宗，入元以后，仍然受到统治者的重视，特别是禅门信众直接进入元朝的统治阶层，依旧与禅宗维持良好的互动，例如耶律楚材（1190—1244年）、刘秉忠（1216—1274年），前者师事曹洞宗的万松行秀，后者则出自临济宗的海云印简（1202—1257年）之门下，禅宗在北方未见衰歇。南宋灭亡以后，众多禅门英杰东渡日本，例如无学祖元（1226—1286年）等人，造就日本五山禅林一时无两的辉煌时代。元代中叶以后，朝廷与江南禅林往来渐多，同时在旧日的五山十刹之上，另设大龙翔集庆寺，统领江南禅林，由笑隐大䜣（1284—1344年）住持，其诗文风格被日本禅林推为正宗。同时江南丛林尚有中峰明本、石屋清珙（1272—1352年）、古林清茂（1262—1329年）等禅门英杰，无一不擅长诗歌，晚明的汰如明河（1588—1640年）《补续高僧传》明白说："非诗文，不大宋元禅"，诗歌不但是元代禅僧修行证道的表征，也是传道弘法的重要工具。由擅长文字禅法门的禅僧与众多身在显要的居士共同构筑元代佛教诗歌的盛世。

一、元代的诗僧与僧诗

元代诗僧当中，声誉最著当推“诗禅三隐”——笑隐大訢、天隐圆至（1256—1298 年）、觉隐本诚（生卒年不详），三人往往合称“元代三隐”。明代陈全之（1512—1580 年）《蓬窗日录》曰：“觉隐名文诚，字道元，浙人也，与笑隐訢公、天隐至公皆以诗自豪，相颉颃，时号三隐。”天隐圆至不独擅诗，且兼擅古文。《四库全书总目提要》曰：“自六代以来，僧能诗者多，而能古文者，不三五人。圆至独以文见，亦缁流中之卓然者。”明代都穆（1458—1525 年）于《南濠诗话》一书中形容天隐圆至“工于古文，而诗尤清婉……其造语之妙，当不减于惠勤、参寥辈也”，其《寒食》诗如：“月暗花明掩竹房，轻寒脉脉透衣裳。清明院落无灯火，独绕回廊祀夜香。”清新可喜又不失巧思。至于觉隐本诚，留存迄今的诗不多见，记录又云其善画花鸟。其诗风多诙谐警世，例如：

> 莫造屋！莫造屋！何用经年兴土木，造屋人在堂，拆屋人在腹，不知造时荣，但见拆时辱。
>
> 莫造屋！莫造屋！世道由来反复多，兴废但分迟与速。（《余尝作二诗观者皆喜，文卿见余写此卷，俾余书之于上》）

觉隐本诚当然也有一般论者所喜传统僧诗清雅出俗一格，然不若此等作品令人印象深刻。本来僧诗就有警世如白话一路之格，例如唐代王梵志（592—？）、寒山。元代诙谐趋俗散曲又极为流行，此类诗风亦可作如是观。据说觉隐好诙谐，冯梦龙编《古今谭概》，亦收录相关的笑话在内。

三隐之中，地位最高、影响最大，首推笑隐大訢。笑隐大訢，童真入道，先入一山了万禅师之门，后往参晦机元熙禅师（1238—1319 年），历主永嘉江心、杭州灵隐寺诸名刹。元文宗（1304—1332 年）征召入都，后住持金陵大龙翔集庆寺，赐紫衣，授大中大夫。著有《四会语录》和《蒲室集》十五卷。明初著名诗僧季潭宗泐（1318—1391 年）、见心来复（1319—1391 年）皆出自其门下。大龙翔集庆寺位居五山之上，笑隐大訢深受元代朝廷倚重，由此可见一斑。笑隐大訢学养深厚，诗文俱佳，明代蒋一葵“有学行，研穷教典，旁贯百家”(《尧山堂外纪》)的评语或许可以视为一般批评家的定论，笑隐大訢当然也有清新雅趣的篇章，诸如《米元晖江山秋晚图》“红树宜秋晚，澄江媚落晖。扁舟如唤我，莫待白头归”之类。但其七古长篇气势不凡，则非其他一般诗僧所能及。例如《月支王头饮器歌》云：

呼韩款塞称藩臣，已知绝漠无王庭。驰突犹夸汉使者，纵马夜出居延城。

我有饮器非饮酒，开函视之万鬼走。世世无忘冒顿功，月支强王头在手。

帐下朔风吹酒寒，凝酥点雪红斓斑。想见长缨系马上，髑髅溅血如奔湍。

手摩欲回斗杓转，河决昆仑注尊满。酒酣剑吼浮云悲，使者辞欢归就馆。

古称尊俎备献酬，孰知盟誓生戈矛。斩取楼兰悬汉阙，功臣犹数义阳侯。(《蒲室集》)

此诗题曾经流行一时，或与杨琏真迦（生卒年不详）破坏南宋理宗帝陵有关，细节无由得知，但以诗论诗，此诗隐然腥风血雨，于僧诗中实属少见。笑隐大訢的《曹娥江读碑图》《骏马图》等诗作都体现壮阔的气势，绝非“蔬笋气”一语可以概括。

三隐之外，梦观大圭（1304—1362）、中峰明本、古林清茂、天如惟则（1286—1354年）、仲铭克新（生卒年不详）以及东渡日本的无学祖元、清拙正澄（1274—1339年）、竺仙梵仙等人都以能诗著称于世。传统上，禅僧常有“开悟偈”“临终偈”一类的作品，与宗教经验最为直接。元代时，《山居诗》《怀净土诗》一类的题材颇受欢迎，以此名家者亦不乏其人。栯堂文益（生卒年不详）、石屋清珙的《山居诗》，中峰明本的《怀净土诗》在僧诗史上都有不容忘却的经典地位，影响极其深远。晚明的云栖祩宏曾在《竹窗随笔》里就中峰明本《怀净土诗》在佛教思想史上的地位说：“自古《怀净土诗》相望后先，而唯中峰大师百咏，事理兼带，性相圆通，息参禅念佛之哓诤，定即土即心之平准。”在云栖袾宏看来，中峰明本的《怀净土诗》体道玄妙，境界圆通，可视为其禅净不二思想主张具体而微的缩影，其诗曰：

禅外不曾谈净土，须知净土外无禅。
两重公案都拈却，熊耳峰开五叶莲。

“禅外不曾谈净土，须知净土外无禅”乃中峰明本之名句，可以说是禅净双修的基调。熊耳山，乃禅宗初祖菩提达摩之塔所。“熊耳峰开五叶莲”即禅净不二之谓也，可谓中峰明本的基本态度。禅净双修可以说是晚明以后中国禅宗修行法门的一大特色，禅净兼修法门的深入普及，与宋代文字禅风的确立几乎可以说是代表了各自的时代精神。“禅即净土之禅，净土乃禅之净土”与“禅外不曾谈净土，须知净土外无禅”在晚明诸大师的阐扬之下，笼罩一时，虽然《怀净土诗》的起源甚早，但影响之大，无有过于中峰明本之右者。中峰明本的诗作偈颂言修行之处所在多有，固不只有《怀净土诗》，例如《梦幻泡影总颂五首》：

梦中作梦日悠悠，究竟何尝有断头。槐国既无分昼夜，漆园那复论春秋。
半窗月吐三更影，一枕风含万古愁。不识有谁曾独醒，揭开宇宙纵双眸。（《天目中峰广录》）

幻本非生非不生，实无而有正纵横。纤尘靡积乾城耸，涓滴那容焰水倾。
火宅长年机未息，雪山午夜道初成。谩将凡圣闲分别，把手同归一路行。（《天目中峰广录》）

《金刚经》中“如梦幻泡影，如露亦如电”一语总称“六如偈”，禅师以此为题谈禅论道之作不计其数，虽然“梦”是般若十喻之一，但是元末明初的禅家似乎对此情有独钟，中峰明本能将“半窗月吐三更影，一枕风含万古愁”的优雅情境与“谩将凡圣闲分别，把手同归一路行”的高妙禅意融为一体，实属不易。一代禅门宗匠中峰明本不仅擅长作诗，书法号称“柳叶体”，备受日本禅林推重。元代的大书法家赵孟頫（1254—1322年），皈依在中峰明本座下，更是学界津津乐道的话题。

元代僧诗风格多元，除了山林隐修之外，更不乏现实关怀。大圭《定公生焚诗》选入《元诗选》与《古今禅藻集》，足见此诗受到诗家的高度重视，大有过于佛教史上一般的评价。诗云：

> 群凶白日至，梯冲舞严城。畴能身独死，而俾城不倾。
> 定公出兹誓，金石开精诚。未几来讯丑，复见沟垒清。
> 前言倘云食，吾将负神明。积薪自厝火，怡然就无生。
> 何意金石躯，倏忽煨烬成。顾此乃余事，足为流俗惊。
> 塔庙遂翼翼，钟鼓初喤喤。为国效死节，勖哉尔簪缨。

这是一首叙事诗，诗前有序，曰：“吾释氏者，定世古昆吾人，客漳久之，侨居开元寺，业白以老。至元四年秋，峒贼来攻城甚急，漳人莫知所出，定公礼空而祝曰：‘使城不陷贼，吾当火吾身以答已。’而果然，越六年，夏，遂累薪为龛室西郊，行与众诀，众留之不可，乃自燔其间，其火之始张也，人视之，泰然无毫发惴惴色，郡人咸大骇异，请即其地作塔庙，以祠于乎。”焚身供养的习俗虽然历时久远，但此诗除了完整保存烧身习俗的记录之外，显然也有意突显高僧的修为道行。大圭的《梦观集》中收有《僧兵守城行》《筑城曲》等强烈充满现实意味的作品，看作一部诗史似乎亦无不可。虽然山林清赏仍不失为元代僧诗主流基调，但正眼观世间的热血之作亦不在少数。最著名者，或许当推元代渡日僧人无学祖元的《临剑颂》，其曰：

> 乾坤无地卓孤筇，喜得人空法亦空。
> 珍重大元三尺剑，电光影里斩春风。

此颂乃无学祖元面临元军入侵时脱口而出之作，无学祖元后东渡日本，此作复经其日本门人雪村友梅（1290—1347年）回传中土，一时传诵人口。蒙古铁骑驰名中外，中土人民也少不了远行戍边的命运。仲铭克新对元代人民的苦境深有所感，《壮丁行》一诗于此记之颇详，其云：

去年差壮丁，驾船下海讨狂贼；今年差壮丁，荷戈远戍河南北。去年行者秋已还，今年去者无消息。去年壮丁初发时，姑苏驿前江水湄，长枪巨戟各在手，椎鼓鸣钲扬大旗，爷娘顿足妻招手，号哭向天泪如雨。阴风萧萧黄尘飞，日落哭声犹未已。近闻河北新战平，血流如海尸如城，呜呼！安得尽销天下之甲兵，铸作农器驱民耕。（《古今禅藻集》）

仲铭克新入明后出使西域，深为朝廷倚重，然此诗当作于元末，写朝廷征召百姓从军，无法安心耕作，可以说是对于那个时代深重但无力的控诉。

元代诗僧不独感受到战乱的时局与生活的负担，也留下了当时繁华城市的生活痕迹。笑隐大䜣《过淮河口》一诗云：

水次千家市，蛮商聚百艘。扬徐元接壤，河泗此交流。
乘传陪天使，浮梧任海沤。夜凉瞻斗柄，想见上林秋。

此诗隐然有赞美本朝万国来贡之意，但众多商船聚集交易的光景当无夸诞之处。杭州西湖周遭禅刹相望，可以说是禅僧日常生活情景的一部分，天隐圆至《晓过西湖》一诗云：

水光山色四无人，清晓谁看第一春。
红日渐高弦管动，半湖烟雾是游尘。

诗人在此带着旁观者的视角，对西湖的清晨进行简笔素描，虽然是写半湖游尘，但仍带有道人的超脱潇洒，造语精妙，无怪乎屡为后世选家青睐。

中峰明本除了充满修道意味的《怀净土诗》之类的作品之外，也有描写城市的诗作，例如《廛居十首》一诗云：

山根水际我尝谙，特地移居逼闹篮。人影纷纭方杂沓，市声撩乱政沉酣。

千楼灯火为标准，万井笙歌作指南。却喜头陀忘管带，无边法界是同参。

中峰明本还创作了山居、水居等诗，因此《廛居十首》可以视作传统僧诗、山居诗的变体。此诗主要在形容修道人隐于红尘市井的状态，略带有禅宗二祖酒肆调心的调性。“千楼灯火”“万井笙歌”将当时大梁的热闹情景生动地描绘出来。虽然位处北宋都城汴京的大相国寺十分雄伟壮丽，但在僧人笔下，却罕有言及，城市图像远不如山林风光亲切。南宋以后，禅僧主要活跃于东南地区，虽然如此，金元时期的僧诗，也留下当时北方都市的景观风俗之相关记载。例如曾经因为善书法，被朝廷选中入都誊写经录，故能亲履燕京与上都的楚石梵琦著有《北游诗》，为当时北方的城市留下珍贵的见证。例如《燕京杂诗》中其一写酒肆女子曰：

朔方女子旧仪鸾，如鼓细腰裁作冠。
前后赐金供给尽，卖珠沽酒强为欢。

这种七绝的形式对城市景观与题材进行快速简明的素描，十分类似竹枝词。这种写酒肆女子特殊的背景与生活的艰辛，仍能感受青年僧才悲天悯人的心怀。楚石梵琦虽然经常被推为明初高僧第一，但《北游诗》则成于元代，书中描绘的场景自属元代风物。又如《燕京绝句六十七首》其中一首写高昌王子，其曰：

高昌王子出京师，手把春风软柳枝。
赠与临洮远行客，云沙漠漠见何时。

虽然只是一个西域国的王子，却具体而微地呈现出万邦来贡的国威与燕京城的国际性，同时也传达沙漠风霜的情调，在《北游诗》中，楚石梵琦的《开平书事》《漠北怀古》等诗作也都充满浓浓的边塞风情。历来的批评家经常批评僧诗的“蔬笋气”，却忽略了元代僧诗具有多元复杂的世界性，特别是与日本五山禅林之间，构成一往来绵密的人际网络。例如善住《赠日本僧》一诗云：

> 鲸波渺渺接遥空，今古由来一苇通。斗柄夜悬常办北，日轮朝涌始知东。
>
> 车书既混文无异，爵服才分语不同。乡路眼中应已熟，好携包笠扣玄宗。

当时日本、高丽赴中国求法的僧人络绎于途。例如赴日弘法的一山一宁（1247—1317年）、明极楚俊（1262—1336年）、清拙正澄，赴高丽弘法的铁山和尚（生卒年不详），入中国求法的日本僧人雪村友梅、中岩圆月（1300—1375年）；高丽九山丛林的太古派开山祖师太古普愚（1301—1382年）嗣法当时著名的诗僧石屋清珙。佛教，特别是禅宗，可以说是当时东亚诸国之间通贯共享的思想形态，中峰明本也曾赠诗给求法的高丽贵族，《次韵沈王题真际亭》一诗：

> 高亭结构标真际，体共云林一样闲。山势倚天忘突兀，水声投涧自潺湲。
>
> 伽陀迥出言词外，海印高悬宇宙间。伫看凭阑人独醒，又添公案入禅关。

从“伽陀迥出言词外，海印高悬宇宙间”两句可以看出主张“以心传心”的禅宗超越语言、国族的限制，成为东亚知识人共通的思想体系。入华求法与海外弘法的旅行见闻，构筑了元代禅林诗歌的国际性。例如赴日本弘法的高僧竺仙梵仙，曾经历主镰仓、京都诸刹，其著作仍多保留在日本丛林当中。

与此同时，渡日华僧亦不在少数。由此也说明了当时禅宗的国际性。伟大的宗教家往往也是伟大的旅行家，渡日华僧也是如此。一般来说，文学研究者经常感叹海洋诗歌的匮乏是中国文学史的缺憾，却往往忽略渡日华僧诗作此一宝山。论旅行文学、海洋文学等等，在渡日华僧的著作中俯拾即是。例如竺仙梵仙《南海歌》便从佛教论海的文化属性说起，可视其为佛教海洋诗学的纲领。诗前有序述其缘起，其曰：

凡吾大雄氏之言夫天下者必曰海。所谓浮幢王刹海、无边世界海也。如即此之地曰南阎浮提洲者，实须弥卢山以南之海洲也。于是洲以南海字之宜矣。故余已尝为说偈以证，而今又请别作语。余不肯，至再而三，抑不得已，而谓之曰："尔能道得一句则从命，不则不然。"洲乃应声曰："尽浮幢王刹无边世界海，悉在师之胸次毛孔间矣，唯愿倾以一滴之水，向一毫端上，以资南海耳，洲复何言？"余乃喜，援毫为之歌曰：

阎浮提洲佛刹士，众流所归百川注。是中含灵固非一，逐浪随波何限数。

迦文横身作船筏，一越三千济穷发。吐吞日月战雷霆，溟涨全潮涌还没。

人言江汉皆朝宗，不知谁到龙王宫？为问当年善财子，百城烟水宁相似。

从序文到诗歌，都大量运用了华严学的思维样式，特别形象化地体现了海印三昧、周遍含融观、一毛孔现一世界等概念。诗歌以善财童子百城烟水作结，意谓除了弘法之外，自身也仍在参学的过程中。另一方面，渡海来华求法的日本僧人在华见闻也是重要的历史记录。当时渡华日僧主要在江浙一带（特别是在宁波、杭州附近所谓的五山十刹）求法参学。其中较特别的是雪村友梅，因为特殊的机缘，他成为第一个到达四川的日本僧人，曾经亲见峨眉山、岷山等地，故其诗集题为《岷峨集》，亲身经历了重庆火炉一般的夏天。《十九至重庆舟中苦热》一诗曰：

嘉州七月愁伏雨，渝州八月困残暑。山川何处异乾坤，造物戏人遽如许。

炎凉态度何足云，江上风波尝险阻。长啸推篷玉宇浮，眼明白鸟横烟浦。

"长啸推篷玉宇浮，眼明白鸟横烟浦"可说是故作旷达之言。终其一生，渡华日僧雪村友梅的四川记忆始终念不去口，足见四川记忆对其个人影响之深远。元代由于国势强盛，各国的禅僧入华求法也是有其各自足以傲人的经历。诗文交流既是见闻的记录，同时也是友情温暖友谊的场域，诗文的交流是东亚禅宗人际网络不断扩充增长的重要过程。

二、金元的诗学与佛教

金元时期的文人与佛教关系十分密切，金元时期的文人学士喜言"孔门禅"，元好问（1190—1257 年）、李纯甫（1177 — 1223 年）、耶律楚材等人皆然，其与禅宗往来十分密切，金元时期著名的文人作家，例如姚燧（1238—1313 年）、王恽（1227—1304 年）、丁鹤年（1335—1424 年）、虞集（1272—1348 年）、杨维祯（1296—1370 年）等人，其诗文当中，收录作者与禅师之间的赠答唱和，或为寺院道场创建修复，甚至种种募缘文字可谓难以胜数，僧人就诗人学习也司空见惯，例如杨维祯门下就有多位诗僧从之习诗。由元入明的宋濂（1310—1381 年），几乎可以看作这波文人习禅的集大成者。从佛教史的角度来看，这些文字记述，是重新了解当时佛教的重要文献。

金元时期的文人论诗禅关系，当以元好问最为知名，其《答俊书记学诗》一诗屡为后世称引，诗曰：

诗为禅客添花锦，禅是诗家切玉刀。

心地待渠明白了，百篇吾不惜眉毛。

后代诗论家言及诗禅关系，常引此诗，往往视之为诗禅关系的代表形态。尤其“诗为禅客添花锦，禅是诗家切玉刀”两句，代表了元遗山的诗学主张，透露出某些重要的讯息，值得略加思考。从理论的角度看，“切玉刀”代表着思考问题的精准切入与明晰的判断，也就是说：禅宗提供理论家问题视角与理论思考的框架；“添花锦”代表了修辞技巧或论述样态（也许明代的批评家会强调体格声调）。就理论的层次来说，“切玉刀”自然明显高于“添花锦”，也就是说，从禅宗认识诗歌的本质，是诗论家重要的功课，几乎是舍禅无以入诗。在批评史上，对僧诗未必有积极正面的评价，但金元时期的诗论家对诗禅关系别有会心，与特别重视儒家诗教传统的批评家有一径之隔。例如曾经编有《名僧诗话》的诗论家方回，在序文中就曾说：

六祖之派分为五宗，麾呵斥骂、奇险谲怪，其语实出入于诗人之诗。至近世南北丛林，一言半偈，俱不乏人，由是推之，则河岳星辰之精，魁异杰特之士，韬埋蛰没于败衲漏椽之下者，何可胜数？后世人才之所以衰少，益不如古者，其以此故非欤？此予所以有感著为《名僧诗话》而天下名士大夫诗话亦参错其间。

《名僧诗话》已佚，未能观得全貌。但方回这段话将禅宗语录与诗人之诗串搭成列，略带有诗禅相通之意。方回刻意对名僧的吉光片羽加以收集编辑，其用心亦称良苦。方回为江西诗派后期健将，另选分类诗作，加以评注，成《瀛奎律髓》一书，书中收录颇多与佛教主题相关的诗作，特别是“释梵类”“登览类”。其中，方回曾就参寥《夏日龙井书事四首》一诗说道：

或问：“朱文公语录云：‘觉范诗如何及得参寥？’此语还可分别其然，以诲后学否？”曰：“此甚易见，参寥诗句句平雅有味，做成山林道人真面目。觉范诗虚骄之气可掬，因读山谷诗，欲变格以从之，而力量不及，业已晚矣。《槁项顶螺忘岁年》及《论诗得雉膏》二诗，皆伪为山谷所作，而人不能察。觉范佳句虽多，却自是士人诗、官员诗，参寥乃真高僧禅客诗也。二人皆不幸毁服，而觉范之祸尤酷。然觉范才高，亦一时人物云。”（《瀛奎律髓》）

参寥原诗为：“却来人外慰栖迟，谷远山长万事遗。好鸟未尝吟俗韵，白云还解弄奇姿。藤花冉冉青当户，竹色娟娟碧过篱。不羡故人探禹穴，短桡孤榜逐涟漪。”这段话主要在帮朱子解释“觉范诗如何及得参寥”？方回以为参寥诗作“句句平雅有味，做得山林道人真面目”，乃“真高僧禅客诗”。对于真高僧禅客的评价可谓十分积极正面。虽然朱子不喜惠洪觉范，但方回仍旧肯定其才情，并未似朱子一般，对惠洪觉范全盘否定。虽然清代的诗人如查慎行（1650—1727 年）、纪昀（1724—1805 年）等人对方回的说法不以为然，往往翻转方回以僧诗为高的说法，但这更证明了金元时期与明清时期的批评家审美思维或判准并不一致，至少对僧诗的认识标准并不一致。晚明清初的钱谦益在《列朝诗集》一书，极力回护僧诗的“蔬笋气”，并将之作为僧诗最独特的审美特质，或许与其深入钻研元好问不无关系。金元时期的儒学虽然仍维持一定程度的活力，但统治阶层与佛教始终保持密切的关系，在诗歌审美的领域也不例外。例如元代著名的黑衣宰相，一般视为明代姚广孝精神原型的刘秉忠，也曾与僧人谈论诗歌创作原理。《为大觉中言诗四首》一诗曰：

水平忽有惊人浪，盖是因风击起来。造语若能知此意，不须特地骋奇才。

七情六义一心中，言语还因感处通。李杜苏黄无二律，后生徒苦立家风。

清雄骚雅因题赋，古律篇章逐变生。一字莫教无下落，有情还似不能情。

四时迭运方成岁，万物交参始是文。须信乾坤常肃静，龙吟虎啸自风云。

此诗见于刘秉忠所著《藏春集》当中。这段话虽然也有运用《易经》“风行水上”“云从龙，风从虎”“万物并育”的说法，但也强调宋代以来，诗禅论述中常见的一心、感通等基本论式。水因风生浪，不由得令人想起《大乘起信论》当中著名的水波之喻。“不须特地骋奇才”“后生徒苦立家风”即与方回赞许参寥“句句平雅有味”之意并无二致，也与禅家主张“神通妙用，即是运水搬柴”的生命情调相通。“清雄骚雅因题赋”近于“法住法位”，而“古律篇章逐变生”的意旨与“世间相常住”十分接近。“李、杜、苏、黄无二律”则是强调作者的个性展现在诗作当中，呈现出独一无二的特质，正是禅宗“丈夫自有冲天志，莫向如来行处行”的境界可以相互发明，这段论诗的主张可以说是某种程度的参同儒释，也体现出刘秉忠特别的身份表征。

金元时期与其他朝代最大的不同是：治理国事的当朝大臣当中，坚持儒家本位，严格拒斥佛教的儒者为数极少，相反的，对佛教往往十分友善，也影响他们看待诗歌的方式。

元代虽然国祚不长，但僧诗的表现十分精彩，论质量皆不在宋代之下，同时在题材或风格上都有不同以往的开创。同时诗论家也将僧诗特殊的审美情调当作一个极高的审美判准，与强调儒家审美观的批评家未必一致。辽金元时期的君主、大臣或文人，大体上皆以崇佛为尚，从佛教文学史的角度来看，过去学者于此关注显然有待加强，未来仍然具有巨大的潜能，等待有心人继续深入发掘。

（廖肇亨）

第二十六章　宋金元的戏曲与佛教

佛教与戏曲关系源远流长，闻一多在《文学的历史动向》一书中论及中国戏剧的起源，其曰：

> 我们至少可说，是那充满故事兴味的佛典之翻译与宣讲，唤醒了本土的故事兴趣的萌芽，使它与那较进步的外来形式相结合，而产生了我们的小说与戏剧。

此一说法尚有待商榷，事实上在佛教传入中土以前，中国已有小戏的表演形态，未必等佛教出现才有小说与戏剧产生。但不容否认，中国小说与戏曲的题材内容与表现形式受佛教影响甚大。康保成在《中国古代戏剧形态与佛教》一书中考证戏曲专有词汇如“戏场”“勾栏”“瓦舍”及“脚色”等皆源自于汉译佛典；戏曲身段如“亮相”“莲花指”“天魔舞”及“观音舞”等则模仿自佛教神像或手势；大量的“佛戏”“和尚戏”“打城戏”及“焰口戏”也都是搬演佛教故事，在在说明两者关系密切。这些影响在中国戏曲进入宋金元时期后，有更显著的呈现。

一、宋金元佛教戏曲概况

中国戏曲在宋金元时期逐渐发展为大戏，之前长期处于歌舞、杂技小戏阶段。宋以前已有汉百戏、参军戏、假面戏、傀儡戏及唐戏弄等小戏，从演出剧目考察，已出现《真最药王菩萨》《三教论衡》《弄三教》《舍利弗剧》等佛教相关剧目。宋金时期受讲唱文学影响，大大提升戏曲叙事手法及故事内容，逐渐朝成熟大戏发展。在北方形成以四段小戏组合而成的宋金杂剧（或称宋金院本）；南方则在南宋时期发展成初期大戏形态的南曲戏文。南宋戏文今存剧目五种，未见佛教题材。宋金院本根据元末陶宗仪（1329—约1412年）《南村辍耕录》"院本名目"所载，有"和曲院本""上皇院本""题目院本""霸王院本""诸杂大小院本""诸杂院爨""打略拴搐"等数类。其中"和曲院本"条下有《月明法曲》《烧香法曲》,"诸杂院爨"条下有《船子和尚四不犯》《跳布袋爨》,"打略拴搐"的"和尚家门"条下有《窗下僧》《坐化》《唐三藏》等剧目，应该都属于佛教歌舞或小戏。另外，北宋孟元老《东京梦华录》记载七月十五日中元节庆祝盂兰盆会，市井除了印卖《尊胜目连经》,过七夕便搬演《目连救母》杂剧，一连演八九日，直至十五日止，观者增倍。南宋周密（1232—1298或1308年）《武林旧事》也提及民间有戴着大头面具的歌舞表演，称"耍大头"，或称"耍和尚"。由上述都城杂记可见，元代以前佛教小戏已在民间广为流传。

元代戏曲发展成一本四折、一人独唱、体制规律严谨的元杂剧。文士及书会才人大量投入创作，产生大批剧本，质与量都达到前所未有的巅峰，成为元代最主要的文学类型之一。根据可见剧目统计，元杂剧约有近千本，现仅存约一百七十多本，题材广泛多元，其中宗教类有二十八本，道教占二十本，佛教有八本。这些宗教剧本，无论佛、道，皆反映鲜明的时代色彩，以度脱为主题，表现宗教济度的精神与内涵。

蒙古人马上得天下，以武力平定辽金宋一统中原。入关前兵马倥偬、战火蹂躏、民不聊生；入关后又将人民分为蒙古人、色目人、汉人及南人，以利统治。其中汉人及南人地位低下，不仅在任官制度上遭受不平等待遇，生活上也承受各种生计、差役及赋税压力。彼时元太祖成吉思汗（1162—1227年）礼遇全真教道士丘处机（1148—1227年）,不仅数度召见，尊为"神仙",且诏命掌管天下道教，全真门派盛极一时。丘处机因见战乱中生灵涂炭，居无室、行无食，告诫门下弟子必须以立观度人为要务，时不可失。一时全真道观遍立，成为百姓避难之所，所度者不下二三万人。

佛教虽分密、教、禅、律四宗，整体来看，教家声势大于禅家，但禅宗仍然维持一定的活力。北有曹洞、南有临济，临济宗海云印简、曹洞宗万松行秀及其门下弟子皆与朝廷关系密切，在皇室支持下，同样佛寺广立。寺院僧人除了编纂佛典、制定清规、参禅修行等佛门教业外，时局所趋，佛寺也多成为百姓逃难避役之所。耶律楚材《西游录》谓："今之出家人率多避役苟食者。"元武宗至大四年（1311 年）圣旨也提及："军人超避军役，为僧为道者众。"站在统治者立场显然有批判之意，却也指出元代百姓生活困苦，出家避役的现象。

因此元代宗教重要的社会功能之一，即提供乱世人民的生活庇护、生计安顿及心灵抚慰。反映在戏曲文学上，出现大量敷衍神佛仙人下凡点化俗众，救其脱离凡尘，离苦得乐，成仙成佛的"度脱剧"，几乎所有宗教题材都涵盖在度脱架构底下。"度脱剧"不仅在元杂剧中独树一格，成为中国戏曲史上独特的类型，也对后世宗教戏曲的内容与形式产生重大影响。

二、元代佛教杂剧类型与内涵

明代朱权（1378—1448 年）《太和正音谱》将元杂剧依内容分为十二科，分别为"神仙道化""隐居乐道""披袍秉笏""忠臣烈士""孝义廉节""叱奸骂谗""逐臣孤子""钹刀赶棒""风花雪月""悲欢离合""烟花粉黛"及"神头鬼面"，其中"神仙道化""神头鬼面"（又称"神佛杂剧"）两类与宗教有关。日人青木正儿（1887—1964 年）加以细分，将道教神仙度脱凡人之戏归为"神仙道化"，其余神佛鬼怪皆归入"神头鬼面"，但此一分类忽略佛教戏曲特色。近人罗锦堂（1929— ）重新分为"道释剧"与"神怪剧"，凡宣扬道教与佛教教义者归为"道释剧"，其余鬼怪故事则列入"神怪剧"。罗锦堂又将"道释剧"分为"道教剧"及"释教剧"，"释教剧"析分出"弘法度世"与"因果轮回"两类。"弘法度世"下列出《月明和尚度柳翠》《花间四友东坡梦》《布袋和尚忍字记》《龙济山野猿听经》及《西游记》五本；"因果轮回"下列出《庞居士误放来生债》《看钱奴买冤家债主》及《崔府君断冤家债主》三本。此一分类与列举剧目已涵盖现存元杂剧中所有佛教戏曲作品。以下即根据罗锦堂分类论述。

（一）说理阐教、弘法度世

元代佛教杂剧借说理阐教以弘法度世的作品有五本，情节雷同，多敷衍佛祖或高僧度化谪凡罗汉的故事。

《月明和尚度柳翠》作者李寿卿（生卒年不详），太原人，官任将仕郎，后担任县丞，作有杂剧十种，今存《伍员吹箫》及《月明和尚度柳翠》两种。《月明和尚度柳翠》叙述柳翠为观音净瓶柳枝，因偶染微尘被谪下凡，观音命月明尊者化为和尚，下凡度脱。

"柳翠"故事在宋代已经流行，清代李调元（1734—1803 年）《雨村剧话》记载：宋绍兴年间，柳宣教新上任为临安府尹，玉通禅师拒绝前往参谒，柳宣教怀恨于心，派遣红莲女破其色戒，玉通禅师惭悔而死，托生柳宣教之女柳翠，隶属乐籍，报柳宣教之仇。

宋代张邦畿《侍儿小名录》也记载：五代时，至聪禅师在祝融峰修行十年，以为戒行具足。一日下山，于道傍遇见一美女红莲，与其合欢。天明，至聪禅师起而沐浴，与妇人俱化。留有颂曰："有道山僧号至聪，十年不下祝融峰。腰间所积菩提水，泻向红莲一叶中。"皆属同一故事之演变。

宋代话本小说《五戒禅师私红莲记》又有五戒禅师私通红莲，被师弟明悟禅师点破，五戒坐化转世为苏轼，明悟转世为佛印，点化苏轼之事。为民间柳翠、红莲传说结合著名文人苏轼事迹的演变。明代冯梦龙改写为《明悟禅师赶五戒》，收入《古今小说》，流传极广。

李寿卿《月明和尚度柳翠》不同于宋代流传的柳翠故事，他舍弃红莲色诱高僧情节，保留柳翠落入乐籍一事。全剧聚焦描写柳翠迷却正道，终日送往迎来，沉沦情欲，月明和尚用心度其脱离苦海的内容。剧中擅用禅语机锋，月明和尚三番两次点拨柳翠认清本来面目，向她开示"无常迅速，生死事大""凡情灭尽，自然本性圆明"，但柳翠始终不悟，于是月明和尚化显一恶境，命牛头、鬼力于梦中斩杀柳翠。柳翠经历死亡恐惧，一觉醒来才知唯有修行能跳脱生死，于是答应月明和尚随其出家。但柳翠意志不坚，月明和尚再借机试炼，使柳翠看清世间万缘俱是假象，其本相实为观音净瓶柳枝，如今谪期已满，可返回天界。《月明和尚度柳翠》一剧跳脱色诱高僧的叙事模式，将主角设定为下层百姓，故事转向对俗众信仰的考验，传达若能摆脱俗世的爱欲贪嗔，即使卑贱如女妓，亦能离苦得道，带给元代庶民百姓重生的希望。

后有吴昌龄（生卒年不详），西京人，任婺源知州，著有《张天师断风花雪月》《花间四友东坡梦》等杂剧。《东坡梦》演佛印度化苏轼的故事，与李寿卿《月明和尚度柳翠》同属“柳翠”类型，但《东坡梦》沿袭“色诱高僧”叙事模式，剧中苏轼携女妓白牡丹前去色诱佛印，佛印不为所动，反遣花间四友桃、柳、竹、梅于梦中引诱苏轼，苏轼一觉醒来，美人尽失，始知世间情欲原是南柯一梦，前向佛印参禅问道，皈依佛法。剧中曲白虽喜引用诗词典故，充斥文人卖弄笔墨之辞，但仍扣紧“色即是空、空即是色”的主旨，演绎佛印不受色诱，万花丛里过，一叶不沾身的智慧，及苏轼陷入莺燕风光，但终能悟得魔障，逃脱情欲得道。在同样佛教主题下，保有更多文人趣味。

《布袋和尚忍字记》作者郑廷玉（生卒年不详），彰德（今河南南阳）人，有杂剧二十二种，今存五种，其中《看钱奴买冤家债主》《崔府君断冤家债主》与《布袋和尚忍字记》皆与佛教有关。《布袋和尚忍字记》为一宣说佛法之作，叙述刘均佐为第十三尊罗汉，因不听佛法，一念思凡，被罚往凡间，阿难尊者遣弥勒尊佛化为布袋和尚度他归道。布袋和尚在刘均佐手心写下一“忍”字，之后刘均佐屡遭恶运，先是刘九儿索债不成当众讥骂、义弟刘均佑与其妻幽会闺阁，最后梦见劝他出家的布袋和尚竟有妻儿，几度恼怒，甚起杀心，但都被手上“忍”字制止。在一次次的考验中，刘均佐从任性使气的守财奴，屡在“忍”字警戒下，不断修行“嗔骂打害中，不生怨恨”之道，终而悟得佛法。该剧主旨阐述大乘佛法“六度无极”，又称“六波罗蜜”中“忍辱度”之重要。三国康僧会（？—280年）译《六度集经》谓：“忍辱度无极者，厥则云何？菩萨深唯：‘众生识神，以痴自壅，贡高自大，常欲胜彼，官爵国土六情之好，己欲专焉。若睹彼有，愚即贪嫉，贪嫉处内、嗔恚处外，施不觉止，其为狂醉，长处盲冥矣。展转五道，太山烧煮，饿鬼畜生，积苦无量。'”“夫忍不可忍者，万福之原矣。”此一教法正是元代苦难芸芸众生的一服清凉剂。

剧中弥勒佛化身的布袋和尚与月明和尚同属神异僧。布袋和尚挺个大肚，手持布袋，出场唱偈“行也布袋，坐也布袋，放下布袋，到大自在”的形象生动有趣。宋代释普济《五灯会元》卷二有明州布袋和尚偈云：“宽却肚肠须忍辱，豁开心地任从他。若逢知己须依分，纵遇冤家也共和。”又坐化前偈云：“弥勒真弥勒，分身千百亿。时时示时人，时人自不识。”都是剧中人物的原型。全剧之布袋和尚（？—916年）实有其人，其余角色与情节均为虚构，以“忍辱度”贯穿全剧，将深奥佛理做通俗演出，劝人勿任性使气，切中时弊。

《西游记》作者杨讷（生卒年不详），字景贤，一字景言。该剧敷衍唐三藏取经故事，共六本，每本四折，共二十四折，每折前有标题，分别为：之官逢盗、逼母弃儿、江流认亲、擒贼雪仇、诏饯西行、村姑演说、木叉售马、华光署保、神佛降孙、收孙演咒、行者除妖、鬼母皈依、妖猪幻惑、海棠传耗、导女还斐、细犬禽猪、女王逼配、迷路问仙、铁扇凶威、水部灭火、贫婆心印、参佛取经、送归东土、三藏朝元。该剧体制庞大，气势恢宏，不同于元杂剧通常一本四折，别出一格，可归因前有所承，除《旧唐书·方伎传》、玄奘《大唐西域记》及慧立（615—？）修传本、彦悰（生卒年不详）笺《大慈恩寺三藏法师传》等史书、传记外，民间流传《太平广记·异僧》《大唐三藏取经诗话》及《西游记平话》等也是取材来源。

故事叙述西竺有《大藏金经》五千零四十八卷，欲传东土，可惜无一肉身之人可前往取经，诸佛决议派遣西天毗卢伽尊者降世，托生为中国海州弘农县陈光蕊之子陈江流，长大后出家，法号玄奘，前往西天取经阐教。前半段有陈光蕊一家江上遇难，陈江流被金山长老救起，后为父报仇之事；后半段则是玄奘西天取经情节。故事中玄奘收下木叉所赠白龙马，在花果山收伏孙行者及黑风大王八戒，孙行者收伏卷帘大将军沙和尚，五圣角色皆已齐备；其他如女人国唐僧遇难、火焰山孙行者大战铁扇公主等情节亦已出现。全剧架构完整，人物刻画生动活泼，曲文与说白浅显逗趣，配合舞台身段、武打演出，实为明代吴承恩《西游记》小说出现以前的精彩之作。

《西游记》杂剧为元代作品，度脱旨意同样明显可见，如玄奘本为西天毗卢伽尊者降世，取经历难过程即象征俗世重重魔考，必须道心坚定，克服困难，勇往直前，才能一一通过考验，证果朝元。

《龙济山野猿听经》作者不详，故事叙述山中白猿三度前往龙济山听修公禅师说法，终而悟道坐化。该剧即演绎江西龙济寺绍修禅师开悟众生之事。其中猿猴的形象在佛典常见，宋代释赞宁《宋高僧传》之《南宋钱塘灵隐寺智一传》就有智一和尚（生卒年不详）与猿共处的记载，智一和尚还被时人称为“猿父”，后衍生出天竺籍慧理禅师（生卒年不详）蓄养二猿的故事。另外，在江西也有百丈怀海禅师（720—814年）升堂说法，青猿听经的记载。《佛说师子月佛本生经》也记载曾有猕猴至罗汉所，居罗汉坐具披搭袈裟，如沙门法偏袒右肩，手擎香炉绕比丘行，时诸比丘从禅定觉，见此猕猴有好善心，为其说三皈依及五戒之事。《猿听经》剧中猿猴三变为樵夫、灵猿、儒官前往龙济山听经，锲而不舍，终于悟道。剧末修公禅师谓“因你一念真心，悟如来般若玄音。脱皮毛闻经听法，改形容参访师林，了然彻无生道妙，须明透万法洪深，除却了轮回六道，免去了苦海潜津”。阐发《佛说师子月佛本生经》所言：“猕猴闻法尚得成佛，岂况我等于未来世不成佛耶？”全剧传达“万物皆有佛性”“众生皆可成佛”的旨意。

（二）因果轮回、劝善惩恶

因果报应思想随着佛教传入中国，又结合道教承负之说，成为庶民百姓普遍存在的观念，最能反映俗民的生活价值。元杂剧有《庞居士误放来生债》《看钱奴买冤家债主》及《崔府君断冤家债主》三剧敷衍此一主题，内容虽各异，但皆阐述“钱财命定、毫厘不差”的道理。

《庞居士误放来生债》作者刘君锡（生卒年不详），燕山（今北京）人，曾任省奏。故事叙述主角庞蕴无意间听见家中牛、马、驴对话，得知这些牲畜都是前世欠他钱财，今世投胎来偿还业债。庞蕴一惊之下，烧毁所有放债文书，放生家中牲畜，并将万贯家财尽沉海底，参禅问道，举家得道。庞蕴为衡州衡阳人，世代以儒学为业，少时悟得世俗尘劳，因此志求真谛，四处参禅，其事迹在民间广为流传。宋代释道原《景德传灯录》载有丹霞禅师（739—824年）之友庞蕴居士，曾参谒石头和尚与马祖参禅之事，因其机辩迅捷，成为居士修禅之代表人物。另民间亦传庞蕴家财万贯，因殊用劳神，常常窃以自念“若赠与人，恐人如我之苦，不如置之无何有之乡”，因此将家财尽数沉入大海，举家修道，终成正果。杂剧即借庞蕴之事，劝诫世人贪财好贿，苦海无边，回头是岸，何不早结善缘也。

该剧后半段敷衍庞蕴之女灵照点化丹霞禅师一事，本事出自释普济《五灯会元》卷五《邓州丹霞天然禅师》：

> （丹霞）访庞居士，见女子灵照洗菜次，师曰：“居士在否？”女子放下菜篮，敛手而立。师又问：“居士在否？”女子提篮便行，师遂回。须臾居士归，女子乃举前话，士曰：“丹霞在么？”女曰：“去也。”士曰：“赤土涂牛奶。”（《五灯会元》）

此为当时流行之禅宗公案，刘君锡将之改写为丹霞禅师调戏灵照女，求其合欢，被灵照女棒喝度化的情节，同样是破戒僧得度的悟道模式。

《看钱奴买冤家债主》与《崔府君断冤家债主》同为郑廷玉所著。《看钱奴买冤家债主》叙述周荣祖祖父周奉记敬重释门，起盖佛院，每日看经念佛，积累福德；至其父竟为修理宅舍，毁坏佛院，得一怪病，百药无医。后周荣祖进京赶考，将财产埋于家后墙下，东岳殿前的灵派侯指派增福神施法，暂由毁僧谤佛的贾仁盗得周家祖产，为周家守财二十年。贾仁果然悭吝异常，无端获得“泼天也似家缘家计”，却一毛不拔。后贾仁因无子嗣，因缘凑巧收了周荣祖之子为义子，死后果将财产又全数归还周家，以显果报不爽。

《看钱奴买冤家债主》虽有浓厚宿命思想，但贾仁未富之前即轻视贫乏、不恤鳏寡、狡佞奸猾，周荣祖祖父礼敬佛门，积累三世福报，才能守住家财，亦有劝人为善增福之意。另外，剧中生动刻画贾仁守财奴形象，想吃豆腐舍不得花一个钱，“多使了一个钱，便心疼杀了我也”；到店家借口买烧鸭，趁机五根指头满满捝了一把鸭油，回家咂一根指头配一碗饭，吃了四碗饭后不小心睡着了，剩一根指头被狗舔了，一气之下竟生成大病；死前交代不准花钱买棺材，只能以马槽发送，若尸首太长装不下，可向邻人借斧断尸等等。种种荒谬行径，嘲讽世人受制钱财的可笑形象，深具社会写实意义。

《崔府君断冤家债主》则叙述张善友被赵廷玉盗走五锭银，其妻骗取五台僧十锭银，赵廷玉与五台僧分别投胎为张善友之子乞僧与福僧，一来还债、一来讨债；乞僧辛勤孝顺，福僧怠懒不孝，反映世俗儿孙种种样貌皆为前世业报。明人抱瓮老人（生卒年不详）《今古奇观》卷十《看财奴刁买冤家主》即结合《看钱奴买冤家债主》与《崔府君断冤家债主》两剧写“善恶有报、钱财命定”之事，开场诗云：“从来欠债要还钱，冥府于斯倍灼然。若使得来非分内，终须有日复还原。”同样具有劝诫世人勿行恶道、勿起贪念之寓意。

其他元杂剧如《包待制智赚灰阑记》演两母争一子，包公智慧断案的故事即取材自《贤愚经·檀腻䩭品》，《沙门岛张生煮海》《洞庭湖柳毅传书》引用佛典中龙王故事，都可见佛教题材对戏曲的影响。

三、元代佛教杂剧特色

（一）沿用度脱习套

元代度脱剧本为全真教宣扬教义、弘法救世之作，作品颇多，如《岳阳楼》《黄粱梦》《铁拐李》《竹叶舟》等皆是此类作品。配合一本四折，发展为三度模式：第一折交代被度者谪凡原因，第二、三、四折分别展开三次点化，或语言点拨、或梦中设境、或化显恶境头警示，情节层层推进，在最后死生关头觉悟，证果朝元，共登仙界，可谓结构完整，对于铺陈故事，推展情节，于紧张高潮处警语教化，令人顿而惊醒，颇具特色与效益。佛教剧沿用此一套式，改道教仙人为佛祖、高僧，改劝人脱离酒色财气为看破世缘虚假、跳脱生死轮回，在三度过程中说法阐教以证成佛果，同样将佛教特色发挥得淋漓尽致。

此外，道教谪仙概念也被佛教剧普遍采用，剧中被度者多为谪凡的罗汉，如《布袋和尚忍字记》刘均佐即不听佛祖讲经说法被贬下凡的十三尊罗汉之一，《来生债》中庞蕴是上界宾陀罗尊者、庞婆是罗刹女、儿子凤毛是善财童子、女儿灵照是南海普陀洛迦山观音菩萨，一行人因宾陀罗一念之差，一起下凡受此尘缘。此一谪仙概念虽属仙话，但凡是人间受苦者，皆有可能即神佛降世历难，只要修行悟道，皆能成仙成佛，回归天界，此一说法，为俗众困顿生活带来一线光明，深具抚慰人心之用。

（二）体现禅宗特色

“竿木随身，逢场作戏”，以戏说禅早在宋代出现，元杂剧盛行后，此风更盛。元代佛教剧无论在思想与表演形态上几乎皆受禅宗影响，充满禅悟色彩。

在故事内容上多取材自禅宗僧传、语录，如《东坡梦》中佛印即了元禅师，宋代释惠洪《禅林僧宝传》卷二十九有《云居佛印元禅师》传，记载佛印与苏轼斗机锋之事；《五灯会元》卷二《明州奉化县布袋和尚》即《布袋和尚忍字记》构想由来；《猿听经》的修公禅师即绍修禅师，《五灯会元》卷八也有《抚州龙济绍修禅师》事等。在表现手法上则仿禅宗悟道法门，擅用禅语机锋，形成语言诙谐；或借机说法阐教，倡其宗风。

1. 禅语点拨、机锋相斗

元代佛教剧中，以禅语开悟的排场俯拾即是，不仅符合剧作主旨，机锋相斗也造成语言趣味。《月明和尚度柳翠》一剧，月明和尚下凡度化柳翠，两人一见面便打禅语：

（旦儿云）敢问师父从那里来？

（正末云）我来处来。

（旦儿云）如今那里去？

（正末云）我去处去。

（旦儿云）这和尚倒知个来去。

（正末偈云）噤声！道马非为马，呼牛未必牛，两头都放下，终到一时休。(《月明和尚度柳翠》)

“来处来，去处去”“道马非为马，呼牛未必牛”为南宋道川禅师（生卒年不详）偈语，剧中借以点醒柳翠知其来去，勿迷惑于现世。“来处来，去处去”本指回归本性之意，剧中以净瓶柳枝取代“本来面目”之说，避谈玄奥义理，更适合俗众理解；另禅语不说破，形成语言趣味，同时也造成戏剧悬宕，留下后续情节发展的空间。

又如《东坡梦》苏轼借行者传话与佛印的一段机锋对答：

（东坡云）借你口中言，传俺心间事。你道有个客官不言姓名，有两句禅语又叫做偈语。你道：“眉山一块铁，特地来相谒。”

（行者云）老官，小和尚心笨，一本《心经》念了三年零六个月，还记不得，再说一遍？

（东坡云）这个笨和尚。

（行者云）敢是姓铁？

（东坡云）不姓铁。

（行者云）不姓铁就姓锡？

（东坡云）不姓锡。

（行者云）不姓铁、不姓锡，就姓铜罢。（入报科云）师父，外面来到一个主儿，不言姓名，道两句禅语，又叫做偈语：“眉山一块铁，特地来相谒。”

（正末云）“急急上堂来，炉中火正热。”

（行者云）着手。他便是铁，我师父是火，架起炉火来烧他娘。老官，我师父着我烧你哩！

（东坡云）怎么说？

（行者云）叫你“急急上堂来，炉中火正热。”

（东坡云）这也是禅语，再进去说：“我铁重千斤，恐汝不能挈。”

（行者云）你不怯我师父，我师父也不怯你。师父，他又道两句：“我铁重千斤，恐汝不能挈。”

（正末云）“我有八金刚，将汝碎为屑。”

（行者云）着手。我师父道：“我有八金刚，将汝碎为屑。”

（东坡云）再进去说：“我铁类顽铜，恐汝不能爇。”

（行者云）罢了，软了。

（东坡云）怎么软了？

（行者云）爇的软了。师父，他又道两句："我铁类顽铜，恐汝不能爇。"

（正末云）"将你铸成钟，众僧打不歇。"

（行者云）着手，我师父要打你哩！

（东坡云）怎么要打我？

（行者云）"将汝铸成钟，众僧打不歇。"

（东坡云）再进去说："铸得钟成时，禅师当已灭。"

（行者哭入科）

（正末云）行者，为何哭起来？

（行者云）他道："铸得钟成时，禅师当已灭。"

（正末云）大道本无成，大道本无灭，心地自然明，何必叨叨说。（《东坡梦》）

此大段禅语显然指向末句"大道本无灭"，苏轼的叨叨禅说，毕竟是不了究竟之义。通过戏曲情节铺排，行者从中插科打诨，将艰涩禅语生动演出，非但不觉枯燥乏味，一来一往中更显露佛印略高一筹，带出禅修最高境界。

2. 宣讲佛理、教导修行

佛教剧中亦常穿插教导修行法门的情节。《布袋和尚忍字记》一剧借由布袋和尚劝化刘均佐至汴梁岳林寺出家，请首座定慧和尚教其参禅打坐之法。其间刘均佐屡动凡心，定慧和尚教其必得"抖擞精神，定要讨个分晓，不可胡思乱想，须要绵绵密密打成一片，只如害大病一般，吃饭不知饭味，吃茶不知茶味，如痴似醉，东西不辨，南北不分。若做到这些功夫，管取你心华发现，彻悟本来，生死路头，不言而到"。通过情节铺排，取日常生活为譬，以浅显之语阐述打坐功夫，易于理解与纳受。

接着又开示"定慧"妙义，修禅"先要定慧心，定慧为本，不可迷着。定是慧体，慧是定用，即慧之时定在慧，即定之时慧在定，若识此言，即是慧定。学道者莫言先慧而发定，定慧有如灯光，有灯即光，无灯即暗，灯是光之体，光是灯之用。名虽有二，体用本同，此乃是定慧了也”。此教虽稍涉玄义，但嵌于戏中，顺势教谕，实能发扬佛说“先以欲勾牵，后令入佛智”之方便法门。

3. 升堂说法、开悟众生

禅门说法场面也常见搬演于戏曲场上，《月明和尚度柳翠》《东坡梦》《猿听经》皆以登堂说法作结。《猿听经》最后一折安排众僧前来向修公禅师问道：

（众僧）敢问我师，如何是西来意？
（禅师）九年空冷坐，千古意分明。
（众僧）如何是法身？
（禅师）野塘秋水漫，花坞夕阳迟。
（众僧）如何是祖意？
（禅师）三世诸法不能全，六代祖师提不起。（《猿听经》）

修公禅师对众僧参问不直接回答，以言外之意说法，以待众僧自悟。再如通过禅问解说五派教义，亦是常见内容：

（首座）如何是曹洞宗？
（禅师）不萌草解藏香象，无底篮能捉活龙。
（首座）如何是临济宗？
（禅师）机如闪电，活似轰雷。
（首座）如何是云门宗？
（禅师）三旬可办（应为三句可辨），一镞辽空。
（首座）如何是法眼宗？
（禅师）言中有响，句里藏锋。
（首座）如何是沩仰宗？
（禅师）明暗交加，语默不露。（《猿听经》）

末折排场俨然直接移植禅门升堂说法场面，缺少舞台趣味，但作为全剧总结，配合法乐细音，实际上便是完成一场开示法会了。

（三）掺杂三教思想

元代佛教剧同时掺杂了儒道思想，主要表现在神佛人物混杂及思想合流，《西游记》便是最佳例证。《西游记》中除了观音、诸佛操控玄奘取经大局，每逢灾难，也多有天兵神将齐助过关，除展现热闹场面，神佛不分教派，合力对抗邪恶势力，善恶两分的价值判断是庶民的一贯思维。又《看钱奴买冤家债主》中，信佛的周荣祖与毁佛的贾仁，同样也是通过道教神祇东岳神君派遣增福神暗中布局，让贾仁守财二十年后归还周家，以显报应不爽，同属佛道合流。

另如《崔府君断冤家债主》一剧，张善友在二子乞僧、福僧及妻子相继亡逝后，不满虔诚奉佛何以招致不幸，一气之下告官崔子玉。崔子玉为一正直贤良、公正无私的地方儒官，可“日断阳间，夜理阴间”，为使张善友明白因果业报，领其下地府，请阎君让他看尽与二子的前世因缘，终而醒悟。此剧则体现儒释合流，共演真理，度化众生的表现。

最后一提，元代佛教剧对后世戏曲影响很大。在题材上，如柳翠故事有明陈汝元（生卒年不详）《红莲债》、徐渭（1521—1593年）《玉禅师翠乡一梦》承继发挥；因果报应主题，除钱财命定外，更扩展到功名、富贵、寿命等业报关系。在类型上，明清佛教剧仍多保留度脱剧的叙事架构，但渐由“他度”转为“自度”；禅宗教义仍是主要内涵，但表演形式少了机锋对话，出现更多对禅的释义及禅净之辩。以上种种皆可见元代佛教剧的深远影响。

（林智莉）

第二十七章　辽金元的佛教史传文学

辽金元三朝的领导阶层均非汉人，面对底蕴深厚的汉文化，三朝实行的因应举措有所不同。不过，辽金元三朝之王室成员、官员，信奉佛教者众多，对于佛教多有支持。辽朝佛教基本上是承续唐代佛教，也通过西夏与契丹接受了藏传佛教。金朝佛教则是以汉传佛教为主，主要承续的是禅净合流的宋代佛教，其中又以禅宗流行为甚。元朝崇佛更甚，呈现出蒙古人奉为最高的藏传佛教与原有的汉传佛教交织并存的状态；相较于辽金时期，元朝出现较多的佛教史传之作。

辽金元时期的佛教，以华严宗、禅宗、净土宗之发展最为兴盛，也深刻影响此时期佛教的发展和相关著作。辽朝圣宗（972—1031 年）、兴宗（1016—1055 年）均精悉佛义，道宗（1032—1101 年）还著有华严学的相关著作。辽代建立的“三学”考试制度为金代所承继，对于佛学研究的推进有积极的作用。辽圣宗朝已培养出一批有水平的学僧，创作出包含行均（生卒年不详）《龙龛手镜》与希麟（生卒年不详）《续一切经音义》等具高水平的佛学工具书，显示出当时僧团的学术水准。另外，兴宗、道宗朝华严学兴盛发展，因此出现大量彰显华严与密教合一特色的疏钞。

金朝在占领辽朝旧地燕云十六州一带后，主流佛教宗派为南山律宗和华严宗。疆域扩展至中原后，大量南方僧人北上燕京，受到国家的大力护持，成为佛教发展的主力。其中，尤以禅宗发展最为兴盛。元好问曾云：“当是时，诸禅方以赀雄相夸，斋鼓粥鱼之声，殷然山谷间。”女真人尚未进入中原以前，以临济分化出来的杨岐、黄龙二派盛极一时。金人南下后，吸引众多南方禅师入京，竹林寺、潭柘寺均成为禅宗活动的基地。包含曹洞宗、临济宗，多有禅师活跃一时，是为金朝佛教的重要特色。特别是金末曹洞宗的万松行秀一系，名僧辈出。同时，以净土信仰为基础的民间宗教活动，在金代也相当发达，不少佛教僧人多修持、弘扬净土。

此外，以知识精英为主的居士佛教发达，是金朝佛教的另一特征。金朝文化中，在思想与文学领域的表现特别突出，代表人物多有佛教居士。包含王寂（1128—1194年）、党怀英（1134—1211年）、赵秉文（1159—1232年）、李纯甫、耶律楚材、元好问等人。孙昌武指出，这些金朝居士既精研性理之学，又善文章，兼习三教，尤嗜禅学，对于佛教的发展与维系发挥一定的作用。

元朝佛教的重要特色，在于将藏传佛教引入中国内地。蒙古人较早接触藏传佛教，源于蒙古初兴时，藏传佛教僧侣至漠北传教，受到尊崇。其后经营之甘、藏地区，攻下之西夏、大理等地，均是藏传佛教流行之处。藏传佛教具备的密法修持，以及政教合一的特色，在蒙元的统治中发挥重大作用，特别尊崇藏传佛教也成为元朝政治与宗教发展的一大特色。但元朝对于汉传佛教高僧仍然礼遇有加，对于名山大寺也加以护持，居士佛教亦极为发达，包含赵孟𫖯等居士文人在社会、文化等领域的影响，推进了佛教的发展。

元朝佛教发展另一重要现象，在于民间教派兴盛，其中最具代表性、影响最深的，莫过于由净土教发展而出的白莲宗与白云宗。白莲宗与白云宗在民间社会中广受支持，掌握大量田园资产，元末由白莲宗衍化出来的白莲教，更成为反元势力的重要力量。

辽金元佛教禅教合流、丛林世俗化进程愈趋明显；此一时期也是南北朝之后，各民族文化融合、碰撞、演进最为剧烈的时期。不同的宗教形态、教派此消彼长，互相容纳，从而对明清佛教乃至近代佛教的发展产生重要的影响。辽金元僧侣作家的总体成就固然不及唐宋，但其中亦不乏杰出者，他们的文学声誉在当时或后世均很显著。例如，金末诗僧木庵性英（1190—1273年），被元好问称为“诗僧第一代，无愧百年间”。元代天隐圆至的文章，方回亦称："非特南渡后僧无之，南渡后士大夫亦未可比也。"楠堂文益的《山居诗》四十咏，被明代高僧云栖袾宏称为"气格雄浑，句字精工……为诸家绝唱"，明代次韵其诗者，竟成为丛林一时风气。

辽金元佛教文学的研究，多数集中在诗歌与诗僧，对于佛教史传文学作品，包含教史、宗录、塔铭等文体，几乎未能涉及。不过辽金元三代，这方面的文献实为丰富，本章将先针对辽金元佛教史传文学作一鸟瞰式的介绍，再举出其中所反映的佛教发展特色。

二、辽金元佛教史传文学类型

辽金元三朝的佛教史传文学作品中，今已难见辽金时期之专著，多存刻经、寺塔兴福与佛图墓志之石刻文献；元代则出现较多史传与具宗派特色的撰著。相关作品大致可分为"编年教史""宗门谱录""僧传行历""山寺塔志"等几类，涉及释教历史、人物传记、寺塔兴修等。

（一）编年教史

北宋司马光（1019—1086年）编撰《资治通鉴》二百九十四卷后，对于佛教史家产生深远影响。南宋以降，出现大量佛教编年史，包含祖琇《隆兴编年通论》二十九卷（隆兴二年〔1164年〕成书）、宗鉴《释门正统》之《兴衰志》一卷、志磐《佛祖统纪》之《法运通塞志》十五卷、本觉《释氏通鉴》十二卷等。佛教史家仿《资治通鉴》撰成编年体佛教通史，是为了能够具览兴衰，以为借鉴。编年体佛教通史中，尤其重视佛教在中央集权政治统治下的兴衰变迁。相较于记载分散的纪传体，编年系事体裁，有系统地排比历代帝王崇佛毁佛的史事，以见皇权与佛教的互动。此一影响及于元朝的佛教史家，相关教史著作，均采编年体撰著而成。

扆峰熙仲（生卒年不详）《历朝释氏资鉴》是元代出现的第一本编年体佛教史著，成书于元顺帝至元三年（1337年），共十二卷，收入《卍续藏》第七十六册。《历朝释氏资鉴》记载自释迦涅槃至元朝至元二年共二千二百八十五年间佛教发展的相关事迹。《历朝释氏资鉴》每卷开头之处，都明志“闽扆峰沙门熙仲集”，由此可知熙仲为闽僧。其于书卷一云：“三界之中，唯佛至尊。法演西乾，教流东震。真身舍利，代代钦崇，玉轴金文，人人讽诵，宏资国化，广利众生。聊纂斯文，厥书于后，明佛祖之垂慈，彰王臣之皈仰。结为历朝释氏资鉴。”说明熙仲采编年体记录历代佛教在华的发展，是为传扬释教自西竺传入后的发展历程。

梅屋念常《佛祖历代通载》，成书于元顺帝至正元年（1341 年），共二十二卷，收入《大正藏》第四十九册。《佛祖历代通载》卷一为“七佛偈”，卷二以后为编年体，记事从盘古氏、天皇氏、地皇氏、人皇氏叙起，止于元统元年（1333 年）。内容自卷四至十七，多以宋道原《景德传灯录》、祖琇《隆兴编年通论》为本，增补宋、元二代佛教、道教、政事方面的史料。卷十八后由念常自撰，但也多抄录金朝李纯甫《鸣道集说》、元朝祥迈（生卒年不详）《辨伪录》（1286 年成书）、《弘教集》等著之篇章。

念常为元代禅宗杨岐派僧人，俗姓黄，号梅屋。十二岁出家，从平江圆明院体志学律。元成宗元贞元年（1295 年）受具足戒后，游历江浙各大丛林，博览群典。至大元年（1308 年），前往杭州净慈寺参拜晦机元熙，七年后晦机迁径山寺，念常住持净慈寺，后又住持嘉兴祥符禅寺。至治三年（1323 年）赴燕京，备受帝师八思巴的重视。念常曾观光三都，朝礼五台，寻觅燕京遗墟，搜集佛教流传事迹，历时二十余年，编成《佛祖历代通载》。

宝州觉岸（1286—？）《释氏稽古略》，成书于至正十四年，共四卷，收入《大正藏》第四十九册。全书各卷篇幅甚大，除佛教史事之外，亦述及不少世俗史事。所录除内典以外，旁及杂家传记、文集、志乘、碑碣之类，内容多本于宋僧本觉《释氏通鉴》。卷一收录国朝图及释迦文佛宗派祖师授受图略，并记载自三皇、五帝至西晋历代帝王之世代，又述及以释迦牟尼为首的西天二十八祖；卷二为东晋至隋之佛教史事，包含道安、鸠摩罗什、傅大士、达摩等僧传；卷三为唐高祖至五代间之佛教史；卷四为宋太祖至南宋间之佛教史。陈垣（1880—1971 年）指出《释氏稽古略》的撰成，目的在于通世之史，故于列朝兴废盛衰之事，即使与佛教无关，也条分摘列，掺杂成文；对于历代有名诸僧，及僧家通常掌故，则是“搜采略备，颇便观览”。

（二）宗门谱录

辽金元三朝的佛教宗派中，辽朝时特别重视华严宗。北方禅林则与统治阶层往来无间。元初临济宗海云印简备受成吉思汗、窝阔台（1186—1241年）、贵由（1206—1248年）、蒙哥（1209—1259年）四朝崇敬礼遇，海云弟子亦仍受到后朝君主的重视。元仁宗皇庆年间（1312—1313年）或延祐初年（1314年），诏命赵孟頫撰《临济正宗碑》，核心是介绍元代临济宗海云印简一系的发展，以及元成宗统敕赐海云弟子，给予“临济正宗之印”，使得临济宗在元代成为汉传佛教里面最有势力的一派，“由是临济之道愈扩而大”。全文共有六层大意：第一段叙述佛法的原理与禅宗的由来，“世尊拈花，迦叶微笑”，成为禅宗不言的教外别传特色；第二段介绍禅宗中土所传法脉之由来，由达摩而至临济的简历；第三段说明临济以下传十二世到海云印简之经历；第四段介绍海云禅法特质，以及由他而下的二位弟子、海云与元世祖（1215—1294年）之间的合作关系。第五段载述海云法孙西云安禅师与成宗朝的关系，强调临济一宗在元代发展，以及撰写碑文的由来；最后一段是铭文，对上述的文字作一总结。

庐山东林寺白莲宗善法堂主优昙普度（1255—1330年）所撰《庐山莲宗宝鉴》，于元成宗大德九年（1305年）成书，共十卷，收于大正藏第四十七册。普度为照明真伪，破邪显正，以作念佛行者的眼目，以净土教理为依据，系统性地阐发白莲宗义，编辑有关念佛三昧之经说、史传等，以开示念佛三昧法门要义。全书凡分十篇：念佛正因、念佛正教、念佛正宗、念佛正派、念佛正信、念佛正行、念佛正愿、念佛往生正诀、念佛正报、念佛正论，为叙述白莲宗宗义最详尽之资料。每卷首先申明总论，接着列举子题，阐述事理。通常会先引用一段佛经来说明正理的根源，复次援引一段祖师教说为辅证，普度再综合佛经论典与祖师教说的观点，表达一己之见。

因白莲宗遭禁，普度入京为白莲宗辩护，并于至大三年（1310年）撰成《上白莲宗书》七千余言奏上武宗，请求将《庐山莲宗宝鉴》颁行天下。翌年元仁宗（1285—1320年）即位后，于皇庆元年（1312年）将此书颁行天下，并护持建宁路白莲忏堂。此书后来经高丽皇子益智（生卒年不详）与日僧澄圆（生卒年不详）传入高丽与日本，并分别建立寿光寺白莲堂与旭莲社。

（三）僧传行历

梦堂昙噩（1285—1373年）《新修科分六学僧传》，至正九年（1349年）开始编辑，二十六年（1366年）成书，共三十卷，收入《卍续藏》第七十七册。此著是根据梁、唐、宋三部《高僧传》重编的僧传，不计附传，全书共著录一千二百七十三人，在分合、次第、归类上，与三传有所不同。特别是不采十科分法，而是以慧、施、戒、忍辱、精进、定六学分类，六学中每学又分二科，合为十二科，包含译经、传宗、遗身、利物、弘法、护教、摄念、持志、义解、感通、证悟、神化等。六学下各有小引，说明立科宗旨，每科后有赞言，作为总结。

昙噩为元末临济宗僧人，浙江慈溪人，俗姓王。字梦堂，号酉庵。二十三岁礼谒长芦之雪庭传公（生卒年不详），剃发受具足戒。后参谒杭州灵隐寺元叟行端（1254—1341年），嗣其法，任径山寺书记。至元五年（1339年）驻锡于四明咸圣寺，后移住慈溪开寿寺。昙噩备受元、明朝皇帝之护持，顺帝赐号“佛真文懿”。其戒行严洁，文章简古，七十八岁时编成《新修科分六学僧传》。明太祖洪武二年（1369年），以高僧敕住国清寺，奉号“佛真文懿大师”。洪武三年（1370年），帝召见众僧时，师为众僧之首，住天界寺。洪武六年（1373年）示寂于国清寺，世寿八十九岁。

昙噩另撰有《明州定应大师布袋和尚传》，是叙述布袋和尚事迹最详细、文字最多的文献。有关布袋和尚形象和言行的记载，主要见于《宋高僧传》《景德传灯录》《五灯会元》《佛祖统纪》《明州定应大师布袋和尚传》等佛教文献。《明州定应大师布袋和尚传》主要是汇集其前之相关资料，并加以增补而成。

中国的弥勒信仰由来已久，自两晋时期弥勒菩萨上生、下生经译出后，塑造出供奉弥勒菩萨像、向往兜率天宫的美妙极乐净土和下生成佛的弥勒信仰。南梁时期的善慧傅翕（又称善慧大士、傅大士）、五代梁时浙江奉化县布袋和尚，被认为是弥勒菩萨的垂迹化身。从《宋高僧传》到《明州定应大师布袋和尚传》，历时三百余年，对布袋和尚事迹的记述渐增且更为具体，进而促成以布袋和尚的形象为原型，塑造出了体态肥胖、笑口常开、袒胸露腹的弥勒菩萨像，受到民众的普遍喜爱。布袋和尚的传说故事，更在元明清代成为《布袋和尚忍字记》《锡六环》《痴和尚街头笑布袋》等戏曲创作的重要题材，详见本书第二十六章《宋金元的戏曲与佛教》、第三十一章《明代佛教戏曲》、第三十七章《清代佛教戏曲》之相关论述。

（四）山寺塔志

辽金时期的佛教文献留存不多，今日可见以僧人的墓志行状为大宗。墓志与行状除了记述传主的生命经历外，也呈现传主在世时的政治、社会与信仰发展状况，可补足传世文献记载之不足，更保存了时人生活的具体面貌。

今日对于辽金佛教发展的认识，有不少是建立在僧人墓志与行状的记载上。这些墓志行状有如当代僧传，可以借此认识当时重要僧人的生平、撰述,也可理解佛教受到崇信的程度。如《非浊禅师实行幢记》记载撰有《三宝感应要略录》、任燕京管内左街僧录的非浊之行谊，也彰显出辽兴宗对于佛教的崇信。《鲜演大师墓碑》记载了撰著《仁王护国经融通疏》的鲜演（即圆通悟理，1048—1118年）之生平，与受辽道宗崇敬的景况。《大昊天寺建寺功德主传菩萨戒妙行大师行状碑》，通过记述妙行（1068—1140年）的行谊，展现出皇室对于大昊天寺的建设。《法均大师遗行碑铭并序》则记载马鞍山惠聚寺的法均（1021—1075年），建立戒坛传戒，师道愈尊，辽道宗授其崇录大夫守司空，赐“传菩萨戒坛主大师”号。

辽朝多有士人出身的在家居士，在佛教的护持与推动上扮演重要的角色。《李内贞墓志》记载李内贞为辽太祖、世宗、景宗三代重用，其弟可延，身承赐紫、普济大师号的殊荣。《张俭墓志铭并序》展现辽圣宗朝宰相张俭（953—1043年）对于佛教的虔诚表现，“谛崇佛宝，力转法轮。深穷诸行之源，妙达无生之理”。其子张嗣宗（生卒年不详）受之影响，退老后“乃辟玄堂，乃建灵塔，影覆尘沾，愿往生净土”。《王泽妻李氏墓志铭并序》中详述奉陵军节度使王泽的崇佛家庭，王泽好佛，善交僧侣；妻子李氏“净信三归，坚全五戒。清旦每勤于焚祝，常时唯切于诵□”；三个女儿中，有两位出家为尼。深受辽道宗信任与重用的梁援（1034—1101年）之墓志，《大辽故经邦忠亮同德功臣开府仪同三司尚书左仆射兼中书侍郎同中书门下平章事监修国史知枢密院事上柱国赵国公食邑一万户食实封一千户赠侍中谥号忠懿梁公墓志铭并序》记载梁援出身佛教家庭，母亲在梦见异僧乘白云自空而下后怀孕；他死前身边之人似闻清乐声，有神灵接引至乐土。

另如《李知顺墓志》《董匡信及妻王氏墓志铭》《史洵直墓志铭》《耶律元妻晋国夫人萧氏墓志铭并序》《萧义墓志铭并序》《耶律宗政墓志铭并引》《耶律宗允墓志铭》等，显示出官员、契丹贵族接受佛教，虔心谛信。耶律氏与萧氏家族作为统治阶级的重要氏族，有许多成员皈依佛法，对于辽朝佛教兴盛发展起了极大的作用。

金朝有不少北上的南僧，将南方盛行的禅宗、净土教扩展至北方。《甘泉普济寺赐紫严肃大师塔铭》记载精通宗派佛学，又被任命为僧官的悟铢（？—1154年）相关的事迹，展现其于金熙宗朝（1135—1149年）备受崇敬的重要地位。《甘泉普济寺通和尚塔记》则记载曹洞宗普照希辩（1081—1149年）与弟子行通（1097—1165年）入京传法之行历与传承。元好问撰《清凉相禅师墓铭》，详述著有《归乐集》《退休集》《清凉集》《语录》的临济派西溪弘相（生卒年不详），与元好问等文人交往，颇有诗僧之名。《中京龙门山乾元禅寺杲公禅师塔铭并序》记载慧杲（生卒年不详）盛名远播，有数千信众随行，活跃一时。

金朝在道学或文学领域活跃者，多有身涉佛教者，特别是接受禅学的影响。如金章宗（1168—1208年）时任中都路转运使。撰有《拙轩集》《北迁录》的王寂，奉佛谨甚，持诵《金刚经》甚勤，在其所撰《先君行状》中，亦载其父“喜竺乾学，从香林比丘悟柔传出世法。岁晚，饭蔬衣褐，修然如僧”。耶律楚材所撰《燕京崇寿禅院故圆通大师朗公碑铭》记载弘扬净土的祖朗（1149—1222年）行谊，“晚节愈坚于持诵，日念弥陀圣号数万声方止”，得到万松行秀的赞许。又如金朝晚期备受崇敬的万松行秀，虽然明清之后的僧传多收有其传，但是《万松舍利塔铭》却是最直接的一手材料，可以补正《佛祖历代通载》中关于万松记载的阙误。

元朝《海云简和尚塔碑》记载海云印简一生行谊，显示其深受成吉思汗、窝阔台、蒙哥与忽必烈（1215—1294年）重用，“凡主大会七，度弟子千余名。王才侯受戒律者百数，士民奔走依向者千万计”，与全真教道士丘处机并列为当时的宗教领袖，被称为“天下禅门之首”，累号燕赵国大禅师、佑圣安国大禅师、光天镇国大士。在海云推荐下受到忽必烈重用的刘秉忠，身居高位，但斋居蔬食，诚修梵行，对于忽必烈认识佛教，以及元初礼遇汉传佛教的政策，都发挥重大的影响。刘秉忠逝后，由王磐（1202—1293年）奉敕撰成《顾光录大夫太保赠太傅仪同三司文真刘公神道碑铭并序》、张文谦（1216—1283年）《故光禄大夫太保赠太傅仪同三司谥文真刘公行状》、徒单公履（？—1289年）《故光禄大夫太保刘公墓志铭》等，详载其一生行历，亦由此得知元初对于佛教的政策与支持。而如《故灵隐住持朴隐禅师澥公塔铭》《佛鉴圆照论师大用才公行业碑铭》等，则反映元代十方制寺院向宣政院请求加以任命住持的制度。

元朝禅宗发展仍极为兴盛，由于海云印简受到成吉思汗与忽必烈的崇重，使其门人被誉为“临济正宗”，禅宗丛林大庆寿寺被称为“天下第一禅刹”。临济宗主要活跃于南方，宋代设置的禅宗五山十刹，到了元代发展仍盛。《大辨禅师宝华塔铭》记载被元世祖、仁宗崇敬的径山希陵（1247—1322年）行谊。《元广智全悟大禅师太中大夫住大龙翔集庆寺释教宗主兼领五山寺笑隐䜣公行道记有赞》《元太中大夫广智全悟大禅师住持大龙翔集庆寺释教宗主兼领五山寺䜣公塔铭并序》，则记载了关于审订《敕修百丈清规》的笑隐大䜣之生平行谊。记载元代禅宗大师中峰明本行谊的有《元故天目山佛慈圆照广慧禅师中峰和尚行录》《有元敕赐智觉禅师法云塔铭》《有元普应国师道行碑》《普应国师舍利塔记》等，详述中峰明本之经历、声望与影响。

（五）僧家自传

元朝中峰明本自撰《东语西话》下篇中，有一段文字回忆其人生经历，可以看作自传，对于理解其生平和思想有十分关键的作用。明本的自传讲述了其一生的宗教实践，列出相关年份和所做之事、所到之地。若与中峰明本其他传记相比，可以看到自传中对于许多重要的人生经历，明本都选择不载。

在其自传中，明本并未述及十五岁出家后，燃臂供佛，严守戒律，以苦行方式修行；对于二十七岁开悟，得到高峰原妙（1238—1295年）的印可，并担任师子院的维那之职，亦无半语。由此可见，明本并未以恩师的赞美而自矜，而是时刻保持清醒、自警的状态，不断警醒自己，真参实悟，刻苦修行。其次，元贞元年（1295年），明本之师原妙在圆寂之前，希望明本接任住持之职，但明本婉拒此职，在自传中亦对此事未加着墨。再者，明本与赵孟頫、陆德润（生卒年不详）、冯子振（1253—1348年）、郑云翼（生卒年不详）等人多有交往，尤以赵孟頫为最。但在其自传中，对于二人之交往全无载述，亦未及其他俗信，显示出明本对于其与俗世名士往来之事，并非自己对生命历程的关注重点。最后，元仁宗曾数度想拜见或延揽中峰明本，都为其所拒，仍加赐封号。但在明本的自传中，全无朝廷赐号的记载，可见在明本心中并不以此为意，且坚持与王权政治保持距离，从而保有身为方外之士崇高的情操和超然的僧格。

此外，明本的自传中具有强烈的自悔、自警意识。明本自称为"幻人"，"幻"者，即一切事物皆无实体性，唯是幻之假象。明本不仅自称"幻人"，并引《圆觉经》"如幻三昧"之典故，将自己的居庵命名为"幻住"，比喻世间一切皆为无常，如梦如幻，应认清尚未觉悟的现实，依照次第修行，才能够离诸幻化。明本的自传作于六十耳顺之年，原本他立志隐居山林苦行，但却受僧俗二界尊崇，明本虽将此解释为"盖报缘之偶然耳"；但他也认为自己仍为情妄所遮蔽，没有获得最终的超越。因之，其"书此以自警"，希望通过回顾生平，不断地警醒自己，从而转化为动力，持续砥砺修行。

（六）神圣空间再书写

辽金元时期，修建寺塔等兴福活动极为盛行。由辽金元时期的山寺塔志，可以见到僧俗信众组成社邑修建寺塔、雕造石经、建造佛像、经幢的活动。北宋苏颂（1020—1101年）出使辽朝后写下《和游中京镇国寺》诗云："塔庙奚山麓，乘轺偶共登。青松如拱揖，栋宇欲骞腾。边礼多依佛，居人亦贵僧。纵观无限意，纪述恨无能。"便可见辽朝境内寺塔林立的景象。辽朝的寺塔兴修，多有皇室、官员参与，并展现出寺塔的建设历程，及其背后的社会基础。

辽穆宗应历十五年（965 年）《重修范阳白带山云居寺碑》记载云居寺主募千人邑复兴云居寺的历程，建设了库堂、厨房、转轮佛殿、暖厅、讲堂、碑楼等建筑。辽圣宗统和二十三年（1005 年）《盘山甘泉寺新创净光佛塔记》记载苏州司马、兴国节度巡官，积极参与修建佛塔活动。《兴中府安德州创建灵岩寺碑铭并序》记载辽圣宗太平五年（1025 年）原本亡命山林而后出家的僧人，联合三十三位社邑成员创建灵岩寺。《广济寺佛殿记》《石龟山遵化寺碑并序》《涿州超化寺诵法华经沙门法慈修建实录》均分别记述寺院、塔殿的修建经过，与基层社会的参与。

金朝的寺院兴修活动也相当活跃。金太祖天辅六年（1122 年），金攻占辽西京（山西大同）时曾协修石窟寺，相关事迹见载于《大金西京武州山重修大石窟寺碑》。《大金西京大普恩寺重修大殿记》则记载同在西京的大普恩寺始建于金太宗天会六年（1128 年），完成于金熙宗皇统三年（1143 年）的修建经过，以及寺院堂宇的壁画营造。今大同上华严寺的大雄宝殿于金熙宗天眷三年（1140 年）由僧录通悟（生卒年不详）进行修建，并搜集整理藏经，相关事情见载于《大金国西京大华严寺重修薄伽藏教记》。其他金朝相关寺塔修建的铭记所在多有，如《天宁万寿禅寺碑》《汾州平遥县慈相寺修造记》《潞州潞城县常村重建洪济院碑》《威德院功德记》《汾州葬枯骨碑》《张陆村重修功德记》等，可以看到地方经过战乱后重建的历程中，寺院接受修建的相关活动。而在《大宋河中府中条山万固寺重修碑铭并序》《大金定州创建圆教院碑》《大金泽州破硖石山福严禅院记》《宝山寺地界记》《施地碑记》《重修法云寺碑》《荣和县胡壁堡镇崇胜禅院塔记》等，可以看到佛教在民间社会的支持下，寺院经济迅速累积膨胀，占有大量田园的盛况。

元朝对于寺院的兴修与护持不减辽金朝，世祖忽必烈于中统二年（1261 年）下旨保护南下占领区的寺院，包含《宝严寺圣旨碑》《大理崇圣寺圣旨碑》《昆明筇竹寺圣旨碑》等，均根据此圣旨加以立碑。《大元重修释源大白马寺赐田功德之碑》记载至元七年（1270 年）在朝廷的主持下，皇帝与太子亲自参与修复洛阳白马寺，并承认白马寺为中国“释源”等，表明朝廷对于汉传佛教的支持。《凤皇山禅宗大报国寺记》记载忽必烈于凤皇山行宫建造五大寺，“分宗以阐化”，其中包含禅宗大报国寺。《敕建西天目山师子正宗禅寺碑》是仁宗赐给临济宗僧中峰明本“佛慈圆照广会禅师”尊号，升其住所天目山师子禅院为师子正宗禅寺后，命翰林学士所撰写，对于了解中峰明本在天目山的行谊有详细的记录。

值得注意的是，元朝出现由净土教转化而来的白莲宗与白云宗。唐末五代以来，禅净合一渐成潮流。南宋出现由净土教转化而出，以农工商贾信徒为主的白莲宗，并在元朝统一后发展更盛。其发展盛况可见于《莲社万缘堂记》所云：“远公开莲社，更十数代，历十数百年，远矣而浸盛。南北混一，盛益加焉。历都过邑，无不有所谓白莲堂者。聚徒多至千百，少不下百人，更少犹数十。栋宇宏丽，像设严整，乃至与梵宫、道殿匹敌，盖诚盛矣。”

再如舍利塔记展现了舍利崇拜的相关活动。辽世宗天禄三年（949年）志愿所撰《葬舍利佛牙石匣记》，记载佛牙舍利传至辽国，于天禄三年建塔安葬的过程。此舍利石匣于清代被掘出，由匣记上可以见到为了建造舍利石匣组成的“千人邑”中，列出大辽皇帝、皇后、东明王夫人、永宁大王、燕主大王、国舅相公，与诸多官员等名。《双城县时家寨净居院舍利塔记》展现出结合契丹人与汉人，官民、僧俗共同参与建造舍利塔的活动形态。

《涿州固安县颍川陈公塔记》记载金世宗大定六年（1166年）涿州固安县（今河北固安）出现因陈孝初（生卒年不详）自焚供佛，乡里寺院建立四十余坛举办法会礼赞，里人随之燃指供佛，之后建塔收藏陈孝初的灵骨与烧出的金佛。《大金国重修河南府左街东白马寺释迦舍利塔记》记载洛阳白马寺重修十三级东白塔与高一百六十尺砖塔之事。

元朝阿育王山广利禅寺（今浙江宁波）内有著名的阿育王塔，元至元十三年（1276年）元世祖命使者奉塔至开平龙光华严寺，再迁燕都圣寿万安寺，建立十六坛场奉之。之后再命僧录送塔南还，并诏江浙地方官增建舍利殿宇，此事见载于《四明阿育王山广利禅寺碑铭》。

建造经幢也是此时期相当盛行的信仰实践活动，辽代尤为兴盛。根据统计，《全辽文》中有超过百分之十的文章是关于经幢修建活动的记录。辽道宗大（太）康三年（1077年）《奉为故坛主崇禄大夫守司空传菩萨戒大师特建法幢记》，是燕京崇国寺大兜率邑为寺主法均建造八面经幢的记录。房山北郑村辽塔出土的《北郑院邑人起建陀罗尼幢记》，则记载房山石经寺主讲大德谦讽（生卒年不详）住持的社邑，成员包含地方各级官员、僧人与平民等。辽圣宗开泰二年（1013 年）《佛顶尊胜罗陀尼石幢记》、辽兴宗重熙年间（1032 — 1055 年）《创建佛顶尊胜陀罗尼经幢记》，辽道宗大安六年（1090 年）《吴德迁造幢序》、大安八年（1092 年）《再建佛顶尊胜陀罗尼经幢记文》，辽天祚帝乾统十年（1110 年）《赵功议为亡考造陀罗尼经幢记》、天庆四年（1114 年）《沙门积祥等为先师造经幢记》等，展现出辽朝密教信仰的实践活动。其有为皇帝、皇室、国家造幢者，有为报答、宣扬佛教加护者，也有为灭罪、消灾而宣扬佛法者，亦有为纪念先人而建幢者。

目前可见辽金元朝佛教山寺志专著，仅有元朝盛熙明（生卒年不详，活动于英宗至顺帝年间，1323 — 1363 年）撰《补陀洛迦山传》一卷，成书时间约于 1349 — 1359 年间，收入《大正藏》第五十一册。《补陀洛迦山传》记录的是观音道场普陀山，内容包含《自在功德品》《洞宇封域品》《应感祥瑞品》《兴建沿革品》《附录》《观音大士赞》《名贤诗咏》等七品。《补陀洛迦山传》的架构与五台山清凉传大体相似，先述经典中关于观音菩萨道场补陀洛迦山之记载，次述补陀洛迦山中的胜迹，再录元以前与补陀洛迦山相关的神异感通事迹，后述历代对于补陀洛迦山的护持与建设，最后附上与观音相关的传说、观音大士赞，以及前人对于补陀洛迦山的赞咏。《补陀洛迦山传》的成书，反映了普陀山圣山信仰的发展，然由内文看来，元朝普陀山尚未受到太多的崇敬与信仰，盛熙明之所以传著此书，是因其在海滨养病，偶有感悟，因此发心撰写此书，记录观音普陀山信仰的相关事迹。

三、辽金元佛教史传文学特色

辽金元三朝佛教史传文学，与前代相较，无论是体例、内容或数量，并无太大的变化。不过，由相关史传文献之记载，可见以下几个与当代佛教发展相应的特色。

（一）禅净并兴

辽朝重华严之学，但金、元之后，禅宗大盛，此一情况清楚地表现在史传文学作品之中。延续宋代禅宗的发展，大量北上入京的南方禅僧几乎取代了华严、天台，成为皇帝垂问崇敬的“国师”。元好问对于金朝禅宗的兴盛有此形容：“当是时，诸禅方以赀雄相夸，齐鼓粥鱼之声，殷然山谷间。”耶律楚材亦云：“昔予在京师时，禅伯甚多。”备受皇帝、贵族与官员崇敬护持的禅僧大开道场、广弘禅法，随习弟子动辄千人，也因此使得禅门文字编辑出版不辍，诸多禅师语录的编成出版可为代表。

再者，此时的佛教禅门高德提倡禅净合一，民间佛教则高倡“净土念佛”。宋代以降，民间宗教兴起，佛教民间信仰化的倾向也日趋明显。除了民间自发组成大量建造寺塔、经幢的社邑，护持兴福事业外，南宋出现由净土宗转化，以社会基层信徒为主的白莲宗。元代统一后，此一强调转业消灾，以通俗教义和简化忏法为实践的民间佛教宗派，发展更盛。刘埙（生卒年不详）在《莲社万缘堂记》中便记载：“历都过邑，无不有所谓白莲堂者。聚徒多至千百，少不下百人，更少犹数十。”民间的白莲堂，是由带妻生子的白莲道人所住持，不仅有众多信徒的支持，更有地方官员的保护。除了各地多有白莲社堂的建设外，普度所著《庐山莲宗宝鉴》强调白莲宗以“念佛之道以兴善止恶”为其大端，反映出此民间教派禅净合一的宗义，进而受到官方的支持，普度甚至被封为“虎溪尊者”。

（二）禅净教合

宋代以后，“禅净合一”成为中国佛教的主流，辽金元朝仍延续此一趋向。此时期的佛教大师多修持、弘扬净土。如金朝曹洞宗万安广恩（生卒年不详）积极修持净土法门，诵持《大悲》章句，建净土道场，做白莲花会，于燕京万寿寺开资戒大会。万松行秀也修净土法门，撰净土书，以断人念佛之疑，并“深心弥陀，作乐土之游也”。

在此趋势下，元朝中峰明本作为禅宗巨擘，主张妙悟本心，将见性唯心净土等同于净土宗的极乐净土，“禅者净土之禅。净土者禅之净土”最能代表其禅净合一观，更曾做《劝修净土偈》一百零八首。中峰明本的禅净观，对于元代禅净合一的潮流有重要的影响。其弟子天如惟则（1286 — 1354 年）积极提倡禅净双修，著有《净土或问》一书。

另外，此时也出现禅教合一的倾向。如曹洞宗僧万松行秀平日以《华严》为业，在说法中常运用和发挥华严宗的圆融思想，把圆教教旨与曹洞宗的“性理如一”宗义相结合，体现“禅教合一”的精神，耶律楚材便誉之“儒、释兼备，宗、说精通，辩才无碍”。中峰明本也倾向会通禅教，提出“有文字相是谓教，离文字相是为禅”的见解。认为禅宗与教宗皆是佛法，应互相补充，缺一不可。修行者必须通过“做工夫”的禅修，修看话禅，以达“教非教，禅非禅”的境界。

禅净教和合的观念，在白莲宗展现得更加明显。白莲宗主张以《观经》调融禅净教三宗、以“五戒”会通儒释道三教。《庐山莲宗宝鉴》中云：

> 教是佛眼，禅是佛心。心若无眼心无所依，眼若无心眼无所见，心眼和合方辨东西，禅教和融善知通塞，……听教之士不可偏邪，参禅之流应如是会，权实方便运用在人，唯宜事理融通，不可执法而成病。……今人不了各执一边，只说教不通禅，禅不通教，本为去执反属偏情，平等修心却生分别。……念佛与禅教一道，入门虽别到底是同，休起爱憎莫分彼此，各须究本勿竞枝条，不可执实而谤权，执权而谤实也。

具体指出禅是心、教是眼、禅有教的指导，才不会落于盲修瞎炼；教有禅的实证，才不会落于说食数宝，二者不可偏废相争，教净入门方法虽有不同，但目标却都相同，不应起爱憎分别，或执着何是究竟法门、何是方便法门而相互诽谤。

（三）兴福护国

根据辽金时期碑铭文献的内容可知，此时期有活跃的社邑组织与活动。社邑由僧俗信众共同组成，参与者兼及士庶，以寺院为中心，有从事修建寺塔、雕造石经、兴造经幢与礼忏斋僧等兴福活动者，也有专修弥勒、弥陀法门的社邑。如辽应历十五年（965 年）汉族官员王正（生卒年不详）所撰《重修范阳白带山云居寺碑》，记载云居寺主谦讽组千人社邑，建筑库堂、厨房、转轮佛殿、暖厅、讲堂、碑楼等，复兴云居寺。《北郑院邑人起建陀罗尼幢记》则记载谦讽住持的社邑，是以青云军使兼西山巡都指挥使为首，以下包含各级官员、僧人、平民等担任院主、门人、维那、邑禄、邑人等。

孙昌武指出，辽朝从皇室到基层社会共同进行的佛教信仰的实践活动，具有重视有为功德的趋向，不同于宋朝流行追求心性的禅宗与讲求学理的天台，显见此时期南北佛教的发展存在一定差异。金朝统治下的北方辽国旧地，兴福寺仍极为兴盛，而且地方官员也热衷参与其间。

此外，在僧人传记中，可以见到辽金元朝汉籍僧人面对少数民族的统治，不同于宋代，多是采取顺服、支持的态度，积极展现佛教护国的实践，甚至表现出皇权与佛法并尊的观念。林泉从伦在《空谷集》中曾云："昔（金）世宗幸大圣安瑞像殿，问圆通善国师曰：'礼则是？不礼则是？'通奏曰：'礼则相敬相重，不礼则各自称尊。'"著名居士耶律楚材由金转元的政治取向，显然也可在此脉络下理解。其将曹洞宗"洞山五位"的体用关系，归结到"泾渭同流""华夷一统"，也呼应万松行秀"普慈兼济天下后世"之言。而从僧人的墓志行状中，也可见到佛教护国的观念受到皇帝的重视，金朝皇帝对于僧人的赐号，就常出现"佑国""护国"的称号，特别是尊为国师者。如金熙宗赐禅僧海慧（1046—1145 年）谥号"佛觉佑国大师"，赐清慧（1097—1147 年）号"佛智护国大师"。

辽金元时期的佛教史传文学，传达的不仅是僧侣个人的心性、情感，还承载着阐释、传播佛教历史与教义的功能，实际是宗教与文学的综合体，僧侣的史学著述与文学创作，应被视为其宗教活动的一部分。也因此，佛教史传文学与世俗文学相比，除表现内容、情感特征等方面存在差异之外，其文体、语体等形式也具有自身的特色。辽金元的僧侣作家，虽在文体、语体方面无太多创新，但在解读和分析他们的作品时，或许应该进一步思考，僧侣选择这类文体表达自己的心性和教义，是否有着独特的思考和策略。具备如此的理念和意识，将是佛教文学研究中，需要再进一步关注的问题。

（林韵柔）

第二十八章 明代的佛教诗歌

学者在论及明代佛教时，常举马鞍为例，意谓两端高起，中间平落。在佛教诗歌领域也无不同，元末明初与明末清初可以说是僧诗发展的鼎盛时期，风格多元，篇幅浩繁，与文人往来也十分密切。明代中叶虽然一度不振，但是仍然不绝如缕，默默相承。万历年间，南京大报恩寺的雪浪洪恩刊刻《相宗八要》，扬起晚明佛教复兴的波澜。雪浪洪恩号称慈恩、贤首二灯并弘。同时期万历三高僧（憨山德清、紫柏真可、云栖祩宏）都兼擅诗文。雪浪洪恩与憨山德清往往被视为晚明丛林习诗风尚的滥觞，汤显祖、董其昌（1555—1636 年）则是紫柏真可的皈依弟子，对晚明的文艺风尚发挥具体的指导作用。从晚明到清初，不但号称佛教复兴，理论建构的深度在诗禅关系史上几乎也是罕有其俦，谓之诗禅合一最为蓬勃兴盛的黄金时期当不为过。

明代著名的诗僧代不乏人。明代开国之际，沿袭元代禅林崇诗之风，季潭宗泐、见心来复、梦观守仁（生卒年不详）三人因同圆寂舍报于洪武二十四年（1391 年），被称作“明初三诗僧”。同时代的楚石梵琦，钱谦益《列朝诗集·闰集》与朱彝尊（1629—1709 年）《明诗综》虽然论诗主张多不同调，然二者皆将楚石梵琦列为明初能诗高僧之首。特别是其《西斋净土诗》，不但备受钱谦益、朱彝尊等诗家称许，佛教丛林也视同修行圣典。明初的独庵道衍（姚广孝）、溥洽南洲（1346—1426 年）、止庵德祥（1330—1392 年），亦颇以能诗著称于世，且诸人除了吟咏山林之外，往往亦住持名山大刹、或任职僧官，独庵道衍堪称“黑衣宰相”而无愧，明初的诗僧或许是中国诗僧史上与政治核心关系最为紧密的特殊时期，晚明的汰如明河曾以明初诗僧梦观守仁、止庵德祥二人为例，说：“非诗文，不大宋元禅也。”明初亦然。明代中叶则有鲁庵普泰（或做“鲁山普泰”）、雪江明秀、玉芝法聚（1492—1563 年）等人，巧合的是，此三人又皆与王守仁（1472—1529 年）有所交接。玉芝法聚曾随王守仁学习，憨山德清自言少时曾闻其能诗之名，或可视为风气转变过程中的关键人物。华严学南方系一代宗师雪浪洪恩振起之后，融禅、华严、唯识为一体。雪浪洪恩之后，弟子巢松慧浸（1566 — 1621 年）以说法见长、一雨通润（1565—1624 年）以注经鸣世，再传弟子苍雪读彻（1588—1656 年）、汰如明河亦头角峥嵘，一时四人并称，有“巢、雨、苍、汰”之目，东南义虎，几乎尽出雪浪洪恩一门。门下高弟莫不以诗文自许，又与江南的士人往来无间，门中知名诗僧辈出，如一雨通润、雪山法杲（生卒年不详，约万历后期）、臞鹤宽悦（生卒年不详），都有能诗之名。最能体证此一精神趋向的，无疑首推苍雪读彻（详见清代部分）。禅宗门庭亦不甘落人之后，临济宗的雪峤圆信（1570—1647 年）、汉月法藏、费隐通容（1593—1661 年）、牧云通门（1599—1671 年），还有位于四川的聚云吹万（1582—1639 年）；曹洞宗的湛然圆澄（1561—1626 年）、无异元来（1575—1630 年）、永觉元贤（1578—1657 年）、天然函昰（1608—1685 年）等人皆可谓诗禅俱高。清初的潘耒（1646—1708 年）《闻若上人诗题辞》：“前代多高僧，亦多诗僧。诗僧不必皆高，而高僧往往能诗。”湛然圆澄亦编写佛教戏曲《鱼篮观音》，四川的聚云吹万明白说：“诗家法即禅家法。”不难想见一时风气之盛。影响所及，诗禅不二的教法仍然在清初丛林之间十分流行。

一、佛教诗歌的题材

明代由于诗僧与文人交流密切，故一般写作题材亦与一般文人差异不大。除了《十二时歌》《四威仪》等既有的题目之外，云水参学、游寺朝圣、山居、题画等主题亦随处可见，这些题材多数自唐宋以来，早已深入众人心目，难谓之当时独创。话虽如此，明代佛教诗歌主要的创作者就是诗僧，从僧人的生活中取材，仍旧开创了一些深具丛林色彩的题材，例如法会仪式或晚明盛极一时的净土法门。晚明并出现了第一部僧选僧诗总集——由道可正勉（？—1621 年）等人编选的《古今禅藻集》，虽然僧诗选集，唐代已然出现，但皆成于文人之手，《古今禅藻集》是首部成于僧人之手的僧诗总集，代表了佛教本位立场的加强与有别于传统文人视角的确立。《古今禅藻集》之后，清代有《海云禅藻集》《国朝禅林诗品》《方外诗选》等僧选僧诗陆续出现，然其滥觞在于《古今禅藻集》。《古今禅藻集》一书的出现，等于通过诗僧系谱的勾勒，确认诗僧传承的主体性。在此之后，毛晋（1599—1659 年）又参考《唐僧弘秀集》的先例，更加仔细地梳理明初诗僧作品，选编成《明僧弘秀集》一书。《古今禅藻集》和《明僧弘秀集》可以说是认识明代僧诗最重要的窗口。明亡之后，清初两大批评家钱谦益与朱彝尊二人执晚明清初的诗坛之牛耳，前者编《列朝诗集》，后者则编选《明诗综》，这两部大型的明代诗歌总集，极大规模网罗了明代的诗僧，日后清代选家则多循其例，于选集中往往独立“方外”一门，对于推进僧诗研究功莫大焉。四者特色各异，总体来看，《古今禅藻集》有拓宇之功，未尽全备不难想见，《明僧弘秀集》则偏重于明初，嘉靖以后未能着意；钱谦益虽然同时也是佛教丛林有名的金汤外护，但过分坚持“扬教抑禅”的立场，《列朝诗集》于万历以后著名的禅门诗僧皆未选录，故著名的禅门诗僧，须向朱彝尊《明诗综》中求之，但朱彝尊选诗几乎全从传统文人观点出发，对于真正释子本色的作品往往不屑一顾。四者各有偏重，是故论及明代佛教诗歌，四者必须兼容并重。

另外一个特别值得注意的现象是明代开始，佛寺志（包括山志、寺志，统称佛寺志）的编纂蔚然成风。名山大刹多借此将相关文献纳入其中，谈禅论道之外，亦不乏形胜游赏或灵验神奇的传说。佛寺志一类书籍的出现，大大扩展了佛教相关资料文献的视野。是以传统佛教诗歌常见的游山访寺、寻师问道等主题，皆可自佛寺志汲取。从《古今禅藻集》等诗选及佛寺志的编纂等现象不难想见：前代以来各种题材纷然在前，这是一个对既有传统重新吸收、转化、再创造的时代，特别是在所谓的晚明佛教复兴以后。

综观明代佛教诗歌题材，山居诗大概是最为普遍的一个题材。山居诗虽然并非创始于明代，但晚明丛林对山居诗的创作显然十分热心，致使“近代禅、讲，《集》必有诗，诗必有《山居》”——诸方同时竞作，可谓蔚然成风。山居诗的写作同时成为诗僧抒情言志的一种重要的选择（文人亦然），其缘由或在于其具有一种广为承认的精神基调，众人遂乃得以此竞出手眼。值得注意的是：在《古今禅藻集》一书当中，寒山诗除了《寓言》等寥寥以外，几乎一概题作《山居》，也就是说：寒山诗即使原先并无标题，对晚明的僧人而言，不论在形式与精神内涵，其作品皆大率符合山居诗的基本精神。晚明丛林尚诗之风昉自憨山德清与雪浪洪恩两人，以下先就两人的山居诗开始，进而观察明清之际僧人山居诗的特质与涵意。憨山德清之诗云：

百千世界空华影，一片身心水月光。
伎俩穷时消息断，可中无处着思量。（《憨山老人梦游集》）

此诗可以作为山居诗一般特质的通例，不甚用典，意象简明，语意浅近易解。山林乃自我锻炼心灵之所，以世事虚幻作为观照与书写的起点，这首山居诗所揭露的是，所谓“山居”一部分目的在于掩关一事，也就是专心凝志的精神修炼，如中峰明本《示善助道者居山序》所述：“放汝林下，苟能一注其冲击解纷之心，目于平居宴处间，则道可学禅可参，生死可了，烦恼可断，无施而不可者。”憨山德清对山居诗的写作十分热心，其文集当中，所收山居诗甚多。既然“江南开士论诗之风”以憨山德清与雪浪洪恩为导师，他们如是热衷山居诗的写作，相信对当时僧人写作山居诗的风气应该有引导开创之功。当时江南丛林论诗之风的另一名领袖人物，与憨山德清友于兄弟的雪浪洪恩也有山居诗，其《冶父山居》之一云：

乱石砌成茅屋，编柴夹就疏篱。
绳枢筚门昼掩，任教雾锁风吹。（《龙眠风雅》）

这首山居诗表明：在物质匮乏的环境当中，个人心志的坚贞与对理想的坚持。同时从他所择用的意象可以看出，村野生活的陋简，衬映个人道德情怀的高洁与不随世移的定力。不难看出：诗中盈溢着自我绝对的坚持与自信，这种绝对的自信同时也克服了物质的匮乏与日常生活的单调。

雪浪洪恩弟子雪山法杲，对山居诗亦情有独钟，从古诗到近体，莫不兼作，堪称于山居用力最深者。他的山居诗各体兼备，而且风格多变。例如：

> 青溪绿树横紫烟，春将尽时花倍妍。举世都称眼能视，几人看到飞花边。(《雪山草》)

> 何处轻舟破远烟，晚来横泊寺门前。可能趁此南风便，送我江头摘水仙。(《雪山草》)

第一首诗意象光彩缤纷，为山居诗中少数景物斑斓可见之作品，不过这种灿烂的景物，在法杲看来，似乎正说明世间浮华过眼的假象，结尾感叹世人未能开眼，于万法皆空之本旨未能领悟。这种感叹的本身当然建立在两种基础之上：

（1）较“未领悟”的凡人更为超越的视角，易言之，“春尽花倍妍”的体认与悟道本质相去不远。

（2）这种体认，其实是根植于对自我主体性的坚定信仰，也因此情绪能够不为外物形貌的妍媸所动，且能清楚认识现象生灭背后的规律与本质。

云栖祩宏曾以元代栯堂禅师的山居诗为例，说：“栯堂四十咏，尤为诸家绝唱，所以然者，以其自真参实悟。溢于中而扬于外，如微风过极乐之宝树，帝心感乾闼之瑶琴，不抟而声，不抚而鸣，是诗之极妙，而又不可以诗论也。不攻其本，而拟其末，终世推敲，则何益矣。”这段话前半似是在表彰前贤，后半却是在抨击当时的丛林风尚，是非姑且不论，云栖祩宏这段话却反面衬托山居诗的流行引起了丛林尊宿的担忧。民国时，忏庵居士（生卒年不详）编《高僧山居诗选》亦以明僧居多（特别是贤首宗南方系雪浪洪恩一脉）。

文人也参与“山居”一类题材的写作，例如李流芳（1575—1629 年），其《戏示山中僧侣》诗曰：

山居不须华，山居不须大。所须在适意，随地得其概。
高卑审燥湿，凉燠视向背。楼阁贵轩翥，房廊宜映带。
或与风月通，或与水木会。卧令心神安，坐令耳目快。
皋亭美林壑，中塔亦称最。一楼负山立，圭窦如向晦。
山僧请余住，余性苦不耐。劝令开八窗，咄嗟变湫隘。
前楹布清阴，后户揽苍霭。玲珑称人意，萧爽出尘界。
輾然谓山僧，此中固有解。往往住山人，不知山好在。
我昨居新庵，结构亦可怪。居然仇凉风，似欲杜灵籁。
古梅如老宿，亭亭使人爱。其下安灶突，柯条半焦坏。
悲哉冰玉姿，坐受熏灼害。见之热五内，如身被桎械。
谁当共拯此，移灶出树外。面南辟小扉，日与香雪对。
区区一缗费，功德乃万倍。吾言不见用，终为未了债。(《檀园集》)

这首诗可以说是山居诗的变形，末尾讽刺僧人缺乏知识与美感，对于建筑与草木（老梅）做了不合理的安排，影响到居住者的心情，以诙谐的笔调对传统山居诗的格套与境界进行翻转。

另一个明代佛教丛林大力宣扬的主题是净土诗。晚明出现一部《莲华世界诗》，就实质内容观之，大体可谓一部净土诗选集，此书编者为云栖袾宏弟子妙意广贵，俗名唐时，生平入《居士传》，另编有《如来香》一书，本书收录至明代为止，僧人所创作之净土诗。虽然诗选中也收有“警世”等寻常劝善诗歌，但综观全书，仍以花开见佛为极则。又此书虽然并未标榜禅僧流别，但除少数文人与杰僧（如一行）之外，几乎尽出禅门，禅宗性格极为明显。晚明时，净土诗的创作十分流行，遍及诸方。明代净土诗发展过程中，明初楚石梵琦的《西斋净土诗》最受推崇。佛门中人之外，钱谦益与朱彝尊等批评家也都青眼有加。

楚石梵琦，俗姓朱。九岁受永祚寺讷翁谟师（生卒年不详），旋至崇恩寺从晋翁询师（生卒年不详），十六岁于昭庆寺受具足戒，二十二岁为道场寺侍者，典藏钥。后随元叟行端，为大慧宗杲第五传弟子。至正十九年（1359年）隐于永祚寺，于寺西侧建院舍，作《西斋净土诗》，专净土业。洪武间主持重建千佛阁，被诏说法。著《楚石梵琦禅师语录》《慈氏上生偈》等。楚石梵琦往往被视为明初第一流禅者，声名远播朝鲜、日本等国。

钱谦益曾就楚石梵琦及其《西斋净土诗》的重要性说道："师学行高一世，宗说兼通，禅寂之外，专志净业，作《西斋净土诗》数百首，皆于念佛三昧心中流出，历历与契经合，使人读之，恍然如游珠网琼林、金沙玉沼间也。"虽然在楚石梵琦之前，元代中峰明本《怀净土诗》也颇为人称道，不过文字工巧流丽，《西斋净土诗》仍较中峰明本有过之而无不及。例如其写极乐净土风光曰：

却望金莲宝界遥，楼台一一倚云霄。黄莺韵美春长在，玉树枝柔岁不凋。

流水有声随岸转，好花无数逐风飘。野人自选归来日，何待诸贤折简招。(《西斋净土诗》)

此邦潇洒乐无厌，遥羡诸人智养恬。座用真珠为映饰，台将妙宝作庄严。

纯金细砾铺渠底，软玉新梢出树尖。眉相古今描不尽，晚来天际月纤纤。(《西斋净土诗》)

前一首不写楼台严饰，只写遥望之姿，摩天倚云，壮丽自见，写好花流水，诸贤（觉者）野人（行者）共修，莲社高贤同心一志。后半则写极乐净土之宝贵庄严，乃以此表德行高远，后半皆修心之喻也。禅者写净土诗，亦多收归一心。是以其曰：

池中莲萼大如车，据实犹为小小华。圣众略言千万亿，佛身知是几恒沙。

我闻妙德同慈氏，谁道弥陀异释迦。南北东西清净土，尽归方寸玉无瑕。(《西斋净土诗》)

此诗虽曰弥陀释迦不二，究其实，乃将佛土收入清澄明澈的心体“方寸玉无瑕”当中。楚石梵琦虽然不若中峰明本，处处直言“自性弥陀”，以唯心打通禅净二端以后，此诗也说明修持净业也是禅家日常功课。

楚石梵琦之后，净土诗的创作者代不乏人，例如万历三高僧亦皆有之，临济宗的笑岩德宝（1512—1581 年），曹洞宗的无异元来、永觉元贤也都参与净土诗的创作。净土诗选《莲华世界诗》一书的出现，一方面说明净土法门的流行，另一方面，也意味着佛教诗歌世界题材的扩大。

明代的僧诗，同时也是佛教史重要的见证或补充。例如明太祖即位之初，号召天下有道高僧大建法会。同庵夷简（生卒年不详）《钟山法会诗》记之甚详，全组诗共八首，记其仪式完整过程，全诗太长，无法俱录，其开篇言法会仪式开始之前的斋戒，其《钟山法会诗》曰：

玉食金盘去八珍，九重斋戒谕群臣。版图宾贡无中外，鬼录流亡有故新。

佛事五天均至化，民生四海贺同人。普通有愿长蔬食，曾梦神僧水陆因。(《列朝诗集》)

题下有序，述其缘起，曰：“洪武五年正月十五日，朝廷就钟山寺大建法会，普济幽冥，四年十二月十五日，上御奉天殿，集公侯百官，宣谕建会之因，禁天下屠宰，上先斋戒一月以严法。”公侯百官、中外宾贡皆与其事，足见其规模之大。钱谦益《列朝诗集》中选入广润等慈《长干宝塔放光偈》一诗也记录了当时大报恩寺法会的盛况：

戊午孟冬丙辰朔，长干塔下闻天乐。洪公大建华严期，贤圣纷纭齐赴约。百千善信云从龙，遐迩资粮川就壑。众香缥缈烟岚浮，万烛炜煌星斗错。欲表南询五十三，法筵清众仍相若。绕塔幢幡四色分，开经钟鼓三通作。梵呗同宣出妙音，见闻随喜生欢乐。始知无碍法门中，处处圆融非住着。只消半偈悟无生，能使群迷趋正觉。

观其诗，可以说是雪浪洪恩主持华严法会第一手见闻的珍贵纪录。

晚明以来，雪浪洪恩及其门人可谓声名显赫。雪浪洪恩“尽扫训诂”的说法风格曾经震撼吴下都门一带。其门下诸子，巢松慧浸长于讲经，一雨通润善于注疏，一时有巢口雨手之目。一雨通润著作尚多可得而观之，而巢松慧浸其人精彩则端赖于雪山法杲写出。雪山法杲曾有诗记其登台说法时的神韵风采，其《巢松浸兄讲〈维摩经〉因赠》曰：

毗耶老人谁匹俦，悬河倒峡融为喉。独榻横陈据一室，殆将伏枕为生由。
一切如来赞不起，十大弟子凝其眸。不知胸中倚何理，翻青搅白说不休。
一盖云出一切盖，一沤云摄一切沤。或从虚空鼓溟渤，或从平陆生高丘。
或从魔天乱萤日，或从佛界兴鸿沟。或从曼殊借前箸，或从舍利开穷搜。
或从空钩设奇饵，或从奇饵张空钩。鹤短凫长尽描画，指鹿为马无可不。
听者若聋视若瞽，行者不驻坐者流。小根惊其拂空慧，凡夫眩乃无真修。
不知老人最平坦，无堂无构无危楼。正如家翁语家事，一件一项非楚咻。
唤酱作盐了无故，话甜为辣宁憨浮。当家之人恬不讶，挨檐靠壁徒惊愁。
我兄高唱天人际，却从此方旁注记。锤碎鹤楼非等闲，踢翻鹦洲此何意。
非言之中痛着言，非譬之中强生譬。立遣条风唤萎芽，旋击轰雷破沉呓。
与杖夺杖那无因，有佛没佛不许住。不过裂其鄙肺肠，不过矫其陈习气。
不过诱其能曲通，不过晓其善回避。不过用楔而出楔，不过以味而夺味。
不过闪其钝眉目，不过掉其胶手臂。百千法事傀儡棚，无量言音蚊蚋器。
逗遛唾雾者神通，看破灵源者儿戏。何门名为不二门，何地名为解脱地。
莫将绮语谤毗耶，吾亦从今进吾技。(《雪山草》)

此诗写巢松慧浸讲经说法的高妙景致，雪山法杲此诗写人颇见性情，遣字用典又能不落俗套，此诗可以说是贤首宗南方系祖师讲经说法的重要见证，可作当日丛林史料观之。僧人记录佛门之事，自然较文人所言更有身历其境的亲切感。

二、明代佛教诗歌的特色

如前所述，明代佛教诗歌，特别是僧人创作的诗歌，大抵以明代初期与晚期为两个不能忽视的高峰。前期承宋元以来的丛林制度，重要的作者多数来自禅林，且带有僧官职衔，往往与政权的互动十分紧密，与统治者的意志十分接近，独庵道衍就是最明显的代表；后期以贤首宗南方系雪浪洪恩与门下为滥觞，始终能与禅林分庭抗礼，并通过诗歌选集的编纂与流通，通过诗歌的影响力，进而接引士大夫。蕴璞如愚曾经借用雪浪洪恩的说法，于《冬夜小参三首》之三说道："天下有四姓，谓士、农、工、商，唯士多聪明而少智慧。聪明多，故善为文章；智慧少，故不信佛法。而能投其所好，即不信佛法，亦肯与僧游，游则一香一华，一饮一啄，布施于僧，结喜舍缘，种佛法根，于人天道中矣，倘获一个半个有气息者回头转恼，向佛法处熏习，种无上因，未可知也。是而名虽诗僧，其实禅祖有何歉焉？"也就是说：晚明的诗僧与士大夫阶层更为接近，美感与价值观几乎并无二致。综而观之，明代佛教诗歌的特色，或许大约可以归纳为"题材多样""入世倾向""跨界互具"三个特质。

（一）题材多样

明代佛教诗歌的题材虽然多半前有所承，但仍然有选择、接受、再诠释与再创造的过程。明代佛教诗歌主要的作者群为僧人，也与生活方式息息相关。例如明代初期沿袭元制，与日本、高丽诸国皆有往来。在众多僧人著作中，经常可以读到赠送给日本僧人的诗作，东亚禅林之间的紧密网络不难想见。季潭宗泐衔命出访西域，不免令人联想到元代的耶律楚材、丘处机等人。从晚明开始，僧人一方面着意于传承系谱建构的时间性，另一方面则对神圣空间的文化色彩加以强调深化，并加强独有工夫修行的次第。例如晚明贤首宗宝通系的开祖月川镇澄（1547—1617 年）有一首《师子歌》略能窥其一斑。诗云：

君不见，五台山上师子踞，师子窝在云深处。
师子说法师子听，百兽闻之皆远去。
大师子、小师子，猛烈威狞谁敢拟。
爪牙才露便生擒，顾伫思唯言下死。
不说空、不说有，四句百非不着口。
金刚宝剑倚天寒，外道天魔皆斩首。
不是心、不是佛，父母未生全底物。
无量劫来绝点痕，痴人欲解梦中缚。
不属迷、不属悟，白云断处青山露。
丈夫拶透两头关，天上人间信独步。(《清凉山志》)

佛教喜以狮子为喻，月川镇澄在五台山开辟狮子窟寺以接引后人，此诗全以狮子自况，呼应“狮子窟寺”的字义，也令人想到《华严金师子章》六相同时的比喻。振衰起敝，担当佛法气运，舍我其谁的豪情跃然纸上。除此之外，法会仪式、念佛观想、讲经说法、棒喝参禅、说理抒情莫不皆能入诗。传统批评家往往持“蔬笋气”诟病一般的僧诗，但憨山德清的高足颛愚观衡（1579—1646年）曾于《拟古长诗述志》一诗的序言中说：“大都僧诗乃僧之性情，世之学者乃世之性情，僧之性情与世之性情差别远矣。且浅说如寒山诗中，诙谐好杀生者，而世之学者几能戒荤茹耶？于戏！无怪乎僧之不中选，不中吟咏，有以哉。僧诗亦有一二入选者，乃僧诗中屈节就世语耳。”这是从僧人的角度对世间的评论者提出质疑，也就是僧选僧诗出现的精神背景。虽然题材并非完全昉自明代，僧选僧诗不只是收集资料文献更加完备，更重要的意义是：僧人于美感特质及选题视角与文人有所异同一事已经有所自觉，在中国佛教诗歌发展史上，具有重要的时代意义。

（二）入世倾向

荒木见悟先生认为晚明佛教的基本性格在于强烈的现实关怀，衡诸明代僧诗亦然。然而荒木见悟的论证过分集中于政治，其实弘法利生就是大乘菩萨道主张的佛陀本怀，明代僧诗中对现实人民的苦难一直认真凝视。

例如明初诗僧梦观守仁曾题徐烈妇之事的《山阴徐烈妇诗》曰：

> 我读太史书，遂知徐烈妇。英英闺中柔，落落气如虎。
> 为妇当殉夫，为子当殉父。生托结发情，死共一抔土。
> 寸铁镂誓词，全身赴火聚。观其仓皇际，出处心独苦。
> 使有健士力，执仇在掌股。既无生夫术，一死真自许。
> 有生孰不死？尔独得死所。日落青枫云，天黑巴陵雨。
> 长歌烈妇诗，悲风起林莽。(《古今禅藻集》)

此诗记述徐烈妇壮烈守贞的场面栩栩如生，甚至可谓惊心动魄。徐一夔（1319—1399 年）曾于《跋徐烈妇传后》就徐烈妇一事本末说道："烈妇本潘氏女，年二十五归里人徐允让。至正十九年春有大兵徇地越上，烈妇从其夫走匿山谷中，俄游兵至，获其舅与夫，杀之，且执烈妇。烈妇自度不免，谋死又不得，间乃绐之曰：'吾夫既死，吾从汝，必矣。独念吾舅与夫暴尸原野，诚不忍其狼籍，苟为我曳尸纳土窖中，聚杂木焚之，使化为烬，吾无他念，从汝决矣。'游兵信之，行拾遗甓，仓卒刻誓辞掷置草间，伺火焰稍炽即跃入窖中，并烧死。"钱谦益《列朝诗集》中《梦观法师仁公》曾提及梦观守仁曾从学杨维祯，或可谓之援儒入释。今观此诗，叙事流利，风雷猎猎，特别是对完美人格的仰叹，与传统文学史印象中僧诗蔬笋气重的山水清新之风略有一径之隔，然其借诗传史之意不难想见。徐烈妇事迹在明代广为流传，甚至收入吕坤（1536—1618 年）《闺范》与黄尚文（生卒年不详）《女范编》当中，成为烈妇楷模。明代僧诗中强烈的现实关怀令人印象深刻，例如永瑛（生卒年不详）《苦哉行用朱西村韵》："我儋愿无储，不愿年饥荒。饥荒民薄敛，无粟充太仓。"写当时饥荒人民的惨状。德胜（生卒年不详）《丁酉春征兵戍迁至秋复征感赋》："东北一戍余十年，年年士卒募临边。春征云尽秋防汛，秋报言无春去船。又征子弟朝鲜戍，别母收啼行不住。"写朝鲜之役戍边征兵的无奈，为底层人民发声。朝鲜之役，来自南方的"南兵"远较北兵更为出色活跃，背后的代价是无数家庭的分离破碎。诸如节妇、饥民、戍卒等题材固非僧诗所习见，却莫不是时代下人民与社会现象的绝佳见证，同时也是拯饥救逆的菩萨道初心本怀。明清鼎革之际，清朝与南明之间彼此杀伐不断，东南沿海的百姓民不聊生。黄檗宗隐元隆琦（1592—1673年）座下高弟即非如一禅师（1616—1671年）对当时福州城内种种惨状记之甚详。例如挽当时福清林贡士（生卒年不详）死节之诗《挽林贡士》（略）云：

散场傀儡又登场，何似先生道自强。
死不离朝全节义，生留绿发补纲常。（《即非禅师全录》）

此诗诗题较长，叙其缘由较详。即非如一说道："福清林贡士存发殉节，问左右曰：'此何处？'答曰：'先帝朝也。'曰：'宁死于朝，不死于市。'有司义而许焉。端坐受钺，噫！林君真能原始及终而得夫朝闻夕死之，实无愧于达儒者也。"福清林贡士实不详其人，凭借着即非如一的诗歌，也在历史上留下珍贵声音的记录。

（三）跨界互具

明代佛教诗歌也同样反映了当时文艺思潮的趋向，晚明以来，文类的跨越盛极一时。例如"以古文为时文""以时文为古文"，结合佛教、戏曲、时文而成《西厢制义》。晚明戏曲流行一时，明代僧人不仅持之以说法，也亲自尝试创作戏曲。虽然从宋代以来，已经用戏剧比喻人生，明代僧人诗中以戏喻禅更是俯拾即是。例如憨山德清《无法可说》曰：

幻戏场中伎俩多，歌声不断舞婆娑。
可怜观者增悲喜，曾见其中一线么。（《憨山老人梦游集》）

又如即非如一在日本观戏之后，写成《观剧》一诗，其曰：

静听檀版愈精神，幻化门头亟转身。
以孝以忠为说法，梨园岂是等闲人。（《即非禅师全录》）

晚明清初僧家言戏乃一时文艺思潮之所趋，必须结合当时的文艺发展，才能对当时佛教有更深入的认识。是以创作戏曲的湛然圆澄如是说道：

> 譬如世之演戏者，岂有变也？然群聚而观之，仁者见之谓之仁，智者见之谓之智，风流者见之谓之风流，斗争者见之谓之斗争。乃至礼义廉耻、孝悌忠信，善善恶恶、是是非非，各适其适，莫不称益。退谓人曰："此戏唯孝唯悌，乃至唯风流、唯斗争。不仁不义，岂戏者有异乎？实乃观者各解其自心耳。"(《湛然圆澄禅师语录》)

这是运用了《维摩诘经》中"佛以一音演说法，众生随类各得解"的论式，挪之论戏。

明代中叶以后的艺文社群另一个值得注意的是诗书画三绝的风尚。诗、书、画兼而治之的佛门中人亦属常见。憨山德清、雪浪洪恩、破山海明（1597—1666年）、密云圆悟等高僧不仅能诗，而且兼善书法。独庵道衍曾对止庵德祥的草书大加赞叹，其《祥老草书歌》曰：

> 祥师只今为巨擘，上与闲素争巑岏。
> 钱塘山水甲天下，秀气毓子为楩楠。
> 十日不出笔成冢，中山老兔愁难安。
> 公孙剑器谅莫状，郢人斫垩曾无瘢。
> 大书特书逞神俊，欲罄越楮并齐纨。
> 晴轩小试乌玉玦，双龙随手掀波澜。
> 援毫跌宕缩万骑，阵势讵独惊傍观。
> 荧惑振迅不可控，中途骤马回金鞍。
> （中略）
> 常时展玩苦无厌，藏弃何翅如圭瓛。
> 我欲中山传不朽，寻石为倩良工刊。
> 愿师勿置铁门限，从它须索来千官。
> 缙绅相与叹莫及，便欲夺去加巾冠。

厥声已播不知息，箱箧盛贮光烂烂。
雪霜载道岁云暮，能使冥顽来借看。(《逃虚子诗集》)

此诗写其草书势如飞龙走马，文人大夫自叹弗如。虽不免有揄扬过甚的可能，但亦丛林临池之风不难想见。晚明破山海明书法名重一时，求字之人太多，令他不胜其扰，甚至发出“者伙秃儿子不识好恶，到老僧处，且不求道且不问禅，只要求字”(《示光着禅人》)这样的感慨。破山海明又用写字一事于《示六聪禅者》说道:“横写竖写，尚莫能尽者张纸，多说少说，且安排者管笔。然而笔舌不得处，与老僧道将一句来。”虽是论书，以之论诗似亦无不可。明代僧人博学多能，诗、书、画之外，通晓建筑、医学的高僧亦所在多有。因此，在他们的诗文著作中，触及这诸多内容亦可谓良有以也。

《华严经》曾言五地菩萨世间技艺靡不该习。其云：

此菩萨摩诃萨，为利益众生故，世间技艺，靡不该习。所谓文字、算数、图书、印玺，地、水、火、风，种种诸论，咸所通达，又善方药，疗治诸病，癫狂、乾消、鬼魅、蛊毒，悉能除断。文笔、赞咏、歌舞、伎乐、戏笑、谈说，悉善其事。(《大方广佛华严经》)

明代中叶，这段话被雪浪洪恩特意拈出，自此之后，五地圣人，于世间技艺，靡不该习，屡为诸方称引，成为僧人习诗的重要理据。上述明代佛教诗歌的几重特质，大概也不出此处所言。明代佛教诗歌前后两个高峰。前期主要以领有僧官职衔的禅僧为主，后期包括禅、华严、天台的僧人都参与其中。既有积极入世的满腔热忱，也有山林清修的孤明独照。晚明号称佛教中兴，在文化层面的成就也应该是不容忽视的一环。

（廖肇亨）

第二十九章　明代的诗学与佛教

宋元诗学多言诗禅关系，已如前述。入明以后，此风虽有起伏，但却不曾消歇。传统上言明代诗学，往往以复古派作为标志，标识明代最有特色且影响最为深远的文艺思潮。复古派的理论体系中，“妙悟”此一概念有重要地位，而最重要的理论根据，经常来自严羽《沧浪诗话》。复古与敌对阵营彼此之间的攻防交锋可以说是明代中叶以后诗坛的写照，对《沧浪诗话》的理解与诠释也到达一个新的高度。诗文之外，晚明的书画大师董其昌套用禅宗南北分宗的模式重新定义美术，戏曲大师汤显祖以情论戏，亦自言多受佛门启发。连科举制艺（八股文）亦沾染禅风，清初顾炎武（1613—1682 年）在《日知录》当中曾就此深表不满。在艺文领域，佛教（特别是禅宗）的影响几乎无处不在。

明太祖出身佛寺，故于佛教特意经营，明初士人亦与佛教多所往来。明初著名的文人宋濂、刘基（1311—1375 年）、高启（1336—1374 年）、张羽（1333—1385 年）等人皆与佛门相友善，特别是宋濂，其奉道崇佛的声名远播海外。明代中叶佛教虽然略走下坡，但当中苏州文人文征明（1470—1559 年）、祝允明（1461—1527 年）亦与佛教关系十分密切。万历时（1573—1620 年），佛教号称复兴，从北京到江南、岭南，呈现一片欣欣向荣的景致。谢肇淛（1567—1624 年）曾说：“今之释教殆遍天下，琳宇梵宫盛于黉舍，奉诵咒呗嚣于弦歌。上自王公贵人，下至妇人女子，每谈禅拜佛，无不洒然。”流风所及，知识阶层念佛参禅亦习以为常。明代乐纯《雪庵清史》一书记当时居士清课“焚香、煮茗、习静、寻僧、奉佛、参禅、说法、做佛事、翻经、忏悔、放生”等。关于晚明的士人禅悦之风，《四库全书总目提要》说：“明季士大夫流于禅者十之九也。”“（万历时）士大夫操此论者十之九也。”清代中叶彭绍升（1740—1796年）编《居士传》，晚明居士群体所居比例独高一目了然。一般言佛教的黄金时期，往往盛称隋唐，但如王维、裴休、梁肃等潜心向佛的士人依然是少数。晚明清初则不然，禅悦之风几乎无所不在。从王阳明开始，儒佛之间的界限越发模糊，阳明曾经亲自指导禅僧修行。王门后学之中，罗近溪（1515—1588年）、周汝登（1547—1629年）、赵贞吉（1508—1576年）都与佛门中人过从甚密。钱谦益曾经追忆往日在翰林院时，亲见赵贞吉期勉诸生研习《楞严经》，可谓前所未闻。儒佛疆界的松动，或许可以视作晚明思想界一个最为突出的特征，文艺种种，只是其中一端。

明代文人与佛教交流十分密切。清代彭绍升编《居士传》，人数以明代为最，或可窥其一斑。明代崇佛文人，以开国功臣宋濂最为知名，众多僧人塔铭皆成于其手。明初诗僧梦观守仁、古春如兰（生卒年不详）、止庵德祥跟随杨维祯学诗；中期的鲁庵普泰曾经受知于杨循吉、李梦阳（1473—1530年）等人，憨山德清也曾与后期复古派旗手王世贞（1526—1590年）、汪道昆（1525—1593年）同席论诗；晚明浙东禅风炽盛，密云圆悟、湛然圆澄皆曾受到周海门（1547—1629年）的推崇。万历以后，号称佛法中兴。王元翰（1565—1633年）曾经在《与野愚僧》对当时京师学道人云集的盛况如是描述：“其时京师学道人如林，善知识则有达观、朗目、憨山、月川、雪浪、隐庵、清虚、愚庵诸公。宰官则有黄慎轩、李卓吾、袁中郎、袁小修、王性海、段幻然、陶石篑、蔡五岳、陶不退、蔡承植诸君，声气相求，函盖相合。”必须注意的是：这段回忆并不十分精准，严格来说，这段话提及的诸人并非同时在北京聚首，而是先后来去于北京，钟惺（1574—1624年）也以江南为例，在《善权和尚诗序》一文中说：“金陵吴越间，衲子多称诗者，今遂以为风。大要谓僧不诗，则其为僧不清，士大夫不与诗僧游，则为士大夫不雅，士大夫利与僧游，以成其雅，而僧之为诗者，得操其权，以要取士大夫。”佛教不仅是知识社群流行的风尚，更已成为生活不可或缺的部分。佛教诗歌主要作者群是诗僧，但评论者主要是文人。晚明诗学流派十分复杂，复古派、性灵派之间虽然相互批判，但却都同时对佛教思想（禅、净土、华严、唯识）表示出高度的兴趣。由于明代的僧人与士人的密切交流，共同缔造佛教诗歌一个辉煌灿烂的时代。

一、明代中前期的诗学与佛教

明初最知名的佛教居士，自是非开国文臣之首的宋濂莫属。翻检宋濂文集，为禅师语录所作的序文，以及与当时僧人往还的诗文在数量上极为可观，其《佛性圆辩禅师净慈顺公逆川瘗塔碑铭》序中自言“自幼至壮，饱阅三藏诸文，粗识世雄氏所以见性明心之旨，及游仕中外，颇以文辞为佛事，由是南北大浮屠，其顺世而去者，多以塔上之铭为属”，自叙与丛林的交谊密切非比寻常，又编撰《护法录》一书，对儒家的排佛论加以驳斥。关于佛教与文学著述，宋濂曾经于《水云亭小稿序》如是言道：

> 昔我三界大师，金口所宣诸经，所谓长行，即序事之类；所谓偈颂，即比赋之属。汪洋盛大，反复开演，天地日月、山川草木、城邑人物、飞仙鬼趣、羽毛鳞甲，莫不摄入，故后世尊之号曰：文佛。（《护法录》）

这段话主要是强调佛教经典的文学性。在佛陀的启示下，佛教自有一套著书立说的悠久传统。《水云亭小稿序》：“毗尼诸圣贤，暨天亲、无著、台衡、清凉诸师或结集羯摩律文，或造为百法等论，或撰为大经义疏，卷轴繁伙、汗牛充栋，使其不能文，其果能致是乎？诸师又且置之，至于近代尊宿，如明教之嵩、宝觉之洪、北涧之简、无文之粲，咸私宗树教，作为文辞，其书满家，殆不可以一二数也。”从印度的论师到中国本地的各家宗师，包括唯识、天台、清凉，莫不著作等身，禅门中人，如明教契嵩、惠洪觉范、北涧居简、无文道璨亦粲然可观，诚可谓代不乏人。何以佛门宗师能轻易掌握著述的要诀，盖与其对佛法的体悟深有关系，其《水云亭小稿序》又曰：

余闻实际理地，一法不立，本真独露，迥脱根尘。遍覆大千，不见其大；退藏于密，不见其小。一涉有为，即成剩法，况所谓文辞者哉。

这里运用了华严的法界观，特别是“一多相即”与“妄尽还源”，同时也说明宋濂当时对以华严教学为基础的禅教一致观的高度认同。宋濂的说法更接近于禅门文字禅一路。宋濂以后的诗家论诗禅关系，往往更侧重于禅悟与诗法的相互关系，例如苏州文苑的祝允明。

自从日本学者青木正儿特别标举苏州文苑之后，开始成为学界的焦点。苏州一直是明代文化的中心，苏州文苑的成员也经常引领时代的潮流。前七子中的徐祯卿（1479—1511 年）、后七子的王世贞、名跨明清两代的钱谦益，以及以书画知名的沈周（1427—1509 年）、祝允明、文征明、唐寅等人，都与吴中文苑不脱关系。

从思想上来看，吴中文人多半具有某种程度的异端性格，即令素来温厚的文征明，也曾大力抨击朱子学，遑论自许狂生的祝允明、唐寅、张凤翼（1527—1613 年）。出身苏州的都穆在其所著的《南濠诗话》曾说：“严沧浪谓论诗如论禅，禅道唯在妙悟，诗道亦在妙悟。学者须从最上乘，具正法眼，悟第一义。此最为的论。”对严羽推崇备至。都穆曾经仿效宋人“学诗浑似学参禅”系列的诗作续作：

学诗浑似学参禅，不悟真乘枉百年。切莫呕心并剔肺，须知妙语出天然。

学诗浑似学参禅，笔下随人世岂传。好句眼前吟不尽，痴人犹自管窥天。

学诗浑似学参禅，语要惊人不在联。但写真情并实境，任他埋没与流传。（《南濠诗话》）

都穆的诗禅观，明显接近性灵一派。禅悟以后，任运天真，一切皆从自性流出。不过都穆只是借镜禅悟工夫以言诗，吴中异端文人祝允明在《罪知录》一书中则明确指出禅悟与儒家价值观立足点不同，其曰："若人不缘六尘，无所染着，反观自心，明明不昧，寂寂常知，名曰圆照，即了悟之地，非学解能到。悟则谓之内，解则谓之外，此内教、外教所以不同也。儒者专用力于外，凡知解所不能及者，不复穷究，故不知'允执厥中'之道，天理流行之处，皆在思虑不起、物欲净尽之时，践履虽专，终不入圣人之域矣。"这段话对儒者的批评是否正确姑且不论，但对将内心的圆照了悟作为超乎知识、理性的境界给予高度评价则是毋庸置疑。祝允明《罪知录》一书中《论释》一卷，针对以朱子学为首的排佛论进行猛烈的反击，虽然没有"护法论"之名，却是不折不扣的佛教护法论。此处对禅宗的高度认同与尝试脱离儒家价值规范的态度，可以视作晚明士人大力宣扬以禅喻诗的精神基调，祝允明此处更强调寂然观照的作用。一般以"明镜"（观照）与"泉涌"（流出）作为禅悟工夫最重要的两种类型。苏州文苑兼而有之，更重要的是，从上述的引文，不难看出禅宗在明代文艺思潮中所具有的重要地位。

二、复古派与佛教：严羽《沧浪诗话》的再解读

明代诗学以复古派（即格调派）为中心殆无疑义。王阳明与前七子诸人往还颇多，几乎可以视同"时代精神"的同时炳现，后期复古派理论家诸人王世贞、谢榛（1495—1575 年）、胡应麟（1551—1602 年）、许学夷（1563—1633 年）诸人更是将"以禅喻诗"的论式推向高峰。

前七子已经就以禅喻诗一路略启端倪，主要在于"登岸舍筏"与"镜花水月"双重譬喻，例如何景明（1483—1521 年）《答李空同书》："佛有筏喻，言舍筏则达岸矣，达岸则舍筏矣。"屠隆（1543—1605 年）早年也属于复古派阵营，后来则倾向性灵一派，亦曾于《与王元美先生》说道：

> 神秀云：时拂尘埃，六祖云：本来无物。菩提正觉，必归六祖。然神秀之旨何可废也？恐当以神秀为筏，六祖为岸矣。必以筏，然后及岸。必及岸，然后舍筏。不拂尘埃而直求无物，有是理乎？我闻有

缚斯有解，无缚何解？（《白榆集》）

从诗学的角度看，“登岸”指理想的境界，“筏”指方法，包括音节、意象的安排与锤炼。“无缚何解”则类似性灵派“解黏去缚”的想法。“登岸舍筏”一方面语意类似于“得意忘言”，同时也某种程度反映“顿悟渐修”的学术思潮。

同时，前七子也将佛教“镜花水月”带入诗学论述当中。例如李梦阳曾说：“古诗妙在形容之耳。所谓水月镜花，所谓人外之人，所谓言外之言。”王廷相（1474—1544年）云：“夫诗贵意象透莹，不喜事实黏着。古谓‘水中之月、镜中之影，可以目睹，难以实求’是也。”以镜花水月作为朦胧模糊、晶莹透闪的拟喻。此意跟佛经原意略有出入。本来“镜花水月”在佛教经典中多指空幻不实，《大智度论》曰：“诸法如幻、如焰、如水中月、如虚空、如响、如犍闼婆城、如梦、如影、如镜中像、如化。”一般称之为“般若十喻”。但在前七子已经略加转换，成为一种美学境界：清新、空灵、朦胧恍惚。“难以实求”“不喜事实黏着”同时也意味着多层次的意义组合，并非单一比喻典故之类所能含括无余。

前七子虽然已开晚明诗禅论述的端绪，但之后大行其道，后期复古派居功厥伟。王世贞“归向曹溪路，新诗悟后夸”，吴国伦（1524—1593年）“博综群籍，冥悟玄理（此处指禅）”，诸人的生活当中，与佛禅已然十分亲近，在论诗之际，纷纷引入禅宗观念，特别是“妙悟”此一观念，复古派于此格外重视。谢榛于此拳拳致意，曰：“姑借六祖之悟，以示后学。诚以六祖之心为心，而入悟也弗难矣。”胡应麟《诗薮·内编》卷二曰：“严氏以禅喻诗，旨哉。禅则一悟之后，万法皆空，棒喝怒呵，无非至理。诗则一悟之后，万象冥会，呻吟咳唾，动触天真。然禅必深造，而后能悟。诗虽悟后，仍须深造。”谢榛于《四溟诗话》屡屡言及妙悟。例如“夫人妙悟有因，自能作古”“顿悟能为诗，三昧超徐、庾”，又《四溟诗话》云：

作诗有专用学问而堆垛者，或不用学问而匀净者。二者悟不悟之间耳。唯神会以定取舍，自趋乎大道，不涉于歧路矣。（中略）此不专于学问，又非无学问者所能到也。予因六祖惠能不识一字，参禅入道成佛，遂在难处用工，定想头、炼心机，乃得无米粥之法。(《四溟诗话》)

这段话不免让人联想到严羽“诗有别趣，非关书也”的说法。虽然复古派经常被诟病有模拟剽窃的流弊，但其致力营构一种特别美感境地的企图亦显而易见。学问只是素材之一，创作者应该调和各种不同来源的素材。从诗学史的角度来看，学问与创作之间始终维持某种程度的紧张关系。谢榛此处承袭严羽，主要是反驳江西诗派“以议论为诗，以才学为诗”这样的说法。又以蜜蜂酿蜜为例，曰：“若蜜蜂历采百花，自成一种佳味，与芳馨殊不相同，使人莫知所蕴，作诗有学酿蜜法者，要在想头别尔。”蜜蜂历采百花之后酿成蜂蜜，成为截然不同的食物，自有芬芳与风味。诗人通过妙悟的过程，可以对知识、典故，以及人生阅历加以有机调和，镕铸属于自己的作品。

从禅宗的角度来看，所谓“悟”是人在俗世间，通过参禅的过程，重新体认价值根源的重要过程。对复古派的诗论家而言，“妙悟”是诗法体系中的一环，居于枢纽地位，可以说是从量变到质变的关键。虽然复古派特嗜以禅喻诗，虽然喜言“妙悟”，却与禅家言悟迥不相同，故复古派言妙悟，经常与诗法并而观之。相关的说法不胜枚举。例如王世贞《艺苑卮言》卷一：“绝句固自难，五言尤甚。离首即尾，离尾即首，而腰腹亦自不可少。妙在愈小而大，愈促而缓。吾尝读《维摩经》得此法：一丈室中，置恒河沙诸天宝座，丈室不增，诸天不减，又一刹那定作六十小劫，须如是乃得。”卷七：“客居禅宇，假佛书以开悟。暨观太白、少陵长篇，气充格胜，然飘逸、沉郁不同，遂合之为一，入乎浑沦，各塑其像，神存两妙，此亦摄精夺髓之法也。”谢榛：“诗固有定体，人各有悟性，夫有一字之悟，一篇之悟，或由小以扩乎大，因着以入乎微，虽小大不同，至于浑化则一也。”严格来说，一字之悟或一篇之悟在禅宗的立场似难成立，只能说是修辞字句的工夫或巧思，不过，在复古派的诗学理论体系当中，“妙悟”具有神秘、灵活的特殊作用。

妙悟既然如此重要，应该如何获得？但复古派的理论依然无法真正解决这个问题，只能被动地等待。例如胡应麟《诗薮》说：

作诗大要不过二端，体格声调、兴象风神而已。体格声调有则可循，兴象风神无方可执。故作者但求体正格高，声雄调畅。积习之久，矜持尽化，形迹俱融。兴象风神，自尔超迈。譬则镜花水月，体格声调，水与镜也；兴象风神，月与花也。必水澄镜朗，然后花月宛然。讵容昏鉴浊流，求睹二者。故法所当先，而悟弗容强也。

这段话屡为学者征引，相当程度代表了复古派的态度。“兴象风神”可以说是最终呈现的形貌样态，但这却非人力所及，而是必须通过“格高调古”工夫的努力。诗法与妙悟必须相连，“水澄镜朗”意谓可以清楚掌握的音节意象（格高调古），“花月宛然”则是理想风格与情调的展现（兴象风神）。

胡应麟所谓“悟不容强”也就是说虽然修行工夫必须持续积累，但非逻辑的理性知识所能掌握。前已言之，复古派喜以“镜花水月”为喻，比拟不可捉摸、朦胧空灵的样貌，理论家往往延伸为“不可解、不必解”。例如谢榛《四溟诗话》卷一说：“诗有可解、不可解、不必解，若水月镜花，勿泥其迹可也。”“远近所见不同，妙在含糊，方见作手。”王世贞“有意无意之间，却是文章妙用”，这样的思维当然也有严羽理论的投影。严羽《沧浪诗话》曾说：“盛唐诸人唯在兴趣，羚羊挂角，无迹可求。故其妙处透彻玲珑，不可凑泊，如空中之音、相中之色、水中之月、镜中之象，言有尽而意无穷。”强调“无迹可求”“不可凑泊”的特征，近乎神秘灵感的说法，但却开启了复古派强调模糊朦胧的美感视野，日后神韵派就此发扬光大，可谓一脉相承。

不难看出：在诗学领域，严羽真正发挥强大影响力是明代中期以后的复古派。明人喜读严羽，对严羽的推崇更是随处可见。李东阳（1447—1516 年）往往被推为复古派先声，曾于《怀麓堂诗话》说：“唐人不言诗法，诗法多出宋，而宋人于诗无所得。（中略）唯严沧浪所论，超离尘俗，真若有所自得。”谢肇淛的《诗话》也说：“诗话当以沧浪为最，竹坡老人故当最劣。竹坡于诗，极尊少陵，而口坡谷不置，政未脱宋人口吻耳，何曾梦见仪卿脚后耶。”冯复京（1573—1622年）《说诗补疑》也说：“严沧浪诗法有‘绝到’之语，如云‘诗道法在妙悟，须是本色，须是当行’，‘发端忌作举止，收拾贵在出场，不必太着题，不必多使事’，此深于措撰者也。又云‘须参活句，勿参死句’，此妙于研阅者也。”类似如此，明代中叶以后，推崇严羽之声不绝于耳。晚明清初，方有反对的声音出现，其中最为人所熟知的例子为钱谦益,但即令反对严羽最力的钱谦益也必须于《唐诗鼓吹序》承认说：

> 馆阁之教习，家塾之程课，咸禀承严氏之诗法，高氏之《品汇》，耳濡目染，镌心克骨，学士大夫，生而堕地，师友熏习，隐隐然有两家种子，盘互于藏识之中。(《牧斋有学集》)

这是钱谦益说明严羽与高棅（1350—1423年）《唐诗品汇》在明代知识阶层流行的情形，钱谦益即令不喜严羽，也无法否认严羽对明代诗学具有无与伦比的影响。相反的,正因为在钱谦益等人看来,严羽是明代诗论（特别是复古派）的重要基石,打击严羽,也就等于向复古派宣战。关于这点用心，冯班《严氏纠谬》为之点明，其曰：“嘉靖之末，王李名盛，详其诗法，尽本于严沧浪。至今未有知其谬者。”因此，钱谦益、冯班等虞山一系表面上似乎以严羽作为批判对象，事实上，主要的用意仍在打击复古派。但也正是复古派以严羽为基础，大力弘扬“以禅喻诗”的诗学理论，让诗禅关系拓展到一个新的高度。

三、性灵派看诗禅关系：“向自己胸中流出”

复古派之外的阵营，对以禅喻诗的说法也不反对，但却与复古派走上不同的道路，可以公安派与竟陵派为例观之。

如前所述，在复古派庞大精细的诗学体系当中，“妙悟”扮演着一种关键枢纽的地位，但与复古派不同的是：性灵派并未将开悟的结果导向一种理想的诗风或体制，也不在乎严密的诗法如何运作，理想的风格显然不是他关怀的重点，旨在寻求一种解脱法度、样式的自在快乐。晚明诗家当中，这种解脱法度的倾向自然以公安派最为著称。例如袁小修(1570—1626年)《吏部验封司郎中中郎先生行状》就袁中郎与李贽(1527—1602年,号卓吾)相遇以后心境的变化说：

先生既见龙湖，始知一向掇拾陈言，株守俗见，死于古人语下，一段精光不得披露，至是浩浩焉如鸿毛之遇顺风，巨鱼之纵大壑，能为心师，不师于心，能转古人，不为古转，发为语言，一一从胸襟流出，盖天盖地，如象截急流，雷开蛰户，浸浸乎其未有涯也。(《珂雪斋集》)

这段话是叙述袁中郎在与李卓吾相遇前后心态的变化，有几点特别值得注意。李贽对于晚明文艺的影响极大，毋庸赘言。袁中郎与李卓吾思想相通之处在于禅悟以后对自心的认识。袁宏道（1568—1610年）的理想是“能转古人，不为古转”，这样的说法不由得令人联想到《坛经》当中“心迷《法华》转，心悟转《法华》”，法度、样式与经典收归于一心之中，然后全部转化成自己的语言向世间流布。“自胸中流出”典出德山宣鉴禅师（782—865年）高弟岩头全豁（828—887年）禅师，他曾向雪峰义存（822—908年）说：“他时后日若欲得播扬大教去，一一个个从自己胸襟间流将出来，与他盖天盖地去摩。”这是禅宗史上有名的“鳌山成道”。

这段话虽然没有引述中郎对开悟的看法，但这种强调“一一从胸中流出”的思维样式,无疑是中郎的悟境之一。不难看出：这种说法比起复古派，更为强调个人主体的独创性，可以说：禅悟成为创作涌现的动能。换言之，公安派更倾向“从胸中流出”这样的论式，与复古派“水澄镜朗”的用法有一径之隔。当时丛林论诗风尚也多有呼应。例如憨山德清曾于《憨山老人梦游集》卷三的《示陈生资甫》说：

文者，心之章也。学者不达心体，强以陈言逗凑，是可为文乎。须向自己胸中流出，方始盖天盖地。

又《答谈复之》第二书云：

向上一路，亲近者稀，不是真正奇男子，决不能单刀直入，此事决不是世闲聪明伶俐，可能凑泊。亦不是俗习知见，之乎者也，当作妙悟。亦不是记诵古人玄言妙语，当作己解。只须真参实究，向自己胸中流出，方始盖天盖地。

憨山德清与袁宏道所强调的都是以禅悟作为创新语言的动力，可以说是摆脱既有陈言规范最重要的推力。袁宏道所认识的禅悟境界就在于摆脱法度。其《小陶论书》言曰：

昔人有向鲁直道子瞻书但无古法者。鲁直曰："古人复何法哉？"此言得诗文三昧，不独字学。余闻之失笑曰："如公言，奚独诗文？禅宗儒旨，一以贯之矣。"

中郎晚年思想颇有转变，甚且专修净土，著有《西方合论》，至今仍是净土法门的重要经典。不过袁宏道对于强调"教禅一路"或"文字禅"的禅法始终缺乏好感。可以说，公安派面对禅悟，比复古派走得更远。禅悟代表了创新的能量与热情，并且可能是镕铸既有价值与法度的崭新载具。"独抒性灵，不拘格套"意谓创作者也就是某种意义上的开悟者。

传统上晚明性灵阵营尚有竟陵一派，于明末清初影响更大。竟陵派以钟惺、谭元春（1586—1637年）为宗主，特别是编选《诗归》一书，当时响应者众，声势之大，一时无两。钟惺是著名的佛教居士，曾经批注《楞严经》，佛学造诣之深，不难想见。竟陵派喜言虚字、语助，类似禅宗语录的风格自不待言。钟惺论诗喜言"真心"，不难看出佛教真常一系的投影。一般论竟陵派，往往用"幽深孤峭"作为其明确的标志。钟惺《诗归序》言：

内省诸心，不敢先有所谓学古不学古者，而第求古人真诗所在。真诗者，精神所为也。察其幽情单绪，孤行静寄于喧杂之中；而乃以其虚怀定力，独往冥游于寥廓之外。如访者之几于一逢，求者之幸于一慝，入者之欣于一至。不敢谓吾之说非即向者千变万化，不出古人之说，而特不敢以肤者、狭者、熟者塞之也。

一般文学批评史往往将公安派与竟陵派列于复古派的对立面，但从这段话来看，竟陵派与复古派的光谱可能更为接近。钟惺也学古，但不是从法度上来，而是以“古人精神”作为学习的对象，也就是说，与外在的法度形迹比起来，钟惺更为重视古人精神，也就是心态与内在情绪的隐微线索。竟陵派也喜言“不可说”“不可解”，但并非在于风格，而是尝试追索内心深层的隐微曲折。“察其幽情单绪，孤行静寄于喧杂之中；而乃以其虚怀定力，独往冥游于寥廓之外”可以说是禅门公案“独坐大雄峰”的当代诠释在孤寂中体证圆满。与公安派直接改造格套或规范的强力冲动不同。竟陵派显然是更强调内在的自我满足与历史传统的内在脉络。通过禅悟，竟陵派已经隐约感受心理内在强烈的渴求。晚明清初的诗论家已经对诗人的心理活动有所着意，佛教可谓功不可没。

综观明代诗学理论与佛教的关系，不难发现：明代前期的诗禅论述，以文字禅一路为主，中期以后，严羽《沧浪诗话》发挥了重大的影响力。诸如四唐（初盛中晚）说、妙悟说、别材别趣说等说法，几乎都从《沧浪诗话》获得许多启发，因而创造属于明代特色的文艺思潮，特别是后期复古派诸人，于此说发挥无遗，在此同时，也与所谓晚明佛教复兴的时期大体若合符节。复古派之外的公安派“独抒性灵，不拘格套”或竟陵派“幽深孤峭”“古人精神”等说法，也都可以看到佛教（或禅宗）元素的积极作用。晚明的诗学理论的领域当中，诗禅论述具有绝对的优势地位，一直到清代前期，一直都是诗家关注的焦点。

（廖肇亨）

第三十章　明代的小说与佛教

明代是章回小说创作进入定型化的时期，也是通俗小说在市民文化中迅速发展的成长时期。一般来说，从明代文学史视域下鸟瞰的小说发展图景，大抵依循书籍出版的实际情况，出现先开高走低、后急速攀升的特殊趋势：从第一期小说家在元代说书的基础上，对话本进行润饰、改编写成的《三国演义》《水浒传》两部明初巨著的问世，尔后便是将近百年的小说创作沉寂时期。自明孝宗弘治年间（1488—1505 年）、明武宗正德年间（1506—1521 年）迄于明神宗万历之际（1573—1620 年）的一百三十余年，随着封建政治的矛盾与松动、城市的工商业日趋发达、刊刻书坊业的隆盛，及市民阶级的兴起，迎来小说创作的崭新局面。此时无论是神魔、世情、历史演义、英雄传奇或是公案类，各自出现极为出色的作品；尤其完成于此时的《西游记》与《金瓶梅》，连同第一期的《三国演义》《水浒传》，堪称有明一代之“四大奇书”，脍炙人口、广传至今，是为小说发展的第二期。第三期自明末光宗泰昌年间（1620 年）、明思宗崇祯年间（1628—1644 年）迄至南明政权的覆亡止，短短二十年间，国家面临着政局动荡、民族存亡时刻，小说家们假托小说批露社会的黑暗与丑陋、歌颂世间的忠臣与英雄。他们振笔疾书，在前期创作的基础上，进一步丰富长篇作品的类型，从而出现描写社会时事与才子佳人的作品。数量之众，远迈前期，是明代小说出版的巅峰时期。

另一方面，如果从小说的题材内容看，各类作品对于宗教的汲取与书写，随着时间推移越发鲜明，三教合一、诸教融通的思想贯穿小说中，不仅反映时人宗教信仰的心理状态，并且通过宣扬教化目的，也为小道之说的存在提供正当合理性。如尝试从宗教发展的角度看，尽管自明朝建国伊始，佛教便纳入中央集权的控制之下，朱元璋（1328—1398 年）不仅针对天下丛林颁布政令《申明佛教榜册》正本清源，并建立僧官制度以“总其教”，却也因“禅者禅，讲者讲，瑜珈者瑜珈，各承宗派”不可混淆的规范，导致戒律与学问发展停滞不前。往后，历朝诸皇帝在崇道与兴佛间来回摆荡，一边是不惜耗竭国库，大兴土木修建寺院，扶植佛教的皇帝，致使“京师僧如海”，攀附权贵、“以势力而俗”的不肖之徒剧增；一边是因崇信道教、广求术士，或滥加恩泽，或糜费斋醮，甚至有因沉迷炼丹求药、服丹致死的皇帝。而现实中游走于高官贵族、市井百姓上下之间的僧尼道士，成为小说家笔下的人物原型；佛道争胜的时代背景，则化为小说中经常可见的两道论辩母题，时而斗法、时而斗智的场面，为人所津津乐道。

从小说生成的角度看，章回体小说的出现，与唐代的俗讲变文关系密切。而佛教经典语录的体裁，同样也是小说家创作的灵感泉源之一，除了巧妙剪裁佛经、僧传和语录的内容题材，融入浅显易懂的佛教教理外，对于彼类作品样式的游戏仿拟，也值得注意。如潘游龙（生卒年不详）所撰的笑话书《笑禅录》即是通过禅宗公案故事，以举、说、颂三种形式，分别记述祖师禅话与故事相关的笑话，以及作者的按语，或以文学手法传递禅宗微言旨意。如神魔小说《钱塘湖隐济颠禅师语录》，是一部以禅宗语录的语言、文字特色及记录形式，撰写济公和尚不凡的生平言行之白话通俗小说。复有以佛记僧传形式进行改写与创作的小说，如梅鼎祚（1549—1615 年）的文言小说集《青泥莲花记·记禅》、吹万野人（1582—1639 年）所著长篇小说《古音王传》、洪应明（生卒年不详）所撰的《仙佛奇踪》等，不一而足。

整体而言，在小说创作蓬勃发展的明代，固然有如前述，以传递佛教义理为旨要的宗教小说，然而更多的仍是那些虽不以宣扬宗教为目的，却又书写宗教精神的著作，如四大奇书、“三言二拍”，其中关于宣扬因果报应、劝善惩恶之事，屡见不鲜。毕竟这类通俗作品服务的读者群体，绝大部分仍是生活在市井巷弄中的人群，他们视小说为娱乐消遣，对高深严肃的佛道义理，并无太多关注与热情。但对于小说家而言，小说与诗文一样，继承文以载道的书写传统，富教化功能，同时作为补阙正史的史余，小说贴近社会现实、反映人生。因此通过这些故事，我们当然也能清晰看见有明一代的佛教文化，是如何通过小说根植人心。

一、明代佛教小说之题材

（一）因果报应

明代小说中关于因果报应的故事情节，俯拾即是。一方面表达作者惩恶扬善的理念，体现“小道之说”的劝谏教化目的，诚如冯梦龙在“三言”之一的《警世通言序》中所言：“经书著其理，史传述其事，其揆一也。理著而世不皆切磋之彦，事述而世不皆博雅之儒。于是乎村夫稚子、里妇估儿，以甲是乙非为喜怒，以前因后果为劝惩，以道听途说为学问，而通俗演义一种遂足以佐经书史传之穷。”换言之，即借由通俗小说的撰写与传播，起到对下层民众的教化和引导作用。

另一方面，通过这类故事的撰写，反复强调善恶有报、分毫不差的宿命观，亦相当程度反映这个时代下层百姓的心声，或渴望上位者、司法者能以明察秋毫的态度，来制裁世间贪赃枉法、欺善凌弱的恶徒。如《剪灯新话》的作者瞿佑（1347—1433 年），便于序文中道：“余既编辑古今怪奇之事，以为《剪灯录》，凡四十卷矣。好事者每以近事相闻，远不出百年，近止在数载，襞积于中，日新月盛，习气所溺，欲罢不能，乃援笔为文以纪之。”在他的小说世界中，冥界成为一个吏治清廉、公平正义的理想社会，阎王、鬼差是判准是非善恶的唯一标准，但凡于阳世的善恶造作，来到冥界都将一一还受。阴间成为衬托阳世公道不彰、人心丑恶的对照存在，而借着幽明殊途的两端世界，作者也隐晦地吐露对现实社会的不满与谴责。

从情节安排来看，小说中言及果报结局的部分，大抵依循六道轮回的转生思想脉络发展，为恶者轻则女身报、残疾报、无福报，重则畜生报、短命报、孤寡无后报；为善者则得富贵报、长寿报、男身报等，不一而足。值得一提的是，在原始佛教教义中，业报相生，“已作不失，未作不得”，一旦造业必有报应，换言之，在报应来临前，业不会消失。如《成实论》卷七云："从善、不善生报，无记不生，故非无穷。"然而，此观念在进入中土与传统劝善思想相结合后，亦出现像《轮回转世》所谓"轮回之说，虽有定数，或一善可以消百恶，或片念可以概终身。即一生而轮回几转，是有定理，无定数也"。无非是在劝人为善、积德获报。

此外，通过对明代通俗小说的观看，还可发现由于多数的小说家并非宗教的宣传者，亦非信仰者，因此在铺陈因果报应的情节时，往往更加强调人自身的行为与人际关系聚合的力量，即是相信受到人道回报这种现世报应的力量。如《三国演义》第一回开篇即言："话说天下大势，分久必合，合久必分。周末七国分争，并入于秦。及秦灭之后，楚、汉分争，又并入于汉。汉朝自高祖斩白蛇而起义，一统天下。后来光武中兴，传至献帝，遂分为三国。推其致乱之由，殆始于桓、灵二帝。桓帝禁锢善类，崇信宦官。及桓帝崩，灵帝即位，大将军窦武、太傅陈蕃，共相辅佐。时有宦官曹节等弄权，窦武、陈蕃谋诛之，作事不密，反为所害，中涓自此愈横。"讲的是忠奸不辨、君臣不伦，国必夭亡。如以评点《金瓶梅》闻名的清初文人张竹坡（1670—1698年）《皋鹤堂批评第一奇书金瓶梅》亦有言："尝看西门死后，其败落气象，恰如的的确确的事。亦是天道不深不浅，恰恰好好该这样报应的。每疑作者非神非鬼，何以操笔如此？近知作者骗了我也。盖他本是向人情中讨出来的天理，故真是天理。然则不在人情中讨出来的天理，又何以为之天理哉！"说的是贪得无厌、恣意妄为、天理难容。它相较于幽微神秘、难以见证的神鬼施报来说，能够给予读者更为直观、当头棒喝之感受。

（二）异僧狂僧

异僧，即神异僧，除拥有高深的佛学义理知识外，通常还具备神通法术的高超能力，或能预知未来、祈雨灭火、治病送瘟、起死回生等，故历来为小说家所津津乐道。在高僧传记与诸多笔记小说中，可看见在佛教传入中土的早期阶段，他们是少数能够凭借一身神异本领，接引汉人入佛道的特殊角色。至于狂僧，则专指行止异于常人、以近似癫狂滑稽的方式，在世间进行演法教化的僧人。他们在外型上被塑造为不修边幅、不拘小节，甚至是长相怪异、面目丑陋；在性格上则表现为我行我素，或摒弃戒律教条，或不媚世俗、不依仗权势，恒常游离于世俗与方外间。如从历代僧传、笔记对两类僧人的文字描述看，可知他们从来不是截然对分的两种存在，相反地，时而以狂中带异、异中见狂的姿态，进入读者的视域。

异僧是明代小说家笔下经常出现的人物角色，在人物形象、法力道行的刻画上，莫不充满神秘浪漫的色彩。尤其，当小说家将注意力放诸异僧形貌的极笔铺陈时，一群特异独行、法力无穷的僧人形象，宛如横空出世，伫立面前。既有如《禅真逸史》中的林澹然那般兼通道家仙术的僧侣——其原是东魏镇南将军林时茂，因得罪权贵而避祸出家；偶得狐精所传褚真人笺示，获《天书》《地衡》《人权》三部秘录，因习得排兵布阵、降龙伏虎之法，遂以之平乱济世。也有如《初刻拍案惊奇》卷二十八中，冯相在山中遇到的胡僧金光洞主那般，其貌“修眉垂雪，碧眼横波。衣披烈火七幅鲛绡，杖拄降魔九环金锡。若非圆寂光中客，定是楞迦峰顶人”。所持金锡一振地便可慑服猛兽，能以法术变现观壁外景象，尚能为凡夫指点迷津、省思前身事。或为人物的粉墨登场，增添一股畏惧感受。也有如《金瓶梅》中，西门庆在寺中偶遇自“西域天竺国密松林齐腰峰寒庭寺”来的胡僧那般，外貌尤奇，“形骨古怪，相貌搯搜，生的豹头凹眼，色若紫肝，戴了鸡蜡箍儿，穿一领肉红直裰。颏下髭须乱拃，头上有一溜光檐，就是个形容古怪真罗汉，未除火性独眼龙”。平时云游四方，以善于用药，悬壶济人。当西门庆向胡僧“求房术药儿”时，胡僧便从葫芦中倒出那“老君炼就，王母传方”的神仙药丸，并夸大此药之疗效，不仅能固齿明目，还能“服久宽脾胃，滋肾又扶阳，百日须发黑，千朝体自强”，堪称“比金金岂换，比玉玉何偿！”

而相较于小说家对异僧描写的高度兴趣，狂僧虽不如异僧在小说中的频繁登场，但由于人物形象塑造生动鲜明，诠释“狂”的各种形貌，赋予人物性格丰富层次感，因此同样令人寓目难忘。如《钱塘湖隐济颠禅师语录》卷一中的济颠，是佛门里外有名的疯癫和尚，“每日发风，恼得满寺僧人，无奈何，难过活。或告长老，长老只是护短。济颠越风起来，常去冷泉亭下打根斗扑交。入呼猿洞引猿猴番根斗。引小的儿，上酒店唱山歌。有时众僧在殿看经接施主，他却托着一盘肉，手敲引磬儿，搅在众内，口唱山歌，塌地坐在佛殿上吃肉”。在世俗眼中，他是混迹于市井的破戒僧，离经叛道又疯狂不饬细行。虽不为世所容，却时常以神通出手相救世所难容之辈。小说中记载诸多关于济颠的神异事迹，或施咒救人、或为死者诵经下火，更向人说前世今生之三世因果，超度亡者之余，亦指点生者除却一生罪孽，以脱轮回报应之苦。

又如施耐庵（1296—1370 年）笔下的鲁智深，一方面是五台山上道座众僧长老们一见“形容丑恶，相貌凶顽”，恐怕日后“累及山门”的草莽恶霸，纵使遁入佛门，骨子里仍是：“自从落发寓禅林，万里曾将壮士寻。臂负千斤扛鼎力，天生一片杀人心。欺佛祖，喝观音，戒刀禅杖冷森森。不看经卷花和尚，酒肉沙门鲁智深。”另一方面，他行侠仗义、嫉恶如仇，怀有一身功夫都用在扶危济贫、替天行道上，并在打杀中朗现一片慈悲之心。李卓吾曾在其《李卓吾先生批评忠义水浒传》中如是评价鲁智深的狂态：“此回文字，分明是个成佛作祖图。若是那般闭眼合掌的和尚，决无成佛之理。何也？外面模样尽好看，佛性反无一些。如鲁智深吃酒打人，无所不为，无所不做，佛性反是完全的，所以到底成了正果。”甚至以“仁人、智人、勇人、圣人、神人、菩萨、罗汉佛”目之，或肯定其率性而为、不拘小节的各种行径，可谓“成佛作祖的根基”。鲁智深不仅是《水浒传》中形象丰沛、神态丰满的故事人物之一，而为金圣叹（1608—1661 年）评选为上上人物，放诸中国小说史看，亦是众多狂僧人物中的典型代表。

（三）修行证道

明代以前，以文学方式表述佛教的修行观念，已经形成书写传统，它主要体现在佛传故事（包含佛本生故事与譬喻故事）、历代高僧传记、禅宗灯录，以及民间变文、讲经活动中。即便进入明代，这类型的故事仍然被保留在佛教题材的小说中，并占有很大部分。从创作内容看，复可分为两类：

一是作者受到修行观念的启迪，循着佛记僧传的叙事内容，直接或间接演绎佛祖菩萨或高僧禅师的修行证道历程，即记录其自出家、苦修、成道、度生乃至涅槃的宗教实践，成为小说主要叙事模式。例如《南海观音菩萨出身修行传》，又称《观音得道》《大香山》，万历初年朱鼎臣（生卒年不详）编纂。前半叙写南海观音菩萨前身本是西域兴林国王妙庄的第三位女儿妙善，本性善良、亲近佛道，由于一心求道不肯招婚，触怒国王将其囚禁，终为国王绞死。还魂后受释迦牟尼佛点化，于香山朝诵暮习，苦修九年转成正果，成为主宰三千大千世界的观音菩萨。后半则写观音菩萨以慈悲之力协助父王平息世间灾祸，收复故土，更舍身治其沉疴。故事末了，妙庄王等受到观音善行感化，潜心皈依三宝，最终证成佛道。

又如朱开泰（生卒年不详）所撰《达摩出身传灯传》，系根据《景德传灯录》《续传灯录》之内容敷衍而成，与章回小说体例不同，该书以七十则短篇文言故事连缀而成，讲述菩提达摩的一生，分为出身与传灯两部分。前半言及达摩原为南印度香至国的三王子，早年有志于沙门，及遇二十七祖般若多罗远来行化，遂就其门下皈依，更名菩提达摩。多罗圆寂后，达摩传其衣钵，先是在南印度演教说法六十余年，停止异见王的毁佛之举，更为王忏罪消灾，脱离病苦，使佛法重新广传国中。后半段则叙写达摩进入中国传法一事，并将衣钵付予弃儒从释的婆罗门僧人慧可。故事中穿插诸多关于达摩和慧可的佛教典故，包括耳熟能详的一苇渡江、面壁九年、武帝问僧功德几许、立雪从师、断臂见志等，不一而足。

再有朱星祚（生卒年不详）的短篇白话小说《二十四尊得道罗汉传》，以《高僧传》《五灯会元》等佛教历史传记为底本，演叙长眉罗汉、伏魔罗汉、聪耳罗汉、抱膝罗汉、劝善罗汉、捧经罗汉、降龙罗汉等二十四尊罗汉，其各自得道、度脱众生，最终证成罗汉位的故事。

二是作者在前述既有证道故事情节之上，作意好奇，杂糅浪漫奇幻的虚构想象，使小说文本的艺术性远胜于宗教性，大幅增添佛教小说的文学色彩，如《西游记》既讲述唐僧取经之故事，同时也向大众呈现孙行者修行成佛的历程。而同样演绎达摩证道主题的章回长篇小说《扫魅敦伦东度记》，复是一例。《扫魅敦伦东度记》又称《续证道书东游记》，全书凡百回，书中作者塑造千姿百态、各具本色的神魔鬼怪群象，或有幻化为酒色财气之四魔者，成为人间世里的陶晴、王阳、分心、艾多；有心中之恶幻化为心魔，不逊魔者，每每寻恶而入，趁虚扰乱世间伦理纲常，作恶多端，后一一为达摩所降伏，弃恶从善。相较于《达摩出身传灯传》而言，故事情节未免流于荒诞神奇、光怪陆离，然作者却明白指陈其著述用心："昔人撰《西游》，借金公木母、意马心猿之义。而此记，借酒色财气、逞邪弄怪之谈。一魅恣，则以一伦扫。扫魅还伦，尽归实理。人曰圣僧之教不言，予曰道人说魅扫魅。观者有感，愿为忠良，愿为孝友。莫谓天道人伦不孚，试看善人获福。至于编中，征诸通载者一，矢谈无稽者九。总皆描写人情，发明因果，以期砭世。勿谓设于牛鬼蛇神之诞，信为劝善之一助云。"其托圣僧东渡之事，以明人伦风化之用心，可谓不言而喻。

（四）圣俗交错

明代佛教的世俗化现象，反映在圣俗两端界线的渐趋模糊，具体而言，可从两个方面加以观照：一是圣教的俗化，不仅是现实生活中作为方外之士居处的寺院、道观等宗教空间的公共化，民间筹办佛事、法会的普及化，僧尼与百姓互动益发频繁；而书肆刻坊对佛教劝善书籍的刊布与流通、居士信众自发性的募资刊印佛书，甚或像莲池袾宏（1535—1615年）、藕益智旭等高僧，亦曾撰述较为通俗之作品，如《自知录》《竹窗随笔》《见闻录》等，以为弘法津梁。凡此，都说明佛教在僧俗两方的相互靠拢中，其影响力益发普遍、广泛。

如是现象表现在小说的内容上，最显而易见的，即是无论小说的内容是否涉及佛教题材，几乎脱离不了对其描写。如反映古代社会百态、下层人物悲欢离合的话本小说"三言二拍"，即可见各式各样性情殊异、道行不一的僧尼们，在描绘着市井巷弄、人情世态的字里行间中，来回穿梭。他们或许不是文本中的主角，却是在描写时代背景中不可或缺的一道风景。又如罗贯中所编写的《三国演义》，哪怕是在这类叙写着政治更迭、军事斗争的历史小说中，我们都能在其中窥见作者那不经意流露出的佛道色空观，诚如篇头所云："滚滚长江东逝水，浪花淘尽英雄。是非成败转头空，青山依旧在，几度夕阳红。白发渔樵江渚上，惯看秋月春风。一壶浊酒喜相逢，古今多少事，都付笑谈中。"

另一方面，世俗的圣化成为明代世情、艳情类小说中，一个重要创作概念。佛教视贪欲为根本烦恼之一，其中，又以男女情欲最难舍离，《楞严经》曾言“纯想即飞”“纯情即堕”,即在告诫众生勿耽溺于情欲苦海。而《大般涅槃经》更以莲花之喻，说明对境而不为其所困的无碍境界:“入淫女舍，然我实无贪淫之想,清净不污,犹如莲花。”这种不存色想、游戏三昧的观点，为小说家们极写男女情爱之事提供背书。

明代后期开始出现大量描绘淫僧奸尼的故事，从《五戒禅师私红莲记》《月明和尚度柳翠》等描述单一主人翁的故事，到《肉蒲团》(一名《觉后禅》)、《僧尼孽海》的群体形象刻画，说明此时社会出现较多不再具备恪守戒律、过着暮鼓晨钟之清修生活的佛门景象，而世俗社会及僧团内部也开始对这群破戒者，发出不信任的抗议与批评。我们不必然要全盘否定当时某些文人有意张扬、夸示僧尼的作为，以此享受瓦解权威、神圣且游戏式快感的事实，但亦不当忽略仍有一群文人是怀抱着警世、劝世的态度来进行创作。张竹坡便声称:“《金瓶梅》究竟是大彻悟的人做的，故其中将僧尼之不肖处，一一写出。此方是真正菩萨，真正彻悟。”又说:“《金瓶》纯是禅门圆通后做法。”正是通过对西门庆的两世人生经历的描写，向世人揭露悟色入空的真实道理，是为一证。

二、明代佛教题材小说之文学创作特色

(一)作为情节架构的轮回转世

明代的小说既充斥着大量的因果报应之说，与此相应地，关于轮回转世的故事对文本之情节结构，同样产生重要影响，并成为佛教题材小说中最重要的创作特色之一。佛教传入中土后，出现所谓三世之说，即前世、今世与来世,相对于儒家的现世报应,通过佛教的因果业报和六道轮回观点,更绵密地解释了恶人善报、善人恶报之缘由，构成循环不失的善恶报应论。

在明代小说中，固然有相当数量的作品涉及轮回果报的情节，大抵在宣扬佛教思想，并带着浓厚的劝惩意识，如前已述及的文言小说集《轮回醒世》，便是一部专讲因果报应的劝善书，书首有序称曰:“轮回之世，不出今生造、今生受之两言。使作善得福,作恶得祸,万不爽一，人必去恶向善。”全书共分十八部，其所集结明代故事者，占全书之半，各部之中善恶相对，

或报在今生，或报在来世，意在突显“善无不昌、恶无不亡”的道理。此外，尚有为数不少的长篇作品，在宣扬佛教教义之余，试图将转世故事作为一种结构情节的方法，如此一来，小说取得更加宽广的创作时空背景，赋予作家更高度的书写自由，从而增加故事内容与表现张力，甚至为明清以降的小说续书创作提供范式。

如欣欣子（生卒年不详）在《金瓶梅词话序》中所云：“知盛衰消长之机，取报应轮回之事。”很是说明作者以极笔描写酒色财气的背后，欲以因果报应来警醒世人的用心，可视为一劝诫之作。全书百回，分别述说西门庆、潘金莲、李瓶儿、庞春梅等七位主人翁生前所作善恶行止，及最终所遭报应。小说篇末有诗为证：“阀阅遗书思惘然，谁知天道有循环。西门豪横难存嗣，敬济颠狂定被歼。楼月善良终有寿，瓶梅淫佚早归泉。可怪金莲遭恶报，遗臭千年作话传。”其中，作恶多端的西门庆因纵欲无度、滥用春药，最终精尽而亡，而随着西门庆的过世，府上往昔荣华富贵犹如过眼烟云。其死后转生为自己的儿子西门孝哥，与母月娘在偶然机缘下得高僧普静长老之指点，普静对月娘说道：“当初，你去世夫主西门庆造恶非善，此子转身托化你家，本要荡散其财本，倾覆其产业，临死还当身首异处。今我度脱了他去，做了徒弟，常言‘一子出家，九祖升天’，你那夫主冤愆解释，亦得超生去了。”于是孝哥剃度出家，结束过去生带来的果报轮回。往后，清代丁耀亢（1599—1669 年）的《续金瓶梅》则在转世的情节架构上，进一步重塑、续写原著之故事，另开启了一段新的果报轮回故事。

当轮回转生作为文学世界里的重要母题、艺术技巧，而被小说家反复笔墨渲染之际，与此同时，在现实世界中也有一批秉持着儒家圣贤之道的士子们，怀抱着盎然兴致，纷纷从宋代以来的笔记著作中，追寻关于僧家转世这类老生常谈的旧闻，一方面承袭志怪书写传统，另一方面也提出与时代相应的看法。如著名藏书家郎瑛（1487—1566 年），曾在其所辑录的笔记小说《七修类稿》中提到：

> 托生之说亦妄矣，时或有之，不可决以为无也。但圣人之教，不语怪耳。《莹雪丛说》记前身之事多矣，事不可信，但余观英杰之士，

> 必多般若中来，不知何也。聊举宋人言之，张方平乃琅琊寺僧转世，东坡是真戒和尚所投，王十朋乃族叔之师严伯威，史弥远乃觉阇梨之复生，冯京记己先为五台僧，真西山是草庵和尚，至本朝尚书胡濙，乃天池僧之后身，皆事迹明白，或自言，或同时之人之言，谅不诬也。

这些高僧再来的“英杰之士”，其故事原型除有来自宋代笔记外，也有出自时人墓志史传材料，如文中提及的明代尚书胡濙即是天池和尚转世托生。由于现世的关注，这些僧人成为该类小说中的主角，在小说家浪漫瑰丽的艺术幻想中，开展出新的转生旅程。如僧惠洪《冷斋夜话》记载苏轼因梦感知为五祖戒和尚托生的片段，为小说家敷衍成为结构完整、首尾呼应的五戒和尚与明悟禅师转世再会故事，见之明代传奇小说《燕居笔记》卷九《东坡佛印二世相会传》和《喻世明言》卷三十《明悟禅师赶五戒》，以及话本小说《清平山堂话本》《五戒禅师私红莲记》等篇章。又如觉长老悭吝遭报的前世因缘传闻，改编为白话小说集《西湖二集》卷七中“觉阇黎一念错投胎”的三生故事，借由高僧华严和尚的开示启迪，长老得以脱离轮回畜生道之苦，并在历劫两世人身修行后证成佛道。值得一提的是，僧转世的故事类型多见于明代短篇小说中，且往往着意于对人物形象的刻画，以及遭受果报苦难的深入描绘，入木三分，因此或有学者认为此举是小说家有意通过文字张力，强化读者对于三世因果的信心。

（二）反映佛道之争的佛道议论叙事模式

佛道议论，顾名思义，盖指发生于佛、道两教之间的义理论辩，夺胎于佛教僧团内部的经辩传统。其作为兼具娱乐与宣教功能的展演样式，始见于唐代御前议论技艺；往后，这类题材复成为民间文学的创作来源之一，在敦煌俗文学作品中，可以看见《茶酒论》《燕子赋》二篇，即是以拟人手法来影射僧侣与道士间争锋相对的景象，或反映当时二教互补、三教融通的时代氛围。

迄至明代，这类环绕在佛道争辩的书写，形成两条脉络：在形式上，为下层文人所承继，敷衍而为“两物相争”的故事类型，或脱离原来宗教文化脉络，如邓志谟（约1559—约1624年）的争奇小说、笑话书《广笑府》所记载的《茶酒争高》，乃至天启四年（1624年）问世的作品《茶酒争奇》《茶酒传奇》等，系出于此。另一方面，在内容上，佛道争胜的情节则转化为通俗小说中重要的故事母题，不仅突显时代特殊的审美内涵，也相当程度反映明世宗崇道排佛的历史现况。

如出自吴承恩之手的神魔小说《西游记》，即记载诸多关于佛道争胜的精彩片段：当唐僧一行人前往车迟国时，发现国中三道士干政，因“他会抟砂炼汞，打坐存神，指水为油，点石成金。如今兴盖三清观宇，对天地昼夜看经忏悔，祈君王万年不老，所以就把君心惑动”，致使国王兴道灭佛、迫害三宝，国中僧人移于奴役，无一幸免。道士向孙行者声称：“你不知道，因当年求雨之时，僧人在一边拜佛，道士在一边告斗，都请朝廷的粮饷；谁知那和尚不中用，空念空经，不能济事。后来我师父一到，唤雨呼风，拔济了万民涂炭。却才恼了朝廷，说那和尚无用，拆了他的山门，毁了他的佛像，追了他的度牒，不放他回乡，御赐与我们家做活，就当小厮一般。我家里烧火的也是他，扫地的也是他，顶门的也是他。因为后边还有住房，未曾完备，着这和尚来拽砖瓦，拖木植，起盖房宇。只恐他贪玩躲懒，不肯拽车，所以着我两个去查点查点。”调笑嘲讽意味，不言而喻。又在灭法国中，闻有王“前生那世里结下冤仇，今世里无端造罪。二年前许下一个罗天大愿，要杀一万个和尚，这两年陆陆续续，杀够了九千九百九十六个无名和尚，只要等四个有名的和尚，凑成一万，好做圆满”。于是孙行者夜半潜入宫内，施法将宫中上下尽行剃发之事，翌日“君臣们都各汪汪滴泪道：‘此后再不敢杀戮和尚。’”，更遵行者建议，改灭法国号为钦法。佛道之间从过去议论技艺、争奇小说的义旨优劣论辩、地位高下之争，到通俗小说中，浅近直白地描写双方斗嘴、斗武、斗法术的激烈场景，不难看见：此时的读者更着眼于佛道争斗情节的文学趣味性，与此同时，作为宣扬宗教的义理色彩亦逐渐淡化。

类似之例在罗懋登（1596年左右在世）的《三宝太监西洋记通俗演义》中，也可窥见一斑。是书叙写明永历年间郑和招兵西征，因得碧峰长老与张天师之助力，得以在寻宝途中，降妖除魔，顺利收伏海外诸国。颇堪玩味的是，故事开头提及成祖登基之始，张天师以寻国家玉玺为由，奏请皇帝灭佛一事。是时，和尚被驱撵下山，“一个个高肩担儿挑着，哭哭啼啼。也有师父哭徒弟的，也有徒弟哭师父的；也有师公哭徒孙的，也有徒孙哭师公的；也有师父、师公哭着别个房头徒弟、徒孙的，也有徒弟、徒孙哭着别个房头师父、师公的；也有张和尚帽子，李和尚戴得去的；也有李和尚的驴，张和尚骑得去的；也有到私伙子家里无限别离情的，也有到尼姑庵里去抱娃娃的”。甚至京城“街坊上头发稀两根的，也要拿去搪限，瘌痢、秃子躲得不敢出门”。如此混乱、可笑的禁制场景，看似不过是段虚构的历史，却真实反映出文学家对当时社会排佛兴道的认识与想象。

（三）贯串作品中心思想的真俗二谛

真俗二谛是佛教的根本教理，体现缘起性空的概念。所谓俗谛，即有、色；所谓真谛，则相对于俗谛言，是无、空，又称第一义谛或胜义谛。佛教认为世间一切万物之“有”不会单独存在，必须仰赖因缘和合而生起，而它的本质、本性即是空。《中论・观四谛品》云：

> 诸佛依二谛，为众生说法，一以世俗谛，二第一义谛。若人不能知，分别于二谛，则于深佛法，不知真实义。若不依俗谛，不得第一义；不得第一义，则不得涅槃。

真俗二谛是佛法的一体之两面，涅槃既是在恒常安住于第一义谛之中证成，而第一义谛则必须借着世俗谛的观行而转入，因此第一义谛，或谓真谛，断然不是脱离现实世间的存在。

从明代的小说内容看，绝大部分都通过对世情人伦、因果业报的叙写，来呈现佛教因缘生法的俗谛观念，一者借着故事人物跌宕起伏、悲喜交加的一生，时时警醒着正在观文的读者当以此为鉴，莫重蹈覆辙。以《水浒传》为例，金圣叹在评点小说之余，便深刻地体会故事情节中存在着环环相扣、报应不爽的因果链结，它推动着人物的最终结局，见微知著。第二十一回“虔婆醉打唐牛儿，宋江怒杀阎婆惜”里，叙写宋江夜中怒杀鬼迷心窍的小妾阎婆惜，夹批说道："宋江之杀，从婆惜叫中来；婆惜之叫，从鸾刀中来，作者真已深达十二因缘法也。"若不是阎婆惜红杏出墙、不肯与宋江好，先是引得"宋江心里气闷"，尔后偷其招文袋与鸾刀，以此要挟"慌慌急急"的宋江要上公厅报官，还嚷嚷着"黑三郎杀人也"，宋江不会一时怒起、临机下手，复见惜婆不死、兀自吼叫，再补一刀。可以说，阎婆惜之死，咎由自取也。

再者，小说世界里的男男女女也以自身的经历，向现实中的人们指出人生如梦、万事皆空的真实道理。一如《金瓶梅》开篇即以"空"字，提起全书大义："只有那《金刚经》上两句说得好，他说道：'如梦幻泡影，如电复如露。'见得人生在世，一件也少不得，到了那结束时，一件也用不着。"与此同时，小说家亦极陈文学中的真、幻概念，讲究幻中有真，传递愈是极幻之事，愈能呈现极真的道理，借由奇幻怪奇的虚构内容，反映现实世界中的某些现象或规律。它是中国古典小说理论中一组重要的审美概念，亦是佛教诠释梦幻修法、以幻修幻的重要思想观念。如神魔小说《西游记》，通过对人、神、魔三界的情节架构，提出真、幻的概念。袁于令（1592—1674年）在《西游记题词》所云："文不幻不文，幻不极不幻。是知天下极幻之事，乃极真之事；极幻之理，乃极真之理。故言真不如言幻，言佛不如言魔。魔非他，即我也。我化为佛，未佛皆魔。"即是如此。而《二刻拍案惊奇》序也如是评价此书之本色："即如《西游》一记怪诞不经，读者皆知其谬。然据其所载，师弟四人，各一性情、各一动止。试摘取其一言一事，遂使暗中摹索，亦知其出自何人。则正以幻中有真，乃为传神阿堵。而已有不如《水浒》之讥。岂非真不真之关，固奇不奇之大较也哉。"可见一斑。

（刘家幸）

第三十一章　明代佛教戏曲

明代为中国戏曲发展第二高峰期，无论戏曲剧种或题材内容，皆达到前所未有的繁盛。体制剧种有延续元杂剧而来的明杂剧，虽有从场上转向案头的现象，却更适合文人书怀写愤、寄寓心迹。另有承继宋元南曲戏文体制，经大批文士投入创作及以昆腔演唱发展而成的传奇，成为晚明最盛行的戏曲剧种。此外，各地民间也流行着各种腔调的地方小戏。戏曲多元体裁演绎着明代繁荣复杂的社会景象，各种议题皆可入戏；加上承平日久，逸乐之氛炽盛，演戏、观戏成为有明一朝最受欢迎的娱乐活动，无处不笙歌、无日不观戏，此一当盛的文学载体自然也成为佛教弘法阐教的最佳利器。

一、明代佛教戏曲概况

明人吕天成（1580—1618 年）曾依题材将明代戏曲分为：忠孝、节义、仙佛、功名、豪侠及风情六类，其中一类即仙佛剧，足见其重要。

佛教剧大量出现于中、晚明时期。一者明中叶以后阳明心学取代程朱理学，提出良知之说，主张一切内省，提高人的主体意识，对外表现为对传统道德、儒学权威、世俗礼法的否定；对内则强调自我修养的内在修为，正与禅宗明心见性、直指本心的修行法门相近，有可互为融通转译之处。又晚明佛教表现强烈入世精神，僧人参与俗事，也与文人往来密切；居士文人或切磋佛法，或参与法会，精通佛理、参禅修道者众。在此儒佛交流的背景下，文人剧作多有阐发佛教义理及个人修行之作。此外，晚明经济繁荣、社会活络，各种宗教庆典与仪式频繁，在有祭必有戏的习俗下，配合庆典仪式需求，也出现诸如观音戏、目连戏等仪式戏剧。再者，佛教的兴盛也出现各种社会现象，包括狂禅之讥、禅净之争、佛门乱象等，亦皆成为戏曲创作题材，这些剧作或为讥讽，或为警戒，反映出强烈的社会功能。

据统计，明代佛教题材杂剧作品约三十余本，有延续元杂剧“弘法度世”与“因果轮回”主题者，如陈汝元《红莲债》、徐渭《玉禅师翠乡一梦》；反映时代宗教议题者，如李开先（1502—1568 年）《打哑禅》、叶汝荟（生卒年不详）《夫子禅》（已亡佚）、樵风（生卒年不详）《参禅成佛》（已亡佚）；反映佛门乱象，批判僧侣犯戒者，如冯惟敏（1511—1578 年）《僧尼共犯》、孟称舜（1599—1684 年）《死里逃生》、傅一臣（生卒年不详）《没头疑案》等。

明代佛教题材传奇作品约十数本，除常见佛教母题，如“西游故事”有陈龙光（生卒年不详）《唐僧西游记》及夏均正（生卒年不详）《西游记》，“观音戏”有罗懋登《观世音修行香山记》，“目连戏”有郑之珍（1518—1595 年）《目连救母劝善戏文》，也出现居士文人参禅悟道之作，如屠隆《昙花记》及汤显祖《南柯记》，或反映当时禅净之争的剧本，如黄粹吾（生卒年不详）《续西厢升仙记》等。其他非以佛教为主题的剧作亦常见穿插佛教人物、佛典故事或佛法义理演出，尤其如因果报应这类通俗思想，更是俯拾即是，随处可见。

二、明代佛教戏曲类型与内涵

明代佛教戏曲题材广泛，大致可分为“佛祖僧传”“神通感应”“佛法教义”及“背觉合尘”四大类，四类互有关涉，多以弘法宣教及劝善惩恶为目的。

（一）佛祖僧传类

佛祖僧传类敷衍佛祖、菩萨或高僧修行得道故事，多以传奇体裁呈现，因传奇篇幅庞大，缀连而下，适合铺述佛祖高僧由俗入圣的修道历程。代表作品有郑之珍《目连救母劝善戏文》叙述目连母亲刘青提开荤破戒、不敬三宝，死后入十殿地狱，不得超生，目连不忍母亲受苦，遍寻地狱救母，救拔一切孤魂升天；罗懋登《观世音修行香山记》描写妙庄国王三女儿妙善公主一心求道，不愿从俗嫁人，遭父亲驱逐至白雀寺，道心不减，妙庄国王怒烧白雀寺，杀尽五百女尼，处决妙善，妙善遍游地府后还阳，前往香山寺修行证果，后舍手眼救治父病，全家登升。

这些题材多有本事可循，如《目连救母劝善戏文》源于六朝竺法护（231—308年）译《佛说盂兰盆经》及失译者《佛说报恩奉盆经》;《观世音修行香山记》出于《香山大悲菩萨传》及《观世音菩萨本行经》(又称《香山宝卷》）等。《观世音修行香山记》开场大意即云:“妙善修真乐道，庄王不听仙言。李世尊空中点化，观音记万古流传。”《目连救母劝善戏文序》亦云:“敷之声歌，使有耳者之共闻；著之象形，使有目者之共睹，至于离合悲欢，抑扬劝惩，不唯中人之能知，虽愚夫愚妇，靡不悚恻涕洟，感悟通晓矣，不将为劝善之一助乎。”皆秉持阐扬佛祖、菩萨真迹以达劝化目的，改编过程不仅保有戏剧的冲突性，也强调演出故事的神圣性。

其中又以郑之珍《目连救母劝善戏文》流传最广、影响最大。《目连救母劝善戏文》虽本于佛经，但早期经典主要强调斋僧一事，经文中佛陀向目连开示神通不敌业力，教谕弟子们应于盂兰盆会施食十方自恣僧，借三宝功德以超度现世乃至七世父母。后因目连救母形象契合传统儒家孝道思想，目连故事在中土广为流传，盂兰盆节成为重要斋僧、荐亡节日。唐代敦煌变文《大目乾连冥间救母变文》《目连变文》及《盂兰盆经讲经文》已增添更多世俗情节，尤其强调业报惩罚及地狱游历，成为后世目连戏曲的文学底本，戏曲中目连形象也由佛经中的修道僧人转为救母孝子。

“目连戏”在北宋已有演出记载，北宋孟元老《东京梦华录》记载七月十五日中元节，构肆乐人搬演《目连救母》杂剧，由七夕至十五连演九日，观者倍增。金院本有《打青提》、元杂剧有《行孝道目连救母》及《目连入冥》，可惜皆已亡佚。另据学者推论在南宋至明初已有南戏目连流传，现在尚可演出的福建莆仙戏《目连救母》、江西南戏《目连救母》都保留早期南曲戏文形态，但没有剧本流传。直至明代，郑之珍根据民间流传版本改编为《目连救母劝善戏文》，分为上、中、下三卷共一百出。上卷三十二出写目连父傅相乐善好施，终得善报升天；中卷三十四出写目连母刘青提毁僧骂佛，终被打入地狱；下卷三十四出写目连遍游十殿地狱救母。故事首尾完整，成为清代之前唯一存世的目连戏剧本。

《目连救母劝善戏文》完成后大受欢迎，“好事者不惮千里求其稿，誊写不给，乃绣之梓以应求者”。各地方剧种也都出现目连戏剧目，如弋阳腔、青阳腔、秦腔、川剧、甫仙戏等，可见演出之盛、流行之广。

（二）神通感应类

神通感应不同于佛祖僧传着重描述证道历程，而是以某一感应事迹为主，借以宣扬佛祖菩萨神力，创作目的多与度化俗众有关。这类作品以观音故事为最，有杂剧佘翘（1567—1612年）《锁骨菩萨》（已亡佚）、湛然圆澄《金渔翁证果鱼儿佛》、无名氏《观音菩萨鱼篮记》及传奇无名氏《观世音鱼篮记》等，另《西游记》也是此类代表。

佘翘《锁骨菩萨》从剧名看来，应是马郎妇故事，可惜剧本已经亡佚，无法得知确切内容。另两部都是鱼篮观音现身度人事迹，但内容完全不同。湛然圆澄《金渔翁证果鱼儿佛》写浙江会稽人金婴捕鱼招致杀生恶业，注定堕入地狱，其妻信奉观音，吃斋念佛，屡劝金婴勿伤生灵，并于家中安置一铃，要金婴闻铃响即称念佛号。后佛陀派遣观音下凡度化，观音化身为鱼篮妇人，为金婴夫妇说诸恶趣，金婴妻得悟，金婴信念未坚，观音使其历经轮回恶道，终得证果。无名氏《观音菩萨鱼篮记》则写观音为度化张无尽，化身为美丽鱼贩，在寒山、拾得两人护持下，降临凡间。她要张无尽背诵佛经、茹素行善，便答应下嫁。张无尽佯装同意，婚礼后故态复萌，观音拒绝履行婚约，张无尽将之拘禁，强迫她做各种粗重工作，后来弥勒佛化为布袋和尚度化张无尽。剧中张无尽本为十三罗汉之一,因罪谪贬凡间，寒山、拾得为文殊、普贤菩萨化身。该剧以宋代民间流行的鱼篮观音以婚姻为条件，度人修道的故事为底本，结合妙善观音遭父胁虐情节，再辅以元代度脱剧谪仙、度脱架构，表现明代通俗戏曲中的观音形象。

另一部传奇作品为无名氏《观世音鱼篮记》，写张真进京赶考，住在金家，与金牡丹坠入情网。金府池中鲤鱼爱慕张真，化作小姐前来诱惑，后两人被金父逐出家门。金父后悔，追回张真，却无法分辨真假牡丹，包拯审理此案，求助城隍，城隍告请玉帝派遣四大天王、八洞神仙捉拿假牡丹，都被逃遁，后由观音收伏于鱼篮之中。此剧改编自包公《龙图公案》中《金鲤》故事，在众天神束手无策下，最后由观音降伏。此剧类同西游记情节，敷衍众神斗法收妖，由观音降伏，显然有弘扬观音信仰的意涵。此剧在戏曲舞台上传演不辍，京剧、越剧、黄梅戏经常演出的《追鱼》即是《观世音鱼篮记》中的情节。

此外，其他剧作也经常出现观音形象，如汤显祖名著《牡丹亭》中《拾画》一出，柳梦梅将杜丽娘的写真画像误认为普陀山南海观音大士，对着画像膜拜的经典情节。由此可见，观音菩萨救苦救难的慈悲形象于明代深受欢迎，发展出各种不同的通俗戏曲文本在民间流行演出。

“西游”系列，可见存目有三部之多，包括陈龙光《唐僧西游记》、夏均正《西游记》及无名氏《唐僧西游记》，可惜皆已亡佚。据剧目推测，当与元代杨讷（生卒年不详）《西游记》杂剧或西游小说一脉相承，敷衍玄奘西域取经、神魔斗法之事。虽无剧本传世，但民间广为演出不容置疑，包括《吴社编》《鼓掌绝尘》或《迎神赛社礼节传簿四十曲宫调》等民间演剧文献资料，皆有西游演出相关记载，演出内容如《黑熊精盗宝》《猿猴脱甲》《唐僧西天取经》等，大抵属神魔斗法之类。

（三）佛法教义类

佛法教义类数量最多，不同以佛教人物或事迹为叙事主轴，采取议题表述，为阐扬某一教义，新创故事内容，虚构成分较多，表现形态多元。又戏曲本属通俗文学，观者多为庶民百姓，剧中教义以浅显为主，避免艰深义理，以达流传教化目的。

1. 因果报应、劝善惩恶

因果报应思想深植民心，向来是中国文学重要主题，也是明代戏曲常见内容，几乎散见于各类题材当中，作为情节推展、劝善惩恶或抚慰人心的戏剧手法或目的。

明代因果报应剧可以沈龄（生卒年不详）《冯京三元记》与郑之珍《目连救母劝善戏文》为代表，两剧皆以果报思想贯穿全剧作为核心主旨，阐扬善恶有报，分毫不爽的道理，在当时影响深远。

沈龄《冯京三元记》写夏江富人冯商，因慷慨好施、救济贫穷、临财不苟、见色不淫等善行感动天上玉帝，玉帝命文曲星降生为冯商之子冯京，织女星降生为富弼之女碧云。冯京年满十八岁后，于乡试、会试、殿试连中三元，并娶碧云为妻，冯商夫妇也受封赠，一家封官受爵、福禄双全。《冯京三元记》中出现的虽是道教神仙，演绎的却是佛教因果业报思想。该剧前无所承，应是拼凑民间诸种善行，如乐善好施、见义勇为、不淫不贪等，形塑冯商此一良善人物，并赋予令人称羡之果报以宣扬为善的好处，属善书一类的戏曲作品。剧中多市井之语，吻合庶民审美趣味，于当时极受欢迎，优人多喜演出，喜庆场合更常见搬演。

《冯京三元记》保留较多元代因果报应剧色彩，《目连救母劝善戏文》则更具明代特色，剧中游历地府更是明代戏曲常见情节，刀山剑树、铜床铁柱、锯身割舌等诸种冥间刑罚，如在目前，令人生畏。郑之珍于《傅相救妻》一出明言编写目的是让世人看遍地狱酷刑，以达警世作用。文字描写已然如此，场上演出效果更佳。张岱记载观看目连戏演出的情形：

> 凡天神地祇、牛头马面、鬼母丧门、夜叉罗刹、锯磨鼎镬、刀山寒冰、剑树森罗，铁城血澥，一似吴道子“地狱变相”，为之费纸扎者万钱，人心惴惴，灯下面皆鬼色。戏中套数，如《招五方恶鬼》《刘氏逃棚》等剧，万余人齐声呐喊，熊太守谓是海寇卒至，惊起，差衙官侦问，余叔自往复之，乃安。台成，叔走笔书二对，一曰：“果证幽明，看善善恶恶随形答响，到底来哪个能逃？道通昼夜，任生生死死换姓移名，下场去此人还在。”一曰：“装神扮鬼，愚蠢的心下惊慌，怕当真也是如此。成佛作祖，聪明人眼底忽略，临了时还待怎生？”真是以戏说法。(《陶庵梦忆》)

目连戏多于夜晚演出，神头鬼面装扮及地狱纸扎搭造，配合阴森的灯光照射，在在营造恐怖寒栗之感。这种符合庶民趣味的表演，最能达到劝诫之效。

另《目连救母劝善戏文》也通过因果报应教化人伦道德，全剧以“忠孝节义四字全”为主旨，有好施的傅相、为恶的刘氏、忠心的益利、贞洁的曹娥及行孝的目连，“感傅相之登假，则劝于施布矣；感四真之幽囚，则劝于悲慈矣；感益利之报主，则劝于忠勤矣；感曹娥之洁身，则劝于烈节矣；感罗卜之终慕，则劝于孝思矣”。借由五位人物，宣扬五种德行，奉劝诸善力行、诸恶莫作，勿存侥幸，果报不爽。

果报思想在文人剧中表现出另番趣味，多以历史题材翻案，改编结局，使忠臣良吏得到善报、奸臣恶吏遭受惩戒。如王衡（1561—1609年）《郁轮袍》写恶人王推假借王维之名，奉承一曲《郁轮袍》笼络九公主，欲取状元之名不成，嫁祸此事与王维。王维被拔除状元头衔，后虽水落石出，但王维已看破虚名，隐居辋川。剧末文殊菩萨现身告知王维本为维摩诘居士，人生不如意是一种磨难，世缘已尽当可回复如来。王维磨难说，正可抚平文人仕途困蹇之愤懑，获得心灵慰藉。另有祁麟佳（生卒年不详）《错轮转》通篇敷衍地狱审判轮回之事，剧中谴责了王导不忠、温峤不孝、张俭不义、张俊陷害忠良、彭祖好淫等，诸人变为异类投胎，再次轮回，偿还前债。文人作品相较于《目连救母劝善戏文》对庶民百姓的道德教诲，一方面表现历史翻案补恨之用意，一方面也透露与官场生态的密切关系。

再有通过因果说法、业力显现，劝人悟道修行者，如徐渭《玉禅师翠乡一梦》、陈汝元《红莲债》、湛然圆澄《金渔翁证果鱼儿佛》等。《玉禅师翠乡一梦》与《红莲债》同属“柳翠”系列故事。《玉禅师翠乡一梦》写修行有成的玉通和尚被营妓红莲破了色戒，投胎为女妓柳翠报仇，后被月明和尚度化；《红莲债》则演五戒禅师私通红莲，被明悟和尚点破，羞愧坐化，投胎为苏轼，明悟和尚投胎为佛印，再次点化苏轼。“柳翠”故事为色戒考验，是佛教叙事文学常见母题，佛经多有记载，如《摩登伽经》有阿难被摩登伽女迷惑，在佛陀帮助下挣脱情欲，证道成佛；《经律异相》也有一角仙人被婆罗奈淫女扇陀破其神通，通过修行恢复神通之事。“柳翠故事”在宋代已流传，元代李寿卿《月明和尚度柳翠》演观音净瓶柳枝偶染微尘被谪罚降世为柳翠，月明尊者受观音之命下凡引度。明代戏曲更着重红莲、柳翠、禅师等人前世关系，敷衍为因果业报，又与苏轼及佛印等历史人物绾结，增添写实色彩与文人逸趣，流传极广。

2. 人生如梦、参禅悟道

明代文人面对仕途不顺及生命短暂的困惑，对于佛教“人生如梦”说法多有感触，发而为剧，成为明代戏曲常见主题。杂剧作品有王衡《没奈何》、叶宪祖（1566—1641 年）《北邙说法》、车任远（生卒年不详）《蕉鹿梦》、王应遴（？—1645 年）《逍遥游》、徐复祚（1560—1630 年？）《一文钱》等。这类杂剧短小精简，不着重铺陈情节，强调“悟”的机缘，集中阐述“人生如梦”“梦境虚幻”。文人擅用典故改编，如《蕉鹿梦》出自《列子》，《一文钱》出自佛经《卢至长者因缘经》，《逍遥游》出自《庄子》等，典故本就语多讥讽，机锋锐利，文人改编多保持原著风貌，通过演出更醒人耳目。

如《蕉鹿梦》事出《列子・周穆王》，叙述樵夫乌有辰于山中捕获一只鹿，以蕉叶覆盖，后却遍寻不着，自以为是做梦。渔人魏无虞捕鱼时却拾获一只鹿，似梦却真。不久，乌有辰梦见魏无虞拾了他的鹿，照梦中之路寻至魏家，果然见鹿，梦又成真。两人为鹿争执不下，告往官府，官员点出“梦却失真，真而如梦，人生不若如此”，判两人各得半只鹿。此剧一个故事，三个真幻交错境头，演绎人生如梦、痴迷不醒的生活百态，荒诞可笑之余，警惕人心。明人沈泰（生卒年不详）评论该剧“人能于梦晓梦，而不能于梦晓觉，是故终身游于大梦而不知觉也”，寓意深远。

这类小品深得文人青睐，雅宴氍毹时常搬演。陈与郊（1544—1611 年）《袁氏义犬》有一段戏中戏，演袁灿家宴，请来弋阳戏子搬演王衡《没奈何》（又称《葫芦先生》），剧中弥勒佛扮成葫芦先生，没奈何前往卜问前途，问及各种职业，葫芦先生皆点出辛酸无奈处，最后两人跳进葫芦的混沌世界。此一戏中戏借葫芦先生与没奈何的对话点出人世无奈、人心不足及世间种种苦，颇能曲尽人情。演出过程袁灿频频喝彩，深感认同，叹道：“这杂剧曲照人情，有同秦镜，阴维世教，何异国风，非大令不能办此。”

传奇作品则有屠隆《昙花记》《修文记》，汤显祖《南柯记》及刘还初（即刘志选，生卒年不详）《李丹记》等。屠隆《昙花记》叙述名利富贵集于一身的木清泰，一日游历西郊遇宾头卢化身的疯僧及蓬莱仙客山玄卿化身的痴道士点化，醒悟后断绝名利富贵、亲情恩爱，改易道服，随僧道二人求道而去，木清泰妻妾也于家中设立佛堂，茹素修行，经历总总磨难考验，全家皆成正果。另本《修文记》同样写蒙曜辞官修行，一家证果的故事，蒙曜影射屠隆自己，更具自传色彩。另有汤显祖《南柯记》描述淳于棼进入蚁国，享尽人间荣华富贵，一觉醒来，怀疑蚁国所见，契玄禅师点明因情所致，一切皆为虚假，淳于棼醒悟，成佛而去。

这些传奇以文人事迹为主，主人翁经历酒色财气、功名利禄、宦海浮沉，终于了悟人生如梦，进而修行得道。郑振铎（1898—1958 年）《修文记跋》云：“《修文》为（屠）隆晚年作，所叙皆隆夫妇、子女修仙事，实一部自叙传也。”青木正儿《中国近世戏曲史》评《昙花记》云：“剧中所谓昙花，为此种娑罗树之转用，非作者有寓自欲成道之意欤？果若是，宾头卢之疯僧及山玄卿之狂道，似作者自影。”《南柯记》也同样被视为“作者以晚年心境托之戏之笔而发者”。多少都带有作者修行悟道的影子。

（四）背觉合尘类

反映佛门现象主要集中在僧尼犯戒，有冯惟敏《僧尼共犯》、孟称舜《死里逃生》、傅一臣《没头疑案》等。此一题材与明代佛教乱象有关。明太祖崇佛敬佛，欲以佛教暗助王纲（生卒年不详），针对佛教事务颁布种种政令与规范，如设置僧录司专门掌管僧教事务；下诏发予僧尼免费度牒；规定每三年试僧，合格者始发度牒；凡僧道，府不得超过四十人、州三十人、县二十人等。虽然三申五令，仍无法有效控制僧道人数及素质。洪武二十四年（1391 年）明太祖又颁布《申明佛教榜册》，其曰：

> 今天下之僧，多与俗混淆，尤不如俗者甚多，是等其教而败其行，理当清其事而成其宗。令一出禅者禅，讲者讲，瑜伽者瑜伽，各承宗派，集众为寺。有妻室愿还俗者听，愿弃离者听。僧录司一如朕命，行下诸山，振扬佛法以善世。仍条于后。（《释氏稽古略续集》）

榜册特别针对当时禅、讲、教三类僧人混淆、游荡民间、不守丛林清规、私蓄家室及有违佛法戒律等现象提出规范。

洪武二十七年（1394年）又颁布一道圣旨，胪列九条条款，重申僧人应集中住寺管理或隐居山林修行，不可与俗人、官府结交，不可娶妻蓄妾等事，显见已出现诸多问题。明太祖之后几位君王也都好佛，但多为一己私欲耗时费资广建寺庙、兴斋建醮、贩卖度牒，造成国家经济与人力的重大负担，致使晚明佛教界问题层出不穷。曹洞尊宿湛然圆澄于《慨古录》一书揭露了当时丛林制度的乱象，其曰：

> 或为打劫事露而为僧者，或牢狱脱逃而为僧者，或悖逆父母而为僧者，或妻子斗气而为僧者，或负债无还而为僧者，或衣食所窘而为僧者，或要（妻）为僧而夭（夫）戴发者，或夫为僧而妻戴发者，谓之“双修”。或夫妻皆削发而共住庵庙，称为“住持”者。或男女路遇而同住者。以至奸盗诈伪，技艺百工，皆有僧在焉！如此之辈，既不经于学问，则礼义廉耻皆不之顾，唯于人前装假善知识，说大妄语，或言我已成佛，或言我知过去、未来，反指学问之师，谓是口头三昧，杜撰谓是真实修行，哄诱男女，致生他事。（《慨古录》）

丛林成为犯罪避难之处，加以公案禅、看话禅遭扭曲使用，无道之徒伪装善知识，哄骗之事所在多有。

敏锐文人捉住此一题材，改编戏曲演出，一来反映社会现象；二来作为为政者及佛门借镜。孟称舜《死里逃生》写刑部郎中杨宗玄发现西山寺僧人藏淫之事，遭囚禁寺中，在伽蓝神协助下逃出，几经波折终能报官遣拿罪人，破其淫窟，绳之以法。傅一臣《没头疑案》演花花公子程氏与李方妻陈氏私通，两人相约见面，程氏因被朋友强行拉往妓院无法前去赴会，陈氏久候无人，恰巧破戒僧人海云经过，海云慕陈氏美色，逞其私欲后将之杀害，后经令尹薛清抽丝剥茧，得以破案。此类剧作多直白反映社会乱象，恶人最终遭捕获刑，对于整顿佛门具有警戒之意。

另有李开先《打哑禅》敷衍禅师与屠夫两人鸡同鸭讲的对打哑禅，屠夫比画的尽是买卖之事，禅师却将之诠释为高深佛理，大加赞赏并赠予黄金，全剧谐谑性的讽刺当时丛林妄加演绎“不立文字，明心见性”的禅宗真意，荒谬至极却饶富深意。

三、明代佛教戏曲特色

（一）表现三教合流思想

三教合流思想自宋以来便在民间广为流行，普遍出现于小说、戏曲、说唱等通俗文学。元代戏曲已有《看钱奴买冤家债主》《西游记》等神佛同场之作，明代戏曲不仅承继此一现象，更扩大发挥。此一现象除反映俗众普遍观念外，也与文人政治立场、社会责任、文学态度与宗教信仰密切相关。

尤其晚明时期，社会表象繁华富足，实则在政治、经济、秩序各方面呈现动荡不安之隐忧，知识分子依仗宗教力量，通过善书、功过格等出版物宣扬果报思想，借以维护儒家道德及安定社会秩序。这些思维反映在戏曲作品中，出现如《目连救母劝善戏文》“忠孝节义四字全”、《冯京三元记》“想当初阴德事，一念能感天和地，锡福瀼瀼知未替”等儒释合流之作。剧中借佛教因果所劝诫之善行多属儒家伦理道德，即此社会背景下之产物。

再者，当时文士多兼信释、道二教，不仅与僧人往来密切，能谈论佛法义理、护持放生法会、倡议念佛茹素；亦能行道教导引炼丹之术，屠隆即为代表，戏曲名家汤显祖也广涉二道。屠隆著有《彩毫记》写李白成仙之事、《昙花记》写木清泰成佛之事；汤显祖有《邯郸记》写仙人吕洞宾度化卢生之事、《南柯记》写契玄禅师度化南柯太守淳于棼之事，皆为一佛一道之作。更甚者，《昙花记》同时出现僧人宾头卢、道士山玄卿一起度化木清泰，与后世《红楼梦》一僧一道皆是同一思维呈现。

屠隆在带有自传性色彩的《修文记》中甚至尝试融合三教之说。《修文记》演绎了“三教合一”“三教理一”“三教道一”的思想。屠隆认为三教之道无差别，佛家称“般若”、道家称“灵光”、儒家称“明德”，可以总称之为“性”，名虽不同，道则无二。但屠隆也说三教之理虽一致，修行功夫有次第及层级高下之分，儒、道终向“有”一方靠拢，释教谈“无”，境界更高，故提出当以儒家人伦为先，后成仙品，再度西方。《修文记》剧中主角蒙曜先投身仕途，仕途坎坷转求道教黄白之道，修炼成仙后仍渴望跳脱轮回，往生西方；其女蒙瑶瑟亦是完成婚嫁人伦大事，后由仙人授诀养气炼丹，死后登临仙界，待升佛国。屠隆借由自身经历，指出一条由儒而道而佛的修行大道，为无法成就儒家大业的文人，提供另一种人生抉择。

（二）出现戏佛融通理论

明代佛教戏曲出现僧人及居士文人之作，这类作品或因剧作家受戒身份遭到批评，或因宣称借戏弘法遭受质疑，引发诸多争议。面对这些争议，对通俗文化持开放态度的僧人或剧作家，也试图提出戏佛融通之说，证明以戏弘法的可行性。

具有影响力者如云栖袾宏，他提出好的剧作可视为史书传记，观之不妨碍修道：

> 编古今事而为排场。其上则《香山》《目连》及近日《昙花》等，以出世间正法感悟时人；其次则忠臣孝子义士贞女等，以世间正法感悟时人。如是等类，观固无害。所以者何？此不可观，则书史传记亦不可观。盖彼以言载事，此以人显事，其意一也。（《竹窗随笔》）

他指出《观世音修行香山记》《目连救母》《昙花记》等演述佛门教义，是第一等的戏曲作品，以出世正法感悟时人；《琵琶记》《荆钗记》等阐发忠孝节义，是次一等的戏曲作品，但同样能以伦理道义感悟时人，两者不仅观之无害，更可导正人心。

作为云栖袾宏护持者，屠隆也试图提出戏佛融通之说。他称撰写《昙花记》为“余佛事也”，欲借《昙花记》作佛事，因为“世间万缘皆假，戏又假中之假也。从假中之假而悟诸缘皆假，则戏有益无损”。能借“假戏”引导观看者悟得诸缘俱假，便是功德无量。况且“阎浮世界一大戏场也！世人之生老病死，一戏场中离合悲欢也。如来岂能舍此戏场而度人作佛事乎”？

但屠隆此一融通之论显然影响不大，直到清初报国寺僧人释智达（约活跃于17世纪）撰写《归元镜》宣扬净土法门时，仍被视为亵渎祖师之作，在佛门引起争论。

（三）反映禅净之争

晚明佛教以禅宗为盛，但对参禅的扭曲、误用，出现了妄谈心性的“狂禅”“盲禅”现象，佛教界的改革声浪以云栖袾宏提倡净土教义最具影响，其“禅净一致论”提出禅净合一论述，强调一心不乱、持诵佛名的修行法门，革除狂禅弊端，为广大求道者提供确切可行之道，受到缙绅文士支持与归附，修行所在地云栖寺也发展为当时最大的修行团体念佛莲社，道风广播。

受云栖袾宏影响，晚明出现几部宣扬净土之作，如屠隆《昙花记》以“昙花”为名，指西方佛树，东土难栽；主角木清泰，字西来，即西来佛祖之意。全剧以“遍历诸境、磨炼身心”为架构，写木清泰游遍东土后，始悟“超生死，免劫灾，恒沙西去有莲台”，以西方为游历终点，象征净土之美好。黄粹吾《续西厢升仙记》延续经典剧作《西厢记》故事，在崔莺莺与张君瑞有情人终成眷属后，续写张君瑞与红娘的情爱，但因莺莺善妒，屡次阻扰，红娘百般无奈，无意间食了迦叶尊者的黑枣，幡然悟道，抛却旧情，潜心修行，度化莺莺与张生，一同证道西方等。

《昙花记》及《续西厢升仙记》虽标举净土，思想底蕴仍是“禅主净副”。《昙花记》木清泰悟道时说：“夜来却被风吹去，只在芦花浅水边。”“拍手笑嘻嘻，却原来只恁般的，珠藏衣里。怎教咱踏遍天涯，都无甚奇。把虚空嚼破全没味，又何须向外驰求，得将来只自家的。”强调道不假外求，只是一心之作用。《续西厢升仙记》将情欲“西厢”转化为佛境“西竺”，也只在一心之转念，“西竺”非实指西方佛国，而是“即禅即净”的心中净土。剧中迦叶尊者说“佛即是心，心即是佛，更无别佛，亦无别心”。红娘得道后也开示众人，必须“自悟自度，哪有佛度众生。人患不能悔过迁善耳。尔有悔心，便是觉性。佛在尔心，即心是佛”。这些思想底蕴都是禅宗思维。

上述两剧被指为“禅净互举”，打着净土名号掺杂禅宗思想，于是出现专言净土之作。先有叶宪祖《双修记》写刘香女自幼好善，戒杀放生，劝人持斋念佛，最后感化家人，同归净土，得生上品的故事，可惜剧本已亡佚。之后又有清初释智达《归元镜》，演绎净土三祖传灯事迹，严而和（生卒年不详）为其作序言：“近日贤智者，参禅习教，不暇念佛。愚拙者，应名了事，不信西方。将迦文苦口丁宁，几成虚设。……心师悲之，欲使人人咸归净域，无计可为筏渡。因思莲社中主张净土者，唯庐山、永明、云栖三大老，其行愿精确而事实尤昭著人之耳目。”孟良胤（生卒年不详）的序亦说：“杭俗尚讲经，喜设佛会，愚夫愚妇，动辄千人，至诘其所得，则茫无所知。噫嘻！蚁聚终日，又何益于身心性命乎？”因反对禅宗空谈之弊，智达将净土三祖实迹搬演场上，俾使三祖公案，一朝重新；净土法门，灯传无尽。

（四）发挥仪式功能

佛教剧除作为场上演出或案头文学，也常具有仪式目的或配合仪式演出，如《昙花记》《观世音修行香山记》皆出现纯粹诵经说法的排场；《目连戏》则经常于盂兰盆节或超度法会搬演。

《昙花记》本为阐述佛法之作，剧中又辟第三出《祖师说法》、第四十三出《僧尼说法》演论十法界、十善十恶、止观、定慧等教义，两出仅有说白而无唱辞，俨然是丛林升堂说法场面直接移植。《观世音修行香山记》第二十五出《五十三参》亦只安排旦角上场宣念《妙法莲华经·观世音菩萨普门品》，无其他戏剧动作与对白。这些排场显然不考虑表演艺术，纯粹作为借戏说法的传教目的。

另有《目连救母劝善戏文》因配合法会仪式演出，发展出目连戏连台本戏。郑之珍改编《目连救母劝善戏文》为三本一百出是为了三宵演毕，但改编本中已有一些与目连救母无关之情节，如《博施济众》《三官奏事》《城隍挂号》《观音生日》《尼姑下山》《和尚下山》《拐子相邀》《雷公电母》等。又因结构松散可以“触类而纳”，常为配合民间法会的连日演出，出现杂缀各种戏目而成的连台目连戏。如江西河东《目连戏》原有七本一百四十四出，因不敷使用，又加三本《西游记》，发展成十本的连台大戏。江西南戏《目连》也为应付七天表演，于四本《目连》外再加一本《西游》、两本《岳飞》，统称《七本目连》，可连演七日。辰河目连戏称“四十八本目连戏”,包括二十一本《目连》(又分《前目连》《后目连》《花目连》三种)、三本《梁传》、六本《香山》、二十四本《封神》、十二本(或四十二本两种演法)《金牌》等，体制庞大，令人惊叹。

目连连台大戏所增添的剧目与原来的《目连戏》有着不同层面的关联，主要皆与佛教故事有关，或可在荐亡场合发挥仪式功能。因《目连戏》本身松散结构形成一种可长可短的表演特质，为应付民间为期长久的宗教活动提供有利条件，改编、重构后形成一本本具地方特色的连台大戏，成为佛教戏曲特殊表演形态。

(五)结合地域文化

明代佛教剧也出现带有浓厚地域色彩的精彩作品，如湛然圆澄的《金渔翁证果鱼儿佛》。

湛然圆澄长年于浙江说法弘道，浙江为水乡泽国，居民多从事捕鱼之业。《金渔翁证果鱼儿佛》一剧转化鱼篮观音形象,使其更契合水乡居民生活。鱼篮观音一说为马郎妇，本属陕西金沙滩一带观音信仰，所提鱼篮为卖鱼妇的身份表征，湛然圆澄将之与浙江一带捕鱼文化结合，以渔夫金婴为主人翁，借观音手提鱼篮为喻，开示戒杀放生之法，不仅随俗而教，更赋予鱼篮观音地域色彩的新形象。

综言之，戏曲为明代最受欢迎的通俗文学之一，在庄言法旨几成睡语时，借戏曲声色弘道，反而能引起广大效应与回响。目连戏演出“观者增倍”，邹迪光(1550—1626年)观看《昙花记》后“立散两部梨园将于空门置力”,金莲凯(约活跃于19世纪)“曾闻搬演《归元镜》之传奇,合班优伶,均剃度出家”，可见戏曲的影响力。尽十方界本一戏场，种种方便权宜巧门，皆具普门手眼，当如是观之，方能理解佛教戏曲之实义。

(林智莉)

第三十二章　明代的佛教歌曲与说唱文学

明代佛教歌曲的发展，受当时流行南北曲的影响很大，进而得有歌曲集的编制。明代佛教说唱文学中的“宝卷”一词，仅为此类书之总称，其个别之书名，未必有宝卷二字，有单称“卷”“经”者，亦有称为真经、科仪、宝忏、宝传者，以为宝贵之经卷也。在法会道场照本宣扬讲唱宝卷的活动，称为“宣卷”。宣卷之时，必先焚香请佛，含有浓厚之宗教色彩，而异于一般之讲唱弹词。宝卷的印刷装订也多有仿照佛经的状况，大字经折装，外套经匣。宝卷是在宗教和民间信仰活动中，按照一定仪轨演唱的说唱文本。中国宝卷产生于宋元时期，宝卷的起源可往上溯及至唐代的俗讲。弹词则是弹唱词话的简称，因此仍具词话韵散交替的特性，韵文部分多为七言诗赞体。

一、明代的佛教歌曲

明成祖永乐十五至十八年（1417—1420年），为使“民众欢喜赞讽，功德弘深，乃得忏恶因致善果”而敕令编集的《诸佛世尊如来菩萨尊者名称歌曲》总共达五十一卷，共计收罗歌曲达四千三百九十一首（另二十卷本亦达二千零四首），运用曲调达四百余种，可见收罗之丰，对于运用于法事赞歌的理想亦大。任半塘（1897—1991年）《曲谐》卷四“诸佛名歌”条，曾指称此歌曲集是“自有散曲、自有小令以来，殆未有若是数百调二千余篇之皇皇巨秩者，甚矣佛门之广，禅宇之深，成就乃有如斯之伟，虽曰官书，亦缘法力矣”。然而此佛教歌曲集的最大特色，在于每篇依照佛教义理、仪制所定的歌曲名称之下，都标示了其所运用曲调的名称，如《证圆融之曲》下标示“即清江引二十九首”后录歌辞：

> 归依西方阿弥陀佛。南无宝幢佛。顶礼大悲光。南无然灯佛。妙菩提一切坚王佛。　又　归依东方无边诸佛。南无不迷佛。顶礼诸摩尊。南无如空佛。妙庄严一切香王佛……（《诸佛世尊如来菩萨尊者名称歌曲》）

可见套用“清江引”循环唱诵，又如《广善世之曲》下标示“即水仙子五十一首”、《弘法门之曲》下标示“即普天乐二十一首”，亦是相同的运用方式。如此现象反映了佛教歌曲由隋唐以诗赞型为主（不必标曲调名称），转至元明以乐曲型为主（必须标注曲调名）的发展趋势，而如此曲名清晰，且原编依北曲、南曲、俗曲、忏词赞偈之次第分卷的刊录方式，对于各种曲调来源的检索与实际运用带来方便。而有些以诸佛菩萨名号作和声者，也可以见到其赞偈歌辞与佛号搭配联章运用的情形，如《普法界之曲》标示“即四季莲花乐四篇”者：

> 发善念平登大觉宝涂中。（和）观音菩萨十方诸佛菩萨。发善念如来境上早相逢。（和）南无释迦牟尼佛南无释迦牟尼佛。试说着佛道弘深并广大。（和）观音菩萨十方诸佛菩萨。唵道一声与佛共会华藏乐圆融。（和）南无释迦牟尼佛南无释迦牟尼佛……（《诸佛世尊如来菩萨尊者名称歌曲》）

可见在实际应用上很可能是搭配礼拜的进行。1943年吴晓铃（1914—1995年）于《海潮音》发表《说“诸佛世尊如来菩萨尊者名称歌曲”》特指出：“盖治曲学者，扭于或见，以为宣传宗教之作，必无兴于文学之价值而轻之，缁流之辈虽以歌赞为供养，然雅调衰歇已久，又实不知如何宫寻数调，按板合歌也……”显示这部明代佛教歌曲集，如今对于考察当时各种曲调之应用，具有相当大的帮助。1952 年杨荫浏（1899 — 1984 年）发掘北京智化寺“京音乐”，依据其对多位“艺僧”采访记录可知，此由明英宗（1427 — 1464 年）时由王振“舍宅为寺”所建的寺院，正传承着由此歌曲集相关系统的佛教乐曲（包括器乐与赞歌演唱），是为重要的文化资产。

二、明代宝卷的背景

明代以后称宣唱宝卷作“宣卷”（或称“讲经”“念卷”等）。佛教宝卷的题材，除了直接演释佛经、宣扬佛教义理、倡导劝善行孝外，多为说唱文学故事，所以现代研究者又视宝卷为传统说唱文学的一种体裁，是与民间信仰紧密结合的说唱文学。宝卷是佛教世俗化的产物，至今中国农村中从业的宣卷先生和高唱佛号“和佛”听卷的民众，仍自称是“奉佛弟子”。但是明代中叶以后曾形成民间教派宝卷一统的局面，近现代民间教团也多介入宝卷的改编和演唱活动，所以历来正统的佛教僧团和居士文人均不承认宣卷是佛教的宗教活动，即使早期的佛教宝卷，也多不被视为佛教的经卷。

明代是佛教宝卷发展的分水岭，正德年间（1506 — 1521 年）以前是佛教宝卷，正德以后出现许多新兴民间宗教派别，宝卷成为民间宗教的宣传品，但这些宝卷仍不乏对佛教题材的吸收与诠释，新的民间宗教以佛教为发展基础，因此也对前期的佛教宝卷进行改编。宣唱这类宝卷的仪式活动在当时被正统佛教僧团排斥在外，但不可否认的，民间教派对佛教的吸纳也是明代佛教发展的一种现象。明代因为社会经济发达，士人与庶民文化格调虽然不同，但佛教宝卷已呈现世俗化书写的样貌。

宝卷的讲唱形式，是由散文与韵文夹杂的文体，段落间亦是如此。宝卷之体例，以韵文为主，以散文为补充说明。大致上体例，每本分为二十四品，以“品”区分讲唱段落，每品中又穿插下列四部分：（1）仪式部分，开头与结尾均须焚香迎请、恭送佛菩萨神灵，此时所唱之赞偈有开经偈、焚香赞、收经偈等。（2）说白部分，于每品之韵文前，以口语化之散文说白。（3）吟诵部分，为宝卷之常体，一般多用七言或十言之韵文吟诵之。（4）歌唱部分，以词牌或曲牌谱曲，加插于每品之中或每品之末。较常用者有《驻云飞》《黄莺儿》《山坡羊》《雁儿落》《傍妆台》等流行的小曲曲牌，或配以梆子腔、十字乱弹调，以便于诵唱。车锡伦《中国宝卷研究》认为此为明清时期教派宝卷常见的形式，搭配流行小曲则是其与前期佛教宝卷最显著的差别。

明代与佛教相关的宝卷，确定在明代流传者如《销释金刚经科仪》《大乘金刚宝卷》《佛说阿弥陀经》等，共计二十六种，当中以演释佛教经典或教义者，有《圆觉卷》《净土卷》等，计十四种。但其中有十五种仅存宝卷卷名或提要，今无传本未能知其全文，如《圆通卷》《心经卷》《十世卷》等，其余十一种，现在仍有传抄本。

宋代佛教僧侣开始为世俗信徒做各种法会道场与仪式，这些佛教世俗化的行为孕育了宝卷。明代佛教宝卷的出现显现佛教世俗化的趋势，脱离佛教义学的讨论，与儒教或道教结合，形成扎根庶民社会生活的信仰形态，儒、释、道三教合一的现象也符合明代朝廷对宗教的政策发展。明代虽然有明令妇女奉佛不得入寺烧香、不得与僧尼往来等规范，但这些原本为了保障妇女安全的法规，与奉佛可能发展的行为相扞格。因此，随着明中叶以后礼教松弛，社会思维急遽转变，成群妇女外出行香的文献记载繁多，表示妇女信奉佛教在当时是大环境下允许的行为，因此女性的信众与观音信仰在明代的发展有密不可分的关系，而这也体现在《香山宝卷》的风行上。

不论是佛教在中国的世俗化或是明代新兴民间宗教对佛教的吸收，在发展上都出现劝化孝敬父母为核心的宝卷。以佛教发展的历程而言，要人出家修行远悖离中国的传统道德，因此以佛菩萨成道故事为主的宝卷，开始强调行孝的功德，例如《睒子卷》《雪山宝卷》等。因此，佛教宝卷的出现象征佛教世俗化并结合一般民间信众的信仰需求，通过宣讲佛经故事、业报轮回等内容来弘扬佛法。

三、明代佛教宝卷的类型与内涵

明代传统宗教衰落，新兴宗教蓬勃发展。明人罗清（字梦鸿，1442—1527年）创罗教（无为教），以正统佛教自居，他所编刊的《五部六册》

是明清以来民间宗教与庶民佛教中，最广为流行的经典。苏州僧侣兰风（活跃于16世纪）对《五部六册》的批注本，后由其门徒王源静（活跃于16世纪）于万历年间补注刊行，收入现今所见的《开心法要》。《五部六册》曾记录当时有大量的民间佛教宝卷，但可惜的是仅存卷名，现今仍留存得见者仅有《大乘金刚宝卷》《弥陀卷》《香山卷》。酒井忠夫（1912—2010年）《中国善书研究》认为从《五部六册》引用的佛典来看，罗教是宋代以后已经定型的禅净一致之南宗禅结社的民众版。明代佛教宝卷多为演绎佛经与说唱因缘故事，在佛教影响下产生演绎佛经与阐述义理的宝卷，是禅僧或文人对佛经的再创造，展现对佛经的理解与诠释，进而用于法会或斋仪，这种类型宝卷有以下三种。

（一）《销释金刚经科仪》

南宋宗镜（生卒年不详）编述的《销释金刚经科仪》，宗镜禅师未见僧传记载，仅知为宋人，据《销释金刚经科仪会要批注》卷末跋，载嘉靖辛亥智化寺沙门萤庵道灯（生卒年不详）：

> 今宗镜者，宋时人也。智识雄迈，行解圆融。字该三藏之文，理证一真之妙。依《金刚经》三十二分之全文，科判一经之大义。提纲要旨，明般若之根源；偈颂宣扬，示真如之妙理……自宋迨今，见闻受持，家喻户晓也。(《销释金刚经科仪会要批注》)

日人吉冈义丰（1916—1979年）曾因五代宋初著名禅师永明延寿编有《宗镜录》一百卷，认为宗镜即永明延寿，但实非一人。《销释金刚经科仪》虽未以“宝卷”为名，但实据宝卷的形式，盛行于明代，未见明代以前版本，现今留有多种刊本。其卷名或作《金刚科仪宝卷》《销释金刚经科仪宝卷》等，简称《金刚科仪》《科仪卷》。“科仪”，本为道教用语，指按照一定法式进行的仪式，佛教借用科仪二字用在《销释金刚经科仪》，显现宣唱宝卷过程都按一定规矩进行，也表示在民间信仰现场出现佛教与道教观念互相融合的状况。明王源静补注《巍巍不动太山深根结果宝卷》中说：

"宝卷者，宝者法宝，卷乃经卷。"可知当时民间佛教信徒认为这类卷子是体现佛教"法宝"的经卷。这个说法后来也被普遍接受，所以《金刚科仪》在明代也被称作《金刚科仪宝卷》。从《销释金刚经科仪》开卷和结束的仪式可发现它与佛教忏法的雷同，卷中也说明它用在法会道场中演唱，例如："愿今合会诸男女，同证金刚大道场……今同善众，共阅最上乘经。庆幸今宵佛事，时当满散，普集良因，庄严会首之福田，成就无穷之善果。"以上除了说明演唱此卷的法会称"金刚道场"外，也展现鼓励善男信女参与法会广植福田的宣扬。明世宗嘉靖七年（1528年）刊《销释金刚经科仪》卷末所附题记载同刊宝卷十一种：

> 奉佛信官尚膳监太监张俊同太监王印诚造《心经卷》《目连卷》《弥陀卷》《昭阳卷》《王文卷》《梅那卷》《香山卷》《白熊卷》《黄氏卷》《十世卷》《金刚科》共十六部。嘉靖七年二月吉日施。(《销释金刚经科仪》)

当中《目连卷》《弥陀卷》《王文卷》《香山卷》与《黄氏卷》有传本，将于后文讨论。

（二）《大乘金刚宝卷》

该卷又称为《大乘卷》《金刚卷》。《大乘金刚宝卷》编者不详，宝卷形式以说解《金刚经》为主，但研究者推测他是一个深究佛理的禅僧，因为他将《金刚经》中的宗教哲理作了阐发。宝卷内容演述鸠摩罗什（344—413年）所译《金刚般若波罗蜜经》，弘扬西方净土，用在荐亡法会为主。宣讲功能与上述的《销释金刚经科仪》相同，用于追亡荐祖、祈愿禳星的法会。

明代民间在丧礼上采用佛道仪式与传统丧礼，用以追荐亡灵。丧家以供僧道斋或举行水陆法会、写经造像，来减轻亡者生前的罪业。关于明代僧人参与佛事的书写，明人何白在见过丧礼后曾有所描述，当追荐法筵时"顾其坛宇靓洁，旛花庄严，主礼唯虔，僧仪为肃"。深夜，点燃药师灯，僧人举行散花仪式时，环绕灯下，"交相嘲谑，哄然一堂，圮教渎尊"。这段书写显示在明代日益普遍合用佛道仪式与传统丧礼来荐拔亡灵的状况下，从事佛事的僧人也有较为散漫的时刻。

（三）《弥陀卷》

《弥陀卷》全称为《佛说阿弥陀经宝卷》，讲述鸠摩罗什译《阿弥陀经》，亦用于追荐亡灵的法会，在宝卷开卷的说唱文中有“荐男魂用”“荐女魂用”的批注说明。本卷今有民国九年（1920年）福建泉州承天禅寺刻本与1962年新竹县金刚禅寺铅印本《弥陀科仪宝卷》。本卷编者在开卷白文自称“省庵”，生平事迹不详，但与清代净土宗名僧省庵并非一人。宝卷内容是将《阿弥陀经》分成十三段，每段经文后都有说明文字。

车锡伦认为，宝卷渊源于唐人佛教的俗讲，并接受佛教忏法的形式，产生于宋元时期，是佛教悟俗化众的新说唱形式，与瓦子中的说经没有关系。明代正德以前是佛教宝卷发展时期。在佛教经典中并没有记载明代流传和产生的宝卷，过去的历史文献中也不多见，判断其是否为佛教宝卷的方式，一是通过明代前期文献的辅助，二是内容是否宣扬无生老母和真空家乡的信仰，若有则属民间教派，因为明代的民间教派以无生老母信仰为终极核心。但随着罗清《五部六册》的刊印，宝卷发展进入一个倚称佛教的民间教派为主流的新时期，大量的前期佛教宝卷被改编，侧重发展说唱因缘故事的宝卷。

四、明代佛教宝卷的特色

佛教在中国的发展最显著者当数观音信仰，观音信仰自佛教传入中国后，在中国历代皆有发展，至明代仍蓬勃发展，对明代佛教与妇女修行有巨大的影响力。而这样的发展趋势，体现在宝卷的素材上以佛菩萨的本生故事与成道历程为主，是宝卷故事对佛教题材最直接的吸收。

（一）经典通俗化

以《雪山宝卷》为例，讲述释迦牟尼佛成道的故事，释迦牟尼佛成道过程见《佛本行集经》，佛教传入中国后便编为佛曲。太子成道故事在唐五代民间佛教中相当流行，《敦煌变文集》中亦有收录《太子成道经》。《雪山宝卷》流传广泛，研究者据宝卷七字句形式、说白与歌赞，推断宝卷产生期间不会晚于明代前期，但目前得见者皆为清代刊本。《雪山宝卷》目前仍可见于江苏常熟一代的法会讲经场合宣讲。在当代宝卷的宣讲法会，元末明初抄本《目连救母出离地狱生天宝卷》也是常见的仪式本，这是可以确认的最早以“宝卷”为名的作品。该卷又名《目连宝卷》《生天宝卷》，原为郑振铎所藏之孤本，现藏北京图书馆，仅存下册。郑振铎认为：

> 这个宝卷为元末明初写本，写绘极精。插图类欧洲中世纪的金碧写本，多以金碧二色绘成。（斯类写本，元明之间最多，明中叶以后便罕见）。（《中国俗文学史》）

该卷留有金色题识，上载：“敕旨 / 宣光三年 / 穀旦造 / 弟子脱脱氏施舍。”宣光是北元昭宗的年号，宣光三年即明洪武六年（1373 年），时值元末明初。脱脱氏为蒙古族姓氏，本卷作功德施舍之用，佛教徒以抄写经卷为功德，卷中亦称：

> 若人书写一本，留传后世，持颂过去，九祖照依目连，一子出家，九祖尽生天。（《目连救母出离地狱生天宝卷》）

宝卷讲唱目连救母的故事，至今仍普遍流传于民间，初见于《佛说盂兰盆经》。佛经中的目连因得道后欲度父母以报恩，通过天眼通见亡母堕入饿鬼道。目连求佛救母之法，佛指示目连，在七月十五日僧自恣日备百味五果于盂兰盆，供养十方大德，得救七世父母。

该卷以劝人行孝为主，讲述为报父母养育之恩，当学习目连尊者，并强调抄写这部宝卷的功德。此卷劝人行孝道报答父母养育之恩与中国传统道德相符合，因此广受欢迎，用于自南朝以来逐渐风行的中元节之盂兰道场。是故《目连宝卷》也承袭了社会风俗对目连救母故事题材的接受与转译，宝卷继承了变文的故事内容。

劝人行孝以报父母恩的宝卷，还有《睒子卷》，故事见于《六度集经》，不论是敦煌莫高窟壁画或是宋元时期的二十四孝故事“郯子鹿乳奉亲”，皆以此为本。明代后期无为教《佛说二十四孝贤良宝卷》所述睒子的孝行是劝父母入深山修行出家，睒子供果给父母遇劫，感动天人救活，睒子与父母团圆。

劝人孝顺父母最著名的宝卷是产生于明代初年的《香山宝卷》，展现不同的样貌，反映明代妇女信仰佛教的风气，也显现观音信仰的蓬勃发展。《香山宝卷》又名《观世音菩萨本行经》，讲述妙善公主割肉救父，成道为观世音菩萨的故事，是佛教观世音菩萨的本生故事。中国的观音化身故事至宋代稳定成熟，以《香山宝卷》为代表，此后文学作品中的观音故事与形象多半与《香山宝卷》相去不远。这部宝卷流传广泛，有众多异名与改编本，至今江苏地区的讲经先生仍常在法会上宣讲。李世瑜因《观音济度本愿真经》的故事内容与《香山宝卷》相同，仅叙述者角度不同，而将《观音济度本愿真经》认为是《香山宝卷》的异名本，但实际上两者并不相同，性质也相异，不该将《观音济度本愿真经》等同于《香山宝卷》，《观音济度本愿真经》是清代先天道支派青莲教的布道品。

（二）女性信众的参与

《香山宝卷》性质上较接近佛教宝卷，问世后使妙善成道故事在民间文学中流传开来，中国社会接受度很高，对观音信仰的传播更是作用深刻，因此明万历年间出现的白话小说《南海观音全传》与传奇剧本《观世音修行香山记》都是根据《香山宝卷》所改编的作品。观音菩萨的身世是观音信仰中国化的重要关键之一，包含观音诞生、生长的家庭、经历以及修道的过程。李利安认为，印度的观音身世约有七种说法，但是“从性别来看，这些身世故事中的观音不是王子，就是大居士或者奇妙无比的童子，总之他们都是男身，很难找到女性身世的痕迹”。因此可知，观音女性化也就是观音信仰中国化的过程，在中国人的心中观音是慈悲为怀、救苦救难的女菩萨，民众也习惯称观音为观音娘娘。前期佛教信仰在中国观音仍为男身，但在宋代已出现观音女性化的文献记载。宋代朱弁的《曲洧旧闻》载：

蒋颖叔守汝日，用香山僧怀昼之请，取唐律师弟子义常所书《天神》言大悲之事，润色为传。载过去国庄王，不知是何国王，有三女，最幼者名妙善，施手眼，救父疾。(《曲洧旧闻》)

此为妙善公主故事的雏形，随后元大德十年（1306年），赵孟頫的夫人管道升（1262—1319年）所著的《观世音菩萨传略》对观音女性化的过程据此发挥，加以具体化。此后的《香山宝卷》《南海观音全传》《观音得道》等书，均以此为蓝本创作，后世大量以观音为主角或配角的文学体裁也多难突破这个既定框架，因此，观音在中国女性化的过程趋于稳定，也因为宗教信仰的渲染，这个可亲有血肉的女菩萨形象完整地通过文学作品深植人心。《香山宝卷》流传的地域甚广，至今所能见的所有宝卷丛刊几乎都可见《香山宝卷》的存在，就是最好的证据。同样讲述观音故事的《观音妙善宝卷》与《西瓜宝卷》将白衣观音的神话与形象叠加于马郎妇或鱼篮观音的故事上，体现明代开始出现晚近宗教性宝卷拼凑杂糅的最佳写照，宝卷作者自由地融合自己接触的各种不同传统。明代妇女，不分其社会身份地位，生活内容尽管有些差异，但信奉佛道却是她们的共同生活内容：结会讲经、斋僧饭道、修寺建塔、山顶进香、庙宇烧香等，都是明代妇女的社交生活样态。是以《香山宝卷》广为流传，观音信仰也随着妇女学佛受到众多佛门弟子崇信。宝卷对佛教传奇人物与传说的化用，除了观世音菩萨外，五祖弘忍的出身与修行故事也被改编成《五祖黄梅宝卷》，因为其过程与世俗民众生活接近，也呼应早期佛教禅、净结合的特色。

《香山宝卷》之后，明代开始出现更多以妇女修行为主角的宝卷，如《黄氏女卷》（又称《王氏女宝卷》），讲述黄桂香持诵《金刚经》的修行故事。这个佛教传说最早见于宋代天台法空大师（生卒年不详）《金刚经证果》之《三世修行王氏女白日升天》一节，明代无为教《五部六册》中也曾提及此事，明代此宝卷广为流传，《金瓶梅词话》也出现吴月娘请三位尼姑宣讲《黄氏女卷》的情节。明万历年间金怀玉（活跃于16世纪下半叶）作《妙相记》传奇，湖南江永一带“女书”体说唱中也见《王氏女》，甚至是笃信佛教的云南白族也将它改编为《黄氏女对金刚经》。

明万历年间的著名剧作家叶宪祖《双修记》传奇，佚名序称："居士精词曲……精究佛理，笃信净土。暇日取《刘香女小卷》，被之声歌，名《双修记》。"序文所言之《刘香女小卷》即《刘香女宝卷》。《刘香女宝卷》产生于吴语地区，内容夹杂吴方言写成。这部宝卷曾被大量翻印，现存版本众多，有清一代也广为流行，清末白话小说《扫帚迷》曾提到这部宝卷，至今仍可见于宣卷现场讲唱，苏州地方的民间佛教徒称刘香女为"黄海观音"，故《刘香女宝卷》又有《黄海观音得道》之称。

（三）三教合流的发展面向

明代除了罗清《五部六册》外，民间的宗教人士也会通过改编宝卷来宣扬教化，例如《佛门西游慈悲宝卷道场》《王文宝卷》和《红罗宝卷》。《佛门西游慈悲宝卷道场》为广西魔公教所使用的宝卷，魔公教是形成于清初的教派，融合儒、释、道。据陈毓罴考证，本卷是元代作品，因广西一代民间宗教的保守，流传至今。宝卷讲述唐僧西天取经事，在宣卷现场可与《目连宝卷》搭配使用。同时魔公教所使用的宝卷还有《佛门取经道场·科书卷》，用于荐亡，内容出现"十王道场"，为明代前期宝卷，显示明代信众对净土信仰的追求。《王文宝卷》又名《佛说如如居士度王文生天宝卷》，内容讲述清凉山如如老祖度化王文的故事，王文因在家修行但破五戒而遭打入地狱受罚，如如老祖发慈悲心相救还阳，王文才潜心向佛。该卷提及"坚心保守无为道，自有龙天作证盟"，可知本卷在无为教兴起后曾被改编，用以宣教。《红罗宝卷》又名《佛说杨氏鬼绣红罗化仙哥宝卷》，马西沙曾经在1986年发表文章《最早一部宝卷的研究》，认为《红罗宝卷》产生于金元之际，宝卷扉页题"佛说杨氏鬼绣红罗化仙宝卷，至元庚寅新刻，金陵聚宝门外圆觉庵比丘……"等字，但此说已遭车锡伦据"金陵聚宝门"乃明代所建推翻，《红罗宝卷》提及无生老母，较为合理的产生时间当为明代中叶以后。明清之际此卷大为流行，近代江南、山西、甘肃等地的宣卷活动仍可见宣讲本卷。

明代宝卷的宣讲仍以诠释佛经典、教义理与说唱因缘为主，而说唱因缘类则聚焦在菩萨成道故事和民众自我修行。《大乘金刚宝卷》中有"若要众生出离地狱，全家持斋戒酒，重重发愿，请高僧宣念宝卷”等语，可知明代早期宣卷者为僧人。从事佛事者，除正式的僧人、道士之外，还有一些是由“道人”来承担。这些道人虽然自称是佛教中人，但根本没有师承，沿门打听哪里需要念经还愿，宣念一卷《金刚经》，图些斋食。可见至明代中叶以后，宣卷者已不完全是僧侣，这些所谓的“道人”，就是民间的宣卷先生。

明代前期佛教宝卷的另一种特殊演唱形式为每段唱辞前有白文的散说，散说与唱辞的内容相表里，构成一个内容完整的段落，《香山宝卷》中有这种形式的保留。明代的佛教宝卷也有说唱并行的形式，唱词用七或十字句。跳脱前期佛教宝卷格式化的演唱形态，也不与当时流行的民间教派宝卷一般，穿插时调小曲以悦俗。刊于明万历龙飞丙子年（万历四年，1576 年）题为“古吴净业弟子金文编”的《念佛三昧径路修行西资宝卷》，分上、下二卷，即为这种类型。

不论是前期佛教宝卷或民间教派宝卷都用于宗教活动，又因明中叶后大量的教派都倚称佛教，因此宝卷的结尾都有“结经”“回向”“发愿”“报恩”之类的词句，成为宣卷的固定仪式之一。

随着佛教地狱观的发展，有多部宝卷皆被用于荐亡法会，虽然出现地狱十王在宝卷中名称各异的状况，但职能与性格几乎相同，由于具备“主宰冥界审判”的职能，加上民间社会持斋祈福的信仰风潮，因此唐末出现以十位王者共治地狱的信仰，便有扎实的理论根据。于君方认为：

> 自 10 世纪后，由于频繁地抄写、唱诵、阅读、讲述《十王经》，死后审判的观念已普遍存在于中国社会。同时，随着这种知识的增长，对于自身和祖先命运的焦虑也日益增加。(《观音：菩萨中国化的演变》)

此种演变现象清楚说明佛道在唐代的密切互动，是唐宋之际发展融合佛道义理的地狱十王信仰的重要基础，故形成以秦广王、楚江王、宋帝王、五官王、阎罗王、卞成王、泰山王、都市王、平等王、五道转轮王等十王为主的地狱架构，且加入小祥、大祥等儒家丧葬的礼仪。汇合中印习俗成十个特殊日期，与地狱十王相配，来行荐拔亡魂，遂成十王信仰，在中国传统社会流传广布，成为民间对死亡与死后世界最普遍认知的地狱信仰观念。宗教思想与文学作品皆广泛地运用，地狱十王信仰逐渐建构体系，深刻影响民间百姓的生死观，宋代以后更具无可动摇的地位，佛道的地狱十王信仰有各自的经典和仪式，但两者的互相学习痕迹却清楚可见。在明代则已清楚可见广泛地运用于做七的祭奠仪式。

明代民间在丧礼上采用佛道仪式与传统丧礼，用以追荐亡灵。丧家以供僧道斋或举行水陆法会、写经造像，来减轻亡者生前的罪业。演绎佛教经典与佛理的宝卷，演变为荐亡拔度的仪式文是唐代佛教俗讲中未曾出现的状况。但不可否认的是，明代的民间教派宝卷已经出现佛、道信仰混合的民间宗教化现象，《红罗宝卷》有明显的描写，而叙述佛教故事之宝卷甚为民间所欢迎，《目连救母出离地狱升天宝卷》即为最佳之例证。佛教宝卷体现了宋元以来民间佛教禅宗、净土宗结合的信仰特征，适应一般民间佛教信众的信仰需求，通过宣讲业报轮回，说唱因果，达到悟俗化众的功能。

（四）教化与娱乐相结合

宝卷内容是“佛经插入劝世文俗语”，此为佛教宝卷的最大特征。而参与和佛（相为唱和佛号）者，则以妇女为主。《金瓶梅词话》多次提及西门庆的妻妾们邀请尼姑至家中宣卷，且在妇女生日时，以此作为庆生活动，并邀唱婆子来穿插唱曲，显示宣卷不单是宗教活动，也是娱乐需求的一环。一般正统佛教僧团与文人并不承认宣卷是佛教信仰活动，故明嘉靖初年徐献忠（1469—1545 年）《吴兴掌故集》载：“宣卷，盖白莲之遗习也。”

明代佛教宝卷是佛教世俗化的产物，宝卷的产生与宋代以来佛教信众的各种道场法会及净土信仰的结社念佛盛行有关。《梦粱录》之《社会》描述南宋临安各寺庙为奉佛信众举行的法会：

> 奉佛者有上天竺寺“光明会”，俱是富豪之家，及大街铺席施以大烛巨香，助以斋贵供米，广设胜会，斋僧礼忏三日，作大福田。又有善女人，皆府室宅舍内司之府第娘子夫人等，建“庚申会”，诵《圆觉经》，

俱带珠翠珍宝首饰赴会，人呼曰“斗宝会”。……诸寺院清明建“供天会”。七月十五日建“盂兰盆会”。二月十五日，长明寺及诸教院建“涅槃会”。四月八日，西湖放生池建“放生会”，顷者此会所集数万人。太平兴国传法寺向者建“净业会”，每月十七日集善男信人、十八日集善女信人，入寺诵经，设斋听法，年终以所收赀金，建“药师道场”七昼夜，以终其会，今废之久矣。其余“白莲”“行法”“三坛”等会，各有所分也。（《梦粱录》）

白莲会，即净土宗结社念佛的组织。宋代弥陀净土信仰的结社念佛之风盛行，禅宗、天台宗、律宗的僧团也兼弘净土。北宋天台宗的四明本如（981—1051年）因慕东晋慧远与十八高贤结白莲社念佛之风，而结“白莲社”。南宋高宗绍兴年间（1131—1162年）茅子元（1096—1166年）在平江淀山湖建“白莲忏堂”。随后创立白莲宗，以“普、觉、妙、道”四字定名，“示导教人专念弥陀，同生净土”劝人皈依三宝；受持五戒，“念阿弥陀佛五声，以证五戒”。净土易行、易修，受到民众推崇。上述各种法会道场和结社念佛的活动，给予宝卷发展的机会。明代民间佛教的宝卷宣讲多半在民众家中，随着宣讲场地环境的改变，仪式上出现简省的现象，而且讲经活动带有娱乐性质，开卷前有焚香点烛的仪式，不若宋元时期在法会道场演唱时繁复。

五、明代的弹词概况

弹词其前身应即宋代的“陶真”。弹词是流行于中国南方的说唱曲艺，结合琵琶、三弦伴奏。1927年，郑振铎《西谛所藏弹词目录》是文学史上第一人为弹词作目录。随后有凌景埏（1904—1959年）《弹词目录》、吴夕林（生卒年不详）《夕林所藏弹词目录》，三人皆就自己私人所藏弹词制作目录。1957年胡士莹（1901—1979年）《弹词宝卷书目》，该书收录郑振铎《西谛所藏弹词目录》、凌景埏《弹词目录》以及胡氏本人所收藏的弹词目录，共三百二十五种；同时收录胡氏和郑振铎及其他收藏者所藏宝卷目录，共二百二十四种。书末附录《破邪详辩》所载宝卷目录，是清代道光年间黄育楩（活跃于18世纪）为查抄的明末清初宝卷刊本六十八种所做的内容简述，并对宝卷中的所谓“邪说”加以辩驳而成书。随后关德栋（1920—2005年）《曲艺论集》发表《胡氏编著弹词目订补》一文，对此书弹词书目部分的版本、卷回、册数等项目加以补充，弹词书目的整理至此显为完备。

明代关于弹词的记载，最早见于田汝成（1503—1557年）《西湖游览志余》之《熙朝乐事》记杭州八月观潮：“其时，优人百戏，击球、关扑、鱼鼓、弹词，声音鼎沸。盖人但借看潮为名，往往随意酣乐耳。”将“弹词”与“鱼鼓”（道情）并列，表示他们是民间艺人所表演不同形式的说唱。

明代弹词的代表作为正德年间杨慎（1488—1559年）所作的《二十一史弹词》，其他弹词作品有相关记载者不少，但流传下来的作品却很罕见，因此难以论及明代弹词对佛教义理或故事的吸收状况。明代民间弹词唱本数量众多，但基本都没有保存下来，究其原因，可能与明末战火四起而刻印本又简陋难以保存有关，加上弹词被认为“鄙俚浅薄”，保存价值不高，故流传本罕见。现在所见的明代弹词唱本的传本，仅有《雷峰塔》和《刘二姐》两种。

从目前相关文献记载可知，明代出现的弹词唱本有：《红莲》《柳翠》《济颠》《雷峰塔》《双鱼扇坠》《魏太监》《朱舍记》《何文秀》《刘孝文》《朱买臣》《徐君美》《小秦王》《王昭君》《韩夫人》《孟姜女》《祝英台》和《薄命小青词》等，以上是民间唱本。也有文人的拟作，如臧懋循（1550—1620年）《弹词小记》所提《仙游》《梦游》《游仙》《游梦》四录，以及《玉堂暖话》《则天怨书》《西游谈》等。这些弹词因多数无传本，难以探析内容，但就题名观之，与佛教文学似乎关系甚微，原因可能跟弹词的表演形态有关。弹词本为民众娱乐之物，用以消遣，是以对佛教题材的演绎与诠释并不多。

明代弹词演唱形态和文本形式在明末薛旦（活跃于17世纪）《醉月缘》传奇第九折《弹词》中有所描摹。这是弹词女先生演唱《薄命小青词》的陈述。这出戏中，弹词女先生是一位“瞎婆子”，背着琵琶，由杂扮“老儿”扶持上场，被小姐召来唱弹词。关于弹词艺人常是瞎先生一事，明末田艺衡（活跃于16世纪下半叶）《绣花娘、插带婆、瞎先生》中也有相关描述：

> 曰瞎先生者，乃双目瞽女，即宋“陌头盲女”之流。自幼学习小说辞曲，弹琵琶为生。多有美色、精技艺、善笑谑、可动人者。大家妇女骄奢之极，无以度日，必招致此辈，养之深院静室，昼夜狎集饮宴，称之曰“先生”。(《留青日札》)

因为表演者为盲人，而师承关系又靠口传，因此，要目不能见物的弹词艺人讲唱佛经教义，宣扬佛法恐怕难以维持生计，弹词艺人的生涯与现实生活恐怕也离佛教思想甚远。但郑振铎《西谛所藏弹词目录》与傅惜华（1907 — 1970年）《宝卷总录》著录有一清同治年间的弹词刊本，名为《九品莲台记》，作者为清代的莲航居士。过去因为宝卷与弹词有些许形式上的雷同，导致同一部作品有不同体例的总目收录，但究其内容与体式言，说其为弹词比较恰当，是一部讲述明代莲池大师夫妇修行成道的作品。

整体而言，明代佛教歌曲与说唱文学作品世俗化的迹象非常明显，宝卷与歌曲对佛教题材的吸纳与演绎的痕迹比弹词深刻，而这种现象的产生与作品用途有绝对的关系，宝卷与歌曲用于相关仪式或宗教场合，弹词则多用于娱乐。

（李淑如）

第三十三章　明清的佛教史传文学

本章讨论明清佛教史传文学，主要聚焦在僧人的传记，旁及佛教居士。僧传作为一佛教文学范畴，大体可以从两个方面考虑其渊源、定位与价值。首先，从佛教内部而言，可以上溯至印度佛传的传统，如僧传的叙事结构便往往受到佛传叙事模式的影响。其次是中国史传的传统，从列传、杂传等体裁转化而出，僧传文末常出现的赞评即为一例。明清佛教史传从编辑到成书，跨越时代所在多有，故本章统整明清两代为一章，分成四个节次，尝试对明清佛教史传文学加以阐析。

一、僧传总集

中国的僧传总集以梁慧皎《高僧传》、唐道宣《续高僧传》、宋赞宁《宋高僧传》为三大经典范式。明清继接这个书写传统的有如惺的《大明高僧传》。如惺是象先真清（1537—1603年）弟子，万历年间曾住锡天台慈云禅寺、嘉兴楞严寺。重校有《佛法金汤编》，编著有《得遇龙华修证忏仪》及《大明高僧传》。《大明高僧传》通行本有《嘉兴藏》本（八卷）、《乾隆藏》本（六卷）、《大正藏》本（八卷）。其中，《大正藏》本所据底本为日本庆安四年（1651年）刻本。该书分为“译经”“解义”“习禅”三科，虽题名为“大明高僧传”，但就所录僧传来看，正传含附传载录了北宋末至明万历年间僧人传记近两百人，并不是断代总集。部分传末仿《宋高僧传》体例，系以

“系曰”，共十一则，表达对于传主之评骘。如惺在书前《大明高僧传叙》（题写于万历四十五年）中提到：

> 明兴太祖高皇帝开国以来，国家之治超于三代，佛法之兴盛于唐宋，独僧史、传灯诸书，尚寥寥无闻，良可叹也。然吾侪有力者不以为念，有志者无以为缘。而我国朝人物其果不若唐宋乎？予于庚子校刻前代《金汤编》，今岁又辑国朝护法者以补其缺，间于史志文集往往有诸名僧载焉，因随喜录之，自南宋迄今略得若干人，命曰“大明高僧传”，以备后之修史者采摭云尔。（《大明高僧传》）

从此叙文可以知道如惺是一位非常留心佛教史料搜集、编纂的僧人，此段文字也说明了《大明高僧传》编纂之因由。可惜该书疏漏不少，评价并不是很高。

接续三高僧传经典范式的另一部重要僧传总集是汰如明河的《补续高僧传》。明河，字汰如，号高松，俗姓陈，扬州府通州人。十余岁时依通州兴国寺天一师剃度。早年曾多方参学，直到遇见一雨通润后始归心焉。继通润住持支硎山中峰禅院，后尝说法于杭州之皋亭、苏州之花山、南京之长干寺等地。崇祯十三年（1640 年）逝世，世寿五十三。除《补续高僧传》，他还撰有《华严十门眼》《法华》《楞伽》《圆觉》诸解。明河在世时，《补续高僧传》一书尚未完稿，后来是由他的弟子道开自扃（1601—1652 年）续成，并付梓出版。该书现在容易看到的版本收在《续藏经》中。全书共二十六卷，体例依《宋高僧传》分为十科，其中“读诵”改为“赞诵”，收录正传五百四十八人，附传七十三人，规模远在《大明高僧传》之上。部分传末同样仿《宋高僧传》体例，系以“系曰”，表达对于传主之评骘。书前周永年（1582—1647 年）《补续高僧传序》对此书在佛教史书编纂之地位评价颇高：

> 昔吾师紫柏老人尝以传灯未续为慧命一大负。此乃专为习禅一门言也。若不唯递衍五灯，而又具载十科，则其网罗铨次，更倍费辛勤矣。

> 故吾尝谓录传灯之难，难在具眼而印心；传高僧之难，难在多闻而精择，且又须济之以手笔也。河公以半世劳勚，广肆搜猎，细加紬绎，人貌须眉，家传系谱，观其草本，无不亲自缮录，几经勘定，殊非寻常楮墨之役所能仿佛其苦心矣。……
>
> 吾观古之作史者，自崔彦鸾氏始，取佛图澄、鸠摩罗什诸公，各为立传，于是志录中，有可分出，为僧家董狐。然自梁皎、唐宣、宋宁三师撰述外，即甘露灭之《僧宝传》亦特止为禅宗作，而于译经以及唱导、杂科等概未尝一置喙也。故自宋以还，万不可阙斯宏制。况明兴高皇帝乘金轮以御土宇，《圣制集》中凡为释氏宣言者，业与日星俱耀，而年垂三百，独可无一成书以昭法乘乎？宜河公之奋然勒成是传也。尝忆禅师有问坡公何姓者，公曰："姓秤。称天下长老轻重。"请以是为作传者置一史职。又尝忆裴相国见大安寺壁间画高僧仪，因曰："真仪可观，高僧何在？"请以是为读传者开一观门，不识扃公肯以吾言举似其师常寂光中否？（《补续高僧传》）

"甘露灭之《僧宝传》"指惠洪觉范（别号甘露灭）的《禅林僧宝传》。周永年指出觉范所编《禅林僧宝传》仅为禅宗一门而作，而非针对僧人全体，有其局限，无法与慧皎《高僧传》、道宣《续高僧传》、赞宁《宋高僧传》等三大高僧传比论，从而衬显此书的重要性。除从史书传统进行评价以外，序文末还引唐代裴休"见大安寺壁间画高僧仪"的典故，将该书视为是佛教观修工夫文本，从此一角度给予明河高度的评价。

此外，明代着力于僧传纂写者，尚值得一提的还有唵囕大香（1581—1636年）。他俗姓吴，苏州人。四十岁时入云栖寺薙染，后得法于本净心禅师。著有《云外录》十八卷。其中卷十二至十五此四卷收录明代共四十五位僧人的传记，包括紫柏真可、无明慧经（1548—1618年）等人。部分传末系有"云外僧曰"，兴发大香自己的议论。清代湘雨纪荫（活跃于康熙年间）编纂编年体佛教史书《宗统编年》曾运用过大香所撰僧传，可惜他的僧传书写目前还未引起学界的关心。

清代总集类的创作还有徐昌治（1582—1672年）编辑的《高僧摘要》

四卷，成书于顺治年间。此外，释自融（1615—1691 年）撰、释性磊（生卒年不详）补辑的《南宋元明禅林僧宝传》，成书于清圣祖康熙年间（1662—1722 年）。东渡日本弘法的高泉性潡（1633—1695）编有《扶桑禅林僧宝传》《续扶桑禅林僧宝传》。自融、性潡诸书的编纂，广义来说都受到了宋代惠洪《禅林僧宝传》的影响，其编纂体例、特色同异，值得进一步研究。而一直要到民国时期喻谦（1870—1931 年）编纂的《新续高僧传》才又见规模宏伟的僧传总集性作品，载北宋至民国初共一千四百多位僧人传记。该书广引历来灯录、传记、寺志、文集、碑铭、正史等材料，于明清僧人生平事迹，多有可参之处，可补续《大明高僧传》《补续高僧传》之缺。

僧传总集的撰写传统中，还须一提的是成书于明成祖永乐年间（1403—1424 年），题为明成祖所编的《御制神僧传》九卷，今收在《大正藏》第五十册。书前《御制神僧传序》提及编纂缘由说：

> 神僧者，神化万变，而超乎其类者也。然皆有传，散见经典，观者猝欲考求，三藏之文，宏博浩汗，未能周遍。是以世多不能尽知，而亦莫穷其所以为神也。故间翻阅，采辑其传，总为九卷。使观者不必用力于搜求，一览而尽得之，如入宝藏而众美毕举。遂用刻梓以传，昭著其迹于天地间，使人皆知神僧之所以为神者，有可征矣。用书此于编首，概见其大意云尔。(《神僧传》)

梁慧皎《高僧传》分十科，其中一科为“神异”，其中的代表人物乃佛图澄（232—348 年）。在佛教史的书写上，佛图澄的神异能力往往被视为是传教于胡人君主的一种手段。《神僧传》收录的僧人，始于东汉摩腾（？—73 年），终于元代的胆巴国师（1230—1303 年）。胆巴为藏传佛教萨迦派高僧，有赵孟頫为他撰书的《大元敕赐龙兴寺大觉普慈广照无上帝师之碑》传世。《神僧传》是属于中国神异僧书写传统的一部作品。

二、居士传与往生传

在僧人传记总集以外，清代有两部佛教史传总集类的作品应当注意，分别是彭绍升《居士传》以及彭希涑（1761—1793 年）《净土圣贤录》；他们在各自的书写传统中都占有集大成的位置。

中国关于奉佛人士传记的书写编纂，主要目的可说有二：一是护教，二是展示验效，使人生起崇信之心。明代相关的作品有夏树芳（1551—1635 年）《名公法喜志》，朱时恩（1563—？）《居士分灯录》，雪峤圆信校订、郭凝之（生卒年不详）汇编的《先觉宗乘》。清高宗乾隆时期彭绍升所编《居士传》可视为这一书写传统中集大成的作品。

彭绍升，江苏长洲（今江苏苏州）人。字允初，号尺木，又号知归子、二林居士。受菩萨戒后法名际清。著有《一乘决疑论》《无量寿经起信论》《华严经念佛三昧论》《阿弥陀经约论》《居士传》等书。所撰《居士传》共有五十六卷，收录东汉至清乾隆年间在家奉佛男性居士三百一十二人的传记。该书取用、征引的内、外典非常丰富，被认为是研究中国居士佛教发展的重要参考资料。《居士传》编写的特色主要有二：一是善用对话突显人物形象；二是针对传主的重要著作，就其序或内容，有较大篇幅的征引，该书之编纂应受了学案体裁的影响。

彭绍升还编有《善女人传》二卷，收录从晋朝到清乾隆年间一百三十九位女性居士的传记。全书宗旨风格“融摄儒家《列女传》、禅宗灯录体以及净土传记三种文类”（李玉珍《贞信坚节：彭际清〈善女人传〉的女性典范》）。这是中国第一部以女性居士为主角的佛教集传，在女性宗教文学史上占有重要的位置。

至于往生传的书写传统始于唐代，现存的有文谂（生卒年不详）、少康共编的《净土瑞应传》（一作《往生西方净土瑞应删传》）；宋代则有戒珠《净土往生传》、王古《新修净土往生传》等；明代则有云栖袾宏《往生集》；清代则以彭希涑的《净土圣贤录》为代表。

彭希涑，字乐园，号兰台，苏州元和（今江苏苏州）人，他是彭绍升的侄子。《净土圣贤录》一书共九卷，是在彭绍升的指导下完成的。彭绍升为该书所撰之序说：

> 自大教东来，单传直指外，以念佛得度者，若缁、若白，未易悉数。际清素服儒风，兼修净行，常欲荟萃旧闻，用资警策，而日力仓卒，因循至今。会兄子希涑初发信心，愿成此录，以坚向往。因为标指体要，载稽经论，次支那著述，续以耳目所及，斟酌损益，勒成一编，名之曰“净土圣贤录”。(《净土圣贤录》)

此外，书前亦载录彭绍升所订发凡共十五条。

《净土圣贤录》一书的内容分为十科，为“佛”“菩萨”“尊者”“僧尼”“人王”“王臣”“居士”“杂流”“女人”“物类”等，立传五百余篇。所纂传记，若遇传主有净土方面的论述，则有大篇幅的引用。此一特点同于《居士传》。清宣宗道光年间（1821—1850 年），又有胡珽（1822—1861 年）编《净土圣贤录续编》，是《净土圣贤录》的补续之作，立传共百余人。尔后，民国时期印光（1862—1940 年）的弟子德森（1883—1962 年）编辑《净土圣贤录三编》，立传二百余人。

《净土圣贤录》等书的编纂可视为是清代净土信仰流行文化的一环。

三、僧人别传

别传相对于总集而言；本章所指别传，包括传、行状、塔铭等文类。行状，原本在儒家的传统，主要叙述行状主角世系、籍贯、生卒年、生平事迹等，作为史官立传的依据。行状引入佛教史学的传统，同样是作为立传或塔铭的依据，而记载的材料则包括主人翁的家世、入道因缘、师承、教学事迹等主题。塔铭则是嵌刻于佛塔或埋藏于佛塔之中的铭刻；依塔的功用不同，可分为舍利塔铭、功德塔铭及葬塔铭三种。本文讨论的主要是葬塔铭。完整的葬塔铭，形式上包括了序文与铭文两部分。早期的葬塔铭，篇幅短、记事简略，缺乏文学性。到了唐代，如王维、柳宗元、白居易（772—846 年）等人，文人撰写的塔铭渐多，文笔变化渐为多元。宋代以后，文人所撰塔铭者更多，塔铭作为一特殊文体可谓已从传统墓志铭的类别中独立出来。相关研究，可参考冯国栋《钱谦益塔铭体论略》一文。

明代以后，文人为僧人立传的代表人物首推明初的宋濂。他以“文辞为佛事”，为僧人撰作塔铭三十余篇。另一值得注意的则是晚明清初的钱谦益。冯国栋认为钱谦益的创作，“一方面继承了宋濂‘表般若之胜因，启众生之正信’的创作精神，另一方面吸收了归有光碑志哀祭文重细节、重情性的创作手法，大大提高了塔铭体的文学性”。而在僧人方面，憨山德清《憨山老人梦游集》收了不少为其他僧人所撰之塔传，亦值得留心。德清曾在一封回复请求撰写塔铭的信中说：

> 承以令师塔铭见委，愧昏耄疏陋，不足以当盛意，但在法门所系甚重，诚不敢不申赞叹，又不可以荒唐谬悠之言取罪，以塔铭，即世之僧史，取信千载之下。古之僧史列传，则有禅师，以六祖之下，五宗血脉为主；有法师，以贤首清凉、天台教观为主；有神僧，以佛图澄诸梵师异行为主；有高僧，以远公、支公、生公、肇公高操为主。四科之外，其余建立有为功行者，不与也。令师清修苦行，山野仰慕久矣，览持来行，似非所闻，不敢以虚饰有累实德，故单取本色住山苦行清节，生平以念佛为法门，当与远公并驾，宜在高僧之列，乃敢略载其正行，以取信为主，殆非敢妄意贬损，唯高明裁之，倘不可采，不刻可也。(《憨山老人梦游集》)

德清认为塔铭如当世之僧史，传统的僧史列传分为禅师、神僧、高僧、法师。评定分类的标准，“神僧”“高僧”，着重的是异行、高操等行持；“禅师”，重视的是师弟传承的付法关系；“法师”则是以教学内容作为考虑。这段文字表现了德清塔铭书写侧重、数据剪裁等基本立场。我们对于这类的文字应该予以重视，可用来考察明清塔铭等僧人书写文类关于创作理念、理论思维方面的问题。

僧人的行状通常由亲近的弟子所写；塔铭则通常托由法门好友、居士，或有名的官宰文人所撰。如果僧人有语录出版行于后世，行状、塔铭往往附于语录之后一并流通。此外，塔铭之撰写，托付的官宰文人往往非只有一位。因此较为出名的僧人，我们多可看到许多篇别传文献传世。如明代万历年间丛林的五大法师：紫柏真可、憨山德清、雪浪洪恩、云栖祩宏、空印镇澄（1547—1617年），关于他们的别传往往有数种以上，如下表所示。

僧人	塔铭、传等传记文献
紫柏真可	憨山德清《达观大师塔铭》 陆符《达观大师传略》
憨山德清	钱谦益《憨山大师庐山五乳峰塔铭》 吴应宾《大明庐山五乳峰法云禅寺前中兴曹溪嗣法憨山大师塔铭》 姚希孟《憨山大师传》 颛愚观衡《曹溪中兴憨山先师传》 陆梦龙《憨山大师传》
雪浪洪恩	钱谦益《华山雪浪大师塔铭》 邹迪光《明故华山雪浪大师塔铭》 憨山德清《雪浪法师恩公中兴法道传》
云栖祩宏	憨山德清《云栖莲池宏大师塔铭》 虞淳熙《云栖莲池祖师传》 释广润《云栖本师行传》
空印镇澄	憨山德清《敕赐清凉山竹林寺空印澄法师塔铭》 龙膺《台山竹林寺空印大师塔铭》

不同的别传内容虽然在主题的设置与叙述上有其基本的共性，但由于出于不同人之手，无论在叙述视角、侧重、风格、赞议等方面皆有所殊异。这里具体以憨山德清、龙膺（1560—1622年）为空印镇澄所撰的两种塔铭《敕赐清凉山竹林寺空印澄法师塔铭》及《台山竹林寺空印大师塔铭》为例进行说明。

《敕赐清凉山竹林寺空印澄法师塔铭》是镇澄去世以后来年，门人大谦、法孙方茂持行状亲访德清，请他撰写的。德清因自认与镇澄为法门知己，慨然允诺。而龙膺为镇澄所撰的《台山竹林寺空印大师塔铭》同样是受镇澄弟子所托，但从龙膺曾自述“予来官楼烦，师已只履返，不及一闻喝棒，而心窃企慕之，乃瞻礼塔下，为之铭”来看，镇澄生前两人未曾有所相识。关于镇澄的家世、入道因缘与求学过程，德清与龙膺所述篇幅皆不长，记事大抵相同。至于镇澄从北京到五台山，尔后以五台山为根据地发展，因为是德清促成的，所以德清所叙较之龙膺详细。而关于镇澄示寂的场景，所记也迥然有别。

师自是疲于津梁矣，遂谢诸弟子，单提末后一着，默然兀坐。众有请说法者，师曰：“吾随幻缘，力任大法，恒以生死大事为念。今老矣，人世几何，学者以究心为要，岂复以播弄唇吻为得耶！尔辈当以此自勉，吾将行矣。”居顷之，示微恙，危坐三日夜，谈笑如常，中夜寂然而逝，万历丁巳六月十四日也。（憨山德清《敕赐清凉山竹林寺空印澄法师塔铭》）	丁巳偶示疾，于六月十四日未时索笔为偈，乃沐浴跏趺而化。奏闻，上赐帑金，建塔竹林峰下。师临寂之先一日，学宪吕公来访，师以病辞。吕曰：“某不为游山来，为访和尚来。”逡巡至榻，问和尚：“病中还作得主么？”师答曰：“不昧。”吕云：“公四大还转得动么？”师以左右手上下舒。吕云：“未审和尚二六时中作何修证？”师大声云：“南无阿弥陀佛！”公有省，作礼退。（龙膺《台山竹林寺空印大师塔铭》）

除此之外，两人笔下的镇澄形象也有区别。德清所撰塔铭的一开头先有一段引言，以印度马鸣、龙树、无著、天亲，中土华严祖师清凉澄观与圭峰宗密一路而下，接续引出主角镇澄，说：“近代远绍芳规，杰然师表者，唯我竹林空印澄公大师。”相较于此，在龙膺的笔下，镇澄却呈显出高明禅师的形象。与德清不同，他在记叙镇澄行迹时，仿灯录体裁，间或附记了镇澄与僧俗的机锋问答共六则，不仅如此，更在塔铭后段以归结的口吻说：“师阅世七十有一，坐五十夏。寻常见学人便以向上事相勘验。”从写作的笔法上来说，这些公案似的对话记载，使镇澄的形象更为鲜明活泼，而这般高明禅师的形象在德清所撰塔铭中是看不到的。相关研究，可参考简凯廷《晚明五台僧空印镇澄及其思想研究》。

将同一位僧人的不同传记材料比列而观，从而可以比较不同作者的创作意图、书写策略、风格，乃至传主形象异同等问题。这是非常值得留心的研究主题。

四、僧人自传

相较于上节所谈的别传是他人书写传主生平，明清还有另外一类重要的佛教传记文类是僧人的自传。明初有位叫空谷景隆的高僧，曾自撰塔铭，因收在杜联喆（1902—1994 年）所编《明人自传文钞》而较为人所知。晚明佛教复兴，自说行实一类的文字大行其道。形式结构上多由弟子、居士所请，然后僧人自说自己的家世、入道因缘、师承、行脚，乃至悟道的过程。这类的文字，功用上类似行状，是记述僧人生平重要的一手材料。当然，因请托而公开宣说的形式也可看作是一种展演，伴随着教学的目的。不过大多数的自说行实篇幅比较短，润色少，文学性较为不足。

晚明最重要的僧人自传文本之一，当为德清的《憨山老人自叙年谱实录》。在《自叙年谱》中，德清亲自记录下自己直到七十七岁为止的一生。一般的僧传对于传主出家前的情况以及出家的因缘，常常一两笔带过，对于细节不会有太多的描绘。《自叙年谱》花了不少的篇幅记述他出家前的生活事迹；此外，在书写上德清善用对话，使得场景、事件的描绘更为活泼生动。如记述他与母亲的互动便相当的动人，其母亲的形象也相当鲜活：

> 予十岁，母督课甚严，苦之。因问母曰："读书何为？"母曰："做官。"予曰："做何等官？"母曰："从小做起，有能，可至宰相。"予曰："做了宰相，却何如？"母曰："罢。"予曰："可惜一生辛苦，到头罢了，做他何用？我想只该做个不罢的。"母曰："似你不才子，只可做个挂搭僧耳。"予曰："何为挂搭僧？有甚好处？"母曰："僧是佛弟子，行遍天下，自由自在，随处有供。"予曰："做这个恰好。"母曰："只恐汝无此福耳。"予曰："何以要福？"母曰："世上做状元常有，出家做佛祖岂常有耶？"予曰："我有此福，恐母不能舍耳。"母曰："汝若有此福，我即能舍。"私识之。(《憨山老人梦游集》)

又如德清出家后有次回家省亲：

> 及予归，老母相见，欣然绝倒，予大以为异。及夜坐，族中长者问从船来？陆来？老母应声曰："何问从船来？陆来？"问者曰："从何处来？"老母曰："从空中来。"予惊曰："怪得当时老婆子能舍我也。"因问老母曰："别后想我否？"母曰："安得不想？"予曰："母何以自遣？"母曰："始而不知，既知尔在五台，因问师家五台在何处？"曰："在北斗之下，即令郎住处也。"我自此夜礼北斗，称菩萨名，则不复想矣。今谓你死，则不拜，亦绝想矣。今见尔，乃化身来也。予明日祭祖茔，为二亲卜得葬穴，时老父已八十，予戏曰："今日活埋老子，省他日又来也。"予把镢斫地，老母夺之曰："老婆婆自埋，又何烦人！"连斫数十下。三日告别，老母欢然如故，未尝蹙眉，予始知老母非寻常也。(《憨山老人梦游集》)

在德清笔下，他的母亲呈现出果断的性格，以及面对世情及生死大事的大智慧，人物形象鲜活，跃然纸上，引人瞩目。

以对话表现人物鲜活形象的还可以以洞闻法乘（1552—1623年）的《师资缘起始末》为例。法乘，吴江（今江苏苏州）李氏子，少时出家，入华山，为默庵和尚侍者，其后改入紫柏真可门下，改名法乘，号洞闻。真可过世后，弟子四散，各有发展。法乘初居虞山三峰寺，徙天目之中云庵，卒老于破山。钱启忠（崇祯元年进士）《紫柏老人集钞序》说真可禅法"雄猛刚烈似天目高峰"。究竟如何"雄猛刚烈"？使人好奇！法乘《师资缘起始末》的记述就给了很鲜活的形象：

> 偶一日，藏兄亦至，参礼毕，大师遂以殃窟（掘）摩罗尊者产难因缘为问，藏兄无语，痛责三十次。问巢兄，巢兄曰："此是慈忍力耳。"大师即推香炉炭火于林兄头背，林兄此时唯忍而已，并不敢伸缩。亦痛责三十次。大声问不佞曰："汝又何如？"不佞彼时唯惧打为虑，不得已而用偷心应之曰："弟子产难因缘，尚未闻听，况其意乎！"大师

又呼曰："汝既为佛子，相貌堂堂，此乃脚底下事，尚未闻听，平日可知矣。敢不愧杀！怜汝初参老汉，姑且暂恕，以待将来，着棒有分在。"是后渐觉感愧交心，寝食减废，瞬息间不知几月矣。(《破山雪柏乘禅师语录》)

论及明清的僧人自传，还一定要提及的便是见月读体的《一梦漫言》。读体，字见月，俗姓许。云南楚雄人。旧籍江宁句容（今江苏句容）。先祖于明洪武时从军开滇黔，有功，迁居云南。读体十四岁时父母双亡，改由伯父抚养。二十八岁伯父逝世，离俗为道士，历三年。三十二岁时依亮如法师披剃，法名读体，号绍如。后欲从当时的大律师三昧寂光（1580—1645 年）受戒，南北奔波苦寻，历尽艰辛，最后终于于江南海潮庵得偿所愿。《一梦漫言》自述此段行脚历程，其辛苦远逾于平常人所可想象，足见读体道心之坚，十分动人。读体得见寂光之后，立即受到寂光的赏识，有意栽培。顺治二年（1645 年）寂光圆寂前，遂嘱读体继任华山法席。对比先前寻师之艰辛，读体继任华山法席之后亦不顺遂，不仅内有同室掣肘，外且临清兵、寇贼威胁，步步维艰，但仍苦心经营，于时代动荡中遂成一方弘戒大法幢。清末民初《一梦漫言》一书得到弘一大师（1880—1942 年）的护持推广，进一步提高了能见度。弘一法师称初获此书时"欢善踊跃，叹为稀有！执卷环读，殆忘饮食。感发甚深，含泪流涕者数十次"。足可见文字能动人的精神力量。

自撰年谱也是明清僧人自传书写中重要的子类，除上文提到的德清《自叙年谱》外，尚有木陈道忞（1596—1674 年）《山翁忞禅师随年自谱》、丈雪通醉（1610—1695 年）《纪年录》、成鹫《纪梦编年》、牧云通门《懒斋三集》所收《自传》《传余》等，都是重要的自传文学作品。

（简凯廷）

第三十四章　清代的佛教诗歌

有清一代，僧人为诗之风通贯前后，且僧诗与学术思潮艺文风气多有互动，诗僧人数之众、著作之丰、风格之多元，皆非前代可堪比拟，说清代是僧诗的黄金时代洵非虚语。

在可稽考的文献基础之上，有清一代，单独刊刻诗文别集的清代诗僧人数至少超过两百人，这还不包括诗偈只收录于语录当中的僧人。清代的僧诗与时代潮流的呼应又十分醒目，清初时有拒绝清政权的遗民僧苍雪读彻、石林道源（1586—1658 年）、灵岩继起（1605—1672 年）、隐元隆琦等人，也有倾向新政权的木陈道忞，康熙中叶以后，清政权的统治基础逐渐稳固，则有拙庵智朴（生卒年不详，清初）、借山元璟（生卒年不详，约顺康之际在世），与士人的关系亦极融洽。清中叶的明中大恒（1711—1768 年）、巨超清恒（1757—1833 年）、达受六舟（1791—1858 年），主要以吴越苏杭的寺院为根据地。晚清的诗僧，以寄禅敬安（八指头陀，1852—1912 年）最享盛誉，但除了寄禅敬安之外，其师笠云芳圃（1837—1908 年）亦有大名，且曾东游日本，尚有“越中三诗僧”与宏卍香（1758—1838 年）、彻凡寄云（1808—？）、汉兆伴霞（1769—？）等人值得关注。21 世纪以来，清代诗僧相关文献大量面世，过去对于清代僧诗发展的历史样态不甚明晰，但随着问世的相关文献越来越多，云雾已逐渐廓清。清代僧诗不仅不是衰落期，相反地，可以说是蓬勃发展的鼎盛时期。

归纳清代僧诗的特质，至少有数点值得注意：（1）有清一代，诗僧始终代不乏人，清初沿袭晚明丛林风气，诗僧尚诗之风一时称盛，虽然清代中叶以后略呈下滑，但至少江浙一代，丛林习诗之风仍未消歇，亦似乎未有绝对沉寂真空的状态，只是缺乏系统的整理。（2）南宋以后，僧人为诗之风几乎集中在江南一带，晚明清初亦不例外，但清代的诗僧几乎遍及全土。江南、北京自不待言，广州、滇黔、湖广都有诗僧留下作品，说明诗僧的风气具有某种程度的普及性。（3）虽然唐代以后，僧诗选集无代无之，但僧人选的僧诗选集，必须首推晚明道可正勉编辑《古今禅藻集》一书。入清以后，《海云禅藻集》《国朝禅林诗品》《珠林风雅》等僧选僧诗相继问世，众多僧诗选集可以说是清代僧人尚诗风习的重要见证。（4）历代诗论家喜以“蔬笋气”批评僧诗缺乏情感且风格单一，晚明清初的钱谦益却极力主张僧诗理想的风格应该不脱“蔬笋气”。一般来说，诗论家虽然也会论及有名的诗僧及其作品，但往往只是聊备一格。标举僧诗作为一个重要的范畴，钱谦益功不可没。钱谦益以降，诗人或批评家亦常注意到杰出诗僧，而僧人也常跟随诗人学习。苍雪读彻与吴梅村（1609—1672 年）的友谊，神韵派盟主王士祯（1634—1711 年）对智朴禅师青眼有加，与性灵派旗手袁枚（1716—1798 年）交好的梦因复显（1716—1776 年），也有跟随格调派重镇沈德潜（1673—1769 年）学习的雪床德亮（1656？—1726？年），在乾嘉考据学风鼎盛之际，金石僧达受六舟备受当时学者推重，晚清寄禅敬安曾受王闿运（1833—1916 年）点拨诗法一事脍炙人口。虽然宋代诗僧参寥、惠洪觉范与苏轼、黄庭坚往来无间，但僧诗与当时文艺思潮的互动亦未如清代诗僧之紧密，几乎各家各派都有代表性的诗僧。（5）文字禅本来一直是诗禅论述的核心命题，禅宗的实践与体验一直是清代以前僧诗重要的内容，但是清代以后，净土法门空前流行，禅宗传承虽然没有完全断绝，但清代中叶以后，即便是禅门祖师，例如彻悟际醒（1741—1811 年），也大力弘扬净土法门，净土诗盛极一时，几乎有凌驾禅宗之势，或许这是清代僧诗在创作题材上或思想上归趋一个值得注意的面向。

清初僧诗虽然承晚明而来，但是在历史漫长发展的过程中，也逐渐展现出自身独特的姿态与论述，清代以后的僧诗呈现百川入海的多元面貌以及壮阔的气势，清代可以说是僧人实践文学创作风气的颠峰时期。尽管清代初期僧诗的研究成果较为丰硕，但学界对清代中后期僧诗的研究仍然是一大片空白，难以系统化论述，故以时间序列为主，阐述不同时期清代佛教诗歌的特色。

一、百家争鸣的清初僧诗

清初丛林尚诗之风，赓续晚明而来。晚明以来诗僧备受士人推重，且贯通佛门各家各派。众多诗僧中，在文学史上声名卓著或当首推苍雪读彻，备受当时诗坛巨擘吴梅村、王士祯等人的肯定。苍雪读彻气骨高华，诗家屡屡致意。又与胜国遗民往还无间，其为遗民僧之一员的心志历历可见。例如《次答刘使君公旦见赠》一诗云：

> 支床鸡骨鹤形仪，尽向新亭泣乱离。彭泽饮冰休问渴，首阳高卧竟忘饥。
>
> 烟尘蔽日天无色，风雨闻鸡夜剔眉。一息仅存亡国恨，片言相对是何时？（《王氏辑注南来堂诗集》）

苍雪读彻内心的故国之思跃然纸上，几乎不用多做说明。苍雪读彻的遗民情怀固然毋庸置疑，但若只从“一息仅存亡国恨”的角度来看，则格局不免过于局限。吴梅村称苍雪读彻“禅机诗学，总一参悟，公之诗苍深清老，沉着痛快，当为诗中第一，不徒僧中第一也”，足见苍雪读彻诗境高卓，远不止于家国之思。苍雪读彻师从当时华严宗匠一雨通润，一雨通润其师为晚明华严宗南方系宗师雪浪洪恩，其与憨山德清同为致力于晚明丛林习诗风尚的推动者。雪浪洪恩、憨山德清及其门人在当时都是名震一方的诗僧，《古今禅藻集》一书的编纂与此一法脉紧密相关，苍雪读彻的法门昆仲汰如明河又编《补续高僧传》。诗文义理历史兼而有之，说明此一法系有完整的文化视野。苍雪读彻不徒以诗名世，也是有名的华严义虎。苍雪读彻应云南同乡、一代律宗大师见月读体之邀，在宝华山隆昌寺讲《楞严经》未竟而亡，是清初佛教史动人的一页。此诗写老论师抱病传经甚为传神。其《宝华山〈楞严〉讲期未竟，病中自解》曰：

> 闭门莫复怪山僧，打睡豯来接上乘。十日庖羹咽未下，千人讲席病犹登。鼓将橐钥风斯转，散入尘毛气不胜。“如是我闻”曾未及，“奉行信受”许先膺。(《王氏辑注南来堂诗集》)

这首诗写自己带病传经的景况，“如是我闻”指佛典的开端，“信受奉行”指结尾。这首诗带有若干绝命诗的意味，写其为法忘躯的情怀心志，且略带了脱生死的豁达幽默，远非常人可及。苍雪读彻独占清初诗僧鳌头，绝非故国之思与诗艺过人而已。

一般言及清初诗僧，担当普荷（1593—1673年）往往与苍雪读彻并称二大诗僧。担当普荷打通诗禅两端，妙手独到，诗画点染，莫不高明。综观担当普荷诗集作品，以《题画》与《山居》两类，前者反映出香光（董其昌）法度，后者无疑则是道人本色的写照。如果是山水之类主题的画作，两者也可打作一片。例如以下这首诗，其《题画十一首》之十曰：

> 庙堂钟鼎太峥嵘，不纪勋华铸不成。可愧老僧无伟烈，青山顶上冷题名。(《王氏辑注南来堂诗集》)

此诗名曰题画，实则咏怀。全诗语意明白晓畅，几同口语，几乎不用解释。前两句意谓自己已不可能建功立业，后半则自言今后人生当安居山林，专意禅修。全诗虽然透露出深刻的无奈，却又尚未完全放弃希望，世间繁华起灭皆已看尽，末句“冷”之一字是主观内心与客观风景的双层叠影，青山一隅静观前尘往事，如露亦如电，如梦幻泡影。不再有干戈杀伐，也没有华夷之辨。

虽然佛教丛林中心向故国者不少，但亦有不以为然者。众所周知，清世祖顺治帝（1638—1661年）通过憨璞性聪（赐号“明觉禅师”，1611—1667年），诏请玉琳通琇（赐号“大觉禅师”，1614—1675年）、木陈道忞（赐号“弘觉禅师”）二人进京说法，亦在北京留续其法嗣。此三人合称“三觉国师”，其著作中留下许多清初宫廷的珍贵见闻，特别是木陈道忞《北游集》，记录最为生动，陈垣曾经据此珍贵史料，撰成《语录与顺治宫廷》一文，可惜未能续述其志。例如在《北游集》中，可以看到顺治帝曾与木陈道忞论及郑芝龙（1604—1661年）、郑成功（1624—1662年）父子。其曰：

上曰：“郑成功真个起义兴复明朝，此亦好事，朕岂怪他？缘顺治初年曾经投顺，今复入海扬波，则是在清在明均为叛贼，此朕所以饶他不得。”师曰：“闻渠父芝龙在京，不知存没何如？”上曰：“收禁在城，亦是没账算底人，就教他下海，济得甚事？打死不如放生，故着人好好养活他一生罢了。”（《北游集》）

此处记录顺治帝的神情十分生动，木陈道忞《北游集》一出，江南遗民士人大不以为然，但以今视昔，其实不再受限于华夷之辨的立场，反而必须感谢木陈道忞留下清入关初期宫廷的珍贵记录。但特别值得注意的是：不参与复明运动，仍旧关怀黎民苍生大有人在，例如清初永觉元贤（1578—1657）与明、清政权都保持一定距离，但对当时社会流民、溺女等风俗却表示高度的关心，用另外一种方式直接关怀广大的民众，也是一种菩萨行愿的表现。永觉元贤虽然不以遗民著称于世，但是对于明清双方拼搏之下百姓艰难度日的体会，十分令人动容。其《世难》一诗云：

旌旗两载蔽江干，路绝民逃乞食难。自古河山经百战，云霓望断几能安。

忍饥忍冻度残庚，日夜唯闻鼓角声。四野横尸谁解掩，风吹日炙怨难平。（《鼓山永觉和尚广录》）

此诗几近流民图之浮世绘观之可也。对于现实人民苦难的同情在永觉元贤诗歌中随处可见，若以其非遗民一端质疑其缺乏现实关怀不免过于责备贤者。

过往强调的遗民志节固然有其积极的意义。但清初僧诗丰富多元，若只以政治立场观之，反而无法正视其诗作中丰富多元的世界。广东的天然函昰（1589—1665）自叹“拐来一队书呆子”，其门人弟子编辑诗选成《海云禅藻集》，论者称“历来人数最多的诗僧集团”，岭南曹洞宗博山系下天然函昰一脉以诗歌文字相互标榜。天然函昰原为岭南世家，文字修养深厚，例如其曾为《归宗山籁一百四首》，从各种不同的角度切入，就其在庐山归宗寺之心情多方刻画，值得细细吟味。其云：

只今唯守拙，闭户逊时贤。身退名何在，情穷道不迁。
朝看云里岫，暮听竹边泉。与众同居止，降心一味禅。(《瞎堂诗集》)

此诗结构清晰，对仗谨严，禅隐居山、不与世谐的心怀俱在诗中表露无遗，除了本分禅僧之外，远离尘嚣俗市的隐者形象也清晰可见。有趣的是，虽然出家为僧与隐者的幽微心志有一径相通之处，但是僧家冷眼看红尘，也别有风味。康熙时，以创作竹枝词有声于世的诗僧借山元璟写的厦门充满异国情趣，其《厦门竹枝词》诗云：

照人似镜暹罗碗，切玉如泥日本刀。白昼难看黑鬼子，绿瓶难买酒红毛。(《完玉堂诗集》)

这首竹枝词充满异国事物，暹罗碗、日本刀、黑人、绿瓶、红毛酒，似乎与当时闽南兴盛的对外贸易有关，虽然当时三藩之乱已经弭平，但从元璟这首竹枝词可以看出当时厦门街上舶来商品之多。红毛酒，即西洋酒，“其海舶，全身白垩，俗谓之白肚皮船，俱舶浦心，舶中所携红毛酒，贮以玻璃瓶，色红，味甘，辣如丁香”，借山元璟对厦门市况的观察可以视作当时海洋贸易史料的绝佳见证。借山元璟著有《京师百咏》一组竹枝词，写北京种种民间风俗，亦颇著称，例如其就当时北京戏曲流行的情态于《节节高》（收入《京师百咏》）如是云：

华堂一簇绮罗春，桃靥莺喉杨柳身。菊部梨园何足数，前溪子夜

今番新。(《完玉堂诗集》)

借山元璟这首竹枝词，一方面记录了梨园的盛况，当然也意在言外地歌咏了北京当时的平和与繁荣，多少带有盛世元音的意味。但从僧诗的角度来看，都市世俗化的主题反而应该视为题材视域的大步向前。

诗歌以外，词亦别有发展，例如今释澹归（俗名金堡，1614—1680 年）与无可弘智（方以智，1611—1671 年）都对清代的词学创作别开生面，今释澹归列名“浙西六家”，足见其造诣之深。

今释澹归的词作高华深远，但更值得注意的是，另有一种谐谑游戏的风格。本来，幽默谐趣是晚明以来一时文坛风尚所趋，澹归以一代高僧之姿，屡屡应之于自我解嘲，别有一种趣味。例如其《水调歌头》云：

> 我已名饭袋，汝复称米囊。两家相视而笑，同道好商量。只我尘中蹭蹬，看汝风前妩媚，相似不相当。巧没两张口，拙也一条肠。枉分别，捡题目，做文章。侏儒绝叫，九尺四寸漫昂藏。遮莫千人自废，大抵半旬不食，立地到乌江，吃了须更吃，此乐未渠央。衲僧名饭袋子，罂粟名囊子。(《遍行堂集》)

此等词作虚实交融，且充满谐趣，可以说是俳谐词与白话诗风相互结合的一个例证。此阕词作其实游戏味十足，近乎打油，恐是澹归以白话填词的一种游戏笔墨，然游戏神通亦禅门修证旨归，几乎可以说与唐代王梵志等人遥相呼应。僧人的词作固然不始于此际，但此际喜填词的僧人不在少数，今释澹归可为代表。

二、雅正清赏的清代中叶僧诗

盛世之后难以为继，岁月日渐承平，深沉的家国之思或久经离乱的伤痛已渐渐消失，僧诗的面貌随同时代思潮的演变，也呈现不同的样态。但总体而言，清代中叶僧诗的质量，与清代前期的精彩多姿实不可同日而语。

清代中叶具有代表性的诗僧，北京拈花寺的慈海之外，仍以江浙一带为主要根据地，例如明中大恒、巨超清恒、达受六舟、小颠（生卒年不详）、笠云芳圃等人，此际浓厚的故国之思已成往事，传统僧诗的居山离俗又有逐渐增强的倾向。其中明中大恒、巨超清恒与达受六舟与士人交往密切，特别值得一说。

明中大恒，俗姓施，初名演中，字大恒，号烎虚。浙江桐乡人，得法于无闵永觉，始从玉琳支派易演为明，七岁薙染于秀水楞严寺，其师早世，依太师含明读内典外籍，过目不忘，颖悟非常。清世宗雍正十二年（1734年）受皇戒于京师法源寺，世宗耆年，潜心释氏，宏度千僧，留选二十二人，侍讲佛楼，明中与焉。复于二十二人选得四人，明中又与焉，命住吉祥苑池南，参究禅学，万几之暇日，必一至讨论课程。未三岁，世宗龙驭上宾，高宗御极，始各还本籍，乾隆四年（1739年）受法于永觉，六年（1741年）主席西湖圣因寺，后移主上天竺，明中为大吏所引重，清操弥励，纤尘不染，十六年（1751年）春三月，高宗驻跸寺中，御制七言，命明中赓和，日未移晷，恭进一律，并南巡颂十八首。二十二年（1757年）移住净慈，会高宗重游江南，赐紫。二十七年（1762年），高宗三巡复赐紫。三十年（1765年），驾幸净慈，三次赐紫。三十三年（1768年）二月一日示寂，年五十八，僧腊五十一。所著语录上下卷，诗集三卷。

明中大恒天性冲夷，耻与物迕，瓶拂萧然，犍椎不设而戒律精严，道风秀出。禅余为诗，性海游泳，了自忘机，间涉绘事，妙参三昧。得其片楮，咸知宝贵。明中大恒历主西湖诸名刹，可谓望重一方，高宗三赐紫衣，名闻遐迩。当时文人亦颇推重。钱陈群（1686—1774年）谓“梵诵之余，兼习书画，嗜为诗，无蔬笋气”，陶元藻（1716—1801年）曰：“大恒性情泊如，举止恬雅，固是佛门种子。生平善画淡墨山水，其木石苍秀，颇近井西老人。余不至西湖者二十余年，大恒已圆寂数载。昨偶阅其《遗诗》，五言特隽，如《虎邱》云：‘情知无味话，敢对石头看。’《送人归径山》云：‘不因真个懒，那得许多闲？’《过平和桥》云：‘鱼虾争小市，鸡犬乱孤邨。’《雨中送春》云：‘落花成小劫，流水悟前因。’皆不愧诗僧妙品。”

明中大恒既是世宗御选的禅门龙象，又蒙高宗三赐紫衣，住持武林巨刹，望重四方不难想见。“落花成小劫，流水悟前因”一联屡为当时诗话援引，原《雨中送春》诗作：

一雨池塘渌，风光欲饯春。落花成小劫，流水悟前因。

去住诗情异，家园物候新。此身元泛梗，别路暂相亲。（《烎虚大师遗集》）

此诗以变异的现象反衬不变的真心。目中所见世界风光、家园物候皆流转不居，身如萍寄，交芦互用。意象修辞之间，亦得佛智之助，不失僧人本色。

巨超清恒，俗姓陈，号借庵，浙江海宁人，本陆姓（一说浙江桐乡陈姓）。生于乾隆二十二年（1757年），卒于清宣宗道光十七年（1837年），曾主焦山定慧寺，与袁枚、洪亮吉（1746—1809年）、王文治（1730—1802年）、赵翼等文人交往，赠酬不断，年寿既高，声誉崇隆。被推为当时“诗僧巨擘”，著有《借庵诗钞》一书，收录七十岁以前的作品。七十岁以后的作品则由弟子收入《借庵诗文遗稿》当中。巨超清恒主要学苏轼，较近清中叶性灵一派诗风，不过也可以看出当时学风的倾向。例如《云门僧柏堂寄李北海秦望山法华寺碑》一诗云：

古岩昔住云门寺，柏堂师为古岩嗣。古岩已化柏堂归，与我别来今两季。

今年有客来蜗庐，怀中跃出双鲤鱼。上言相思不得见，下言踪迹同樵渔。

复寄法华碑一纸，书是括州李刺史。字一千有六十四，与云麾笔颇相似。

寺开秦望山北隅，法师昙翼来跏趺。空中普贤乘白象，百宝布施人天趋。

当时太守状以奏，愿言刻石垂宇宙，至今宝墨尚流辉，殿阁嵯峨撑列宿。

大凡物到千百年，往往历劫随云烟。此石定有神灵护，不然那得长完全？（《借庵诗钞》）

清代中叶，宋诗甚为风行，文人也流行拜苏之类的仪式。此诗略得苏诗笔意，同时也有几分谐趣。僧人“踪迹同樵渔”的原因也近似当日文人访碑之风。末四句其实意在言外，对此物的真赝不免有些怀疑。不论风格、内容以及精神，都接近当时知识阶层的理想境界。

大体观之，明中大恒、篆玉让山（1705—1767 年）诗风空灵清新，罕见庶民生活，句式先且不论，风格、题材略偏单一，山林清旷，其实也是盛世之音的另外一种形态。巨超清恒则风格与题材更为多元，以诗论诗，境界格局无疑更上一层。

《借庵诗钞》卷首收录当时文士名流题赠之作甚多，虽然不乏应酬溢美之辞，然其人脉交游之广，不难想见。当时诗家对巨超清恒莫不青眼有加。法式善（1752—1813 年）《梧门诗话》称他“风人吐属，不独无蔬笋气”，洪亮吉《北江诗话》称“僧巨超诗如荇叶制羹，借清牢醴”，沈涛（1792—1861 年）《匏庐诗话》曰“天机清妙，截断众流，兼之戒律精严，不愧参寥、觉范”，在当时诗坛声价之高，不难思过半矣。巨超清恒写景精妙，情味深远，大得风人深旨。更难能可贵的是：其集中屡屡见到底层百姓的艰难生活，略近似于少陵、乐天。批评家对僧诗最不满的“蔬笋气”，对巨超清恒并不适用。集中数首作品描写当时饥民流离失所的惨状，令人动容，《饥民叹》诗云：

频年水发浩如海，灾何复降人何罪？弥漫不见水天虚，依稀似觉山头矮。

淫雨兼旬屋若舟，潮来水逐天吴游。今年水比前年大，牛羊鸡犬同沙鸥。

洲中父老言凄楚，水潦甚于旱魃苦。旱魃为虐屋尚存，灾逢水大栖无宇。

鲸奔鼍吼雪浪翻，男啼女哭烟涛昏。入地原知鬼有窟，呼天不应天无门。

曾闻十洲与三岛，身无仙骨那可到？不求白日升青天，只愿狂澜顷刻倒。

此水来当八月秋，稻虽未割黄云稠。以盆以樽复以筏，纵不能全有半收。

此水若在三四月，青苗未插人知歇。工本犹存作口粮，堪支余喘能偷活。

我闻父老之言心孔悲，欲语未语泪亦垂。当今天子同尧舜，蠲租发赈恩无遗。

时过八月水渐缩，明年或恐田俱熟。谚云："初三田熟初二难"，听此何人心不酸？（《借庵诗文遗稿》）

此诗直作一流民图观之可也。道光十一年六月大水灾，各处田庐淹没，避至焦山者三千余人，巨超清恒文集中相关诗作不止一首，足见其内心忧容之深，此等生活纪实在巨超清恒文集中并不少见，明中大恒、篆玉让山文集中却几乎绝无仅有，或已遭文人润饰修改，不得而知，不独是诗歌取材，此正是弘法利生的佛陀本怀，然而当时诗评家却罕从此着眼。

三、重视现实的晚清僧诗

过去学界对于清初以后的僧诗，往往未及细说，盖文献寥落，多不足征。过去关于明清佛教，研究者常有"近世佛教堕落论"的看法，几乎可以说深不可破。近年来在各方努力之下，东亚近世佛教文献多方面世，明清时期佛教其实多有可观。清代中后期诗僧虽非清初可比，却也不在少数。例如北方的慈海、昌仁，南方的"越中三诗僧"（与宏卍香、彻凡寄云、汉兆伴霞）也相当程度受到当时知识阶层的欢迎。不过，晚清最为知名的僧人似乎应推达受六舟与寄禅敬安（八指头陀）。

清代后期声名极为卓著的僧人是达受六舟。学界巨擘阮元（1764—1849 年）称其为"金石僧"，对于清代金石学贡献巨大。达受六舟《宝素室金石书画编年录》《山野记事师》皆是自传体著作，对个人生涯进行总体的回顾，访碑寻古的记事始终通贯其间，他的诗作更近于所谓“学人之诗”，例如《访徽州郡城万山观》一诗曰：

新安郡城万山观，琳宫高筑山之颠。粉壁画像历千祀，自写真容吕大仙。

仙人遗泽世所稀，何况墨妙人间传。我来瞻礼泪堂宇，瞥见蒲牢高架悬。

摩挲不忍去其下，墨汁拓出大德年。歙南大川村胡村何世通，仝妻陈氏七娘舍巨钟。本路莲堂永供养，题记普诚铭道荣。补入行脚所见录，金器渐少永流通。(《六舟集》)

这首诗并不动人，但却是达受六舟个人生活的真实写照。他跋山涉水的目的也是为了探查古物，万山观留有历史悠久的古钟，达受六舟也特别拓下铭文，无愧金石僧的美称，阮元等考据学者大加青眼自是理所当然，类似的记录在《宝素室金石书画编年录》一书中还有更详尽的。虽然僧人自说行实、自撰年谱渊源久远，尤其是备受弘一法师推崇的《一梦漫言》，原出自清初中兴南山律宗的见月读体之手。但《宝素室金石书画编年录》一书记录的生活方式可以说开创了僧人自传的不同层面，除了传统的求道、参悟、弘法、友朋酬应往来之外，金石古物的寻访与鉴识几乎占据大部分的篇幅，俨然金石名家手笔。诗是学人之诗，自传则是金石家口吻，“中研院”史语所的许多拓片原先就是达受六舟的私人收藏，不只是文学史，学术思想史更应该有达受六舟的一席之地。

寄禅敬安，号八指头陀，俗姓黄，名读山。湖南湘潭人，历主湖南罗汉、宁波天童等名山大刹，民国元年任中华佛教总会会长，后因北上请愿，圆寂于北京法源寺，圆寂之时，朝野震动。寄禅敬安一生充满传奇事迹，开悟、学诗，但其圆寂舍报的真相为何？众说纷纭，几乎已成近代佛教史最大公案之一。近代佛门两大代表人物太虚及圆瑛俱出其门下。

寄禅敬安学诗颇为神奇，据说其本不识字，因悟发慧，遂启诗思，寄禅敬安宗法六朝，卑者亦入晚唐，或因其与同时代宗宋的同光体诗人别有取径。好苦吟，亦从当日诗人（例如王闿运、陈三立、易顺鼎）交游，故多得其点拨。当时批评家称寄禅敬安诗风，如况周颐（1859—1926年）“清空冲穆，非不食人间烟火不为办”，狄葆贤（1873—1941年）“情真景挚”，钱仲联（1908—2003年）称其“方外诗人之魁，目中无贾浪仙也”，不独僧中冠冕，几同风雅领袖。

如果说太虚大师开启了佛教的新世纪，八指头陀几乎可以说是中国诗僧传统的殿军，意义自然非他人可以比拟。梅花诗固然是传统诗题，但其喜作梅花诗终身不渝，不由得令人想起元代的中峰明本。特别是《白梅诗》传诵一时，至有“白梅和尚”之号。其中“偶从林际过，忽见竹边明”“花冷方能洁，香多不损清”可谓一时佳句。咏梅诗之外，山居、咏古等作俱有清趣，颇得僧诗三昧神髓。但寄禅敬安身处剧烈变动的时代，其作品不独游山赏梅，其中的强烈现实关怀亦显而易见。例如《赠吴渔川太守六首》之四、五云：

> 闻说西巡日，慈舆涕泪频。可怜堆白骨，只是痛黄巾。
> 边地犹防寇，长途不见人。仓皇二百里，供帐始微臣。
> 莫小怀来县，曾停帝后车。园蔬充御膳，官舍奉宸居。
> 奇遇人皆说，忠臣圣所誉。不知沾雨露，感激更何如。（《八指头陀诗文集》）

八国联军攻入北京，慈禧太后逃离北京，此诗乃当日纪实，充满历史的真实感，即此观之，又与清初杰出诗僧苍雪读彻等人无有二致。时人郑孝胥（1860—1938年）形容八指头陀“雄据天童胜，以诗做佛事”，不过八指头陀绝不是一个遗世独立、肥遁山林的诗僧，他关怀国事，心念众生，当佛教有难时，又挺身护教，深具气节骨力，作为传统诗僧的完结篇，可谓曲终奏雅。

在诗学方面，宋代惠洪觉范标举文字禅，晚明时紫柏真可等人又立意发扬。明代中叶以后，严羽《沧浪诗话》经由复古派的大力提倡，“妙悟”

之说甚嚣尘上。清初诗论家钱谦益等人受到唯识学的启发，引之喻诗，又特别标举“香观说”的论诗法，其理论基础来自于《楞严经》的“感官互换”（“通感”）此等说法。有趣的是，晚清民初的知识社群，受到日本方面的启发，例如章太炎（1869—1936 年）、康有为、谭嗣同等人多喜言华严、法相之学，论诗时亦多有援引。

从文学史的角度看，明末清初是诗僧著作出版最为兴盛的时期。明清鼎革以后，士人出家蔚成风潮，也助长了丛林尚诗风气的普及。晚清在笠云芳圃、寄禅敬安的推动之下，诗僧也受到学界一定程度的关注。过去学界对于清代中叶的情况一直不甚了了，近年来相关材料大量面世，对于当时诗僧及其著作渐渐有廓清云雾之势。虽然无法与明末清初比肩，但仍然有不能忽略的重要成就，例如明中大恒、巨超清恒，甚至引领学术潮流，如达受六舟。这块佛教文学史的大块留白越发清晰。从题材上来看，除了传统僧诗的山林倾向与自然色彩，也有浓厚的家国情怀，甚至对于都市民俗都可以入诗。有清一代，佛教最大的危机其实是晚清的太平天国之乱，特别是江南佛教相关文献几乎全部付之一炬，随后佛教面临政经秩序的大幅崩解，20 世纪以后，佛教研究范式也随之转移，虽然晚清以来，佛教又成为知识阶层关心的核心课题，僧人的文学创作也展现了不同的风貌。虽然清代僧诗在质量上皆远迈前代，但学界的研究仍多集中在宋代以前，未来大有进一步关注与深化的可能性。

（廖肇亨）

第三十五章　清代的诗学与佛教

清代是佛法大兴的年代，有高峰，也有低谷，但从未从历史舞台褪去身影，佛教虽有高低起伏，但亦不至于衰亡，真正对佛教构成致命性打击的事件，一是清代后期的太平天国，二是清末民初的“庙产兴学”，自此之后，佛教遂不得不寻求现代化转型，也进入一个全新的时代。清军入关后，虽然有加强对于佛教的管理，并没有进行强烈的迫害，世宗虽然下令禁止禅宗三峰派的著作，但是由于针对目标明确，三峰派以外的佛教宗派并未遭受大规模的压制。清政府虽然尊崇藏传佛教，但是对于汉传佛教也表示高度的尊重与认同。通观清代，不仅从未有过明世宗般崇道灭佛的君王，且如清世祖（顺治，1638—1661年）、世宗（雍正，1678—1735年），颇以参禅为乐。圣祖（康熙，1654—1722年）、高宗（乾隆，1711—1799年）亲访江南，往往以江南禅刹为行宫，与禅门尊宿之间的问答至今依然为佛家津津乐道。尽管不无辟佛甚力的道学家，大体而言，虽然一般士人的佛学造诣远不如晚明，但士人与佛家的关系尚称融洽。不过清初佛教居士领袖钱谦益、中叶的彭绍升，与僧人往来密切，且注释佛典、编纂佛教史料，亦非泛泛之辈可与之相提并论。后期的龚自珍（1792—1841年）、杨仁山（1837—1911年）、章太炎甚且重新带动知识社群学佛之风。其他如清初的王士祯（1634—1711年）、叶燮（1627—1703年），清代中叶的王文治（1730—1802年）、边连宝（1700—1773年），清代后期的魏源（1794—1857年）、俞樾（1821—1907年），也都以好佛著称于世。依循上一章的做法，尽量在时间序列中归结特色。

一、深入佛教义理的清初诗学

清初承晚明风习，士人习禅尚佛可谓老生常谈，随意翻阅时人文集，当中游山访寺、寻僧问道之作触目即是，不胜枚举。同时，清初拒事新朝的知识人纷纷出家为僧，为数颇为可观，方以智、熊开元（檗庵正志，1599—1676年）、金堡（即今释澹归）不过荦荦大者，类似遭遇者不胜枚举，时人于此屡屡言之，类似的观察甚多，例如黄宗羲（1610—1695年）曰："近年以来，士之志节者，多逃之释氏，盖强者销其耿耿，弱者泥水自蔽而已。""桑海之交，士之不得志于时者，往往逃之二氏。"魏礼（1628—1693年）《大方上人杂著序》："聪明豪俊之士，笃挚之人，无所发抒其胸中，或蒙难亡命，率多弃妻子，祝发披缁衣，托迹空苦，以修炼其身心。"李邺嗣（1622—1680年）《送庭南禅师至淮上序》"值丧乱之后，凡避世者多销名变服，窜于释门"。知识人大量投入空门，一方面带来空门的质变，另一方面在士人心中，佛门的形象也有所转变，徐芳（生卒年不详）曾在《致竹关禅兄（方以智）》的书信中，就流行一时的遗民出家之风说道："今天下畸人，十九归佛，本欲借以逃名。而名之所趋，得佛益噪。"（收入周亮工辑：《赖古堂尺牍新钞》）在这样的氛围之下，清初文化界禅风较晚明更加炽盛。诗僧辈出固在意料之中，书法、绘画、音乐，几乎所有的文化领域都可以轻易感受到佛教的影响。

清初诗论家于诗禅关系加深加广，既有坚持严羽《沧浪诗话》中"以禅喻诗"论旨的王士祯，也有极力拒斥严羽，尝试结合唯识与华严学说的钱谦益，以及另辟新径的金圣叹，既有承袭传统的课题，也有创新的论述，可谓百家争鸣。关于诗禅关系的论述，清初几乎到达一个前所未有的高峰。

清初诗坛牛耳，自以钱谦益为领袖。钱谦益论诗，对格调派多所抨击，其门人冯班（1602—1671）在其《钝吟杂录》一书中特设专章《严氏纠谬》，全力批判格调派的理论指导经典《沧浪诗话》与作者严羽。一般佛教思想史，往往以钱谦益的立场为"扬教抑禅"，即使在诗学领域，似乎也仍适用。钱谦益曾以苏轼为例，在《读苏长公文》中，钱谦益说道：

> 吾读子瞻《司马温公行状》《富郑公神道碑》之类，平铺直序，如万斛水银，随地涌出。以为古今未有此体，茫然莫得其涯涘也。晚读《华严经》，称性而谈，浩如烟海，无所不有，无所不尽，乃喟然而叹曰："子瞻之文，其有得于此乎？"文而有得于《华严》，则事理法界，开遮涌现。无门庭，无墙壁，无差择，无拟议。(《牧斋初学集》)

这段话跟钱谦益提倡宋元诗的立场基本一致。晚明以来，对苏轼情有独钟，也有人将苏轼与佛教相关的文字编成《东坡禅喜集》一书。《楞严经》与《华严经》在宋代格外流行，本无足奇，但苏轼是否刻意从《华严经》获得启发，有意构筑新的美学体系仍有待进一步考证。更值得注意的是：钱谦益与雪浪洪恩门下的贤首宗南方系往来无间，学者多能言之，钱谦益此处特别提及《华严》，在钱谦益的诗文理论当中，《华严》始终占有重要的地位，似乎也与他"扬教抑禅"的立场并无二致，是以其在《高念祖怀寓堂诗序》一文中又说：

> 余窃谓诗文之道，势变多端，不越乎释典所谓熏习而已。有世间之熏习，韩子之所谓"无望其速成，无诱于势利，养其根而俟其实，加其膏而希其光"者是也。有出世间之熏习，佛氏所谓"应以善法扶助自心，应以法水润泽自心，应以境界净治自心，应以精进坚固自心，应以忍辱坦荡自心，应以智证洁白自心，应以智慧明利自心"者是也。(《牧斋有学集》)

韩愈"无望其速成"，一段话出自《答李翊书》"应以善法扶助自心"，一段出自《华严经·入法界品》。用"熏习"概念来解释诗文之道，大概可以称为钱谦益的独创。熏习虽然是佛教各宗的共法，但唯识学者对此最为重视。关于"熏习"，日本学者竹村牧男解释为"过去经验在内心深处留存的印象"，此一经验是个人意识的根源。竹村牧男接着就熏习的特性说："习气会决定未来的经验，当诸缘俱足的时候，习气也能发动七识的作用，产生符合习气样式的经验。”（参见《唯识之构造》一书）虽然佛教各家谈“熏习”的经验十分复杂，但归纳起来，不外乎：

（1）残留于阿赖耶识之上的习气。

（2）某种程度的惯习性。因此佛教常用残留衣物的气味借以解释“熏习”的作用。

这显然是钱谦益的“香观说”理论最重要的前提，自从青木正儿率先以标举“香观说”作为钱谦益诗论要旨,“香观说”成为学者关注的焦点。“香观说”与宋代重视感官的诗学论述颇有异曲同工之妙，钱谦益不只一次以香味作为品评文章的标准，例如《二王子今体诗引》云：

> （怿民、虹叐）二子为今体诗，精鋆为骨，轻清为韵，有色有声，非烟非火，净名钵中，贮香积饭，香气着人肠胃，七日而后消。咏二子之诗，仿佛似之。(《牧斋有学集》)

又在《高念祖怀寓堂诗序》中以染香为喻曰：

> （高）念祖之为诗，去烦除滥，俗情既尽，妙气来宅，其熏习于琮公者深矣。如染香人身有香气，知其不待乎佣耳揞目，戛戛而求之矣。(《牧斋有学集》)

“琮公”指白性法琮（生卒年不详），出自紫柏真可门下，曾经住持嘉兴楞严寺。晚年与钱谦益来往十分密切,可以看出这里强调的“妙气”“轻清”都是指脱俗空灵的风格，在钱谦益来看，“熏习”不只是一种习惯，也蕴含了精神锻炼的境界。

钱谦益借助熏习之说，尝试摆脱严羽“妙悟”的影响，与其厌恶狂禅、盲禅的佛学立场显然是一贯的。钱谦益虽然也主张学力的重要性，但钱谦益在理论上最重要的贡献其实在于揭露彼此之间交融互摄的场域与过程。以下钱谦益《陈古公诗集序》的这段话，经常为论者称引，其曰：

人身为小情器界，地水火风，与风金（水火）四轮相应。舍而为识，窍而为心，落卸影现而为语言文字。偈颂歌辞，与此方之诗，则语言之精者也。今之为诗者，矜声律，较时代，知见封锢，学术柴塞，片言只句，侧出于元和、永明之间，以为失机落节，引绳而批之，是可与言诗乎？此世界山河大地，皆唯识所变之相分。而吾人之为诗也，山川草木、水陆空行、情器依止、尘沙法界，皆含摄流变于此中。唯识所现之见分，盖莫亲切于此。今不知空有之妙，而执其知见学殖封锢柴塞者以为诗，则亦末之乎其为诗矣。(《牧斋有学集》)

钱谦益也曾将此"见分／相分"的架构引入画论之中，可见钱氏对此甚为自矜。这段话并不十分易解。唯识学中，见分，即指认识事物的主体作用；相分，约等于感知的对象。钱谦益的诗论并不像严羽最终仍落在读书穷理的套路，而说："山川草木、水陆空行、情器依止、尘沙法界，皆含摄流变于此中。"换言之，世间万物必须经过见分与相分在意识的交互作用，大宇宙的运行与人身小宇宙感受到彼此共振的频率，交落在语言的星盘之上，从而有诗。而诗，也成为探究宇宙、真理一个最重要的入口。所以"今之为诗者"（特别指彼时盛极一时的复古派）过分计较音节、时代，以某些固定僵化的法则（或知识）来否定创作的可能性，未免过于呆板。既斫丧了诗的可能，更远离了佛教的真理（"不知空有之妙"），宇宙的奥义无从开显。

虽然唐代开始，唯识学就已经进入诗学领域，例如"意境"之说就与唯识学发展有关。而清初诗论家援之以论诗，与晚明以来的唯识复兴风潮不无关联。雪浪洪恩结合禅、唯识、华严的学风，对当时知识界造成极大的震撼，其门下又多兼擅诗书之士。钱谦益编纂《列朝诗集》也刻意收罗此一法系之诗作。此亦非钱谦益所独擅，例如王夫之也爱用"现量"等概念。其曰：

"僧敲月下门"只是妄想揣摩，如说他人梦。纵令形容酷似，何尝毫发关心。知然者以其沉吟推、敲二字就他作想也，若即景会心，则或推或敲，必居其一，因景因情，自然灵妙，何劳拟议哉？“长河落日圆”初无定景，“隔水问樵夫”初非想得，则禅家所谓“现量”也。（《夕堂永日绪论》）

玄奘译《因明入正理论》对“现量”一词说明道：“现量谓无分别。若有正智，于色等义离名种等所有分别，现现别转，故名现量。”所谓“无分别”，接近于当下直觉。王夫之以“现量”作为诗歌的创作超乎理性逻辑或修辞比喻的美感经验。“现量”也成为一种赏鉴的原则。

禅家有三量，唯“现量”发光，为依佛性。“比量”稍有不审，便入“非量”，况直从“非量”中，施朱而赤、施粉而白，勺水洗之，无盐之色，败露无余，明眼人岂为所欺邪？（《姜斋诗话》）

其实王夫之所言“现量”，与晚明以来重真、重直观，强调心境合一、情景交融以来的倾向也相去不远。以禅、唯识、华严论诗，尚在情理之中。戒律竟然也成为诗论的理论判准，多少出人意表。金圣叹曰：

弟固不肖无似，然自幼受得菩萨大戒，读过《梵网·心地》一品，因是比来细看唐人律诗，见其章章悉从心地流出。所谓心地者，只是忍辱、知足、乐善、改过，四者尽之也。弟今乍语，亦知难信。何得此四者便是心地耶？且何得唐律诗乃是此四者耶？弟兹亦不曾云唐律诗却是此四者，弟亦只云唐律诗必从此四种人胸中，始得流出耳。（《金圣叹选批唐诗六百首》）

《梵网经》是中土撰述经典，但却对中国佛教的戒律发挥了重大的影响。不过《梵网经》并没有忍辱、知足、乐善、改过这样的条目，故毋宁视之为金圣叹刻意创造性的诠释，这段话重点似乎是说作者最重要的工作在于锻炼心性。金圣叹在下面这段话中，进一步加以引申说道：

> 夫人不忍辱，不知足，不乐善，不改过，则断断未有能为律诗者也。律诗一起、一承、一转、一合，只是四句，每句只用七字，视之甚似平平无异，然其中间则有崎岖曲折，苦辣甜酸，其难万状，盖曾不听人提笔濡墨、伸腕便书者也。烂醉天真，泼墨淋漓，无如青莲先生。然试观其律诗七章，何章不从崎岖曲折、苦辣甜酸之后乃始得成耶？或曰：八叉手便已得。此自是见其临赋之时，殊不知其不赋诗时，固无有一时片刻不心心于忍辱、知足、乐善、改过也者，此所谓心地也。《法华经》曰:“罗睺罗密行，唯我能知之。”此所谓密行也。(《金圣叹选批唐诗六百首》)

此处引用的经典乃《法华经》，其中不难看出忍辱、知足、乐善、改过代表着平日训练的积累。诗人面对格律，初始十分难以驾驭，如同佛教徒最初面对戒律时无法应对，需要一个熟悉内化的过程，金圣叹以持密行的修行者来比喻诗人的创作过程，除了拟想创作过程的艰难之外，也意谓着：诗歌的本质与佛法实相彼此贯通，天才捷敏并不是代表资质聪颖过人，而是心法体契、道体圆满，如同秘法的修证。

清初的文论话语体系之中，纷纷吸纳各种不同的佛教元素，例如唯识、戒律，用资援助的理论经典，除了禅宗公案以及《楞严经》《华严经》《法华经》《梵网经》《四十二章经》（例如方孔昭、方以智父子的“中边说”）等佛教经典与元素纷纷进入清初的文论话语体系当中，与过去晚明时期《沧浪诗话》独占诗禅论述核心位置的景观不尽相同，除了诗法、妙悟、才学之外，心与境之间的互动联系隐隐然成为当时诗论家关注的课题，佛教也成为他们探索心灵奥义时的理论资具。

二、扬净抑禅的清代中叶诗学

清世宗以帝王之尊，却高度关心禅宗丛林内部事务，亲自编纂《御选语录》，用以彰明他的悟境，特别是对禅净融会一派多所肯定。编《拣魔辨异录》，剧烈抨击三峰派，并下令禁止流传此派著作。并选择特定的禅僧，承续玉琳通琇磬山派的法脉。同时下令重新编辑整理佛教著作，到乾隆时方竣工出版，这是中国朝廷最后一次正式编辑大藏经，此即《龙藏》。《龙藏》始于雍正十三年（1735年），完成于乾隆三年（1738年），共计七百二十四函，一千六百七十部，七千两百四十卷。乾隆二十四年(1759年)，编成《御制满汉蒙古西番合璧大藏全咒》，共九十六卷。从乾隆三十八年（1773年）至五十五年（1790年）间，编成《满文大藏经》。清世宗虽然针对三峰派发出多次严厉警告，整体而言，清代帝王对于汉传佛教仍多奖掖，不独偏厚藏传佛教。

清代君王崇尚佛教，朝中大臣也不遑多让。清代中叶朝中大臣朱筠、朱珪兄弟及刘墉等人皆以好佛著称于时，著名文人彭允初（绍升）、汪大绅、王文治、边连宝（随园）、梁同书、厉鹗（1692—1752年）、金农、郑板桥亦然。特别是彭允初，除了刊刻各种经典之外，编成《居士传》一书，成为清代中叶最有代表性的佛教居士，《居士传》影响深远，至今不废。尽管如此，一般来说，清代中叶士林学佛之风虽然尚称普遍，但知识社群的佛学造诣整体远逊前代亦是不争的事实，今观《四库全书》佛教类著作相关提要部分，几乎可谓错谬迭出，由此便可思过半矣。如前所述，不论正面或反面，清初的诗论家对于响应诗禅论述颇为热衷，然而清代中叶的诗论家虽然游山访僧，也常反映在作品当中，到北京法源寺看花或京口焦山探梅的诗题在清代诗人的诗集中比比皆是，但对于加深诗禅论述的兴趣似乎不大，典型的例子，或许可以杭世骏（1696—1773年）《烎虚上人诗序》的说法为例，其曰：

> 曩过净慈丈室，放言剧论。余谓禅自禅、诗自诗，划然不可牵而混也。从诗入禅，研声病，养清机，虚心观理，骨格苍而思力厚，夫而后禅可徐参也。从禅入诗，胸中先有古德机缘不能摆脱，用辞不必出处，措意在可解不可解之间。一参法席，公然自大，浮慕诗名，谓可一蹴而至，不知诗虽小道，亦历贤劫，钝辞拙口，欲以拈椎竖拂之伎俩，施之相窥于本原之地，五内不免荤浊，一经指破，不通身汗下乎？烎虚深然其言，今序其诗，遂烂漫言之，普为天下禅人言诗者痛下针砭，而津筏亦在此矣。(《道古堂全集》文集卷十四）

烎虚上人，即著名诗僧明中大恒，当时住持杭州净慈寺。杭世骏这段话虽然言“禅自禅，诗自诗”，但并不是为两者划分疆域，而是说明诗人与禅僧的训练不同。若先从诗人的训练入手，则有助于参禅入道，反之，若从禅宗训练入手，则习气深重，学诗不免事倍功半，禅僧若以参禅为高，视学诗为小道末技，轻视创作过程中所应具备的学识与素养，则结局可想而知。这段话虽然言诗禅分野，但似乎并未从审美观照的角度，就诗禅交涉的可能与限制加以着意，却隐隐然有批判当时禅林束书不观的风气。明中大恒可以说是当时杭州禅林领袖，能诗之名声动四方，但相较于清初，丛林尚诗亦大不如前，对杭世骏此种放言高论并未加以驳斥，或亦于此不无忧心。

曾经随全魁（1725—1791 年）、周煌（1714—1785 年）出使琉球的书家王文治，虽然也制作戏曲，但却是一个真诚的佛教信徒，不近女色，念佛茹素，在当时文人之间，事佛最为虔诚。其友人赵翼曾经为诗调侃王文治茹素一事，王文治不以为然，特别正色写作一首《素食歌答赵瓯北》，回应赵翼的戏谑。诗云：

> 忆余临洮寓僧舍，借翻《龙藏》消冬夜。翻到《楞伽》《断肉篇》，愧汗淋漓如雨下。归来誓持菩萨戒，万劫杀缘从此谢。闲将慈眼观众生，旭日和风谐大化。我治蔬食务洁精，匪斗华侈夸煎烹。菜根亦足餍嗜欲，庶肉食者毋絮羹。冬菘春笋真味出，涧苹溪藻神光清。斡旋众口心颇苦，不料于此招讥评。(《梦楼诗集》)

赵翼原意可能只是朋友之间的戏谑之词，不意王文治反应如此激烈。或许是王文治对自己的玩笑反应出乎意料的激烈，虽赵翼原诗今已不可得见，但从这首诗，可以体会王文治茹素的动机以及推广素食的苦心。素食虽然是汉传佛教的特色，但类似王文治《素食歌答赵瓯北》一般，出之长篇歌行亦不多见。《素食歌答赵瓯北》虽然没有触及诗学，但却反映了清代中叶奉佛士人的社会生活。关于诗禅关系，王文治在《陈伯恭侍讲寄诗谈禅次答二首》就此略加阐发，其言曰：

见性明心总浪传，文章烟月也关禅。藏身人海原同俗，行脚天涯漫拟仙。

试问云何犹未在？底须法尔说如然。澜翻无尽千公案，谁解饥餐与困眠。

休夸教外有真传，一句弥陀即是禅。药草予惭小茎者，蓬山君本大罗仙。

水分流处终归海，火到头时急救然。常凛瞿昙遗嘱语，睡蛇未出莫安眠。(《梦楼诗集》)

此处似有警告莫堕入盲禅狂禅末流，忽略了佛法在日用平常之间，“一句弥陀即是禅”，不难看出其修习净土法门的精诚。王文治自言：“自弱冠即喜修禅，四十以后，始兼修念佛。比年来以念佛为禅，复以禅念佛，禅净并运，将终老焉。”虽然清代中叶最为知名的佛教居士，仍当以彭允初为首，但“禅净并运”的王文治，在清代中叶的居士佛教，无疑也当具有一席之地。相对于明末清初“以禅喻诗”风气的盛行，清代中叶奉佛士人阶层中，喜言“染香”“种莲”，似乎隐隐然有“以净喻诗”的倾向，例如另一位重要的居士汪缙（1725—1792 年）也曾于《近得八首》说：“近得诗文法，心心学种莲。衣边香气积，口里白光宣。”深入掘发，或许可为诗禅论述另辟新局。

同为佛国中人，王文治对于彭允初的行解愿力赞誉有加，同时作为清代最有名的书家之一，从王文治对佛教相关碑帖的题跋，略可见其识见于一斑，将佛理、艺术、文学融为一体，自有一种风味，虽积学亦难致也。尽管晚明士人亦有此倾向，但清代中叶，似非王文治不能作。例如他在《自书金刚经》一文说道：

昔无著菩萨入日光定，亲见弥勒禀受十八伽陀，天亲菩萨因之造论，洵《般若》之心灯，《金刚》之法印也。元魏时，菩提留支译行东土，唐宗密原以造疏，俾甚深经典中句义，次第复显世间。波罗密门，其在兹矣。顾世俗流通，皆姚秦什师译本。秦译文词流畅，颇便读诵，而昭明所分三十二分，乖违经义，识者病之。又儒生随喜法门者，不见论疏，妄事解诠，甚或伪托仙乩，谬攀儒典，尤为罪过，惜不能户说也。(《快雨堂题跋》)

王文治已经发现汉译经典的局限，看到儒生或道家对于佛理的诠解不无私心自用。他曾以自身未能完写《华严经》为憾，姚鼐（1732—1815年）曾经称引王文治自身的说法，谓“吾诗、字皆禅理也”，对其相知甚深的姚鼐赞许王文治“笃志学佛”，足见佛法已经深入王文治的生活当中，确实是解行相应的佛门弟子。

随着年龄的增长，王文治向净土法门靠近的倾向愈发明显，清代江南学佛居士，多少皆有此倾向。王文治如此、彭允初如此、汪缙亦如是，汪缙诗作中于念佛修净之事屡屡言之，其中《净土诗三首》云：

最爱古先生，提起便欢喜。因持一串珠，念之不能已。
次爱读《离骚》，古香世无比。开卷清风吹，嗅之入妙理。
好修以为常，的的西方指。苟无屈子心，念佛亦堪鄙。
世间忠孝人，念念是君亲。即此念弥陀，疾得清净身。
金台登上品，遍地莲萼春。笔之诒净友，此语当书绅。
窗间绿阴沉，一株丹意古。不唯树身孤，其叶亦可数。
而更风落之，片片点窗户。中有念佛人，独识霜根古。(《汪子诗录》)

此组诗以念佛之心比拟世间忠臣孝子，以香喻德，本即禅门修辞。结尾乃化用“树叶凋落，体露金风”之典，表示自己念佛之心精诚坚固。净土诗最初源于唐宋之际的诗僧，元代中峰明本的《怀净土诗》、明初楚石梵琦《西斋净土诗》可谓净土诗的双璧，不独丛林仿效者众，也深受批评家的赞赏，但一般诗人仿作者不多，汪缙对于净土诗可谓情有独钟，《净土诗》《怀净土诗》之外，也有《有笑予唱佛声高者作此示之》等作品，净土倾向的加强大概也是清代居士文学的一个显而易见的特色。

历来言诗禅交涉，禅宗仍是最重要的成分，虽然禅宗在清代知识社群投影的光芒不若晚明，但其影响仍然显而易见，特别是晚明时，成于瞿汝稷（1548—1610年）之手的《指月录》，几乎取代在此之前的禅门公案偈颂，僧俗言及禅宗公案，多征引《指月录》与《传灯录》为例，《碧岩录》极少有人言及，遑论其他。是以此时文人言禅，亦多举《指月录》为例，例如边连宝《禅家公案颂》。

边连宝，直隶任丘（今河北任丘）人，字赵珍，后改肇畛，号随园，晚号茗禅居士。雍正十三年（1735年）拔贡，廷试第一，后绝意仕进，终身以教书为业，曾任桂岩书院山长。《禅家公案颂》前附有边连宝小序，曰："冬夜岑寂无聊，因取《指月录》读之，偶有所会，辄书二十四字以当偈子。又时缀数语于后，以畅其旨。"观此，或许不难想见，此种文字多少具有文人拟作的拈古颂古之性质。例如其就"护生须用杀，杀尽始安居"此一公案后颂曰：

毕竟杀个什么，至今未能委决。此处不必求深，只是剪除六贼。(《禅家公案颂》)

后释文曰："杀六贼烦恼，正是衲僧分上事也。"这样的见解其实十分素朴，却十分坚实，某种程度反映了官方认可的立场。边连宝性喜参禅，其号"茗禅"亦可见其喜尚。茶之所以风行天下，禅门中人功不可没。边连宝晚年颇喜言茶，具现在《茗禅吟》此组诗作当中。第一首云：

当年自许酒中仙，此日唯参茗内禅。世味尝来半盏水，勋名看去一丝烟。

钟传邻寺声初歇，月到中天影欲圆。岑寂风光堪入定，又携竹灶上蒲团。(《随园诗集》)

明清以来的禅宗喜言茶，往往联系到味觉、嗅觉，实与惠洪觉范在晚明重新受到重视有关。此诗虽然深富理趣，却没有陈腐的说教意味。结局又表明深契禅观。如前所述，边连宝虽然深耽禅悦，却没有晚明以来的狂易倾向，仍属平实一路。

三、扬教抑禅的晚清诗学

晚清佛教居士当中，最为人所熟知，当推龚自珍。龚自珍于佛教十分倾心，晚年废禅归台，兼之不废净土的倾向令人印象深刻。龚自珍曾作《发大心文》，表明其至诚归佛的心志，其曰：

> 我今誓发大心，凡生人伦，受种种恼，大心菩萨深知因果，各各有故，略可设说。脱令我今世适发善念，欲入正受，即有魔事，不得成就，便当知前生善根微浅，娆善友故。脱令我今世出诚实言，而以愬人，人反讥笑，便当知我前世信根微浅，不听它言故。(《定庵全集》)

《发大心文》全文甚长，基本上大体可视作传统《发愿文》一类。"大心"其意大约等同于"菩提心"。晚明清初文人常循佛门规矩，经常创作《忏悔文》《发愿文》之类，清代中叶以后则似乎较为罕见。龚自珍虽然于《戒诗》自言"我有第一谛，不落文字中"，于《驿鼓》"我欲收狂渐向禅"，但似乎对于晚明清初盛极一时的诗禅关系不太关心，而是以佛为文章之师。其曰：

> 儒但九流一，魁儒安足为？西方大圣书，亦扫亦包之。
>
> 即以文章论，亦是九流师。释迦谥文佛，渊哉劳我思。(《定庵集外未刻诗》)

龚自珍不独尊儒家，而以佛教为优先，其实这种论述颇近于清朝皇室的说法，本来无足深讶。以释迦为文佛，尊崇佛教，自不待言。更值得注意的是：他对禅宗的态度。中年的龚自珍与天台宗十分投合，专心搜求天台相关的著作，又屡屡表示一瓣心香归于智者大师。"我说天台三字偈""重礼天台七卷经""自达摩至惠能，有出于吾天台宗之外者欤？"又为《己亥杂诗》七十八诗曰：

狂禅辟尽礼天台，掉臂琉璃屏上回。不是瓶笙花影夕，鸠摩枉译此经来。(《定庵全集》)

龚自珍晚年于天台愈发倾心，几乎与清初钱谦益“扬教抑禅”的路线并无二致。只是他对教家的表彰主要仍在天台。他曾经在《支那古德遗书序》中对禅宗弃书不观的学风大表不满。其曰：

悲夫！晚唐以还，像法渐谢，则有斥经论，用曹溪者则有祖曹溪，并失夫曹溪之解行者。愈降愈滥，愈诞愈易，昧禅之行，冒禅之名。儒流文士，乐其简便，不识字髡徒，习其狂猾，语录繁兴，伙于小说。工者用廋，拙者用谣，下者杂俳优成之，异乎闻于文佛之所闻，狂师召伶俐市儿，用现成言句授之，勿失腔节。三日，禅师其遍市矣。佛言：吾如师子王，不畏百兽，畏师子身自生蛆虫，啖师子肉。佛法之衰，为支那所诋，不绝如线，则岂非蛆虫僧之召之也哉？（《定庵全集》）

这段话十分激切，再度将佛法的衰微归咎到禅宗的废书不观，或许跟龚自珍接触僧人的经验不无关系。有趣的是：龚自珍的友人王昙（1760—1817年），也有一首《国清寺感二千年佛法陵迟而作》，其曰：

寒山不住丰干死，拾得宁馨老无子。不见青山见智师，陈朝桧树犹如此。

山中铜壶声泠泠，一部尊师止观经。禅僧不识经函字，留有莲花漏一瓶。

南朝圣火何年断，龙树山门一层换。九领袈裟一领无，北宗钵子南宗乱。

千言万语妙莲华，明珠龙女恸三车。掀翻八部天龙席，改作狐涎哑子家。

清谈一尘当年妙，一会灵山被人扫。五时生酪当醍醐，显密偏圆顿渐教。

国清一录变为灰，一去重瞳一柱颓（智师重瞳）。拜经台上无功德，拜得真经十卷回。

如来原有千年法，一所祇园象来踏。一误尼姨五百年，中间马祖遭人杀。

达摩文字一掀空，大梁国里逞英雄。花传六祖金轮帝，直到天童十二宗。

密老东瓜一肚子，金襕满绣人人紫。黄杨禅印印西来，大意西来不如此。

髫年九岁向师参，一句机锋一句禅。三玄三堕言言要，三堕三玄字字禅。

行年十五精神旺，读遍儒书读龙藏。读尽天台几十函，神魂已被台山荡。

中年一衲半天涯，时想天台似到家。楞严入后圆通法，更把天台当落伽。

而今十载耳门根，只算闻思是至亲。每谈空假中三字，便想麻鞋踏到门。

万年藤杖时师供，云雾山茶遍山送。尽把黄精家裹餐，不曾天姥峰头梦。

拖泥带水问琼台，嗒大山门依旧开。从头提起摩诃法，七佛当初未讲来。

天女曼陀莫散花，漆灯一盏恒河沙。娑罗花上频伽鸟，来向龛前说法华。(《王昙诗文集》)

此诗与龚自珍的口吻几乎如出一辙，禅宗成为佛法衰微的主因。两人往来密切，尊教抑禅，或许是此时奉佛士人的基调。王昙，字仲瞿，秀水人。生于乾隆二十五年（1760 年），卒于清高宗嘉庆二十二年（1817 年），一生著作甚富，与龚自珍等人交好。自幼接触佛教，少从大喇嘛章嘉呼图克图习得秘法。其《清字经馆奉呈章嘉佛时译藏既竣》一首，写其与章嘉呼图克图亲近之状曰：

逍遥园里贝多春，波若台边笑语亲。校定旧经三百卷，归依乞士五千人。华言唐古纷纷异，国语房融笔笔真。授我《楞严》总持意，传镫毕竟有前因。(《烟霞万古楼诗选》)

王昙少时即亲近章嘉呼图克图，从“归依乞士五千人”一句，见其声势之大不难想象。由此或许可以看出王昙应该是曾经协助章嘉呼图克图参与译经之事，故对教家更觉钦佩。但龚自珍、王昙虽然不满禅宗，却对净土法门十分肯定。

龚自珍、王昙之外，魏源的净土信仰也是学界热衷谈论的话题。晚清的士大夫与僧人虽然尚称密切，不过也有几点特别值得注意:（1）士人逐渐远离禅宗，晚明清初，钱谦益“扬教抑禅”只能说是寥寥数人，晚清的奉佛士人对禅宗的贬抑之情愈发加强。龚自珍、王昙等人不仅抬高天台宗的价值也注意到佛教文献的缺失，有意加以钩沉补阙，几乎可以说是杨文会（1837—1911年）的先声。（2）净土法门大行于天下，虽然净土法门古已有之，但是清代净土法门的修行显然较禅门更甚。龚自珍、王昙、魏源等人之后的中国佛教，随即面临太平天国与“庙产兴学”两大挑战。同时，杨文会与日本南条文雄（1849—1927年）等人交流之后，开始重新整理刊刻诸多失传已久的重要佛教文献，佛教，特别是法相唯识学，与新时代的科学精神站在同一阵列。佛教与知识社群的关系，也将进入新的一页。现代化的帷幕也即将逐渐展开。

（廖肇亨）

第三十六章　清代小说与佛教

多数的文学研究者认为，清代是中国古典小说发展史上的全盛时期，此时无论文言抑或白话小说，莫不呈现一片争奇斗艳、各擅胜场的创作局势，其数量之宏富、流派之纷呈，固不待言。清末民初文豪鲁迅先生曾以特殊的进化史观，指出中国古代小说线性发展的两条“不易”脉络：“一种是新的来了好久之后而旧的又回复过来，即是反复；一种是新的来了好久之后而旧的并不废去，即是羼杂。”可谓一语中的。一旦我们尝试将它放入清代佛教小说的发展脉络中进行总体的观照，亦不难发现：“反复”和“羼杂”在古小说的终结阶段里，同样发挥显著且重要的作用，并形塑整个时代的创作底蕴。

从文化思想来看，清初佛教基本上延续明代宗教制度，中央对承继明末遗绪的汉传佛教采取严厉的思想控制，而对藏蒙边陲一带的藏传佛教，则施行怀柔优遇政策，以为羁縻手段。圣祖康熙即位后，虽对空门的遗民势力依旧忌惮，却也深知佛教乃笼络民心的最佳利器，于是敕命编撰《宗统编年》，宣示三教融合、儒佛一致的立场，意图将佛教纳入孔孟儒学的思想范畴中，垂宗统于后世。稍后，世宗雍正进一步以禅门宗匠自居，不惜以帝王之尊参与僧争、干预宗务，展现对佛教的支配地位。他曾著《当今法会》与《御选语录》，对当时弊病横流的丛林现状提出驳难，也曾对临济禅宗呵佛骂祖、烧像毁经等有违伦常之举，予以猛烈抨击。为肃整禅风、削弱其势力，雍正提出禅教融合，强调经教的重要性，并对念佛净土法门之倡导甚为措意。在其身后，高宗乾隆克绍箕裘，致力于佛教刻经与译经事业。难以否认的是：成立于此时的汉文《龙藏》、满文《大藏经》以及各种大型佛教类书，一如《四库全书》的编纂，很大一部分成为象征朝廷巩固封建势力、铲除宗教异端的重要标志。而在上位者恩威并济的统治下，历代名僧禅师与佛教居士为迎合君主之喜好自觉地将佛教与儒道二教思想汇流，使其成为辅教之工具。

从社会环境来看，乾嘉以还，国势步入盛极而衰的转变期，先是乾隆年间废止度牒制度，看似有利于壮大佛教队伍，却也导致寺院人口结构的复杂化，僧尼窳滥情形严重；尤其，伴随着土地兼并情形愈演愈烈，大批游民活跃于社会底层，为求生计而削发入寺者，多不胜数。往后，嘉庆年间爆发白莲教之乱，深化朝廷与百姓间的矛盾冲突，社会动荡不安，外患亦侵扰不断。朝政腐败，危机四伏，上位者再无暇扶植佛教，佛教衰颓之势已然历历显露。尽管如此，此时佛教已渗透社会各阶层，信仰文化亦根植民心，而与此相应的日常大、小佛事仪式，也顺理成章地成为佛教徒与一般百姓生活中重要的岁时活动。从而，民间逐步取代官方力量，成为护持佛教的实质存在。

从佛教自身的发展看，尽管受限于目前可见的文献史料，我们至今对于清代佛教史的发展全貌仍不免有见木不见林之叹，然这个时期被著录于方册、笔记中的名僧大德、佛教居士，却不应轻易看过。在清代佛教各宗派中，初期以禅宗的势力最是庞大；若言及临济宗，有堪称国初“三觉国师”的憨璞性聪、玉琳通琇、木陈道忞，深受帝王与朝廷百官之青睐；有悬祖灯东渡日本，在异域开宗立派的黄檗祖师隐元隆琦，踵继中世纪五山禅僧之后，为中日交流史翻开辉煌崭新的一页。曹洞宗中则有觉浪道盛、无可弘智（方以智）以弘扬三教合一思想为己任，力求涤荡明末以来的佛门积弊；有高揭民族气节、颂扬反清复明的僧人祖心函可、天然函昰，不畏强权势力，直以儒家忠孝节义履行禅宗要义。他们不仅是当时抗清之士寻求政治庇护、心灵慰藉的实际领导人物，就某个层面来说，也是小说家们笔下所刻画的方外义士形象原型，具有特殊时代意涵。如《三侠五义》《小五义》中的北侠欧阳春，人称紫髯伯，原是一名浪迹市井、行侠仗义的武林高手，出家前恒常协助官府行铲奸除暴、扶危济困之善举；虽平乱有功却不愿受朝廷封赏，于大相国寺削发出家，法号保宋和尚。他退隐山林后，办道之余仍出入江湖主持正义，是古典小说中著名的“佛侠”代表。

再者，雍乾以来的净土信仰在皇家支持下，取代禅宗成为各派所共宗，念佛净土深入社会各阶层，成为学佛的基本内容。时除莲宗僧尼之外，皈依莲门的佛教士大夫亦逐步崭露头角，成为推动佛教发展的中坚分子。著名的居士彭绍升、彭希涑叔侄，深研净土教义，潜心礼拜念佛，建莲社谈宗论法之余，复编《净土圣贤录》《二十二史感应录》等通俗灵验故事集，以为劝修念佛法门。尚有如罗有高、汪缙出入儒、释二教而终归念佛净土，生前并与彭绍升相交。值得一提的是，在三教会通的思想氛围下，当时佛教通过地方乡绅、士大夫对善书的整理、校注，及以民间善人的捐资刊行，得到广泛传播。如居士周梦颜（1656—1739 年）信仰西方净土，更兼博通经藏；他深信因果，常念众生多犯杀、淫二业，造无量罪，于是以经典为据，著《万善先资集》《欲海回狂》二部善书，阐述戒杀、戒淫道理。此外，清代善书在体裁和内容上，相较于明代善书显得更加多元通俗，一改文理太甚、趣味不足之窠臼。譬如《学堂日记故事图说》纂辑善恶果报故事，并辅以精美插图，示之童蒙以为榜样；如《玉历钞传警世》中所绘地狱十殿及阎王判案图，其景象恐怖惨淡，使览者观之能怵目惊心，以达到知所劝戒之目的，颇具匠心。凡此，皆有助于推动当时佛教小说的创作与流通。

一、清初佛教题材小说之特色

清初时期，大约是顺治、康熙、雍正在位期间（1644—1735 年）。此时不仅是大清建立正统和巩固王权的奠基期，也是小说家在前朝基础上，继续发展的参伍因革期。从现存著作目录看，这个阶段的创作队伍盖以前朝遗民和下层文人为主，且作家对于白话长篇小说的热情，更胜文言短篇小说一筹。在小说的刊刻上，尽管自明季以来所形成繁盛局势的出版业，并未随着改朝换代而一蹶不振，清初文字狱的腥风血雨，也并未给予其传播带来沉重打击——众所周知，江左布政使张缙彦（1599—1670 年）因资助刊刻李渔的《无声戏》被降职，而李渔却未受波及；丁耀亢以著《续金瓶梅》遭罗织入狱，其获罪原由并非书中大量的情色描写，而是假历史事件影射时事之故。但无论如何，这个阶段的小说仍呈现出较为保守且一致的创作面貌：内容上，或偏重于因果说理、劝善惩恶，以议论考证见长；风格上，则一扫晚明轶荡游戏的倾向，转趋敛约缜栗。要言之，裨益风化、维持世道之政教作品为此时文坛主流。虽未免扼杀文学创作新意，然对佛教文学的发展来说，倒不失为一有利传播条件。

从笔记体小说看，出自僧家之手的著作如释戒显（1610—1672年）《现果随录》四卷，可为一例。释戒显，俗名王瀚，字愿云，号晦山，又号罢翁，太仓人。明亡后，先是入金陵华山礼三昧老人，复遍参天童、雪峤诸尊宿，最终依止于灵隐具德弘礼禅师，得其心印密契。戒显学问渊博，在思想上承继佛教儒释会通的传统，强调宗教与世俗伦理的一致性。此外，他精研戒律，曾担任过见月读体的首座和尚，住云居山时，大开法筵，并立清规，振衰起敝，为世所称许。今除《现果随录》外，尚有《禅门锻炼说》传世。《现果随录》一书为戒显住持灵隐寺时期完成的笔记著作，收录自明代中叶至清初江南地区有关善恶感应、六道轮回的果报逸闻，包括现报、生报与后报的“三报”事，务使人知善有善报、恶有恶报，随身不灭之道理。作者声称所录一百零三则人物事迹中，般般皆是“现在因果，亲见闻者”，复于每则之下，书有按语，或“罢翁曰”或“男戒显曰”，陈听闻之始末、述来源之依凭，以取信于人。如《王指挥以恶性为蛇隔生余报》记大仓卫指挥家王二数世前生于富贵家，因“性凶恶，捶杀僮婢无数”，于是殁后堕畜生道，为蛇身；后带余报托生，“胸前有一蛇皮，班剥腻滑，长七八寸、阔二寸。每至暑月腥气逼人，满座掩鼻”，虽然“惭恨切齿”，莫可奈何。文末按语，戒显曰：“此余先君同时人也，时时援此以示训诫，故童而习之，颠末甚悉。佛经备载，众生性习愚黠、面貌好丑，悉系前业，岂不信哉！”即是。再者，是书“极赞念佛功德”，麇摭诸多修持灵验事迹，譬如《张斌以念佛金钱救主危难》《吴瞻楼修持登簿瑞现西方》《先府君以精虚事佛屡感奇征》等，亦可知戒显洵为“一莲社中人”。

复有如南源性派（1631—1692年）《鉴古录》三十卷。南源性派，初讳良衍、非泉，有号松雪。俗姓林，福建省福州府福清县（今福建福清）人。初从无净隆璋（？—1648年）习禅，待无净隆璋圆寂后，转而参礼大和尚隐元隆琦。后随隐元东渡日本，此后久留不归。《鉴古录》乃仿《世说》体例纂著的笔记作品，麇摭佛祖圣贤、历代高僧德者嘉言懿行，分门别目，随类相从，起自《慎行》终于《恶报》，凡三十类。书名“鉴古”，作者自陈：“非邪不显其正，无正莫催其邪。鉴古往而知来今，可悲可叹；惩来今而鉴往古，可惧可惊。静言思之，亦足为世劝也。”是故，“每类之中，贤否并列，法戒兼存”；而所采辑“事不炫奇，语不述异，凡有关于教化，资于日用，可为修身毓德者之基者，不论三教圣贤语要并皆辑录，以见事同一家也”。一者有意取消《世说》对魏晋名流人物审美品鉴之风格，回归文学的教化实用功能；二者虽承袭护教观点，于孝亲、忠君二门记事详于释氏、略于儒门，但仍从三教调和的立场出发。而内容上，《鉴古录》除据《缁门崇行录》为底本进行增补外，更进一步将目光投向对地方时人的关注，不仅记录江户名流高僧乃至市井百姓之懿行，亦可见及关于明代乡绅氏族修身齐家、睦邻行善的描写，或呈现近世中日社会丰富而多元的文化面容。

又有出自文士之手的著作，如陆圻（约1614—1667年）《冥报录》二卷。陆圻，字丽京，一字景宣，晚号讲山，清初杭州著名遗民，曾与陈子龙结登楼社，众人推美为西泠十子之冠；生前与戏曲家李渔、沈谦、毛奇龄等人亦相善。康熙年间，因遭庄廷鑨明史案之累，几倾家罹祸；后幸不得死，辗转流转岭南，曾在天然函昰门下出家。陆氏自谓所著《冥报录》，意在使人知晓善恶报应、轮回转世之不消歇，所谓“现世所不报者，即再世之后，重泉之下，尚有含冤隐毒，愿得而甘心焉者”；又“将前后始末备载之，或亦冥冥之中唤群蒙，而肃官箴之意”。其创作颇似善书流亚。

如徐庆（生卒年不详）《信征录》一卷。徐庆，字宾溪，自署乌山人，其生平、乡里不详。《信征录》同样杂采因果业报、人鬼幽冥之说，然四库馆臣以为“语多荒诞”“怪而不经”，故评价不高。

至于世情小说部分，有署名西周生（生卒年不详）的《醒世姻缘传》百回、刘璋（1667—1733？年）《斩鬼传》十回、烟水散人编次《新镌批评绣像合浦珠传》等。《醒世姻缘传》原名《恶姻缘》，是继《金瓶梅》之后问世的长篇世情小说，虽明显受到旧著影响，但创作题材全出自现实生活，虚构崭新的人物样貌与故事情节。作者以佛教因果报应之说贯串全书主旨，通过两世姻缘故事，讲述无法摆脱轮回业报的主人翁，何以遭受冤仇相报的来龙去脉，最终经由高僧指点，诵读万遍《金刚经》，方才解除前世宿孽。是书作为一幅展示社会家庭间关于经济、婚姻、子嗣与寻常细事的世情百态图卷，不仅直指天道好还、报应不爽的道理，且刻意通过男女不幸的婚姻生活，以警示应当尊重女性、夫妻相敬的现实意义，与佛教众生平等的思想不谋而合。

《斩鬼传》作者刘璋，字于堂，号介符，又号烟霞散人、樵云山人，康熙年间举人，曾官深泽县令。平生雅好文艺，是清初重要的小说家，著有《凤凰池》《巧联珠》《飞花艳想》等才子佳人小说。《斩鬼传》又名《钟馗捉鬼传》，系一部假托神魔鬼怪以批判现实之讽刺小说，故事中对吏治腐败、世风浇薄的现象进行谴责鞭挞之余，亦对下层劳苦百姓寄予深厚同情。是书以鬼王钟馗驱邪斩鬼为故事主轴，杂糅佛道二教思想，并巧妙穿插神佛合力摧邪扶正之情节。通过荒诞诙谐的笔调，刻画出谄鬼、假鬼、奸鬼、捣大鬼等形形色色的群鬼形象。作者开宗明义假借阎王之口，云："大凡人鬼之分，只在方寸间。方寸正，鬼可为神。方寸不正，人即为鬼。"又，"此等鬼最难治处，苟欲加之王法，彼无犯罪之名；欲彰之报应，又无得罪之状。也曾差鬼卒稽查，大都是些习染成性的罪孽"。是虽写冥间鬼魅魍魉之光怪陆离，实则嘲讽世间众生之道德缺陷。往后，乾嘉年间出版的《唐钟馗平鬼传》《何典》等极尽演绎鬼域、讽刺世相的神怪小说，都可视为继承《斩鬼传》笔意一类的作品。此外，小说中带有浓厚的善恶报应色彩，具有一定程度的劝世意义。

与此同时，清代小说的续书风潮蔚为盛行，几成狗尾续貂，时人刘廷玑尝指谪："近来词客稗官家，每见前人有书盛行于世，即袭其名，著后书副之，取其易行，竟成习套。"足见一斑。就中，《续金瓶梅》作为《金瓶梅》续书流亚，堪称一时之选。

《续金瓶梅》一名《玉楼月》，作者丁耀亢，字西生，号野鹤，自称紫阳道人。《续金瓶梅》借由书写吴月娘与孝哥母子的离合遭际，及以西门庆与金、瓶、梅四人转生后的情仇纠葛，上演了一出以宋金战乱为背景的时代悲剧；或褒扬忠烈、或鞭挞奸佞，满纸尽是作者“刺新朝而泄黍离之恨”的深沉心绪，也因此最终难逃官方禁毁的命运。全书充斥佛教因果轮回、曹阴报应之说，更兼“杂引佛典道经儒理，详加解释，动辄数百言”，以为劝世良言。卷首开头先是大篇幅引用《大方广佛华严经》和吕真人《赠刘处士歌》，之后有段说书人语，提起全书中心主旨：

> 这篇词是要说佛，说道，说理学，先从因果说起，因果无凭，又从《金瓶梅》说起。单表这《金瓶梅》一部小说，原是替世人说法，画出那贪色图财、纵欲丧身、宣淫现报的一幅行乐图。（中略）我今为众生说法，因这佛经上说的因果轮回，遵着当今圣上颁行的《劝善录》《感应篇》，都是戒人为恶，劝人为善，就着这部《金瓶梅》讲出阴曹报应、现世轮回。紧接这一百回编起，使这看书的人知道阳有王法，阴有鬼神，这西门大官人不是好学的，杀一命还一命，淫一色报一色，骗一债还一债。受用不多，苦恼悔恨，几世的日子冤报不了。又说些阴阳治乱，俱是众生造来大劫，忠臣义士、财色不迷的好人，天曹降福，使人好学。借此引人献出良心，把那淫胆贪谋一场冰冷，使他如雪入洪炉，不点自化。岂不是讲道学的机锋，说佛法的喝棒，讲《感应篇》的注解？

通过说书人的话语，我们可以看见丁耀亢试图用三寸之管，为大千世界说此无尽法之用心。首先，他融通儒、释、道三教教义，再三强调《续金瓶梅》本身作为善书的现世脚注，并“要遵奉《感应篇》做一部小说劝世”外，另一方面，在内容上又不脱三教的果报观念，在《金瓶梅》末回中，普净禅师出面超度众生，交代西门庆、潘金莲、李瓶儿、庞春梅等主人翁遭报死后的去处，而续书开头更紧接百回篇目之后，轮番演绎他们各自的恶报转生故事，可以说延续原书“善有善报，恶有恶报。天网恢恢，疏而不漏”“天道有循环”的不易思想。如生前为非作歹、淫人妻女的西门庆，死后托生为金哥，沦为盲眼乞丐，最终受尽苦难而死，为其前世贪财付出代价；随后复次生为庆哥，净身成为太监，无法人道，则是为其前世淫色付出代价；再复投生堕入畜生道为犬，可谓尝尽三世淫欲果报，分毫不差。其次，《续金瓶梅》虽“以因果为正论”，但同时也强调不应过分执着于因果实相上，否则乃是堕入另一有形知障中，“一部《金瓶梅》说了个‘色’字，一部《续金瓶梅》说了个‘空’字。从色还空，即空是色，乃因果报转入佛法，是做书的本意”。作者认为，“因果二字为下根人说法”，因此“讲佛宗的，从上根人便讲了个空，从下根人须讲个果。到了正果，自然能空，不落禅家套棒”。最后，作者在《金瓶梅》的基础上，更进一步表现出对个体道德自觉的重视，诚如上述引文说书人所云，此书正是要“引人献出良心，把那淫胆贪谋一场冰冷，使他如雪入洪炉，不点自化”，意即要使人人体认一己本然已有之良心，进而扫荡其心头上之飞雪尘埃，除去贪淫欲望，从而达到自律、自救的伦理教化可能。

二、清中叶佛教题材小说之特色

清朝中叶时期，大约以乾隆即位后迄至道光前期（1736—1839 年）。此际清代文化逐渐确立自身的特质，学术上以考据学为主体。佛教内部则逐渐收归于净土法门。乾嘉之交，文网稍松，乃至嘉庆朝时，如孟森《明清史讲义》所说“尽去雍乾两朝箝制之意，历二十余年之久，后生新进，顾忌渐忘”，于是文坛重现生气。是时，文人作者辈出，千姿万态、争奇竞秀；小说作品大量涌现，汗牛充栋。就中，部分怀抱着远见的小说家甚至不再将劝善惩恶、扶植纲常视为是创作之唯一目的，开始将目光投向对自身生命际遇的喟叹与反思，或对社会现实的揭露与批判。

这个时期的长篇巨著更胜短篇小说一筹，无论在英雄传奇、才子佳人、神魔志怪或人情世态类主题，都得到极大发展，甚至产生汇流的新兴派别，如英雄传奇与才子佳人合而为儿女英雄类，公案与侠义形成公案侠义类，可谓盛况空前。与此同时，可以看见在各种类型的小说中，融合程度深浅不一的三教元素，不仅丰富故事的情节张力，也深化文学的思想底蕴，引人入胜。与《儒林外史》同堪称清代小说之双璧、象征世情小说发展最高峰的《红楼梦》，即是如此。如果我们试图抛开曹雪芹的生命经验与佛教思想，略而不谈，便难以说明何以小说中会出现如众生平等、三世因缘、即心即佛、情空不二或是人生无常等，关乎佛教教理的痕迹。当然也就无法明白作者原是要借一僧一道，来表明菩萨之随缘变现、因缘度化的用心，使笔下的人物各自经由僧道之点化后，明心见性、脱离苦海。故事伊始作者便交代僧、道二人下凡之始末：

> 道人说道："果是好笑，从来不闻有还泪之说。趁此你我何不也下世度脱几个，岂不是一场功德？"那僧道："正合吾意。你且同我到警幻仙子宫中，将这蠢物交割清楚。待这一干风流孽鬼下世，你我再去。如今有一半落尘，然犹未全集。"

说明此一下凡历劫到救度解脱的醒悟过程，贯穿全书中心主旨。此外，作者笔下那"天上人间诸景备"与贾府荣衰俱进的大观园，以及贴有"假作真时真亦假，无为有处有还无"对联的太虚幻境，无不是佛教性空假有思想的最佳脚注。更遑论故事中犹穿插着一幕幕以尼庵寺观、佛教仪式为背景的场景，乃至于极笔刻画一群为消灾祈福、解脱病苦，而精勤念佛诵经、祝愿祷告的善男信女形象，皆是显而易见的。

《红楼梦》与佛教的关系前人多有发明，不待言说，而在以神怪为母题的小说呈现上，同样脍炙人口。如《婆罗岸全传》，全书二十回，不分卷，撰者不详。书叙东胜神州南极岭太虚洞中百年蛇精因淫性大发，幻化男子，夜闯王府奸淫若干女众致死，遂触怒天庭，遭雷击毙。蛇精死后，先是转世投生为犬，颇有灵异，屡次救助前世曾遭其荼毒之人，终了孽缘。后被人打死，再转生为县役家小姐，因家道中落，沦为红楼妓女，历被蹂躏。再经僧点化，又投于笃信佛教的袁佛子家中，终于出家为僧，行善天下。是书卷首有嘉庆九年（1804年）圆觉道人题序一篇，开头即声称"轮回之说，佛氏言之凿矣"，以为世间善恶报应，屡试不爽，纵使"今世报施偶不如量"，来世仍要偿还宿果。而恶业之中，复以"盖淫为恶首，报尤惨毒""辗转数世，偿之不尽"，于是假托蛇精三生业报之故事，宣说佛门戒淫惩色之要义。卷末有诗为证："前世蒙蒙不可思，为蛇为狗有谁知？一生造下奸淫孽，数世偿来那得辞。”恰与《续金瓶梅》的主人翁西门庆因犯淫堕入三世轮回、终为犬身而亡之情节，颇见异曲同工之妙。

亦有以史传记载为基础，经漫长的文化传播过程中，逐渐由历史而为文学、由民间传说而为神侠虚构，由单一教义而见信仰纷呈，最终丰富完善其内涵的小说作品，如济公故事。尽管其形象甚早即纳入作家的创作视域中，但最初仍是以传记形态被认识，即南宋释居简《北涧文集》所收《湖隐方圆叟舍利铭》对济公生平记载的文字叙述。明代中期后，首次出现以济公为主题的短篇小说《钱塘湖隐济颠禅师语录》，将济公一生特异独行的言语、逸事刻画入木三分，往后并在说书人讲唱、民间文人不断流传敷衍、踵事添华的过程中，逐渐由一名凡僧过渡为具有宗教神秘色彩的异僧，甚至不乏有将之与《水浒传》中的鲁智深，或《红楼梦》中的癞头和尚，比而论述者。迄至清代，济公摇身成为神通广大的知觉罗汉，极富传奇性。

《济颠大师醉菩提全传》是最早以章回小说形式完成的济公小说，上承《钱塘湖隐济颠禅师语录》而下开《评演济公传》，被视为是济公系小说情节演变中最重要的一个文本。全书凡二十回，不分卷，作者署名天花藏主人，是清代的小说家、出版家。书叙南宋高宗年间台州府天台县春坊赞善李茂春之子李修元（即济公之俗名），原是紫金罗汉转世，出家后以法名道济行化天下。在一次偶然机缘下，经灵隐长老点醒前世因缘，此后性格大变，经常对人嘻笑怒骂、恣意纵情，似癫非癫；然辄以游戏三昧吐禅机，仗痴癫以说法，人遂称他为“济颠”。道济素好饮酒食肉、不饬细行，或口唱山歌，或终日与猴、犬、群儿为伍，然语多含禅机，无不灵验；尤其屡显神通，不仅能扶危济困、惩恶扬善，尚能降妖除魔，伸张正义，故人皆敬之，咸称“活佛”。综观《济颠大师醉菩提全传》内容，较前出的《钱塘湖隐济颠禅师语录》更见离奇谐趣，今耳熟能详的运木古井、酒醉装金、死鸽复生等故事情节系出于此，可以说为其神通形象再添一抹幻化莫测的气息。

短篇小说部分，就传统文学史的分野看，又可分为传奇与志怪类两种。前者与蒲松龄《聊斋志异》一脉相承，熔六朝志怪与唐传奇笔法于一炉，“以传奇体叙小说之事，一书兼二体”。代表作品如沈起凤《谐铎》、和邦额《夜谭随录》、浩歌子《萤窗异草》、曾衍东《小豆棚》等，颇得《聊斋》神韵。

后者专主搜奇志怪，意在拟晋古风、尚质黜华，与《聊斋》一系作品之旨趣、风格迥然不同，自铸格局，以纪昀《阅微草堂笔记》为此类代表，时人将之与袁枚《子不语》并举，号为“南袁北纪”。尚有王凝斋《秋灯丛话》、浮槎散人《秋坪新语》、慵讷居士《咫闻录》、许仲元《三异笔谈》等。

这个时期的文本映现出的佛教精神，尽管与世俗的宗教文化氛围密不可分，但相对于长篇小说偏好戒色、戒贪的劝世母题，因而反复渲染佛教的轮回业报思想，笔记小说家们的创作意图虽然很大程度也指向因果报应与伦理道德的关系，但在内容上却非仅止于谈色论贪的不可为，与此同时，出现以小说记录禅家语、以梦中富贵宣扬色空思想，甚至对地方谈论戒杀放生、孝亲友爱、劝修念佛、施财救济等善人善举、果报灵应的“真实”逸事，也充满着热情与好奇。这不仅反映作者自身的宗教情怀，无形中更赋予文学之于社会的教化功能，可以说与当时流行的民间善书、灵验记等宗教作品，存在一定关联性。

如《阅微草堂笔记》中，一方面可以看见纪昀对于佛教戒杀思想持肯定的态度，他曾说：“杀业至重，信夫！”也曾对屠牛贩夫高声疾呼：“宰割惨酷，虽畜兽亦含怨毒，厉气所凭，借其同类以报哉？”乃至将所闻一切杀生业报之事，绘声绘影地详加记载，使读者犹如亲历其境。如闽南某妇因日日捕食猫肉，而惨遭现世报应：

> 闽中某夫人喜食猫。得猫则先贮石灰于罂，投猫于内，而灌以沸汤。猫为灰气所蚀，毛尽脱落，不烦挦治，血尽归于脏腑，肉白莹如玉，云味胜鸡雏十倍也。日日张网设机，所捕杀无算。后夫人病危，呦呦作猫声，越十余日乃死。

若为口腹之欲而施以杀生之举固不可为，何况以残暴不仁的手段取其性命，只为“味胜鸡雏十倍”。另一方面，纪昀对佛教茹素、护生以为功德，则又抱持别样态度：“余尝怪修善果者，皆按日持斋，如奉律令，而居恒则不能戒杀。夫佛氏之持斋，岂以茹蔬啖果，即为功德乎？正以茹蔬啖果，即不杀生耳。今徒曰某日某日观音斋期，某日某日准提斋期，是日持斋，佛大欢喜。非是日也，烹宰溢乎庖，肥甘罗乎俎，屠割惨酷，佛不问也。天下有是事理乎？且天子无故不杀牛，大夫无故不杀羊，士无故不杀犬豕，礼也。儒者遵圣贤之教，固万万无断肉理。然自宾祭以外，特杀亦万万不宜。”换言之，如心诚意正，符合礼仪、有限度的杀生行为，是被允许的。或反映时人对于佛教戒杀观念的几种思想层次与立场。

至于善书方面，受到乾嘉时期考据学派的影响，此时文人、士大夫不仅着意于对《感应篇》《阴骘文》与《觉世真经》一类善书的编纂与批注，对于宋明以来的各种善书文献也有意识地进行系统化的整理与集结，因此开始出现如《全人矩矱》《暗室灯》《信心应验录》一类的善书丛书或类书著作。此中，乾隆五十四年（1789 年）由善人刘山英（1733—1806 年）编辑出版的《信心应验录》十卷，是目前可见清代最具规模的善书类丛书，汇编著作凡一百五十种，由浅入深、次第规整，并收录佛教典籍《心经》和《金刚经》相关著述与感应传记。文中记载若干作者亲历修持佛典后的灵应事迹，不仅反映当时三教融合的思想氛围，亦向众以身示范修行自省与乐善好施的真实果报，可谓意义非凡。值得一提的是，时以佛典信仰为依据产生的相关灵验传记鱼贯面世，其具代表者如王泽泩《金刚经感应故事分类辑要》、徐槐廷《阿弥陀经应验》二书，是继清初周克复《华严经持验记》《法华经持验记》《观音经持验记》《金刚经持验记》及剖石弘璧《华严感应缘起传》之后比较重要的感应书写作品。

三、晚清佛教题材小说之特色与作品举隅

清末自道光二十年鸦片战争（1840 年），至民国肇建为止，既是清王朝的衰亡时期，亦是中国古典小说发展史的终结阶段。一般治文学史的研究者们，泰半认为进入 19 世纪以后的中国，由于受到西方资本主义、西学东渐的风气影响，从根本上改变了社会固有的经济体系与阶级文化；而在此背景下诞生的小说作品，无论从作家身份、文学观念到文学体裁、接受对象上来看，都发生新的变化，显示出与封建时代小说截然不同的风貌，因而亦被视为前近代小说发展期。

相对于此，这个时期的佛教小说走向与接受西化的前近代小说别样的道路，在历经中叶鼎盛的小说创作期后，以集大成的崭新姿态，再度进入读者的阅读视域，如清末光绪年间（1875—1908年），出自郭小亭之手的《评演济公全传》即是绝佳观看之例。《评演济公全传》二百四十回，针对此前的济公系故事绾合神魔、公案、侠义与世情诸类小说于一体的叙事艺术手法，来进行增删润饰与编订，将既有的情节架构发展得更趋圆熟臻致。随着时代的向前推移，济公之人物形象益发丰满生动，其伦理道德内涵也益发具体明确，既贴近民情又不失宣教目的，于是上自王官贵族、下至贩夫走卒，莫不为之倾倒。诚如姚聘侯序文中评论，是书“言非表诸浅近，其言不足以感人；事不设为神奇，其事不足以垂训。盖圣经贤传，原道义所攸关；而野史稗官，尤雅俗所共赏也”。以至于进入民国时期，关于济公在民间的传说与信仰仍旧方兴未艾。

作为古代往生传记文学之余波，光绪年间郑应房纂辑出版的《修西闻见录》七卷，堪具时代意义。此书一方面接续传统净土感应书写之范式，表现在对传主生前精勤修持净行，临终瑞相、焚得舍利的程序化描写；另一方面，书中斑斑可见作者对传主言行事迹的生动描绘，情节跌宕起伏，极富故事性。就中，“间有长篇，仿史例，缩长为短，亦不易一字也”，巨细靡遗，不惮烦琐。其依传主身份分为七类，包含比丘、比丘尼、居士、善女人、童女、杂流和异类，“始志于同治甲子（1864年），初刊于光绪丁丑（1877年）”。作者声称书中内容采撷自“友人寄来各传，删而存之”，全写时人时事，且当中不乏友朋之间彼此相互采风、立传的奇异篇什，近似笔记小说。如《异类・鼠事》卷中描写郑应房亲见老鼠闻法坐化的事件：

> 咫观老人（按：郑应房之号）初不信佛，玉尺密祈弥陀加被，已数年矣。赴浙闱，随老人至上天竺，观音冥力转其机。是夕，老人梦一庭花开，手持鲥鱼半尾附玉尺，将带烹之。一百日中，发心念佛。遂渐次断烟酒荤血，勤阅大乘典籍。馆麻村将十年，居停家有鼠，灵然默受熏染，坐化不朽。老人取归，装金，日供香一枝，曰：“此亦善

知识也。”至今鼠像在海天精舍，修净业人每见之，多欷歔感愧者。（海天精舍一名放生庵）

该文虽记为友人长庆所撰，然整段逸事来源当出自郑应房本人。郑氏原来不信释教之说，先是因“玉尺密祈弥陀加被”有年，埋下亲近佛教的远因；尔后，二人偶至杭州上天竺寺，郑得“观音冥力转其机”，开始“发心念佛”“断烟酒荤血”，并“勤阅大乘典籍”。至此，故事出现第一次转折，即一门深入、勤于禅净修行的郑氏种得福智资粮之余，连带感化家鼠“默受熏染”，继而“坐化不朽”。故事的第二次转折契机，是因郑应房亲睹畜生听闻阿弥陀佛临终感应瑞相，故将之做成金身供养，以明释教所言“六道众生皆可得道”真实不虚；他日日供香，以坚定往生净土的信心，更促成其深信佛法、勤修净业的近因。最终，故事迎来第三次转折，郑氏将鼠像放置海天精舍，希冀修持净行的同行道友都能观像生起惭愧心、不断勇猛向上，展现自利利他的学佛精神。通过上述故事，可以发现：感应书写这类最初仅以单一事件记录为对象，强调奉持者因信心获得避难、解祸等功利效益的结果，以诱使读者萌生坚定道心的论述方式，至此已转化为对奉持者宗教体悟的多样性观看历程。家鼠坐化是往生传叙事结构中的“果”，然而对于步入文明兴化、民智渐开的晚清社会知识分子而言，如何在纯粹感性的宗教信念之上，赋予科学理性的“因”之说明，以强化读者的宗教信念，尤加至关重要。这是何以谈《鼠事》必先言及郑应房的修行过程，而家鼠的金身也只能在他坚定的信仰中得到合理解释。再者，《修西闻见录》中记载的往生故事有意取消对天花雨、神鸟舞、佛陀变现的来迎图景描述，取而代之的，是确实可供世人勘验的修持证据，如舍利子、肉身异相、预知大限或今人今事的报道等。可以说，作为一部信仰实录，该书具体映现晚清以来，僧俗二道对净土信仰的向往心态与实践方式。

综观清代佛教小说的兴衰发展，或可看见两件事情：首先，是朝廷对佛教政策的态度与时迁异，进而影响人们对其观看与书写，因此我们可以从作品的字里行间，探索作者的宗教情怀，也可以从森罗万象的叙事情节中，管窥这个时代特殊的信仰文化。其次，从文学自身的发展看，小说发展至此，无论是在艺术技巧或是思想内涵上，都渐趋成熟圆融，也正因如此，为宗教题材的小说化提供绝佳范式。与此相对的是，明末清初以来善书的刊刻事业在民间善人推动之下，也益发普遍，阅读善书不仅强化人们忏罪意识与劝化思想，有效成为制约社会伦理的政治教化手段，同时由于善书故事的流行，回头推动一般小说题材的宗教化。

（刘家幸）

第三十七章　清代佛教戏曲

清代佛教戏曲演出场域与形态大致可区分为宫廷、文人与民间三种类型。宫廷以节庆戏为主，重要的佛教节庆如浴佛节、盂兰盆节及宗喀巴诞辰等，均有佛教庆贺剧演出。文人氍毹演出的佛教剧，内容多从传灯录或僧人语录撷取本事，借戏发表对禅、净见解或个人处世哲学。民间演出则多以因果报应劝善惩恶，或以念佛戒杀劝化修行。

在宫廷演剧方面，清朝皇室虽主要信奉藏传喇嘛教，清初几位皇帝皆曾恭迎喇嘛进京，但同时也表现出对汉传佛教的热忱，如顺治皇帝好参禅，曾召请临济僧人入宫，并封玉琳通琇为国师；康熙皇帝也喜亲近佛教，出巡常驻跸名山古刹，赋诗题字、撰写碑文；雍正皇帝撰有《御选语录》《御制拣魔辨异录》《御录宗镜大纲》及《御录经海一滴》等著作，自号圆明居士，自诩于修禅一事颇有造境，又刻意提倡云栖袾宏弘扬的净土法门。皇室信仰反映在戏曲文化上，多见于藏传及汉传佛教节庆时，演出应景的佛教剧。

除禅宗，净土一脉清初以来为各宗的共同信仰，雍正整顿禅门提倡净土后，影响更广。净土一脉出现如行策、省庵、彻悟等大师。行策（1626—1682 年）创七日念佛法，著有《起一心精进念佛七期规式》，为清代“打念佛七”的滥觞。省庵（1686—1734 年）著有《劝发菩提心文》，广为缁素传诵，净土宗徒称其莲宗九祖。另外，清代佛教居士文化兴盛，诸多著名居士如周梦颜、彭绍升、杨文会等人，多为净土信奉者，周梦颜学通经藏，深信净土，著《西归直指》；彭绍升创设莲社，实行念佛、放生会等佛教活动；

杨文会信仰以《起信论》为始，辅以《法华经》《华严经》《唯识论》，最后归结净土，都可视为净土宗在清代的发展。就民间而言，净土念佛、戒杀等方便法门，易于修持，是以不问宗派如何，均以念佛为基本。净土的广布，在戏曲作品中，亦常出现“极乐西方”的思想与语汇，甚至有《归元镜》一剧为净土传灯之作。

佛教剧虽广布各阶层，仍以文人之作较为可观，有奉敕而作，有宣扬信仰理念而作，清初不乏精彩作品，如李玉（约活跃于17世纪）《人兽关》以因果报应刻画人情冷暖，极具深意。但清中叶以后长篇传奇创作已趋没落，乾隆年间，一场花雅之争，长期居于主流地位的雅部昆曲被地方戏曲花部取代。花部音乐高亢、活泼，深受民间喜爱，但多从地方戏或传统剧本改编，创新较少。文人之作以短小杂剧为主，沿袭佛教旧有题材，寄托个人遭遇或慨叹世道不平，阐述佛教义理者较少，开创或深化同样有限。整体而言，清代剧坛虽然活络，但剧作质量却不及元明两代。

一、清代佛教戏曲类型与内涵

清代佛教戏曲依其题材类型大致可分为佛教庆贺剧、菩萨高僧传、因果报应剧及劝化度脱剧四类。

（一）佛教庆贺剧

佛教庆贺剧因清代宫廷演剧兴盛，成为有清一代最具特色之佛教戏曲。清代历任皇帝皆是戏曲爱好者，帝王后妃热衷看戏，戏曲演出也较历朝历代频繁。宫中设置专门负责演戏的机构南府及升平署，宫廷内外及各处行宫也建置大小戏台。戏曲演出除了满足帝王后妃的声色娱乐外，更有配合节令、喜庆及外交宴宾等目的。宫廷演出内容广泛，依演出时间与性质概可分为：（1）月令承应，配合各节令活动演出；（2）法宫雅奏，配合各喜庆活动演出；（3）九九大庆，庆祝帝王后妃圣诞千秋演出。这些承应戏多为神佛剧目，如据清代南府与升平署档案记载，“月令承应戏”佛教剧有《六祖讲经》《长沙求子》《佛化金身》《光开宝座》《番王礼佛》《佛诞因缘》《诸天护法》《佛旨度魔》《魔王答佛》《玉女献盂》等；“开团场承应戏”有《佛国赞扬》《金莲呈瑞》《罗汉渡海》《古佛朝天》；“庆典承应戏”有《宝塔凌空》《宝塔庄严》《西来祝寿》《地涌金莲》《佛天集庆》《佛国祝寿》《大士显灵》等。

演出内容虽大同小异，情节性不强，但多借西方众佛降临或降妖伏魔过程阐发佛理。如四月初八浴佛节承应戏《六祖讲经》《长沙求子》，演九子圣母于四月初八前往下界说法，巧遇六祖往西天听如来讲经，六祖向圣母讲述如来大法，圣母闻法后现身长沙寺，善男信女往求子嗣，圣母为祝如来圣诞，应众所求，众人欢喜拜谢。中元节承应戏《佛旨度魔》《魔王答佛》，演七月十五日盂兰盆会，大目犍连奉佛旨到铁围山劝谏佛陀从弟调达，调达以“佛证佛果”“我证我果”，拒绝皈依佛、忏悔罪根，仍留待地狱。阎罗便言：“这六道三涂，（是）自己断断不肯出来。”意谓己若不悟，纵使佛陀亦无能救拔。

佛教庆贺剧以出场神佛众多为特色，主要取其排场盛大、歌舞缤纷、杂技纷陈等场面以为应景。如《海清河晏》演东海龙王起建海屋为圣主贺寿，却遭妖魔破坏，众龙王与菩萨连手降妖。此剧出场人物有四海龙王、观音、善才、龙女、韦陀、普贤菩萨、文殊菩萨、地藏菩萨、菩提夜尊者、八揭谛、八罗汉、哼哈二将、四夜叉、众水族及众精怪等近百人，场面盛大、喜庆热闹。

众多宫廷佛教庆贺剧中，故事情节最完整者当数张照（1691—1745年）奉敕修编的《劝善金科》及《升平宝筏》。张照，初名默，字得天、长卿，号泾南、梧窗、天瓶居士，松江府娄县人。才性聪敏、博学多识，十九岁中进士，官至刑部尚书，后入贵州指挥征剿，因“挟私误军兴”，被捕下狱，乾隆七年（1742年）复官，后主持宫廷节戏编修。《劝善金科》敷衍目连救母故事，明代已有郑之珍《目连救母劝善戏文》三卷一百出，为目连戏集大成之作，康熙年间有宫廷词臣改写本，张照《劝善金科》又据宫廷改写本增为十本二百四十出，内容多增添历史或民间善恶果报故事。《升平宝筏》敷衍唐僧西天取经故事，主要根据吴承恩《西游记》及历代西游记杂剧改编而成，同样增补为十本二百四十出。两本大戏皆成为乾隆之后演出定本。

除宫廷词臣外，文人亦有奉旨编撰佛教庆贺剧者，如张大复（生卒年不详，顺治年间在世）作有“万寿大庆承庆杂剧”《万国梯航》《万家生佛》《万笏朝天》《万流同归》《万善合一》《万德祥源》六种，惜已亡佚。厉鹗及王文治也分别撰有佛教迎銮杂剧。厉鹗，字太鸿，又字雄飞，号樊榭、南湖花隐，钱塘（今浙江杭州）人，屡试不第，设馆教学为生。乾隆十六年（1751 年）高宗南巡，厉鹗呈献《百灵效瑞》，即演观音菩萨得知圣驾临幸杭州，率领十六罗汉、韦陀、四金刚、四揭谛等往迎銮驾，并传旨浙江山海神祇共同接迎，最后令四季催花使者带领十二月花神献舞、祝颂为结。王文治，字禹卿，号梦楼，江苏丹徒（今江苏镇江）人，乾隆二十五年（1760 年）进士，授翰林院编修，升侍读，官至云南临安府知县。乾隆四十五年（1780 年）高宗巡幸江南，王文治编写《浙江迎銮乐府》九种于西湖行宫供奉，其中《燃灯法界》也是众佛降临凡界，歌咏盛世雍熙，祝贺海内升平，恭迎圣驾之作。

（二）菩萨高僧传

清代佛教剧中出现几部描写诸佛菩萨本生故事及高僧求道传灯剧作，题材内容多前有所承，但因应文人信仰、民间需求，有不同的呈现。

诸佛菩萨戏曲以观音戏最多，观音除了以降妖伏魔、感应显化、救苦救难的形象普遍出现在各类戏曲中，尚有几部专门描写妙善观音修行得道的故事，有文人传奇张大复《海潮音》；地方戏曲，如高腔系统湖南湘剧《南游记》、北京蒙古车臣汗王府所藏车王府曲本《香山还愿》及京剧《大香山》等。故事内容与明代罗懋登《观世音修行香山记》传奇一脉相承，演妙善因拒婚，被妙庄王逐出宫廷，往白雀寺修行，妙庄王遣人火烧白雀寺，并绞死妙善，妙善死后入地府，普度众恶鬼，回阳后舍手眼救父，妙庄王忏悔，全家得度。但各本因观赏者不同的审美趣味及剧种特色而各异其趣。

张大复《海潮音》二卷二十六出，本事同《观世音修行香山记》，最大特色在插入火龙精变身的修罗刹一角。修罗刹以修炼长生不死之名，引诱妙庄王做出杀淫男女幼童、斩首国中僧人、改佛寺为道院、逼迫女尼出嫁等恶行，妙善公主苦劝不听，被赶到白雀寺为尼，因拒绝下嫁妖魔，终被绞杀身亡，入冥府看见地狱饿鬼苦不堪言，遂发弘誓，地狱不空，不成佛道。

后妙善公主还魂复生，于洛迦山安身，挖目救母、割股救父，父母回心转意，信奉观音大士，妖道亦被斩杀。本剧将妙庄王与妙善公主的不和归因于修罗刹引诱，制造戏曲冲突，设计多场斗法场面，安排善思罗汉与圣婴大王从中化解妙善危难，颇受西游故事影响，强化舞台效果，当为梨园演出本。剧作文词亦可观，说白浅显易懂，适于推展剧情，曲文则雅致有深意，如第十二出妙善上山砍柴，正当下手时，对着满山花草树木忽生怜悯之心：

【叨叨令】俺只待把斤儿斧儿，为拾些枯藤野蔓岩边搜，怕伤犯着虫儿、蝶儿，惊起了雏莺栖雀、窝中兔。看满眼花儿、草儿，以留与装点山林路。见几处松儿、桧儿，又怎忍轻把他余生去，兀的不难下手也么哥，兀的不难下手也么哥。你看峰手峰足打动我慈悲处。(《海潮音》)

不仅唱辞优美，且表现妙善公主慈悲心怀，可谓声情、辞情兼具。另剧中多处称诵“南无大慈大悲救苦救难广大灵感观世音菩萨”佛号及唱诵《观世音菩萨普门品》佛偈，以戏弘法，宣扬观音信仰。

高腔系统《南游记》三集六十四场，同样敷衍妙善公主故事，但结构松散，融入更多民间信仰与趣味。妙善公主为“慈航道人”下凡，每逢危机太白金星便出面解危，剧中穿插土地、灵官、龙王、龙女等道教神祇，为佛道合流的民间信仰表现。中集为全剧特色所在，最具民间色彩，层层铺展妙庄王下令各种方法杀害妙善公主，一一被神佛破解；执行刑罚者，如胡霹雳、黄赞等官，亲见妙善虔诚感动神佛，放走公主，反被妙庄王斩杀，后皆因护持慈心得度；中间又穿插数场不相干的小戏，如《王氏起丹》演王氏女念佛升天，《少保调情》演岳少保勾引曹二嫂，归家打父，被雷神打死，下地狱接受审判等情节，表现庶民百姓对善恶有报的殷切期盼。语言文字亦浅白逗趣，如《尼僧种波》一场，佛陀命丧生白雀寺的五百尼僧可在妙庄王身上种波罗，使其得病，一人一个，不得多也不得少，种完后由温元帅点数，数来数去多一个，尼僧齐曰：“这一颗是肖师父的。”肖师父是当天前往白雀寺求斋，不幸被烧死的僧人，在此顺便帮他报仇，一小段的谐趣，充满民间趣味。

京剧《大香山》，一名《妙善出家》，又名《火烧白雀寺》《观音游十殿》，因慈禧太后喜观此剧，供奉太监及北京诸伶多擅演此剧，晚清以来一度搬演极盛。原剧本有“楚妙姬洪福得圣女、妙善女学道修仙、庄王无道逼女配姻缘、西天佛祖、命达摩师搭救妙善、庄王火焚白雀寺、妙善女舍手眼医父病、香山寺得道合家成果、观世音奉佛旨查地府、功行圆满五圣上西天”等十段，盖为全本《大香山》，但晚清所演只剩《白雀寺》及《游十殿》数场，鲜做全本演出。《大香山》虽亦演妙善故事，但以妙庄王为主角，写其误入歧道，后觉悟忏悔，全族得道升天的过程。本剧具宫廷承应戏性质，第一场妙庄王上场唱【引】：“尧天舜日乐安然，皇图巩固庆升喧。感蒙天恩受龙颜，锦绣江山齐祝愿。愿祝万邦熄烽烟。”即为歌颂皇家太平雍熙之词；又将游地狱情节挪至全剧最后，在妙善入地狱救度白雀寺被烧死的五百上堂僧后，佛陀出现，众弟子参拜，齐称“我佛圣寿无疆”，佛陀一一封赠妙庄王全族，同赴龙华圣会，应是一出佛陀圣诞承应戏。全剧文辞典雅，最后全族修成正果，同享胜因，充满圆满喜庆的吉祥意味。

除观音故事，张大复尚有《醉菩提》三十折写济公事。从济公在家身份李修元写起，到出家为道济和尚。剧中济公虽嗜酒好肉，仍告诫世人“荤酒虽是我的玩世，亦是俺的夙孽，大众从今一心持斋戒精进，切勿以道济为借口”。他暗中救济穷人、度化女妓、拯救孝子、募款建寺，表现佛门广大，无所不容，佛法慈悲，劝人为善；坐化时现金身罗汉济公，开示众人“金身罗汉皆人做”，劝人休要自误。剧中济公疯癫滑稽的形象与对话，制造许多喜剧效果，诙谐谈笑中蕴含劝善思想，在庄严佛教剧中独树一格，精彩折子《打坐》《伏虎》也成为后世舞台常演不衰的经典剧目。

另有孙埏（生卒年不详）《锡六环》，又名《弥勒记》，二卷二十六折。孙埏，字尚登，号碧溪，浙江奉化（今浙江宁波）人，乾隆元年（1736年）副贡，肄业修道堂。剧写唐末五代奉化人张契此，号长汀子，某日梦见有人赐其六环锡丈一柄，醒来决意出家，拜鹤林寺住持印心为师，法名布袋。佛祖、观音以酒、色、财、气试其道心，布袋皆不为所动，印心为其赐名弥勒。弥勒在锦屏山造塔院，与诸妖争斗，塔院建成，弥勒将衣钵传与弟子摩诃，坐化而去。《锡六环》本事据《奉化县志》而来,杂入《释氏稽古录》及《景德传灯录》中布袋和尚事迹,反映元明以来的弥勒信仰。此剧除宣扬佛理外,更多了文人色彩。孙埏在《锡六环序》中言:

> 独恨今和尚七情不除,六根不断,人不成人,佛不成佛,真禽兽之不若也,岂独见弃于释氏也哉!《六环》一戏,可消俗子才人驰逐功名、富贵念头,且令贼秃见之点头道好,亦可自悔吃狗肉、偷妇人之非。此一戏也,万古千秋,两教胥益。后之凭吊者,呼我谓孔圣人弟子也可,即呼我谓弥勒化身也亦无不可。(《锡六环》)

序中指出该剧真正用意是批判世风不古及儒佛乱象,借弥勒修道故事以教化,多了文人愤世嫉俗的慨叹。

净土传灯之作有《归元镜》。作者释智达,杭州报国寺僧人,所著《归元镜》,全名为《异方便净土传灯归元镜三祖实录》,写净土三祖庐山慧远、永明延寿及云栖祩宏传灯的故实,从东晋净土初祖慧远于庐山结莲社,到唐末五代净土六祖永明出家传禅净之法,至晚明祩宏倡议戒杀放生、念佛往生西方,串起净土脉流与教义。剧中虽掺入虚构情节,如《真主驱魔》敷衍贪、嗔、痴、睡四大心魔化为魔人,考验慧远修道决心等,但大致皆本三祖本传、塔铭。曲白录自藏经语录,真经真咒、真法真理、真祖实事,剧名不称"传奇"改称"实录",每段不称"出"称"分录",共四十二分录,取《华严经》四十二字母之义。全剧意在劝人念佛、戒杀、茹斋,往生西方净土。

剧中除演绎三祖故实,通过戏曲抒情本质阐述祖师修道及传灯决心,尤为精彩,如第二十分《拈阄灌露》敷衍永明延寿担心禅净歧路,易生二心,难成大道,拈阄卜问当修禅或修净,七次卜问结果皆指向庄严净土,于是一心发愿,专修净土。

如又第二十九分《七笔勾尘》,以【驻云飞】等七支曲子演绎云栖祩宏弃绝功名富贵、妻子家园,斩断俗尘,决意出家的《七笔勾》,词情真切动人,流传广远,后世屡见文人仿效,如尤侗(1618—1704 年)《十空曲》、胡恩夔（1824—1892 年）《七不了》皆是仿《七笔勾》的看破世情之作。

智达为受戒弟子，从事娱乐声色之作，曾遭师门诋毁与质疑，訾此为“亵圣谩贤”。智达于《归元镜》后附上《戏剧融通》《问答因缘》及《客问决疑》三文，提出传道方便法门的五种因缘和合：佛法、世谛、文字、音律及通俗。缺佛法则不成祖录，缺世谛则总是杜撰，缺文字则语言乖舛、缺音律则声调不和，缺通俗则流通不远，弘法妙道，缺一不可，阐述以戏传教的重要性。

《归元镜》对净土传教起了莫大帮助。金连凯于《业海扁舟自序》记载“曾闻搬演《归元镜》之传奇，合班优伶，均剃度出家”。该剧收入《大藏经补编》，也刊印成各种善书于佛寺流传，有不知名作者于原本架构下，增编为八十四出的《增广归元镜》，加入更多世俗情节，流传于民间及宫廷。《归元镜》兼具弘法与娱乐作用，实践智达以戏传教目的，影响深远。

（三）因果报应剧

多数宗教戏曲本劝人为善，通过佛祖菩萨故事、高僧弘法事迹、教派教义宣扬等，达到劝善惩恶目的。清代劝善戏文大量出现，尤其晚清时期，内有民变流寇，外有列强环伺，时局动荡，内忧外患，人心浮动不安，此时出现的善书，具有安定社会秩序，提供日常生活准则的功能；类善书的教化戏曲之作，亦发挥此一功能，余治可视为代表作家。

余治（1809—1874 年），字翼廷，号莲村、晦斋、寄云山人，江苏无锡人。曾五次应乡试不中，后投身士绅慈善事业，人称之为“余善人”。余治善行包括惜字、惜谷、训蒙、戒屠、戒淫、救婴、恤嫠及宣讲乡约等，全力奔走，救活数千万人，是晚清重要的慈善家。余治著有《庶几堂今乐》，收录皮黄戏二十八种，多以因果业报劝说忠孝节义等道德人伦，如《活佛图》演杨甫一心求佛，抛弃家中年迈老母与妻子，径往西方求见活佛，途中通过老虎与女色考验，后遇活佛化成的和尚告诉杨甫，佛不在西方，东方有一位白发蓬头、披布被、倒穿鞋之人即是活佛，杨甫急忙往东回走，到家中，见应门母亲，竟是和尚所说活佛模样，恍然大悟，此剧即为劝孝之作。《朱砂痣》演吴惠全因家贫体病，卖妻给韩老爷，韩老爷怜其夫妻离异，不仅送回吴妻，还赠金一百银子，后吴惠全上四川收账，购得一子赠予韩老爷，慰其膝下无子之凄凉，不料此儿正是韩老爷失散多年的孩子，因脚掌下之朱砂痣相认，此剧则宣扬善人终有善报。其他尚有劝悌的《同胞案》、表节烈的《海烈妇记》、诲盗的《英雄谱》、诲淫的《风流鉴》、惩溺女的《育怪图》、儆私宰的《屠牛报》等。余治深知俗民喜爱戏曲，深信因果报应，故携戏班四处搬演，以劝化风俗人伦，安定社会秩序。

李玉《人兽关》也是一部果报思想浓厚的剧作。李玉，字玄玉，号苏门啸侣，又号一笠庵主人，江苏吴县（今江苏苏州）人，著名戏曲家，为苏州派代表作家，剧作多关心底层人民，表达社会关怀。该剧即写桂薪因短缺黄帛绢钱五百两，被捕入狱，受财主施济救济，幸得脱离苦牢，又掘得施济家藏银一万两。施济因押解粮船翻覆被捕，散尽家财，释回后精神失常而死。施济妻、子求助于桂薪，桂薪非但不收留，尚且羞辱之。后观音指派睡魔引桂薪入梦，阎王查其恶行，桂薪百般抵赖，后召来施济鬼魂与之对质，桂薪才招供罪行，阎王罚其夫妻转世为犬。此剧刻画人情凉薄与忘恩负义者的嘴脸，生动精彩，作者通过因果报应，告诫诸恶莫作的用意显著。

（四）劝化度脱剧

劝化度脱剧多为文人所作，有作为文人逃避世途偃蹇、寄寓忧愤、追求心灵解脱的精神寄托，如毕魏（约活跃于17世纪）《竹叶舟》、嵇永仁（1637—1676年）《痴和尚街头笑布袋》及杨潮观（1710—1788年）《大葱岭只履归西》；亦有延续传统度脱剧精神，关注底层人民之作，如赵进美（1620—1692年）《立地成佛》、石韫玉（1756—1837年）《琴操参禅》、蓉鸥漫叟（生卒年不详，约活跃于18、19世纪）《鹫峰寺唐素君皈禅》。

毕魏，字万后，号晋卿，江苏吴县（今江苏苏州）人，所著《竹叶舟》传奇二卷二十八折，写西晋石崇于佛寺中遇僧人支遁，支遁取竹叶化舟令其登船。石崇于船上放生一尾鲤鱼，此鱼为龙宫太子所化，为报恩，太子赠予石崇众多宝物，石崇从此富贵显达，建造金谷园，娶佳人绿珠为妻。后赵王起兵篡位，石崇被捕，绿珠坠楼。行刑前，石崇乘舟潜逃，大梦方醒，剃发为僧，修成正果。此剧同《黄粱梦》《南柯记》一类，阐述荣华富贵总是空，及早逃离尘俗、佛门修行的文人避世思想。唯剧中多出现净土用语，如“百千法门，路接宝莲净土；无量妙意，心通极乐天宫”，表现净土信仰。

嵇永仁，初字匡侯，又字留山，别号抱犊山农，江苏常熟人，康熙十二年（1673年）入福建总督范承谟幕府，三藩乱起，耿精忠响应吴三桂反清，捉捕范承谟，将之囚禁三年，后范承谟遇害，嵇永仁亦自缢身亡。嵇永仁于狱中撰写《续离骚》杂剧四种，均为一折短剧，包括《刘国师教习扯淡歌》《杜秀才痛哭泥神庙》《痴和尚街头笑布袋》及《愤司马梦里骂阎罗》，分别以儒、道、佛、鬼四个主题描摹歌、哭、笑、骂四种情态，抒发作者愤慨。《痴和尚街头笑布袋》写布袋和尚在街头哈哈大笑，众人问他为何而笑？是笑忤逆不孝的子女？红杏出墙的妻子？琵琶别抱的丈夫？还是恋酒贪花之人？奸盗诈伪之人？阴错阳差、颠三倒四之人？布袋和尚笑说都不是，是在笑伏羲、神农、老聃、释迦佛、孔子、张道陵、许旌阳、天上玉皇、地下阎王、古今帝王等圣贤，笑他们忙得可笑、忙得无谓，最后一语道破：“我也不笑那张三李四，我也不笑那七东八西。呀！笑杀了他的咱，却原来就是我的你！”借布袋形象嘲讽世人不值得济助，众天神佛最终空忙一场。本剧多发文人牢骚，宗教蕴意不深。

另有杨潮观《大葱岭只履归西》一剧批评文字末流。杨潮观，字宏度，号笠湖，江苏无锡人，著名戏曲家。乾隆元年（1736年）举人，曾任山西、河南、四川等地知县、知州，为官清廉，卓有政声，一生笃信佛教，著有《心经指月》《金刚宝筏》等书。《吟风阁杂剧》收录单折杂剧三十二种，其中《大葱岭只履归西》写达摩祖师一苇渡江，东来阐教，西归时携一鞋，一鞋留东土，行至大葱岭偶遇出使西域的魏臣宋云。宋云问达摩既已圆寂，何以出现在葱岭，达摩答：“我本无生，怎得有死？”宋云又问为何有履不穿，达摩答：“脚踏实地。”宋云再问为何只有一只鞋，达摩答：“不二法门，中原不曾有二。”宋云问达摩要去何处？达摩答：“俺从去处来，岂不从来处去。”后达摩在天女散花、水兵鬼判的瞻仰下西去。前有作者小序曰：“思返本也，是儒是释，谁见道真，求诸语言文字之间，抑亦末矣。”阐述万法唯心，心为一切之本，语言文字皆属末流。此剧以机锋问答阐述禅门教义，与明代文人短篇杂剧一脉相承。

赵进美，字嶷叔，一字韫退，山东益都（今山东青州）人，崇祯十三年（1640年）登进士，入清授太常寺博士，出使江西、湖北，官至福建按察使。《立地成佛》为四折一楔子的杂剧，正名为“施焰口到处逐人来，放屠刀立地成佛去”。剧写新安休宁寺游方和尚升堂说法，劝屠夫叶某入道，叶某不肯。某日叶某宰杀牲口，牲口突然开口称是叶某父亲，因前世屠宰牲畜，今世遭此轮回。叶某惊醒觉悟，跟随游方和尚出家。元明戏曲多有类此戒杀之作，如马致远（1250—1321年）《任风子》、湛然圆澄《金渔翁证果鱼儿佛》，此剧同一旨意。

石韫玉，字执如，号琢堂，晚号独学老人，江苏苏州人，乾隆五十五年（1790年）进士，授翰林院编修，曾任四川重庆知府、山东按察使、山东布政使等官，主讲苏州紫阳书院二十余年。所著《花间九奏》收录九种短剧，其中《琴操参禅》仅一折，写苏东坡携女妓琴操至南屏寺向道潜长老问禅，东坡代道潜长老登堂说法，琴操参禅悟道，弃俗出家。另一剧蓉鸥漫叟《鹫峰寺唐素君皈禅》一折，写曲妓唐素君前往鹫峰寺听西才长老登堂说法，悟道出家之事。两剧同属女妓皈依题材，与上述度化屠夫之作，皆阐扬一阐提皆可度，众生皆有佛性的教义。

二、清代佛教戏曲特色

清代佛教剧大抵而言缺乏深刻教义内涵，普遍呈现儒释道劝善思想或庶民百姓生活信仰，题材亦多延续前朝而来，但因应宫廷与地方演戏及改善社会风气的实际需求，仍有其时代特色。

（一）结合佛教节庆演出

清代佛教剧目大增，主要因宫廷月令节庆演出需求大增，宫廷词臣配合不同节令撰写相应佛教庆贺剧，如上元节演出《升平宝筏》，浴佛节演出《六祖讲经》《长沙求子》，中元节、岁暮演出《劝善金科》，帝王后妃圣诞千秋演出《仙佛会议》《灯燃瑞塔》《西来祝寿》《海清河晏》等。除宫廷外，民间各种民俗节庆更少不了戏剧演出，如中元节必演《目连戏》、观音诞辰有《观音戏》等。此外，如帝王巡幸地方，各地官府命文人撰写演出的迎銮之作，如厉鹗《百灵效瑞》、王文治《燃灯法界》，也属于这一类。

其中《升平宝筏》与《劝善金科》因应宫廷演出需求，大幅增编为二百多出，不仅开创连台大本戏的体例，且完备了目连戏与西游戏的故事架构，成为民间演出取材的样本。为呈现剧中离奇诡谲的神魔世界，宫廷特地建造三层楼大戏台，装置各种舞台机关，以表现神魔斗法、上天下地的腾挪变化。赵翼《檐曝杂记》载《西游记》演出玄奘雷音寺取经之日，如来上殿，迦叶、罗汉、辟支、声闻，高下分九层，列坐几千人，而舞台仍绰有余地等，显示排场之盛大壮阔。由此可见清代佛教剧演出对中国戏曲体制规律及舞台建置的重大影响。

这些作品没有深奥的佛法教义或戒律劝说，结构平淡松散，缺乏动人情节，多以神佛降临赐福，求取喜庆热闹；或伏妖降魔，求取吉祥平安，但在频繁的演出中，通过唱诵佛号、佛偈，宣扬西方极乐，发挥仪式功能，与人民生活更为密切，成为有清一代最重要的佛教戏剧。

（二）强调人伦道德善行

清代佛教剧真正阐述、弘扬佛法的作品不多，释智达《归元镜》专说净土，是少数阐扬教义之作，大部分仍是以因果报应或地狱审判劝善惩恶、教化民心为主，如余治《庶几堂今乐》、李玉《人兽关》专说因果；《观音戏》《目连戏》铺陈地狱受苦，都具有强烈教化目的。

文人剧作也出现同样情形，相较元明两代，少见深刻佛理阐述或论辩，更多是借佛教故实、佛教人物表达对世道不满，抒发个人情绪。如嵇永仁《痴和尚街头笑布袋》与元杂剧《布袋和尚忍字记》同样写布袋和尚度人事迹，但元杂剧《布袋和尚忍字记》通过主角刘均佐不断经历“嗔骂打害中，不生怨恨”的魔考，终悟佛法，宣扬《六度集经》的“忍辱度”；而《痴和尚街头笑布袋》却仿用禅宗机锋问答，嘲讽历代祖师度人的白费心机，传达嵇永仁对现实社会的不满。另一本孙埏《锡六环》同样以布袋和尚为主角，演布袋和尚修成弥勒佛的故事，也借由弥勒修道事迹嘲讽世人贪名求利、违法犯戒的诸多乱象。

（三）观音形象深植民心

观音是中国戏曲出现次数最频繁的佛教神祇，除以救苦救难形象广泛出现在众多戏曲中，以观音为主角的剧作亦不少，清代之前如无名氏《观音菩萨鱼篮记》、湛然圆澄《金渔翁证果鱼儿佛》、罗懋登《观世音修行香山记》等，前两部为鱼篮观音故事，后者为妙善观音故事。入清后，几乎清一色描写妙善观音，如《海潮音》《南游记》《大香山》等，故事梗概雷同，却各自发展出不同的审美趣味。

妙善戏曲流传广远的原因，除了妙善公主的虔诚修道、慈悲善良形象及试炼过程的精彩情节外，实与其孝道精神有关。妙善成道后，仍思报父母养育大恩，不计前嫌，舍手眼救父，表现出佛法不离人伦孝道的精神，与同样在中国广为流传的目连戏一样，目连游遍十殿地狱救母，挑经、挑母上西天求道，感动多少庶民百姓。佛法、孝道两者并存不违，契合中国传统思想，更受俗民接受与喜爱。

（四）佛道合流现象普遍

清代无论宫廷或民间信仰，佛道合流现象普遍。宫廷承应戏除了佛教剧，也极多道教剧目，如《金母驰旌》《蟠桃上寿》《南极星辉》《诸仙祝嘏》等。佛道合流出现者，如慈禧太后寿辰演出的《仙佛会议》，即演南海观音及瑶池金母会议，敕令佛道仙界诸神同去向太后万寿献瑞，以表达慈禧洪福齐天、普天同庆。民间此一现象更为普及，《海潮音》《西游记》《南游记》等虽属佛教剧，也出现道教神祇，或混杂佛道思想，如《南游记》中妙善的前世即慈航道人；伽蓝菩萨上南天门上奏，请玉皇大帝处理白雀寺五百僧尼枉死之事；剧终由仙人上传佛旨，宣妙善一家成佛等。

此外，许多剧本为营造大场面，也会刻意安排众神佛出场，如左潢（生卒年不详）的传奇《兰桂仙》写佛祖举办龙华大会，天上仙人都出席，兰、桂二仙迟到片刻，佛祖谪降二仙下凡受罚。谪仙本是道教思想，后在佛教剧中也常见使用，剧中既有如来现身，也有诸多仙真同时登场，以显龙华盛会。无名氏的传奇《享千秋》中有佛教人物阿难、迦叶，也有玉帝、龙王、孙行者、铁扇公主、梅老仙翁等神仙、精怪出场。此类剧作，不胜枚举。

愈具民间色彩，仙佛不分的情形愈普遍。作为通俗文学的戏曲作品，主要观赏群众仍为一般庶民百姓，不易接受或理解深奥的佛教义理，宗教对他们而言是一种向善的力量，作为通往个人、家庭与社会更美好的一种信仰与实践，只有善恶之分，并无教派之别。诸佛神祇，凡能带给人们幸福，均是人们祈请、信仰的对象。

（林智莉）

第三十八章　清代的佛教歌曲与说唱文学

清代佛教音乐文学，进入更显著普遍化、民间化的发展阶段，这一方面使得传统佛教赞偈的应用，通过各类课诵本（如《禅门日诵》）的编制流通，更走向广传至各地寺院日常课诵、礼忏法事规制化的趋势；一方面也使之广泛运用各种可能的曲调资源，除了元、明以来的南北曲资源，大量的民歌俗曲，也成为唱诵的载体，甚至出现以俗曲填配歌辞的集子，更促进民间传唱的盛行。而在宝卷等说唱文学方面，也有持续的发展，特别是观音信仰相关的宝卷，有许多不同诠释的作品，而逐渐成为定制的讲唱仪轨与丰富的内容表现，也得以在多种大众需求的场合，更能产生“观机设教”的效果。所以，清代佛教歌曲与说唱文学，虽大致承继前朝而来，却有稳定进步、更贴近广泛运用的想望与设计。

一、清代传统赞偈的应用与发展

从唐宋以至于清，传统赞偈都是寺院课诵、礼忏法事、超荐亡者、观机设教所不可缺乏的重要部分。所以累积长久的发展成果，清代就是得以整合、删汰、组织成制的关键阶段。就目前可见的文献来看，可追溯自晚明云栖袾宏（莲池大师）整编，具有康熙元年（1662 年）嘉兴藏刻本的《诸经日诵集要》，可以说是最具有代表性的课诵集，其中包含经类、咒类、朝课、晚课、杂集、斋文等，而汇集众多可实际运用于寺院的赞偈，则可以见到其于日常课诵、蒙山施食与各项祈祷、忏悔礼仪中的位置与应用意义。且在这样的基础上，发展出来的《禅门日诵》，则更具有普遍性，目前可知有雍正以来的不同版本，藏于海内外寺院或学术机构中，所载主要内容包括了朝时课诵、暮时课诵、祝圣仪、禅门普供诸品经赞略集、讽诵经咒礼忏科仪、禅门宝训、佛祖心灯等七个部分，其中影响最大的自是朝、暮课诵的部分，这不仅在道光年间衍发《禅门佛事》，到民国初年更成为《佛门必备课诵本》的核心部分，导引众多佛寺常用仪轨之进行。其中赞偈的演唱，在课诵行事之中，自有着相当重要的地位，这些包括沿用许多早在唐宋之前就存在，或是元明依法事而创制的赞偈，在此时被确定在规制中，包括起始的《宝鼎赞》《戒定真香》《炉香赞》等，对应着“香供养”，象征着道场、法事庄严；诵经之后的《赞佛偈》，如“天上天下无如佛”“阿弥陀佛身金色”“观音菩萨妙难酬”诸句，呼应着经典所呈现的意涵，赞佛菩萨功德，也强化皈依的志向；唱诵《三皈依》之后的《回向偈》，如“愿以此功德，庄严佛净土”“愿生西方净土中”“愿消三障诸烦恼”等句，均能产生收束行仪、回向发愿的效果。

而除了日常课诵之外，有许多经常运用、利于救拔众生的法事仪轨，在清代也可以说是有了更明确的形制。例如可追溯唐宋的“瑜珈焰口”法事，明末云栖袾宏（莲池大师）整编为《修设瑜伽集要施食坛仪》，到了清康熙三十二年（1693 年）宝华山德基法师（1634 — 1700 年）有所删辑，名为《瑜伽焰口施食集要》，世称《华山焰口》而成为最具影响力的焰口体制。其中部分赞偈被收入《佛门必备课诵本》扩大其应用的机缘，如“志心信礼三皈依”：

志心信礼佛陀耶，两足尊，三觉圆，万德具，天人调御师，唵哑吽。凡圣大慈父，从真界，媵应质，悲化普，竖穷三际时，横遍十方处，震法雷，鸣法鼓，广演权实教，唵哑吽，大开方便路。若皈依，能消灭，消灭地狱苦。

志心信礼达摩耶，离欲尊，宝藏收，玉函轴，结集于西域，唵哑吽。翻译传东土，祖师弘，贤哲判，成章疏，三乘分顿渐，五教定宗趣，鬼神钦，龙天护，导迷标月指，唵哑吽，除热真甘露。若皈依，能消灭，消灭饿鬼苦。

志心信礼僧伽耶，众中尊，五德师，六和侣，利生为事业，唵哑吽。弘法是家务，避嚣尘，常宴坐，寂静处，遮身服毳衣，充腹采薪薇，钵降龙，锡解虎，法灯常遍照，唵哑吽，祖印相传付。若皈依，能消灭，消灭傍生苦。(《佛门必备课诵本》)

在超荐场合（如农历七月普度或追悼亡者的做七法事）中，这样的赞颂歌辞，不仅是歌颂三宝功德，更具有导引发愿的意义，愿亡者或是魂游于恶道的众生能“志心信礼”皈依三宝，进而脱离流落恶道之苦。这也对应着更贴近于民间遭遇生死大事时的想望与需求，强化观机设教的影响力。于是，在超荐法事的强烈需求之下，许多叹亡赞也盛行起来，铺展认清世间无常现实，发愿往生的义理如《喜是离娘胎赞》：

喜是离娘胎，铁树百花开，只贪名利把心呆，登皇界积金财，无常不觉来。

怒去见阎罗，家中财宝多，咽喉气断无奈何，呼儿孙唤妻婆，那个替尔么？

哀入鬼门关，冥途寄语难，披枷带锁苦千般，须解脱免轮回，早上涅槃山。

乐得有缘人，佛起慈悲心，观见众生受苦辛，离地狱出幽津，方便早超升。(《佛门必备课诵本》)

此外，还有“青山无语，青山无语叹人忘（亡）”“南柯梦，梦南柯，一梦南柯怎奈何”“春雨和风正及时”“娑婆极苦无人晓，轮回何日了”“贪饮酒，谁彩啾，东倒西歪最可羞”等篇，可以见到歌辞形式的多样变化，不仅挣脱齐言诗赞体的模式，许多对比、排比、设问、顶真、回环、譬喻等修辞技巧的运用，也在示现世间各种无常现实，劝导戒除逸乐的唱述过程中，产生语言表述与演唱铺排上的趣味，加强传达概念于广大民众的效益。而这些赞歌大多数能够跨过清末民初之际，乃至于21世纪仍普遍流传，早年或加上铙、钹，甚至是笙、箫、笛或丝弦乐器的伴奏，更增加热闹气氛，贴近城、乡大众，可聆听随唱，然随着风琴、电子乐器、网络传播的盛行，也使之借由新的载体持续传扬。

二、清代佛教俗曲集

随着清代佛教信仰在广大的民间发展，也势必吸纳各种来自于大众所习惯的“元素”，包括出现大量以俗曲形式制作的佛教歌曲，进而被编制成集且普遍流传。目前典藏在各大学术机构的清代佛教唱本（俗曲集）,以《看破世界》《惺（醒）迷录》和《劝妇女词》三种歌曲集的收藏数量、版本与收录歌曲最为可观。但也不能否认，这些大量采用俗曲民歌体制作的歌曲集，在民间教派盛行的清代，难免有融合中国道教与儒家思想，乃至于众多民间信仰，甚至是先天道的观念。不过，如此广泛兼容的编辑态度，在特定的时空环境之中，也成为许多黎民百姓由此认识佛教、接纳义理、认同诸佛菩萨，进而修善除恶以避地狱轮回之苦、祈生净土的信仰因缘。如近代高僧煮云法师（1919 — 1986 年），曾指出儿时皈依佛教的因缘，即是十六岁时因为读了周祖道（约活跃于 20 世纪前半叶）的《看破世界》，激起了向道之心，进而发心茹素，促成二十一岁时出家的因缘。所以，关于清代佛教歌曲之流传，实无法忽视佛教俗曲集所带来的影响力。而从文学的角度来看，其形式、内容的表现，也对应着清代俗曲（时调）盛行的面貌，值得特别分项说明。

（一）清代佛教俗曲集所展现的歌辞形式

通过清代佛教俗曲集所展现的歌辞形式，可以明了佛教如何在特定音乐文学环境中，借用不同类型的俗曲来传播义理、领导修行。综合观察歌辞面貌后，可依诗赞体、数序联章、特定曲牌分项说明。

1. 诗赞体歌辞

此为通过齐言或齐言稍变的歌辞（诗）形态，采用选取套用曲调或依声自由吟诵的模式来表现的歌辞，大多为整齐五言、七言或十言，乃至于七言变作“三、三”句的形式。可依照歌辞的内容性质选择曲调来套用演唱，由于方式简便，故运用也广，只是唱者往往要能随时套用或转换曲调，则必须要有熟悉多种曲调的功力，乃至于临场表现的灵活反应。而在名目上则需要贴近大众的考虑，以《看破世界》所收录的诗赞体歌辞来看，有许多是托于菩萨、祖师、帝王，甚至是民间神祇的醒世诗歌，如《文殊菩萨降魔偈》：

石火电光能几何，可怜恩爱受奔波。皮干尚恋资财广，黄瘦又贪酒色多。

夕死朝生那肯息，心魂追去见阎罗。丝毫罪业从头数，文簿分明定不蹉。

差送铁床铜柱狱，口声哀告苦吟哦。我今悔恨修行晚，免死轮回象马骡。

累世业缘因自昧，未能成佛岂由他。人人有个真如性，生死谁能肯炼磨。(《看破世界》)

显然这是借由“文殊菩萨”名号，劝世间人们及早祈愿超脱轮回，若为恩爱及贪欲所缠缚,终入恶道受诸多苦难。而佛教俗曲集中许多劝世歌辞，采取这种托付的方便法，目的在强化其摄受力，能使人生信，进而影响更广大的民众。且大多采用诗赞体歌辞，此实与前述大多数传统赞、偈相类，可以套用特定曲调循环唱述，也可以视情况更换曲调，具有运用曲调的方便性与灵活性。而且歌辞可能安排众多运用修辞技巧,产生特殊效果,如《唐僧取经西瓜偈》：

昔日唐僧过流沙，一去千里无人家。七日七夜无斋供，腹中饥饿乱如麻。

路旁见一青藤草，青藤绿叶开黄花。唐僧仔细来观看，青藤里面一西瓜。

分明将刀来破开，黑子红心像朱砂。吃在口中甜如蜜，甜甜蜜蜜不吐渣。

问师怎么留传种，问师怎么种西瓜。问师甚么来下子，问师甚么长根芽。

问师甚么青藤草，问师甚么开黄花。问师甚么生一个，问师甚么结成瓜。

……

无始年来留传种，无生地上种西瓜。持斋把素来下子，三皈五戒长根芽。

参禅悟道青藤草，心花发朗开黄花。智慧聪明生一个，功成圆满结西瓜……（《看破世界》）

此篇不仅以“西瓜”为喻，用以说明参禅悟道之意，且模仿民歌“猜调”的模式，排比、设问之后，再依序唱答，强化呈现义理的趣味性与普为大众接纳的效果。另外，还有许多采用套语，形成用特定话语排比，产生强化某个特定概念的效果。如托以唐代湛然大师的《湛然大师劝世文》：

劝你修行急急修，光阴似箭实难留。善男信女虔诚听，修成因果上瀛洲。

太平天子正好修，满朝文武尽皆留。修成正果升天界，稳坐莲台拜冕旒。

朝内官员正好修，蒙皇恩旨拜公侯。今生修得功程满，来生一定往西游。

阵上将军正好修，何必苦苦用计谋。刀枪队里无情义，兴拜之中命必休。

寺内僧人正好修，现成罗汉活优游。撇家离乡受佛戒，一心修炼上瀛洲。

富贵之人正好修，柴米油盐不用愁。吃了三餐勤念佛，何必家计挂心头。

贫穷之人正好修，又无田地在心头。前生不修今生苦，再不修行

苦不休……（《看破世界》）

各章首句均安排不同身份的人物开场，不论富贵贫贱都是“正好修”，而持续排比开来，就揭示不同身份的人物，虽对应着自身所处的不同环境，但在修行的理想当中，都同样具有“正好修”的条件。此外，在宝卷中常见到“攒十字”的歌辞形式，即大多可依音节再析成“三、三、四”句式，在俗曲集中亦常以联章歌曲的面貌出现，如《真武大帝叹骷髅歌》：

骷髅死、骷髅哭，泪流满面；众骷髅，不住的，叫苦连天；忙抬了，四块板，骷髅殡殓；请骷髅，念佛经，超度升天。骷髅儿，宰猪羊，灵前祭奠；造下罪，还是要，骷髅承担。众骷髅，醉醺醺，饮酒罢宴……（《看破世界》）

此体在前段“三、三”句的部分，可作为现象的呼喊句，后接的四言句则作为现象的归结或评论。如此具有提醒众人注意和强调义理之效，无论作为宣说演唱或是领众齐唱皆适宜。

2. 数序联章歌辞

从南北朝民歌、敦煌文献到明清俗曲时调，皆有众多套以时序（如四季、五更、十二月）或数序连接事物（如十条手巾、哭七七、叹十声）的歌辞，在基本形式上多为诗赞或其变体，因此亦可套用多种曲调。然因子序所形成的定格，使之可以依照定格篇幅（如五更有五段、叹十声有十段），扩大铺排义理内容，也可以容纳更多叙事情节。如《参禅五更词》：

一更里，好参禅，放下身心要自然，拴意马，锁心猿，正心诚意守丹田。和同愿忏求超脱，采取先天接后天，三回至液分清浊，采药功夫仔细参，仔细参，阴尽阳生莫乱颠。

二更里，好参禅，盘膝打坐要端然，竖夹脊，耸腰肩，水透玄关一线穿，五气朝元明净土，三华聚顶返先天，内有真人调火候，返照功夫仔细参，仔细参，回光紧守上丹田。

三更里，好参禅……（《看破世界》）

此篇选择“五更”作为数序的套语，可以营造出静心的夜晚氛围，而由此铺述参禅的各项要领，也形成大致上的进程次序。而《妙善公主十二个月采茶歌》则是通过《十二月采茶歌》的模式,依《十二月》作数序套语，唱述了妙善公主（即观音菩萨）化现于世间的事迹：

正月采茶是新春，庄王夫妇把香焚。拜告上苍生慈悯，早降传宗接代人。

香烟缭绕透天门，惊动慈悲观世音。分身托化临凡界，二月十九子时生。

二月采茶瑞香开，公主二八吃长斋。不愿皇宫受快乐，一心只要拜如来。

庄王开言问原因，要选东府驸马身。大姊招文二招武，公主立愿不招亲。

三月采茶桃花红，瞒得爹娘离皇宫。不分昼夜急忙走……（《看破世界》）

这种经由数序联章的铺排，故事情节依序铺排唱述的方式，在民间流行的叙事俗曲中经常可见,例如长江下游流行的俗曲《孟姜女》,就是以“十二月花名”的方式起头，唱述孟姜女寻夫的故事，而此篇转成“十二月采茶”的模式正与之相类。而常见于宝卷的“攒十字”歌辞形式，亦可以通过数序联章的方式来表现，如《修行十进步》：

一进步，上法船，除荤戒酒；把六门，牢上锁，才知修行；若持斋，要坚牢，望长久远；抛却了，无明火，倚靠精神。

二进步，遵规矩，才知好歹；请明师，来到家，救度超升；那引进，教众生，急忙进步；跪佛前，起誓愿，指点明心。

三进步，得明灯，暗中照见……（《看破世界》）

此篇比较特殊的是数序套语位置，并非每个十字句组都出现，而由间隔的情形，也可推知此篇宜以四个句组为一个段落（分章），而关于修行所应作之事，也就借此间距所形成的架构，铺展开来。此外，还有些在本辞中未见数序套语，另外再加上标题以形成数序铺述义理的情形，如《十叹无常》于每章歌辞前加上标题，以呈现数序及十项可叹之事，这标题可能不唱，也可能以吟唱方式作前引，皆能产生标举义理的传扬效果：

【一叹名利】叹无常，叹无常，一叹无常好凄凉，为名苦，为利忙，用尽机关命不长。争名名上死，夺利利中亡，利薮名场客，临危失主张。一息断，四大僵，一双空手见阎王，孽镜台前空吊泪，孤魂榜下自悲伤，劝贤良，救灵光，及早修行躲无常。

【二叹恩爱】叹无常，叹无常，二叹无常好凄凉，妻恋夫，儿恋娘，耗散精神命不长。爱河埋秀女，苦海丧才郎，恩爱牵缠客，临危失主张。断了气，不回乡，那管妻儿哭断肠，空留枯骨埋荒土，抛下娇娥守空房，劝贤良，学修藏，斩断红尘躲无常。(《看破世界》)

如此通过“十叹”形成联章的模式，常见于清代俗曲，属于“叹十声”的一种类型，且通常以不同身份人物（如历史人物、官员、车夫、商贩、烟花女）的立场，感叹自身的遭遇，也可能借以评价世间人事，本篇用来表现人生无常，亦可谓恰如其分，顾及多面。

3. 依特定曲牌制作的歌辞

虽然大多数俗曲集所收歌曲，以诗赞体或其变体为主，并未特别再标示曲牌，可显示其套用曲调的灵活性，但是还是有标记曲牌名称者，可以清楚得知其所使用的曲调。例如《咏春夏秋冬》自以四季为序，但题名下以小字标注“一翦梅”显现其采用的曲调与歌辞句式：

春来我爱玩烟霞，桃也开花，李也开花。三阳开泰吐春华，天产黄芽，地产黄芽。采药灵山兴趣佳，朝炼金砂，暮炼金砂。金丹炼就彩云遮。不是仙家，也是仙家。

夏来我爱隐林泉，乐山悠然，乐水悠然。荷花开放好参禅，水亦生莲，火亦生莲，参求妙谛悟真诠，运转坤乾，颠倒坤乾。逍遥别有一壶天，世外神仙，物外神仙。

秋来我爱菊花黄……（《看破世界》）

在清代俗曲集中，常见曲名称下标注“一剪梅”与“西江月”“清江引”“驻云飞”等曲牌，其实亦都是宝卷所常用，或许由此可见其选取曲调的渊源与宝卷的运用，有着相当程度上的关联性，也呼应了在相近（甚至是相同）的音乐环境中，俗曲歌辞与说唱文学之间的互通性。然此类歌曲之曲牌虽有限定，但并未影响歌辞常运用特定套语的方式，如标示“清江引”的《无常五怕》：

无常只怕持长斋，皈依受五戒，信心不退悔，念经和礼拜，无常来时没布摆。无常只怕十善人，功德如海深，一丝没差错，时刻见本性，无常吓杀不来寻。无常只怕参禅客，打坐不肯歇，毫光照大千，好似一轮月，无常见了魂吓出……（《看破世界》）

虽然这是采用特定的曲调，但是作为联章歌曲来运用，还是可以通过特定的套语，也就是各“章”（演唱段落）首句，皆以“无常只怕○○○”，来强化歌曲所要传达的概念。而各“章”以其套语显得清楚易辨，且在整体表现上，也因曲调与歌辞均清朗有序而增强效果。

（二）清代佛教俗曲集常见收录的主题与内容

从清代佛教俗曲集常见收纳的主题与内容，可以明了在此时代环境中，特别是当佛教融入民间大众生活之后，其所强调的义理内涵与主要传播、摄受的对象为何？而经由统合分析，可由劝善持戒、苦空无常、劝往生极乐、禅净与三教融合、劝妇女信仰等方面依序举例说明之。

1. 劝善持戒

俗曲本常有劝善歌辞，即所谓“劝世歌”之属。而佛教俗曲集既须面对大众宣唱，则亦有行世间劝善，进而导引持戒之必要。如总称某某祖师大德醒世诗若干首，或称“修道真言”，乃至于称“劝妇女”“叹世情”“叹无常”“乐道歌”者皆是。甚至收录呼应着世间伦理道德的概念，成为积极入世的篇章，如《孝弟忠信礼义廉耻八劝》：

（劝孝）劝居士，孝为先，事亲竭力要心坚。鞠育苦，费包缠，罔极深恩报不全。两尊活佛高堂上，一重青天在目前。成仙佛，为圣贤，都从孝道究真全。

（劝弟）劝居士，敬兄长，兄友弟恭家道昌。尽悌道，体天良，相联一气好商量。异姓尚能联一体，同胞何可另分张。笃天显，重伦常，手足同修聚一堂。

（劝忠）劝居士，竭忠诚，一点丹心报圣人……（《惺（醒）迷录》）

于是，佛教规范在家居士的“五戒”，当然也可以成为民间教派通过俗曲作日常劝善的重要项目，因此《惺（醒）迷录》除收录《精严五戒律诗一首》，更有未见题名的五戒歌曲一组，铺唱五戒的意义与精神：

（一不杀生）杀，杀，痛楚，疼辣，惹仇恨，结冤家。性体本同，躯壳异些。如何为口腹？将刀去斩他。弓弩生擒活捉，釜剑零割碎剐。试看大雄宝殿佛，没有凶狠恶夜叉。劝你洗心涤虑界却，我寻无自骨髓根芽。毗卢性海中潇潇洒洒，幽冥地府中扯扯拉拉。急跳出拖泥带水真情网，方才是了凡成圣佛菩萨。

（二不偷盗）盗、盗，抢取，恶要……（《惺（醒）迷录》）

此篇通过增字铺衍的方式，使相对应的义理（五戒），能在其中获得充分的论证，使行之于日常的“五戒”规范与义理能充分传达。再适时加以厌弃世俗、避免轮回、修证成佛等义理，这也使行持于此世间的五戒，成为终究得以“了凡”到达“毗卢性海”的起点。

2. 苦空无常

从《看破世界》的序文中，即可知其编辑的最大目的，就是在显现世间现实的苦空无常，警醒世人切莫沉溺于酒肉声色、富贵名利与金银财宝等诸多享乐，以致耗费殆尽，招致贫穷困苦，甚至死后堕落三恶道，受极大苦。所以，阐述苦空无常的歌辞，自然也就占了非常大的部分，甚至有些标目未提无常苦空，但内容实际传播此理，如《赤脚道人好了歌》：

> 世人都晓神仙好，唯有功名忘不了！古今将相在何方，荒冢一堆草没了。
>
> 世人都晓神仙好，唯有金银忘不了！终朝只恨聚无多，及到多时眼闭了。
>
> 世人都晓神仙好，唯有娇妻忘不了！君生日日说恩情，君死又随人去了。
>
> 世人都晓神仙好，唯有儿孙忘不了！痴心父母古来多，孝顺儿孙谁见了。(《看破世界》)

由此篇可知功名、金银、娇妻、儿孙都是人们在世俗中的牵绊，由于难以舍弃，也就难以逍遥如神仙之好。然而随着生命终究无常，再多的名利、恩情最终都将成为荒冢一堆，所费心思又能剩余什么呢？于是，作此《好了歌》正是要人认清俗情之最终结局，而当下决意了断，莫再有所牵绊。又如《富贵贫贱鳏寡孤独八叹》，将八种不同的世间地位，作为铺展成各“章”的名目，从而示现无常，引劝修行：

> (叹富)叹富人，早回头，家财万贯是虚浮。无常到，万般丢，良田华屋空自谋。堆积金银终没有，遗留罪孽不能休。宜看破，急加修，脱开利锁步瀛洲。
>
> (叹贵)叹贵人，早回头，玉带乌纱不久留。文拜相，武封侯，用尽机关一旦休。弹冠待漏随朝苦，解组归山退步幽。辞洪福，学清修，无拘无束乐悠悠……(《看破世界》)

这是极力唱述世事无常、样样虚浮的歌曲，而从另外一个角度来看，或许更要以正向劝勉的方式，来建立新信仰的目标。这样的概念也可以转成《叹世万空歌》，铺述用样样皆空的概念：

南来北往走西东，看得浮生总是空。天也空来地也空，人生渺渺在其中。

天地万古常如旧，人生劳碌一场空。日也空来月也空，来来往往有何踪。

日月晨昏常转运，人亡千载影无踪。山也空来水也空，山水长在世界中。

青山绿水依然在，人亡永世不相逢。田也空来业也空，换了多少主人翁……（《看破世界》）

这其实呼应了佛教所传播的核心义理，适用于解释天地万物一切的现象，皆是因缘假合、无有绝对的实相，当然人生的所有追求，甚至是费心与劳碌，也终究成空。而在俗曲的唱述内容里，显然皆可引用生命周遭确实可见的事物、人情现象作例证，强化影响力。

3. 劝往生极乐

从民间得以普遍接纳佛教的信仰现象来看，通过“念佛”求得“往生净土”可以说是最深植人心的观念，这不仅给了世人立志修道的简易方式，也揭示了可以设想的近程目标。所以，不只许多道场仪范、课诵文本，包容劝说立志往生极乐净土的赞偈，各种佛教民间俗曲唱本，也少不了要收录劝世人专注念佛，并由此发愿往生的歌辞，例如常见的四言偈《莲池大师劝人人念佛》，就以积极鼓励的话语来展现劝勉念佛的意义：

若人富贵，受用现成，正好念佛。若人贫贱，家小累小，正好念佛。若人有子，宗桃得托，正好念佛。若人无子，孤身自由，正好念佛。若人子孝，安受供养，正好念佛。若人子逆，免生恩爱，正好念佛。若人无病，趁身康健，正好念佛……（《看破世界》）

所以，不论身处任何条件之下，其实都可以念佛，都可以把握机会累积往生净土的资粮。即使佛教普传于民间会吸收许多传统民俗观念，甚至造成信仰内涵的变貌，但是念佛、求生净土的观念，却往往仍是确立信仰观念，作为自修、共修、超荐亡者的指导原则。

4. 禅净与三教融合

为了于广大的群众间流传，佛教俗曲唱本所收录的歌辞，也就有了适应文化环境而兼容并包的现象。首先，是强调禅、净双修的概念，向大众指出兼行这两种修行道路的殊胜之处，若是仅行其一，将可能产生弊端，若是未有禅、净的概念，即会沉沦恶道。于是，如《永明禅师四料简》也为清代各佛教俗曲集所收录，以新声咏唱古偈之例：

> 有禅有净土，犹如带角虎。现世为人师，来生作佛祖。
> 无禅有净土，万修万人去。但得见弥陀，何愁不开悟。
> 有禅无净土，十人九蹉路。阴境忽现前，瞥尔随他去。
> 无禅无净土，铜床并铁柱。百劫与千生，没个人依怙。(《看破世界》)

其次，许多民间教派的兴起，为了更接近广大民众，便通过世间所强调的伦理、应世价值来传播佛教的义理，不仅结合儒家、道教思想与众多民间信仰观念，甚至在清末“无生老母”信仰盛行的年代，还会掺杂先天的思想观念。如前文提及《真武大帝叹骷髅歌》即是以民间信仰“玄天上帝”作为叹无常的主角，另有托于吕祖，并杂糅念佛与炼丹的《吕祖师降谕念佛偈》：

> 念佛虔诚便是丹，念珠百八转循环。念成舍利超生死，念结菩提了圣凡。
>
> 念意不随流水去，念心常在白云间。念开妙窍通灵慧，念偈今留与汝参。(《看破世界》)

或许这将“念佛”与“丹”并比，是一种贴近大众宣说的方便法，但也易使俗曲集中的信仰观念产生混淆的现象，若非通过明确的辨析，可能会使佛教的修行观念产生扭曲。

5. 劝妇女信仰

接引妇女信仰、修行，是通过俗曲传播义理的重要目标。然而在中国传统的社会中，妇女的地位通常是低下的，特别是通过“三从四德”所形成的礼教束缚，使大多数的妇女终其一生都被压制在男性底下，不容许有自主的思想，更不可能有自主的权力，甚至从父、夫到子的遵从历程中，仿佛就像奴婢、财产的转移般，是任凭命运摆布的。然即使是做到精妇工、谨妇言、正妇容、纯妇德而人人皆称“淑贤”，也无法改变这置身人下的地位。如《惺（醒）迷录》所收的《普明祖师劝妇女修词》所言：

> 女孩们仔细听，我讲个女修行。人身难得，中国难生，道场难遇，佛法难闻。就是这四个难字，难坏了许多女钗裙。又看你妇女们，是个五漏之体，三从之身，凡百事由不得自己，一桩桩听命于人，在家从父，出嫁从夫，夫死从子，不得自掌权衡，要修无路，要行无门，千般魔障，万重灾兴，谁人跳出罗网？那个躲脱火坑，无边苦海万劫沉沦，长夜悲哀可怜可悯……（《惺（醒）迷录》）

所以，既然要化导妇女归入信仰，则导引其对于自我生命的观照，指出其身为女性、地位低下、无以自主的愁闷与怨怼，究竟起自于何因缘？也就成为首要唱述的要点，且除了托付祖师做劝戒，亦通过“修行典范”的“觉思之语”来劝化妇女，如《金刚佛劝女修十字歌》所唱：

> 刘素真，叹世情，心中思揣。想前生，未曾修，禁口吃斋。因此上，为女身，落在苦海。我母亲，抚养我，是个女孩。受辛苦，算将来，十有六载。谋媒婆，配天德，两下合谐。蒙菩萨，指点我，三皈五戒。因此上我心中才得悟开……（《惺（醒）迷录》）

依此篇所揭示的说法，生为女身，如落于苦海，似乎就是前生未禁口吃斋的果报，而母亲扶养女孩所受的十六年苦辛，在此篇更似乎成为道不尽的愁思，然话语一转，幸运之处就在蒙菩萨指引得以三皈五戒，方才有了悟世情、得解脱的机缘。而置于《劝妇女词》首篇的《劝妇女修身词》，于起首处，开宗明义即劝妇女“早结善缘”，并在揭示（排比）的劝引目标中，具体指出作为妇女必然因儿女、子孙、他人颜面而心虑烦扰的苦情：

早持斋，早向善，早登彼岸。免受那，地狱苦，悲叫可怜。莫为着，儿和女，心虑杂乱。莫为着，引孙身，不得安然。莫为着，别人事，要做脸面。莫为着，苦凡情，接耳交谈。将这些，好话儿，不得听见……（《劝妇女词》）

通过紧接着的套语“莫为着”，显示出急切的呼喊，盼望长久以来为现实所缠缚的女性，能够确实警醒，而迷与悟、此岸与彼岸之区别，就是在面对现实遭遇与诸多烦扰的氛围中，是不是有了观念的省思与突破？是否能初步唤醒出离的意识？然后深切体悟这烦扰之源，正归结在其后所铺述的社会礼教制度之下，即使终身辛苦屈从、符合种种对于妇女的要求，但是，终究仍然停留在此岸，甚至持续多造恶业，无法避免流落恶道之苦：

你想你，妇女们，前少修炼。得一个，妇女身，几多不全。在家中，做女儿，从亲叫唤。若出嫁，从丈夫，不敢高攀。夫若死，还从子，不得主见。守得这，三从儿，才算淑贤。精妇工，谨妇言，都要纯善。正妇容，纯妇德，一毫不偏。才算个，好妇人，有体有面。还难脱，地狱苦，一切牵连。有几多，生男女，不知检点。到厨房，污灶神，罪重如山。又或是，到厅前，任意走闲。身不洁，衣不净，污秽家龛。或血水，并不知，倾在阴面。污秽了，虚空中，过往神仙……（《惺（醒）迷录》）

显然这类歌辞在揭示妇女处境的方式上，是采用近乎疾言厉色的方式，直指“前少修炼”“几多不全”的前因情状，并以此联系世间贱视女性，甚至到“身不洁”“衣不净”“血水污秽神仙”等种种对于偏狭认知的指控。

使得妇女生来就接纳许多“理所当然”而自甘受制的观念，甚至是后来更用以箝制下一辈女性的观念，在这几乎是通过激怒式的话语之后“觉醒”，进而引出妇女对于自身生命历程的忿恨、不平，然后撕裂原本在礼教要求之下，必然顺从与认命的观念，再顺势推入修行乃是解脱良方的想法，于是“出离意识”变成一股强势的力量，不仅认同其为必然、合理，甚至成为后半生理想的追求。此外，由于清代“观音信仰”早已普及于民间，且观音菩萨的形象，又多被塑造成具有安抚人心、救苦救难能力的女神样貌。因此，对于广受社会制度之下，众多不平等待遇，甚至劳心劳力不受尊重的妇女而言，更是具有吸引力。所以，《看破世界》即融入许多与“观音信仰”相关的歌辞，且在其中强调与妇女遭遇（处境）的连结，如《观音菩萨劝女人修行偈》：

> 女人修行最值钱，金银难买苦修炼。火坑热地须早出，山中静坐好参禅。
>
> 单单参尊观音相，目前万事总无缘。丝毫挂碍全不顾，贝叶经文念念间。
>
> 日日劝念弥陀佛，人在浮生有何安。女人快快求出路，各人明心现真原。
>
> 小心早把四恩报，幸蒙明师指点传。专心祈求生净土，一到西方百事安。(《看破世界》)

然而观世音菩萨的民间形象建立，必然与其从出生、出家至成道历程有密切的关系。因此，通过联章体歌辞的形式，来铺述观音菩萨（特别是为妙善公主身份）的故事，也就成为推广信仰认同的重要工作，而为此类民间唱本不可缺少的部分。如前文所引的《妙善公主十二个月采茶歌》，而《十二个月念佛偈》则以立志修行作模范：

> 春王正月是新年，贺岁人人礼貌全。儿女打扮花神样，佳人穿戴像天仙。

目前虽然风光好，难留青春不老颜。西方皆是长生体，非比阎浮浊世天。

二月春分和气祥，东方日出暖洋洋。百行事业归正务，运货客商走长江。

青山绿水年年在，唯有幻躯不久长。奉劝世人回头好，一心念佛到莲邦……（《看破世界》）

另外，称扬观世音菩萨的功德，可能会结合忏悔发愿的行仪，让唱者在借着歌辞心生感悟之余，期望学习菩萨精神，更发下淑世的大愿。而以礼忏的方式进行唱诵，则歌辞中也就往往会加上关于礼忏的套语，如《观音菩萨十二大愿》除了排比观音宏愿，章与章之间，更夹有忏悔发愿辞：

广发宏誓大愿心，度尽阎浮世上人。有缘千里来相会，无缘对面不相逢。

【南无号圆通名自在观音如来广发宏誓愿】大海洪波万丈深，罗家山上接青云。诸天圣众常卫护，逍遥自在礼慈尊。

【南无一念心无挂念观音如来常居南海愿】何人得病卧帏房，不请医生点药方。志心持念观音佛，自然身体得安康。

【南无住娑婆幽冥界观音如来寻声救苦愿】……（《看破世界》）

虽然每一段的套语辞都不尽相同（略有差别），但可以想见其作用应该是一致的。尤其是安置于各章之间，于实际演唱时，将可能搭配发愿礼拜的行仪，祈愿观音能救世间诸苦。而这种结合赞颂、礼拜、忏悔、发愿的歌辞，若施行于具体的法事中，即能展现导引身、口、意共修的作用。

三、清代佛教宝卷

宝卷是佛教传播中，产生稳定讲唱仪轨的民间说唱形式，早期宝卷多讲佛经经义和佛教故事，以宣扬教义广收信众为目的，随着宝卷在民间的发展越来越世俗化，形成现实生活与佛教教义、佛教故事杂糅的倾向，而这个部分在清代的佛教宝卷最为明显。车锡伦《清代民间宗教的两种宝卷》即认为道光三十年（1850 年）彭德源（1796 — 1858 年）编《观音济度本愿真经》刊行，是先天道支派青莲教的布道书，该卷共分十二段，故事结构与《香山宝卷》类似，但宗教精神却大不相同，卷中大量穿插如何修炼内丹的教义，以宣扬先天道为主，故虽采用妙善公主的故事，但实际上与《香山宝卷》完全不同，其开唱起观音济度于此世间的因缘，也就不只是大梵天皇与诸天众送一仙者予皇后，更直接指明是“慈航尊者”在大罗天宫见东土众生贪迷酒色财气、利锁名缰，因此以慈悲心托化女身，降生于东土力行济度。喻松青《清代〈观音济度本愿真经〉研究——一部假借观音宣传民间秘密宗教教义的经卷》文中，即直指“度原来”“度人船”“慈航宝筏”“修回净土”“不到东林”等语皆是民间秘密教派的常用语，这也让原本属于道教神祇的吕祖，被纳为民间教派的崇奉对象。于君方《观音：菩萨中国化的演变》书中，更特别指出《销释白衣观音菩萨送婴儿下生宝卷》《救苦救难灵感观世音宝卷》及《观音释宗日北斗南经》等三部宝卷，都是直接称呼观音为“老母”，这当是“无生老母”概念在民间普传后，这先天属性的母娘具体化过程之中，特别能够对应“观音信仰”普及化现象的一种选择。

所以，未必是全然朝着先天信仰转向，有些亦从《香山宝卷》衍发出来的相关文艺，也确实在民间产生影响力。例如《观音游殿宝卷》就是从《香山宝卷》里，摘选妙善遭到绞死之后到地府，十王派遣童子相请游殿观览的情节，再加以强化对于十殿与地狱情状的描写，成为警戒世人莫为恶的倡导文艺。而前文提及俗曲集《看破世界》，收录有《妙善公主十二个月修行歌》《妙善公主十二个月采茶歌》等篇，则通过常见于俗曲时调所运用的“十二月”歌辞体制，可说是浓缩《香山宝卷》的内容，简要铺述“妙善公主”的成长与修行因缘。至于《观音十二圆觉》宝卷，虽亦未免掺杂先天思想，但其表现特色在于以菩萨诸多化身（如贫婆、美女、草寇、童子、比丘），以及众多度化对象（如富翁、官人、匪徒、富家妻妾与子女）的故事推展主轴的文本，不但能阐发菩萨以各种化身度众的方便妙法，更能从其展现的菩萨化身形象与诸多体悟世间缠缚，甚至是痛改前非、发心修道，以求

"圆觉"者的身份，见到更多实际亲近于当时社会的阶级贫富观念与价值观，显现在特定的文化环境里，能增强普向民间传播效益的期待。例如此宝卷中首先发愿修行的富家女刘素真，也由此成为多篇"劝妇女"俗曲的典范事例，而在《观音十二圆觉》所展现的唱辞中，即以类似戏曲闺女游园情境，铺展出作为女性无法自主命运的感叹：

> 对对蜜蜂寻芳草，双双蝴蝶采花心。百样花名说不了，小姐触景便生情。花开之时十分好，花卸（谢）之时怎留情。将花比人人比花，花与人身一般论。人生在世如春梦，大限来时不由人。万两黄金拿不去，功名富贵等浮云……（《观音十二圆觉》）

这本是戏曲才子佳人故事，小姐常见的情境，以借伤春表情思，在此却更进一步感慨人生无常，正是指向反思生命，塑造得以度化修道的契机。于是，观世音菩萨化作贫婆前来度化，表白："一不化你斋和饭，二不化你好衣裳，三不化你金共宝，单化小姐发慈心。"似乎正是逢小姐生命彷徨之时，尤其是面对出嫁的恐惧与见花伤情的心境，点出未来婚后人生可能的遭遇与后果，这警戒、反思之效正好对应广大妇女的经历：

> 男人罪孽还容易，女人罪孽似海深，抹粉搽脂都是罪，生男育女罪非轻，洗屎洗尿倾下水，污秽三官水府神，不如早觅修行路，免得阴司受苦辛……（《观音十二圆觉》）

这对应在社会男女不平等的现实之下，让广大受众（特别是妇女）体悟世间实况，即使是富贵女性，都难免有着屈于人下、命运无法自主的悲叹，如果再将生儿育女、持家、装扮等视为"天职"，则更可能由此转变成制造罪孽的因由，于是在重重恐惧感更往绝境处推的情况下，更产生坚定出离的意识。所以，在期望能引起广大民众共鸣的前提下，此类劝修行的宝卷，往往特重人物形象以呼应于社会现实的意义表现。此外，还有若干宝卷关照着传统观念与社会风俗，如清代佛教宝卷中，亦有多本以"目连故事"

为题材的宝卷，此目连救母的故事本见于《佛说盂兰盆经》，而大约制作于元末明初的《目连救母出离地狱生天宝卷》是目前可追溯年代最早的“目连故事”宝卷，由于长期在僧、俗共同参与的“盂兰盆法会”中演唱，具有显著的摄众力，故随后产生不同类型的“目连故事”宝卷，也大抵都受其影响，特别是因应世俗佛教法会道场中的宝卷演唱形式，类似忏法的科仪，一般民间佛教信徒也普遍都能接受。清代以目连故事为题材的宝卷，举其要者如:《目连三世宝卷》清德宗光绪二年（1876 年）刻本、《目连卷全集》清光绪三年（1877 年）刻本、《目连救母幽冥宝传》清光绪二十六年（1900 年）刻本等。这些宝卷诠释着民间宣卷的艺人及普世社会如何接受佛教观念，而以“目连故事”为表述对象则显现中国人对孝道的推崇。

至于宣唱高僧故事的宝卷制作、流通，亦是清代佛教宝卷不可忽视的部分，且延及清末民初时期，如民国三年（1914 年）上海文益书局所发行的《湛然宝卷》，即是以湛然圆澄故事为主题的宝卷，曹晔《佛教宝卷中的高僧故事书写探原——以〈湛然宝卷〉为例》认为该部宝卷编写的时间，应不会早于清康熙年间（1662 — 1722 年），内容讲述其出家前的经历及参悟求法的过程，当中亦可见僧、俗的互动关系，主要流通于杭州、南京等南方地区。而杂糅各种民间传说、戏曲素材的《济公宝卷》，则在“净寺火灾”“出行募缘”“袈裟化木”“古井运木”“重建寺院”等五个情节架构之下，唱述济公故事，主要流通在无锡、张家港一带。然而这类演绎高僧得道的宝卷与《目连宝卷》一样，以佛教普度众生及劝人行孝的劝善思想为主，在情节上，却也收纳了游地府与破血湖的情节，显然是受到目连救母故事影响的体现。故由此说来，清代的佛教宝卷世俗化的轨迹更明显，佛教说唱文学的功能，在此呈现面对世俗价值观的实用取向，用以解决世人现实生活的困难与苦闷，故更能引起共鸣，让佛教义理与信仰观念能普及于广大的社会人群。

（林仁昱）

第三十九章　清代的佛教方志

明清佛教一个值得注目的现象，就是方志文献编纂的渐次成熟与大量出版。此现象与地方志的蓬勃发展有密切关系，意味着有越来越多的寺院以出版方志提供寺方角度的官方寺史。顾名思义，大部分方志的做法，是将与一山或一寺相关的文献编为一书，是收录佛教寺院史料的总集性文献，故亦可视为“佛寺的历史”。方志收录的材料性质、内容繁多，但编排方式大同小异，主要有序、凡例、图、志、表、传、论、文、诗等，编排顺序则大抵按照时序排列。最常见的编排做法，是以寺院的山水记事、祖师传承与寺院记文等先行，以诗作为主的“艺文”作品则列入方志的后半部。因此，系统地收录这些诗文作品的方志文献，也可视为“佛寺的文学史”。按曹刚华的统计，明代如今有八十七种方志传世（失传则有六十五种），清代可知的方志则在五百种以上。由此可知明清方志是很丰富的佛教文献来源，值得更多个案或者群体的研究。理想的方志似乎仍是追求完整且正向的寺院发展史，但五山之首的径山方志《径山志》凡例也说：“诗文多方采辑，收录不齐，总期于增重名山。故世代前后，爵里远近，悉不及序，览者谅之。”方志的编者很清楚无法将所有寺院的诗文全数收录，只能尽力而为，将寺院的胜处展现给读者。本文将从方志的传统如何建立谈起，并论及方志的性质、收录的标准、用途，并以著名的宋元“五山”方志内容，具体说明方志文学的内容。

目前传世的明清方志多半为一寺之志，仅有少数为地域佛寺志（如南京的《金陵梵刹志》、杭州《武林梵志》等），且以江南地区为大宗。由于方志的出版所费不赀，大部分寺院仅有财力支持一次编辑出版，因此收录可能较为谨慎，以彰显寺院正面的形象为主；由编辑的程序和对象材料标题、内容可知，绝大部分收入方志的材料，并不是为了方志此一文献所写，而是为了寺院所写。大部分收入方志的内容，在方志编成前即早已写就或铭刻，或收入了各个诗文撰者个人的文集，或为寺方保存，因诗文主题与寺史相关性较高，或由名声较高的人物所作，而收入了方志。因此，方志文献除了编排方式还有序文等少数内容有所相异以外，原创性并不高。不过这并不意味着这个任务的难度降低，《武林灵隐寺志序》道："名山多有志，而作者殊难其人。非作者之难其人，而名山之难志也。盖纪事务奇则怪迂以滥耳，标理猥并则庞杂以淆目，而径露寡闻者畏上古如雷门，好奇吊诡者视世俗如蒙茸。"这意味着如何恰如其分地将名山的真实面目呈示予人，要不失之于务奇，要不失之于庞杂，处处考验着编者的能力。如光绪《杭州上天竺讲寺志》序便引用了司马迁的说法："太史公自序曰：'余所谓述故事，整齐其世传，非敢云作也。'"方志也的确是编辑、整理故事，而少创作成分。方志材料收录与否乃经过编者的筛选，并非有关寺院历史与文学的，优先级也不见得完全按照很严格的认定，常随各寺的做法而异。如沈荣彪在道光《云林寺续志》中所说："汇天章之巍焕，访金石于巉岩，荟萃前闻，引证时事，班次部居，续为一编，以补前志之未备焉。"可说是描写了方志编者主要的工作内容与任务。虽然僧团是方志想当然耳的数据提供者，但如今所见大部分明清方志的编者是士人，而由僧人校订、验收，或者实际上的编纂工作由僧人负责，但最终由知名度较高的士人挂名后出版。虽然有分工上的不同，但或可将方志理解为僧俗合作编纂的产品。

一、佛教方志的两种传统

明清的佛教方志大抵承袭两个传统，一个是地方志的传统，一个是佛寺志的传统。此二传统都由来已久，几乎都可以追溯到中古时期以前：地方志中经常提到东晋常璩（约 291—约 361 年）《华阳国志》，明代时则有天顺五年（1461 年）成书的《大明一统志》的影响；方志则经常遥追至北魏杨衒之（生卒年不详）《洛阳伽蓝记》。中古以降，地方志的传统稳定发展，《金陵梵刹志》凡例提到“六朝佛寺多至四百八十，名沉迹灭，靡得而传，无志故也”，意思是因为没有志，所以大量的佛寺连寺名都不可考。如今，宋元佛教方志亦少见，虽有《广清凉传》（《古清凉传》续编）《南岳总胜集》《补陀洛迦山传》等方志为代表，但尚未以“寺志”为名，且内容集中于佛教，较不全面。佛教寺院的相关记载较多见载于宋元方志，与道教宫观并列，不仅不是地方上的主角，细节当然也很难彰显，经常仅以地方中的单一条目以数条简述其寺史，并列出几则诗文，以证明说明有据。

方志到了明代以后才渐次出现。在掌握云南以后，明太祖（1368—1398 年在位）洪武中期曾命朝臣“考按图籍及前代所有志书，更定而删正之”。此国策应间接推进了方志的编纂和书写。黄宗羲在《明州〈香山寺志〉序》中便说“凡寺有志，此近来之一变也”。明中前期，有成化时期的《江心志》，正德时期则有《鹤林寺志》《鹿泉寺志》等，体例简略，平铺直述，篇幅亦较小。明中晚期的嘉靖、万历、崇祯数朝，寺志编纂开始蓬勃发展，如嘉靖《摄山栖霞寺志》、万历《清凉山志》《重修普陀山志》，以及崇祯《黄檗山寺志》《九华山志》等。明代晚期的方志编辑风格，为方志的基本结构定型，如清嘉庆年间的释觉铭《圆津禅院小志・题词》就说：“元明来，撰者尤多，所见如宝华山、摄山、西湖、净社、曹溪、破山、圣恩、昭庆、理安、净慈诸志，皆以发禅林之壮丽，演宗风之广大。”可见方志的共同目标是引介寺院的胜景，以及发扬宗派的传承。

由明清方志所载，有不少寺院的历史经常皆可上追到魏晋南北朝时期。如按《武林灵隐寺志》《天童寺志》《明州阿育王山志》等志所云，寺史都可上追到晋朝；《敕建净慈寺志》所说则略短，约自吴越有信史。不过，这些历史悠久的寺院，物质、文字材料因时代更迭而渐渐付之阙如，使得连可支持始自魏晋的寺史文字材料也很少见。因此，收录历朝可兹层累增长寺史的诗文材料，经常是编纂方志的重要目标之一。以杭州地区的方志而言，因为中唐白居易等著名诗人的活动，有较多寺院比较可靠的历史或可上追至唐代，从明末清初回溯，就可有“千年大刹”美名。如《径山志・序》，李烨然（1583—1643，1610年进士）便胸有成竹地声称："自唐、宋，历元至我明，千余年间，祖庭之盛衰、名胜之隆替，与人物代兴、制作彪炳，称大备矣。"可说只要有读者耳熟能详的诗人留下吉光片羽，其诗其文就可以成为寺史的重要线索，填补时间或超过数百年的空白。但一般来说，若从方志序文的作者笔下之传统来看，《洛阳伽蓝记》是经常言及的典范。如《敕建净慈寺志序》便说"自来志梵宇者，昉于杨衒之《洛阳伽蓝记》"。宁波《宝严寺志序》也说"志梵刹者，原于《洛阳伽蓝记》。《金陵塔寺记》，是古今之述作，莫不取法乎？"也许模仿，又说是取法，但这些方志不论范围和形式都与《洛阳伽蓝记》安排相差甚大，因此这个典范或许只能说是一种为大多数人所知的理想，在遭遇到不同的现实与考量时，则会采取相异的调整。《金陵梵刹志凡例》说得很坦白："盖昔止述雄观，今兼饬祠政，撰志之意，业有殊者。"显示方志的撰写已经不会自满于叙述寺院建筑的雄伟，而亦考虑其他的面向，以增进读者理解的可能。

二、双重边缘的方志

几乎所有的佛教方志在历代编纂《大藏经》时，皆未入藏，反而比较多是列入如《四库全书》乙部（史部）的地理类，而非宗教类，或列入四库存目，仅留其目；遭列入禁毁者，如陈世英（生卒年不详）《丹霞山志》，马元（生卒年不详）、释真朴（生卒年不详）《重修曹溪通志》等志，乍看起来，似无大碍，乃因收录明末钱谦益、金堡等人事迹、诗作，"亦有违碍"，为馆臣建议销毁。可见方志多半是理解为介于世俗与宗教之间的文类，较难定义。在编纂《四库全书》一类的大型丛书时，方志的重要性也偏低，显示方志在世俗、宗教两端的双重边缘角色。

陈垣《中国佛教史籍概论》曾介绍各类佛教史籍，但遍检书中，只有周永年的《吴都法乘》是比较接近佛教方志的文献，而陈垣亦未对佛教方志的性质多作定义。若考察《吴都法乘》的内容编排，也与多数佛教方志迥异。其原因可能乃因该书并非一时一寺的历史，而是苏州一地的佛教发展史，如陈垣所言："吴门法典之大观也。"陈垣也说自己读到的《吴都法乘》

乃是抄本，经过比对，竟然与四库存目版相异不少，显示存目版也仅能视为通行版，而并非是最佳版。可知在运用各方志的四库系列版本时，应尽力广收其他版本对读，以厘出确切的成书年代及其他内容的增订等背景。以此而观，虽然《吴都法乘》性质与《洛阳伽蓝记》相近，或应与其他城市的佛教史，如记述杭州佛教的吴之鲸（1609年举人）《武林梵志》，和南京佛教的葛寅亮（1570—1646年）《金陵梵刹志》等书并观，或能得出不同的视野，从城市的角度来看佛教的角色。唯版本的不同之处，仍须留意。如《武林梵志》如今最通行的版本是《四库全书》版，但因为此版本徒有四库提要的说明而没有保留原序和任何其他凡例，若未见到现存最早的万历本或者后来的清眠云精舍抄本，几乎无法彰显该书的另一层历史价值与文献意义，而仅能如四库馆臣视为“谈资”之用。

方志成编以后所面临的主要挑战，是尽管所收者几乎都可能是文学作品，但收录、编排、校订的标准，却经常是受到史学眼光的评价。方志的编者时或是僧人，但赞赏、批评方志者则多半是俗家的史家而非僧家。对明代方志有所赞赏者，如缪荃孙（1844—1919年）就曾说《灵谷寺志》“体例分明，辩证博洽”；汪沆（1704—1784年）则赞《天台山方外志》“搜辑典雅，序事有法，山志中之最佳者”。代表官方立场的四库馆臣也评价《武林梵志》“序录井然，颇有条理”，认为此书有补遗作用，且多有《武林遗事》《西湖游览志》所未载者，与诸书对读，颇有“足为考古谈艺之资正，不徒为伽蓝增故实矣”之用。可见方志考验的是编者的功力，赞誉也较集中在编排成果的条理分明。但批评方志者尤多，如黄宗羲就曾经以明代《雪窦志》的几条谬误，嘲讽佛教方志的考订水平，认为是“村偈街谈，呕秽满纸”，难以卒读。清代的方志批评者更多，倾巢而出，尤其猛烈地批评明代方志。例如四库馆臣就曾揶揄《径山志》对已初具规模的《径山集》其大规模增补乃“殊多猥琐”，而编者宋奎光的做法更“从而恢张之，其冗沓宜矣”，使得整本方志繁复不堪。四库馆臣甚至也未放过《径山集》，认为此书“校雠不精”，错误百出。葛寅亮著名的《金陵梵刹志》亦难逃批评，被认为是编排相当“芜杂”；《杭州上天竺讲寺志》也被认为是语多“附会舛讹”等。这些批评不见得尽是吹毛求疵的苛评，很多寺志中例如“逸事”材料的附会成分，确实相当高，被指为缺乏实录精神。其他如翁方纲批判《灵山寺志》的考订粗陋，叶德辉（1864—1927年）则指出明代的出版品篡改原文的情形相当常见，方志也很可能是大宗。可见明代佛教方志从体例到考订和刊刻等方面，都在清代受到严格的检视与批评，甚或是否定。这自然不免与方志的佛教性质有关，而若是要以史学的眼光来评价作为佛教文献的方志，则很多编排的标准与实录性都会遭到非议。这些批评从方志本身的序文等材料恐怕难以见及，更多要从官方或者后来学界的定位才能得到比较直率的评价。方志并不全部都是隐恶扬善的安排，亦不乏秉笔直书者，如《上天竺讲寺志》中除了表彰历代高僧事迹，在《风范隆污品》并不隐瞒寺僧污行的叙述，也相当难得。但整体而言，佛教方志保存相关文学材料的史学贡献，仍应予以肯定。

三、佛教方志内容收录的标准

有关方志收录材料的标准，应与材料作者当时的身份地位或者后世的名声，以及材料主题与该寺的相关性有关。但一般来说，各类材料的收录是按照历史时序，而皇室的材料一定收录无遗，且几乎都列为卷首或者卷列前茅。明清时编纂的方志，特别是清代方志，出自皇室的诗作优先收录，且名列前茅。明代如《金陵梵刹志》即以《御制集》和《钦录集》居首，分别收录明太祖佛学相关著述诗文，以及明成祖当时对编校《大藏经》的谈话，可说是明初佛教发展的编年史，尔后才是南京一百八十几间大小名刹的条目。《武林梵志》也有《天朝宠锡》卷，述明代诸帝与佛教的关系："唯我圣祖普赐天下丛林，各有额录僧司正副督其事容光必照，正明等觉，始无偏无侧矣。成祖召有行耆宿，纂修大典，预其盛者，俱蒙异数，以及列宗颁赉金藏，葺寺铸像，所至顶礼，发诸善心，皆列本寺，以彰隆遇，不复析纪。"皇室对佛教整体的优遇支持值得大书特书，而具体事证，如朝廷所赐匾额、榜文，在方志中则会另行收录于他卷。这是寺方务必让方志的读者得以迅速理解该寺的地位乃足以得到皇室之加持的有效做法。此外，也和皇室经常就是寺方的最大檀越有关。部分方志的编纂工作和出版业务很可能也获得皇室的支持，因此必须在方志突显皇室的角色。这点在清代，特别是盛清时期编纂的方志尤其常见。来自皇室的诗作、仪式，还是捐献，都会在方志记载中占据显著的一角。有些方志甚至冠名“敕建”，乃为奉皇室之命而建，如《敕建净慈寺志》《敕建隆兴寺志》《敕建报恩寺梵刹志》等书，因此皇室的角色在方志中，不言可喻。至于寺院其他的历代重要檀越，在此特别指捐田者，也另行列入一卷介绍，或与历代人物与居士同卷。例如明末《武林梵志》两种支持者皆有收录，如《天朝宠锡》《宰官护持》等卷。但这类支持多指官方，来自民间的支持在方志中则多以“檀越”与“居士”分类。

明末《径山志》的编排则稍有不同，“首列祖，次制敕，次序文，次塔铭，又次碑记、游记及名胜等若干则，凡为帙若干卷”，可见径山寺乃以祖师的传承为荣，皇室相关的文献则紧接在后。清代以后的方志常以皇室、官方的文献居首，寺院本身的祖师、住持则退居其次。《武林灵隐寺志》续编的《增修云林寺志》以及《云林寺续志》的章节安排可予说明：《增修云林寺志》卷一以“宸恩”之名，收录清圣祖、世宗、高宗的御制诗作数条以后，才进入卷二有关该寺山水的篇章；《云林寺续志》的“宸音”更是广收高宗乾隆历次访问灵隐后留下的三十六首诗，并将清帝的墨宝和谕旨全数列入卷首。《敕建净慈寺志》即将清帝来访所作诗文列入“卷首”，之后才以“卷一”开始论及寺史。又如《云林寺续志序》便明白写出“宸翰迭颁，照耀震旦，实为诸刹之冠”，此般盛况自然不能因为“寺志年远迹湮”而继续埋没。可知方志的出版与篇章之编排，乃显示寺院系受皇室或众家檀越保护的明证，更附上“禁约”“免粮”等其他碑文，有成文的证据可以为寺院实质地免去俗务。

方志的编排自然各有特色，但是若要得出较有意义的观察，应该以等级相当的寺院及其方志，方有可比性。从南宋宁宗时期以后发展起来的五山十刹中的五山（径山寺、灵隐寺、天童寺、净慈寺、阿育王寺）以及后出的方志群来看，除了《径山志》编于明天启年间，《明州阿育王山志》正续志在明代时编成，清乾隆年间合编成一本之外，其他方志都在清代早中期成书，有些更在晚清获得重印，例如杭州的《武林灵隐寺志》《敕建净慈寺志》《慧因寺志》等多种方志，都收入新的丛书如丁丙在二十几年间分批出版的《武林掌故丛编》中的一种，成为如今比较通行的版本，原来的初版反而变得少见。明代的《径山志》除了几篇序文以外，直接以“列祖”作为卷一。如同康熙《武林灵隐寺志》的续编乾隆《增修云林寺志》、道光《云林寺续志》等，《敕建净慈寺志》亦以皇室的谕旨御制文居首，寺院的兴建居次。这些方志多半是在乾嘉年间完成。同样是在嘉庆年间完成的《天童寺志》则是采取山川、建置居首的做法，紧接在后的则是祖师，再来才是皇室赏赐记载的安排，在方志中比较少见。

因此，若要拣选出与方志相关的材料，可以从诗文的内容与作者的时代背景逐步略去大半，得出从为方志编成所写成的“序”或“跋”，是与方志此一文献关系最密切的材料。尤以序为大宗。若题名相同的方志有明代版，亦有清代版，则经常是重印，是否有资料上的更新和改版，尚待多方比较、考察。尚有一点应该提出，即一部方志的序文可能多于一篇，而且这些序文大同小异，说明了很可能这些作者都拿到了类似的材料，供他们作参考，所以内容，特别是寺史的叙述有相当高的雷同。因此比较不同作者所写的序文间如何叙述方志的编辑和撰写，就成为考察方志作为一种文类何以生成的重要面向。

由方志序的内容除了寺院的简史以外，多半是提到成书的因缘：说明何以编纂方志的理由很多，解释为何过去全无方志的原因也不少。如李烨然提到了在编纂明天启年间《径山志》的缘起，提到“顾径山旧无全志，以去省会稍远，而禅那幽杳之地鲜有过而问焉者”，显示径山寺因为距离杭州较远（步行得耗时一日），禅林清净之地，少人留意，以致竟未曾有人起心动念编一本完整的方志。作为自南宋以降即是不变的五山大刹之首，李序此说不免令人有些费解。另一个说法是万历初年有僧宗净所刻《径山集》，但仅载一些诸祖行谊，诗文亦少。在出版数年后，虽历经一次重印，完整度与重要性仍不如后出的《径山志》。不过，这些序文都在合理化编纂、出版方志的理由，并常以压抑前志的笔法，彰显新志的重大历史贡献。例如，《武林灵隐寺志》的序批评明代编订的灵隐方志版本用字太过俚俗，无法合乎灵隐寺名刹的形象。如今因为未见明代的版本传世，自然无法比较出《武林灵隐寺志》明清版本的异同，后出者压制，乃至取代前出者的代表性，这在不少方志都是相当常见的情形。又如《敕建净慈寺志序》："时万峰僧篆玉重修续志，思欲踵大壑，而增益之。而篇幅寥寥，闻见殆寡，又岂足表停銮之宝地、祝圣之都道场哉？"这是清官员清安泰在批判之前先后由僧人篆玉、大壑所编纂的方志都并不尽理想，通常是因为篇幅不足，"寥寥数十叶，未足成书"。因此新志的编者释际祥"博考旁搜，劳心瘁志，以继前人之绪，以增兹寺之光，以阐扬朝廷之德，意盖一举而三善备矣"，便显得特别值得推重，且编志一举三得（绪、光、德），应该是编纂方志的最高境界了。虽然不是每种方志都有得到这种评价，但大部分的方志序文作者都对新出的方志褒美备至。

四、佛教方志的功能性

编纂方志的人常见到这样的主张："一寺之志亦犹一国之史，为不可少者。"意即说方志跟国史、家谱同等重要。前述《径山志》前三卷都是以列祖传承为主，直到之后才列出朝廷的"制敕"。此点与入清后出版的其他五山方志相去甚远。在以编纂既有诗文作品为主的方志文献中，或以"开山"或"重兴"为名的寺史，也是方志文献中最具原创性者。若以前述著名的江南五山方志中的开山故事而观，如《武林灵隐寺志》有云：

> 灵隐寺在今杭州武林山，去城十余里。其山控湖扼江，有龙盘凤翥之状，为仙灵区宅。东晋咸和三年，竺僧慧理游至武林，见飞来峰而叹曰："此为天竺灵鹫峰小岭，不知何代飞来。"人咸不信。理公曰："此峰向有黑白二猿在洞修行，必相随至此。"理公即于洞口呼之，二猿立出。有此因缘，连建五刹：灵鹫、灵山、灵峰等；或废或更，而灵隐独存，历代以来永为禅窟，五灯互照，临济子孙居多。今重兴者为具德和尚，是法运使然也。（《武林灵隐寺志》）

在东晋年间，从天竺来到武林杭州的慧理，在后来著名的"飞来峰"

前，发现了修行已久的黑白二猿，并先后建立了五间寺院。如今灵隐寺是硕果仅存的名刹。灵隐寺的“开山”故事虽然重要，但年代久远，无法详述，更重要的是清初具德弘礼的“再兴”故事：

> 昔理公之开山也，固非偶然；今灵隐之重兴也，亦多奇兆。……具和尚兼而行之，道风广被；十坐道场，位下法从动以千计。是时和尚在佛日，先有乌程金姓者寓灵隐，梦寺中鼓吹迎大慧禅师至；又僧数辈梦明教禅师嘱迎和尚。更有异者，佛日忽一日至夜半，四无人声，闻伽蓝殿哄然。细聆之，则灵隐伽蓝与佛日伽蓝相争也。于是本山僧众、阖郡护法敦请不已，而和尚于己丑进院。（《武林灵隐寺志》）

一个名刹的重兴需要诸多机缘，最重要的是要有才德的高僧出面接掌原有颓象的寺院，使气象为之一新。除了诸多的“感通”故事以外，梦境也经常是重要的故事。有不少难以言述的隐情以及发展，皆由梦中发生的事揭露。具德弘礼来到灵隐寺的故事亦然。位于宁波的天童寺在《天童寺志》中的编者则以“山之名”“山之本”“山之支”层层深入，旁征博引，以“山川考”叙述天童建寺的时空背景：

> 山之名，始晋义兴师结茅此山，感太白星幻为童子，日供薪水，遂以“太白”称师，并以名山。又唐法璿禅师，日虔诵《法华经》，亦感天童进供，故又以“天童”名。
>
> 山之本，自天台摘星峰来。
>
> 山之支，从东而起者，曰云峰，曰明角，嵝衍为盘山。繇盘山折而北，稍伏，度太白岭，更起为大云山。落大云而复耸者曰东峰，辟其下为东谷，即古天童也。复起一峰曰乳，折而东北峙者曰中峰。繇此逶迤顿伏，卸为高原，而梵刹今奠于斯。（《天童寺志》）

编者的说明旨在提到唐代的法璿禅师诵《法华经》，也因“感通”而将新建的寺院命为“天童”。在定名以后，才进而叙述该寺周遭的地理风景。

紧接着则是“建置考”，考述天童寺的历代发展。嘉庆年间编纂的《天童寺志》参考大量宋代以降的地方志如《宝庆四明志》等，并以历代诗文和附记扼要说明寺院的兴废。采取类似做法的尚有《敕建净慈寺志》。在“总叙”中有云：“夫五代迄今几七百余年耳，其间废兴不一，矧阿僧祇劫哉。净慈历代诸名德后先创复者，能现翚飞鸟革于荒榛断甓中，其坚固雄猛心与佛住何异哉？”继以明清的地方志与笔记交错说明寺史的发展。

同在宁波的阿育王寺做法稍有不同。该寺敦请出身江西泰和的郭子章（1542—1618年，1571年进士）编撰《明州阿育王山志》。在开篇的“地舆融结”处即云：

> 粤唯菩提道场，基抵金刚；匪兹坚固，曷居法王？谛观舍利，尘尘觉帝；神圣所都，孰言容易？是即灵山，是即摩竭；须弥有坏，此无震裂。咨尔山灵，异尔比丘；作难思想，呵护勤修。志地舆融结。（《明州阿育王山志》）

灵山正是建立菩提道场的佳处。阿育王寺的另一特色就是相传藏有释迦牟尼佛的顶骨舍利。因此《明州阿育王山志》中也对舍利的意涵与该寺舍利的来历有提纲挈领的说明：

> 人亦有身，念念烦恼；佛岂无身，尘尘相好。戒定余勋，万劫不坏；机息应灭，不灭者在。八万四千，此当其一；如析栴檀，一即一切。物转即人，转物即佛；观象得意，斯人弥勒。（《明州阿育王山志》）

有关供奉舍利的舍利塔，郭子章则整理了十几篇历代以来有关舍利塔的文字，如《释迦如来真身舍利宝塔传》《阿育王造塔缘起》，以及自撰的《詹礼鄮山舍利塔记》等文，以飨方志读者。

佛寺不仅是僧侣修行之处，也是与世俗交涉的场域。方志则是佛寺僧团面对、推广寺院乃至宗风的文字记录。方志的出版目的不仅在于为佛寺志史，也有增进读者理解佛教与僧人生活之用。方志也经常强调佛教正统，以正视听。例如，徐文龙（1606年举人）在1624年为《径山志》作序时，便引唐代李公度之说："释迦生中国，设教如周孔；周孔生西方，设教如释迦。"并又作解释："夫（儒释）何异同之有？慨今天下多事，邪术纷起，白莲、无为几同波旬（天魔之首）璎珞，然其弊，总由于正教之不明。今此志标指正法，不啻揭日月于中天，令人出迷途而登觉路，不特名山信史已也。"除了历来常见的会通儒释之说以外，也批评当时盛行的"邪说"如白莲、无为等民间宗教，并说《径山志》实乃阐明标示正法，而不只是名山的信史。甚至在新出的《敕建净慈寺志序》中，俞樾提到编纂方志"使人知三教一贯，天语昭然，而庄严法相与褒录先贤，非有二义，庶有慨发大愿、规复前型者乎"？让读者可以从三教一贯的角度来认识方志的大用。《上天竺讲寺志》凡例则说一国不能无史，而"志即史之余，将以是非得失，垂为劝诫；敢俯曲阿徇，滥施华衮？风范隆污，寸心千古；知我罪我，所弗敢辞"。意思是秉笔直书的方志也有史学的精神，可供读者自行判断是否应该完全相信。方志的内容是如今除了理解佛寺的发展史，也是研究丛林制度，乃至研究"神圣空间"的重要文献，若从"感通"、梦境，以及对山林叙述的角度切入，可有更多创获。

明清佛教方志出版的增加，在明中晚期的发展已经成为值得注意的现象，编排方式也在明末清初定型。清初康熙、雍正、乾隆时期，有大量佛教方志编纂出版，大体来说，基本延续了明末方志的编排形式与规制，但也有不少反思、批判的观点提出；尽管意见纷陈，主要的焦点集中在明代方志编排的逻辑以及考订的方式。可有几点观察：（1）显示明代方志整体尚未成熟，大部分方志编者人力较少，且篇幅偏短，时或难以称为志；（2）收录内容若多，则时显芜杂且有考订不严之虞；（3）此间接解释明代方志或为清代后出的方志取代，甚至失传的原因。正因为牵涉到编纂的工夫，使得方志此一文类除了成为佛寺历代文学的重要载体以外，也有了史学的价值。与地方志编纂风潮相辅相成，有清一代的方志编纂活动更盛，传世亦多，从收录内容中所见，也有部分方志纳入了过去未收的材料，如山林特产、石刻史料、寺院清规等，丰富了方志文献的内涵，也增加了方志的历史价值。各寺也得以通过方志的出版，展现更多个别特色，突显寺院意欲彰显的性格；

方志的编者们在百花齐放的盛况下，各显身手；历代积累的许多佛寺文学，得以由方志的编排，较系统地为人所知，成为读者与佛寺潜在游客饶有价值的导览手册。重访明清的佛教山志、方志，则可以推知两代编纂策略和考量的不同。与地方志相同，个别佛教方志也各有特色和偏重，以及意欲彰显的内容与寺院性格。只要多方比较、考察，方志所编辑收录的内容，可以成为便利的研究文献，揭示佛教史乃至佛教文学以往少人留意的丰富意涵。

（徐维里）